紫庼文集

（第九冊）

魏際昌 著 ◎ 方勇 主編

人民出版社

目　録

中國古代圖書簡史

于月萍

日　記（殘）

于月萍

尺　牘

于月萍

親友來信

中國古代圖書簡史

于月萍

寫在前面

這是我在歷史系四年級講授專題課《中國古代圖書簡史》的講稿。我已脫離教學工作二十多年,過去積累的資料,編寫的講義,在"文化大革命"中全部報銷。從 1980 年開始,重新開始準備教課。原來計劃講講中國歷史要籍介紹。於是搜集材料,編寫了教學大綱。但在 1981 年初開始上課時,又不得不臨時改變課題內容。所以就變成先講課,後發提綱,隨編講稿隨講課的情況。講課三年以後,到 1983 年底,在邊講課邊修改提綱、講稿,邊補充資料的過程中,提綱修改了三次,形成了現在的目錄,講稿也逐漸形成。但由於全篇並非一氣呵成,是在三年教學過程中不斷修改、補充中寫成的。所以通檢全稿時,感到文氣不夠統一,章節大小詳略也不夠平衡。由於編寫時擬定以古代圖書形制的發展為綱,不能不打破歷史上的王朝界限。又由於編者多年教授中國古代通史的習慣,在大部章節範圍內又遷就王朝界限,原來計劃的講授內容,是以古代圖書形制發展為綱,兼及圖書目錄、編纂、版本幾個方面。但由於照顧歷史系學生的應用知識,在搜集材料、編寫內容方面,側重了歷代圖書編纂,尤其偏重歷代史書的編纂方面,結果就形成了這個樣子。作為中國古代圖書簡史也可,作為中國古代要籍介紹也可,反正是一個圖書資料彙編性質的稿子。因為要在 1983 年底交卷,也來不及全面修改了,作為初稿,請予指正。

一九八三年十二月二十三日

Capítulo

緒　言

我們的祖國是世界上歷史最悠久的文明古國之一。我們的祖先，創造了光輝燦爛的物質和精神文化財富，給我們遺留下來極其豐富的文化遺產。整理並繼承這些文化遺產為當前社會主義四化建設服務，為建設社會主義物質文明和精神文明作貢獻，是我們的責任。

古代圖書，是我國文化遺產的一個組成部分，它是在社會發展到一定階段的產物。圖書的產生和發展是人類物質文明和精神文明的一個顯明標誌。恩格斯說："由於文字的發明及其應用於文獻記錄而過渡到文明時代。"（見《家庭、私有制和國家的起源》）圖書是用文字記錄在一定形式的物質材料之上的文書檔案和私人著作物。

圖書的產生必須以文字的發明為前提條件。我國現已發現的刻在甲骨上的文字，即甲骨文字，曾被認為是最早的文字。但是甲骨文文字構造，已脫離原始圖畫文字形態，而以象形為基礎，輔以形聲字和假借字，是一種相當進步的漢字。推斷在甲骨文字以前還應該有初級階段的文字。目前對新石器時代仰韶文化系統西安半坡原始氏族公社遺物陶器上的簡單刻劃，是否是文字，還在研究中。而一九五九年山東大汶口遺址出土陶器上的新石器時代晚期的圖像文字，已對我國文字起源問題的研究提供了有利的資料。

文字發明以後，還必須有適於書寫保存的物質材料，才能產生圖書。這在發明造紙以前，我國人民和世界其他各國人民都經過了很長歷史時期的摸索階段。我國人民在漫長的歷史進程中，曾用過陶器刻圖,甲骨刻辭,青銅器刻鑄銘文,玉和石上刻寫書,以及在竹木簡牘和縑帛上寫書記錄等階段。在發明造紙和雕版印刷以後,圖書事業才大踏步地發展起來。在我們享用現代圖書(主要是印刷在紙上),用以傳播思想、知識,交流各國之間的科學文化成果,以促進經濟生產和人類物質文化生活不斷發展時,不能忘了我們的祖先在多麼艱苦的條件下付出的艱苦勞動,為我們創造並保存下來豐富的物質文化遺產。古代的圖書,就是其中的一部分。

據流傳至今的文獻記載和地下發掘的實物證明,我國有文字記載的歷史,是從殷周時期甲骨文開始的,至今已有三四千年。繼之兩周的青銅器銘文,記錄了豐富的歷史資料,它可以和經過反復手寫傳抄而多錯漏的文獻資料相參證。玉、石寫刻,不僅古籍上有"著之玉版""玉簡""玉機"等記載,而且有大量實物遺留至今。但是用這些材料書寫,只能作為保存檔案之用,不便傳播、流通,因之不能發揮正式圖書的作用,只能作為圖書的原始萌芽階段的產物。

春秋、戰國時期,先後出現了寫在木竹簡牘和縑帛上的文字著作一直延續到漢晉以後,才由紙寫書逐漸代替竹帛書寫,延續使用越千年,是我國正式圖書的開始。因之"竹帛"就成為我國古代圖書的同義詞。墨子《兼愛篇下》曾說:"吾非與之並世同時,親聞其聲,見其色也,以其所書於竹帛,鏤於金石,琢於盤盂,傳遺後世子孫者知之。"《明鬼篇下》也說:"又恐後世子孫不能知也,故書之竹帛,傳遺後世子孫。""故先王之書,聖人一尺之帛,一篇之書。"可見墨子時代(約生於前468—前376,正是春秋戰國的交替時期),已見到前人傳下來的書於竹帛、金石、盤盂之上的所謂"先王之書"並有種種形制,不同名稱。

五十年代長沙抑天湖戰國墓出土楚簡,甘肅武威縣漢墓出土的簡書《儀禮》,七十年代山東臨沂銀雀山一號漢墓出土的簡書《孫臏

6

兵法》《孫子兵法》《六韜》《尉繚子》等兵書,湖北雲夢睡虎地秦國竹簡的出土,以及本世紀初以來在新疆、甘肅古代遺址中發現的漢、晉木簡,都是有力的證明,我國古代的竹木簡書,使用時代、跨越時間很長。

帛書的使用,比簡冊圖書稍晚,但與簡書並行,直到兩晉末。漢許慎《說文解字》說:"著之竹帛謂之書。"四十年代長沙古墓出土了楚帛書(稱繒書),七十年代長沙馬王堆漢墓出土了漢文帝以前的帛書《老子》及佚書等,說明兩漢時期以竹木、縑帛為主要寫書材料,並輔以石刻。東漢獻帝時,董卓迫獻帝西遷,"圖書縑帛,軍人皆取為帷囊"。(見《隋書·經籍志》)可見當時皇家秘閣藏書,以縑帛為主要材料。

據古文獻記載及本世紀出土的實物證實,我國遠在西漢武帝時即發明造紙,至東漢時蔡倫改進造紙技術。但直到東晉以後,才以紙寫書代替竹帛,印刷術發明以前的六朝和唐代,我國的公私圖書,以紙寫本為主。1899年(光緒二十五年)敦煌藏經洞發現了大量六朝和唐代寫本,這種手抄筆錄的唐寫紙卷,記錄了唐代高度發展的文化生活和物質建設,又保存下來唐以前的古籍。

大約在唐代中晚期(一說隋初),我國人民已發明了雕版印刷術,並在民間雕印佛經、佛像、日曆、占卜等類圖書。到五代十國時期,才開始由政府主持雕印較大部頭的儒家經典圖書,以及史書,文集等,從而使我國的古代圖書進入了雕版印刷時代,大大促進了圖書的纂集和流通,開創了宋元以後我國雕版圖書的發展時代。至明清,我國古書雕版印刷技術更加先進,出現了空前興盛的時代,圖書編纂、印刷、出版事業也更加繁榮。所以,今天能見到的碩果僅存的我國古代圖書原物,不僅是甲骨、青銅、竹帛書為世界所珍視,就是宋版書,明清原版也都成為舉世矚目的稀有珍貴文物,帝國主義分子曾竊掠去我國大批這類珍貴的古代圖書文物遺產,這是我們必須認真對待的。為此,我國人民必須對古代圖書遺產有一個概括性的知識,以利於保護文化遺產,批判繼承這些遺產,為建設社會主義物質文明和精神文明,為社會主義四個現代化服務,並對全人類作出貢獻。

第一章　先秦和西漢時期的中國圖書

第一節　中國古代圖書的原始階段：
甲骨的書，青銅的書，玉石的書

甲骨的書

甲骨文，是刻在龜甲和獸骨上的文字，它是我國古代篆、籀以前的早期文字，它的文字結構，已脫離最原始的圖畫文字形態，而以象形字為基礎，以形聲字和假借字為輔，已經是一種相當進步的漢字了。在甲骨文字之前，應當還有更原始的文字，尚待研究發現。

我國的甲骨文字內容，大部分是占卜的記錄，也有少量記事文字。由於它最初是在河南安陽小屯殷故都廢墟中發掘出來的，所以通常稱作殷墟卜辭，或殷墟甲骨卜辭，又由於它主要是刀刻的文字，所以又稱為契文，或"殷契"。

甲骨文在 1899 年(清光緒二十五年) 發現以前，我國古代文獻中，並沒有記錄。《易繫辭》說："上古結繩而治，後世聖人易之以書契。"東漢許慎《說文解字序》中載："黃帝之史倉頡……初造書契。"《尚書》孔安國序中說："古者伏羲氏之王天下也，始畫八卦、造書契，以代結繩之政。"於是伏羲、倉頡造書契之說，遂為後人假托。先秦古籍，都不見關於殷墟甲骨文的記載。

1899 年清大學士國子監祭酒王懿榮，從中藥"龍骨"上發現刻有文字,從而引起學者們的注意,進行搜集(一說 1898 年王襄首先發現甲骨文)。但對甲骨出土的真實地址,並未弄清。1903 年,劉鶚(1857—1910)由"抱殘守缺齋"石印出版了專門著録殷墟出土甲骨文字的《鐵雲藏龜》一書,從此引起學者專家們的研究。直到 1910 年,羅振玉訪問到甲骨文出土的真實地點是在河南安陽縣西北五里的小屯村北洹河南岸。經過研究考定,這裏是商王朝後期盤庚遷殷以後的殷故都遺址,商朝自盤庚到帝辛(紂)曾在這裏建都二百七十三年,歷史上成為殷故墟。發掘出土的甲骨占卜文字就是殷王朝政府的大量檔案文書、占卜記録,距今已有三千餘年的歷史了。這些占卜記録和檔案文書,由於刻在甲骨上,埋藏在地下而被保存下來了。

由 1899 年到 1928 年的三十年間,甲骨文的研究者,由私人雇人發掘或收買。其著名研究者或收藏者,有劉鶚(1857—1910)、羅振玉(1866—1940)、孫詒讓(1848—1908)及王國維(1877—1927)等,其重要著作有:

劉鶚的《鐵雲藏龜》(1903 年)收録甲骨拓片。

孫詒讓的《契文舉例》(1904 年)考釋甲骨文字,1913 年與世人見面。

羅振玉將自藏甲骨墨拓或攝影編成《殷墟書契》(1913 年)八卷,《殷墟書契菁華》(1914 年)、《殷墟書契後編》(1916 年)兩卷,又搜集國內外學者所藏甲骨文拓本,於 1933 年編成《殷墟書契續編》六卷。這幾部書,拓本清晰,印刷精良,選材精湛,內容豐富,為研究甲骨文較好的資料。1914 年,羅振玉出版了《殷墟書契考釋》,其他學者也對甲骨文進行考釋。

羅振玉的助手王國維,在上海借用英人哈同所藏甲骨,編印了《戩壽堂所藏殷墟文字》,並在掌握大量甲骨文資料的基礎上,把對甲骨文的研究和古史研究相結合,參證古文獻,考釋殷代的王朝帝系,於 1917

年寫出《殷卜辭中所見先公先王考》及《續考》，考證了殷卜辭中殷朝先公先王之名，以訂正《史記·殷本紀》及《三代世表》中的某些失誤，把甲骨文的研究推進了一步。

從 1899 年至 1928 年這三十年中，甲骨文的出土、搜集、收藏及研究，是私人分散進行的。同時，由於中國政治上的半殖民地半封建狀態，不少在華的帝國主義分子，也乘機用各種不正當途徑，從收藏者手中，或甲骨文出土地，盜購得大量甲骨片，使此項重要文物，流散國外。如劉鶚死後，他所藏的甲骨片，即由其家屬出賣給外國人。

1928 年，前中央研究院歷史語言研究所組織人力對河南安陽殷墟用科學方法進行發掘。至 1937 年前後，發掘十五次，分階段進行，發掘範圍也逐次擴大，發現了大量字甲以及器物，並發現了居住、建築遺址和墓葬。以發現的甲骨和灰層、遺跡、遺址、遺物及伴隨的其他文物相互參證，弄清楚了甲骨在地下埋藏的情況，斷代分期，出土地點，以及甲骨文片的不同情況，有有意儲藏的，有特意埋藏的，有運儲中散落的，有廢棄的，還有的是習刻的。這十年的發掘由於日本帝國主義發動蘆溝橋事變侵略戰爭而受阻。

根據這十年發掘中的部分材料，由董作賓、胡厚宣編成《殷墟文字甲編》，1940 年出版；《殷墟文字乙編》上、中輯，於 1948 年出版。1954年董作賓在臺出版了《殷墟文字乙編》下輯。這幾部出版物是十年中科學發掘殷墟甲骨文的總集，共選入十幾次發掘中的墨拓甲骨文片一萬餘片，根據出土次序排列每一拓本編號下均附以原出土的登記號，每一片均注有其出土小史、環境和同遺址遺物的關係，使甲骨研究與考古學結合起來，以提高甲骨研究的學術價值。

值得提出的是，郭沫若於 1927 年旅居日本後，用馬列主義方法，搜集並研究大量甲骨、金文資料，與研究中國古代社會相結合。他探訪流入日本的各家所藏甲骨，並利用前人研究成果，於 1933 年編輯出版了《卜辭通纂》，選擇傳世卜辭的菁華，按干支、數字、世系、天象、食貨、征伐、田遊、雜纂等八項分類加以排比輯録，並加考釋。每一類後，均有小結，使讀者可以從每一類卜辭的内容，瞭解殷代社會各方面的情況。

郭沫若於 1937 年，又據上海大收藏家劉體智所藏的二千八百餘片甲骨中，選出一千九百餘片精品，編纂出版了《殷契粹編》。内容分類與《通纂》同，並對每片甲骨加以考釋。

這兩部書所收甲骨，多為 1928 年科學發掘前的各家所藏珍品，在考釋上多有創新。《殷契粹編》經過換片和加工，於 1965 年由科學出版社重印。《卜辭通纂》科學社也正準備再版。

在 1899 年發現殷墟甲骨文後，至新中國成立以前五十年中，有大量甲骨文流散到國外，日本、美國、加拿大等國學者均有收藏，並有研究著述。

董作賓親自參加安陽發掘，並著《甲骨文斷代研究例》。胡厚宣新中國成立前親身參加殷墟發掘，並親手整理過親手發掘出來的甲骨文，寫出五十餘篇甲骨論著，為《殷墟文字甲編》作釋文。其著名著作有《甲骨文四方風名考證》《甲骨學商史論叢》。

由上可見，新中國成立前甲骨文的發掘和研究最有貢獻者應推羅振玉、王國維、郭沫若、董作賓、胡厚宣等為大家。

新中國成立後，自 1950 年起，由考古研究所開始對殷墟進行大規模的科學發掘，由安陽小屯擴大到侯家莊、後崗、四盤磨、大司空村等殷墟地區和殷墟以外的鄭州、洛陽等地，均有新的發現。

1973 年，考古所又在小屯南地有重大發現，共發現卜骨、卜甲七千餘片。這批甲骨文，不僅數量多，内容也很豐富，包括祭祀、天象、田獵、旬夕、農業、征伐、王事等各方面的内容。並且多數都有可靠的地層關係和相伴的陶器。

新中國成立以來,在甲骨發掘中,曾不斷發現西周甲骨,一次是1954年在山西洪趙縣坊維村,一次是1956年在陝西長安張家坡西周遺址,還有1975年在北京昌平白浮村西周墓中發現帶字甲骨。

1977年,在陝西岐山縣京當公社鳳雛村著名的"周原"遺址,發現窖藏甲骨一萬七千多片。據考古學者初步整理出的一百九十多片,即有字六百多個,每片少者一字,多者三十餘字。這批西周甲骨是周王室的檔案文書,記錄了周文王克商以前的活動和武王及其克商以後的活動,甲骨文中提到了不少殷、周王名和官名、人名及地名等,為研究殷末周初歷史、地理和官制的重要史料。這批甲骨記時,採用了與殷商干支記時不同的月象記時法,把一個月分為:"初吉""既生霸""既望""既死霸"四個階段,說明周人對天體運行規律的觀察有自己的獨特的認識。

周原出土的甲骨文字體纖細,須用五倍放大鏡始能辨認清楚,可以說是我國微雕史上的奇跡。

自1899年發現甲骨文以來,先後出土甲骨十五萬餘片以上。甲骨著錄出版專書七十餘種,論文四十餘種,共一百一十多種。十餘萬片甲骨中尚有很多流散在國內外未經記錄。由郭沫若任主編,胡厚宣任總編輯的《甲骨文合集》,則包括甲骨文發現以來國內外出版的著錄書和分散在國內外甲骨實物的拓本及部分照片和摹本。根據甲骨文和商史研究的需要,擬出選片標本,進行選擇,選材範圍既廣,內容也精。通過校重複,辨偽片,綴合斷片,精選拓本,既分不同時期,又將每一時期的甲骨分類、著錄,使《合集》的編排法和內容品質,遠遠超以前的幾十種甲骨著錄。

《甲骨文合集》,從1956年倡議,六十年代初即開始收集材料,經過近二十年編輯組的辛勤努力,於七十年代末陸續出版,是1973年以前安陽所出甲骨文的一部全面總結性的著錄,分圖版、釋文、索引三部分。

《甲骨文合集》圖版部分將甲骨拓片分為五期：一、武丁期；二、祖庚、祖甲期；三、廩辛、康丁期；四，武乙、文丁期；五、帝乙、帝辛期。每一期下又分為二十二類：一、奴隸和平民；二、奴隸主貴族；三、官吏；四、軍隊、刑罰、監獄；五、戰爭；六、方城；七、貢納；八、農業；九、漁獵；十、手工業；十一、商業、交通；十二、天文、曆法；十三、氣象；十四、建築；十五、疾病；十六、生育；十七、鬼神崇拜；十八、祭祀；十九、吉凶夢幻；二十、卜法；二十一、文字；二十二、其他。

《甲骨文合集》是一部經過科學整理，比較全面的大型的資料彙編，它是在十幾萬片已著錄和未著錄的甲骨實物和照片摹本的紛繁零亂的材料中，經過搜集、綜合、剪貼、墨拓、對重、拼合、辨偽、選片等一系列的繁瑣工作，最後選出了在文字學和歷史學上具有一定意義的精華四萬多片，分期分類編輯成書，基本上可以說是集八十多年來出土甲骨文資料的大成，為今後商代史研究提供了有利的資料條件。

與此書同時，考古研究所還出版了一部《小屯南地甲骨》，這部書收錄了 1973 年在小屯南所發現的甲骨 4589 片，附錄又收了 1971 年至 1977 年在小屯一帶發現的甲骨 23 片，都經過了拼合的工作，出土地層也比較清楚。

以上兩書，對於甲骨文字和商代歷史的研究者檢索資料，提供了極大的方便。

我國第一部《甲骨文字典》，由四川大學古文字研究室負責編寫中。

王宇信的《建國以來甲骨文研究》一書，1981 年由社會科學社出版。此書概括了建國以來甲骨學界將分散於九十種刊物、報紙上的幾百篇甲骨論述中的菁華薈於一書，可以鳥瞰新中國成立以來甲骨學發展的全貌。

青銅的書

青銅器的製造和使用，是我國奴隸制文明的一個重要特徵。商末至兩周，是青銅器鑄造的高度繁榮時期。政府設置專門的工官以監督青銅器的生產。青銅鑄造業除了鑄造工具和兵器以外，大量的製品是青銅禮器。禮器都是在各種禮儀場合（主要是祭祀和宴會）中使用。目前存世的商周青銅器，有相當大的一部分都是祭器。

我國自漢唐以來，不斷有青銅器出土，公元前 116 年漢武帝時，曾出土寶鼎，因改年號為"元鼎"。此後不斷發現，多作為符瑞載入史冊。

宋人對發現的青銅器和石器上的銘文作為金石文字加以著錄。清代學者著錄的青銅器銘文更多，有的學者對銘文進行純文字的研究，有的當作古董來鑒賞。由於這種銘文是鑄在或刻在鐘、鼎、盤、盂一類禮器或樂器上，所以把這種文字叫做鐘鼎文，或鐘鼎銅器銘文，或稱金文。這種青銅，出現於殷末，盛行於兩周，延續至秦漢，而以兩周青銅器的銘文為最豐富。宋代呂大臨的《考古圖》共著錄青銅器二百餘件，《宣和博古圖》和歐陽修的《集古錄》，趙明誠的《金石錄》都輯錄了大量青銅器。

清末以來，關於青銅器銘文，即金文的考釋著作更多，其著者有羅振玉的《三代吉金文存》、容庚的《金文編》及《續編》，而二十年代至三十年代郭沫若的《殷周青銅器銘文研究》和《兩周金文辭大系圖錄考釋》，把金文研究和研究商周社會歷史結合起來，開創了金文研究的新階段。

新中國成立以後，由於結合基本建設進行考古科學發掘和偶然發現，出土的青銅器逐漸增多，已發現的有銘文的商周青銅器，約計有六七千件以上,每一器的銘文一般字數在二十字以上三十字以下的居多。十字以下和二百字以上的佔少數,西周宣王時器《毛公鼎》的銘文達五百字,七十年代在河北省平山縣中山王墓出土的青銅器銘文,《中山王方壺》448 字,《中山王鼎》469 字,為戰國時期青銅器中銘文最長者。

1975 年在商王妃婦好墓中出土的青銅器成套,有近二百件之多。

1976 年 3 月,在陝西臨潼零口出土一批青銅器群,共六十件。其中的《利簋》載有武王伐紂事的銘文,是至今已發現的青銅器中時間最早的西周器。同年 12 月,在陝西扶風莊白大隊發現一個青銅器窖藏,內有微史家族的青銅器 103 件。

另外,江蘇丹徒出土的《矢簋》,銘文記載周康王時封宜侯的史事。

長安張家坡出土的《盂簋》《師旋簋》,1975 年在陝西岐山縣董家村出土的裘衛四器和《㝬匜》等器,都有較長的銘文。

裘衛四器銘文,記載周共王時衰敗的舊貴族矩伯、邦君屬用自己的田地與富有的裘衛交換玉璋、赤琥、鹿韍、車子和車飾件等財物。

西周前期的《師旋簋》銘文和後期的一件《㝬匜》銘文,都反映了下屬反抗上司,以下犯上的事實,說明西周的等級制度已不斷遭到反抗和衝擊破壞。

1978 年湖北省隨縣擂鼓墩曾侯墓出土遺物七千餘件,其中文字資料總計在一萬字以上,青銅禮器、樂器、用器上都鑄有銘文,最突出的是八組六十四件編鐘,件件都有關於樂律的銘文,總字數在二千八百左右,是研究我國古代音樂史的珍貴資料。

1983 年在山東滕縣古滕國故城毗鄰的莊里西村,發現了東周時期的一套青銅樂器十三件,其中編鐘九件。據銘文記載,它是戰國時滕國諸侯宮廷中使用的樂器。

青銅器銘文,就其具體內容來說,有天子的冊命,祖先的頌辭,戰爭的記錄,也有結盟的誓約,爭訟的券書。這些銘文和甲骨卜辭一樣是殷、周歷史的記錄,政府的檔案文書。由於它們不像《尚書》《詩經》等那樣經過後人的改制、傳寫,所以可以算作比較可靠的第一手文字史料。

金文即青銅器銘文,也是我國已發現的最早文字史料。在文字形體上,它和甲骨文實際同屬於一個體系,所不同的是金文是鑄在青銅器上的,而甲骨文是刻在甲骨上的,金文的時代,比甲骨文晚。

最近四川大學歷史系古文字研究室編寫的《殷周金文録》達六百四十頁,是最新的金文録。

石鼓文、侯馬盟書和秦漢石刻

我國古代除了在甲骨和青銅器物上刻書記載重大事件外,還在玉或石上刻寫文字記言記事,它們也起了原始圖書的作用。

我國現存最早的刻石文字應是"石鼓文",石鼓文是在十塊鼓形石上,每塊各刻四言詩一首,內容是歌頌秦國君遊獵情況,因此又稱為"獵碣"。所刻書體為秦始皇統一前的大篆,亦即"籀書"。原石於唐初在天興縣(今陝西鳳翔縣)發現,經歷代戰亂遷徙,已有一鼓破壞特甚,多數字跡亦磨損不清,經歷來學者研究,其製作時代,郭沫若認為是秦襄公時之物。原鼓現存北京故宮博物館,字跡已不能辨識。研究石鼓文的重要著作有馬衡的《石鼓為秦刻石考》,郭沫若的《石鼓文研究》(見《郭沫若文集》十六卷)。

1965 年在山西侯馬晉國遺址範圍內,出土"侯馬盟書",數量達五千餘件,可讀認的僅十分之一,盟辭內容完整,出土地區正當晉國晚期都城"新田"所在的汾、澮兩河之交,說明它是晉國遷都以後的遺物(晉景公遷都"新田",在公元前 582 年)。經考古工作者的研究考定,認為"侯馬盟書"的主盟人趙孟,就是晉國六卿之一的趙鞅,即趙簡子。趙簡子自公元前 497 年至前 489 年間不斷擴大自己的勢力,消滅范氏、中行氏,以專晉政,又結韓、魏,滅智氏,最後遂以三家分晉。盟書,是趙簡子在擴大勢力中與敵對勢力舉行盟誓的記錄。把盟辭寫在玉質、石質圭形或璧形物上,按當時盟誓制度,將盟書一份藏於盟府,一份與牛馬犧牲一同埋於地下豎坑內。侯馬盟書的出土,即從很多豎坑中挖出。文物出版社於一九七六年出版了四開精裝本《侯馬盟書》(山西文物工作委員會編)大冊,共 429 頁。

1983 年最近報載,河南溫縣出土東周盟書萬餘片。據研究,與侯馬盟書年代相近,相當於三家分晉前,晉定公十五年(公元前 497 年)。

秦刻石是秦始皇統一後,巡遊東方時自頌功德的石刻。自公元前 219 年至前 211 年共有七次。現僅存琅玡臺刻石,已殘,用秦小篆,李斯書。(見容庚《秦始皇刻石考》,1935 年《燕京學報》。)

漢代以後,刻石形制則為碑、碣。《文物》1964 年第 5 期,有徐森玉《西漢石刻初探》。而將儒家經典作為標準本刻石經,則始於公元二世紀,直到公元十八世紀的清代。這些石經在歷史上有記錄的有五次,這就是東漢熹平石經(公元 175—183)、魏正始石經(公元 240—248)、後蜀廣政石經(公元 950—1124)、唐開成石經、北宋石經(公元 1041—1054)、南宋石經(公元 1134—1177)、清石經(公元 1791—1794),這些石經的刻石目的都有普及和保存儒家經典的作用,但自宋以後,已有雕版印刷的書籍流行,石經的作用已失去意義。

第二節　竹木簡牘和簡策制度

甲骨、青銅器、玉、石等,都非專門用作寫書材料的,所以它們只能起到保存資料、收藏檔案的作用。我國古代大量的政府公文簿記和私人著述，都是寫在經過加工製作的竹簡、木牘或縑帛上的，傳到今天的大量古典文獻在發明造紙和雕版印刷以前，都是依靠簡牘、縑帛書寫流傳下來。如古代先秦兩漢的經、史、子書，就是如此。所以，簡牘、帛書的使用，自先秦至晉，跨越千年，才為紙寫書所代替。最早用紙寫書的記錄，始於三國時魏文帝曹丕。

在我國古代歷史上，二千多年來很多有關使用簡書的記錄，並曾發現地下的簡書實物。王國維在他的《簡牘檢署考》中，集中搜集了從古文獻《尚書》《儀禮》《周禮》《詩經》《左傳》以至王充《論衡》中關於我國古代使用簡牘的材料，並論證了簡、牘等各類書寫材料中因用途不同，書寫內容不同，名稱也不同，尺寸長短也有區別。也就是說，有一種竹木簡牘的製作方法和統一的簡策制度。

我國古代簡書的使用，究竟始於何時，已無從考定，但根據文獻記錄和現存實物考察，大約在公元前六世紀即春秋時即已流行以竹簡木牘為書寫材料了。公元前五世紀的《墨子》一書，就記載了墨子所見到的古籍，有"書之竹帛，鏤之金石，琢之盤盂"等多種。而東漢許慎的《說文解字》這部中國歷史上的第一部字典，以"著於竹帛謂之書"作為"書"的定義。前此《呂氏春秋》這部秦代最早的著作，在其《情欲》篇中載有"故使(楚)莊王功跡著乎竹帛，傳乎後世"的話。《詩·小雅·出車》有"豈不懷歸，畏此簡書"的記載。《尚書·周書·金縢》有"史乃冊祝""乃納冊"；《尚書·周書·多士》有"惟爾知，惟殷先人，有典有冊"；以及甲骨文有"冊"字等，可見簡冊的使用，開始已很早了。

我國史書上記載出土的竹簡，重要的有見於《漢書·藝文志》的漢武帝末年魯恭王擴建住宅，壞孔子宅壁，發現了大量戰國時的竹簡書。《晉書·束皙傳》載晉武帝太康二年(公元281年)在河南汲郡古墓出土大批竹簡書。以及《南齊書》等也有出土戰國簡書的記載。但這些出土文物，都沒有流傳至今。

新中國成立以前，自光緒二十五年（1899年）至1930年，見於著錄和報導的在新疆、甘肅西部一帶漢晉古遺址數次發現漢、晉竹木簡書，見於《居延漢簡甲編·編後記》及《斯坦因西域考古記》《流沙墜簡》以及黃文弼《羅布淖爾考古記》等書記載。

新中國成立以後，在新疆、甘肅、青海以及兩湖、山東、江蘇等地，結合基本建設，進行考古發掘，發現戰國至漢晉竹木簡牘數量更多，都及時在我國考古刊物（如《考古學報》《考古》《文物參考資料》《文物》等）進行報導，並有《武威漢簡》《居延漢簡》等專著、著錄圖版和考釋，其中較著者如1959年武威磨嘴子六號漢墓出土《儀禮》九篇簡書。1972年在山東臨沂銀雀山西漢古墓中出土的大批竹簡，其中有《孫子兵法》《孫臏兵法》《尉繚子》《六韜》等書的殘簡，為近年出土的長篇著作簡書。（見《文物》1974年2期。）

1975年在湖北雲夢睡虎地發掘了十二座戰國末至秦代的墓葬，其中十一號墓出土了秦簡一千餘枚，大部分為法律文書，保存完好，只有少量殘缺。經過專家整理研究，內容有《編年記》《語書》《秦律十八種》《秦律雜抄》《法律問答》《為吏之道》等十種。1978年文物出版社出版《睡虎地秦墓竹簡》專著，為研究戰國晚年到秦始皇時期秦史的重要資料。

1978年在青海大通縣上孫家寨一座西漢晚期古墓中，發現一批已殘木簡。據考古研究者判定，其內容為軍事方面的律令文書、軍隊的編制，以及與《孫子》有關的兵書。這批木簡，雖已殘斷難以通讀，但仍可補史書的不足。

用竹簡木牘書寫、記錄，在長期製作使用中，形成一種簡策制度，其概況是：一根加工過的竹片稱作"簡"，古書竹簡，稱"汗簡"，又叫"殺青"，它的意義是去掉竹子的青皮，製成竹片；新竹有汗，容易朽蠹，作簡者,先在火上烤乾,陳、楚間謂之汗,就是去其水分。木簡也經過相應的炮製。

把許多簡編成一處稱"策",編簡成冊的繩子稱做"編","策"與"冊"通,所以眾簡相連稱"策"。

在簡策寫書時代,一篇文章就是一冊,所以"篇"也就是古代書籍的計數單位,例如《論語》二十篇、《孟子》七篇、《太史公書》一百三十篇等。後世改以紙寫書編訂起來的一個書籍集合體,也繼承簡策時代的單位名稱"冊","篇"也作為著作物組成部分的名稱延續下來,而"篇""冊"兩字的意義,古今也就不同了。

竹簡之外,還有木板寫書,一支木簡稱札,寫了字的木板稱"牘",一塊木板稱"版",一尺見方的"牘"稱"方"。《禮記》載:"百名以上書於策,不及百名書於方。"登錄物品名目的版牘稱"簿",記錄戶口的版牘稱"籍"。畫圖,也用版。所以古人稱畫制國家領土的圖為"版圖"。用版通信,所以信件稱"尺牘"。木牘作通信用時,上面必須加蓋一塊板,叫做"檢",在"檢"上書寫發信人和收信人的姓名叫"署",將兩塊木板用繩子捆紮起來,在結繩處加上一塊粘土,在粘土上捺上印章,叫"封"。而粘土則叫"封泥"。這就是古人封信的方法。由此可見,簡、牘各有不同的用途,在缺竹的地方,則用木簡。

簡策書寫內容不同,簡的長短也異,一般來說,長簡寫經書,短簡寫傳記、雜書,而法律則寫在特長的三尺簡上(指周尺三尺,合漢尺二尺四,今尺二尺一寸)。漢代的簡策,寫詔書、律令的用三尺簡(約 67.5 釐米)。寫經書的二尺四寸(約合 56 釐米)。民間書信長一尺(約 23 釐米)。

有一種三面起棱的簡叫"觚"。可以直立著,新疆出土的《急就篇》識字書,即寫在"觚"上,"觚"有三面、四面、六面等各種。

編簡成策時使用的"編",用韋或絲作成。《史記·孔子世家》載:

"孔子晚而喜《易》,……韋編三絕。"就是說孔子晚年喜讀《易》,來回不斷翻閱,以至編簡的熟牛皮做的繩索翻斷了三次,足見其用功之勤。唐虞世南在《北堂書鈔》中引劉向《別錄》說:"《孫子》書已殺青簡,編以縹絲繩。"這是指用絲繩編簡。今稱"編輯",即沿用古制稱呼。

策的第一簡為一篇書的題目,稱"篇名",篇名下加上這部書的總名,有時篇名下加上次第,例如"學而第一　論語""逍遙遊第一　莊子"等。有時每策開頭加上兩片空白簡,作為保護,稱"贅簡",後來"贅簡"便演變為雕版印書的"護葉",為了避免錯亂,同一書的簡策以尾簡為軸卷成卷,用"帙"或"囊"盛起來,這種帙後來演變為書籍單位,和雕版書的函套。

前面已說過,這種簡策,在我國書籍史上,使用時間很長,據文獻記載和地下出土實物證實,簡策(冊)出現時期是春秋末到兩漢大盛到東晉以後,簡策為紙寫書代替即絕跡。但這種書籍形式,對後世影響深遠,許多雕版印刷的書籍在很多地方仍因襲簡策制度的某些環節。直到現代圖書,仍有篇、冊、卷之稱。

在居延發現的簡牘中,有一種東漢永元五年至七年(公元93—95年)的器物簿,是一件用七十七根木簡編成的兵器清冊,雖已殘缺,尚可看出編策的方法,其形制可與文獻記載相印證。一九七二年甘肅武威旱灘坡漢墓出土的醫簡,也可證實漢代的簡策制度。

新中國成立以後,中國社會科學院考古研究所編輯出版的專書,有關研究出土簡策的,有1964年文物出版社出版的《武威漢簡》,是對於1959年在甘肅武威縣磨嘴子漢墓出土的一批有九篇《儀禮》的竹、木簡的專門研究著作。內容分為敘論、釋文、校記、後記、摹本、圖版幾部分。這批簡書《儀禮》,不但揭示了西漢晚期的簡冊制度,並且提出了不同於鄭玄注本的《儀禮》本。今文《儀禮》共分大小戴和慶氏三家,簡書《儀禮》可能就是失傳了的慶氏本,它和兩戴本的編次不同,字句也有歧異處。是經學研究和校勘學等工作上的重要資料。

1980年中華書局出版了中國社會科學院考古研究所編輯的《居延漢簡甲乙編》上下冊，是新中國成立以來繼《居延漢簡甲編》之後集居延漢簡大成的一部巨著。此書分圖版、釋文、附錄、附表，四個部分有機地結合在一起，使讀者對於這批居延漢簡有個整體的瞭解。圖版部分雖總的不如勞榦的《居延漢簡》圖版清晰，但卻改正了原圖版中的一些錯誤，又補充了一部分新的圖版。釋文一律按原簡編號次序排列，檢索方便，而且訂正了勞榦的《居延漢簡考釋》和原《甲編》釋文中的許多錯誤。此書在附錄和附表部分，將這批漢簡的出土地點注明，彌補了過去出土地點不明的缺陷，因此《居延漢簡甲乙編》不僅對於舊日出土的居延漢簡是一次系統的整理，而且對今後新出土的居延漢簡的整理，也是一個很好的借鑒。

第三節　帛書和卷軸

簡策寫書，笨重不便收藏和流通使用，史載：墨子有書三車，"惠施多方，其書五車"（見《莊子·天下篇》）。直到漢武帝時，東方朔"初入長安，至公車上書，凡用三千奏牘。公車令兩人共持舉其書，僅然能勝之"（《史記》卷一百二十六，《滑稽列傳》）。於是春秋末期，出現了以縑帛寫書，是為"帛書"。帛書在戰國初已很流行。《墨子》一書，即有"以其所有，書於竹帛"。可見帛書與簡策是並行的。

帛是一種絲織品，用作寫書的帛，一般稱之"縑"和"素"。漢樂府詩中"上山采蘼蕪"，載有"新人工織縑，故人工織素，織縑日一匹，織素五丈餘"的記載（見《古詩源》（二）或《玉臺新詠》古詩八首）。可見這種織品，在民間家庭手工業中已很流行，用這種絲織材料寫書，來源很豐富，而且輕便。《史記·陳涉世家》載陳涉起事後："乃丹書帛曰

‘陳勝王’，置入所罾魚腹中。”《高祖本紀》有：“劉季乃書帛射城上。”說明秦末以帛書寫已相當普遍。

東漢蔡邕的《飲馬長城窟行》古詩，內有“客從遠方來，遺我雙鯉魚。呼童烹鯉魚，中有尺素書。長跪讀素書，書中竟何如”（見《古詩源》），也說明帛書的流行。

《隋書·經籍志》載：“董卓之亂，獻帝西遷，圖書縑帛，軍人皆取為帷囊。”則說明東漢末國家圖書館裏的藏書，還是以帛書為主。又《北堂書鈔》引《崔瑗與葛元甫書》：“今遣送許子十卷，貧不及素，但以紙耳。”這段材料說明，紙發明後數百年的魏晉之際，帛書仍在流行。帛書成為貴族文人通信用的信箋，寫書已為用紙所代替。但由於長期使用帛書，其形成的卷軸制度，卻一直延續到紙寫本時代。

卷軸，就是從帛書到紙寫本時代通行的書籍裝幀方式，用木棒做軸，卷成一卷一卷的寫成的成篇成帙的書，插在書架上，卷內上下有欄，中間有界，每五卷或十卷盛以帙或囊。這種方法，遺傳到後代，就是書籍以卷為單位的淵源。《隋書·經籍志》載，隋煬帝時秘閣藏書分上、中、下三品，“上品紅琉璃軸，中品紺（紫色）琉璃軸，下品漆軸，於東都觀文殿東西廂構屋以貯之”。可見當時卷軸之講究。

1973年冬，長沙馬王堆三號漢墓出土了大批帛書，根據同時出土的有紀年的木牘確定，這批帛書是西漢文帝前元十二年（前168年）之物，帛書約計十萬餘字，包括《老子》《戰國策》（《戰國縱橫書》）、《周易》等二十餘種古籍，其中還有淹沒兩千年的佚書。1975年文物出版社將帛書《老子》甲乙兩種本子及其卷前卷後的佚書作為《馬王堆漢墓帛書》第一輯出版，其餘將陸續整理出版。從這本四開精裝本的圖版中，可看到二千年前帛書的原型。並有《老子》甲本、乙本和現通行本的全文互相參校，是一部研究《老子》和先秦兩漢道家思想的珍貴資料。其中佚書，則為西漢初黃老思想的著作物。據史載西漢初的丞相陳平、曹參等，都是治黃老之術的。漢文帝的竇皇后，更是好黃帝老子言。所以景帝及諸竇，不能不讀黃老書，以尊其術。馬王堆三號漢墓出土帛書《老子》乙本前的四篇佚書，唐蘭認為是《漢書·藝文志》著錄的《黃帝四經》與《老子》合卷。

馬王堆漢墓帛書，有大批是折疊成長方形，放入漆奩中，少數分卷在二、三釐米寬的竹木條上，這說明帛書在西漢初還是折疊和卷軸兼用，至隋唐寫本盛行，卷軸制才臻完善講究。

第二章　先秦及西漢的古代圖書整理及編纂

第一節　先秦的圖書

　　從甲骨、金文中記載的材料來看,殷、周時期就有了占卜記錄,記載著當時統治階級的一系列活動。《尚書·多士》曾載:"惟爾知,惟殷先人,有典有冊,殷革夏命。"可見在西周初還見到殷朝的文書檔案。《論語·八佾》載:"子曰:夏禮吾能言之,杞不足徵也。殷禮吾能言之,宋不足徵也。文獻不足故也,足則吾能征之矣。""周監於二代,郁郁乎文哉,吾從周!"生於東周春秋時代的孔子(公元前551—481年),已感到夏、殷的文獻不足,能讀到的文獻,只能是周代的禮樂制度一類文書了。孔子憑藉著他能看到的典籍,來教育學生。史載孔子曾經刪《詩》《書》,訂《禮》《樂》,作《春秋》,雖未必可信,但可證實孔子確曾讀到過這些典籍,並通過教授弟子,加以整理,晚年並努力讀《易》,以至"韋編三絕"。當時似尚無私人著作的出現,所以說"述而不作"。

　　孔子以後,由於社會形勢的變化,出現了戰國的"百家爭鳴"時代,各種不同的學派,紛紛出現。戰國初期,形成由孔門弟子和墨翟、老莊為主的三大學派——儒、道、墨。戰國中期以後,繼承儒家的學派又有孟子、荀子;繼承道家的則有莊子等。還有繼承先期法家思想而經過改造的法家流派,以商鞅、吳起、申不害、韓非為代表;以及以公孫龍、惠施為代表的名家。這些人都用他們自己的著作進行講學。其他有關天文、曆法、農牧、史地、醫書方面，也都有私人著作或彙編出現。不朽的文學家屈原所著的《離騷》，更是我國古代文學寶庫中的一顆光輝燦爛的明珠。

無論是孔子整理過的所謂"六藝"（又稱"六經"）還是戰國時期諸子百家的私人著作，都是寫在竹帛上的。統治階級的史官，進行著他們記言、記事、記錄文書檔案的工作。據文獻記載，認為古代天子諸侯，都有史官以紀言行。《周官》《禮記》有太史、小史、內史、外史、左史、右史等名稱，各掌不同的職司，但他們都是"君舉必書"，記言、記事，為後世積累史料。可惜這些史料，只保存下來有限的一部分，大部分都已亡佚。甲骨文中，有卜、史、作冊，作冊大、尹等名稱，似乎也是記錄和保管文書檔案一類文字資料的職司。由此可見，我國古代，很早就有史官的建置，記錄並保管政府的文書和典章制度。這種史官，一般稱為"史"，他們最初是政府的"王官"，傳至今日的《尚書》《春秋》等古籍，就是由各代史官記錄保存下來的記言、記事的典籍。可惜久經轉抄流傳，已非原貌。《孟子》嘗謂："諸侯惡其害己也，而皆去其籍。"戰國時代的諸侯國的史官所記錄保存的古籍，很多由於人為地毀壞，早已亡佚無存。

如《墨子·明鬼篇》所載《周之春秋》《燕之春秋》《宋之春秋》《齊之春秋》，後世已不得見其書。《孟子》所載："晉之《乘》，楚之《檮杌》，魯之《春秋》，其實一也。"傳今之《春秋》為魯國史，《晉乘》學者以為即指汲冢所出的竹書，為殘存的晉國史。而楚之《檮杌》則不可見。

由此可見，我國在秦統一以前，自殷周至春秋戰國以來，有相當豐富的典籍，其中有史官所記錄並保管的政府文書、典章制度、天子諸侯的命令、指示、行軍的誓辭，以及歷史記錄等等，還有諸子百家的私人著述，是相當豐富的。經過諸侯各國間的兼併戰爭、毀壞，尤其是經過秦始皇大規模的焚毀和楚漢戰爭後項羽燒咸陽宮，已大部無存。所保存下來的，是經過西漢以後收集、整理的部分先秦古籍，傳至今日，已經是九牛一毛了。

第二節　秦始皇焚書

公元前 221 年，秦始皇統一六國後，即著手建立和加強封建專制主義中央集權的國家機器，以鞏固和加強其對全國的統治，防止六國殘餘勢力復辟。

其具體措施，包括自稱為始皇，集皇權於一身；統一政治制度，建立中央官制和地方官制；實行郡縣制；建立龐大而統一指揮的中央和地方的軍隊；制定統一的法典——秦律，加強對全國的統治；在全國確認土地私有的地主土地所有制；統一文字、度量衡、貨幣；加強思想文化統治。而在加強思想文化統治中最突出的表現就是焚書、坑儒。

原來在秦始皇二十六年（前 221 年）剛剛統一時，在建立分封諸王子弟，還是廢分封王國立郡縣制問題方面，以丞相王綰為首的學古派主張分封諸王，而廷尉李斯則堅決反對"學古"，力主"師今"，實行郡縣制。秦始皇採納了李斯的意見，在全國確立了郡縣制。

秦始皇三十四年（前 213 年），在一次咸陽宮內酒宴上，博士淳于越又提出其"師古"的主張，認為"事不師古而能長久者，非所聞也"，提出"封子弟功臣，自為枝輔"。而丞相李斯堅決反駁，並指出儒生博士們"道古以害今，飾虛言以亂實"的危害，如不禁止，則"主勢降乎上，黨與成乎下"，將影響秦統一政權的鞏固。因之，李斯提出了禁私學議朝政的辦法："臣請史官非秦記皆燒之，非博士官所職，天下敢有藏《詩》《書》、百家語者，悉詣守、尉雜燒之。有敢偶語詩書者棄市，以古非今者族，吏見知不舉者與同罪。令下三十日不燒，黥為城旦。所不去者，醫藥、卜筮、種樹之書。若欲有學法令，以吏為師。"（見《史

記・秦始皇本紀》）李斯的這個焚書建議，得到秦始皇的批准，於是除
了秦史記、博士官所保管的皇家藏書外，凡私人所藏一切詩、書、百家
語等書，一律限期交官府銷毀，延期不上交焚毀者處以刑罰。平時談
論《詩》《書》者，處以死刑；以古事議論當今政事者滅族。所不焚毀的
書，只有醫書、卜筮書、種樹的書。這一次重刑威脅下的焚書事件，可
以說是我國古代圖書典籍的一次空前浩劫，對先秦學術思想上的百家
爭鳴局面是一次嚴重的扼殺。

　　但是，這次焚書，皇家博士所藏的詩、書、百家語以及秦史記等，還
大量保存，所焚毀者為民間藏書。後來"項羽引兵西屠咸陽，殺秦王子
嬰、燒秦宮室，火三月不滅"（見《史記・項羽本紀》），卻使秦皇家所藏
圖書徹底毀滅。

　　始皇用焚書坑儒的殘暴而又愚蠢的手段，企圖鞏固其永世皇權，
結果是二世而亡。項羽背約，焚秦宮室，衣錦還鄉，自稱西楚霸王，卻
落得個戰敗後自刎烏江。他們都是毀滅我國古代文化典籍的罪人。

　　但是，據王充《論衡・書解篇》中說："漢興收五經，經書缺滅而不
明，篇章棄散而不具"，秦"不燔諸子，諸子尺書文篇具在，可觀讀以正
說，可采綴以示後人"。1972 年山東臨沂銀雀山西漢墓出土竹簡四千
九百餘枚，其中大量是西漢初年尚存的子書兵書的殘簡，如《管子》
《晏子》《墨子》《尉繚子》《孫子十三篇》及《齊孫臏兵法》等先秦子書
的殘簡。可見秦始皇焚書，不但不燒醫、卜、種樹之書，而且也未燒諸
子及兵書。馬王堆漢墓出土的帛書，有《老子》的兩種寫本和《易》等，
證實漢初這類書尚流傳。《易》則《漢書・藝文志》載："秦燔書而《易》
為筮卜之事，傳者不絕。"

　　《史記・六國年表》載："秦既得意，燒天下詩書，諸侯史記尤甚。"
可見秦始皇燒書，著重於各國史記和詩、書。

第三節　西漢王朝的圖書收集和大整理

西漢初年吸取秦朝統治短暫，亡於農民起義的教訓，在秦末久經破壞的社會經濟基礎上，首要的任務是休養生息，恢復社會經濟，以鞏固其新政權的統治。因此，漢初的統治者，採取了在黃老思想指導下"無為而治"的統治政策。所謂黃老之學，就是道法糅合的黃帝之學和道家代表老子之學的結合。其基本思想就是使統治者用少有作為，緩和社會矛盾的方法以鞏固其統治秩序，恢復生產，穩定君臣上下關係，所以漢初所選任的歷任丞相如蕭何、陳平、曹參等，大都治黃老之術。實行"舉事皆循舊例，無所變更"，無為而治的穩定社會秩序的政策。這種黃老思想的代表，以陸賈《新語》中的《無為篇》和《至德篇》闡發得最完備。而 1973 年長沙馬王堆三號漢墓出土的帛書中的《十大經》《經法》《稱》《道原》等佚書，則是屬於"黃帝之學"的著作。馬王堆三號漢墓的墓主，據考為西漢文帝時去世的小貴族，他棺中陪葬的帛書，有《老子》甲乙兩種本子，還有上述逸書，就證明當時的貴族統治者對黃老之學的重視，可證無為而治的思想確實指導了兩漢初近七十年中的對內對外政策。例如對內對諸王國的寬容放任，對外對匈奴的和親，以及輕徭薄賦、輕刑等經濟政策。這一系列政策，導致了西漢社會經濟的恢復、發展。但另一方面，也出現了幾十年後諸侯王國尾大不掉和匈奴坐大的局面，受到威脅。敏銳的青年學者賈誼看出了這種形勢，在漢文帝時上《治安策》，指出"和親"和"分封"造成的危機。但由於西漢元老派絳、灌之流的反對而不能用，終於暴發了景帝時的七國之叛亂。形勢說明，無為而治的思想，已不適應新出現的局勢。為了鞏固中央集權，必須從觀念上加強中央集權的統治。於是出現了漢武帝"罷黜百家,獨尊儒術"的政策,從理論上證實皇權的神聖性。宗教化了的孔子儒家學說,神化了的皇權思想,由董仲舒提了出來。他的《天人三策》上書及《春秋繁露》系統地闡發了"天人合一"說和"天人感應"論。

董仲舒從天授君權的理論出發,宣揚孔孟的君君、臣臣、父父、子子的封建等級觀念和"三綱""五常"等封建宗法思想,並提出"性三品"說,來闡發君權的神聖性,為加強皇權統治服務。

與此相適應,漢武帝時,不僅大反無為而治的漢初統治思想,而且好大喜功,急功好利,在政治、經濟和文化上都有新的作為。其中,對於古籍圖書的搜集和整理,也從武帝開端,因而出現了西漢時代的又一次古籍圖書大整理、大搜集。

王充所說的漢興"經書缺滅而不明"和《漢書·藝文志》所載"迄武帝世,書缺簡脫,禮壞樂崩"的情況,是不適應漢武帝獨尊儒術的形勢要求的。於是,不能不大量地收集和整理古籍,以充學府。"建藏書之策,置寫書之官,下及諸子傳說,皆充秘府"(《漢志》),國家藏書機構搜集來大量古籍圖書。

漢成帝發現古籍圖書散亡很多,於是特派謁者陳農到全國去搜集遺書,並組織人力整理、勘校這些充斥秘府的書簡:命劉向負責校勘整理經傳、諸子、詩賦;任宏負責校理兵書;尹咸校數術,即占卜之書;侍醫李柱國校方技,即醫藥等技術書;而由劉向總纂。每整理校勘完一部書,由劉向作出敘錄,條述其篇目作為全書提要,上奏皇帝。在成堆的散亂的古簡中,這樣逐步校勘、提要、作出敘錄,一直工作了二十年,仍未完成。漢哀帝時,劉向卒,劉向的兒子劉歆繼續奉命完成父業,編成了一部群書目錄《七略》。這是在劉向所錄的目錄提要《別錄》的基礎上進行分類編纂的,是我國最早的一部目錄書。將校理完的群書,分七類著錄:《輯略》是諸書的總提要,《六藝略》著錄儒家經典六經史書，《諸子略》著錄先秦諸子及漢初新著，《詩賦略》著錄各家辭、詩、賦等，《兵書略》著錄兵家著作，《數術略》著錄占卜、星相等書，《方技略》著錄醫書、神仙等。《別錄》《七略》均已亡佚，今日流傳的是後人輯本。東漢班固《漢書·藝文志》，據劉氏父子《別錄》《七略》，刪去其《輯略》，分六類著錄當時的圖書，成為我國第一部史志目錄。其中著錄的圖書，雖已多數散佚不存，但從這部與《漢書》一同流傳到現在的《漢書·藝文志》，卻使我們得窺見先秦和漢代的圖書與學術源流的概況。

第四節　先秦到西漢的圖書編纂

西漢末，劉向、劉歆父子奉命整理秦火後收集起來的先秦古籍，費二十年之功，才使僅存的先秦古籍流傳下來，現略舉其著者：

1. 先秦古籍舉要

（1）幾部先秦的經典——《詩》《書》《易》《禮》《春秋》

先秦戰國時期，儒家教授弟子的課程，原是詩、書、禮、樂四科，而《禮》《樂》只是在課堂之外的實習課，《詩》是講讀的文學課，《書》則是學習殷、周歷史的課本。由於儒家教育宣傳的影響，《詩》《書》也就成為當時"學而優則仕"的士大夫中熟讀的經典讀物。秦始皇聽李斯建議堅決焚禁的主要是《詩》《書》。到孟子（前390—前305年）、荀子（約前286—前238）時代，儒家課程中加上了《春秋》成為五種；到《禮記·經解》中又加上占卜中的《易》，成為六種，即合稱"六藝"。《樂》已失傳，到了漢代，只有《詩》《書》《易》《禮》《春秋》五種，作為"五經"，成為儒家的經典。其中有：

《尚書》今文二十八篇

它是我國最早的歷史文獻彙編,是商、周兩代統治者的講話記錄和春秋戰國時期根據往古傳說加工編成的虞、夏史事記載。戰國時期,各學派爭鳴,搜集歷史文獻作為其立論的根據,並各有取捨。儒家根據自己的政治主張,彙編並編定了《書》和《詩》,作為重要讀本。於是這部原來古史文獻便成為儒家所宣傳的"二帝"(堯、舜)、"三王"(夏禹、商湯、周文、武)及周公、孔子修身、齊家、治國、平天下的"道統"的"經典"。

秦始皇燒《詩》《書》,秦博士伏生把他誦讀的一部《書》藏在屋壁裏,西漢初取出時,因竹簡斷爛,經整理用漢代文字隸書記錄下來,只剩二十八篇,這就是《今文尚書》二十八篇。包括:

虞書二篇:《堯典》《皋陶謨》。

夏書二篇:《禹貢》《甘誓》。

商書五篇:《湯誓》《盤庚》《高宗彤日》,《西伯戡黎》《微子》。

周書十九篇:《牧誓》《洪范》《金縢》《大誥》《康誥》《酒誥》《梓材》《召誥》《洛誥》《多士》《無逸》《君奭》《多方》《立政》《顧命》《呂刑》《文侯之命》《費誓》《秦誓》。

伏生以二十八篇在齊、魯間傳授門徒,至漢武帝時形成歐陽氏學、大夏侯氏學和小夏侯氏學三家學派。又加上漢武帝時民間出的一篇偽《泰誓》,共二十九篇,立於學官。歐陽氏把《盤庚》分為上、中、下三篇,共三十一篇。這就是尚書"今文三家"。到漢末熹平年間,把歐陽氏本《尚書》刻入《漢石經》,作為統一文字的標準本。

自西漢中期起,相傳又幾次出現用先秦文字書寫的本子,稱為《古文尚書》,整理古籍的劉歆,由於它出於孔壁中,多出"逸書"十六篇,擬使立於學官,沒有成功。但仍在民間傳授,從此引起古今文之爭。

東漢流行的是杜林所傳授的漆書古文二十九篇,同於今文二十九篇篇目,沒有所謂古文"逸書",由他的門徒再傳賈逵、馬融、鄭玄等,先後作了傳注。馬融、鄭玄注本將《盤庚》《秦誓》各分為三篇,從《顧命》中分出《康王之誥》,共為三十四篇。《古文尚書》雖終漢之世未得立於學官,但卻大顯於世,取代了今文三家的地位。到魏晉時王肅為《古文尚書》作注,並保立於學官,在魏正始中刻入《正始石經》(三體石經)。

西晉永嘉之亂,文籍喪失,今古文本都亡佚了,連漢、魏石經也遭破壞。東晉初年,梅賾獻出了一部有孔安國傳的五十八篇《古文尚書》。其中包括西漢今文經二十八篇,而已析為三十三篇。又新增二十五篇。從此這五十八篇就作為《書經》流傳下來,全書各篇有標為《孔安國傳》的注,並有一篇《孔安國序》被視為漢孔安國所傳的真古文本。

唐孔穎達撰《五經正義》,其中《尚書》就是以《孔傳》作正注,孔穎達的《正義》作疏,成為唐官定本在全國流傳。它的經文,被刻入唐《開成石經》。宋代把《孔傳》和《正義》合成《尚書注疏》,明清時,刻入《十三經注疏》中。

宋代,經過吳棫、朱熹等人的研究、探索,由蔡沈撰寫《書集傳》,明清時刻入《五經大全》,成為法定本。元明以後民間鄉塾中只誦讀這個本子,成為科舉法定本。

對於孔傳《古文尚書》,唐宋即有人懷疑,至明梅鷟、清閻若璩、惠棟等考據學家進行嚴格考證,最後判定這部書是"偽書",《孔安國傳》是"偽孔傳"。但由於《偽古文尚書》中保存了今文二十八篇,仍是現在研究殷周古史的珍貴史料。

辨識《尚書》的真偽,須據上舉今文二十八篇為準,宋蔡沈的《書集傳》在每篇題下注明"今文古文皆有"為真本;注"今文無,古文有"的則為偽本。

今古文《尚書》,不僅文字不同,說解亦異。一般說來,在解經時,今文派注重"微言大義",而古文派則注重文字訓詁。今文派把經學和神學迷信相聯繫,而古文派則把經學和神學區別開來。自從清代中葉的學者們用文籍考辨之學研究它,已留下不少成果。近代學者又結合甲骨文和金文實物進行研究,更把《尚書》的研究推到一個新的階段,逐漸剝掉其神學迷信的外衣,而露出其古文資料的本來面目。

現在通行的《尚書》注本有:

《十三經注流》中的《尚書》,為《今文尚書》和偽古文尚書的合編。

《五經大全》中的宋蔡沈撰的《書集傳》,注明今古文之篇題,為明清以來科舉法定本。

《尚書今古文注疏》為清孫星衍採輯漢、魏、隋、唐舊注,兼取清代學者王鳴盛、江聲、段玉裁等的研究成果撰成的,是《尚書》注釋本較完備的一種。

今人王世舜撰有《尚書釋注》也可參考,注譯的是《今文尚書》二十八篇。

《詩經》三百〇五篇

《詩經》是我國最早的一部詩歌總集,也是周代前段五百多年間的詩歌選集,共三百〇五篇,簡稱"三百篇",分《風》《雅》《頌》三大類。風包括《周南》《召南》《邶》《鄘》《衛》《王》《鄭》《齊》《魏》《唐》《秦》

《陳》《檜》《曹》《豳》等十五國風，共一百六十篇；《雅》分《大雅》《小雅》兩部分，共一百〇五篇；《頌》有《周頌》《魯頌》《商頌》三部分，共四十篇。這部詩歌集，先秦時代通稱為《詩》，漢代以後被尊為儒家經典，稱為《詩經》。

《詩》從春秋時期起，就在上層社會的政治和文化生活中起著重要作用。人們採取《詩經》中的章句，用以表達自己的思想感情，並由於政治需要而對《詩》進行研究解說。孔子整理過《詩》，並在他教授弟子時，作為與《書》並重的課程。他給《詩》作的結論是"《詩三百》，一言以蔽之，曰：思無邪"，被認為"溫柔敦厚"的詩教。把這些豐富多彩，大多數來自民歌，抒發人民思想感情的詩歌集，納入了孔門弟子們宣傳禮教的軌道，因而作出了種種牽強附會的解說。但先秦時期，沒有流傳下來對《詩》的系統的解說著作，只是零散地見於各種著作中。

漢代以後，《詩》既被列為經典，研究解說的著作也就出現了。西漢於秦火之後，傳《詩》的有四家：《齊詩》（齊人轅固傳），《魯詩》（魯人申培傳），《韓詩》（燕人韓嬰傳），《毛詩》（魯人毛亨傳）。四家《詩》所傳的經文有出入，解說也多異。當時齊、魯、韓三家《詩》盛行，立於學官，《毛詩》地位不重要。自東漢鄭玄為《毛傳》作《箋》（《毛詩傳箋》）後，學《毛詩》的漸多，其他三家日漸衰廢亡佚，傳至今日的僅有《韓詩外傳》，現在的《詩經》是毛亨所傳的，稱《毛詩》（《毛詩故訓傳》）。

《毛詩》在每篇之前有一段簡短的說明，稱詩序，只說明一篇內容的稱"小序"。在第一篇《關雎》之前除小序外，還有大段泛論《詩經》的文章，稱"大序"，這些小序，大都是對詩的內容的曲解。《詩序》的作者，有說是孔門弟子子夏作，有說起東漢人衛宏作，或認為是西漢儒生解《詩》的彙集。

《毛詩傳箋》，是鄭玄為《毛詩》作的箋注，他闡明《傳》文意義，並未限於《毛傳》,而是包括各家和他本人的見解。魏晉以後研究《詩經》的即以《毛傳鄭箋》為主,加以議論。唐代貞觀年間,孔穎達奉命撰《五經正義》,其中《詩經》即因鄭《箋》而撰《毛詩正義》,成為唐朝官定的注釋本。

南宋朱熹撰《詩集傳》,對《詩小序》及《毛傳鄭箋》,都作了總的批判,但在文字訓詁方面大部繼承了《毛傳鄭箋》。宋以後,《詩集傳》在解釋《詩經》上,便長期居於支配地位,廣為流傳。

清代對《詩經》的研究,對漢人和宋人解釋《詩經》的優缺點,進行了總結,以"從其是,黜其非"的觀點寫出專著。有康熙年間姚際恒的《詩經通論》,其後又有馬瑞辰的《毛詩傳箋通釋》,以及陳奐撰的《詩毛氏纂疏》,基本上是對漢代"毛傳""鄭箋"加以發揮,而否定了宋人對詩義的解釋。

今人高亨撰《詩經今注》,以"不迷信古人盲從舊說","依循它的本文,探求它的原意"的態度,對《詩經》進行了全面的提要解說和注釋。

《周易》——即《易經》,簡稱《易》

《漢書·藝文志》說"秦燔書而《易》為筮卜之事,傳者不絕"。說明這部先秦"六經"中的《易經》是未遭秦火而流傳下來的。

我國古代迷信神鬼,用卜筮占卜吉凶,《周易》就是供占者使用的書。

《周易》最基本的符號是"陰--"和"陽—"兩個符號,由這兩個符號相迭三層,組成八卦,這就是☰(乾,三連)、☷(坤,六斷)、☳(震,仰盂)、☶(艮,覆碗)、☲(離,中虛)、☵(坎,中滿)、☱(兌,上缺)、☴(巽,下缺)。這八個卦再兩兩相迭,又組成六十四卦。六十四卦中從下往上數,每卦有六爻,第一爻叫"初",依次二、三、四、五,第六爻叫

"上",陽爻叫"九",陰爻叫"六"。每卦有卦辭,每爻有爻辭。六十四卦共三百八十四爻,又加上乾坤兩卦各多兩條爻辭,這些構成《周易》"經"的部分,分上、下兩篇,上篇三十卦,下篇三十四卦。八卦稱為"經卦",六十四卦稱為"別卦"。

畫八卦、重卦,始於何時,歷史上傳說,只能作為存疑。但《卦辭》《爻辭》根據它的內容所載,既有殷商祖先的故事,也有周初的史事,證之甲骨文和古文獻,很可能是西周初的作品。

《周易》有"經",還有解釋"經"的部分,稱《易傳》,共七種十篇,也就是《周易大傳》,後人稱《十翼》,意思是"經"的羽翼。傳為孔子所作,但經研究論證,《十翼》非一人一時所作,各篇寫作時代也有不同。

《彖傳》是解釋六十四卦的卦名、卦義和卦辭的,它的寫作時代最早近於戰國,地域則近於南方,分上、下兩篇。

《象傳》分上、下,是解釋六十四卦的卦名、卦義和爻辭的,約寫於戰國中晚期。

《文言》只解釋乾、坤兩卦的卦辭及爻辭,應在《左傳》以後,戰國晚期。

《繫辭》分上、下,為《易經》的通論,內容很龐雜,篇幅也較長,作於戰國晚期,漢初人著作引用其中一些話。

《序卦》解說六十四卦的順序。

《說卦》記述八卦所象的事物,如乾為天、坤為地、震為雷、艮為山,離為火,坎為水、兌為澤、巽為風等,並加以引申。

《雜卦》雜論六十四卦的卦義,不依次序。這後三篇時代最晚,約在漢初或漢宣帝時。

據《漢書·藝文志》,漢代至宣、元之世,傳《易經》的有施氏、孟氏、梁丘氏三家列於學官,而民間又有費、高二家。可見《易》的不同傳本和講釋法很多。七十年代長沙馬王堆漢墓出土帛書《易經》殘本,六十四卦卦名與今本同,而字形不同,但八經卦和六十四別卦的次序和今本大異,可證古代傳本不一。

《十翼》中如《彖傳》《象傳》等部分,還可以有助於瞭解《周易》的經文,《文言》《繫辭》以下各篇,多不合於經文原意,只能看作是一家的學說。

歷代釋解《易》的書很多,現在流行有代表性的有魏末王弼的《周易注》,他把這部古占筮書變為哲學書,而開魏晉"玄學"之風。

唐人李鼎祚有《周易集解》,博采漢、魏以來三十五家注釋之說,加以集釋。

清人阮元《十三經注疏》本的《周易正義》則采王弼注和唐孔穎達疏。

近人楊樹達《周易古義》(1929年中華書局出版)備采三國以前徵引《周易》的材料。

高亨有《周易古經今注》和《周易大傳今注》,為研究《周易》的較新解說本,可供研究參考。

"三禮"——即《儀禮》《周禮》《禮記》

禮是古代儒家學說中的核心部分,不僅在孔門教學中,以禮為必修的科目,歷代封建統治者,都重視禮制。先秦古籍的"六經"中就有《禮》,漢代立五經學官也有禮,《漢書·藝文志·禮類》著錄有《禮古經》《周官經》《記》,即《儀禮》《周禮》《禮記》。自東漢經學家鄭玄分別給它們作注之後,始有"三禮"之稱。唐立九經,其中包括"三禮";宋代立十三經,也有"三禮"。

《儀禮》,原稱《禮》,或《禮經》,漢稱《士禮》。《儀禮》記述的是冠、婚、喪、祭、飲、射、燕、聘、覲的具體儀式,共十七篇。西漢時,只有《儀禮》取得經的地位,是儒家傳習最早的一部書。前人認為《儀禮》

是周公所作,《史記》《漢書》則認為出自孔子。從文獻記載來看,孔子教弟子以禮為必修科目,極注重禮的實習活動,他感於"禮崩樂壞",而採集周魯各國即將失傳的禮、樂加以整理,並有後學子弟輯錄成書,大約在東周時代。

《漢書·藝文志》載:漢初魯人高堂生傳《士禮》十七篇,漢宣帝時,後倉傳禮,又傳戴德(大戴)、戴聖(小戴)及慶普三家立於學官。東漢時,鄭玄為之作注,於是廣泛傳習。

現存《儀禮》的篇次,是東漢鄭玄採用劉向《別錄》本所定的次序,與西漢二戴本的篇次有所不同,鄭玄注本篇次內容大略如下:

一、士冠禮:記載古代貴族子弟到二十歲成年舉行的加冠典禮的詳細儀式。

二、士昏禮:記古代貴族結婚,在家長主持下,從納采到昏後、祭宗廟的一系列禮節儀式。

三、士相見禮:記貴族階級士初相見交往中求見和回拜中的贄見禮節。

四、鄉飲酒禮:記古代鄉社定期舉行的以敬老為中心的酒會禮節儀式。

五、鄉射禮:記貴族鄉社組織舉行的射箭習武大會上的禮節。

六、燕禮:記古代諸侯與其大臣舉行酒會的詳細禮節。

七、大射禮:記在國君主持下舉行的射箭比賽大會上的具體禮節。

八、聘禮:記國君派使節訪問他國的具體禮節。

九、公食大夫禮:記國君設宴招待別國來訪大臣的禮節。

十、覲禮:記諸侯朝見天子的禮節。

十一、喪服：記親屬死後，根據親疏遠近關係的喪服和喪期制度。

十二、士喪禮，及十三、既夕禮：記一般貴族從死到埋葬的一系列禮儀。

十四、士虞禮：記一般貴族親死入葬後，回家以後舉行的安魂禮。

十五、特性饋食禮：記一般貴族定期在家廟中祭祀祖禰的禮節。

十六、少牢饋食禮，及十七、有司徹：記載大夫在家廟祭祀祖禰的禮節。

以上這些禮節儀式，不但對後世有深遠的影響，而且還保存了一些氏族社會時期的遠古禮俗的外殼。它反映了周朝以宗族為中心的宗法社會靠禮制來維持和鞏固的本質，是一種維護宗法制度和封建特權的工具。因此，歷代王朝所制定的禮儀制度，基本上淵源於《儀禮》而加以發展，成為維護封建等級制度的不可缺少的一環。

1959年甘肅武威縣磨嘴子六號漢墓出土了比較完整的九篇《儀禮》，為竹木簡本，其篇目次序，近於小戴本。經研究，認為墓主為西漢末王莽時期的經師，死後以其所傳習的《儀禮》簡本隨葬。

《儀禮》注本以東漢鄭玄注本和唐賈公彥疏為最著，唐開成石經本篇次亦與此同本。

《禮記》四十九篇。《禮記》又稱《小戴記》或《小戴禮記》，是一部秦漢以前有關禮儀論著的選集。《漢書·藝文志》禮類著錄有《記》，為三十一篇，注為"七十子後學者所記也"。是先秦的禮學家們傳習《儀禮》儀式時，附帶講解一些有關禮儀的參考材料，由弟子們記錄下來作為學習《儀禮》的參考，故稱為"記"，"記"就是對經文的解釋、說明和補充。因此"記"傳抄累積,原是很多的,相傳為西漢戴聖所編輯。實際上,由於長期流傳删益,已非原本,今存四十九篇。

另有《大戴禮記》或《大戴記》,相傳為西漢戴德編纂,原有八十五篇,今本殘存三十九篇。有北周盧辯注本,清代學者孔廣森撰《大戴禮記補注》,收入《皇清經解》。

東漢學者鄭玄,給四十九篇本《禮記》作了注,從此《禮記》一書,脫離了附於《儀禮》的地位而獨立成書,傳習者漸廣。到唐代行科舉制,把《禮記》和《左傳》同列為大經,由孔穎達撰《禮記正義》,成為官頒的必修經書之一,取代《儀禮》為漢代五經之一的地位。到明朝的《五經大全》裏,便只有《禮記》而無《儀禮》了。《禮記》鄭玄注和孔穎達疏,後均列入《十三經注疏》。

宋時,將《禮記》中的《中庸》《大學》兩篇提出來了,與《論語》《孟子》合稱為《四書》,由朱熹作集注。

《禮記》所收内容,相當龐雜,可以說是一部儒學的雜編。有解說和考證禮節制度的,有記述某項禮節條文的,有雜記喪服喪事的,有記孔門言論的,還有比較系統的儒家論文等等,可以說是研究儒家思想的重要資料。

《禮記》歷代注本很多,但仍以漢鄭玄的《禮記注》和唐孔穎達的《禮記正義》為重要。此外宋代衛湜有《禮記解說》,清代杭世駿有《續衛氏禮記集說》及朱彬的《禮記訓纂》、孫希旦的《禮記集解》都可備參考。

《周禮》,又稱《周官》,六篇,傳為西漢河間獻王劉德所獻。《漢書·藝文志》據劉歆《七略》,在禮類著錄《周官經》六篇。到東漢末年,鄭玄為之作注,才把它作為《周禮》,與《禮記》並列於"三禮"之中,並居"三禮"之首,大行於世。唐賈公彦作疏,並刻入開成石經。

關於《周禮》的作者,歷來眾說不一。東漢鄭玄認為是周公所作,宋儒則說《周官》為漢劉歆所偽造。近人或言《周官》為孔子遺著,或言此書為東周時人根據當時的西周典籍為原始材料,並纂入己意而於春秋時成書的,作者當為世守典籍的政制家。

《周禮》一書,是一部談設官分職政治制度的書,全書用六官區分為六個部分。六官為天官、地官、春官、夏官、秋官、冬官。冬官已亡,漢時以《考工記》補全。傳今《周禮》中地官司祿,夏官軍司馬、輿司馬、行司馬、掌疆、司甲,秋官掌察、掌貨賄、都則、都士、家士諸職也都缺佚(見《十三經經文》)。

《周禮》以六官分為六篇,在每官之首,都冠以"惟王建國,辨方正位,體國經野,設官分職,以為民極"五句話。

《天官冢宰》一篇,在上述五句話後,有"乃立天官冢宰,使帥其屬而掌邦治,以佐王均邦國"數語,繼之述所治官屬:自太宰、小宰,下至屨人、夏采共六十三種官職,均分述其職掌。冢宰為百官之首,又是輔佐王統治天下的六卿之首,有如後世之宰相。

《地官司徒》一篇,於上述五句下,書"乃立地官司徒,使帥其屬而掌邦教,以佐王安撫邦國"。其設官,自大司徒"掌建邦之土地之圖,與其人民之數",及小司徒、鄉師、鄉大夫以下至槀人等,分官任職。大司徒為六卿之一,掌邦教、土地、人口、賦稅,屬官七十八。

《春官宗伯》一篇於五句之下,有"乃立春官宗伯,使帥其屬而掌邦禮,以佐王和邦國"。大宗伯掌禮,主要是管宗廟、祭祀,掌建邦之天神、人鬼、地祇之禮。其設官,自大宗伯、小宗伯……大卜、卜師、大祝、大史、小史以至都宗人、家宗人等,分官設職,屬官七十。

《夏官司馬》,於五句之下有"乃立夏官司馬,使帥其屬而掌邦政,以佐王平邦國"。政官之屬首為大司馬,為六卿之一,掌軍政。小司馬以下至都司馬等,共屬官六十九。

《秋官司寇》篇,五句之後為"乃立秋官司寇,使帥其屬而掌邦禁,以佐王刑邦國”。長官大司寇，為六卿之一，管獄訟刑罰。官屬有士師、鄉士、遂士、縣士、方士以及司刑、司盟，下至朝大夫等，共屬官六十六。

以上各官分屬，各述官名、爵等、人員數，再述其職掌。天官為總攝眾官的總首長，總攝三百六十官（實為三百六十六）。總的王官和官屬不下數萬人。

《冬官考工記》述“國有六職”：“坐而論道，謂之王公；作而行之，謂之士大夫；審曲面埶，以飭五材，以辨民器，謂之百工；通四方之珍異以資之，謂之商旅；飭力以長地財，謂之農夫；治絲麻以成之，謂之婦功。”但其內容，主要是述“百工”，包括木工、金工、設色、摶埴、刮摩等工種，及製作的器種，所述詳盡，反映了當時手工業的分工及製作水準。有如後世的司空官所職。

《周禮》一書出現較晚，它反映了古代的田制、兵制、學制、刑法、祭祀大典等各方面而有所鋪張。此書對後世影響很大，王莽曾據以改定官制，西魏的宇文泰也據以進行改革。唐撰《六典》，隋唐設六部，就是襲用《周官》六卿制。宋王安石變法，也師法《周官》中的理財制度，設立了理財官制機構。

《周禮》一書，古今注釋的書很多，其中最基本的注釋本，應數東漢鄭玄的《周禮注》，唐初賈公彥的《周禮注疏》和清代孫詒讓的《周禮正義》，代表漢、唐、清末三個時期對《周禮》作出的三次總結性的研究。

《春秋》和“三傳”

《春秋》是我國第一部編年史，它按魯國十二君的次序，自魯隱公元年至哀公十四年（公元前 722—前 481）編年紀事，以一萬八千字概述了東周時代以魯國為中心的二百四十二年的歷史，記錄了若干有準確時間、地點的人物和事件。編年雖然以魯國十二君（隱、桓、莊、閔、僖、文、宣、成、襄、昭、定、哀）為序，但記事範圍遍及當時的各諸侯國，內容包括政治、經濟、文化、天文、氣象、物質生產、社會生活各方面，涉及到周、晉、齊、宋、鄭、衛等國的史事，而以記晉國事為最詳。我國歷史上，由於《春秋》一書，而將東周這一時期稱為“春秋”時代，即相當於周平王東遷的公元前 770 年，到周元王元年的公元前 476 年，前期還有一段無記錄的近五十年的空白。

關於《春秋》一書的著者，歷來有不同說法。《孟子》和司馬遷的《史記》說孔子作《春秋》；有的認為《春秋》為魯史官所記的魯史，後經過孔子修訂；有的認為孔門後學向孔子學習《春秋》，經輾轉傳抄，加以己意，在春秋戰國之際陸續完成的。

據《國語·晉語七》載，晉悼公時，有“羊舌肸（即叔向）習於《春秋》。乃召叔向使傅太子彪（即晉平公）”。晉悼公立於前 573 年，而孔子生於前 551 年。

又《國語·楚語上》載：楚莊王（立於公元前 613 年）時，使大夫士亹為太子傅，楚大夫申叔時說：“教之《春秋》。”

又據《春秋左傳正義序》載：晉韓宣子到魯國去，“見《魯春秋》”，說：“周禮盡在魯矣。”當時孔子才十一歲（《左傳》昭二年有同一事的記述）。

《墨子·明鬼篇》說有“周之春秋”“燕之春秋”“宋之春秋”“齊之春秋”。

《漢書·藝文志》在“春秋類”小序中說：“古之王者，世有史官，君舉必書，所以慎言行、昭法式也。左史記言，右史記事，事為《春秋》，言為《尚書》，帝王靡不同之。”

《孟子·離婁下》也說：“晉之《乘》，楚之《檮杌》，魯之《春秋》，一也。”而記錄孔子言行的《論語》從無一字道及《春秋》，可見《春秋》應是各國史書的通稱，也是魯國史書的專名，不可能是孔子所作。但孔子曾以魯史《春秋》教授學生，則是可信的。

《春秋》這部書，雖記載不夠完備，但卻是一部可信的編年大事記，這可從現代的天文學追測證實：《春秋》記載的日蝕三十六次，三十三次是真實的。再以出土的古文物印證，也證明其可信。

從上述材料看，《春秋》這種編年體史書，周王朝和各諸侯都有，不過有的見於記載，有的未見記載。流傳下來的何以只有一部魯史《春秋》？這應當以《孟子》的話"諸侯惡其害己也，皆去其籍"作答案。

據《史記》《漢書》和唐初陸德明（陳、唐之間人）《經典釋文序錄》等書記載，《春秋》有三種傳授本：一是《左氏春秋》，是用先秦古文寫的；另兩種是《公羊春秋》和《穀梁春秋》，它們在先秦是"口說流行"，到漢代才著於竹帛，用漢代通行文字寫出來。這就是《春秋》三傳。《漢書·藝文志》都有著錄。三傳，實即《春秋》的三種傳授講解本。

三種傳本的經文基本相同，原來是經自經，傳自傳，各自單行，《公羊》和《穀梁》傳寫到魯哀公十四年（前481年）"西狩獲麟"結束。《左氏春秋》卻寫到魯哀公十六年（前479年）"孔子卒"。《左傳》紀年則到魯哀公二十七年（公元前468年），記事直到魯悼公四年（前464年），比《春秋》記事多二十七年。

《左傳》在西漢時稱《左氏春秋》，東漢班固始稱為《春秋左氏傳》，簡稱《左傳》。《漢書·藝文志》以《春秋古經》和《左氏傳》《公羊傳》《穀梁傳》分別著錄。漢武帝以後，"春秋三傳"被列為儒家經典。《公羊傳》《穀梁傳》以解釋《春秋》的"微言大義"為主，據《春秋》經文，加以解釋發揮，就是"以傳解經，傳不離經"。但它們解經，也有不少觀點不同的地方。《左傳》基本上以《春秋經》為綱，也有解經的地方，但大部內容是博采春秋時的史記、舊聞、口頭傳聞等而加以編定的史書，所以它比《春秋》內容豐富得多。所記史實，敘述詳明，而且可靠。《左傳》文內，經常提到《志》《夏書》《周書》《詩》等，可見《左傳》作者，充分利用了當時所能見到的這些文獻。《左傳》記事，不以魯國為限，對當時其他國如晉、齊、楚、鄭等國的史事也有系統而詳盡的記載。漢代人的許多著作，如司馬遷的《史記》，曾採用《左傳》的大量材料，劉向的《說苑》《新序》《列女傳》更是多取材於《左傳》。可以說《左傳》是後人研究春秋史的資料寶庫。不僅此也，《左傳》的敘事語言精練，筆法生動，文筆組織嚴密，具有濃烈的文學意味，它所敘述的幾次春秋時代的著名戰役和盟會，正如唐劉知幾在《史通·雜說上》篇中所說："《左氏》之敘事也，述行師則簿領盈視，嗶聒沸騰；論備火則區分在目，修飾峻整；言勝捷則收穫都盡；記奔敗則披靡橫前。"真是如臨其境，如聞其聲，如見其人。所以《左傳》的選段，既是古代文學史中的有名片段，又是古代故事的彙編。同《公羊》《穀梁》乾巴巴地解釋"微言大義"的說教，實不可同日而語。

《左傳》的作者，傳為左丘明，但很多研究者有不同看法。據《荀子》《戰國策》《韓非子》以及《呂氏春秋》等書，多徵引《左傳》文字，足以證明《左傳》在戰國時已流行，今人楊伯峻在他的《春秋左傳注》"前言"中，說《左傳》作者非左丘明，《左傳》成書，應在公元前403年魏斯為侯之後。

《左傳》成書在《公羊》《穀梁》之前，漢時《公羊》《穀梁》立於學官，而《左傳》因其不傳《春秋》不得立。但有兩種傳本，一是孔壁藏本，一是自戰國以來的民間傳本。這兩種傳本因劉向、劉歆均得誦讀，後來便合而為一。漢平帝時，始立於學官，漢代對《左傳》的注釋，今多不存。

西晉時，杜預彙集前人的注釋成果撰《春秋經傳集解》並序，始以經、傳合刊。這是流傳至今的《左傳》注釋本最早的一種。

1977年上海人民出版社將杜注本校點排印出版，名《春秋左傳集解》。

唐孔穎達作《春秋左傳正義》。

清洪亮吉作《春秋左傳詁》。

清阮元收入《十三經注疏》的《春秋左傳正義》收杜預注和孔穎達疏。

《公羊傳》又名《春秋公羊傳》或《公羊春秋》，今存流行注釋本，重要的有東漢何休《春秋公羊解詁》、唐徐彥《公羊傳注》、清陳立《公羊義疏》。《十三經注疏》收《春秋公羊傳注疏》，包括何休注和唐徐彥疏。

《穀梁傳》又名《春秋穀梁傳》或《穀梁春秋》，今存較流行的注釋本，重要者為晉范寧《春秋穀梁傳集解》、唐楊士勳《春秋穀梁傳疏》、清人鍾文烝的《穀梁補注》（收入《皇清經解續編》，是清代學者注釋《穀梁傳》比較完備的一種）。清阮元編的《十三經注疏》，收入《春秋穀梁傳注疏》，即東晉范寧注、唐楊士勳疏的合注本。

《公羊傳》和《穀梁傳》都是研究秦、漢間儒家思想的重要資料。

"三傳"以《左傳》最長，有 210528 字，《公羊》56536 字，而《谷梁》47988 字。

《春秋左傳》的研究考證著作數量眾多，除前述清末以前的注釋本外，今人楊伯峻撰有《春秋左傳注》，於 1981 年由中華書局出版。楊注是在對《春秋左傳》作了全面深入研究的基礎上寫成的，注本不僅詮釋字義、疏講章句，舉凡歷史事件、人物、典章制度、天文曆法、方輿地理、服飾器物等，都加以詳細地解說，對前人的研究成果，近世出土的甲骨、金文中有關的資料，都酌量加以錄用。此注本以清阮元的《十三經注疏》本為工作本，參以敦煌殘卷、日本金澤文庫卷子本進行校勘、訂正。書前有著者長篇序言，對有關問題作了詳盡的論述。所以楊注本《春秋左傳》是當前最好的本子。

同時並行的還有中華書局出版沈玉成的《左傳譯文》，楊伯峻並編有研究《左傳》的專門工具書《左傳辭典》，準備出版。

另外,還有上海人民出版社出版的童書業的《春秋左傳研究》,對《左傳》所能涉及的上古史和若干史實,作了分門別類的專題考證,並對《左傳》的一些疑難問題進行辨析,是一部《左傳》考證辨析的專著。

四川人民出版社出版的徐仁甫著的《左傳疏證》是一部辨偽性的專著。論證《左傳》非先秦傳經之作,而是西漢末年劉歆偽託為左丘明之作。可備一家之說。

(2)幾部先秦史書——《國語》《國策》《世本》《竹書紀年》

《國語》二十一卷

《國語》以記言的形式,記西周末和春秋時期周、魯等國貴族的言論,基本上與《左傳》所敘史事同時,可以與《左傳》相參證,有《春秋外傳》之稱。內容包括八個部分,即《周語》三篇,《魯語》二篇,《齊語》一篇,《晉語》九篇,《鄭語》一篇,《楚語》二篇,《吳語》一篇,《越語》二篇。每篇所載的記言文字不相連屬,各部分的起止時間和體例也不統一,說明並非出於一人的手筆。從內容所記各國史實看,其成書時間應在戰國中期。傳為左丘明所作,但無實證。

《國語》全書共二十一卷,是我國最早的一部國別史。

《國語》的材料來源,應出於瞽矇憑口傳以記言的"言"。《國語·楚語》說:"史不失書,矇不失誦。"原來春秋時代,有執簡冊以記事的太史,又有憑口傳以記言的瞽矇兩種史官。太史記事即為"春秋",瞽矇所誦是"語"。《國語·楚語上》記楚莊王使大夫士亹為太子傅,以教育太子。士亹問於大夫申叔時,申叔時叫他"教之《春秋》,而為之聳善而抑惡焉,以戒勸其心","教之《語》,使明其德而知先王之務明德於民也。"就說明"語"和"春秋"都是教育貴族子弟的教材。這種教材也和《春秋》一樣,各國都由史官保存在官府裏。後來公室衰微,王官失守，史官流散，又由於“諸侯惡其害己也，皆去其籍”，這種教材便流傳到民間，為私學所收，作為傳授弟子的教材。經過師承傳授，而反復傳抄、記錄，潤色成書。《左傳》來源於太史簡冊，《國語》來源於瞽矇口誦。所以《左傳》事多於言，而《國語》言多於事。司馬遷所說“左丘失明，厥有《國語》”，這個左丘氏，大概就是瞽矇一類的史官，作者原非一人。

《國語》成書年代，已不可考，據晉太康二年（公元 281 年）汲郡魏襄王墓中出土一批竹書，內有《國語》三篇。同時出土的《竹書紀年》終於魏襄王二十年（公元前 299 年），《紀年》中稱魏王為“今王”，可見《國語》的一些篇章，應成書於此前。它的成書時代，從它的內容看，取材零散，遺缺錯語頗多。春秋時封國那麼多，而《國語》只載周、魯、齊、晉、鄭、楚、吳、越八國事，又詳略不一，記八國事也不完整，遠不如《左傳》的系統可靠。但從記事年代看，《左傳》始於魯隱公元年（公元前 722 年），而《國語》始於西周穆王（約公元前 967 年），比《左傳》早 246 年，這一段史事，可補《左傳》。再者，《國語》有許多關於祭祀的記載，為《左傳》所不詳，在“國之大事，惟祀與戎”的春秋時代，自然有其史料價值。還有《國語》對春秋末稱霸一時的吳、越，在《吳語》《越語》中記述較詳，也可補《左傳》之缺。

《國語》是我國最早的一部國別史，唐劉知幾的《史通》在“六家二體”之說中，列《國語》為六家（《尚書》家、《春秋》家、《左傳》家、《國語》家、《史記》家、《漢書》家）之一的“《國語》家”。國語首創的國別史體例，對後世影響很大，如《戰國策》《十六國春秋》等，以及《史記》的“世家”、《晉書》的“載記”，即受到國別史體裁的啟發，在紀傳體史書中開分國編寫之例。

由上可見，《國語》一書，仍不失它較多的史料價值，而為後代所重視。

漢代以來,注釋《國語》的人很多,西漢劉向、劉歆對此書進行整理、校勘後,東漢鄭眾、賈逵,三國虞翻、唐固等均有注釋,惜均已失傳。三國時期吳國韋昭(公元204—273 年)的《國語解》,為現存的最早注本。據《國語解》敘言中說,韋昭注解《國語》是他"因賈君(逵)之精實、采虞(翻)唐(固)之信善,亦以所覺增潤補綴,參之以五經,檢之以《內傳》,以《世本》考其流,以《爾雅》齊其訓,去非要,存事實,凡所發正三百七事。"從這個注本中仍保留一些他以前諸家注的一些片斷,所以韋注本是比較完善的注本。

《國語》的現存最古的版本,是宋刻本兩種,一種是北宋仁宗時的明道二年(1033 年)本,一種是宋公序本。中華書局出版的《四部備要》曾據清士禮居翻刻的宋明道本排印,而商務印書館《四部叢刊》則據明代翻刻公序本影印出版。1978 年上海古籍出版社以兩種本子參校,分為 233 個條目,分篇加標題、標點、分段,出版為《國語》標點本。仍按原書二十一卷,分八篇如下:

《周語》三卷　始於周穆王,終於周敬王十年,33 條目。

《魯語》二卷　始於魯公長勺之戰,終於春秋末,37 條目。

《齊語》一卷　只述齊桓公時管仲佐桓公稱霸事,8 條目。

《晉語》九卷　始於晉武公,終於晉昭公,127 條目。

《鄭語》一卷　述鄭桓公為司徒至周幽王八年事,2 條目。

《楚語》二卷　始於莊王,終於白公之亂,18 條目。

《吳語》一卷　述吳王夫差,至黃池之會,夫差自殺,9 條目。

《越語》二卷　述勾踐滅吳事,9 條目。

這是最新的校點本。

《戰國策》三十三篇

據劉向《敘録》說,《戰國策》是戰國時遊說之士策謀和言論的書策。這種書策"其事繼春秋之後,訖楚漢之起二百四十五年間之事",最初有《國策》《國事》《短長》《事語》《長書》《修書》等名稱。漢成帝時,劉向整理中秘藏書,將這類書策合編為一書,定名為《戰國策》,編訂為三十三編,即今傳本《戰國策》。七十年代長沙馬王堆漢墓出土帛書中,有二十七篇和《戰國策》類似,其中十一篇見於今本《戰國策》和《史記》。馬王堆漢墓帛書,出於西漢初文帝以前,當時尚無篇名,只是一些單獨文件,是史載的所謂"長短縱橫之術"(見《史記·主父偃傳》)一類的書策。

劉向所編的《戰國策》三十三篇,分十二國。今本篇數雖同,但顯然已有脫誤錯亂。計有《東周策》一篇,《西周策》一篇,《秦策》五篇,《齊策》六篇,《楚策》四篇,《趙策》四篇,《魏策》四篇,《韓策》三篇,《燕策》三篇,《宋策》《衛策》各一篇,《中山策》一篇。各篇分國記事,略以時間先後為序。

今本《戰國策》記事起於晉智伯與趙氏相爭,述至齊王建入秦,共二百四十五年的史事,靠此書得以保存下來。但有些史實的時間、地點、人物等均有錯亂顛倒之處,記事詳略也不平衡,重要史實敘述簡略,而多記些遊士說辭。

《戰國策》最早的注釋本為東漢高誘注本,後世已殘缺,南宋姚宏(伯聲)加以訂正並續注,此本由清人黃丕烈(堯圃)重刻時,附以校勘劄記三卷。

南宋鮑彪注本,改變了原書次序,合為十卷,加以新注,多有妄改原話處。元人吳師道對鮑本加以校勘補正,作《校注》。辛亥革命後商務印書館《四部叢刊》本收《戰國策》,即根據吳師道本影印。

1936 年世界書局出版的《國語》《戰國策》合訂仿古字本,其中《戰國策》前有劉向敘録,後附黃丕烈"重刻剡川姚氏本《戰國策劄記》,即據姚本,並保留高誘注。

1978 年上海古籍出版社,校點、排印出版三册本,為最新本。

《世本》

《漢書·藝文志》著録:"《世本》十五篇,古史官記黃帝以來訖春秋時諸侯大夫。"

《國語·楚語上》莊王條載:莊王的賢大夫申叔時(即申公)告訴楚太子的傅(師傅)說,要教太子九種課本,其中之一是《世》。並說:"教之《世》,而為之昭明德,而廢幽昏焉。"韋昭注曰:"《世》,謂先王之世系也。"

又《國語·魯語上》,也載:"工史書世,宗祝書昭穆。"

可見古代王、諸侯、卿大夫,有記載譜系、世系的簡書,叫做《世》,它是由史官記載下來的檔案,保藏在官府,作為貴族子弟學習的科目,為古代貴族統治者所重視,作為王位繼承、婚姻關係的根據。

大約在戰國末年,趙王遷時期,有人輯各國世系檔案,彙編成《世本》,經西漢劉向校定敘録,《漢志》著録,是為古《世本》。

漢魏間,宋衷作《世本注》四卷,又注《帝譜世本》七卷,古本、注本各單行流傳。

唐朝時,古《世本》已殘缺,到南宋,古本和注本都已亡佚。所以鄭樵撰《通志》,王應麟撰《姓氏急就章》所引的《世本》材料,都自他書轉引,宋目録書《崇文總目》和《宋史·藝文志》都不載。而北宋初編纂的《太平御覽》,採録《世本》尚整段摘引,首尾相連,似乎當時尚得見《世本》古本。

《世本》原本亡後,最早進行輯佚的是南宋高似孫,可是其原本也已失傳。

清代樸學蔚起,輯佚之風大盛,於是輯佚《世本》的不下十餘家,其中多因未加刊印,今已不存。現存的清人輯本共有八種,1957年商務印書館彙編為《世本八種》,經校勘、考訂、校注排印出版。

從各種現存輯本徵引的內容來看,可分作幾個部分:

《帝系》《世家》,記黃帝到東周列國王侯的世系;

《譜》,為記周王室和諸侯國執政的世卿大夫的年表;

《傳》,記春秋的名人事蹟;

《氏姓篇》,是先秦大小貴族的起源和宗支分化狀況的族譜;

《居篇》,記三代王都和列國都邑的變遷;

《作篇》,記上古的技術發明和禮樂初制;

《謚法》,記謚號的釋義。

各篇的文字都很簡單,僅記事實,而無評論,材料以春秋前為最詳,也有一些戰國到西漢初的記錄。因而後人推斷這部書是周王室史官分門別類保管的檔案,後由秦漢間人彙編起來加以增補而成。

《世本》很受歷代史家重視,司馬遷的《史記》,從取材到體例,都受《世本》的影響,兩漢學者如劉向、班固、王充、鄭玄、趙歧等,也多有稱引,為先秦重要史籍之一。

通行本即為商務1957年出版的輯本《世本八種》。

《竹書紀年》

《竹書紀年》是一部古亡逸書,可能是亡於秦燔書。《漢書·藝文志》不見著錄,《晉書·束皙傳》和《隋書·經籍志》以及晉杜預《春秋後傳序》都記載說晉武帝太康年間,汲郡人盜發戰國時魏襄王墓(有的記為發魏安釐王冢),出土古竹簡數車,都是古文。官府收藏時已多殘毀。經交由荀勖、和嶠、束晳、衛恒等整理辨識後,已大多殘斷不能識,其中只有《周易》和《紀年》保存較為完整,於是荀勖等整理出《紀年》,這就是後來傳世的《汲冢竹書》或名《竹書紀年》的古本,從此引起對這批古竹書的研究和爭論。

《竹書紀年》的内容,主要是一種編年史書。它所記録的内容,上起夏、殷、周,述三代王事。無諸侯國別,重點是記晉國事。晉國滅後,又獨記魏國事,止於魏襄王二十年。所記内容很多與《左傳》符合,很可能是一部戰國時魏國的史記。文意頗類似《春秋經》。這部簡書的出土,證實歷史文獻中記載的各諸侯國都有史官記録各國史事的說法是可信的。《紀年》的體例,類似傳至今日的魯史《春秋》,因此可證《墨子》所載的《周之春秋》《齊之春秋》《燕之春秋》《宋之春秋》等等,也是有證的。《紀年》很可能就是《孟子》所謂的《晉乘》或晉“叔向習於春秋”的《晉春秋》。至韓、趙、魏三家分晉,魏國繼晉史而修國史,至魏襄王二十年(公元前299年),即是《紀年》。

《史記·六國年表序》載“秦既得意,燒天下詩書,諸侯史記尤甚,為其有所刺譏也。《詩》《書》所以復見者,多藏人家,而史記獨藏周室,以故滅。”這說明秦始皇焚書,對各國史記最甚。因此,先秦各國史官所記的各國國史,多毀於秦火和各諸侯國自己有意的銷毀。而魏王墓中出土的魏國史記,卻因埋於地下而保存下來,成為一部碩果僅存的諸侯國史記。雖有殘缺,總還是秦火前的未經後人改編或竄改的先秦第一手資料。但由於它所記載的夏、殷、周至戰國時期的傳統古史,與當時通行的史書許多說法和觀點不同,所以此書遂不被世人所重視,兩宋以後,逐漸失傳。

明代出現的《竹書紀年》完本,就是傳世的《今本竹書紀年》,經清朝考證學家考證，是後人偽作的偽本。於是清人進行對古本的輯佚工作。自清以來《竹書紀年》已有三種輯本，它們是：

朱右曾輯的《汲冢紀年存真》二卷。

王國維的《古本竹書紀年輯校》一卷。在朱氏輯本的基礎上更加補輯校正，又作《今本竹書紀年疏證》，逐條考證今本偽托之跡。

今人范祥雍又作《古本竹書紀年輯校訂補》，以朱、王二本為基礎更加增輯補訂。

今人方詩銘、王修齡撰的《古本竹書紀年輯證》是一個新輯本，在體例上與前三種輯本有所不同，內容方面也有新的補充和考訂，為目前最佳的輯注本，1981 年由上海古籍出版社出版。

《逸周書》

《逸周書》原名《周書》，《漢書·藝文志》著錄為"周史記"。西漢劉向整理古籍，說它是周時的誥誓號令。因為此書內容不見於《尚書》的《周書》部分，所以東漢許慎撰《說文解字》始稱之為《逸周書》。又因晉武帝初在汲郡的戰國魏襄王（或言安釐王）墓中出土大批竹簡，其中有《周書》。《隋書·經籍志》著錄為"汲冢書"，並推測它可能是孔子刪書時的逸篇，故名《逸周書》，這又是一種說法。

漢時《逸周書》為七十一篇，今傳本連序在內，也是七十一篇，但其中有十一篇有目無文，實際只有六十篇。有人說是舊本《周書》和汲冢書的合編本。從今傳本看來，內容關於周初文王、武王、周公的篇幅占全書五分之四，體裁不限於誥誓號令，也有關於生產、宗教、哲學方面的內容。從今傳本文字來看，有的簡古，有的誇飾，但都與西周金文的體例風格不一致，說明這部書也是經過後人的增刪或擬作，但其中有些語句《左傳》《國策》已有引錄，漢、魏人著作中徵引的更多，司馬遷的《史記》大量引用，所以這部書的編輯時間，可能在戰國時期。歷來學者認為此書是研究周代史的有價值的資料。許多篇的記事,詳於《尚書》《史記》。

本書最早有晉孔晁注本,今本有十七篇及序一篇無注。清人屢有考訂,以朱右曾《逸周書集訓校釋》為備。近人孫詒讓有《周書斠補》,劉師培有《周書補正》等。

(3)先秦諸子書舉要

《論語》二十篇

《論語》二十篇,是孔子弟子及其再傳弟子對於孔子言行的記錄,內容有孔子的談話、答弟子問及孔門弟子間的相與談論,是研究孔子和孔門弟子思想言行的可靠資料。

《論語》編輯成書,約在孔子死後七十多年的戰國初期,並非一人手筆。西漢時,有今文本的《魯論》和《齊論》以及古文本的《古論》,東漢鄭玄混合各本而成今傳《論語》二十篇並作注。《漢書·藝文志》把它著錄於“六藝類”,東漢末刻入熹平石經,為《七經》之一,定為貴族子弟必讀之書。自先秦至漢,這部書成為兒童讀完識字課本以後的必讀課本,所以在讀書人中,影響很大。

魏何晏著《論語集解》,集中了他以前各家關於《論語》的注釋。

南宋淳熙間,朱熹把《論語》《孟子》和《禮記》中的《大學》《中庸》兩篇合為《四書》,並作《四書章句集注》,簡稱《四書集注》,歷元、明、清一直是科舉考試的必讀之書,清光緒間廢科舉之後,《論語》仍在民間廣泛誦讀、流傳,所以影響很大。

歷代注解《論語》的書,計有三千餘種,其中有參考價值者,有:

《論語注疏》,魏何晏集解、宋邢昺疏,清阮元編入《十三經注疏》。

《論語集注》,宋朱熹著,編入《四書集注》。

《論語集釋》,近人程樹德著,材料較豐富。

《論語疏證》,近人楊樹達著,集三國以前所有徵引《論語》和與《論語》有關資料,依《論語》原文疏列,並加著者按語。

《論語譯注》,今人楊伯峻著。

《孟子》七篇

《孟子》是一部記録孟軻的言行以及他和當時人或門人弟子問答的書,它仿《論語》的體例而又不同於《論語》,是萬章、公孫丑等所記,約成書於戰國時期。

孟子生於孔子死後約百年,據史載,他受業於孔子的孫子子思(即孔伋)的弟子,以孔子的嫡傳和繼承人自任,所以他的學說基本上是繼承孔子而加以己意,是孔子以後儒家的一大派。曾遊事齊、梁、滕等國,宣傳他的政治主張,宣傳所謂"唐、虞三代之德"。但是他所處的戰國時代"天下方務於合縱連橫,以攻伐為賢",他的學說,不為所用。七十歲以後,不再外出遊說,"退而與萬章之徒,序《詩》《書》,述仲尼之意,作《孟子》七篇"。(見《史記·孟子列傳》)

漢人著作常引《孟子》,它的地位僅次於《論語》,為諸子之冠。

東漢趙歧撰《孟子章句》,將七篇各分上、下,共十四卷,著録於《隋書·經籍志》。北宋真宗時才有刊本。南宋朱熹作《孟子集注》。清人焦循作《孟子正義》,清阮元所編《十三經注疏》收《孟子注疏》為漢趙歧注、宋孫奭疏。

今人對《孟子》的篇章多有選注。

《老子》上下篇和《莊子》三十三篇

《老子》上下篇和《莊子》三十三篇,是戰國時百家爭鳴中道家的代表作,其作者分別為老聃和莊周。有的學者認為,他們都是楊朱派的後學。老子發展了楊朱學派的思想學說,成為道家的師祖。莊周繼之,又承老聃的思想而發展之。孟子說他同時代"天下之言不歸楊,則歸墨",是則楊朱學派曾與儒、墨三分天下。楊朱派無著作傳下來,僅《列子》中有《楊朱篇》,為後人偽托。而老聃、莊周學派,實為楊學思想學說的繼承者,創道家學派。

《老子》即《道德經》五千言,分為《道經》和《德經》兩篇。《漢志》有傳老子學者三家。《隋志》著《老子道德經》,有漢河上公注及魏王弼注,其他研究老子著作近二十種,已亡佚不傳。有魏王弼注《老子道德經》、清魏源《老子本義》,均收入 1935 年世界書局版《諸子集成》,五十年代由中華書局修訂重印。中華版《新編諸子集成》收入魏王弼注本及近人馬敘倫《老子校詁》、高亨《老子正詁》,朱謙之撰的《老子校釋》及高明的《帛書老子校注》五種注釋本。

《莊子》三十三篇,內篇七篇,一般都認為是莊子手著,但實際上裏面也混雜一些莊子後學和與莊子接近的人的記載。外篇十五篇,大體說來是莊子學派著作的彙編,其中也有莊子自己的手筆。《雜篇》十一篇,大體和外篇相近。古今學者認為其中有的是偽作,但仍可作為莊子學派的著作。總之,《莊子》三十三篇,基本上是莊子學派著作的彙編,其中有莊子的手著,並且是莊子學派思想的代表。

《莊子》這部書,在漢以前很少有人稱引,也無人注釋,魏晉之際玄學盛行,才有晉人的注解,現在除郭象注保存完全外,其他注、解,則殘存於陸德明的《經典釋文·莊子音義》以及其他書注文和類書中。隋唐兩代關於莊子的著作,流傳下來的只有陸德明的《音義》和成玄英的

《注疏》。宋明人注解《莊子》，多用佛理來解釋。清人關於《莊子》的著作更多，王夫之的《莊子通》，著重研究莊子的哲學思想，更多的注解是著重於校勘、訓詁、考證。清末郭慶藩的《莊子集釋》和王先謙的《集解》則是替莊子注解作總結性的工作。

王先謙的《莊子集解》為後出本，很簡略，1935 年世界書局版《諸子集成》收入，五十年代中華書局修訂重印。

郭慶藩的《莊子集釋》收錄了晉郭象注、成玄英疏和陸德明《音義》三書的全文，摘引了清代漢學家如王念孫、俞樾等人的訓詁考證，盧文弨的校勘，為目前研究《莊子》的較完備的本子。中華書局《新編諸子集成》收入此書點校分段本，有點校後記附卷尾。另有劉武撰的《莊子集解內篇補正》也收入《新編諸子集成》。

《管子》和管仲

《管子》這部書，自《漢書·藝文志》，歷代史志均有著錄，並題為管夷吾撰，但篇卷數各有不同。唐賀知章有注本，坊間竄為房玄齡注。

清戴望的《管子校正》前有漢劉向《敘錄》，說劉向整理校讎中《管子》書有三百八十九篇，定著為八十六篇，今亡十篇，故現存七十六篇。戴望匯諸家注為一書，這就是通行本。戴望以後，清人如孫詒讓、何如璋，近人劉師培、章炳麟等均有注釋，可見《管子》一書經過歷代不斷的校訂，始成今本。新中國成立後，郭沫若於 1953 年至 1955 年就聞一多、許維遹舊稿，整理纂成《管子集校》，計一百三十萬言以上。所據《管子》宋明版本十七種，引用校釋書目四十二種，為摘要彙集諸家校釋的總匯。《新編諸子成集》收入《管子集校》，並補齊正文。

趙守正的《管子注譯》，分上、下兩冊，上冊由《牧民篇第一》至《侈靡篇第三十五》，下冊由《心術上篇第三十六》至《輪重庚篇第八十六》。亡佚十篇有目無文,注"亡",分法與《管子集校》同。校勘、注釋均參據《管子集校》所載各家意見。每篇除注釋外,並進行今譯。1982年已由廣西人民出版社出版。

今存《管子》七十六篇,內容龐雜,包含有道、名、法各家思想,以及天文、歷數、輿地、經濟和農業等各方面的知識。據清修《四庫全書總目提要》載,此書"過半便是後之好事者所加,乃說管仲死後事","非一人之筆,亦非一時之書","當是春秋末年","大抵後人附會,多於仲之本書"。大概此書唐初已非完全,宋明所刊校本,又顛倒竄亂失真,已非劉向所校之舊本。

據今人研究認為,《管子》一書,是齊國稷下學宮著作的彙編,其中也有管仲的著作。又有人認為是後人托管仲之名,經過春秋末至秦漢不斷增益彙編而成的,為戰國秦漢時的文字總匯。

管仲的生平家世,史籍記錄不詳,《史記·管晏列傳》、劉向《敘錄》《國語·齊語》均載有管仲治齊,使齊國成為春秋時的第一霸主,並有像類似管仲生平的自述和鮑叔薦管仲相齊的事。可見管仲確是一位有治國才能的人,是使齊國稱霸的關鍵人物,並且有一套行之有效的使齊"通貨積財,富國強兵"的施政方案。《管子》一書,就其內容言,可以確認非出管仲一人之手,但縱觀其《七法篇》《法禁篇》《法法篇》《明法篇》等篇,卻從理論上確立了以後法家學派的理論基礎,而為法家的先驅。

管仲(?—約紀元前 645 年),約早於孔子百年。孔子在《論語》中不僅給管仲以肯定,說:"微管仲,吾其披髮左衽矣。"而且頌揚了他相齊桓公霸諸侯"一匡天下"的功績,可能孔子見到過管仲的著述。

《墨子》現存五十三篇

《漢書·藝文志》著錄《墨子》七十一篇,注名翟,為宋大夫,在孔子後。今人研究推斷,墨子生卒年代約在公元前468—前376年,相當於春秋戰國之交。原為宋人,後長期居住魯國。曾習儒學,由於不滿於儒家學說的觀點而另立新說,聚徒講學,宣傳自己的主張,成為與儒家對立的墨家學派。《孟子》以楊(朱)墨(翟)並舉,大加撻伐。《荀子》中的《非十二子》也批判了墨子以及思、孟。《韓非子·顯學篇》,說儒、墨兩派為當時世之顯學,都祖述堯舜,但所取捨不同。

漢代猶以孔墨並舉。漢武帝罷黜百家,獨尊儒術。至東漢初,王充(公元27—97?)在《論衡·案書篇》中說:"儒道傳而墨法遂廢者",是由於"墨之法議難從"。何以驗之呢?因為"墨家薄葬右鬼,道乖相反,違其實,宜以難從也"。"用墨之法,事鬼求福,福罕至而禍常來也"。因此它"廢而不傳,蓋有以也"。可見在東漢光武、明、章之世,《墨子》書已廢而不傳。這當然與漢武帝采董仲舒之說,實行罷黜百家有關。

唐以後,韓愈有《讀墨子》(見《全集·雜注》),提出孔墨相用的觀點,但合之者少,墨學漸淹沒,《墨子》舊本也久絕流傳,缺文亂簡,無可校正。

到清代考據之學大盛,經過清儒大加校讎,《墨子》一書才稍稍可讀。於是有畢沅注《墨子》,文字訓詁學家孫詒讓又集各家的解說,"是者從之,非者正之,缺略者補之",著《墨子閒詁》,這就是今天的通行本。此外,今人高亨有《墨經校銓》,譚戒甫有《墨辨發微》,岑仲勉有《墨子城守各篇簡注》,都是研究墨子的好資料。

今人研究《墨子》者,認為《兼愛》《非攻》《天志》《明鬼》《尚賢》《尚同》《非樂》《非命》《節葬》《書用》等篇,是墨子思想的代表;而《耕柱》以下至《公輸》六篇,則是記墨子和他弟子的言行;《經》《經說》,以及《大取》《小取》等篇則是後期墨家的哲學和科學篇;《備城門》以下十一篇,講的是戰爭防禦和製造器械的方法,一般認為是晚出的。總之,《墨子》一書,為先秦古籍,並為墨子和他弟子學說的彙編,並非一人專著。

《荀子》三十二篇

《荀子》一書,今存三十二篇。《漢書·藝文志》著錄題為《孫卿子》三十三篇,趙人荀況撰。唐代的顏師古注中說:"本曰荀卿,避宣帝諱故曰'孫'。"《隋書·經籍志》著錄為"《孫卿子》十二卷,楚蘭陵令荀況撰。"《新唐書·藝文志》《舊唐書·經籍志》和《宋史·藝文志》都有相同的著錄,但卷數不同(《宋志》著為《荀卿子》)。

北宋末、南宋初的目錄學家晁公武在他的《郡齋讀書志》中著錄"楊倞(保)注《荀子》十二卷",並說是漢劉向校定,除其重複,著為三十二篇,二十卷,題為《新書》。至唐楊倞注,才更《新書》為《荀子》,易其篇第,析為二十卷。

由此說來,《荀子》這部書,劉向在西漢整理簡書古籍時,定名為《新書》,東漢班固著《漢書·藝文志》又題名為《孫卿子》,至唐楊倞(原版作楊保)作注,始改今名《荀子》。

北宋神宗元豐年間(1078—1085),有國子監刊本。南宋孝宗淳熙中(1174—1189)錢佃(耕道)又據元豐監本進行參校重刊,凡校正一百二十餘條。據南宋陳振孫在他撰的《直齋書錄題解》中說,淳熙本是比較其他版本"最為善本"的。

《荀子》一書的作者荀況,生卒年月不詳,說法不一。北大《荀子》注釋組考定他的活動年代為公元前298—前238年,相當於我國戰國末期,約在齊湣王三年至齊王建在位的二十七年。據《史記》卷七十四《荀卿列傳》說,荀況在齊襄王(湣王子)時遊學於齊,曾三為稷下學宮的祭酒,後因受讒,去齊適楚,為楚蘭陵令,楚春申君死後,荀況遂家居,著書立說。

荀况以"青,取之於藍,而青於藍"的觀點,和"鍥而不捨"的鑽研態度,"推儒、墨、道德之行事興壞,序列著書數萬言而卒"(《史記》本傳)。他研究、總結、批判、吸收前人的各家學說,又提出一套完整的思想理論,有繼承,有批判,在哲學思想、政治思想、教育思想和文學各方面都有所論述。

《荀子》三十二篇,依其內容,大致可分為下列各方面:

一是談論治國之道,王道之治的篇章,有《王制》《富國》《王霸》《君道》《致士》《議兵》《強國》《君子》等九篇;

二闡述天道觀,批判所謂世俗之說,闡發禮、樂的重要的,則有《天論》《正論》《禮論》《樂論》等四篇;

三是談人性惡,學習、修身的目的、方向、內容的,則有《性惡》《勸學》《修身》《不苟》《榮辱》等五篇;

四是批判以相貌取人及十二子,而倡導尊孔尊儒的,則有《非相》《非十二子》《仲尼》《儒效》等四篇;

五是辨別名實,解除偏蔽的,有《正名》《解蔽》兩篇;

六是關於雜論、綜論、述孔子之言的對話彙集,則有《大略》《宥坐》《子道》《法行》《哀公》《堯問》。這六篇有的為荀况的門人弟子雜錄荀子的言論,並舉其大略;有的為孔子答弟子問,闡述孔子觀點的。篇章語法多不連貫,似為經過後人整理而成的。借一段一段的故事,以闡明一種觀點。

《荀子》的注本,最早的是唐楊倞(保)注。清人王先謙據楊注本,又參考其他校本,旁采諸家之說,撰成《荀子集解》,收入世界書局、中華書局重印的《諸子集成》及《新編諸子集成》,並有單行本。

1936年梁啟雄撰有《荀子柬釋》,由商務出版社出版,新中國成立以後,又經改訂,於 1983 年由中華書局出版了梁啟雄的《荀子簡釋》,比原《柬釋》有很大修改。

1979 年北京大學《荀子》注釋組撰的《荀子新注》,由中華書局排印出版。此書是據王先謙的《荀子集解》,參以他書進行校勘、注釋的。每篇都列以題解性說明,對原文進行分段注釋,說明每篇的基本內容。注釋除解釋詞義、校勘說明及串講一些句子外,還包括對一些舊注的評論。書後附有四個附録:包括《荀況的生平大事簡表》(公元前 325—235 年)、《部分名詞和人名簡釋》、部分詞條《索引》及《人名索引》,可供參考。

《韓非子》五十五篇二十卷

《韓非子》一書,歷代史志目録都著録為《韓子》,韓公子韓非所撰,卷數不同。至宋晁公武《郡齋讀書志》,始著録為《韓非子》。凡見於宋明以後之文集,稱"韓子"多為指唐代的韓愈。為別於愈,韓非之書遂改稱《韓非子》。

韓非(?—公元前 233 年)的生平事蹟見於《史記·韓非傳》《戰國策·秦策》及《論衡》等書,但以《史記》為最詳。生卒年代據陳千鈞《韓非新傳》,定為生於韓釐王元年,死於韓王安六年,即公元前 295—前 233 年,終年六十三歲。而新版《辭海》則定為前 280—前 233 年,卒年不及六十歲。

韓非在世的半個多世紀中,正當戰國之末。秦強韓弱,秦王十次攻韓,韓王五次會秦王,一次入朝秦,秦昭王卒,韓王衰絰入吊詞,辱國之甚,為六國中所無。韓非憤韓國弱,受秦欺侮侵略,因此憤而著書,以企望救韓,屢諫韓王又不能用。終於在韓國危亡之時,使韓非入秦,因李斯、姚賈的陷害而被處死。韓非死後不久,秦滅韓(前 230 年),又十二年(前 221 年),秦統一天下。

《史記·韓非傳》說:韓非"喜刑名法術之學,而歸其本於黃老"。《韓非子》除《喻老》《解老》等篇外,在《主道》《揚權》《內外儲說》《難三》《六反》等篇,都引用《老子》文。《主道》《揚權》更多道家思想。《史記》所載:非"歸其本於黃老",是有根據的。

韓非著作中的主要思想是法術思想。他和李斯同為荀卿的弟子,將《荀子》的"隆禮""重法"思想,進行了片面的繼承和發展,並吸收先期法家商鞅的影響,採用申不害的術治學說、慎到的勢治思想,加以批判繼承,成為他法、術、勢三種政治主張的統一體。他在《定法篇》中說:"今申不害言術,而公孫鞅為法。""君無術則弊於上,臣無法則亂於下,此不可一無,皆帝王之具也。"在《難三》中又說:"人主之大物,非法則術也。"《難勢》中說:"抱法處勢則治,背法去勢則亂。"《八經》中說:"君執柄以處勢,故令行禁止。"法是由官府公佈的編著在籍的成文法規,術是君主暗藏於胸中駕馭臣下的權術,勢是君主重權尊位形成的威勢,三者結合,正適應戰國末結束封建諸侯割據勢力、實現統一的中央集權和皇權至上的政治要求。秦始皇中央集權專制統一帝國的出現,在很大程度上,就是韓非政治理論的具體表現。韓非繼承和發展了自春秋以來各派學說中要求統一天下、實現中央集權的要求,並把君臣絕對化,把"主道"比作至高無上的"道"(見《揚權》《主道》)。他的思想就變成秦統一後"履至尊而制六合"的極權統治。他和儒家的"民為貴,社稷次之,君為輕"(《孟子》),"天之生民,非為君也;天之立君,以為民也"(《荀子》)等春秋以來的一些民主思想是針鋒相對的。秦始皇和李斯,對韓非的政論思想曾賞識、借用。秦始皇統一後的焚書坑儒,應當是有韓非思想的影響。

《韓非子》一書,《漢書·藝文志》著錄五十五篇,其篇數與今本《韓非子》同。但從書的內容上看,今本五十五篇,則並非全是西漢時之原本。同時,也有並非韓非的作品,而混入《韓非子》書的。也有經過後人傳抄、傳刻略加增減或修改的。梁啟雄在《韓子淺解》"前言"中有所考證。

《韓非子》一書原有舊注本,約成書於宋以前。清代王先慎有見於以往注本不完備,且多錯誤,所以參對了多種版本,集録了盧文弨、顧廣圻、王念孫、俞樾、孫詒讓諸家的校釋。"旁采諸說,間附己見"著《韓非子集解》。這是一個較好的注釋本。

另有今人梁啟雄(梁啟超之弟),甄采王先慎注本的精華,又選録王氏以後清人和近人散在各書中的對《韓非子》研究的成果,參以己意,斟酌去取,作出淺近的注釋,校勘成《韓子淺解》一書,由中華書局出版。這是最新的注解本。

《呂氏春秋》二十六卷

《呂氏春秋》又稱《呂覽》,凡二十六卷,一百六十篇,自《漢書·藝文志》歷代史志目録,均著録於雜家,題為秦相呂不韋撰。

呂不韋,戰國末濮陽(今屬河南)人,為陽翟(今河南禹縣)大富商,家累千金。嘗於秦昭襄王(公元前306—前251年)時,經商於趙都邯鄲,遇秦質子異人(即子楚),認為有利可圖,進行政治投機,幫助子楚立為秦孝文王(即安國君,昭王太子)的太子,繼位為秦莊襄王(公元前249—前247年),以呂不韋為丞相,封為文信侯,食河南洛陽十萬戶。莊襄王立三年死,秦王政(秦始皇)立,又尊呂不韋為相國,號稱仲父。呂不韋這個陽翟大賈,一躍而成為強秦的三朝(秦孝文、莊襄王、秦王政)元老重臣,"家童萬人"。

"當是時,魏有信陵君,楚有春申君,趙有平原君,齊有孟嘗君,皆下士喜賓客以相傾。呂不韋以秦之強,羞不如,亦招致士,厚遇之,至食客三千人","使其客人人著所聞,集論以為八覽、六論、十二紀,二十餘萬言,號曰《呂氏春秋》"。(見《史記·呂不韋傳》)可見《呂氏春秋》一書,是出於秦相國呂不韋眾賓客之手,集先秦各家各派的思想觀點於一書,故歷來目為"雜家"。

據《十二紀·季冬·序意篇》說,這部書寫成於秦始皇八年(公元前239年),呂不韋"嘗得學黃帝之所以誨顓頊"。東漢高誘注《呂覽》序言也說:"此書所尚,以道德為標的,以無為為綱紀。"在漢時,這部著作"與孟軻、孫卿、淮南、揚雄相表裏"而受到重視。它必然是適應當時黃帝老子之學流行的需要,以黃老之言為主旨,而兼采儒、墨、法、陰陽、農家、道德各派的思想於一書。

《呂氏春秋》的內容篇章包括:

《十二紀》六十篇,又《序意》一篇。其紀一年分春、夏、秋、冬四季,每季又分別稱孟(每季第一月)、仲(每季第二月)、季(每季第三月)三個月。每紀分為五篇,其中《季冬紀》多《序意》一篇,實際上等於自序。十二紀中的每一紀第一篇,均記述當月星辰太陽的位置,神帝祭祀的名稱,鳥獸蟲魚的名稱活動及與本月相應的音律、數;還記載當月天子的車輿服飾,應當做或當戒的事,及其他政事、農業生產等事。這些記述是承襲戰國時鄒衍的五德終始論,以五行之數遞相推衍,並將天地自然現象與人事變化相對應。十二紀中的其他篇則為各自有標題的短文,敘述以各個短文標題為主題的幾段歷史故事。另外,夏令的篇章多談樂音,秋令篇章多談兵戎之事。

十二紀的第一篇,如按次聯結起來,則與《禮記·月令》內容相同。《禮記》成書較晚,故東漢鄭玄認為《禮記·月令》是摘抄《呂覽》十二紀而成,這是很有可能的。

《八覽》為《有始》《孝行》《慎大》《先識》《審分》《審應》《離俗》《恃君》八篇。除《有始》覽由七篇議論短文組成外,其餘七覽均各由八篇短文組成,短文均各有標題。《八覽》共六十三篇短文。

《六論》為《開春》《慎行》《貴直》《不苟》《似順》《士容》,每論均由六篇小論文組成,共三十六篇。

《八覽》《六論》和《十二紀》中的各部分短文,議論範圍廣泛,涉及到自然變化、社會政治教育及個人修養等各方面的問題。議論中所引用的論據,多為前代歷史故事、傳說或君臣事蹟,有些是不見經傳的。

《呂氏春秋》成書於秦始皇統一六國之前。秦始皇八年(前239年)書成後,"布咸陽市門,懸千金其上,延諸侯遊士賓客有能增損一字者予千金"(《史記》),"時人無能增損者"。可見這部書在當時的秦國,是相當有權威的。

東漢高誘為此書作注並序,通行於今。

清乾隆時,畢沅又據高誘注本,參考各種宋、元、明版本,進行校勘,並有清代學者盧文弨、錢大昕、段玉裁等參加審定,成《呂氏春秋新校正》本,刊於乾隆晚年。1935年世界書局《諸子集成》收入此書。近人楊寬、沈延國撰有《呂氏春秋集釋》,收入中華書局《新編諸子集成》第一輯,為最新注釋本。

《楚辭》

《楚辭》是戰國時代以屈原為代表的楚國詩人的創作集。它的體裁和《詩經》不同,是《詩經》以後的一種新詩體。西漢成、哀之世,劉向、劉歆父子奉命整理古籍,把楚國屈原、宋玉等的作品編輯成書,才定名為《楚辭》,此後即成為一部總集的名稱,《漢書·藝文志》把它著錄於詩賦之首。

《楚辭》又與漢賦不同。漢賦是在楚辭影響下發展起來的押韻的散文,而楚辭是詩歌,它們的句法形式、結構、押韻規律都不同。不能把屈原、宋玉之辭與枚乘、司馬相如的賦混淆起來。

楚國早在周初,就在江漢汝水間產生了許多民歌,這是楚國較早的民間文學,保存在《詩經》中的如《漢廣》《江有汜》,《說苑》中的《滄浪歌》等。其歌詞形式往往在每隔一句末尾有一個助語詞,如"兮" "思"之類,後來便成為《楚辭》的主要形式。更重要的是楚國巫風盛 行,民間祭祀之時,必使巫覡"作歌樂鼓舞以樂諸神",充滿原始宗教氣 氛,這民間的巫歌,對於《楚辭》的影響是很大的。如《楚辭》中的《九 歌》的前身就是楚國民間祭神的歌曲。再有,戰國時期楚國地方音樂 歌曲極發達,楚歌、楚聲和楚舞一直為楚人所喜愛。《楚辭》中就保存 有這種樂曲形式,如它許多篇中的"亂"辭等。這些民間文學、巫風和 民間音樂是楚國自己的文化傳統,又加上吸收北方的文化影響,融化 為文化巨流,哺育著屈原這樣的偉大詩人,創造出《楚辭》這樣光輝燦 爛的不朽詩篇,成為流傳中外的千古絕唱。

屈原是《楚辭》的奠基人,他的作品有兩種類型,一種是沿用民間 文學原來的形式,另一種是吸取民間文學的豐富營養而發展創作的鴻 篇巨制。在屈原的作品裏,不僅反映了屈原個人的政治遭遇、人格、風 格,而且深刻集中地表現了楚國人民歷史的和現實的、物質的和精神 的生活全貌,其中並紛陳羅列許多美麗動人的神話故事,與北方文學 作品有不同的風格內容。

現存《楚辭》注本,通行的有三種:

> 東漢王逸注《楚辭章句》十七卷;
>
> 宋洪興祖的《楚辭補注》十七卷;
>
> 宋朱熹注的《楚辭集注》八卷。

這三種清以前的《楚辭》注本,所錄篇章內容各有不同。

王逸是東漢南郡宜城(今湖北宜城)人,漢順帝(126—144 在位) 時任侍中,注《楚辭》時,正是後漢元初(114—119)任校中郎中。他的 注本《楚辭章句》十七卷,是在劉向整理的基礎上增加而成的。包括:

屈原的《離騷》、《九歌》(十一篇)、《天問》《九章》(九篇)、《遠遊》《卜居》《漁父》；

宋玉的《九辯》《招魂》；

景差的《大招》；

賈誼的《惜誓》；

淮南小山的《招隱士》；

東方朔的《七諫》；

嚴忌的《哀時命》；

王褒的《九懷》(九篇)；

劉向的《九歎》(九篇)。

以上十六篇為劉向整理後的楚辭總集的祖本，王逸又增了《九思》(九篇)成為十七卷，並各自為注。

宋洪興祖《楚辭補注》是補漢王逸《章句》而作的，刊本很多。流行的有汲古閣刊本，商務《四部叢刊》影印明翻宋本。1983 年中華書局進行校點排印出版，前附《出版說明》及《目錄》，為最新版本，篇目同王逸《章句》。

朱熹(1130—1200)，字元晦，一字仲晦，號晦庵，別號紫陽，徽州婺源(今屬江西)人，僑寓建陽(今屬福建)，曾任秘閣修撰等職。他認為王逸、洪興祖兩人注的《楚辭》，雖詳於訓詁，但解釋義旨不夠。於是多取洪興祖之說，撰《楚辭集注》八卷，《辯證》二卷，《後語》六卷。

他在《楚辭集注》中以屈原所著的二十五篇訂為《離騷》，宋玉以下十六篇為《續離騷》，隨文進行注釋，並仿《毛詩傳》例，每章各系以"興""比""賦"字。

《辯證》二卷是專門訂正舊注之謬誤的，自己作了序。又刊定了晁補之的《續楚辭》和《變離騷》二書，錄荀卿至呂大臨等文五十二篇，為《楚辭後語》，也自為之序。

朱熹的《楚辭集注》，將舊本中的東方朔《七諫》、王褒《九懷》、劉向的《九歎》及王逸的《九思》均刪除，而增加了賈誼二賦和晁補之二書，和揚雄的《反騷》。此書所收，與舊本遂大異。

另有王夫之的《楚辭通釋》，蔣驥的《山帶閣注楚辭》等注本。

今人馬茂元的《楚辭選》，是新選注本，他選入屈原的《離騷》《九歌》十一篇，《九章》九篇及《招魂》《卜居》《漁父》等，共二十四篇，還有宋玉的《九辯》、賈誼的《吊屈原》和淮南小山的《招隱士》，逐篇加以詳細注釋，書前列以較長的《前言》。

此選注本於 1958 年由人民文學出版社出版，1983 年原版第五次重印。

2. 西漢的圖書編纂舉要

西漢政權建立後，經文、景之世的休養生息，社會趨向安定，社會經濟逐漸恢復發展，文化事業也漸被重視。至漢武帝時，漢興已有百年，於是"孝武帝敕丞相公孫弘廣開獻書之路，百年之間，書積如山"（《文選》注引劉歆《七略》）。先秦舊籍逐漸積累起來，經劉向、劉歆父子整理、編次、校勘、敘錄，有一部分先秦古籍得以流傳至今。劉向《別錄》、劉歆《七略》原書雖早已亡佚，只存輯本，但現在所存的敘錄，尚有劉向所作的《戰國策》《管子》《晏子》《荀子》《韓非子》《說苑》等篇，確是劉向遺著。劉歆所作的敘錄，只有《山海經》一種。這確是中國古代目錄學上的創舉。

另外，漢代社會進入安定發展後，時人著作也大量出現。如漢高祖劉邦時，有陸賈的《新語》。

陸賈《新語》十二篇

陸賈是西漢初的政論家和辭賦家，約生於秦始皇十年，終於漢文帝世，楚人，隨從劉邦定天下，常使諸侯為說客。官至太中大夫，仕高、惠、文三世，曾向劉邦提出天下"居馬上得之，寧可以馬上治之乎？"（見《史記》本傳）力主懲秦之弊，提倡儒學，"行仁義，法先聖"，並輔以黃老的"無為而治"思想，作為鞏固漢劉姓統治的工具。他提出"夫道莫大於無為"，"故無為也者，乃無不為也"（見《新語·無為》），對漢初實行黃老清淨無為之術、休養生息的政策有一定影響。陸賈所上奏章，闡發秦所以失天下、漢所以得天下的理論文章，匯為《新語》上下兩卷，共十二篇，記項羽與劉邦初起事及惠帝、文帝間事。王充《論衡·案書篇》說陸賈《新語》"言君臣政治得失，言可採用，事美足觀，鴻知所言，參貳經傳，雖古聖之言，不能過增，陸賈之言，未見遺闕"。

此書世無注本，有明校本刊入《漢魏叢書》。世界書局《諸子集成》（1936年版）收入此書。中華書局《新編諸子集成》收入王利器撰《新語校注》。

陸賈另有《楚漢春秋》，據《漢書·藝文志·春秋類》著錄有《楚漢春秋》九篇，《漢書·司馬遷傳》和《後漢書·班彪傳》也都記載司馬遷撰《史記》，"采《左氏》《國語》《世本》《戰國策》《楚漢春秋》"，則此書曾為司馬遷所見，並加引用。《班彪傳》並說："漢興定天下，大中大夫陸賈記錄時功，作《楚漢春秋》九篇。"這部書既為司馬遷和班彪所採用和稱頌，內容一定相當豐富。惜原書已佚，今存清人茆泮林輯本，刊入《龍溪精舍叢書》。

賈誼《新書》十卷五十六篇

漢文帝時，有賈誼《新書》十卷，五十六篇，也稱《賈子新書》或《賈子》,是西漢時賈誼的政論著作,《過秦論》即其中有名篇目。内容主要是懲秦之失,對漢初統治者提出各項治安策。

賈誼(前 200—前 168 年)為洛陽(今河南洛陽)人。十八歲時因能文為郡人所稱譽,河南守吳公推薦於漢文帝(劉恒)。二十歲被任為博士,一年之中超遷為太中大夫,擬擢以公卿之位,被元老重臣周勃、灌嬰等所排擠,貶為長沙王太傅,後為梁懷王太傅。因懷王墮馬死,賈誼自傷而死,年僅三十三歲。

《新書》是賈誼為長沙王傅時所作,此書歷來無注,有校本收入《漢魏叢書》。中華書局的《新編諸子集成》將收入賈誼的《新書校注》。

劉安《淮南子》二十一篇

《淮南子》,原名《淮南鴻烈》,西漢劉安撰,經劉向校定,名為《淮南子》,東漢高誘注為《淮南鴻烈解》。

劉安是劉邦的兒子劉長之子,劉長母為趙王敖的美人,獻給劉邦,生劉長後,其母自殺,劉長由呂后扶養長大,封為淮南王。漢文帝即位後,劉長因驕蹇徙蜀,死於道。漢文帝封其四子為列侯,其中一人病死,其長子劉安襲封淮南王,次為衡山王,次為廬江王,賈誼諫阻不聽。劉安善屬文章辭賦,漢文帝為其從父,甚重愛之。劉安遂召天下方術之士及諸儒生,共講論道德,總統仁義,著成《淮南鴻烈》(見高誘《注敘》)。"其旨近老子,淡泊無為,蹈虛守靜,出入經道。言其大也,則燾天載地,說其細也,則淪於無垠,及古今治亂存亡禍福,世間詭異瓌奇之事。其義也著,其文也富,物事之類,無所不載,然其大較歸之於道,號曰《鴻烈》。"(《高誘注敘》)。

《淮南子》,《漢書·藝文志》著錄内二十一篇,外三十三篇,内篇論道,外篇為雜說。現只流傳内篇二十一篇,最後一篇《要略》則為二十篇的旨要。書中内容,以道家思想為主,糅合了儒、法、陰陽五行等家思想,提出了"道""氣"學說。

此書西漢時很少研習,東漢高誘於建安十年,在朝事之暇,"深思先師之訓,參以經傳道家之言,比方其事,為之注解"(見《高誘注敘》)。此書二十"訓",包含不少自然科學史料。

1935 年世界書局版《諸子集成》收入高誘注本,五十年代由中華書局重印。中華書局《新編諸子集成》收入劉文典撰《淮南鴻烈集解》。

董仲舒《春秋繁露》十七卷八十二篇

《春秋繁露》實為董仲舒學術著作的匯輯。《漢志》著録《董仲舒》為百二十三篇,屬"諸子略·儒家類"。《隋書·經籍志》著録《春秋繁露》十七卷。現存《春秋繁露》十七卷八十二篇,是經後人改編的,清嚴可均輯的《全漢文》有載録。

董仲舒(前 179—前 104 年),是西漢經學大師,廣川(今河北棗強)人,專治《春秋公羊傳》,漢景帝時為博士,曾任江都王(武帝兄)相和膠西王(武帝兄)相。漢武帝時舉賢良文學之士前後百數,董仲舒以賢良"對策"答漢武帝策問,建議"諸不在六藝之科、孔子之術者,皆絶其道,勿使並進"(見《漢書》本傳),推明孔氏,抑黜百家,得到漢武帝的採納推行,開闢了以後幾千年中以儒家思想為正統的先聲。

《春秋繁露》内容,推崇公羊學,闡發"春秋大一統者,天地之常經,古今之通誼"的宗旨,並雜糅陰陽五行學說,對自然和人事作出各種牽強附會的比附,建立"天人感應論""天人合一說"等神秘主義思想體系;倡立"三綱""五常""性三品"等說,為加強君權神授的封建主義統治提供理論根據,使儒學與神學相糅合。同時,董仲舒也揭露"富者田連阡陌,貧者亡(無)立錐之地"的土地分配現象,提出"限民名

(占)田,以澹(贍)不足","塞并兼之路"的抑土地兼併的主張,以加强中央集權統治。

《春秋繁露》的注本有清凌署的《春秋繁露注》和蘇輿的《春秋繁露義正》,後者收入中華書局版《新編諸子集成》第一輯。

司馬遷《史記》一百三十篇

司馬遷的《史記》一百三十篇,是我國古代一部空前的通史巨著,記述了自黃帝至漢武帝太初年史事,跨越三千年歷史,約五十二萬餘字。其編排體例,綜合編年紀傳,創紀傳體史書體例,為以後幾千年正史編纂所承襲。包括十二本紀,十表,八書,三十世家,七十列傳。

本紀,是記皇帝事,以編年為體,將某一皇帝的世系、歷年的史跡,按年代前後編排,記敘簡略,為全書綱要性的部分。

表,有年表、世表、月表,可以作為人物列傳的附録,排比史事或人物的世次或年代。

書,有禮、樂、律、曆、天官、封禪、河渠、平準等八篇,可作為人物列傳的總序,述社會、經濟、政治、文化各方面的專門活動事蹟,為後來國史"志"的創例。

世家,是貴族、諸侯王的家世系記録,實為繼續先秦《國語》等國別史書之前例,與列傳具為本紀的注文,後世承之,多入列傳或載記。

列傳,記録了官僚、士大夫的事蹟,以人物記事為主體,有一人一傳的別傳,也有二、三人一傳的合傳,還有同類為傳的類傳,如《貨殖列傳》《遊俠列傳》以及外國如《西南夷列傳》《匈奴列傳》《大宛列傳》等。

司馬遷(約公元前 145 年或 135 年—? 年),字子長,西漢左馮翊夏陽(今陝西韓城)人。據李長之考證,司馬遷生於漢武帝建元六年(公元前 135 前)。據《太史公自序》說,他十歲誦習古文,如《尚書》《左傳》《國語》《世本》等。二十歲南遊江、淮,上會稽,探禹穴,窺九

疑,浮於沅、湘;北涉汶、泗,講業齊、魯之都,觀孔子之遺風,鄉射鄒、
嶧;戹困鄱、薛、彭城,過梁、楚以歸。於是遷仕為郎中,奉使西征巴、蜀
以南,南略邛、笮、昆明,還報命。在《五帝本紀·贊》中說:"余嘗西至
空桐,北過涿鹿,東漸於海,南浮江淮矣。"可見他在元封元年(前 110
年)以前,曾遊歷許多地方。司馬遷的父親司馬談(太史公)死後三
年,遷為太史令,時年應為二十八歲,就已經"紬史記石室金匱之書",
繼父志而創寫《太史公書》了。天漢三年(公元前 98 年)三十八歲時,
遭李陵之禍,被刑以後,曾為中書令。《史記》中記事最可信是出自司
馬遷手筆的李廣利降匈奴事。事在征和三年(公元前 90 年),時司馬
遷應為四十六歲。由此計算,司馬遷親手寫《史記》的時間,至少有二
十年(有的說十年)。《漢書·司馬遷傳》說:"遷既死後,其書稍出。
宣帝時,遷外孫平陽侯楊惲祖述其書,遂宣佈焉。"

《史記》自漢宣帝時傳出,開始傳抄流傳,單行無合集。其中十篇
是有錄無書的。至元、成間,褚少孫為之補作。所以《史記》雖大多數
出於司馬遷手筆,但仍有部分的後人補作。因而其中所記,有遷死
後事。

《史記》問世後,歷代有注釋,晉末徐廣有《史記音義》,對照各種
鈔本,差別已很大。六朝宋裴駰作《集解》,主要是注釋典故、地理。當
時已說:"考校此書,文句不同,有多有少,莫辯真實。而世之惑者,定
彼從此,是非相貿,真偽舛雜。"各種本子差異更大。唐司馬貞作《索
隱》並補作《三皇本紀》,張守節作《正義》,各據傳本不同,以致解釋多
異。裴駰、司馬貞、張守節三家注各自單行,為相當完備的注本。至清
有專注者,大體上都已引見於日本瀧川資言的《史記會注考證》,為
《史記》注本的最佳本,但它的集解之功還不夠。

《二十五史補編》中對於《史記》部分的補訂和考證,對於《史記》
書、表都有所補訂考證。清人王鳴盛的《十七史商榷》,對《史記》有許

多考證。錢大昕的《二十二史考異》也有考證。

北宋太宗淳化五年（公元 994 年）《史記》始有刻本，南宋元朝多襲此本。此後三家注始與《史記》合刊。明刊《史記》，除翻刻宋、元本外，有的刊本改變原體例，降《項羽本紀》為世家，黜《孔子世家》為列傳的。官刻監本，亦多字句脫落處。清乾隆武英殿本《史記》，雖經四庫館人校勘，但未經改錯補佚。同治九年金陵書局本，經張文虎等校勘，也仍非善本。現存最古的《史記》版本，是南宋黃善夫本，經商務印書館影印，收入百衲本《二十四史》，前有司馬貞補的《三皇本紀》。五十年代商務印書館組織人力校點二十四史，其中《史記》即據金陵書局本參以他本進行校勘、分段、標點。《三皇本紀》移為附錄，並附以《點校後記》，是為最新版本。

劉向、劉歆父子的典校群書和《別錄》《七略》

劉向字子政，初名更生，為漢宗室楚元王劉交的玄孫，漢元帝（公元前 48—前 33 年）時為宗正卿。其子劉歆，字子駿，後改名秀，字穎叔，漢成帝（公元前 32—前 7 年在位）時為黃門侍郎，平帝（公元 1—5 年在位）時為右曹太中大夫，王莽纂權，為國師嘉新公。地皇（公元 20—22 年，王莽年號）末，謀劫王莽降漢，事泄自殺。劉歆所著《七略》與其父劉向所撰《別錄》二十卷，同為校書中秘時的重要著作。

據《漢書·藝文志》載："成帝時，以書頗散亡，使謁者陳農求遺書於天下。詔光祿大夫劉向校經傳、諸子、詩賦，步兵校尉任宏校兵書，太史令尹咸校數術，侍醫李柱國校方伎。每一書已，向輒條其篇目，撮其指意，錄而奏之。會向卒，哀帝（公元前 6 年至前 1 年）復使向子侍中奉車都尉歆卒其業。歆於是總群書而奏其《七略》，故有《輯略》，有《六藝略》，有《諸子略》、有《詩賦略》、有《兵書略》、有《數術略》、有《方伎略》。"

《隋書·經籍志》也載劉向校書"每一書就,向輒撰為一錄,論其指歸,辨其論謬,敘而奏之。"

應劭《風俗通義》佚文也載:"劉向為孝成皇帝典校書籍二十餘年,皆先書竹,為易刊定,可繕寫者,以上素也。"可見劉氏父子典校群書,是先把先秦竹簡整理出來,然後請人寫在絹素上。劉氏《七略》《別錄》全書今已不傳,僅存清人幾種輯本。現所存的《敘錄》尚有劉向所作的《戰國策》《管子》《晏子》《荀子》《韓非子》《說苑》等篇,確為劉向遺著。另外尚有《列子》《鄧析子》《關尹子》《子華子》等書敘錄,疑為劉向所作。劉歆所作《敘錄》現只存《山海經》一種。從劉氏父子的幾篇流傳至今的敘錄來看,他們對於先秦古籍的整理、校勘和提要敘錄、分類編次工作,實在是費盡心血,為後世的目錄、校勘學,對兩漢的資料收集和編次,作出很大貢獻。沒有淵博的學問,是很難作出如此大的成績的。

劉歆在《七略》中把中國先秦及先漢古舊典籍分為七類(略),每一略又各有分類。《六藝略》分《易》《詩》《書》《禮》《樂》《春秋》六類,下附《論語》《孝經》《小學》,故言"敘六藝為九種"。

《諸子略》下分儒、道、陰陽、法、名、墨、縱橫、雜、農、小說各家,故言"諸子十家,其可觀者九家而已"。

《詩賦略》分為以屈原為首的賦二十家,以陸賈為首的賦二十一家,以荀卿為首的賦二十五家,此外尚有雜賦十二家,歌詩二十八家,共五種。

《兵書略》中有兵權謀、兵形勢、兵陰陽、兵技巧等四種。

《數術略》分天文、曆譜、五行、蓍龜、雜占、形法,凡六種。

《方技略》分醫經、經方、房中、神仙,凡四種。

大凡書六略三十八種,五百九十六家,萬三千三百六十九卷,而《輯略》則為全書的總論。這是我國歷史上公元前一世紀時的圖書資料分類學,為"辨章學術,考鏡源流"的古代目錄學奠定了基礎。所以劉氏父子的著作,與司馬遷的《史記》,堪稱西漢時的兩大專著。

據《漢書·藝文志》兵家小序載:"武帝時,軍正(政)楊僕捃摭遺逸,紀奏《兵錄》。"說明在《七略》以前還有更早的專門的兵書目錄《兵錄》,但此書早佚。劉氏的《別錄》《七略》則為最早的綜合性提要目錄了。此兩書唐時已佚,但唐初李善(約630—689)注《文選》時尚引用兩書原文,清人馬國翰有兩書輯本一卷。

東漢班固修《漢書》,據《七略》"刪其要以備篇籍",即"刪去浮冗,取其指要"(顏師古注),撰成《漢書·藝文志》。可見《漢書·藝文志》,乃是劉氏《別錄》《七略》的刪簡,而保存了原書的規模。

劉向的《說苑》和《新序》

《說苑》是録先秦及漢代史事和百家之言,分類編輯為二十題,雜以議論,藉以闡明儒家的政治思想和倫理觀念,舉述先秦聖王、治君、賢臣的諫言和行事,以戒時君。其二十卷二十題為:

1.君道,2.臣術,3.建本,4.立節,5.貴德6.復恩,7.政理,8.尊賢,9.正諫,10.敬慎,11.善說,12.奉使,13.權謀,14.至公,15.指武,16.談叢,17.雜言,18.辨物,19.修文,20.反質。

例如:在《君道》題中說:"明主有三懼,一曰處尊位而恐聞其過;二曰得意而恐驕;三曰聞天下之至言而恐不能行。""齊景公出獵,……晏子曰:'國有三不祥,……夫有賢而不知,一不祥;知而不用,二不祥;用而不任,三不祥也。'"都是警時君的。

又如《政理》題中"魯哀公問政於孔子,對曰:'政在使民富且壽。'哀公曰:'何謂也?'孔子曰:'薄賦斂則民富,無事則遠罪,遠罪則民壽。'公曰'若是,則寡人貧矣。'孔子曰:'《詩》云:愷悌君子,民之父母。未見其子富而父母貧者也。'"

各題下所敘多類此。

《新序》舊有二十卷,宋曾鞏校定,只有十卷,餘均殘缺。是書采摭舜、禹至漢代的史實故事,分《雜事》五卷、《刺奢》一卷、《節士》二卷、《善謀》二卷等五個題目編纂成篇。其中所述事,與《左傳》《戰國策》《史記》等頗有出入,總的內容是列舉聖君的事蹟史實以勸善,舉虐君暴君的事蹟以懲惡,以達到"學有統,道有歸"的目的,宣揚孝友忠君的大一統思想,以鞏固劉氏一姓統治。

劉向(約公元前77—前6)治《春秋穀梁傳》,用陰陽災異說推論時政得失,屢次上書劾奏外戚擅權,譏刺時事,極言劉氏政權之危,屢遭外戚迫害。歷宣、元、成三朝,居列大夫官三十餘年,終不遷擢,年七十二歲卒,又十三年而王氏篡漢。著作除《說苑》《新序》外,另有《列女傳》八篇。

兩書有宋曾鞏校本,收入《漢魏叢書》。有臺灣注譯本。

桓寬《鹽鐵論》十卷六十篇

《鹽鐵論》是一部記錄漢昭帝(前86—前74年)時召開鹽鐵會議的文獻,後由桓寬編撰成書。

昭帝始元六年(公元前81年),召集各地推舉的賢良、文學六十餘人,集會長安,"問民間所疾苦"。會議上以賢良文學為一方,御史大夫桑弘羊等為一方,對當時政府實行的鹽鐵官營、均輸、平準等經濟措施進行了全面的反復辯論,內容涉及西漢的政治、經濟、軍事、文化等各方面的具體政策,《鹽鐵論》就是會議上雙方論點的記錄。會議後,以桑弘羊等主持的鹽鐵官賣制度並未罷黜。到漢宣帝時,桓寬把這些會議記錄的內容增益整理成一家之言,成《鹽鐵論》一書。書中記錄了雙方爭辯的論點論據,為研究當時的社會矛盾、思想鬥爭以及桑弘羊的思想保存了豐富的史科。

此書十卷,六十篇,各立標題,但内容均記文學、大夫雙方辯論各自闡發的論點,並互相連貫。

此書在宋代曾有版刻,但年代久遠,逐漸失傳,知之者少。明孝宗弘治十四年,江陰令涂禎得《鹽鐵論》宋寧宗嘉泰二年刻本,進行覆刻,清校勘學家顧千里經過校訂,於嘉慶十二年重刻於江寧,並撰《考證》一卷於後。1935 年世界書局《諸子集成》即據此嘉慶重刻本排印出版。五十年代中華書局修訂重印。中華書局《新編諸子集成》收入王利器的《鹽鐵論校注》為最新校注本。

《爾雅》十九篇

《爾雅》今本十九篇,是自先秦至漢代雜采歷代經傳、百家經籍訓詁材料,逐步彙集,逐漸彙編並加以完善起來的一部訓詁的彙編,非出一時一人之手。它是一部解釋古代經典詞語的工具書,自唐文宗(827—840 在位)開成年間(836—840 年)刻石經,《爾雅》始列為十二經之一。宋以後,為十三經中的一部。

《爾雅》釋詞,主要包括三個方面:一是以當時的標準語解釋方言俗語;二是以當代通行語言解釋古語;三是以常用語解釋難僻詞語。因此,它是一部以釋義為主的詞典,也是我國最早的一部詞書。

《爾雅》的內容編排是按物類劃分的。《釋詁》《釋言》《釋訓》是屬於古代文獻詞語訓釋的彙編。《釋詁》偏於義訓,《釋言》偏於音訓,《釋訓》則偏於雙聲迭韻詞。

例如:

《釋詁》篇:初、哉、首、基、肇、祖、元、胎、俶、落、權、輿,始也。林、烝、天、帝、皇、王、后、辟、公、侯,君也。

《釋言》篇:殷、齊,中也。斯、誃,離也。謖、興,起也。
還、復,返也。

《釋言》篇:明明、斤斤,察也。條條、秩秩,智也。穆穆、
肅肅,敬也。

《釋親》《釋宮》《釋器》《釋樂》是解釋親屬關係名稱、宮
室的總體和各部位名稱,以及各種器物和樂器名稱的。

《釋天》《釋地》《釋丘》《釋山》《釋水》是解釋天象、地理
等自然環境的名物的。

《釋草》《釋木》《釋蟲》《釋魚》《釋鳥》《釋獸》《釋畜》是
解釋植物、動物各類屬名稱的。

由上述可見,《爾雅》雖然是我國最早的以釋義為主的詞書,但是
它還沒有達到對詞語的意義進行完整分類的程度,而僅僅分了物類。
因此這部書只能作為一部訓詁資料書。

《爾雅》的注釋,魏晉以前各家舊注材料已散失,僅在唐初陸德明
的《經典釋文·爾雅音義》中保留一鱗半爪。魏晉以後的注,也缺乏系
統。今日通行的注本,以晉郭璞注、宋邢昺疏的《十三經注疏》本為最
完善。清代郝懿行的《爾雅義疏》二十卷,取材廣博,除了對郭璞的注
加以補充證實外,對郭璞未注的也加以補注。

《方言》十三卷

《方言》原書為十五卷,今本十三卷,全稱是《輶軒使者絕代語釋
別國方言》,西漢末揚雄撰。

揚雄(公元前53—公元後18年)字子雲,漢蜀郡成都(今屬四川)
人。漢成帝時,任給事黃門郎,王莽時參加天祿閣校書,官至大夫,曾

作《劇秦美新》以諂諛王莽,有文名。早年多作辭賦,後來轉而研究五經,仿《論語》作《法言》,仿《易經》作《太玄》,駁斥神仙方術之說,批老莊而崇尚儒學。他的語言學著作,就是這部《方言》。此書經過二十七年的工夫,似仍未最後完成。體例仿照《爾雅》,按詞義排列詞語,類集西漢時代各地的方言,以不同地區的同義語進行集釋,大部分詞語注明通行地區範圍。它的材料來源,出於古代文獻和直接調查,從中可以看出漢代語言分佈情況。書中既解釋"古今異言",又解釋"方言殊語",是我國第一部方言訓詁著作。

據晉郭璞在《方言序》中說,《方言》這部書"出乎輶軒之使,所以巡遊方國,采覽異言。車軌之所交,人跡之所蹈,靡不畢載,以為奏籍"。似乎是由專門採集方言的特使,從四方採集而來,它的功用,"可不出戶庭而坐照四表,不勞疇諮而物來能名,考九服之逸言,標六代之絕語",認為此書為"洽見之奇書,不刊之碩記"。

《方言》中解釋詞語,例如:

> 嫁、逝、徂、適,往也。自家而出謂之嫁,由女而出為嫁也。逝,秦晉語也。徂,齊語也。適,宋、魯語也。往,凡語也。

《方言》的注本,以晉郭璞的《方言注》為最早,清代戴震的《方言疏證》、錢繹的《方言箋疏》等注本,對《方言》既加以整理訂正,又有闡發,可資參考。

《氾勝之書》

《氾勝之書》是一部古佚書,今僅存輯本。《漢書‧藝文志》著錄有"氾勝之十八篇",注:氾勝之為漢成帝時的議郎。顏師古注引劉向

《別錄》說：“使教田三輔，有好田者師之，徙為御史。”氾勝之（或稱氾勝），可能是在漢京畿的三輔地區，教耕田的農師，因之後來遷升為御史，由於《氾勝之書》而聞名於後世。

從此書內容來看，總結了關中一帶農民種麥的經驗，對戰國以來的農業生產技術有所改革和提高。書中最突出的生產經驗是實行區田法和溲田法（即在種子上面粘上一層糞殼作為種肥）以提高產量。其次，還有耕田法、種麥法、種瓜法、種瓠法、穗選法、調節稻田水溫法、桑苗截幹法等農業生產技術，也由此書而保存至今，使今日得以瞭解西漢時關中地區的農業生產技術的水平。

此書原本《隋書·經籍志·子部·農家類》著錄為二卷。《舊唐書·經藉志》《新唐書·藝文志》同。宋修《太平御覽》引此書。原本已逸。今存輯本即從《齊民要術》及《太平御覽》引文中輯出，有排印本流通。

第三章　紙的發明和用紙寫書時代
——東漢魏晉六朝到隋唐

第一節　紙的發明和用紙寫書
——東漢至六朝

1. 紙的發明

　　紙是和現代文明、科學技術、文學藝術的發展分不開的。如果沒有紙(指植物纖維造的紙),就不可能有現代這樣大規模的圖書出版事業和國內外的科學文化思想交流,當然也就不會有現代水平的科學文化事業的發展。所以紙的發明,可以說是人類科學文化史上的一件大事(當然還須有其他條件),也是對人類文化事業的一大貢獻。在很長的歷史時期中,對於誰發明了造紙術的問題,中外學者有過不同的看法和爭論。

　　西方學者先曾認為造紙是十四世紀時德國人或意大利人發明的,後來又說八世紀時阿拉伯人發明的。但是在確鑿的歷史文獻和出土的歷史文物的證明面前,西方人雖不能不承認中國人首先發明造紙術,可是,他們又說首先用破布等植物纖維造紙的,仍是阿拉伯人。直到二十世紀初,1906年英國人斯坦因把我國在長城廢堡中發現的公元二世紀時中國紙的實物交給維也納維斯那大學化驗,證明完全是用破布造的紙以後,才承認我國人民最先發明了用合乎科學方法製造出來的紙。後來美國哥倫比亞大學教授卡德在其所著《中國印刷術的發明及其西傳》(劉麟生譯本,書名為《中國印刷術源流史》),特別指出了造紙方法先由中國發明,然後傳往西方的經過,西方學者才不得不承認事實,肯定紙是中國人發明的。

但是我國的造紙術,究竟發明於何時,由何人始創?

在我國史書中,通行的說法是公元105年東漢蔡倫發明造紙。

公元五世紀時,范曄所著《後漢書·蔡倫傳》中有這樣一段記載:

> 倫,字敬仲,桂陽人也。……後加位尚方令。……自古書契多編以竹簡,其用縑帛者謂之為紙。縑貴而簡重,並不便於人。倫乃造意,用樹膚、麻頭及敝布、魚網以為紙。元興元年(東漢和帝,公元105年)奏上之,帝善其能,自是莫不從用焉,故天下咸稱"蔡侯紙"。

後人多據此材料,認為紙是東漢和帝時任尚方令的蔡倫首先發明,於公元105年試製成功,所用原材料是植物纖維、破布、破魚網、樹皮、碎麻等。而事實上,詳查文獻,關於紙的記錄早在蔡倫以前就有了。

班固《漢書·考成趙皇后傳》中,曾記載趙昭儀(趙飛燕)用"赫蹏"包裝毒藥,並在其上寫毒殺曹偉能的密令:"篋中有裹藥二枚,赫蹏書",應劭注曰:"赫蹏,薄小紙也。"這裏敘的事發生在西漢成帝元延元年(公元前12年),距蔡倫造紙的記載,早一百餘年。如果這種赫蹏還不能證明是植物纖維紙,即麻紙,范曄《後漢書·賈逵傳》還有這樣一段記載:"帝(章帝)嘉之,……令逵自選公羊嚴(彭祖)、顏(安樂)諸生高才者二十人,教以《左氏》,與簡紙經傳各一通。"這是說東漢章帝(公元76—88年)命經學家賈逵教諸子弟學習《左氏傳》，並予以用竹簡寫的和用紙寫的《左氏傳》和《春秋經》各一部。這是漢章帝建初元年(公元76年)的事，在蔡倫造紙記載之前三十年。這年不僅已有了紙，而且已用紙寫書。這說明，蔡倫並非造紙術的最先發明人。

文獻記載之外，經過今人多年的考古發掘，調查考證，發現幾批地下出土的實物，證明我國古代紙的發明，遠在蔡倫以前。

1933年黃文弼被派考查全疆，在羅布淖爾(古樓蘭遺址，後稱鄯善)古代廢址中發現麻紙片，因同時出土有漢宣帝黃龍元年(公元前49年)木簡，從而認定此紙為西漢古紙(見黃文弼《羅布淖爾考古記》，1948年北平研究院)，但也有人提出反對(見《江西大學學報》1982年1期榮元愷文)。

1957年在西安霸橋磚瓦廠工地發現古紙片，1964年經專家查明斷定是麻紙，並被認為是"世界上最早的植物纖維紙"(見《文物》1964年11期潘吉星文)，並判定為不晚於漢武帝時之物，原紙是用於包物的。

1973年在居延(肩水金關)廢塞中發現團成紙團的大小兩塊紙片，同時出土的有漢宣帝甘露二年(公元前52年)的木簡，經專家們研究斷定為不晚於宣帝時的古紙。

1979年陝西扶風中顏生產隊在古代房屋遺址中發現塞入銅泡內填充的幾個小紙團，經化驗為麻紙，經研究判斷窖藏時間在西漢平帝之前，製造時間可能在宣帝時(見《文物》1979年9期羅西章文及潘吉星文)。

上述羅布淖爾古紙、霸橋紙、金關紙和中顏紙的先後發現，為我國造紙始於西漢，提供了系統的物證，並斷定蔡倫並非中國造紙術的發明人。但蔡倫是東漢和帝時的"尚方令"，掌握宮廷用品的製造和供應,將勞動人民早已發明的造紙技術加以擇優改進,並得到應用和發展,奏上皇帝,因而在史書中立傳,取得了紙的發明權。

從蔡倫改進推廣造紙技術,我國的造紙術便隨著東漢時期中外交通的發展而傳播國外,成為當時世界上造紙技術的先進方法。

我國造紙技術,約在七世紀時傳入朝鮮和日本,其後又傳入印度,並在元朝以後經西域一帶傳至中亞,以至北非、西歐。明朝中葉,英國始有造紙;清初,美國費城始知造紙(見卡德著《中國印刷術的發明及其西傳》)。

紙的發明權,是屬於中國的,而且是早在公元前一世紀,這是我國對世界文化作出的重大貢獻。

2. 用紙寫書的開始到普及

我國發明造紙技術,已為中外學者所研究考證證實。但何時以紙為寫書材料,仍須進一步探討。

如上述《後漢書·賈逵傳》所記,東漢章帝建初元年(公元 76 年)以前已有用紙寫書的事。

但《隋書·經籍志》也載:"董卓之亂,獻帝西遷。圖書縑帛,軍人皆取為帷囊。"這是說,東漢末年,朝廷秘府藏書,大批是用帛書。

兩漢時地方政府尤其是邊疆一帶的官府文書、簿冊,則大量使用簡冊,如《武威漢簡》中載。1959 年在武威磨嘴子六號漢墓中出土竹、木簡寫的《儀禮》九篇,經研究認定是儒師的課本;1972 年山東臨沂銀雀山西漢古墓出土的《孫子兵法》《孫臏兵法》《尉繚子》《六韜》等簡書殘簡;1973 年湖北江陵鳳凰山十號漢墓出土一份木牘為西漢初農民繳納賦稅的帳單;1978 年青海大通縣上孫家寨發現的西漢晚期古墓中出土大批邊疆軍事律令文書的殘木簡;以及居延漢簡中的一冊東漢和帝永元年間的竹簡兵器簿。這些考古材料的出土，都以實物證明兩漢時期內廷秘閣藏書多用帛，地方官府寫書及文書簿冊則仍用竹木簡牘。用紙寫書，只見於《後漢書·賈逵傳》，很可能是一種特例。但它已顯示了紙寫書的開端。

又據文獻記載，三國時期，寫書材料，是紙帛兼用。

《三國志·魏志·文帝紀》黃初七年注中引用胡沖《吳歷》，有這樣的記載："（文）帝以素書所著《典論》及詩賦餉孫權，又以紙寫一通與張昭。"可見當時帛書還是饋贈的珍品，比紙寫書高貴。但卻說明用紙寫書只作為一種較貴重的禮品饋贈，還沒有普及通用。

西晉以後，紙寫書已漸普及，並有染黃防蟲法處理寫書紙張。《晉書》卷九十二《文苑·左思傳》載左思構思十年寫成《三都賦》，"豪貴之家，競相傳寫，洛陽為之紙貴"。《晉書·王隱傳》說王隱作《晉書》，"貧無資用，書遂不就，乃依西征將軍庾亮於武昌。亮供其紙筆，書乃得成"。《晉書·荀勗傳》及《穆天子傳敘》都載其上《穆天子傳》一書，說："謹以二尺黃紙寫上。"說明當時寫書已使用經過染黃處理的"黃紙"以防蛀。高似孫的《緯略》卷八記載："晉中經有黃紙楷書。"

《晉書·劉卞傳》載："卞後從令至洛，得入太學，試經為臺四品吏。訪問令寫黃紙一鹿車，卞曰：'劉卞非為人寫黃紙者也。'"

賈思勰《齊民要術》卷三記炮製寫書黃紙以防蛀的方法稱"入潢"，也說明當時寫書已大量用經過處理的防蛀的黃紙。

到了東晉（公元317—420年），用紙寫書已完全代替簡牘，絹帛書箋僅供貴族享用。據《太平御覽》卷605文部及《初學記》二十一文部所引《桓玄偽事》載"古無紙，故用簡，非主於敬也。今諸用簡者，皆以黃紙代之"。這是記載一件當時以行政命令普及用紙寫書，取消用簡寫書，說明紙已代替竹木簡作為書寫材料了。

南北朝時，用紙寫書，已發展成為較長的紙卷，將紙貼連起來，書寫佛經或儒家經典,這種實物在敦煌秘藏千年的寫卷中已有發現。

由以上記載可以看到我國古代的書寫材料,在用紙以前的很長歷史年代中,竹木簡冊寫書從戰國一直延續到晉代,跨越千年,東晉以後,則為紙寫書所代替。而官府貴族則仍保留用縑帛寫書箋的習慣。邊遠地區,如今日新疆、寧夏等地區,本世紀以來的考古發現,不僅有大量漢簡,也有一定數量的晉簡,這說明,入晉,紙寫文書尚未普及到邊遠地區。

由上可見,我國從西漢後期,即發明造紙術,東漢蔡倫總結其經驗加以推廣,用紙寫書,則始於東漢,而普及於東晉。

第二節　紙寫本書的極盛時代
——隋唐

公元六世紀末至十世紀初的隋唐時代,是我國書籍史上紙寫本的極盛時代,而在七、八世紀之間,則是紙寫本的高峰。唐代後期,已經出現了雕版印刷,但還沒有成為書籍生產的主要方式。

1. 唐代紙寫本書盛行的歷史背景

我國歷史,經過魏晉南北朝時期近四百年的分裂動亂,經隋至唐實現了比較長期的安定統一局面,並在政治上實行了不少改革,使社會經濟得到恢復發展和繁榮,出現了如"貞觀之治""開元之治"時期的安定發展局面,相應地也出現了文化上的繁榮局面。

唐王朝在政治方面,廢除了魏晉以來的貴族世家襲官制度,代以科舉取士命官的制度,推動了社會文化的發展和讀書人的增加。

由於經濟技術的發展,造紙業也很發達。據《新唐書·地理志》《元和郡縣志》及《通典·食貨典》記載,唐代進貢紙的地方有常州、杭州、越州、婺州、衢州、宣州、歙、池、江、信、衡、益、韶、蒲、巨鹿等州,相當於今天的蘇、浙、皖、贛、湘、蜀及山西、河北等省。同時據史載,造紙技術也不斷提高,質量品種增多,由於佛教盛行,寫經紙需要量增加,造紙業中產生了各種高質量的寫經紙和各種顏色的彩箋,以供應不斷增長的寫書需要,使我國書籍史上出現了紙寫本書的極盛時代。

據《新唐書·藝文志》載,唐玄宗在安史亂後,由蜀返回京師"置修書院於著作院","其後大明宮光順門外,東都明福門外,皆創集賢書院"。"太府月給蜀郡麻紙五千番(年六萬番),季給上谷墨三百三十六丸(年一千三百四十四丸),歲給河間、景城、清河、博平四郡兔千五百皮(一千五百張兔皮)為筆材"。唐朝太府是主管征收貢品的衙門,其征收紙張的總數已很有可觀。

由於唐朝重視文教,大量編纂各類圖書,實行科舉取士,讀書人及官府抄書之風很盛行,以至唐玄宗下詔禁止人民在私家抄書。(見唐《大詔令》)而且當時抄書已形成一種專門職業(《冥報記》載嚴長華雇人抄書出售)。這種專業抄書人稱為"經生",有些貧苦文人,還代人"傭書"。出售書籍的書肆很發達,私人藏書的數目也增加起來,如李泌、蘇異、柳公綽等人藏書竟達萬卷乃至三萬卷以上。

李泌(公元 722—789 年),京兆(今陝西西安市)人,唐玄宗時為皇太子供奉官,歷任蕭、代、德三朝,位至宰相,封鄴侯。韓愈詩有:"鄴侯家多書,插架三萬軸。——懸牙籤,新若手未觸。"即指李泌藏書。

唐代官修史書及各種類圖書大量出現,各門學科都有私人著作出現。尤其是唐代文學方面,不僅詩歌豐富,各種傳奇小說、話本、變文、俗曲廣為流行。又提倡佛、道,重視抄寫經卷。因此各類書籍的寫本大量流傳,官修、私撰,均靠手抄本收藏、流傳,形成了寫本書的極盛時期。

2. 從敦煌古籍的發現所見到的唐寫卷

現今能看到唐寫本的原物,還要靠敦煌藏經洞封藏近千年的古籍重放光明。

清光緒二十六年(1900年),在甘肅敦煌縣鳴沙山千佛洞第二八八號石窟通道的複室中,由道士王園籙發現了大批封藏近千年的古籍文物,其中包括紡織品、古籍、寫本、經卷。王道士不懂得這些寶藏的價值和意義,因之陸續被人盜走,散逸一部分。1907年,英人斯坦因聞訊,買通王道士,盜走其中最精華部分,裝二十多箱運走,貯藏倫敦不列顛博物館。1908年,法人伯希和又盜走一部分精品,後藏法國巴黎國立圖書館。此後,日本、德國、美國人也盜走一些。清宣統元年(1909年),清政府學部才去收管剩餘的部分運往北京。運輸途中,又被地方和護送人員盜竊,最後剩下的八千餘卷,歸北京圖書館收藏。據後來研究估計,這項藏經洞的封藏古籍全部約二三萬卷,大約是十一世紀初因防兵亂而封藏於洞窟中的。

在1909年至1917年期間,伯希和曾將盜走的敦煌古籍的一部分影片,贈送給羅振玉、蔣斧等,後由羅振玉先後印成了《敦煌石室遺書》《鳴沙石室遺書》和《鳴沙石室古籍叢殘》等編,引起了當時學者如王國維、劉師培、曹元忠、繆荃孫等的極大注意。

這批寫本中,題有年月的,最早的是北魏文成帝拓跋濬太安四年,即劉宋孝武帝大明二年(公元458年)的《戒緣》。這批寫本中有五、六世紀的古寫本,也有十世紀後的唐寫本。就其內容來說,有佛經、道經、儒家經典、文字學、歷史、地志、醫書、小說、通俗詞典、唐代變文、俗講、詩、詞等等,除了專書之外,還有小曲、雜文、信劄、賬簿、日曆、戶籍、契據、狀牒和占卜書。其所用文字有漢字、西夏文、藏文、梵文以及古代中亞文字,是研究我國古代史和中亞史、文學、文字學的珍貴資料。惜這部分珍貴的寫本,大部流落國外,只有一部分被整理翻印出來。

1925年,劉半農從巴黎抄回一些語言文學資料。1934年以後,目錄學專家王重民和向覺民曾分別到巴黎和倫敦攝取了更多的四部書(即經、史、子、集)和文學資料照片,但由於抗日戰爭暴發,研究敦煌學的學者多避居大後方,未得繼續。

全國解放以後,黨和政府重視古籍整理,開展對敦煌古籍的研究。1958年,由商務印書館出版了王重民在三十年代彙編的《敦煌古籍敘錄》,其中包括有王重民以前在巴黎和倫敦為北京圖書館攝製敦煌古籍影片所作的題記,1909年至1917年許多研究敦煌學的老宿所寫的四部書的題記,以及1925年以後報刊上發表的論文等有關資料。此書按四部分類,分經、史、子、集,每種古籍先著書名(或兼著篇名),次著者姓名,再次錄原編著號,最後著該古籍的各種影印或排印本。並彙集各家題記,編成敘錄。關於敦煌所藏寫本或刻本韻書,因周祖謨擬彙編為音韻學專書,這類題記和論文遂不收錄。關於佛經、道經、單篇詩文、金石拓本的題記也不收錄。

《敦煌古籍敘錄》是一部彙集1900年至三十年代各家研究敦煌古籍的題記彙編,加上作者王重民的按語。

3. 紙寫本和卷軸制度的發展

唐寫本書有一定的抄寫形式,形成卷軸制度,繼承帛書卷軸而發展到完備程度。從遺留的實物來看,紙書卷子長短不同,長的可達二

三丈,而短的只有二三尺。紙上用墨畫成直格,分成行。唐人稱之為
"邊準",宋人稱之為"解行",後來又稱之為"烏絲闌""朱絲闌"等。
上、下有欄,稱為"邊闌"。寫書的格式是:

每卷起首空兩行,這是竹簡書"贅簡"的遺跡,預備寫全書總名的。
然後開始寫本篇的名稱(小題)和卷次。此下空數字,再寫全書名稱
(大題)。也有起首不留空行,徑寫小題的。然後寫正文,正文寫完,隔
一行,再寫本篇篇名和卷次。空著的一行是為填寫抄書人姓名的,但
也有很多不寫的。如果一書有正文也有注釋,那就往往用朱筆寫正
文,墨筆寫注解;或者正文單行,注解雙行,都用墨行寫。還有一種格
式,正文和注解都是單行,只把注解的字另行提行,寫得小點。這種辦
法很通行,但容易出錯,把正文當作注,或把注誤為正文,現存唐以前
的書由於這種原因發生錯誤的很多,如酈道元的《水經注》就是。

卷子的軸,通常是用一根上漆的細木棒,長度比卷子的寬度長,兩
頭露出卷子外以便舒卷。

卷子的左端常另接一張較堅韌而空白的紙,或用羅、絹、錦等絲織
品,叫做"褾"。褾頭再係上一根帶子,用以捆縛卷子,稱為"帶",帶也
常用絲織品。卷軸、褾、帶、加上籤,為卷軸的主要組成部分。

一部書往往要由許多卷組成,為了不分散或與其他書混雜,通常
用布或其他材料作為外衣包裹起來,叫做"帙",也有用囊袋裝裹的,則
稱為"囊"。"帙"和"囊"全是繼承簡冊時期的形式,一般用布料製成,
珍貴的書則用錦或絹,或用細竹為經,色絲為緯織成,再用錦或布襯
表,並於四周加錦邊的。這種帙,曾在敦煌古籍中發現,在日本也有留
存。帙的右端有帶,以便捆紮。

書卷稱為卷子,排列在書架上,以軸頭向外,便於抽取,所以稱"插
架"。軸頭上常係一根籤子,標上簡單的書名和卷次以便於檢尋。

卷軸在隋唐時代貴族帝王之家是極為華麗講究的。據《隋書·經

籍志》載,隋煬帝嘉則殿藏書分三等,"上品紅琉璃軸,中品紺(紫色)琉璃軸,下品漆軸",以軸的貴賤表示書的價值。唐玄宗集賢院藏書,軸、帶、帙、簽,各類書的顏色都不同。據《唐六典》載:"其經庫書鈿白牙軸,黃帶,紅牙簽;史庫書鈿青牙軸,縹帶,綠牙簽;子庫書雕紫檀軸,紫帶,碧牙簽;集庫書綠牙軸,朱帶,白牙簽,以為分別。"這是以軸帶顏色分門別類的。

　　卷子的長度有的長達幾丈,卷舒很費事,檢查資料很不方便。隨著圖書資料的增加和讀書人檢查資料需要的增加和公私著作的發達,讀書人在閱讀查檢資料的實踐中,常常把長卷折迭為長方形的一疊,並在卷頭卷尾易於損壞部分加硬紙以資保護,於是便創造出了新式的圖書形式——經折裝,或"梵經裝",比卷軸便於翻檢,進而又出現了"旋風裝",這就是在唐末九世紀以後出現的,被唐人稱為"葉子"的書籍裝幀形式,以一翻為一葉。這種折疊式的葉子折縫容易斷,成為一張一張的單紙頁。以後又出現了用散葉裝訂成冊的書籍裝訂法,代替粘連單頁紙張又加以折迭的經折裝,而使用冊葉裝訂法。這個時期創造了雕版印刷技術,更促進書籍冊葉裝訂形式的發展,於是書籍便進入了印本書的時代。而卷軸僅在一些繪畫、藝術品中保留下來,至今仍在一些書法繪畫作品中使用,保留著一種古雅的裝幀形式。

　　總結本節所述,我國自漢代發明造紙術,自東漢才有用紙寫書的文獻記錄。東漢至三國(2—3世紀),為簡帛與紙並用;唐末期開始(9—10世紀),則為紙寫本與印本並行;而晉至唐中葉的四至九世紀,則以紙寫本為主,其中的八、九世紀,為紙寫本極盛時期。

　　由於用紙寫書卷,費力多而產量少,復本流通不多,所以收藏比較集中於官府和貴族之家,一遇戰爭,便蕩然無遺。如果不是敦煌藏經洞中為我們封藏幾萬卷寫卷保存下來,我們至今對唐寫本的真面目還難窺全貌。可惜由於帝國主義的侵略和清末政治腐敗,這批敦煌封藏的珍貴遺產已大量流散國外。

第三節　東漢至隋唐時期的圖書編纂簡介

1. 東漢時期

（1）東漢的文字、訓詁和經學

東漢王朝,是在西漢末王莽改制失敗,各地農民起義風起雲湧,各處地主武裝、豪強集團的武裝、王莽集團的所謂官方殘餘武裝勢力與各支農民軍在各地展開了反復、曲折、複雜的鬥爭,最後由西漢宗室、南陽劉秀地主武裝集團取得勝利而建立的政權。於公元二十五年稱帝建號,又經過十二年的軍事鬥爭,於建武十二年(公元 36 年),統一了全國。新的王朝,依然是舊的基礎,但在政治、經濟、文化各方面必然有一些不同的措施。

在文化方面,王莽為了實行托古改制的政治需要,曾為《古文尚書》《毛詩》《儀禮》(均出自孔壁)等古文經立博士。劉秀建立東漢政權以後,一反王莽所為,復立今文經博士。據《續漢書·百官志》及注所載:東漢所立五經博士各家與西漢比較,略有出入,但基本承襲西漢宣帝時的建制。例如:

《易》西漢有施、孟、梁丘各家,而東漢增京房氏《易》。

《書》西漢有歐陽,大小夏侯氏各家,而東漢仍舊。

《詩》西漢有齊、魯、韓各家,東漢仍西漢。

《禮》西漢有後氏,東漢有戴德、戴聖及大小戴氏禮(《儀禮》)。

《春秋》西漢有《公羊》《穀梁》(漢宣時),東漢廢《穀梁》,並立《公羊》嚴、顏二氏。

西漢共十二博士,東漢為十四博士。

東漢在西漢劉向、劉歆父子整理校勘敘録古籍的基礎上,經學家多轉入解經、注解的工作。與此相適應,需要研究文字、訓詁。因此出現文字、訓詁書的編纂。又由於今文經雖立於學宮,但古文經師仍有很大影響,今古文經學各派,互相辯難,以至後來又互相融合。

班固《白虎通德論》(《白虎通義》)

東漢章帝初平四年(公元 79 年),為了解決五經異同問題,以"正"經義,集諸儒於白虎觀,講論五經異同。這個會議的議論內容,後由班固等編纂而成《白虎通德論》,又稱《白虎通義》,共四卷。它的思想體系是董仲舒以來今文經學派思想體系的延伸和擴展,也是漢今文經學派政治學說的提要。清人陳立撰有《白虎通疏證》,由中華書局編入《新編諸子集成》第一輯。此書共四十四目,起於"爵號",終於"喪服""崩",為封建王朝解釋刑、疏、等級、禮教、名物的訓詁書。

許慎《說文解字》

東漢的古文經學家,是主張通過語言文字學(當時稱"小學")來解釋研究儒家經典,以達到實事求是地探求古書的原意,還其本來面目,而反對今文學家的微言大義,以今人之意去妄斷古人,使經典失去本來的真相。於是許慎的《說文解字》便應運而生。

許慎(約58—約147年)的《說文解字》約成書於東漢安帝建光元年(公元121年),為作者半生心血的結晶,為我國語言學史上第一部分析字形、解釋字義、辯識聲讀的字典。全書分十四卷,卷分上下,共收集文字形體九千三百九十三字,加上重文(即當時的異體字),為一萬零五百一十六個。按五百四十部首排列,始"一",終"亥"。字形下分形、音、義三部分的說解,先解字義,次釋字形,最後以"讀若"標音。用以標音的字,取其為通行的後出字,以標明文獻上常用的異體字、互相通用的同源字。它一方面嚴格按形義統一的原則來講本字、本義,另一方面又用各種方式指出古代文獻用字的規律,使我們在閱讀古文獻時用它作為排除文字障礙的鑰匙。

《說文》寫成後,許慎已在病中,由其子許沖進上東漢皇帝,後經幾百年中的傳抄,違失原真,到了北宋太宗雍熙三年(公元 986 年)命徐鉉校訂刊印,將原有卷數析為三十卷,徐鉉弟徐鍇又作《說文繫傳》。

清嘉慶十四年(1809 年)孫星衍覆刻宋本《說文解字》,以密行小字連貫而下,不便閱讀。同治十二年(1873 年),番禺陳昌志又據孫星衍本改刻為一篆一行本,以許慎書原文為大字,徐鉉校注者為雙行小字,每部後的新附字則低一格,印刷眉目清朗,便於查閱。清代學者段玉裁(1735—1815 年)撰《說文解字注》,為研究文字訓詁學的重要參考書。其所撰《六書音韻表》附在《說文解字注》之後。

中華書局 1963 年新印本《說文解字》即以陳昌志本為底本,並兩頁為一頁而縮印之,又於每篆字之首增加楷體,卷末又附以新編檢字三部分:部首、正文、別體字,皆依楷體筆劃為次序。這是《說文解字》的無注簡本。

劉熙《釋名》

東漢劉熙撰的《釋名》,共八卷二十七篇,是一部訓詁書。《館閣書目》說它是"推揆事源,釋名號,致意精微"。《崇文總目》說:"劉熙即名物以釋義。"劉熙在自序中則說:"名之於實,各有意類,百姓日稱而不知其所以之意，故撰天、地、陰、陽、四時、邦國、都鄙、車服、喪紀，下及民庶應用之器，論述指歸，謂之《釋名》。""至於事類，未能究備。"

可見《釋名》一書，是以語源學的觀點研究訓詁，它訓釋名物，追述事物命名的來源，是一部漢語語源學的重要著作。

《釋名》仿照《爾雅》的體例，而專用音訓，以音同、音近的字解釋字義，推究事物名詞術語的來源，辯證古音和古義。

《釋名》分二十七個篇目：

　　《釋天》《釋地》《釋山》《釋水》《釋丘》《釋道》《釋州國》《釋形體》《釋姿容》《釋長幼》《釋親屬》《釋言語》《釋飲食》《釋彩帛》《釋首飾》《釋衣服》《釋宮室》《釋牀帳》《釋書契》《釋典藝》《釋用器》《釋樂器》《釋兵》《釋車》《釋船》《釋疾病》《釋喪制》。

每一篇目中的名詞術語，又分別加以訓釋。

如第一篇目《釋天》中，首列釋天，繼釋日、月、星、宿等天象，又釋陰、陽、寒、署、春秋四時、五行、天干、地支、霜、露、雪等一切有關天象、天時等的名詞術語。首先以音訓，次以義訓。

首先釋"天"在不同地區的讀音部位讀音，然後釋四時的稱謂，如"春曰蒼天""夏曰昊天""秋曰旻天""冬曰上天"等。

又如第七目《釋州國》，釋青、徐、揚、荊、豫、涼、雍、并、幽、冀、兗、司、益等州及各州國地名、地理名詞。

第二十四目《釋典藝》，首釋三墳五典，繼之釋經、緯、圖、易、傳、禮、儀等名詞術語。

如第八目《釋形體》，則釋人、體、軀、身、毛、皮等等人形體內外大小組成部分和器官部位的名稱。

《釋名》所釋的内容,不僅包括典章、禮儀、經典,而且旁及"民庶名號""百姓日稱"的名物,比《爾雅》所釋僅限於經典詩書的範圍有所擴大,並探求名詞術語的語源。

《釋名》撰成後,原來靠傳抄流通,宋以後始有刻本。傳到今天的本子,有原藏江南圖書館的明嘉靖翻刻宋本,上海涵芬樓曾據此本影印綫裝,收入《四部叢刊》,無注釋。

《釋名》的注本,有清畢沅的《釋名疏證》,王先謙的《釋名疏證補》及《釋名注證補附》。

東漢的經學

東漢的經學家有鄭興、鄭眾父子,稱前鄭,繼有賈逵、馬融、鄭玄、何休等。

鄭眾,生卒年已不詳,東漢明章時人,曾任大司農,世稱"鄭司農",以別於宦官鄭眾。其父鄭興,專治《左傳》之學,鄭眾傳其說,並通《易》《詩》。他們的著作及注經均已散逸,清人輯佚家馬國翰《玉函山房輯佚書》輯有《周禮鄭司農解詁》六卷、《鄭眾春秋牒例章句》一卷,後世稱鄭興、鄭眾父子為"先鄭",以別於後來的鄭玄。

賈逵,生於東漢光武建武六年,卒於和帝永元十三年(公元30—101年),歷明、章、和三世,扶風平陵(今陝西咸陽西北)人。父賈徽在西漢時從劉歆學《左傳》,又習《古文尚書》《毛詩》。賈逵傳習父業,在東漢任侍中及左中郎將等職,為古文經學家。又通天文學。所撰的《春秋左氏傳解詁》《國語解詁》等著作,已逸。清馬國翰《玉函山房輯逸書》及黃奭《漢學堂叢書》中有輯本。

馬融,字季長,生於章帝建初四年,卒於桓帝延熹九年(公元79—166年),右扶風茂陵(今陝西興平東北)人,曾任校書郎、議郎、南郡太守等職。早在鄭玄以前,遍注《周易》《尚書》《毛詩》《三禮》《論語》

《孝經》等,使古文經學至於成熟。兼注《老子》《淮南子》,教授生徒千餘,鄭玄、盧植都是他的門生。他的注經、詩賦、文集等著作,均已散逸。清人馬國翰、黃奭有輯本。

鄭玄,生於漢順帝永建元年,卒於獻帝建安五年(公元 127—200年),字康成,北海高密(今屬山東)人。學成時已在桓、靈、獻三世。漢桓帝時入太學學習今文《易》和《公羊》學,又學《古文尚書》《周禮》《左傳》,最後從馬融學古文注經。遊學各地,歸鄉里聚徒講學,弟子數千人,因黨錮事被禁,遂專心從事著述。以古文經說為主,博采眾說,遍注群經,在古文經學的基礎上,吸取今文經學的長處,破除學派家法傳統,集漢代經學之大成,融匯今文古文經說,基本上結束了今文、古文之爭。現在通行的《十三經注疏》中的《毛詩》《三禮》即采鄭玄箋和注。另外還注有《周易》《論語》《尚書》。鄭玄的經學學說觀點,自魏晉至隋唐廣為流傳,清代乾嘉學派提倡漢學、樸學,又對鄭學有很多發揮。

何休,字邵公,生於漢順帝永建四年,卒於靈帝光和五年(公元129—182 年),任城樊(今山東曲阜)人。二十歲以後主要活動在桓靈之世的四十餘年間。太傅陳蕃曾征他參政,陳蕃敗後,陷於黨錮獄中,靈帝建寧二年(西元 171 年)大赦党人,何休始任司徒、議郎、諫議大夫等職。鑽研今文經近二十年,為漢代今文經學家,著作大部亡逸,傳今的僅有《春秋公羊解詁》。

王肅,字子雍,生於漢獻帝興平二年,卒於魏甘露元年(公元195—256 年)。二十歲以後,在漢魏之間,東海(郡治在今山東郯城西南)人。官至中領軍,加散騎常侍。他的父親王朗為司馬昭妻父。對各家經義加以綜合,遍注群經,不分今文古文,善賈逵、馬融的學說,而對立鄭玄,所以稱為"王學"。他所注的《尚書》《詩》《三禮》《左傳》《論語》及其父王朗所注《易傳》在晉代立有博士,但各書都已散逸,今有清人馬國翰輯本。

由上可見,東漢的經學家,以解經注經為主,從注解群經中立論,體現了今古文經學派別的互相分爭又互相融合的經學研究歷史。古文經學重聲韻訓詁、字形、字義、解經;而今文經學重微言大義的闡發。至東漢末鄭玄,破除學派家法,融匯今古文經說,集漢代經學之大成。

(2)東漢的史書舉要

東漢的史書編纂,基本上是繼承《春秋左傳》和司馬遷《史記》的體例,編著了紀傳體的《漢書》《東觀漢記》及編年體的《漢紀》,又創斷代為史的先例。

班固《漢書》

班固的《漢書》,共百篇,析為一百二十卷,凡八十萬言。分為十二本紀、八表、十志、七十列傳,最後的《敘傳》既為班氏父子(班彪、班固)之傳,又為七十列傳的提要。

《漢書·敘傳》載:"故探篹前記,綴輯所聞,以述《漢書》,起元高祖,終於孝平、王莽之誅,十有二世,二百三十年(公元前206年至前23年,實為229年),綜其行事,旁貫五經,上下洽通,為春秋考紀、表、志、傳,凡百篇。"

它的十志,為《律曆》《禮樂》《刑法》《食貨》《郊祀》《天文》《五行》《地理》《溝洫》《藝文》。

八表為《異姓諸侯王》《諸侯王》《王子侯》《歷代功臣表》《外戚恩澤侯》《百官公卿》《古今人表》。

《文心雕龍·史傳篇》說:"及班固述《漢》,因循前業,觀司馬遷之辭,思實過半,其十志該富,贊序弘麗,儒雅彬彬,信有遺味。"給以很高的評價。

　　班固的《漢書》，原非出一人之手，它前有所承，後有續者。西漢後期司馬遷的《史記》流傳以後，因《史記》所書止於漢武，太初（公元前104—101年）以後即缺而不錄了。因之，為寫成全漢史，補《史記》的人很多。據《史通·古今正史》載：劉向、劉歆、揚雄、劉恂等十餘人，都先後撰"續史記"，一直到哀、平間，這些補撰者仍名為《史記》。到東漢初建武中，司徒掾班彪認為以前補的《史記》"其言鄙俗，不足以踵前史，又雄、歆褒美偽新，誤後惑眾，不當垂之後代者也。於是采其舊事，旁貫異聞，作《後傳》六十五篇。其子固以父所撰，未盡一家，乃起元高皇，終乎王莽，十有二世，二百三十年，綜其行事，上下通恰，為《漢書》紀、表、志、傳百篇"。這是說，班固撰《漢書》是上繼他父親班彪《後傳》六十五篇的基礎上修撰的。所以後人對班固有"遺親攘美之罪"的議論（見《文心雕龍·史傳篇》）。

　　班固修《漢書》，"其事未畢"，就有人上書告班固"私改作《史記》"，以至皇帝下詔書將班固逮捕到京兆監獄囚禁，他的《漢書》書稿也被查抄。幸他的兄弟班超到京上書辯解，申述班固是續父舊作，不敢改易舊書。漢明帝於是釋放班固，任其為校書郎，後又改任為蘭臺令史，並詔命他繼續編寫《漢書》，宮內藏書任其參考。於是從漢明帝永平初年開始，到漢章帝建初年間（約公元60—80年），經過二十餘年的艱苦歲月，終於寫成。

　　漢和帝永元元年（公元89年），帝舅竇憲為車騎將軍，奉命北擊北匈奴，班固為竇憲幕府的中護軍。得勝，竇憲拜大將軍。以竇太后故，勢傾中外。永元四年（公元92年），竇憲同黨謀叛亂，事泄，收竇憲大將軍印綬，班固受株連免官。洛陽令種兢，前曾因受班固家奴醉罵，心銜恨之，畏竇憲勢不敢發。及竇憲敗，竇氏賓客均遭逮捕，種兢乘機報復，逮班固入洛陽獄，六十一歲，繫死獄中。

　　班固死後，他的《漢書》遭到破壞，缺逸八表和《天文志》，他的妹妹班昭(即曹大家)奉朝命續成八表,馬續補作《天文志》,全書始成完帙。

《漢書》撰成後,多古字難讀,後世注釋者多人。據《隋書·經籍志》載,隋以前注《漢書》者近二十餘家,如應劭的《集解音義》,服虔的《漢書音訓》,韋昭的《漢書音義》等。到了唐代顏師古彙集漢魏以來二十餘家注,成為最詳的注,並將隋以前的一百一十五卷,析為百二十卷。

清人王先謙,又集唐以後各家注釋撰成《漢書補注》,光緒二十六年(1900年)刊行,附於顏師古注後,參閱徵引專著六十七家,搜羅廣泛,備録各家之說,而且詳加考證,為最完備之《漢書》注本。

今存《漢書》的版本,以北宋景祐本為最古,百衲本《二十四史》即據此本影印。還有明末毛晉汲古閣本,清乾隆武英殿本(淵源於宋景祐本,出於明監本),光緒二十六年王先謙《漢書補注》本。中華書局標點本,依據《漢書補注》本,又參閱各種注本、校本加以詳校,分段、標點,為最完善的新本。

荀悅《漢紀》

荀悅的《漢紀》三十卷,是一部編年體的西漢史,仿《左傳》體例,簡化《漢書》,按年敘事,內容大致不出《漢書》範圍,但有所刪補。

荀悅生於漢桓帝建和二年,卒於漢獻帝建安十四年(公元148—209年),字仲豫,穎川穎陰(今河南許昌)人。少年時好學,善於解說《春秋》,後應曹操征召,在漢獻帝時任黃門侍郎、秘書監等職。漢獻帝以《漢書》文繁難省,命荀悅依《左傳》體改寫為《漢紀》三十篇,經五、六年始成書。"言約而事詳,辯論多美,大行於世。"(《隋書·經籍志》)全書數十萬言。

《東觀漢記》

《東觀漢記》原本一百四十三卷,今存輯本二十四卷,為東漢官修的當代紀傳體史書。

東漢初年,班固撰西漢史書《漢書》以外,歷朝史官,都循續《史記》的例子,撰修東漢當代史,其中主要的有漢明帝時班固、陳宗等撰寫的《世祖本紀》《功臣列傳》和《新市》《平林》《公孫述》等載記二十八篇。漢安帝時,又有劉珍、李尤等在東觀撰寫從光武初到漢安帝永初年間(即公元 25—113 年)的東漢史,包括紀、表、列傳。劉珍等死後,又命伏無忌、黃景等續寫。漢桓帝元嘉年間(公元 151—152 年),命邊韶、崔寔、朱穆、曹壽、延篤等續寫安帝永初(公元 107—113 年)以後事。共撰成一百一十四卷,稱曰《漢記》。漢靈帝熹平(公元 172—177 年)年間,又命馬日磾、蔡邕、楊彪、盧植等繼續修撰,遭董卓之亂,全書未及完成,但已經過明帝、安帝、桓帝、靈帝四朝史官的編寫。全書據《隋書·經籍志》載,為“一百四十三卷,起光武記注至靈帝,長水校尉劉珍等撰”。《舊唐書·經藉志》《新唐書·藝文志》均著録一百二十七卷,已漸散逸。南宋《中興書目》,僅存傳九篇。元明以後,全部亡逸。至清代有姚之駰輯本八卷,乾隆時從《永樂大典》輯成二十四卷,為今日流傳最詳本。

《東觀漢記》,為東漢明帝、安帝、桓帝、靈帝四朝的官修紀傳體史書,未完成。今存輯本二十四卷。

帝紀,一至三卷:光武、明、章、和、殤、安、順、沖、質、桓、靈。

年表五,卷四:百官、諸王、王子侯、功臣、恩澤侯。

志八,卷五:地理、律曆、禮、樂、郊祀、車服、朝會、天文。

列傳,卷六至二十二:外戚、宗室、別傳、列女、外裔。

載記,卷二十三:劉玄、劉盆子、彭寵、隗囂等。

逸文,卷二十四。

附《東觀漢記范書異同》俱見於范書,唐李賢注,與《東觀漢記》對照異同。

據《隋書·經籍志》及劉知幾《史通·古今正史》載,東漢以後各代史家,共撰有七家《後漢書》(僅傳體),兩家《後漢紀》。今存只有范曄的《後漢書》、荀悅《漢紀》和《東觀漢記》輯本。

趙曄《吳越春秋》

《吳越春秋》東漢趙曄撰,原書十二卷,今存十卷,敘吳自太伯至夫差,越自無餘至勾踐的史事。於舊史書所記外,又增入不少民間傳說,有補充正史缺漏的史料價值。

此書開地方史志書之始。

袁康《越絕書》

《越絕書》,一稱《越絕記》,東漢袁康撰,原書二十五卷,現存十五卷,記吳越兩國史地及伍子胥、子貢、范蠡、文種、計倪等人的活動,多采傳聞異說,與《吳越春秋》所記相出入。

(3)王充的《論衡》八十五篇

《論衡》是東漢人王充歷畢生精力寫成的百餘篇論文編成的一部"新書",內容豐富。據他在全書序言《自紀篇》載,這部書"上自黃、唐,下臻秦、漢而來","幼老生死古今,罔不詳該"。王充認為他這部著作的指導思想是"折衷以聖道,枹理於通材,如衡之平,如鑒之開",故謂之"論衡",其主旨在"疾虛妄"。

《論衡》是針對東漢時期豪強地主階級專政,董仲舒的"奉天法古""天人相與"思想和讖緯迷信思想氾濫,而"疾心傷之",進行駁斥虛妄之說的。書中對統治階級所編造的天有意識生人,而又有意識"生五穀以食人"的妄說;對君權神授論者編造的聖人、君王感天而生的謬論;"福禍之應皆天也"的天人感應說;以及"死人為鬼,有知能害人"等迷信說教,都一一進行分析批判,從而闡明自己的論點。《論衡》中的精華篇章,如《自然篇》《譏日篇》《論死篇》《訂鬼篇》《譴告篇》《實知篇》中對當時流行的虛妄迷信思潮,進行了有力的批判,並在《問孔》《刺孟》篇中打破對所謂"聖人"的迷信。這位出身"細族孤門","博通眾流百家之言","好博覽而不守章句"的學者,卻"仕數不耦","而徒著書自紀"。在他晚年的時候,寫下這部"名傳於千載"的二十萬言的戰鬥書篇,實在是一部珍貴的遺產。王充卒於東漢和帝永元年中(公元 96 年左右),終年約七十歲。

《論衡》最早著錄於三國時吳人謝承的《後漢書》,已只有八十五篇,而非百篇以上了。流傳至今的《論衡》有三十卷本和十五卷本兩種,均為八十五篇,其中第四十四篇《招致篇》有篇目而無正文。

當前《論衡》有三種注本,可供閱讀參考。北京大學歷史系《論衡注釋》、黃暉《論衡校釋》、劉盼遂的《論衡集解》。1979 年中華書局已出版《論衡校釋》,而黃暉的《論衡校釋》則編入中華版《新編諸子集成》第一輯。

(4)《熹平石經》

《熹平石經》又稱《漢石經》《一字石經》《今字石經》《鴻都石經》《漢石經》。它於東漢靈帝熹平四年(公元 175 年)始刻於洛陽太學鴻都門外,地在當時洛陽城南開陽門外御道東(今河南偃師縣佃莊公社太學村),光和六年(公元 183 年)刻成,共六十四石,刻經七種。由蔡邕、堂溪典、馬日磾等統一各經文字,確定經文,依據當時立於學官的漢代今文經,用隸書一體書寫。各經都以一家本為主,在全經後另撰有《校記》以保存其餘幾家的異文。其七經是:《書》《易》《詩》《儀禮》《春秋》《公羊》《論語》。所用本子為:

> 《尚書》所用本子為歐陽氏本,凡二十九篇,後面刻《書序》。《康誥》《酒誥》《梓材》為合序,所以共為二十七序。各序合為一篇,又將《盤庚》分為三篇,以合於歐陽氏經文三十二卷之數,全經共 18650 字。
>
> 《易》為梁丘氏本;
>
> 《詩》為魯詩;
>
> 《儀禮》為大戴本;
>
> 《春秋》及《公羊》都用嚴氏本;
>
> 《論語》用張侯本。

每經均校以其他數家。經東漢末年喪亂,到魏黃初(公元 220—225 年)年間,曾補其缺壞。又經西晉永嘉(公元 307—312 年)之亂,經石多數崩毀,到唐初已毀滅殆盡。歷代不斷有殘石出土,金石家多有收藏墨拓研究,馬衡曾集中公私所藏拓片加以著錄。當時出土的石經殘石,見《考古學報》1981 年 2 期及《考古》1982 年 4 期有專文報導。《漢石經》殘石今共存九千餘字。

唐宋以來,學者對漢石經殘石不斷有拓本,或重刻石拓本,據拓本影刻及影印本,並有大量文字研究著錄。

過去考訂石經源流的著作很多,而以 1930 年刊行的張國淦著的

《歷代石經考》較為完備,當代考文,則見於《考古學報》及《考古》。

2. 魏晉南北朝時期

魏晉南北朝時期,是一個分裂動亂的歷史時期,社會矛盾發展急驟,政治、社會、思想、文化各方面的鬥爭也是尖銳複雜的。舊日的經濟秩序和社會生活遭到嚴重的破壞,社會現實提出許多實際的新問題,人們的思想從兩漢以來禁錮於儒家經典的樊籬中解放出來,衝破了兩漢以來獨尊儒術、循經注釋的章句訓詁之學的束縛,出現了談玄辯理、清談論道的局面。反映在這個時期的文化、思想、文學、史學、科學技術等各方面,都出現了突破於兩漢的新的發展局面,有了新的發展。

其次,這一時期的頻繁更替的各個王朝的統治集團都繼承前代的傳統,重視收集屢遭破壞散逸的前朝文化典籍,在西漢劉氏父子整理古籍的基礎上,不斷收集整理,編著目錄。對書籍的收集、抄寫、整理、保管都有新的發展。

再次,此時期在整理古舊圖書的基礎上,新的著作也大量出現,各類圖書的編纂,都有所增加。

(1)史書的編纂(包括地方志)舉要

古史

古史方面,有三國時蜀人譙周所撰的《古史考》二十五篇。據南宋王應麟《玉海》卷四十九《藝文·論史》載,譙周此書,是由於他認為司馬遷作《史記》寫周秦以上事"或采俗語百家之言,不專據正經",於是撰《古史考》"皆憑舊典以糾遷之謬"。《古史考》是一部搜羅古籍以補

《史記》所載先秦史事之缺的古史參考書。

魏晉時人皇甫謐撰《帝王世紀》,將我國歷史的開端上溯到開天闢地,起三皇,終漢魏。《隋書·經籍志》著錄為十卷。唐司馬貞為《史記》作索隱,補《三皇本紀》,即本譙周、皇甫謐二書。

譙周(公元201—270年)為三國蜀漢巴西西充(今四川閬中西南)人,字允南。諸葛亮領益州牧,譙周任勸學從事,後任中散大夫、光祿大夫。蜀後主劉禪炎興元年(公元263年),勸劉禪降魏,周遂受曹魏封為陽城亭侯。晉代魏,又任騎都尉、散騎常侍。所著《古史考》二十五卷,原書已逸,今存輯本為清人章宗源所輯。

皇甫謐(公元215—282年)為魏晉間人,安定朝那(今甘肅平涼西北)人。幼名靜,字士安,自號玄晏先生。青年學儒,中年以後學醫,精於醫學,除醫學著作有《甲乙經》外,著有《帝王世紀》《高士傳》《列女傳》《玄晏春秋》等。

後漢史

後漢史的編著,據《隋書·經籍志·史部》著錄,魏晉人所著有七家《後漢書》和兩家《後漢紀》,它們是:

《後漢書》一百三十卷,無帝紀,吳謝承撰。

《後漢書》六十六卷,本為一百卷,梁時有此書,至唐時已殘缺。晉薛瑩撰。

《續漢書》八十三卷,晉秘書監司馬彪撰。據《史通》載,此書包括紀、志、傳八十篇。

《後漢書》十七卷,原本九十七卷,至唐殘缺,晉少府卿華嶠撰。

《後漢書》八十五卷,原本一百二十二卷,至唐存八十五卷，晉謝沈撰。

《後漢南記》四十五卷，原本五十五卷，至唐殘缺，晉張瑩撰。

《後漢書》九十五卷，原本一百卷，晉秘書監袁山松撰。

以上七家《後漢書》爲紀傳體，著於《隋志》"正史"類。

張璠和袁宏（彦伯）各撰《後漢紀》三十卷，爲編年體，著録於《隋志·史部》"古史"類。

南朝劉宋宣城太守范曄，利用上列史書，以華嶠《後漢書》爲底本，並依據《東觀漢記》，兼取各家之長，撰成紀傳體《後漢書》。此書行世後，各家之書遂漸殘缺、亡逸。傳今的《後漢書》則只有范曄所撰之本了。

范曄（398—445）字蔚宗，劉宋順陽郡（今河南淅川縣東南）人。祖父范寧，爲晉豫章太守。父范泰，任劉宋侍中、左光禄大夫、國子祭酒，學識廣博，雅好文章，有文集傳世。范曄自幼受世族官僚書香門第的熏陶，受儒家思想影響較深，但他恃才傲物，放蕩不羈。劉宋文帝（公元424—453年在位）時，任尚書吏部郎。時宋彭城王劉義康執政，范曄犯了彭城王母喪中不敬罪，三十五歲被貶爲宣城太守，《後漢書》就是他在宣城太守任内寫成的。後來，劉義康外放，范曄又被召回，任左衛將軍、太子詹事，參與劉宋政權機要，受到同朝官僚沈演之、何尚之等的排擠、誣陷。不久，孔熙先陰謀發動政變，擁立劉義康爲帝，范曄被誣告爲"知情不舉""首謀造反"等罪，於文帝元嘉二十二年（公元445年）冬被判處死刑，時年四十八歲。

范曄撰《後漢書》，原定十紀、十志、八十列傳，共爲一百卷，與《漢書》相應，但十志未成而被殺。梁時劉昭取原司馬彪《續漢書》中的八志補成范書，並爲八志作注，八志共三十卷。同時，范曄臨死前有他在獄中寫給甥侄的信,後人刊印《後漢書》,就以它作為"自序"附在書前(局本)或書後(殿本)。

今本《後漢書》一百二十篇,分為一百三十卷,題宋宣城太守范曄撰。敘事始於王莽地皇三年(公元 22 年)。當時南陽饑荒,天下大亂,二十八歲的劉秀"避吏新野,因賣穀於宛",與兄劉伯升起事於宛。經過更始一二年中的複雜鬥爭,於公元二十五年稱帝建號,開始東漢政權的統治。至建安二十五年(公元 220 年),漢獻帝被曹丕奪權,建立魏政權。東漢王朝近二百年的歷史,就記載於《後漢書》中。

《後漢書》的體例,踵《漢書》而又有所改變:

本紀包括十二帝紀,又創十七后紀,佔全書中的十二卷。

傳列八十八卷,別傳共傳二百六十一人,其餘黨錮、酷吏、宦者、儒林、文苑、獨行、方術、逸民、列女等合傳,又傳一百餘人。另有東夷、西南夷等外族列傳八。

《後漢書》撰成後,至梁劉昭補入八志三十卷,始成全帙,但紀、傳、志當時仍單獨流傳。直到北宋仁宗時,始合為今本《後漢書》刊行。

今本《後漢書》的注本,首先是南朝梁剡令劉昭注范書的紀、傳,但已大部散逸,今僅存八志中的劉昭注了。

繼為《後漢書》作注的是唐章懷太子李賢(唐高宗子,武后所生)。他與張大安、劉訥言共注《後漢書》。李賢至高宗永隆(公元 680 年)被廢,注書前後六年。武后執政,李賢於嗣聖元年(684 年)被迫自殺,直到睿宗即位(公元 710 年)始追諡為章懷太子。

清王鳴盛著《十七史商榷》卷六十一"范蔚宗以謀反誅"條對范書有這樣的評論:"貴德義,抑勢利。進處士,黜奸雄。論儒則深美康成(鄭玄),褒黨錮則推崇李(膺)、杜(密)。宰相多無述,而特表逸民;公卿不見采,而惟尊獨行。"這正反映了范曄權衡人物的標準。

清代乾隆時殿本《後漢書》將范曄的《獄中與諸甥侄書》作為自

序,刊於書後,後來局版書又移於書前。

清代惠棟作《後漢書補注》二十四卷。

清末王先謙又作《後漢書集解》,集唐宋以來諸家之說,用《漢書補注》的體例作書,為今本《後漢書》注解最完備之本。

標點本《後漢書》,利用舊注進行校勘、分段、標點,參考各本,並重編新目,為最新標注本。後附范曄的《獄中與諸甥侄書》及劉昭的《後漢書注補志序》。

三國史

三國史的纂者,見於《隋書·經籍志》者,有晉司空王沈撰《魏書》四十八卷,劉知幾《史通·正史篇》載四十四卷。其後,陳壽撰《三國志》和裴松之注,不少引用王沈《魏書》處。《太平御覽》卷二百三十三引王隱《晉書》說:"王沈著《魏書》,多為時諱,而善敘事。"此書已逸。

又有曹魏郎中魚豢撰《魏略》,劉知幾《史通》有記載,裴注《三國志》有引用。據此得知,此書止於魏末,材料相當豐富。《史通》說它"巨細畢載,蕪累甚多"。此書已失傳,但裴注《三國志》、唐《藝文類聚》《北堂書鈔》《初學記》等類書,都有大量徵引,知此書為紀、傳、志體,《隋書·經籍志》未著錄。

韋昭撰《吳書》原五十五卷,梁時尚有此書,《隋志》著錄只有二十五卷。裴注《三國志》《文選注》《後漢書》注等書多引用。此書亦為紀傳體。

王崇的《蜀書》,見於《華陽國志·後賢傳》,《隋書·經籍志》不錄,不知亡於何時。

還有大量關於三國的史書、傳書。只有陳壽的《三國志》六十五卷,記述三國魏、蜀、吳的全部史事。但只有紀、傳而無表志。而且史料不豐富,很多史事,脫而不載。《文心雕龍·史傳篇》《晉書·陳壽傳》及清《四庫提要》都贊陳壽善於敘事,有史才、文筆簡練。

陳壽(公元 233—279 年)字承祚,為巴西安漢(今四川南充)人,是譙周的弟子。在蜀漢任觀閣令史,因不屈事宦官黃皓,多次遭遣黜。炎興元年(公元 263 年)魏滅蜀,壽年方三十一歲,又兩年司馬炎代魏建立晉朝。通過張華的推薦,陳壽得舉孝廉,入晉為佐著作郎,又出補為平陽侯相。在此期間,他受中書監荀勗的委託,撰成《諸葛亮集》二十四卷,上奏朝廷。

晉武帝太康元年(公元 280 年),晉滅吳,統一中國,陳壽已四十八歲,他開始整理三國史事,參考三國時各國官私史書,撰成《三國志》。書成後,人贊其"善敘事,有良史才"。張華讚賞他,比之司馬遷、班固。晉惠帝元康七年(公元 297 年)陳壽死後,晉梁州大中正尚書郎范頵上表推薦壽書,朝廷命河南尹、洛陽令派人往陳壽家抄錄之,藏於政府(見《晉書·陳壽傳》)。

《三國志》成書,早於范曄《後漢書》一百餘年。一百三十年後,南朝劉宋文帝命裴松之為《三國志》作注。

裴松之(公元 372—451 年)字世期,祖籍河東郡聞喜(今山西文喜縣)人,西晉末,因亂移居江南。他生於東晉簡文帝咸安二年(372),卒於宋文帝元嘉二十八年(451 年),終年八十歲。仕晉宋兩朝近三十年,《宋書》有傳。據載,松之八歲時已通《論語》和《毛詩》,後來博讀典籍,學識日進,二十歲便開始作官。東晉安帝義熙十二年(416 年),劉裕為晉太尉兼領司州刺史,率軍北伐,以松之為州主簿,轉治中從事史。晉軍攻佔洛陽,松之即隨之任職洛陽,後被召回,任世子洗馬、零陵內史、國子博士等職。劉裕代晉,稱帝建宋時(公元 420 年),松之已四十九歲。宋文帝(公元 424—453 年在位)時,松之被派與十五人為大使,分巡各地,歸任中書侍郎,司、冀二州大中正,封西鄉侯,受命撰《三國志》注。松之廣泛搜集資料,參考引證圖書一百四十餘種,其與史家無涉者尚不在內(據清人錢大昕《二十二史考異》及趙翼《廿二史劄記》)。近人沈家本編《三國志注所引書目》統計,引書共二百一十家,可見裴注博覽窮通,所費功力之大。裴注於宋元嘉六年(公元429年)七月,歷四年而完成。宋文帝閱後贊為"不朽",時松之年已五十八歲。

裴注《三國志》,注文超正文二倍,正如在《上三國志注表》中所說:"奉旨尋詳,務在周悉,上搜舊聞,傍摭遺逸。"所引注文,皆注明出處,後來裴松之所徵引之書,多已失傳,賴《三國志注》中保存其原文。裴注《三國志》,除引舊有典籍外,還補充了他親身見聞的資料,以證所引資料的不實,以正舊籍之訛誤。所以裴松之實開創了注史的新方法,突破了前人注史局限於音義、名物、地理、典故的解釋範圍,開創了補充史事、考證異同、考辨真偽、提出考證意見、糾正妄說、妄記等的歷史考證學方法,為後人所學習借鑒。

《三國志》的魏(三十卷)、蜀(十五卷)、吳(二十卷)三書,原本是各自為書流傳的,至北宋時合為一部,改稱《三國志》。它的最早刻本北宋真宗咸平六年(1003年)國子監刻本,仍是分別發刻印行的。南宋光宗紹熙(公元1190—1194)年間又有重刻。現存的《三國志》刻本,有四種最通行,它們是:

百衲本:據南宋紹興、紹熙兩種刻本配合影印。
殿本:清乾隆時武英殿刻書處據明北監本校刻,以後的翻刻、石印、鉛印均據此。
金陵書局活字本:據明南監馮夢禎本校刻。
江南書局本:據毛氏汲古閣本校刻。

中華書局校點本,即用以上四種版本的通行本互校,校勘考訂而排印的。前附東晉寫本《吳志》殘卷書影。

南北史的修撰

南北朝史書的修撰,主要是在南北朝和唐代,在南北朝分立時期,各朝也都修有國史,但流傳至今的,只有梁沈約的《宋書》、齊蕭子顯撰的《南齊書》和北齊魏收撰的《魏書》。

梁沈約的《宋書》一百卷,有帝紀八、十卷,志八、三十卷,列傳六十卷。本書敘事,開始於東晉安帝義熙(公元 405 年),劉裕敗恒玄專政之初,至宋順帝昇明三年(即齊建元元年,公元 479 年)。記錄了劉宋一朝約七十餘年的史事,而劉裕稱帝始於公元 420 年,至其亡,不過六十年。

《宋書》是沈約以何承天、徐爰等所修的《宋書》為基礎,又收集當時奏議、詔誥、符檄、章表、長賦,收錄文章極多。《宋書》八志,包括律曆、禮、樂、天文、符瑞、五行、州郡、百官,所記追溯三代以來,而近及漢魏,多收錄前代典章制度,可補《三國志》及各家晉書無志之缺,唐初修《晉書》多取材於此。其後,裴子野刪為《宋略》二十卷,為編年體,元、明時散逸。

沈約(公元 441—513)字休文,吳興武康(今浙江武康)人。仕宋、齊、梁三朝,仕宋累官至司徒左長史;在齊任尚書僕射,遷尚書令;梁武帝即位,為建昌縣侯,官光禄大夫、太子少傅。工於詩文,著有《四聲譜》。齊永明五年(公元 487 年)受齊武帝蕭賾之命修《宋書》,次年春完成。自古書修之速,無逾沈書者。

《宋書》長期流傳,輾轉傳抄,不少散逸脱漏,宋、元、明均有刻本。但今存版本,有宋、元、明三朝遞修本(即三朝本),明朝北監本,毛氏汲古閣本,清乾隆四年武英殿本,金陵書局本,商務影印百衲本(商務影印三朝本)。中華書局新校點本即據以上各本互校,擇善而從,並參校其他史書、類書,利用前人校刊成果進行校勘、分段、標點,並對全書總目進行重新編排,是為最新最善的印本。

南齊史書,先有江淹的《齊史》十三卷(著録於梁阮孝緒的《七録》),後有沈約的《齊紀》(見沈約《宋書自序》),梁蕭子顯的《南齊書》五十九卷,即據此修撰成書。

《南齊書》包括本紀八卷,志十一卷,列傳四十卷,無表。志有禮、樂、天文、州郡、百官、輿服、祥瑞、五行八志。全書帝紀,自蕭道成世系敘起,重點敘自蕭道成稱高帝建號建元(公元479年),傳了三代,至和帝中興二年(公元502年)二十三年的南齊史。

《南齊書》,原名《齊書》,後來唐李百藥撰《北齊書》,此書遂稱《南齊書》。原為六十卷,著録於《隋書·經籍志》。到《舊唐書·經籍志》則著為五十九卷。末篇為《序傳》,已逸。

蕭子顯(公元489—537年)是蕭道成的孫子,為南齊宗室豫章王蕭嶷之子,好文章。梁大通(公元527—528年),累官至侍中,領國子監博士、吏部尚書,大同三年(公元537年)為吳興太守。他長於王室貴族之家,接觸當代史料及耳聞目覩,見聞均廣,以當代人撰當代史,因之《南齊書》利用不少原始資料,如《祖沖之傳》,就記録了難得的內容。但其《天文志》只記災祥,《祥瑞志》又多載圖讖,《州郡志》不志戶口,又無食貨、刑法、藝文志,所以此書志的史料價值不大,而且文筆欠流暢,文章水準不高,所以此書歷代鮮有選文,亦無注釋。

此書今可見的版本,有百衲本(影印宋大字本),明南監本,明末汲古閣本,清武英殿本及金陵書局本。

中華書局新校點本,即以百衲本為底本,參校其他各本,以及其他史書、類書有關部分,進行校勘、標點、排印出版,為最新最善的本子。

北朝史書傳今者有北魏史《魏書》和《北齊書》《周書》等,但修於北朝的只有北齊魏收撰的《魏書》。

《魏書》共為一百十四篇,析為一百三十卷,其中包括帝紀十二篇十四卷,列傳九十二篇九十六卷,志十篇二十卷。全書記述史事,主要是始自北魏道武帝拓跋珪登國元年(公元 386 年),終於魏孝靜帝武定八年(公元 550 年),共一百六十餘年的北魏王朝歷史,又以《序紀》體例,上溯北魏祖先鮮卑拓跋部的傳說,上推二十八年。其中雖多無稽之神話傳說,但也記錄了一些可參考的歷史史事。

北魏是在南北朝分裂割據時期,統一北方時間較長的一個王朝。從建國之初,即有史書修撰,如道武帝(公元 386—408 年在位)時有鄧淵撰的《代紀》十餘卷;太武帝(公元 424—451 年在位)時崔浩續撰《國書》成三十卷;文成帝(公元 453—465 年在位)時高允、劉模等續撰的國史,稱《國記》,都是編年體。孝文帝(公元 471—549 年在位)時,始命史官修紀傳體史書,大約編至獻文帝拓跋弘(公元 466—470年在位)時期。以後又有邢巒、崔鴻等先後編寫了孝文帝元宏、宣武帝元恪、孝明帝元詡等三朝的起居注。

後來北魏於公元 534 年分裂為東魏(公元 534—550 年)、西魏(公元 535—557 年),東魏又由高洋所建的北齊所代。北齊天保二年(公元 551 年),齊文宣帝高洋命中書令兼著作郎魏收撰魏史,設置史館,由太保錄尚書事高隆之監修,房延祐等人先後參加編修。

魏收(公元 505—572 年),字伯起,巨鹿(今河北省平鄉一帶)下曲陽人。初為太學博士,累遷至散騎常侍,典起居注,兼修國史,兼中書侍郎,時年二十六歲(公元 530 年),以文華著於北朝,與濟陰溫子昇、河間邢子才齊名,世號“三才”。但人稱其才,而鄙其行。高歡為魏孝靜帝(公元 534 年)相國時加魏收兼著作郎,深受高歡、高澄賞識重用。齊將代魏,命魏收撰禪代詔。北齊政權初天保元年(公元 550年),除中書令,仍兼著作郎,封高平縣子,天保二年(公元 551 年)受詔修魏史,總監修不過署名而已。天保五年(公元 554 年)撰成《魏書》。

　　《魏書》撰成後,遭到上百人的上訴反對,認為此書"抑揚失當,毀譽任情",甚至指為"穢史"。後經魏收兩次修訂,始成定本。寫成後,於并州、鄴下各置一部,任人抄寫,但反對《魏書》者仍多。

　　隋文帝時,命魏澹和顏之推、辛德源等重修《魏書》,成書九十二篇一百卷,以西魏為主。唐初又有張太素等撰《魏書》一百卷,至北宋便已失傳,只有魏收的《魏書》流傳下來,中唐以後與其他史書並列為"正史"。

　　《魏書》問題很多,仍不乏其存在的史料價值。《魏書》的十志,內容疏略,但《食貨志》中記錄了魏孝文帝元宏太和九年(485年)的均田令、三長制和租庸調制,為研究北魏以後三百年土地制度的基本材料。《靈徵志》中有北魏建國一百五六十年中的地震記錄,《官氏志》記錄了官制和姓氏改革。《釋老志》敘述了北魏佛教的流行和寇謙之修改道教的經過。《魏書》載入大量詔令、奏議,造成篇幅臃腫,但也保存一些有用的史料。

　　《魏書》流傳以後,輾轉傳抄,脫誤嚴重(尤以列傳末篇《序傳》脫逸最重)。北宋仁宗時,校定各史刊印,由劉攽、劉恕、安燾、范祖禹校定《魏書》時,已缺三十卷。當時以李延壽的《北史》、高峻的《高氏小史》和魏瞻、張太素等重修的《魏書》之文補入,並於總目下注缺卷以"闕"字,於所補正文之後加校語。因之今傳本《魏書》已非魏收原本。

　　北宋政和中有初刻本,未廣流傳。南宋紹興十四年(1144年),有四川翻刻本。此兩種刻本均逸,今傳最早的刻本,為三朝本,即南宋翻刻經元、明補版。1935年商務影印百衲本《魏書》,實即三朝本。

　　現存古本《魏書》,有商務影印百衲本二十四史本(據殿本改誤),明萬曆南監本和北監本(有清初補版),明末汲古閣本,清武英殿二十四史本,同治十一年(1872年)金陵書局本。

中華書局校點本即據這些版本互校,參閱了類書、正史、政書的相關部分進行校勘、分段、標點,為最新的排印本。

西晉和十六國史的修撰

兩晉和南朝的撰晉史者,不下二十家。《隋書·經籍志》著録的《晉書》有十八家,著於"古史"類的有十家,録於"正史"類者有八家。這就是到唐初猶存於世的號稱十八家晉書。魏崔鴻撰的《十六國春秋》則著於"霸史"類。

十八家晉書中,只有齊臧榮緒的《晉書》是總括兩晉史事。晉王隱的《晉書》,原有九十三卷,至唐已殘。唐修《晉書》時,基本上是增損臧榮緒撰的《晉書》,並利用王隱《晉書》資料,其他各家基本亡逸。

西晉末年以後的一百多年中,是所謂五胡十六國時期,互相混戰,不斷分裂,先後出現了十六個割據政權。各國都設有史官,或命專人撰寫起居注並撰修國史,同時也有一些政府官員、文人學士的私人著述留下不少有關各國的史書。據《隋書·經籍志》著録及《晉書·載記》之所記及類書徵引,十六國時期各國史書不下數十種。而《舊唐書·經藉志》《新唐書·藝文志》多已不録。

魏崔鴻撰的《十六國春秋》是十六國時期的一部重要歷史著作,《隋志》著録為一百卷。

崔鴻,字彥鸞,鄒(今山東平原)人,仕魏,為中散大夫,以本官兼修國史,後遷黃門侍郎,加散騎常侍、齊州大中正,孝昌年間(公元525—527年)卒,所撰《十六國春秋》,《舊唐書·經藉志》《新唐書·藝文志》著為一百二十卷。

此書以南方的晉、宋為正統,並以晉、宋年號繫年,對過去的各國史書和起居注等材料進行辨析真偽,校比異同,去粗取精,除繁補缺的工作。把分國的國書改名為"録",將各國帝紀改名為傳,把北方各割據性的政權,作為全國統一的多民族國家的區域政權,尊南方晉、宋為正統合法政權。這在當時,是有進步意義的。

《十六國春秋》一百卷,附序列一卷,年表一卷,是一部較全面、完整、史料豐富、內容充實的十六國史。因卷帙繁富,後來有人對此書進行削繁刪剪,寫成此書的"纂錄""略""鈔"等。此書至北宋初《太平御覽》尚有徵引,司馬光修《通鑒考異》時所見此書已殘缺,南宋《崇文總目》即不見著錄,可能亡於兩宋之際。今世所傳《十六國春秋》是後人采《晉書·載記》《北史》《冊府元龜》《太平御覽》等書輯成。清人湯球有《十六國春秋輯補》,《四部備要·史部》收入此書,為杭縣高時顯、吳汝霖輯校,裝訂綫裝一冊。

東晉常璩撰寫的《華陽國志》十二卷,十一萬言,是我國現存最早的一部方志書。全書記錄始於遠古傳說到東晉穆帝永和三年(公元347年)桓溫代蜀這一歷史階段,今四川、雲南、貴州三省及甘肅、陝西、湖北部分地區的歷史、地理、人物。這個地區,相當於晉的梁、益、寧三州,《尚書·禹貢》中的梁州。《禹貢》說:"華陽黑水惟梁州。"即指東至華山之陽(南),西極黑水之濱的地區,所以這部書名曰《華陽國志》。全書大體上可分三部分,一至四卷的《巴志》《漢中志》《蜀志》《南中志》,記載晉梁、益、寧三州的歷史、地理,上溯《禹貢》九州,始自周、秦、漢,迄於東晉。而以地理沿革為主,類似正史中的地理志,對西漢以來的西南郡縣沿革和治所記述較具體。五至九卷,包括《公孫述劉二牧志》《劉先主志》《劉後主志》《大同志》《李特、雄、期、壽、勢志》,以編年體的形式,敘述漢末公孫述、劉焉、劉璋父子(二牧),蜀漢成漢四個割據政權以及西晉統一時期的歷史,記述較詳,類似正史中的本紀。十至十二卷,包括《先賢士女總贊》《後賢志》《序志》,並附梁、益、寧三州先漢以來士女名目錄,記載西漢以來三州的所謂賢士、烈女,共記西漢到東晉初西南地區四百個人物的事蹟,收羅豐富,在方志中少見,類似正史中的人物傳記。

常璩,字道將,東晉蜀郡江原(今四川崇慶)人,生卒年代不可考。曾任蜀成漢李勢政權中的散騎常侍,兼掌國史,曾著有《漢之書》,又名《李書》,為成漢(公元302—347)史。此書已逸,《隋書·經籍志》著録為十卷。東晉穆帝(公元345—360年在位)永和三年(公元347年),東晉荆州刺史桓溫伐蜀,常璩勸李勢降晉。常璩任桓溫幕中參軍,隨至建康(今南京)。常璩於永和四年秋至十年(公元348—355年)間,撰成此書。由於常璩為成蜀割據政權的散騎常侍,書中又載李成國帝王之事,所以歷代目録書均將此書著録於史部"霸史"或"偽史"類。

常璩為蜀人,以蜀人寫蜀事,既取材於前人成果,成漢的檔案材料,又有親身見聞的第一手材料,因之,此書史料價值很高,受到歷代學者的稱讚。唐代史學家劉知幾在其《史通·雜述》中就說《華陽國志》"能傳諸不朽,見美來裔者,蓋無幾焉",後世編寫四川、雲南方志,均以此為典則。

《華陽國志》傳世最早的刻本,為北宋呂大防刻本,南宋李𡐯本即出於北宋本,今已無傳。

傳流至今的刻本,以明刻本、鈔本為最古,清嘉慶間顧廣圻校勘,以廖寅名義刊印本為各種版本之最。《四部備要》《國學基本叢書》都是依此本重印。《四部叢刊》本,則是上海涵芬樓借烏程劉氏嘉業堂藏明錢淑寶鈔本影印,前有重刊敘。

(2)北朝三大散文集

《顏氏家訓》二十篇,題為北齊顏之推撰

顏之推(公元531—約590年),字介,琅琊臨沂(今屬山東)人。

出身於世代儒術仕宦之家,先世於東晉初東渡。據史載,他的父親顏
勰,任梁湘東王蕭繹鎮西府諮議參軍,"世善《周官》《左氏》學"。顏之
推"早傳家業","博覽群書,無不該洽,詞情典麗",任蕭繹湘東王府左
常侍,加鎮西北墨曹參軍。蕭繹遣其子蕭方諸出鎮郢州,顏之推做他
的掌書記。侯景之亂陷郢州,之推被俘送建業。侯景平(公元 552
年),之推得回江陵,時已二十二歲。同年,蕭繹在江陵稱帝(即梁元
帝),之推又為散騎侍郎。不久,西魏攻破江陵,之推被俘送長安。不
久投奔北齊,官至黃門侍郎、平原太守,守河津。周滅齊,之推入周。
周大象(公元 579 年)末,為周御史上士。隋開皇中,太子召為學士,甚
見禮重,不久病死。

顏之推一生屢遭喪亂,歷仕四朝(梁、齊、周、隋)。所著有文三十
卷,《家訓》二十篇,並有《觀我生賦》載《北齊書·本傳》。《顏氏家訓》
頗行於世,約成書於隋平陳之後。內容以教訓子孫為題,涉及問題很
廣泛:治家、處世、治國、文章、道德、養生、信佛、考證文字、聲韻,以及
醫、藝各方面都有所論述,並於南、北朝間的一些習俗、風尚有所敘述。
重視家庭教育,強調學以致用。文字平易通俗,接近當時口語,別具風
格。與秦漢古文和六朝駢文均不同。

《顏氏家訓》首篇《序致》,為自序性質,說明此書寫作的意圖;《教
子》《兄弟》《後娶》《治家》等篇,則為以作者的經驗和所持觀點,提出
治家、處理家庭關係的一些準則;《風操》《慕賢》《勉學》《文章》《名
實》《涉務》《省事》《止足》等篇,則述品格修養、學習、文章及處事之
道;在《文章》篇中提出了對作者,對一些文章及作家的評論;《誡兵》
《養生》《歸心》等篇,主要是談顏氏好文而不武,養生之道,皈依佛教
等思想;《書證》《音辭》及《雜藝》則為考證古書文字、音韻以及醫方、
卜筮、書法、繪畫之不得不涉獵;《終制》篇,等於一篇對子孫處理死後
事的遺囑。

此書宋刻有閩本、蜀本,訛錯甚多,南宋孝宗淳熙七年(公元1180年),嘉興沈揆據以校勘,有題跋。

注本以王利器《顏氏家訓集釋》為目前較完善的注本,1980年上海古籍出版社出版。劉盼遂的《顏氏家訓集釋》,收入中華書局《新編諸子集成》第一輯。

《水經注》四十卷,北魏酈道元撰

《水經》是我國古代第一部記述河道水系的專門著作,對它的作者,歷代史志著錄不一致,有的說是晉郭璞著(《隋志》和《舊唐志》),有的說是漢桑欽著(《新唐志》和《唐六典》),清人閻若璩經考證辨明,非郭璞著,但也未提桑欽。其成書時代,清人說法不一,但不出東漢至魏晉之間。

自晉以來,注《水經》者有三家,杜佑作《通典》時猶見到,今僅存北魏酈道元注。此書系統地以水道為綱,記述其源流和流域,確立了因水證地的記述方法,但所記水道繁簡不一,並有錯誤,酈道元作《水經注》時曾指出錯誤六十餘處。

《水經注》原書至宋代已逸五卷,今傳本四十卷,是由後人割裂改編而成的。這部分雖說是注《水經》,實際上是以《水經》為綱,作了二十倍於《水經》的補充和發揮,另成一巨著。記載大小水道一千多條,一一窮源竟委,詳細記述了所經地區的山陵、原隰、城邑、關津等的形勢和地理情況、建置沿革和有關歷史事件、人物以及神話傳說。繁徵博引,引用書籍多達四百三十七種,還記述了不少漢魏間的碑刻。所徵引的古籍和碑刻,今已多亡逸不存。

這部書,雖有宋刻,已殘缺不傳,自明以來,絕無善書,只有朱謀㙔所校的本子盛行於世,但錯誤百出,清修《四庫全書》時,以《永樂大典》所引各按水名逐條參校,從中發現字句錯誤層出疊見,其中脫簡有自數十字至四百幾十字者。《大典》中並存酈道元自序一篇，其他諸本均已無存。由於《永樂大典》所根據的，還是宋刊善本，經過校勘、輯佚，排對原文，共補缺漏二千一百二十八字，刪削妄增者一千四百四十八字，訂正其臆改者三千七百一十五字，使這部面目全非的古籍頓復舊觀。至於經文注語，舊日諸本多混淆不分，經過考驗舊文，得出其混淆規律，也加以更正。這次校本完工後，四庫館紀昀、戴震等於乾隆三十九年奏上清帝，成為今日《水經注》的流行本。

現存酈道元《水經注》的刊本中，主要的是清刊本。其中有武英殿聚珍本，四庫珍本叢書本，康熙五十四年的項絪刊本等，還有光緒十八年王先謙的合校本。近人楊守敬、熊會貞的《水經注疏》稿本於 1955 年由科學出版社影印出版。

《洛陽伽藍記》是北魏末年人楊衒之（又名陽衒之或羊衒之）所撰

洛陽，是東周的故都，又是東漢建都地，曹魏和西晉也相繼定都於此。但由於政權更替、朝代改變過程中的戰爭破壞，原本面貌均已無存。考古發掘的遺址，也不可能重見全貌。只有北魏遷都於洛陽之後的四十年中，洛陽都城的全面描述，見於《洛陽伽藍記》。

北魏拓跋氏建國，原都平城（今山西大同），其統治者普遍信佛，在平城開鑿有著名的雲岡石窟，達百餘年之久。北魏孝文帝太和十七年（公元 493 年）後，遷都洛陽，在洛陽營造城廓宮室，大建浮圖寺院，在嵩洛一帶鑿龍門石窟，洛陽城內及四郊佛寺達一千三百六十七所。但至北魏孝武帝永熙（公元 532—534）年間，由於爾朱榮的軍事叛亂，洛陽城廓、宮室、寺觀、塔廟盡遭破壞，焚毀成為丘墟，北魏也被迫遷鄴（今河北臨漳），從而分裂為東魏、西魏。東魏孝靜帝武定五年（公元 547 年），曾任北魏期城太守、撫軍府司馬秘書監等職的北平（今河北滿城）人楊衒之因公重到洛陽，見到洛陽殘毀不堪的景象，"恐後世無傳,故撰斯記"(《加藍記序》)。但是他在序中說:"今之所録,止大伽藍",不能遍寫舊日全貌。

全書分五卷,分城内、城東、城南、城西、城北五部分。每卷雖以記主要佛寺為綱,但也聯繫佛寺所在之里巷方位,附近之形勝和古跡、官府、宮殿、邸第、園林、塔像、橋柱等。不但描述寺院的規模,記述捐建的施主和主持的名僧,而且兼記許多遺聞軼事。在敘述洛陽市區時,不僅寫當時洛陽城的佈局和各官署的位置,並描述了市區和里巷手工商業的盛況,特別敘述到外國商人來京城貿易和南朝土商在洛陽居住,及各國的風土人情等。對於爾朱榮變亂的記述委曲詳盡,可補一般史傳的缺失。同時,此書文字描述優美,敘事細膩不厭,文學價值也很高,是北朝有名的散文集,又是一部真實而形象地反映北魏後期洛陽城市建築、政治、歷史、經濟、文化、社會生活等各方面的歷史著作。

(3)范縝的《神滅論》

南朝佞佛,寺塔林立,僧尼遍於城鄉,靈魂不死,輪回報應的宗教說教,遍及朝野。齊的竟陵王蕭子良,多次在府地設齋,大會群僧。梁武帝蕭衍(502—549年)苦行事佛,常年齋戒,三次捨身同泰寺,最後由群臣以重金贖回。奉佛教為國教,詔令"唯佛一道,是於正道"。命令百官公卿宗族,篤信佛教。於是梁的京城建康佛寺五百餘所,僧尼十餘萬。所在郡縣,不可勝言。佞佛之舉風靡一時。范縝正是在這種佞佛的虛妄之風中,撰成他的不朽著作《神滅論》的。

范縝,字子真,約生於宋文帝元嘉二十七年,卒於梁武帝天監十四年(約公元450—515年),經歷了宋、齊、梁三代。范縝少孤貧,十八歲離家,投師儒家劉瓛,同學中多為"車馬貴遊"的貴族子弟,范縝"芒履布衣,徒行於路",但不以家貧自愧,博學多才,卓越不群,"好危言高論,不為士友所安",以布衣而傲王侯,在官少才多、無地以處的南朝門閥士族當權時代,范縝懷才不遇。

齊代宋以後,范縝任尚書殿中郎。齊竟陵王蕭子良在京雞籠山西邸官舍邀請大批佛門名士,如蕭衍、王融、沈約、范縝等均在邀請之列,大肆宣傳靈魂不死,三世輪回的佛教迷信說。范縝則盛稱無佛。在齊武帝永明七年(489年),首先由蕭子良和范縝之間展開論辨。蕭子良不服,范縝作《神滅論》,以駁佛教的因果報應、三世輪回、靈魂不死之說。以神滅論,攻其神不滅論。此稿完成後,士林爭相傳抄,使得朝野宣傳,影響很大,蕭子良聚僧侶對范縝圍攻,范縝終不屈服。蕭子良又唆使王融誘之以官,以“中書郎”相誘,又脅之以身敗名滅,范縝以不肯於“賣論取官”拒之,圍攻遂失敗。

梁武帝時,繼續對范縝的神滅論進攻,寫了《敕答臣下神滅論》(見《弘明集》),引經據典地宣揚神不滅論。而范縝以“自設賓主”的形式,修改並充實了《神滅論》。梁武帝又策動王公貴族六十四人圍攻范縝,范縝則以“辯摧眾口,日服千人”的氣勢,使對方無以折其鋒銳,終於把古代唯物主義反對唯心主義宗教神學的鬥爭,推向新的高峰,並取得勝利,給我們留下一部戰鬥無神論的精湛名著——《神滅論》。

《神滅論》見於《梁書·范縝傳》和《弘明集》卷九,《弘明集》並載有梁武帝、曹思文、梁肖琛等難神滅論的文章。其主要論點,是揭示其“神形相即”,以駁斥“神形相離”的謬論。

(4)《正始石經》

《正始石經》又稱《三體石經》《三字石經》《魏石經》,它刻於魏齊王曹芳正始(公元240—248年)年間,立石於“漢石經”的西面。據王國維研究說,共有三十五石,刻的經是古文經《尚書》《春秋》及《左傳》(《左傳》至莊公中葉止,未刻全)。由於曹魏當時立於學官的諸經是古文,而舊有《漢石經》是今文,所以補刻這幾種經及傳。它的文字,用古文、篆書、隸書三體。其用本為：

《尚書》用馬融本增以鄭玄、王蕭本，共三十四篇，18650 字，為後來偽孔傳尚書卷數所本。

《春秋》

《左傳》

這些刻石，屢經破壞，到唐初已毀失殆盡，唐、宋以來，歷代不斷出土殘石，為學者分藏、碑販偷運出售與外國人。

此石今殘存三千餘字。歷代有殘石拓本，重刻石本，文字摹刻木版本及影印本。學者有研究著録，王國維著有《魏石經考》。

(5)魏晉南北朝時期的目録書舉要

西漢劉向、劉歆父子整理先秦古籍，編成的分類目録書《別録》《七略》，為東漢班固修《漢書·藝文志》所繼承，改編而為第一部史志目録，奠定了我國古典目録學的基礎，並發揮了"辨章學術，考鏡源流"的作用。

東漢以後，經學已鞏固了它在學術思想上的統治地位，史學也有了極大發展，一代之史，往往至數十家。由於罷黜百家，經學成為仕進的唯一工具，皇家最高學府太學立五經博士，不僅諸子不被重視而衰落，即軍事技術、醫藥、數術之學，也不被重視，而著作極少。魏晉以後，個人文集、總集、選集的編纂卻日益增多。與此相適應的目録分類法，必然有相應的變化，打破《漢書·藝文志》的六分法，而出現了魏晉南北朝時期各家分類目録著作。

三國魏鄭默編《中經》，至西晉，荀勗據之改編為《中經新簿》，實行四部分類法，即：甲部六藝、小學；乙部諸子、兵書、兵家、數術；丙部史記、舊事、皇覽、簿、雜事；丁部詩賦、圖贊、汲冢書。這個分類的特點：六藝、小學仍佔圖書首位而不變；諸子、兵書、數術合為一類；史書、類書等,卻脫離六藝附庸而獨立為一類;丁部則為詩賦集等,已初具經、子、史、集四部的規模。

　　東晉李充作《晉元帝書目》,四部分類,而對荀勖乙、丙兩部位置前後對調,從而大體確立了四部分類:經、史、子、集的分類次序,適應當時學術發展的狀況,並為以後公私目錄家所承認。

　　劉宋王儉的《七志》,包括經籍、諸子、文翰、軍書、陰陽、術藝、圖譜、附佛、道九部。

　　梁阮孝緒的《七錄》及劉孝標的《文德殿五部目錄》,《七錄》分為經典、記傳、子兵、文集、術技、佛法、仙道七部,實為從《漢志》的六分法向四分法的過渡。至唐修《隋書·經籍志》始確立經、史、子、集四分法。

　　齊梁時僧佑編的《出三藏記集》十五卷,記東漢至梁所譯佛教經典經、律、論的目錄,並附序及譯經人的傳記。它反映當時佛教盛行,編定專門目錄的需要。

　　(6)文學書和字書舉要

　　在我國歷史上,最早把文學當作一種獨立學問看待的,始於魏晉南北朝。在這以前,先秦和兩漢的學者文人,都把文學當作經學的附庸,無論對於詩三百篇或漢樂府、漢賦,都視為王道設教工具。到魏晉南北朝時期,由於社會大動盪,政治上大分裂,經濟上大遭破壞,民族矛盾和階級矛盾交織,各個不同政權在大混亂中圖治,儒家思想獨佔統治地位的形勢,已被打破。文化思想界發生打破舊傳統的局面,出現了一種要求個人解脫儒家禮教束縛的潮流。反映在文學作品的理論上,就提出詩歌等文學作品應緣情而作,應當表達作者個人的情懷。文學的形式和體裁也出現了一個重要發展的時代,無論是詩歌、辭賦、駢體文還是小說,都有很大的發展,文學批評也有空前的發展。因之,選本和總集也相應出現。這種事實說明魏晉南北朝文學是上承兩漢，加以繼承、發展、豐富，下啟隋唐文學繁榮燦爛時代的一個承上啟下時期，現選其幾部有影響的文學書：

干寶《搜神記》二十卷

晉干寶的《搜神記》，是此時期志怪小說的代表作。

漢魏六朝的小說，多帶有神怪色彩，來源於巫和方士的奇談怪論。東漢以後，由於佛教和道教逐漸流行，鬼神迷信的說教流傳漸廣。為了說明"神道之不誣"，神怪作品漸多。

干寶的《搜神記》，收集了許多晉以前的神怪故事，成為一部彙編性的小說集，其中有一些優美的神話故事和民間傳說，如《董永》《三王墓》《韓憑妻》《李寄》等，長期流傳在民間，有的還編成戲曲或白話小說。還有一些著名的故事被後人摘抄出來，加以新題，以致偽造作者姓名，假充六朝單篇作品，如《三王墓》被改名為《楚王鑄劍記》，《李寄》被改名為《東越祭蛇記》等。

魏晉南北朝的志怪小說，為唐代傳奇的發展準備了條件，奠定了基礎。

《搜神記》今本二十卷，為明人胡元瑞從《法苑珠林》及諸類書中輯錄而成的。胡元瑞見聞博洽，又深悉編輯體例。輯本中的多數條目，大抵出於干寶原書，但在抄撮時也有缺逸或混入一些可疑篇章。所以魯迅曾說今傳二十卷本為"一部半真半假的書籍"（見《中國小說的歷史變遷》）。

《搜神記》二十卷本，最初刊行於海鹽胡震亨的《秘冊匯函》中，後又為明末毛晉收入《津逮秘書》。清嘉慶中，張海鵬又輯入《學津討原》第十六集。

汪紹楹據《學津討原》本為底本進行校注。汪注廣徵博引，考源鉤沉,對本書真偽作了進一步考訂。中華書局編輯部對引書又進行覆核、補正,並用《類說》《紺珠集》二書作了補校,作為《中國古典文學基本叢書》之一,於 1979 年出版,是為最新本。

梁蕭統的《昭明文選》,原書三十卷

蕭統(公元 501—531 年)字德施,是南朝梁武帝蕭衍的長子,生於南齊和帝中興元年。梁天監元年(502 年)立為太子,未及繼承皇位,死於梁武帝中大通三年,卒年三十一歲,謚昭明,世稱"昭明太子"。

東漢以前的個人文章作品,都以單篇流傳,《漢書·藝文志》著錄的諸子、詩賦各類,也只以作者之名名篇,未出現文章詩賦總集。由魏晉到齊梁,各種文章體裁和文字形式,都有所發展並至於成熟,各類作品,日益繁多。宋文帝劉義隆,建立儒、玄、文、史四館,說明文學一科,已與儒、道、史並立而取得獨立的地位。鑒別選擇各家優秀作品,集為總集,便為當時急需的任務了。

據《隋書·經籍志·集部·總集類》著錄,由魏、晉到齊、梁的各家各類詩賦、詔、書等的總集,有一百七部,二千二百十三卷,總集書二百四十九部,五千二百二十四卷,首推晉摯虞的《文章流別集》四十一卷,惜此集已逸而不傳,流傳至今者,惟有徐陵的《玉臺新詠》和蕭統編的《文選》。

《文選》是流傳下來的現存最早的一部詩文總集。蕭統以梁朝太子之尊,能詩能文,提倡文學,喜愛收集圖書,交結文士,《梁書》本傳說他:"引納才學之士,賞愛無倦。恒自討論篇籍,或與學士商榷古今,間則繼以文章著述,率以為常。於是東宮有書幾三萬卷,名才並集,文學之盛,晉宋以來未之有也。"《文心雕龍》的作者劉勰,就在昭明太子府中任通事舍人。

據蕭統在《文選序》中說,他"居多暇日,歷觀文囿,泛覽辭林",見到自周及漢以來的"時更七代,數逾千祀"之中的"詞人才子,則名溢於縹囊,飛文染翰,則卷盈乎緗帙"。這樣多的古今著作,如果不"略其蕪穢,集其精英",加以選讀,要想讀其中過半也很困難。為了適應當時閱讀的需要,他聚集太子府中之士,進行"芟夷剪裁",編成這部《文選》。據同序中說"姬公之籍,孔父之書",即儒家經典的六經,不好芟夷剪裁,因而不收。老、莊之作,管、孟之流的諸子著作,"以立意為宗,不以能文為本",也不入選。還有縱橫家之言,史傳之文,僅收選其"綜合辭采""錯比文華"的論、贊之文。樂府民歌,也很少選錄。由此可見《文選》選入的作品,以文采、文華、翰藻為標準,注重駢儷華藻,以情感為題材的藝術性較高的作品。由是可見,《文選》是企圖把文學作品與經、史、傳記、諸子的文章區別開來,成為一部文學作品總集。

《文選》共選入從先秦到齊、梁的賦、詩、文、論等各類不同文體的作品七百餘首(一說五百十三篇),分為三十八類編排,而以詩賦佔大部。這個總集在選錄實踐中,為文學劃定了範疇,明確了概念,並在理論上,強調講求辭藻、聲律、對偶、用典等藝術形式,大體上包羅了先秦以來的重要作品,並反映了各種文體的發展輪廓,為後人研究這七八百年中文學發展史,保存了可貴的資料。

《文選》問世後,歷代文人研究注釋的很多,到唐代以詩賦取士,注重文采韻律,《文選》更成為文人必備的書。唐高宗時,文林郎崇賢館學士李善(約630—689年),在流放姚州遇赦後,居汴、鄭之間,以講授《文選》為業,學生多自遠方而至,傳其業為"文選學"。顯慶三年(658年)完成《文選注》,析為六十卷。注文搜集資料豐富,引書一千七百餘種,參考價值較高。李善注偏重說明語源和典故,而忽於疏通文義,體例嚴謹,後世推崇為"淹貫古今"之作。

唐玄宗開元年間,工部侍郎呂延祚認為《李善注文選》過於繁雜,命呂延濟、劉良、張銑、呂向、李周翰等五人合注《文選》,稱為"五臣注"，重在解釋字音字義，疏通文義。開元六年(718 年)由工部侍郎呂延祚奏上，五人學識遠不如李善，注本出現許多錯誤，遭後來學者非議。

宋代有人把文選李善注和五臣注兩種本子合刻，稱"六臣注文選"。宋中葉以後，科舉以經學取士，研究《文選》的人漸稀，《文選》學也漸衰。直到清代提倡樸學，從校勘、音韻、訓詁、考據各方面研究《文選》的逐漸多起來。較著者如朱珔的《文選集釋》、梁章鉅的《文選旁證》。1937 年中華書局出版的駱鴻凱的《文選學》，對歷代的《文選》研究，作了總結性的評論，材料豐富，可參考。

《文選》於五代孟蜀時毋昭裔已有刊本，但久逸失傳，已不知所刻為何本。南宋孝宗淳熙中，尤袤(延之)在貴池取李善注本校訂刊印，為以後李善單注翻刻本所本。由於多年翻刻流傳，舛誤層出，至不能讀。清代校勘學家顧千里(廣圻)、彭甘亭(君兆)，得南宋尤袤刊本進行校勘考證，由胡克家於嘉慶十四年重刻，是為《重刻宋淳熙本文選》。胡克家為之作序，並將此本與六臣注本相異處互校，探索其互異處的來源，撰成《文選考異》十卷，詳著義例，刊於書後，另為之序。胡刻本有不少翻刻本及影印本傳世。1935 年上海世界書局出版影印精裝斷句縮印本。

商務印書館《四部叢刊》初編，收入影印宋刊六臣注本。中華書局影印出版宋尤袤淳熙刊本。1977 年，中華書局將胡刻本照相縮印，卷末附胡著《考異》和新編的著者索引和編目索引。

此外，敦煌寫本中有《文選》《文選音》《文選集注》等殘卷，分別收印於《鳴沙石室古籍叢殘》《敦煌秘笈留真新編》及日本《京都帝國大學文學部影印唐抄本》第三及第九集中。

劉義慶《世說新語》六卷

宋劉義慶的《世說新語》，梁劉孝標注，是此時期志人小說的代表。

原書八卷,今本為六卷。此書所記載的内容上起後漢,下迄東晉,大部分是魏晉時期達官名士的言行,取材於上層社會所談論的小故事,分"德行""言語""政事""文學"等三十六篇,每篇以同類標題彙集若干條,所寫均為精選的故事片斷,注意言語提煉,比一般歷史人物軼事的筆記更富於文學性。許多故事用墨不多,卻勾畫出一個傳神的人物形象,栩栩如生。如《容止》篇《捉刀人》中寫曹操的譎詐和殘暴;《雅量》篇中"謝公與人圍棋"條寫淝水之戰時謝安得勝利戰報時的鎮定從容自若;《德行》篇"管寧"條寫管寧割席的清高;《任誕》篇寫劉伶的縱酒放達,及阮籍等竹林七賢的狂放;《汰侈》篇内寫王崇、王愷的驕奢、殘暴;《自新》篇寫周處改過自新除三害的故事等等。有些故事性較強的篇條,為後人改編為傳奇的劇目,有的則成為成語典故。唐人的傳奇把魏晉六朝的志怪、志人小說結合起來,寫出了不少優美的故事,影響深遠。對後來筆記文學也有不少影響。

此書有梁劉孝標的注釋,所引書達四百餘種,多已亡逸,賴其注得以傳世,所以資料價值較高。後來仿《世說》的極多,在我國古代小說中自成一體。此書大約在隋唐時流行至日本,日本學者對此書的研究較深入,並有不少日本注本(見中華《文史》第六輯《〈世說新語〉的日本注本》一文),此書僅存的唐寫殘卷和宋刻本兩部,都在日本。

《世說新語》,宋、明、清均有刊本。今通行本收入《諸子集成》(世界書局本),題為劉義慶撰,劉孝標注。新中國成立後有重印。

劉勰的《文心雕龍》,是齊、梁時出現的一部文學評論的傑作

我國文學評論的著作,以魏曹丕的《典論·論文》為始,提出了"蓋文章經國之大業,不朽之盛事"的論點,並公然說"詩賦欲麗"。繼之有晉陸機的《文賦》,則始描述整個創作過程,提出"詩緣情"而作。齊梁時鍾嶸的《詩品》,是與《文心雕龍》比並的文藝評論,而《文心雕

龍》尤為傑出。

劉勰,約生於宋明帝泰始元年(公元 465 年),卒於梁武帝中大通四年(公元 532 年),主要活動於齊、梁之間。齊亡時(502 年),他三十餘歲,所以他的主要文學活動應在梁武帝(公元 502—549 年在位)時代。

劉勰,字彥和,祖籍東莞莒(今山東莒縣)人,世居京口(今江蘇鎮江,時稱南東莞)。青少年時期即篤志於學,家貧不能婚娶,依僧佑十餘年,博通佛教理,並參加整理佛經工作。梁武帝時,歷任奉朝請、東宮通事舍人,深得昭明太子蕭統的器重。晚年出家為僧,法名慧地,不久病死。《文心雕龍》是劉勰三十幾歲時於南齊末年寫的,共五十篇,發展了前人的文學理論思想,而有新的見解。

全書包括四個主要部分:

總論五篇(原道、宗經、辨騷、封禪、通變),為全書理論基礎,論"文之樞紐"。

文體論二十篇,每篇分論一種或二、三種文體,對主要文章體裁都作到"原始以表末,釋名以章義,選文以定篇,敷理以舉統",分體詳細,論述系統周密。

創作論十九篇,分論創作過程,作家個性風格,文質關係,寫作技巧,文辭聲律等類問題,深刻詳密。

批評論五篇,從不同角度對過去時代的文風、作家的成就提出批評,並對批評方法作了專門的探討,是為全書精華部分。

最後一篇《序志》,敘全書創作目的和編排部署的意圖。
《文心雕龍》的異本很多,約數十種,大半出於黃叔琳輯注本。

現有敦煌莫高窟藏唐人寫本殘卷,原物已被斯坦因盜去,藏英倫博物館東方圖書室。

明萬曆七年刻的張之象本,涵芬樓曾據以影印。

清嘉慶十九年刻於新安的王一元本和嘉慶二十二年刻於歙縣的佘海本,均為單刻本。

清黃叔琳注,李祥補注,今人范文瀾注,楊明照校注拾遺本,均為較完備的校注本,還有 1983 年人民文學社出版的周振甫注釋本。

顧野王《玉篇》四卷

梁顧野王的《玉篇》,是一部字書,原三十卷,今存殘本四卷。其體例仿許慎的《說文解字》,部首為五百四十二部,較《說文》有增刪,部首次序也不全同於《說文》。原本《玉篇》收字比《說文》多,為 16917 字。《說文》重在探討篆籀之原,而《玉篇》則疏隸變之流。其編排是按部首收字,每字下先注"反切",次據《說文》釋字義,再次引古書經傳語句以考證之。有的字並有"野王按",釋以己意。據顧野王自序所述,原是一部贍衍宏博、辨析群言、總會校讎、足備文字訓詁的書。據清人考證,顧野王《玉篇》撰成後,經梁蕭愷等刪改行世(見《梁書·蕭子顯傳》)。至唐肅宗上元(公元 760—761 年)年間,有孫強等增損顧氏書,成增字本。到宋代又有陳彭年重修本,即《大廣益會玉篇》。宋本《玉篇》孤行相沿達千年,學者雖有懷疑,但無法證其非顧氏原本。至清朝修《四庫提要》,根據《永樂大典》文兼引顧野王原本,及宋代重修本,始知原非一本,而宋重修大廣益,亦非唐孫強本之舊。清光緒八年,黎庶昌得顧氏原本《玉篇》殘卷,為寫本,又補以其他藏家殘卷,共影印成四卷,收入商務印書館出版的《叢書集成》初編。黎庶昌寫有"書後",述《玉篇》原本得失之經過,及唐孫強本與宋大廣益本之關係等。另有光緒十年"楊守敬記",述《玉篇》得失更詳。

從這部影印殘本《玉篇》,可以看到顧野王原本的原貌,及其編例。

此書唐孫強增損本早已不傳,宋大廣益本雖流傳千年,但並非原本。

(7)科技書

賈思勰《齊民要書》十卷九十二篇

賈思勰的《齊民要術》,是一部保存至今最完整的農書。全書十卷,九十二篇,約成書於公元 533 年至 544 年之間,即北魏末期到分裂為東西魏之後。

賈思勰是北魏山東益都人,曾任北魏高陽郡(今山東淄博市臨淄西北)太守。他通過文獻資料和訪問老農的實際經驗,加上自己的實地觀察研究,豐富了自己的農業知識,對農作物的栽培、家畜的飼養以及農產品加工和農副生產等各方面,比較系統地總結了公元六世紀黃河中下游一帶農業生產經驗,著成此書。全書分別論述了各種農作物、蔬菜、果樹、竹木等的栽培技術,如旱區的耕作和穀物栽培,梨樹提早結果和嫁接技術等,以及樹苗的繁殖、家畜家禽的育肥和多種農產品的加工經驗。全書不僅顯示出北魏在六世紀以前農業生產技術的水準,而且為後世的農業發展提供了技術經驗,並引用了《氾勝之書》的成果。

3. **隋唐時期**

(1)史書舉要

隋文帝楊堅於 589 年滅陳統一南北後,我國歷史上又出現了一個統一的隋王朝,但由於隋煬帝的殘暴勞民政策,隋朝統治期間短暫,僅有三十八年(581—618年),而且隋文帝下令禁止私人"撰集國史,臧否人物",所以無史書可言。

隋代以後,出現了一個繼兩漢以後而過之的統一大帝國,經濟、文化都出現了空前繁榮發展的局面。唐太宗貞觀間始建立史館,指定專人撰修前代及本朝史書,並令宰相監修,皇帝親自過問,從此改變了唐以前撰史多出私人之手的局面。官修正史,遂成定制,而且影響以後各朝史書的修撰。

唐代修撰史書的盛況是遠超前代的,不僅傳到今天的封建王朝歷代正史的二十四史中有八史是編撰於唐朝,而且史評如《史通》,政典類如《通典》《唐六典》,以及地理志中的《元和郡縣志》等的修撰,也都在編纂體例和規模上超越前代。史書的編纂,還集中出現於貞觀之治和開元之治的盛世,與唐代經濟政治的興盛,文學的繁榮相輝映。

房玄齡等撰《晉書》一百三十卷

從晉代到南北朝時期,修晉史的人很多,見於《隋書·經籍志》的,有所謂十八家晉書,但多無完整之作,只有南朝齊人臧榮緒所撰的《晉書》一百一十卷,有本紀、列傳、志,為唐初所見唯一完整的本子。唐太宗李世民命史臣修梁、陳、北齊、北周和隋朝史書的同時,又命房玄齡、褚遂良等據臧榮緒《晉書》為底本,重修《晉書》。自貞觀二十年(646年)開始,參考其他各家《晉書》及晉人文集、詔令、儀注、起居注,兼采筆記小說,由房玄齡、褚遂良、許敬宗三人為監修,李淳風、令狐德棻等十八人參加編修,至貞觀二十二年(648年),不到三年修成。記錄史事,由司馬懿、司馬師、司馬昭父子專權開始,到劉裕以武力代晉止。而實際上晉朝的建立,是司馬炎稱晉武帝即泰始元年(265年)開始的。《晉書》在帝紀中追尊司馬懿為宣帝,司馬師為景帝,司馬昭為文帝,合司馬炎以後十五帝,共十八帝紀,包括西晉和東晉一百五十六年

(265—317—420 年)的晉朝興亡史。另外,又以"載記"的體例,兼敘了割據政權"十六國"的歷史,構成一部完整的紀傳體斷代史書。

李世民不僅親自下詔修《晉書》,而且親筆給司馬懿、司馬炎二帝紀和陸機、王羲之二列傳寫了四篇"論",稱"制曰"。所以此書又題"御撰"。令狐德棻實主修紀、傳,李淳風主修天文、律曆、五行諸志。由於房玄齡是以宰相監修,故題房玄齡撰。

《晉書》一百三十卷包括:

　　帝紀十卷,共十八帝紀;

　　志二十卷,共十志:天文、地理、律曆、禮、樂、職官、輿服、食貨、五行、刑法;

　　列傳七十卷;

　　載記三十卷。

安史亂後,其他各家《晉書》均亡佚不存,只有唐修的這部《晉書》尚存,因而得以流傳下來。唐修的《晉書》,由於書成於眾人之手,所以存在有許多錯誤,如前後矛盾,失於照應,敘事有誤,疏漏等等,以至敘事中出現人名、地名、官職、時間、地點之誤,所在多有。歷代史家,不斷有所匡正。《晉書》注本,有參考價值的,以唐人何超撰的《晉書音義》較好。

《晉書》現存版本,較好的有宋本(即百衲本),元大德九路刊本,明南、北監本,毛晉汲古閣本,清乾隆武英殿本,金陵書局本等。

中華書局校點本,依金陵書局本為底本,參以其他善本進行校勘、標點、分段,並重編全書總目,為最新最完本。

姚思廉撰的《梁書》和《陳書》

據宋曾鞏校梁、陳二書的序言中載,這兩部書,是姚察任梁、陳兩朝史官時所修撰,書未修成而隋滅陳。姚察入隋,隋文帝楊堅很器重他,繼續命他修梁、陳二書。又是"未就而察死"。姚察死後,其子姚思廉"推其父意,又頗采諸儒謝吳等所記,以成此書"。唐高祖李淵武德五年(622年)受詔撰書,一直到唐太宗李世民貞觀十年(636年)才修成,"始上交"。這兩部書,尤其是《陳書》,自陳姚察始修,經隋至唐,歷三代,經父子二人之手,歷幾十年才完成。

兩書修成後,又很少流傳,"與宋、魏、梁、齊等書,世亦傳之者少"(曾鞏《陳書序》),秘府所藏,又多脫誤,一直到北宋仁宗嘉祐六年(1061年),才由曾鞏等奉詔校勘訂正,使可以雕版印行,到嘉祐八年(1063年),校勘定本,並另編目錄一篇,使成全書,流傳於世。先後經數十年修撰,又經數百年後始刊行,今傳本梁、陳二書前,均有曾鞏序,敘二書修撰、校訂、刊行始末。

《梁書》五十六卷,內分本紀六卷,列傳五十卷,無志、表,錄梁代四世五十六年(公元502—557年)間的史事。

《陳書》三十六卷,內本紀六卷,列傳三十卷,記錄陳代五世三十二年(公元557—588年)的史事。陳亡於公元589年,為隋開皇九年。

梁、陳二代,共八十八年的歷史,姚察父子大半親身經歷或聞見,也無異於當代人寫當代史,史料多出當時史官之手。但書中對當時統治者,多偏於隱諱或誇長之處。

據曾鞏《梁書序》中說,《梁書》撰寫,對晚出的佛教"為中國之患,而在梁為尤甚"的局面,是有所批判的,故《梁書》中為持神滅論的范縝立傳,以客觀筆法,敘其反佛事,並在傳中保存了《神滅論》全文。對堅決不出仕的處士阮孝緒,也立了傳,並特記其撰寫《七錄》的經過。

書中並保存了不少當時農民起義的史料。

《陳書》最簡略，但也保存了當時的史料。梁、陳兩書今存版本，最古者有宋大字本，商務印書館據此影印為百衲本。次為明南北監本和汲古閣本，清武英殿本及金陵書局本。五十年代起，中華書局據各本互校，擇善而從，標點分段，重編總目，前列《出版說明》，於 1972 年和 1973 年相繼排印出版，是為最新點校本。

李百藥的《北齊書》

李百藥的《北齊書》，五十卷，包括本紀八卷，列傳四十二卷，無志、表，內容大致記錄了自北魏於公元 534 年分裂為東、西魏，高歡立孝靜帝元善見為東魏皇帝，年號天平；中經公元 550 年，高歡之子高洋稱帝，改國號為齊，以代東魏，年號天保；到北齊幼主高恒承光元年（公元 577 年），北齊為北周所滅，凡錄北齊共歷六主二十八年的史事（公元 550—577 年），加上追述高歡建東魏的史事，合共三十五年的東魏和北齊史。

東魏、北齊的疆域，南阻長江，與梁、陳兩朝南北對峙，西部在今山西、河南、湖北一帶與西魏—北周分界。於公元 577 年并於北周，北方又歸統一。

從北齊到隋朝的五十年間，先後有人撰修不同體裁的北齊史，其中較著者有李德林歷魏、齊、隋三朝所撰的紀傳體《齊書》和王劭的編年體《齊志》。唐滅隋以後，唐高祖武德五年（公元 622 年）詔修前代各朝史書，於是命裴矩、祖考孫、魏徵等重寫北齊史，長期無成。唐太宗貞觀三年（629 年），設置史局專修梁、陳、齊、周、隋五代史，命李百藥修齊史。李百藥遂以父李德林的《齊書》舊稿為基礎，參考王劭的《齊志》及其他有關史料，擴充改寫，到貞觀十年（636 年）與梁、陳二書同年完成。

李德林(公元 530—590 年)字公輔,博陵安平(今河北深縣)人。父曾任太學博士,鎮遠將軍,東魏孝靜帝時(534—550 年)任直閣省内校書。李德林年幼時能誦左思的《蜀都賦》,十五歲誦讀五經及古經文集,善屬文。北齊天保八年(公元 557 年),舉秀才,入鄴,與魏收等同時。北齊武成帝高湛(561—564 年)時,任中書侍郎,召修國史,入文林館,與顏之推判文林館事。北齊幼主高恒承光年(577 年)累官至儀同三司,直到北周滅齊,李德林入隋。歷仕魏、齊、隋三朝,在齊預修國史,成《齊書》紀、傳二十八卷,入隋後,又擴大為三十八卷,隋文帝時任内史令,掌齊、隋兩朝文翰,開皇年間因受讒出為地方官,卒於官,時年六十一歲。

李德林所撰齊史未完成全帙,由其子李百藥在唐初貞觀十年增擴完成。

李百藥(565—648 年)生於北齊後主天統元年,卒於唐貞觀二十二年。隋開皇中,任隋東宮通事舍人,太子舍人,兼東宮學士。隋煬帝出為地方官,任建安郡(今福建建甌)丞。赴任途中,捲入李子通、杜伏威領導的農民起義隊伍,任李子通中書侍郎、國子祭酒。杜伏威攻滅李子通,李百藥又任杜伏威行臺考功郎。後說杜伏威投唐,入朝長安,李淵因他受輔公祐官將其流配涇州。貞觀初,李世民因李百藥遊說杜伏威降唐功,起用為唐中書舍人,賜爵安平縣男,受詔修定五禮、律令,撰《齊書》。貞觀二年(628 年)為禮部侍郎,貞觀四年(630 年)授太子左庶子。貞觀十年(636 年)經十年之功,撰成《齊書》五十卷,係據父李德林舊稿,兼采他書擴增而成。貞觀十一年,撰成五禮、律令。貞觀二十二年卒,年八十四歲,有集三十卷。

李德林、李百藥父子歷仕三四朝,歷經朝代更迭及農民大起義衝擊,均不輟著作,經父子兩代,歷北齊、周、隋、唐四朝始完成《齊書》,可見亂世修史之難。

《北齊書》早在唐朝中葉以後，即散逸殘缺，因而不斷有人補缺。到北宋初，只餘十七卷為李百藥原文，其餘部分都是後人據《北史》及唐人史鈔中有關部分補齊。所以今存《北齊書》已非李百藥原帙。

《北齊書》最早刻本，據宋晁公武《郡齋讀書志》載，為北宋末政和中刊本，早已失傳，現存版本有：

三朝本：元明兩朝補版的南宋刻本；
南監本：為明神宗萬曆時南京國子監刊本；
北監本：為明萬曆間北京國子監刊本；
汲古閣本：明末毛晉汲古閣刊本；
殿本：清乾隆四年武英殿刊本；
局本：清同治十三年金陵書局刊本；
百衲本：商務印書館影印百衲二十四史本，其三十四卷以前三朝本，三十四卷以後影印殘宋本。

中華書局新校點本，係以三朝本、南監本、殿本為主校本互校，擇善而從，並通校了《太平御覽》《冊府元龜》《北史》《資治通鑒》《通志》中的有關部分。附點校後記，並且重編了總目。凡非李百藥原文的後人所補各卷，均注"補"字。

令狐德棻等撰《周書》五十卷

《周書》自唐貞觀三年（629年）開館修撰前朝諸史，至貞觀十年（636年），歷時八年修成。內容包括本紀八卷，列傳四十二卷，無志、表。

《周書》記錄史事，上起公元535年宇文泰立魏南陽王元寶矩為帝建立西魏政權，年號大統；經至公元557年，宇文覺取代西魏建立北周政權,577 年滅北齊,581 年楊堅建隋朝代北周止。共歷西魏、北周兩代,先後共四十八年的歷史,計西魏三主二十三年,北周五主二十五年(公元 535—557—581 年)。

西魏(535—556 年)和北周(557—581),是南北朝分裂時代由鮮卑貴族和漢族地主聯合建立的政權,其統治地區大致包括今陝西、寧夏、甘肅和四川的大部,建都長安,與南朝梁(502—557)、陳(557—589)兩朝南北對峙。自公元 548 年侯景之亂以後,南朝在長江下游以北的土地,盡為東魏、北齊所有;漢中及長江中游以北的土地盡為西魏所有。建康梁元帝(蕭)方智的侄子蕭詧在江陵稱帝,號後梁(公元 555—587 年),成為西魏監護下的傀儡政權。西魏、北周勢力,實已控制了長江中游地區。於 577 年滅北齊統一北方,581 年為隋所代。這段歷史,都記載在唐修的《周書》裏。

《周書》所依據的史料,有西魏史官柳虯所撰的官史和隋朝牛弘未寫完的《周史》,還有唐朝初期所徵集的家狀等,史料比較貧乏,考證又多錯誤。

主修《周書》的令狐德棻(538—666 年),西魏宜州華原(今陝西耀縣東南)人。父令狐熙為隋鴻臚少卿,先世為河西大族,隋末為淮安王李神通(太平宮總管)記室參軍。李淵入關,以德棻為大丞相府記室。唐武德元年(618 年)為起居舍人,五年(622 年)遷秘書丞,建議李淵撰修前史。貞觀三年(629 年)敕撰五史,令狐德棻與秘書郎岑文本專管修周史,其史論多出於岑文本之手。

《周書》至宋初已殘缺,後人以《北史》和唐人史鈔補其缺逸,宋真宗時修《冊府元龜》所引徵《周書》各條,係采自後人補本。清修《四庫》,已殘缺太甚,取《北史》補之。內容多有竄亂,已非令狐德棻舊帙。

據考,《周書》最早刊本應在北宋神宗熙寧元年至七年間(1068—1074 年),原刊本已失傳。南宋紹興十四年(1144 年),有眉山重刻本,即蜀本，或"眉山七史本"，未完整流傳至今。現存的南宋蜀本已經是經元、明補版的"三朝本"了，與百衲本的底本同。另有明南監本、北監本，均以元明補宋蜀本為底版。還有明末汲古閣本、清乾隆殿本、周治金陵書局本。1934 年商務據三朝本影印的百衲本，其中多處據他本校訂。

中華書局新校點本，以乾隆殿本為底本，取其他刊本互校，前有出版說明，後附校勘記，是為當今最完善本子。1971 年出版。

魏徵長孫無忌等撰的《隋書》八十五卷

魏徵、長孫無忌等撰的《隋書》八十五卷，包括本紀五卷，十志三十卷，列傳五十卷。紀傳記錄自隋文帝楊堅於 581 年代北周立國建立隋政權，至唐高祖李淵於 618 年滅隋建立唐朝這三十八年的歷史。而在十志（禮儀、音樂、律曆、天文、五行、食貨、刑法、百官、地理、經籍）中，則上溯魏晉，打破朝代斷限，補魏晉南北朝的各史中無志之缺。

唐武德四年（621 年），李淵即根據令狐德棻的建議，下詔令修梁、陳、北齊、周、隋五朝史書，分命史臣於次年開始修撰，但多年無功。貞觀三年（629 年），又詔建立史館，重修五史，命宰相魏徵"總知其務"，並主修《隋書》。參加編修《隋書》的還有顏師古、孔穎達、許敬宗等。貞觀十年（636 年），《隋書》的紀、傳和其他四朝史的紀傳同時修成，合稱《五代史》。《隋書》所據材料為隋秘書監王劭所撰《隋書》八十卷，和王胄的《大業起居注》等書。魏徵撰"史臣曰"等序論。

貞觀十五年（641 年），又詔于志寧、李淳風、韋安仁、李延壽等續修《五代史志》，初由令狐德棻監修，高宗永徽三年（公元 625 年），改由長孫無忌監修。至顯慶元年（656 年）成書，共十志，三十卷。據劉知幾《史通·古今正史篇》載，十志修成後，其篇第雖編入《隋書》，其實是單行，俗稱為《五代史志》。又據李延壽《北史·序傳》說，當時又稱為《隋書十志》。十志雖然是兼五代史志,但編撰時即以隋為主,上溯漢、魏、晉六朝,記述隋朝部分較詳。《舊唐書·經籍志》著錄《隋書》時為八十五卷,並未另列《五代史志》,可見五代後晉修唐書時,《隋書》已包括十志在內。

《隋書》撰於唐代,出於眾手,到北宋仁宗天聖二年(1024 年)刻《隋書》時,紀、傳題魏徵撰,十志題長孫無忌撰,為後來刻本所沿襲。

《隋書》十志中的《經籍志》,總結了漢魏六朝以來的目錄學,成為《漢書·藝文志》以後最完整的史志目錄,創立了經、史、子、集四部分類法,並於集部後附道經、佛經兩類,敘其源流大綱,共收漢、魏、晉、梁、陳、齊、周、隋五代典籍,凡 14466 部,89667 卷。清代張鵬一又自《魏書》《南齊書》《北齊書》《周書》《隋書》《北史》列傳,以及《舊唐書·經籍志》《律曆志》等,搜輯《隋志》所未載的,計得經部 92 部,史部 60 部,子部 55 部,專集七十二家,雜文三十篇,依照《隋志》分類,撰為《隋書經籍志補》四卷(全書見開明書店《二十五史補編》第四冊)。

唐修《隋書·經籍志》共四卷,經、史、子、集各一卷,前有總序,各部有小序。

經部分:易、書、詩、禮、樂、春秋、孝經、論語(附經解,五經總義)、圖緯、小學石經等十類,每類後均有小序,敘其旨要。

史部分:正史、古史、雜史、霸史、起居注、舊事篇、職官篇、儀注篇、刑法篇、雜傳、地理、譜系篇、簿錄篇(即目錄書)等十三類,每類後有小序,並最後史部總記。

子部分:分儒、道、法、名、墨、縱橫、雜家、農家、小說家、兵家、天文家、曆術(包括天文、占卜、數術等)、五行、醫方(包括醫方、本草、針灸圖經、仙丹、食經、養身經等)共十四類,每類後有小序。

集部:分楚辭、別集(包括漢、魏、晉、南北朝各家別集)、總集(包括摯虞《文章流別集》《文選》等類歷代詩文集)。附道經、佛經兩類於四部之後。

《隋書》十志中的其他各志,也都是綜述前史、上溯魏晉,以至漢代,記載了魏晉六朝的典章制度:課役、占田、貨幣、刑法、律曆等制度,以補南北史中無志之缺,保存了當時一個時期的參考資料。

《隋書》後附有《宋天聖二年隋書刊本原跋》,說明最早刊本是北宋仁宗天聖二年(1024年),今已失傳。現存的宋刻本已成殘卷。現存最早的刊本為元大德饒州路刊本,為商務影印的百衲本所本。另有明南北監和汲古閣本,清武英殿本,淮南書局本等。

中華書局新校點本,即用宋刊殘本與元刻本互校,參以他本及類書等有關部分,重新編排目錄,校點分段,於1973年排印出版,是為最新本。

李延壽的《北史》一百卷和《南史》八十卷

《南史》包括本紀十卷,即宋、齊、梁、陳各本紀,列傳七十卷,記錄起自劉宋武帝永初元年(420年),終於陳後主禎明三年(589年)陳亡於隋。計南朝四個王朝一百七十年的史事,實為南朝的一部紀傳體通史。

《北史》包括本紀十二卷,即魏、北齊、北周、隋四朝各本紀,列傳八十八卷,後有序傳。記錄史事,起自北魏道武帝拓跋珪登國元年(386年),終於隋恭帝楊侑義寧二年(618年)唐滅隋,計北朝四個王朝二百三十三年的歷史,實為北朝的一部紀傳體通史。

《南史》《北史》的作者李延壽,是唐初相州(今河南安陽)人,貞觀中官至御史臺主簿,直國史,曾先後參加《隋書》《晉書》的修撰,並參修唐朝國史,撰有《太宗正典》。《南史》《北史》的修撰,實由其父李大師開始。大師在隋末曾任竇建德夏政權的尚書禮部侍郎。建德敗,被李唐流放到西會州(今甘肅境內)。唐武德九年(626年)被赦回長安,卒於貞觀二年(628年),卒年五十九歲。

李大師(570—628年)修南北史時,沈約的《宋書》、蕭子顯的《南齊書》、魏收的《魏書》早已成書流傳,魏澹的《魏書》和隋王劭的《齊志》也已成書。李延壽追述父志繼修《南史》《北史》時,梁、陳、北齊、周、隋五史也正在修撰中。據《北史·序傳》載:"大師少有著述之志,常以宋、齊、梁、陳、魏、齊、周、隋南北分隔,南書謂北為"索虜",北書指南為"島夷"。又各以其本國周悉,書別國並不能備,亦往往失實,常欲改正。"將擬《吳越春秋》,編年以備南北"。可見李大師是鑒於前修南北各朝史書既不完備,又失實,因而要仿照《吳越春秋》的體例,修一部貫通南北的編年體史書。書未修成,卒於貞觀二年。李延壽於父親死後,繼承了父親的舊稿,仿紀傳體《史記》,刪節南北朝南北八書,又加以補充,依次連綴,經十六年的編修,至唐高宗顯慶四年(659年)書成,上奏予以流傳。可見,李延壽撰的《南史》《北史》是利用他父親的已有材料,又補充他參修《隋書》《晉書》、唐國史時參考的千餘卷資料,編撰而成的。

《南史》《北史》比南北八書的篇幅,刪減一半。如本紀中的詔令,列傳中奏議文章均刪而不錄,突出於敘事。如北魏李安世的《均田奏議》,原載入《魏書》;范縝的《神滅論辯證》原載入《梁書》,李延壽均刪而不錄。在列傳中又突出門閥士族,按世系而不按時代編次各傳,類同大族的家譜,對有貢獻的細族寒門則不立傳,或寥寥數語,排在最後(如信郁芳對天文數學有造詣,傳列最後)。

宋人陳振孫評李延壽在《南史》《北史》中"好述妖異、兆祥、謠簽,特為繁猥",宣揚"靈驗""宿命"的寓言,謬背史實。但《南史》《北史》也補入一些不見於八書的傳記,或在原傳中補充史實。因此《南史》《北史》應和八書相互補充參考。

《南史》《北史》現存最早的刊本為元大德本,商務印書館據以影印為百衲本。另有明南、北監本,汲古閣本,清殿本和金陵書局本。

中華書局據商務影印元大德本為底本，對照北京圖書館藏宋殘本，參校其他各本及有關史書、類書，進行校勘、標點、分段、新編了總目，於 1972 年出版，是為最新印本。

劉知幾的《史通》二十卷

劉知幾的《史通》二十卷，一至十卷為内篇，凡三十九篇，其中《體統》《批謬》《弛張》三篇早已亡逸，有目無文。十一至二十篇為外篇，共十三篇，計四十九篇。内篇十卷，闡述史書的源流、體例和編撰方法；外篇十卷，論述史官建置沿革和史書得失。

劉知幾（661—721 年），字子玄，唐彭城（今江蘇徐州）人，生於唐高宗龍朔元年，卒於唐玄宗開元九年。少年時通覽群史，善文詞，二十歲中進士，任獲嘉縣主簿歷十九年。後調任定王府倉曹，長安二年（720 年）四十二歲時任史官，先後任著作佐郎、佐史、著作郎、秘書少監等史官，撰修國史，領國史近三十年。《史通》是劉知幾數十年中鑽研史學的結晶，是我國最早的一部史學理論著作，成書於唐中宗景龍四年（710 年），時年五十歲。

劉知幾在《史通》中，系統地總結了唐以前中國古代歷史編纂學，考察了中唐以前中國古代史書的體例的發展、演變，首撰《六家》以概括之：

一曰《尚書》家，屬記言體。
二曰《春秋》家，屬記事體。
三曰《左傳》家，屬編年體。
四曰《國語》家，屬國別體。
五曰《史記》家，屬通史紀傳體。
六曰《漢書》家，屬斷代紀傳體。

把六家體例置於歷史編纂學的發展過程中,論其特點,辨其長短,說明史書的編纂體例是由於社會人事的發展和變化由簡單而複雜,因而"時移事異,體式不同",史書的修纂體例,必須適應形勢的發展。

《六家》之後,繼論《二體》,即編年體與紀傳體各有長短,不可偏廢。《史通》以大量篇幅,諸如《本紀》《世家》《列傳》《表歷》《書志》以及《論贊》《序例》《題目》《斷限》《編次》《稱謂》等專篇,來分析研究紀傳體的體例問題。在討論中,傾向於推崇紀傳體斷代史,而揚班抑馬。但也首肯《史記》的開創之功,認為紀傳通史貫通古今,修撰不易。

劉知幾對梁劉勰《文心雕龍》專門論史學源流和功用的《史傳》篇,進行過研究並受到啟發,在繼承發展《史傳》篇的基礎上結合自己的歷史知識和修史經驗,在《史通》裏對史學史進行了闡述。他在《史官建置》《古今正史》中,對歷代史官建置沿革、史官的才具及人選、歷代史書著作情況,進行了系統的研究,提出了自己的意見,並在《曲筆》《直書》等篇裏,論歷史家的品質,認為良史應敢於"仗氣直書,不避強禦",能夠"肆情奮筆,無所阿容",從而批判了那些"曲筆阿時","諛言媚主"的史官。他認為是否忠實於史實是衡量歷史家品質的標準,史書以"實録直書為貴"。

劉知幾以為史家必須兼有"史才""史學""史識"三長,而以"史識"為最重要。"史才"是指選擇、加工、組織史料的才能和記言敘事的技巧。他強調對歷史資料要"善擇""辨疑""考偽",以"文而不麗,質而非野"為敘事之美的標準。《史通》專有《言語》《浮辭》《敘事》《書事》《模擬》《因習》《煩省》《核才》等專篇,集中分析闡明史才的具體表現。"史學"是指掌握有關的歷史知識資料的廣博。《史通》有

《采撰》《載文》《載言》《補注》《邑里》《雜述》等專篇論述這一問題,他強調要"博采",重視廣聞見,把歷史上一切著作都作為攝取歷史資料的對象。"史識"是指分析歷史問題,評價歷史人物的正確態度。劉知幾強調"明辨善惡"別是非,"彰善癉惡"並且要立言雅正。《品藻》《人物》《直書》《曲筆》《鑒識》《探賾》《暗惑》等專篇,集中分析史識問題。劉知幾認為,一個優秀的史學家,必須具備這才、學、識三長,缺一不可。他認為,自古以來文士多而史才少的原因,是這三長不具備。他論述三長之間的關係時說:有學而無才,就像家有良田百頃,黃金滿簏,而使愚者經營,"終不能致於貨殖者矣"。有才而無學"亦猶思兼石匠,巧若公輸,而家無楩柟斧斤,終不果成其宮室者矣"。(見《舊唐書》卷一〇二劉子玄傳)。"三長"說在《史通》裏雖無專篇論述,但見於《舊唐書》本傳。清代章學誠在《文史通義·史德》篇對此加以肯定,並更加明確地闡述,他說:"史所貴者義也,而所具者,事也;所憑者文也。"又說:"非識無以斷其義,非才無以善其文,非學無以練其事。"並在三長之外,又提出一個"史德",加以專篇闡述,是指撰史者要"心術"公正。

總之,劉知幾的《史通》,是繼承他前代的豐富歷史遺產,結合他個人掌握豐富的修史經驗和歷史知識而深思鑽研撰成的一部既是史學史,又是史評的專著。但是,劉知幾畢竟是封建社會的史學家,跳不出歷史局限性的藩籬,突不出封建主義的仁義道德之"禮"和君臣父子之"義"的傳統思想,而只能是一個封建地主階級的史學家。

注釋《史通》的專著有明李維貞的《史通評釋》,王維儉的《史通訓詁》和清人黃叔琳的《史通訓詁補》。較晚出的清浦起龍的《史通通釋》,原刊本於乾隆十七年(1752年)刊印,上海古籍出版社據此本進行校勘、標點、分段,於1978年分兩冊出版,附校勘記及"補釋",是為最新本。

(2)政書和律書

《唐六典》三十卷,唐玄宗時依《周官》六官而作,實出張九齡等人之手撰,題為"御撰",李林甫等注。

據《玉海》卷五十一藝文、典故會要類載,唐玄宗開元十年(722年)即詔起居舍人陸堅到集賢院,開始組織人力編寫《六典》。玄宗手寫六條:曰:理典、教典、禮典、刑典、政典、事典,令以類相從,加以編撰進上,張說知集賢院,以其事委任徐堅籌畫編撰,可是經年無成,又調換毋煚、韋述等參加撰修,始依《周官》六官的體例編撰,後來知院又加入張九齡等,至開元二十六年(378年)全書成。歷時十六年。

此書以三師、三公、三省、六部、九寺、五監、十二衛等為目,分述各目中的職司、官佐、品秩。唐人討論典章制度也常加引用。其中很多內容反映唐代政治、經濟實況。此書定制,並非全部在唐代實行,其目為:

三師(卷一)

三公(卷一)

尚書省下設吏、戶、禮、兵、刑、工,六部仿《周禮》,

天、地、春、夏、秋、冬六官。六部各設尚書為首長

官,各司屬下官、分職(卷二一七)

門下省(卷八)侍中郎為長官

中書省(卷九)(令)集賢院、史館。

秘書省(卷十)設監、局。

殿中省(卷十一)領各局。

內官、宮官(卷十二)

御史臺(卷十三)

九寺(卷十四—二十)

五監(卷二十一—二十三)

十二衛(卷二十四—三十)

《貞觀政要》十卷四十篇,是一部唐太宗君臣研究如何鞏固唐代封建統治的生動記錄,也是當時社會趨向於相對穩定的客觀反映。

此書撰成年代,宋陳振孫《直齋書録解題》卷五引陳騤主編的《館閣書目》說是中宗神龍年間即武后死後所進。王應麟《玉海》卷四十九和《四庫總目提要》,則認為是成書於開元八九年和開元天寶之間,吳兢(670—749年)所撰。吳兢是汴州浚儀(今河南開封)人。武則天當權時,入史館編修國史,唐中宗時,為右補闕、起居郎。玄宗時任衛尉少卿,兼修文館學士。曾與劉知幾、崔融等修撰《則天實錄》,居史職三十年。開元十七年(729年)出為荊州司馬,制許以史稿自隨。累遷台、洪、饒、蘄四州刺史。卒於天寶八年。家中藏書頗多。撰有《吳氏西齋書目》。

《貞觀政要》分類編輯唐太宗朝與魏徵、房玄齡、杜如晦等大臣的問答,大臣們的爭議和所上勸諫的奏疏,以及政治上的措施等;元人戈直又採録歐陽修、柳芳、司馬光等二十二人的議論,附注於原文之下,稱為"集論",是一部瞭解貞觀之世、君臣政治思想的參考資料。

杜佑《通典》二百卷,是一部上起遠古,自黃帝始,下迄唐中葉天寶之末的一部專述歷代典章制度的通史。個別地方肅、代以至德宗貞元之世的變革,也附敘於注中。這部書貫通古今,彙集舊有正史諸志,選擇其中"為經邦濟世、富國安民"所需研究的課題,列為八門實為九類。各門再分子目。包括:

《食貨典》十二卷；

《選舉典》六卷；

《職官典》二十二卷；

《禮典》一百卷，分為《歷代沿革禮》六十五卷，《開元禮》三十五卷；

《樂典》七卷；

《刑典》二十三卷，分為《兵》十五卷，《刑》八卷；

《州郡典》十四卷；

《邊防典》十六卷。

杜佑（公元734—812年）字君卿，唐京兆萬年杜曲（今陝西西安市長安縣杜曲鎮）人，生於唐玄宗二十三年，卒於唐憲宗元和七年，生歷玄、肅、代、德、順、憲六朝。他出生於累世仕宦的官僚地主家庭。青年時代，以父蔭入仕，任地方州縣官佐貳，代宗大歷（766—779年）以後，他任轉運使，度支郎中兼和糴等使，累遷戶部侍郎，淮南節度使等財政、運輸等官。德宗貞元十九年（803年），任司空同平章事，位至宰輔。順宗即位（805年），攝冢宰、檢校司徒，充度支鹽鐵等使，憲宗元和初（806年）封歧國公，歷任德、順、憲三朝宰輔及封疆大吏，但他"性勤而無倦，雖位極將相，手不釋卷。質明視事，接對賓客，夜則燈下讀書，孜孜不倦"（見《舊唐書》本傳）。從代宗大歷年間，任淮南節度使從事時，即開始編寫《通典》，至德宗貞元十七年（801年）任淮南節度使時完成全書，奏上朝廷，歷三十餘年功力。書成後，大為於時"禮樂刑政之源，千載如指諸掌"，大為當時士人所稱頌。

杜佑青少年時，親歷唐朝開元天寶的盛世，二十歲時，逢安史之亂，唐朝由盛轉衰。他任政府要職時，面對的主要是在安史亂後唐代社會政治經濟各方面都發生大的變動，內外矛盾日趨尖銳複雜，由盛轉衰的大唐帝國面臨著危機的局面。作為身任要職的統治階級中的要員,又是一位"性嗜學,該涉古今,以富國安人之術為己任"的學者,加上出將入相有豐富施政經驗,又經歷過永貞(805年)革新的失敗,回顧開元盛世,必然要總結歷史經驗教訓,追求唐政由盛轉衰的原因,研究挽救危機的辦法。因此,杜佑要"實取群言,徵諸人事,將施有政"(《通典序》),從歷史事實、典章制度各方面來全面深入地總結歷史的經驗教訓,以便治國安邦。這就是杜佑堅持三十年之功,修《通典》的目的。

由於這種指導思想,杜佑對編撰《通典》內容九門的排列次序,即打破過去史志以禮樂律曆為首的次序。他認為"理道之先,在乎行教化;教化之本,在乎足衣食"(見《通典序》),並依洪範八政和管仲施政之本,首列《食貨典》。杜佑說:"夫天生烝民,置君司政,是以一人治天下,非以天下奉一人",必須"審官才,精選舉"。因此次列《選舉》《職官》,他說:"職官設然後興禮樂焉,教化墮然後用刑罰焉",故次之以《禮》《樂》,又次之以《兵》《刑》《州郡》《邊防》。

杜佑修《通典》,以劉知幾之子劉秩的《政典》為藍本,參照《開元禮》、樂書、五經、群史、旁及漢魏六朝諸名臣學士的文集和奏疏,"采拾其精華,滲漉其膏澤,裁煩以取約,裁疏以就密",分門別類按時代順序加以綜述,在《通典》各門類和子目前後,常冠以序引,或附以評論。在詳述歷代典章制度中,均詳述其源流、沿革,並有時列入前人有關議論。且用議、評、論的形式,提出自己的見解和主張,以示勸戒,所以《通典》和一般資料性的類書不同,它在史書編纂體例上,開創了我國史籍中與紀傳、編年體並立的典志體政書,為以後編成"三通""九通""十通"以及"會典""會要"的政書體例創立了先例。

目前通行的《通典》,以商務印書館《萬有文庫》十通本為最完善,便於檢索。

《唐律疏議》三十卷十二篇,唐高宗時長孫無忌等奉敕撰。

我國古代法律書,自魏文侯時李悝撰《法經》六篇始,到西漢建制,蕭何增加三篇,定為漢九章律,是為成文律的基礎。曹魏作新律十八篇,晉賈充又增損漢、魏律為二十篇,但其書均已散逸,保存至今最古最系統的封建法律書,為《唐律疏議》十二篇。這部法律文書,是唐代《永徽律》的律文注釋全書。據史載,唐太宗李世民時期,治國以寬仁制為本,不願以法禁勝德化。有司定律五百條,分十二卷,即十二篇。長孫無忌奉詔命制《義疏》,高宗永徽四年(653 年),頒佈施行,增為三十卷,仍為十二篇,原名《律疏》,宋代改稱《唐律疏議》,照錄《永徽律》原文,逐條加以注釋,在注釋文中,集中搜集唐以前的法律思想,以闡發封建君主制度,封建倫理思想和等級制度,其十二篇三十卷包括:

名例:一—六卷,五刑、十惡、八議。

衛禁:七—八卷,入擅入太廟、宮殿門、衝突儀仗等罪。

職制:九—十一卷,官貞署制過限,貢舉非其人,職官限滿不赴等。

戶婚:十二—十四卷。

廏庫:十五卷。

擅興:十六卷。

賊盜:十七—二十卷。

鬥訟:二十一—二十四卷。

詐偽:二十五卷。

雜律:二十六—二十七卷。

捕亡:二十八卷。

斷獄:二十九—三十卷。

《唐律疏議》，是以後宋、元、明、清各代制定和解釋法律的根據。

清代薛允舟集唐律和明律編為《唐明律合編》三十卷，每卷先列唐律條文，繼列《明律》，然後採集前人的研究成果，參附唐明有關的令和條例，分析律文源流，分析比較唐、明兩律的異同，增減得失。

此書通行本，有萬有文庫本《唐明律合編》內載《唐律疏議》，並有單行本印行。

（3）地理方志

《括地志》原書五百五十卷，《序略》五卷，今存輯本。

此書原是唐太宗第四子李泰，集中其魏王府中文士修成的一部規模巨大的地理書。它吸取了班固《漢書·地理志》、梁顧野王《輿地志》兩書的編輯體例，加以創新，撰修成一部新體例的地理書巨著，為後世唐憲宗時李吉甫修的《元和郡縣志》和宋樂史修的《太平寰宇記》所取法。此書約在南宋時亡佚，清人孫星衍有輯本八卷。今人賀次君，又在孫星衍輯本的基礎上進行補輯、整理，並訂正孫輯本的錯誤，成《括地志輯校》，於 1980 年由中華書局排印出版。

唐魏王李泰，以"好士愛文學"知名，受到唐太宗李世民的寵愛，特許他在府中設置文學館，並且可以自召引學士講習。貞觀十二年（638年），李泰根據司馬蘇勗的建議奏請編撰《括地志》，經唐太宗批准，於是奏引著作郎蕭德言、秘書郎顧胤、記室參軍蔣亞卿、功曹參軍謝偃等任編纂，歷時五年，至貞觀十六年（642 年）成書上奏。

《括地志》所據的底本，據《序略》載，是《貞觀十三年大簿》。唐初李淵統治時期，唐的行政區劃基本是襲隋而少有更改分合省減。隋大業四年"大簿"全國郡國數 183，貞觀十三年時，唐統治的社會經濟和政治已趨繁榮穩定，對全國政區進行全面調整，其原始記錄，即成"大簿"。定簿時全國區劃為十道,358 個州,諸州中包括 41 個都督府,共統 1,551 縣,次年平高昌,又增兩州六縣,成 360 州,1,557 縣。這是唐朝全盛時代的行政區劃狀況。《括地志》即本此疆域區劃,全面地記述了政區的建置沿革,山川形勝,河流溝渠,風俗物產,古代遺跡以及人物故實等。這是一部盛唐時的地理通志。

中唐以後,吐蕃據河湟,方鎮割據四方,河、朔也成化外,邊遠州縣,有些只存虛名,已不明原有方位。所以唐憲宗李純(806—820 年)時李吉甫撰《元和郡縣志》,其行政區劃疆域,和《括地志》有異。《唐書・地理志》是據早唐的地域區劃,也有不同。

開元時人張守節撰《史記正義》,距《括地志》成書已一百六十餘年。他依《括地志》注釋古地名,得以保存一部《括地志》資料,但往往以貞觀時地名,換成開元時地名。因此,《史記正義》,又不全部反映《括地志》原貌。

晚唐和北宋時,《括地志》原書仍存,所以《通典》《初學記》《太平御覽》《太平寰宇記》《長安志》等書所引《括地志》均在張守節引徵的範圍之外。此書南宋時已全書散逸。所以南宋以後人的著作徵引《括地志》都是轉引自《史記正義》或北宋類書。元胡三省注《通鑒》解釋上古地名幾全依《史記正義》。

清嘉慶二年(1797 年)孫星衍就唐宋人在史書類書中徵引的《括地志》遺文,輯為《括地志》輯本八卷,刻在《岱南閣叢書》中,是為《括地志》亡佚後最早的唯一輯本。後人又有少量補輯。賀次君搜集的輯校本,比孫本增多幾十條,但比原書五百五十卷《序略》五卷的規模,仍不及十一,只能視為《括地志》殘篇斷簡。

《元和郡縣志》原書四十卷,目錄二卷,現存三十四卷,是唐憲宗時宰相李吉甫等撰,於元和八年(813 年)成書。原名《元和郡縣圖志》,北宋時圖亡,以後改為今名。原書四十卷,缺六卷。

目録中首列十道，以道為序，依當時四十七鎮節度使管轄的行政區劃，敘其府、州、縣、戶口、沿革、山州、道里、貢賦等項目，是現存最早又較完整的地理總志。

李吉甫（758—814 年），字弘憲，趙郡（今河北趙縣）人，生於唐肅宗乾德元年，歷代、德、順、憲四朝，初任太常博士，出任忠州等地刺史，憲宗即位（806 年），升為中書舍人，元和二年（807 年），任中書侍郎同平章事，轉任淮南節度使，元和六年，再任宰相。他熟悉當世圖籍，此書記載詳盡，較為可據，為後世所重視，惜四十卷中全缺六卷，十八卷部分缺，清輯逸、校勘學家盧文弨，從《通典》《新舊唐書》《通鑒》《通志》《通考》等書中輯出其逸文，補此書缺逸，清繆荃蓀輯有《元和郡縣志缺卷逸文》。

清孫星衍於嘉慶元年（1796 年）校刊此書。光緒六年（1880 年）金陵書局刊本，前有孫星衍序，後附《補志》。

（4）目録書，有《隋書》十志之一的《隋書·經籍志》，成書於唐高宗朝，已詳於前。

開元九年（721 年）唐玄宗命殷踐猷、王愜、韋述、余欽、毋煚、劉彥真、王劉仲等，就開元初以來聚集、抄寫藏於宮中的前代及當代藏書，撰成《群書四部録》二百卷，由元行沖奏上，自此以後，因此四部目録篇幅太繁，又由毋煚加以簡略，編成《古今書録》四十卷，著録藏書五萬餘卷。安史亂後，兩都覆沒，以後唐文宗開成年間，禁中藏書，雖有聚集，但廣明之亂再陷兩京，圖書典籍，一時散失。宮中藏書的秘閣或充教坊，或駐軍隊。所以後來撰《舊唐書·經藉志》《新唐書·藝文志》，也只能依《四部録》録開元盛世時四部圖書以表藝文之盛（見兩唐書《經籍藝文志》）。而《四部録》南宋後亦亡佚。今不得見。

(5)類書舉要

我國類書起源很早。魏文帝曹丕"使諸儒(劉劭、王象等)撰集經傳,隨類相從,凡千餘篇,號曰《皇覽》"(見《三國志·魏書文帝記》),這是我國第一部類書,開創了我國類書的體例,惜此書已逸,今存輯逸本。

南北朝時,隨著圖書編纂事業的發展和圖書數量的增多,士大夫競相編纂類書,如梁徐勉等編的《華林遍略》七百卷,北齊後主祖珽等編的《修文殿御覽》三百六十卷,規模都相當可觀。惜均已亡逸,後者尚有輯逸本。

唐代文化空前發展,帝王、權貴提倡文學,並以科舉為入仕之途。類書的需要更迫切,官修類書,應運而出現。其中較著名的為隋末唐初虞世南的《北堂書鈔》,歐陽詢的《藝文類聚》和唐玄宗時徐堅的《初學記》。

虞世南的《北堂書鈔》各目録書著卷數不一,《中興書目》《宋史·藝文志》均著為一百六十卷,《四庫總目提要》著録為八十卷,類為八百五十二類。

虞世南(553—638 年)字伯施,陳越州餘姚人,與兄虞世基同受學於顧野王。陳滅,與世基入隋,具以文章名重當時。大業中,世南累遷至秘書郎,秘書省後堂名北堂,摘録群書名言雋句,供當時作文采摭詞藻之用,唐貞觀時,拜世南為員外散騎侍郎、弘文館學士,年老,改秘書監。其北堂所録,積累日久,乃分類編排,分八百五十二類,名《北堂書鈔》,唐時盛行於世。但因輾轉傳抄,誤漏百出,至宋時已無完本。明時,常熟陳禹謨校刊,已有刪改增補,非復舊帙了,有以貞觀以後及五代十國事雜入其中者。

清人朱彝尊所見本書,已改名為《大唐類要》,似為鈔本原本。孫星衍、嚴可均據影宋本校注，略復舊觀。所錄名書，現多已失傳，所以此書可供輯佚。

　　《藝文類聚》一百卷，唐高祖李淵命歐陽詢等編撰，類集古籍一千四百餘種，分門別類，摘錄彙編而成。據序中說，此書編排上是"比類相從，事居於前，文列於後，俾賢者易為功，作者資其用"。清代《四庫總目提要》認為此書是類書中體例最善者。

　　全書凡分四十八類（部），大類下又分子目，然後逐目引唐以前資料，按先事後文的體例，排列起來，使讀者在尋檢某一目類的事蹟、解釋、詩歌等各方面的材料時可以一目了然。

　　全書分四十八部（實為四十六部）如下：

　　天、歲時、地、州、郡、山、水、符命、帝王、后妃、儲宮、人、禮、樂、職官、封爵、治政、刑法、雜文、武、軍器、居處、產業、衣冠、儀飾、服飾、舟車、食物、雜器物、巧藝、方術、內典、靈異、火、藥香、草、寶玉、百穀、布帛、果、木、鳥、獸、鱗介、蟲豸、祥瑞、災異。

　　內符命單立，實為四十六部，每部下分若干類。

　　例如天部下分：天、日、月、星、雲、風、雪、雨、霽、雷、電、霧、虹等類。

　　在目之下，將唐以前遺文、秘笈，大凡經、史、子、集、詩、歌、讚頌、起居注、世說、佛經等，分類引輯於目下，有的類目還采引啟、論、銘、箴、碑、墓誌、誄、章、表、行狀等，分類集中於每目之下。

　　例如，天部下第一目為"天"。下引《周易》《禮記》《論語》《老子》《春秋繁露》《爾雅》等書中所有對於"天"的詞句的事類、解釋，都一一録在下面,天部第二目的是"日",也是如此,並均載出處。然後引詩、賦、贊、表中有關"天"的句子,釋一"天"字,即引二十四部經、史等書,加上詩、賦、贊、表文。

又如"日",先引《易》《詩》《禮》《左傳》等二十七種書,然後引詩、歌、贊詠日之句。

這部書是適應唐代科舉取士,試經、策、詩賦等的需要而編纂的。

歐陽詢(557—641 年),歷任陳、隋、唐三朝,撰《藝文類聚》時,任太子率更令,宏文館學士。為唐書法家。與虞世南、褚遂良、薛稷並稱唐初四大家。

《新唐書·歐陽詢傳》載,唐武德七年,詔令歐陽詢與裴矩、陳叔達同修《藝文類聚》,《新唐書·藝文志》注則說是與令狐德棻、袁朗、趙宏智同修。且此書寒食目,有沈佺期,宋之問詩,二人係歐陽詢死後人,其作品安得預先編入?可見此書編輯,非出一人之手,書成後已有竄亂或增刪,非復原本。

《藝文類聚》所採録的一千多種古籍,多已亡佚,賴此書得以輯佚。

現有通行排印本。

《初學記》三十卷,唐玄宗時命集賢學士徐堅撰。開元十三年(725年)書成,上奏制名曰《初學記》

全書分二十三部,三百一十三個子目,與其他類書編撰方法同。先"敘事",次為"事對",末為"詩文"。其敘事雖然是雜取群書,但次序似相連屬,與其他類書有異。所采擷隋以前古書,取捨嚴謹,多是可以應用的。其中所采詩文,也兼採録唐初作品。並將李世民的詩,升冠前代詩之首。此書在唐代類書中,不如《藝文類聚》廣博,而精則勝之,但遠勝於《北堂書鈔》及《白氏六帖》。

《初學記》二十三部分類如下:

天部：分天、日、月、雨、雪等十五個子目；

歲時部：分春、夏、秋、冬等十八子目；

地部：分地、山、石、海等二十六子目；

州郡部：部敘及十道十一目；

帝王部：總敘及歷代帝王；

中宮部：皇后、妃嬪二目；

儲宮部：太子、太子妃二目；

帝戚：王、公、駙馬三目；

職官部：三十二子目；

禮部：十八子目；

樂部：十五子目；

人部：二十子目；

政理部：十一子目，赦、賞、貢獻、刑罰等；

文部：經典、史傳、文字、筆、紙等九目；

武部：旌旗、武器、獵、漁等十一目；

道釋部：八目；

居處部：都邑、城廓、宮、殿等十五目；

器物部：衣、食、住、物品等三十三目；

寶器部：金、銀、玉、錢、綾、羅等十六目；

果木部：李、桃、棗、桔等十八目；

獸部：獅、象、麟、馬等十五目；

鳥部附麟介：鳳、鶴、烏、鵲、龍、魚等十四目。

每部按子目次序，先列"敘事"，次列"事對"，最後書詩、賦。

例如：歲時部子目第一為"春"。

（敘事）首舉《禮記·月令》、《夏小正》《淮南子》等古籍中關於"春"的解釋，從而敘春的各種表現，以敘其事。

（事對）舉古籍中發生春天的事物，相對仗的語詞，加以解釋，如"遲日"對"和風"，指出其出處。

（詩賦）舉出唐以前人寫春的詩、賦，或傷春、或懷春、或春遊等等。

如舉梁孝元帝春日詩："新鶯隱葉轉，新燕向窗飛。柳絮時依酒，梅花乍入衣。玉柯逐風度，金鞍照日暉。無令春色晚，獨望行人歸。"

此書的編纂，原是為了唐玄宗的皇子們初學作文時文章講求詞藻、對仗、典故，檢索事類之用，故名為《初學記》，《大唐新語》中記載說："玄宗謂張說曰：'兒子等欲學綴文，須檢事及看文體。御覽之輩，部帙既大，尋討稍難，卿與諸學士撰記要事並要文，以類相從，務取省便，令兒子等易見成就也。'"說與徐堅、韋述等編此進上，以《初學記》為名。

《初學記》采摭群書，保存了不少已逸古書的片斷，供今人輯逸參考。例如唐初魏王李泰等修撰的《括地志》，原是五百餘卷的地理書，原書已逸，《初學記》卷八《總序州郡第一》就錄了《括地志》的《序略》，從這裏可窺見貞觀間的政治區劃和州縣數目，清人孫星衍就據此輪廓輯成《括地志》八卷。

《初學記》引用很多唐以前古書資料，還可用來校勘今本古書之誤。

《初學記》，宋、元均有刻本，但現存最早的刻本是明嘉靖十年（1531年）安國的桂坡館刊本。較通行的刊本是清古香齋袖珍本，與安國本字句不盡同。中華書局排印本以古香齋本為底本，與他本參校，列校刊表於卷末。並在卷首列《出版說明》，列敘版本源流，於1961年斷句排印出版，是為排印本。

(6)文學書

中國古代文學到唐代也與政治經濟上的繁榮昌盛相適應發展到了一個全面繁榮興盛的新階段。其中詩歌的發展,達到一個史無前例的高峰和高度成熟的時代;唐代不到三百年(618—907 年)的時間裏,留下來的詩歌遺產,達到近五萬首,比西周到南北朝的一千六七百年中的詩篇,多出兩、三倍以上,獨具風格的著名詩人,就有五六十人。

散文方面,由於古文運動的勝利,一改唐初繼六朝的駢儷文體,而創作出許多傳記、遊記、寓言、雜說等新型短篇散文。

小說方面,打破六朝志怪小說的格局而創造出獨具風格富於文采和意境的傳奇,不僅前代已有的文體,在唐代繼承發展推陳出新,變文一類通俗講演文體也在民間廣泛流傳,詞也從民間到文人逐漸成熟,為宋詞的寬闊發展奠定了基礎。

可以說,唐代的文學,是一個全面發展的時期。

唐代詩歌,唐初高宗武后時期(650—705 年)的王勃(649—676 年)、楊炯(650—693？年)、盧照鄰(637？—689？年)和駱賓王(640？—684？年)稱為初唐四傑,各有名篇,之後有陳子昂(661—702 年)隨武攸宜出征契丹時寫的《登幽州臺歌》,至今傳為名篇。

盛唐開元天寶間,詩歌以孟浩然(689—740 年)、王維(701—761 年)的山水田園詩,高適(702—765 年)、岑參(715—770 年)的邊塞詩,都各有獨特風格。而李白(701—762 年)、杜甫(712—770 年)則為盛唐時期的最傑出者,被譽為詩仙與詩聖,他們的詩篇,名揚中外。

中唐時期,則有白居易(772—846 年)、韓愈(768—824 年)、劉禹錫(772—842 年)、柳宗元(773—819 年)、李賀(790—816 年)、元稹(779—831 年)等為文壇主將。

晚唐有杜牧(杜佑之孫)(803—853 年)、李商隱(813—858 年)、溫庭筠(812—866年)等詩人。

他們的詩文集,著録於《新唐書·藝文志》的別集,著名的有王勃集三十卷,楊炯盈川集三十卷,盧照鄰集二十卷,駱賓王集十卷,王維集十卷,高適集二十卷,李白草堂集二十卷(李冰陽録),杜甫集六十卷、小集六卷,岑參集十卷,韓愈集四十卷,柳宗元集三十卷,劉禹錫集四十卷,元氏(元稹)長慶集一百卷、又小集十卷,白氏(白居易)長慶集七十五卷,杜牧樊川集二十卷,溫庭筠握蘭集三卷,孟浩然詩集三卷,李賀集五卷,李商隱樊南甲集二十卷、乙集二十卷、玉溪生詩三卷、又賦一卷、文一卷。

韓愈、柳宗元的散文,是唐代古文運動的代表作家,對後代散文的發展影響很大。世稱"韓柳"。晚唐杜牧在他的《冬至日寄小侄阿宣詩》中說:"高摘屈宋豔,濃熏班馬香。李杜泛浩浩,韓柳摩蒼蒼。近者四君子,與古爭強梁。"就是說,唐代的李(白)、杜(甫)、韓(愈)、柳(宗元),可與古代的屈原、宋玉至班(固)、司馬遷相比並。他們不僅工散文,而且工詩。近有《昌黎先生集》和《柳河東先生集》。

唐代傳奇,是唐代小說的別稱。我國小說,《漢書·藝文志》諸子類中已有著録,但多已亡逸不傳。至魏晉南北朝時,始粗具規模,有志怪小說和軼事小說的代表作品。發展到唐代,由於社會經濟的發展和市民階層的需要,以及佛道教義和神怪傳說的流行、文學體裁的多樣性,遂使小說特別發達,散文中的故事,詩歌中的情節,又給小說增加了題材。如白居易有《長恨歌》,陳鴻就寫了《長恨歌傳》。元稹創作了《鶯鶯傳》傳奇,又作了《鶯鶯詩》詩歌。在各種文學體裁的交互影響下,形成了傳奇以詩歌與散文結合,抒情與敘事結合的風格,既有美妙的意境,又有細緻的人物刻劃,使唐代小說遠遠超過了六朝。

唐代傳奇小說,流傳至廣的有幾十篇,大部收入宋初李昉等編的《太平廣記》,其他如《文苑英華》《太平御覽》《全唐文》等總集類書,也收録一些。其較著的有《枕中記》(沈既濟作)、《南柯太守傳》(李公佐作)和《柳毅傳》《霍小玉傳》《鶯鶯傳》《李娃傳》等,這些小說,後代很多取為戲曲題材的來源。

(7)唐代的經學和《開成石經》

唐代選官,通過科舉取士,科舉有明經、進士、明法等。而明經科和進士科考試,都有一門"帖經",據《文獻通考·選舉二》載:"帖經者,以所習之經,掩其兩端,中間惟開一行,裁紙為帖",其形式等於今日之"填"空,要求熟誦經文。另外還要口試,每經通問大義十條(見《唐六典》卷四《禮部》),所以又要求通曉經義。適應這種制度,唐初就編撰官定本經文、經義。其主要的是:

陸德明(約550—630年)撰《經典釋文》

陸德明,為蘇州吳(今江蘇吳縣)人,隋煬帝時任秘書學士,遷國子助教,入唐任國子博士。他曾採集漢、魏六朝音切凡二百三十餘家,又兼採諸儒訓詁,考證各本的異同,撰成《經典釋文》三十卷,包括《周易》《古文尚書》《毛詩》《周禮》《儀禮》《禮記》《春秋左氏》《公羊》《穀梁》《孝經》《論語》《老子》《莊子》《爾雅》等十四部經書及子書的音義,集漢魏六朝音義、校勘成果之大成。

此書編排,首為《序録》,敘各經解注的歷史。次則逐經、逐家注釋。但此本並非全列本經原文,而是只列其需要加以音釋注解的地方,加以注釋。

孔穎達的《五經正義》和顏師古的《五經正字》。

孔穎達(574—648年),是隋大業(605—616年)初年選為"明經”,授河内郡博士,入唐任國子博士、國子司業、國子祭酒等職。唐太宗貞觀間命其編撰《五經正義》,官頒為科舉取士的標準教材。其中《易》采魏王弼注,《書》采孔安國傳,《毛詩》用毛傳鄭箋,《禮記》用鄭玄注,《左傳》用晉杜預注,各經又加孔穎達的“疏”。清編的《十三經注疏》,以上五經,即采孔疏。

顏師古(518—645年),唐時官至中書侍郎,撰《五經正字》,以統一經書文字。他還有《漢書注》等。

唐代雖撰有經書定本,統一音義,但由於唐前期尚無雕版印刷,一切官私書籍的製造,全靠手抄流傳,輾轉傳流,各本發生歧異,所以在我國書史上,刻本印書以前,有一個很長的以“石經”統一各本的時代,漢魏曾有,唐又繼之。這就是唐文宗太和七年(833年)到開成二年(837年)刻成的“唐石經”,即“開成石經”。立石於長安務本坊國子監太學。有《周易》《尚書》《毛詩》《周禮》《儀禮》《禮記》《春秋左氏傳》《公羊傳》《穀梁傳》《孝經》《論語》《爾雅》十二種經本。另附刻《五經文字》《九經字樣》,共刻227石。據天寶衛包改字後的正字(楷書)刻經,標題仍用隸書。以後屢有修改,補刻。唐石經成為五代以後雕版刻印經書的樣本。此石今存西安碑林。

隋唐圖書小結

唐王朝繼隋之後,政治上有較長時期的統一和安定的局面,因此為經濟的發展和文化的繁榮創造了條件,使唐代文化上承漢魏六朝,下啟宋元明清,是我國物質文明和精神文明發展的一個重要時期。它還在固有文化基礎上,吸收外來文化的優秀成分而滋補、充實自己,因而創造了大量優秀的文化遺產,不僅達到我國封建時代文化的高峰,而且是當時世界文化的高峰,與六、七世紀黑暗的歐洲呈鮮明的對比,並且是哺育當時亞洲各國文化的基地,在哲學、史學、地理、文學、藝術和科學技術各方面都取得光輝的成就,對人類文明作出貢獻。唐代圖書的編纂、整理、注釋、生產大都是經過手抄而保存下來的。保存到今天的敦煌刻經和大量寫卷,已成為世界文化寶庫中一顆閃閃發光的瑰寶而開創了“敦煌學”這門二十世紀的新學科。這是中華民族的驕傲,也是盜竊敦煌寶卷者的恥辱。

第四章　印刷術的發明和雕版印書時期
——唐末至宋、遼、金時期

第一節　雕版印刷的創始
——中唐以後

　　印刷術的發明是人類社會文化發展的一件關鍵性的事情。從我國古代圖書史上可以看到,沒有印刷術以前,人類賴以傳播知識的圖書就不能大量生產,各種知識的積累和普及都受到極大障礙,人類社會的科學文化事業就不能快速前進,人類的物質生活和精神生活內容就不能像現在這樣豐富、充實,絢麗多彩。可見,印刷術,既是人類社會文明進步的產物,又是人類社會文明進步的一種推動力。不能想像,如果始終靠手抄本寫書來積累和傳播文化知識、交流思想和經驗,會出現現代文明。可見,印刷術的發明,是對人類社會進步的極大貢獻。

　　什麼是印刷術呢? 印刷術指的是將文字或畫面刻成印版,在它上面加墨印成大量書籍或畫面的技術。印刷術包括雕版印刷術(即整版印刷術)和活版印刷術(即活字版印刷術)兩種。雕版印刷術,就是將文字反刻在一塊硬質木板或其他材料的版面上,在整版上加墨印刷紙頁。它須先按一定的格式將著作物寫出來,再反刻在木板上,然後加墨一版一版地印刷出書葉。這種木版的材料,需要硬質木料,如梨、棗之類木材,否則經不住刻字和反復印刷的磨損,所以古代把版印書稱"付之梨棗"。

活字版包括木活字和金屬活字,還有泥活字,是先在小方塊木上,反刻成一個個單字,然後再依照著作物,用每個字排列成一版。這就是排版。排版後,經過印樣,校對無誤,再加工墨印成書葉,這種單字,叫木活字,或銅活字。絕大多數現代印刷品,都是活字版印刷的。

印刷術和造紙,都是中國人民最早發明的。我國發明造紙術以後,由於不懂印刷術,所以很長歷史階段,書籍仍靠手寫,這就是寫卷。當時書籍的生產受到很大限制,但是社會物質文化不斷發展,圖書著作物大量湧現,專靠手抄已遠遠不能滿足社會需要。經過長期的鑽研、改進,總結歷史經驗,終於發明創造了雕版印刷術,後來發展創造了活字印刷術。

印刷術出現以前,我國人民早已發明創造了石刻和印章刻印等複製文字的方法,這對印刷術的發明是一個啟發和先導。

東漢靈帝熹平石經刻成以後,出現了石經捶拓技術。到了唐朝又有把碑版文字刻在木板上,從而轉拓的方法,杜甫詩中曾說嶧山碑已經"棗木傳刻失其真"。就是說經過多次傳刻已失去文字本來面目了。拓碑提供了從陰文正刻的字取得文字複製品的方法,後世的碑帖,就是這樣傳下來的。

印章是我國的古璽文字和印章文字,已有悠久的歷史。史載秦書有八體,其中"摹印"即是指印章文字。"刻符"則是刻於符節上的文字。王莽時有"六書",也有專門用作印章璽書的文字,這說明秦漢之世,已專有印章文字,並多用陽文以蓋封泥。紙發明以後,封泥失去作用,改用浮水印。這就提供了一種用陽文反刻文字取得複製品的方法,而拓碑和印章兩種方法的結合,就是印刷術的萌芽。

唐代佛教發達,大量雕成小佛像,印"千佛像",後來又在佛像下面或旁邊刻印上佛名。再進而在佛像下印上一段佛經,成為我國圖畫和文字相結合的最早的印刷品。

我國雕版印刷術何時創始，這是一個多年爭論不決的問題。我國是世界上最早發明印刷術的國家，這個結論在本世紀初已為世界各國所公認。但發明於何時，說法仍有不同。

傳統的說法是五代時的馮道創造了印刷術。其根據是五代後唐明宗長興三年（932 年）時宰相馮道奏議，詔准雕版印刷"九經"的事。其實遠在馮道以前四十年的唐僖宗中和年間（881—884 年），在我國四川地方已經發現有木刻字印的曆書、醫卜、星相、識字書以及佛經咒符等。見於唐人柳玭《家訓》序（見《愛日齋叢抄》引），其文曰："中和三年（883 年）癸卯夏，鑾輿在蜀之三年也，余為中書舍人，旬休，閱書於重城（成都）之東南，其書多陰陽雜記，占夢、相宅、九宮五緯之流，又有字書小學，率雕版印紙，漫染不可盡曉。"

《舊唐書·文宗本紀》有這樣一條記載："太和九年（835 年）十二月，敕諸道府，不得私置曆日版。"而這一敕令，是由於馮宿的奏議。據《冊府元龜》卷一百六十《帝王部·革弊》第二載：（太和）九年（835 年）十二月丁丑，東川節度使馮宿奏，准敕，禁斷印曆日版。劍南兩川及淮南道，皆以版印曆日鬻於市，每歲司天臺未奏頒下新曆，其印曆已滿天下，有乖敬授之道，故命禁之。"可見在公元 835 年以前，已有版印日曆"滿天下"了。均遠在馮道奏印"九經"以前，馮道創始印刷術之說，已不能成立。

另外有的學者認為我國印刷術是發明於隋朝。其根據是隋朝費長房所著的《歷代三寶記》，其記載是：

"隋開皇十三年（593 年）十二月八日，敕廢像遺經，悉令雕撰。"

明人陸深的《河汾燕閒錄》中，就根據此條，斷定隋初已經有雕版印刷佛經之事。

明人胡應麟在他的《少室山房筆叢》中，也據這一資料，斷為："印刷肇自隋時，行於唐世，擴於五代，精於宋人。"

　　其實，《歷代三寶記》中這一條的本意是指隋初敕令"雕佛像""撰佛經"，以恢復前北周武帝時毀佛對寺院佛像及佛經的破壞毀滅。

　　又羅振玉的《鳴砂山石室秘録》一書，有一條記録："有宋太平興國五年（980 年）翻刻隋刻《大隋求陀羅尼》經"，孫毓修在他所撰的《中國雕版源流考》就據此條斷為雕版印刷始於隋。實際上這首《陀羅尼》經是敦煌石窟中發現的。其上面左邊有"施主李和順"一行，右有"王文沼雕版"一行。題目原文是"大隨求陀羅尼"，而非"大隋求"。"大隨求"在佛經是"大自在"之意，為佛家成語，非指"隋朝"，而且在"王文沼雕版"一行字之末，還有"太平興國五年六月二十五日雕版畢"手記，並無"翻雕"字祥。此物原件在法國巴黎和英國倫敦均有收藏，不能據以證明隋朝創始雕版印刷。

　　還有《隋書·經籍志》載："（隋）煬帝在位，秘閣之書，限寫五十付本。"如果隋初已知雕版印刷本，何以皇家秘閣藏書尚須寫偌大副本？

　　再據《新唐書．·藝文志》載："（唐）貞觀中，魏徵、虞世南、顏師古繼為秘書監，請購天下書，選五品以上子孫工書者為書手，繕寫藏於内庫。"可見内府藏書，還是依靠人工繕寫。就是唐玄宗以後，創立集賢書院，"太府月給蜀郡麻紙五千番，季給上谷墨三百三十六丸，歲給河間、景城、清河、博平四郡兔千五百皮為筆材"作為繕寫書籍的材料。可見此時尚無雕版印刷，隋初何能創始？

　　從以上材料可見，雕版印刷術的創始，隋始說或五代馮道創始說，都無足以徵信的材料，反而是唐代晚期有大量材料證明其印刷品通行於四川及東南地區，不過其印刷品仍限於佛經咒文、日曆、陰陽、占卜書、字書、醫書等等。最可徵信的實物材料，就是敦煌千佛洞石窟中發現的唐刻本《金剛經》卷本。此卷全長一丈六尺，高約一尺，由七張紙粘接而成。刻本卷首有釋迦牟尼說法圖，繼為經文，末尾有"咸通九年（868 年）四月十五日王玠為二親敬造普施"題記。這是一件現存世界上最早的有明確年代日期的佛經雕版印刷物。全卷雕刻圖文技術精美,墨色勻稱,是一件刻版印刷技術相當成熟的產物。此卷原已於1907 年被英人斯坦因盜去,現藏倫敦不列顛博物館。國內僅有其複製品。

結合文獻資料和實物,可以斷定,我國雕版印刷技術的創始,可能在唐朝肅、代宗以後。其印刷品在唐文宗以後,已相當普及於川東西及淮南地區。但用雕版印刷刊印儒家經典,則遲至五代。唐代高級政府的秘閣藏書,仍靠手寫。

第二節　雕版印刷技術的發展
——五代十國時期

唐朝末期由於政治腐敗,藩鎮割據,戰爭頻繁,學校廢弛,文化事業受到政局的影響,停滯不前,所以唐朝晚期雖已創始了雕版印刷術,但只限於民間雕印佛經咒、日曆、小學書、占卜、陰陽、醫藥等民間流傳的印本。對儒家經典大作、子、史諸巨著,尚無雕版印本出現。

到了五代十國時期,由於政治經濟的局面穩定,政府的大力提倡和佛教的傳播,雕版印刷就有了進一步的發展。

據《五代會要》中《經籍門》載,五代後唐明宗長興三年(932 年)二月,"中書門下奏請依石經(《唐石經》)文字,刻九經印版,敕令國子監集博士儒徒,將西京石經本,各以所業本經,廣為抄寫,仔細看讀,然後雇召能雕字匠人,各部隨帙刻印板,廣頒天下。如諸色人要寫經書,並須依所印敕本,不得更使雜本交錯,其年四月,敕差太子賓客馬縞,太常丞陳觀,太常博士段顒、路航,尚書屯田員外郎田敏充詳勘官;兼委國子監於諸色選人中,召能書人端楷寫出,旋付匠人雕刻,每日五紙。"

這段由高級政府敕令雕刻九經的事,是由於宰相馮道、李愚的奏請,後唐明宗敕令國子監組織人力,規定樣本,雕版刊印儒家經典的九經。宋人稱為"舊監本"九經,作為政府官頒的標準本即法定本。這次開雕九經,包括《易》《詩》《書》、三傳、三禮。其中《周禮》《儀禮》《公羊傳》《穀梁傳》到後周時才開雕,後周太祖廣順三年(953年),九經才全部雕成,前後歷時二十年(932—953年)。而田敏則是始終參與詳勘的負責人之一。

五代監刻九經的同時,還刻了"五經文字""九經字樣",均以《開成石經》字為標準,以後民間雕刻,必須以監本和字樣為標準。這次政府監刻九經,已距民間雕印小型佛經曆書之後近百年了。即以咸通九年(868年)雕印的《金剛經》到廣順三年(953年)雕印完成九經,也有八九十年的歷史了。

十國中後蜀宰相毋昭裔,私人刻書甚著,於明德二年(935年),雇人寫《文選》《初學記》《白氏六帖》等,雕版印行。後蜀廣政十六年(953年),他又出私財百萬,營學館,且請人刻版印九經,蜀主從之(事見《資治通鑒》卷二百九十一,後周廣順三年),可見五代十國時,官私雕版印書,均招募工匠雕版,這無疑使雕版技術得到迅速發展。而蜀中刻書的發展,為宋刻蜀本的著名,打下了技術基礎,使四川成為有宋一代雕版印刷業的中心地區之一。

第三節 雕版印書的興盛
——宋

北宋政權於公元960年建立後,還有六個割據政權分立南北,即廣州的南漢,荊州的南平,成都的後蜀,金陵的南唐,杭州的吳越和太原的北漢。宋建國後,以南先北後的政策,於乾德元年(963年)開始進行統一全國消滅割據的戰爭。直到太宗太平興國四年(979年),最後武力消滅北漢,才實現統一,這已是建宋後的二十年了。此後,又有對契丹和西夏的戰爭連綿不斷。對於文化事業如繼五代之後雕印出版古籍的事,宋初三十年中,並未大力進行。直到宋真宗景德二年(1005年),雕印經史等書的雕版,才累積到十餘萬,並雕印唐人文集等。

宋人雕版印書,有嚴格規定,須經過校訂、復勘,再送主管閣官點校,三道手續,而且在宋英宗治平(1064年)以前,校刊刻書必須由國子監管領。熙寧(1068年)以後,才盡弛此禁。於是私人刻書及坊刻書才遍及各地,刻書事業遂興盛起來。當時刻印出版的書籍,後世稱為"宋版書",對後世影響很大。

宋代發展科舉,廣建學校和私人書院,大量需要圖書。因之圖書編纂種類多,數量大,也促進印刷事業的發展和印刷技術的提高。據北宋沈括(1031—1095年)在《夢溪筆談》卷十八"技藝門"中載,仁宗慶曆中,有布衣畢升創造活字版。其法用膠泥刻字,每一字一印,火燒使堅,然後以硬膠泥刻字排版。用松脂蠟和紙灰之類,燒熱粘固,進行印刷,效率大增。可惜畢升的膠泥活字印刷技術沒有推廣,他的印刷品也未得流傳下來。所以"宋版書"仍以雕版印刷為主。但畢升發明的活字印刷,比歐洲古騰堡的活字印刷早四百年。

宋代刻書,有官刻、私刻、坊刻三種。

官刻本,指中央政府機關國子監、崇文院、秘書監等處所刻的書;也有地方官刻本。依其官署名稱,分為茶鹽司本、轉運司本、安撫司本、提刑司本等。用地方各州公使庫(如現在招待來往官吏的招待所)節餘經費刻的書,稱公使庫本。公使庫內設有印書局,專司刻印書。地方各路及州軍學、郡齋、郡庠、縣齋、縣學和各地書院都從事刻書,稱書院本。如婺州麗澤書院，以及象山書院、龍溪書院、竹溪書院等。

宋代私家刻書，稱"家刻本"，葉德輝在他的《書林清話》中，錄三十二家私家家塾及宅、堂私家刻書，其存今的刻本有廖瑩中家刻的《韓柳集》，為南宋度宗咸淳刊本（今藏北京圖書館），此集明嘉靖、萬曆有翻刻。岳珂家刻書也著名。

宋代坊刻本，為一般書商刻的書。宋代城市經濟繁榮，北宋都城汴城、南宋臨安、蜀的成都，從唐末以來即坊肆櫛比，書肆也多，閩中的建安，以刻書著稱，建安余氏（仁仲的萬卷堂），世代刻書，歷宋、元、明三代，閩中余氏刻版仍盛行，所刻書，世稱"閩本"。

宋代由於刻書業的發達，形成許多刻書中心地區，其重要的有五個。

汴梁，是北宋的京城，官刻監本，即在此開雕，書肆也集中，據孟元老的《東京夢華錄》載，汴梁"相國寺東門大街，皆是幞頭、腰帶、書籍鋪。"可見其書肆的集中。

臨安是南宋的都城，浙東、浙西又盛產紙張，遂成為刻書中心。浙江刻書，以臨安最多又最精，紹興、吳興、衢州、寧波（明州）、婺州（金華）、溫州等地都有刻書業，所刻的書，世稱"浙本"。

福建刻書，主要集中在建陽的麻沙鎮和崇化坊。福建刻本，世稱"建本"。《方輿勝覽》載："麻沙、崇化兩坊產書，號為圖書之府。"南宋時建陽刻本除刻經、史、百家及唐、宋名家詩文外，還刻民間醫書、小說、酬世大全等類的書，行銷各地。刻書多，傳世本也多。北宋元豐三年（1080 年）開雕，徽宗崇寧二年（1103 年）竣工的《福州東禪寺大藏》，即《福藏》，即刻於福州，今存殘本散卷，為梵筴裝。

四川刻書，主要集中於成都和眉山兩地。成都為十國中孟蜀的首都，刻書業歷來發達，北宋初開寶四年（971 年）在成都開雕的《大藏經》五千卷，用時十三年，使蜀版書名噪一時，稱《開寶藏》或《蜀藏》。

南宋時蜀本書刻書中心移至眉山,眉山縣漕運司井度(孟憲),據北宋監本,刻了大批經史書及唐宋名家集及地志、醫書,傳世的如蜀本《春秋經傳集解》,刻印精美。

江西的吉安、撫州,為南宋時的刻書中心之一,如孝宗(1174—1189年)淳熙間撫州公使庫刻的《禮記注》《春秋經傳解詁》、王荊公《唐百家詩選》。宋寧宗慶元二年(1196年)吉安周必大刻的《歐陽文忠公集》,嘉泰元年(1201年)刻的《文苑英華》,嘉定十七年(1224年)白鷺洲書院刻的《漢書集注》等,都很著名。

另外,北方陷入金統治區後,原汴京書肆和雕版工人,一部分隨宋南渡入浙,一部分遷往平水(即平陽、今山西臨汾)。北方的刻書中心,也西移平水。其刻書多為醫書、類書及民間流行的說唱諸宮調,稱"平水本"。山西運城刻的《金藏》又稱《趙城藏》,開雕於金皇統九年(1149年)至大定十三年(1173年)竣工,有四千三百卷流傳至今,藏北京圖書館。估計原書約有七千卷,為未經著錄的孤本。

以上僅舉數例,可見宋代雕版印刷業的興盛。惜北宋刻本傳今的已無完書。南宋刻本,也百不一存。所以"宋版書"就成為我國的珍貴文物。

宋代雕版印書的裝訂制度及其演變

唐代的寫卷是卷軸裝,經五代到北宋,由於雕版印刷出版圖書,圖書的裝幀也有了變化,而且有種種不同形式。

北宋徽宗時刻的《崇寧萬壽大藏》,版式是梵筴式,即經折裝。這是從卷軸到冊葉的一種過渡形式,後來的經折裝形式,即始於此。

《明史·藝文志》載:"秘閣書籍,皆宋元所遺,無不精美。裝用倒摺,四周外向,蟲鼠不能損。"這種蝴蝶裝形式,是書口和書口相連,書皮用硬紙包裹,不用紙訂,而且漿糊粘結書背,版心向內,單邊向外。

宋元刊本,很多是用這種裝訂形式,如宋刊本《文苑英華》,書衣上注明:"景定元年(1260年南宋理宗時)十月二十五日裝背臣王潤照管訖。"即宋裝原形,現北京圖書館有藏本。

包背裝,是將版心折迭,使收口向外,其後背用書皮包裹,不露書腦。它和綫裝書不同處,只在不鑿孔穿綫,現存這種裝訂本,以元明版本為多。如現存的元刊本《漢書》《文獻通考》都是這種包背裝。今存的明本《永樂大典》等書,全為朱絲欄寫本,黃綾包背裝,清修的《四庫全書》也是繕寫本、包背裝,今藏北京圖書館。

綫裝書,有證可查的是由明中葉到清初始盛行。它比蝴蝶裝、包背裝便於翻閱,又不易破散,算是我國古代圖書最進步的裝訂形式了。由於這種裝訂形式,便於改裝,易於整舊為新。如清宮所藏的宋元珍本,全在乾嘉時代改裝為綫裝,以求美觀。

綜上可見,宋、元、明、清的書籍裝訂制度,適應自宋開始的雕版印刷制,已由卷軸經經折變為冊葉,隨著刻印書業的發展,適應讀書人的需要,從經折裝變為蝴蝶裝、包背裝、綫裝等冊葉形式。

自西方新的印刷術傳入,用鑄鉛字排版印書或石印印書,而裝訂制又從綫裝改回到包背裝,或稱平裝,書脊上刻印書名,書皮用硬紙包裹,用布或皮革包皮的則稱精裝。

第四節　五代及宋的圖書編纂舉要

1. 宋初四大部書的編纂

北宋太宗趙光義,以弟繼兄,在燭影斧聲的流言中繼承趙匡胤的皇位,他一方面繼續以武力統一了全國,另一方面從太平興國二年

(977年)起,命令李昉為首開館編纂大型圖書。直到真宗朝,相繼完成了小說類編的《太平廣記》,百科全書性質的《太平御覽》,文章總集《文苑英華》和政治歷史的專門類書《冊府元龜》等,號稱宋初"四大部書"。

魯迅在《中國小說史略》中說:"宋既平一宇內,收諸國圖籍,而諸降王臣佐多海內名士,或宣怨言,遂盡招之館閣,厚其廩餼,使修書。"又據《中國小說的歷史變遷》中說:"此在政府的目的,不過利用這事業,收養名人,以圖減其對於政治上之反動而已。"原非有意於保存古籍資料。但其客觀上卻替我們保留下來豐富的政治歷史文獻資料和文藝林藪。這是對宋編《太平廣記》的影響而言的。

《太平廣記》五百卷,目錄十卷。題為李昉奉敕撰,為四大部中最先完成的一大部。北宋太平興國二年(977年)三月,李昉等奉詔修撰,次年八月書成表進,奉敕送史館。由於此書成於太平興國年間,又收集廣泛,故名《太平廣記》。

這部書是泛采自漢到宋初的小說總集,採錄小說、筆記、稗史、傳記、雜記、佛道以及正史中的奇文秘笈,采書約四百七十餘種,編纂為九十二個大類,又分為一百五十多個細目,類目下共輯集了六千九百七十多則故事。故事有長有短,長的或一則即成一卷,短的數十則合為一卷。每則故事後,均注明出處,引自何書。舊刻本前有引書目錄,但不準確,可能為明人所加。

全書九十二大類目編排次序,以神道類小說居先,如"神仙""方士""異人""異僧""報應""感應""識應"等共佔一百六十三卷;次為有關人事的類別,如"名賢""氣義""貢舉""銓選""豪俠""情感""夢"等,佔一百一十八卷;再後列"巫""妖""鬼"等鬼怪冥事一類的故事,以及"山""石""水""寶""草木""龍""虎"等與自然界有關的,最後則有"雜記""雜錄"等。統計其中神、鬼、報應等類,佔的卷帙較大，這是由於魏晉以來佛、道二教盛行，神仙志怪小說繁多的原故。

《太平廣記》把散見於四百多種野史雜記、志怪小說，以及正史、子書、別集、類書、地理著作、道藏、佛經中的資料，並集中於一部書中，分類目彙編，條目清楚，為後來人的研究工作提供了方便條件。特別是它引用的古書，後世多半亡佚不存。所以許多遺文佚典，賴這部書得以保存下來，後人利用此書，輯集了大量古佚書。例如我國文學史上的珍品唐代傳奇，由於不受當時正統觀念的重視，多不收入著者文集，依靠《太平廣記》收錄，得以保存其中一部分。魯迅輯《唐宋傳奇集》，最多的是《太平廣記》中文。

另外，《太平廣記》所輯錄的有不少是當時人記當時事的軼文瑣事，其中有些是歷史人物的實事，有一些是各朝的名物典章制度，以及科技事蹟。這些資料，可以補"正史"之遺，和考證"正史"。所以這部書不僅為歷代小說的林藪，而且是輯佚、校勘、補史、考據古籍的資料淵藪，有較高的參考價值。

例如《太平廣記》卷二百七十四"情感類"中有一則"開元制衣女"寫開元中宮女為邊軍戰士縫製棉衣的故事，便很符合事實，又有文學意味。這個題材，成為後來畫家的題材。

《太平廣記》於太平興國三年（978年）八月成書後，六年（981年）正月即奉旨雕版（見《宋會要》及《進書表》）。後來因有人說它"非後學所急"，所以將雕版貯藏於太清樓。宋人反而多未見此書，但有抄本流傳。直到明嘉靖四十五年（1566年）才有談愷據抄本重刻本，為傳於今世的最早刊本。

1961年中華書局據談刻本進行校勘、斷句、排印出版。1982年又加以修訂重印，這是當前流行的最善本。又編有《索引》印行。

《太平御覽》一千卷,是一部綜合性的類書,門類繁多,徵引賅博,在類書中可稱為"冠"。它從太平興國二年(977年)下詔開始修撰,到八年(984年)完成,費時七年,最初名為《太平總類》,由於宋太宗趙光義命人每日進上三卷,備"乙夜之覽",一年中遍讀此書,所以改稱為《太平御覽》。

此書由李昉、扈蒙等主編,參加編修的先後有十四人,而以吳淑、呂文仲、湯悅、王克貞四人出力最多。據《宋會要》載,此書是據北齊祖珽等編的《修文殿御覽》、唐歐陽詢等編的《藝文類聚》和高士廉等的《文思博要》等前代類書為藍本,又參以宋時皇家藏書,修葺增刪分門別類編輯而成的。徵引古書相當繁富,據《御覽》首冊所列經史圖書綱目中見到,所徵引當時的所謂古今圖書,有1690種(實為1689種),如再加上徵引的詩、賦、銘、箴等雜書在內,約計二千八百餘種,所引用的古書,大半亡佚,是保存秦漢以來古逸書最多的一部類書,是後人輯佚古書最豐富的淵藪。但由於《御覽》所引用的書,並非當時全存在的,而是沿襲以前的類書所轉引。所以引書,有的重複,將一書錄為二書;有的錯落、訛誤,這些都是編纂上的缺陷,但仍不失為一部有價值的常用工具書,和輯逸、校勘、補缺古書的寶庫,並可藉以查找典故。

《御覽》全書分為五十五大部,部下又分類,有的類目下又分子目,全書大小類目共約有五千四百七十四類目,各目詳略不一,其五十五部有天部、時序部、地部、皇王、偏霸、皇親、州郡、居處、職官,以至刑法、工藝、器物等。從天地到人事、萬物、為序,每部類下面,再按經、史、子、集等順序排列輯錄,為查找方便。有錢亞新編的《太平御覽索引》和聶崇歧主編的《太平御覽引得》。

《太平御覽》於太平興國八年撰成後,北宋仁宗時刊行,是為北宋本。此本至明代已無流傳。傳今的最早刊本為南宋閩本。清同治間歸陸心源的"皕宋樓",僅有殘卷三百五十一卷。光緒時,陸心源死,其子將"皕宋樓"藏書售於日本人，此宋版《御覽》也隨之歸日本靜嘉堂文庫收藏。另一宋刊本為南宋蜀刊本（蒲叔獻刊本），此書日本藏有殘卷二部。國內已不見。另有明刊本兩種，清嘉慶間，有張海鵬刻本和王昌序活字本。光緒間有重刊。日本有仿宋聚珍本。1935 年，商務印書館出版《四部叢刊》第三編，其中影印了《太平御覽》宋刻本。分訂 136 冊，是為流行中的最好版本。1960 年，中華書局縮印了《四部叢刊》本《御覽》，裝成精裝四大冊，是為常見流行本。

《文苑英華》一千卷，宋李昉等奉敕撰。

北宋太宗太平興國七年（公元 982 年）《太平廣記》已完成。《太平御覽》接近定稿時，宋太宗下令從《御覽》的纂修班子裏抽調李昉、宋白、徐鉉等近半數人力，加上楊徽之等共二十餘人，重新編一部上續《昭明文選》（南朝梁昭明太子蕭統領銜編）的詩文總集，全書選錄上自蕭梁、下迄五代近二千二百餘人的作品，近二萬篇，分賦、詩、策問、表、狀、檄以及碑、志、墓表、行狀等三十八類。類下又分部，部下再分細目。例如詩類：下分天部、地部、帝德部、應制部等二十四部，天部下再分日、月、星辰、雨、雪、陰、晴、風、雲、露等細目，按細目選錄詩篇。全書作品中，唐人作品佔十分之九。

《文苑英華》自太平興國七年九月開始纂修，至宋太宗雍熙三年十二月（公元 987 年 1 月）完成。由於稿未完善，到宋真宗景德四年（公元 1007 年）經過"刪繁補缺"，大中祥符二年（公元 1009 年）又由陳彭年等人復校，後因未及刊刻，遭火災（公元 1015 年），直到南宋孝宗時，再經整理，經周必大（1126—1204 年）等一再校訂始刊行。

據周必大《平園續稿》卷十五載的《文苑英華序》中說："是時（周必大為紹興進士，歷任高、孝、光、寧四世，寧宗時致仕），印本絕少，雖韓、柳、元、白之文尚未甚傳，其他如陳子昂、張說、張九齡、李翱等諸名士文集,世尤罕見。"這是說宋以前書籍流傳靠傳抄,錯誤多,又易亡逸。所以宋人編纂這部大型詩文總集,跨時代長,録入作家作品又多,對唐人作品,如柳宗元、李商隱等作品,有的全部收入,刊印前的校訂工作是很繁重的,所以宋人刊行此書,對保存和訂正資料,貢獻相當大。

南宋以後,《文苑英華》共刊刻兩次,一次為宋寧宗嘉泰元年(公元1201年)開雕,四年(1204年)竣工。第二次是明嘉靖四十五年(公元1566年)開雕,翌年(即明穆宗隆慶元年)完成。此版明萬曆時重印,此後即未重刊。

清人纂《全唐詩》《全唐文》及嚴可均輯《全上古三代秦漢三國六朝文》時,多取材於此書。這部書的價值,是不容輕視的。

首先,《文苑英華》收録大批唐人詔誥、書、表、疏、碑誌,可用以補訂史書的錯誤和缺漏,後代學者很多利用此書材料考證唐史著作。

其次,《新唐書·藝文志》著録唐人文集三百多家,經宋、元以後,很多流失,明人、清人對亡逸的唐人文集的輯補,主要是依靠此書。如《四庫全書》中所收的七十六家唐人文集,其中李邕、李華、蕭穎士、李商隱等人的集子,都從此書輯出。

再次,此書可據以校勘宋、明、清人所編的唐人文集,並可互交為校勘的材料。

《文苑英華》宋刊本流傳極少,到明朝時又深藏在文淵閣,傳抄本又多錯誤,明刊本錯誤更多。1966年中華書局影印時,是根據北京圖書館所藏的宋刊殘本及商務印書館在新中國成立以前以宋刊本和明刊本縮小製版的印樣,又配入宋、明刊殘卷、餘葉,進行校訂後成書的。

影印本新編定一個篇名目録,分列於各冊之前,全書共分六大冊出版,卷末附彭叔夏的《文苑英華辨證》和勞格的《文苑英華辨證拾遺》,並附《作者姓名索引》,是為當前最新本。

《冊府元龜》一千卷，宋王欽若、楊億等奉敕撰。

宋真宗趙恒在位時，因其父宋太宗曾敕編了幾部大書，於是也想編一部大書，與其父媲美。所以在他即位的第八年，就下詔修《歷代君臣事蹟》。據記載是真宗景德二年（公元1005年）九月下詔，命資政殿大學士王欽若、知制誥楊億修纂。於是王欽若等組織編修人員，先擬定編目，奏上宋真宗批准後，即著手編修，修書地點，在宣徽南院廳（據宋敏求《春明退朝錄》卷中），編修官"供帳飲饌皆異常等"，待遇很優厚，而且宋真宗還一再到編修所親自閱門類，隨時指示。將"凡悖惡之事及不足為訓者悉刪去之"，並"日進草三卷，帝親覽之"。"凡八年而成之"，到大中祥符六年（公元1013年）八月全書編成後，由王欽若等表進於崇正殿。宋真宗親自作序，並賜名《冊府元龜》，意喻府庫書冊的"大龜"，可為君臣的"高抬貴手"。

宋真宗為《冊府元龜》制序，今本書前已不載，唯《玉海》卷五十四見之。序載修撰此書的由來。

以書編纂過程中，編修局人員有進有出，而總一其成的是楊億，任職精勤的是陳越、陳從易、劉筠。

這部書是一部政事歷史的專業大類書，取材方面但采六經子史，不錄雜史、小說、家傳。據《玉海》說："凡所錄以經籍為先。（楊）億，又以群書中如《西京雜記》《明星雜錄》之類，皆繁碎不可與經史並行，今並不取。止以《國語》《戰國策》《管》《孟》《韓子》《淮南子》《晏子春秋》《呂氏春秋》《韓詩外傳》與經、史俱編，歷代類書《修文殿御覽》之類，采摭銓釋。"

《冊府元龜》據宋真宗序說："凡勒成一千一百四門，分為三十一部，凡一千卷。"

其三十一部，首為"帝王部""閏位部""僭偽部""列國君部"以及詞臣、國史、學校、刑法，最後以"總錄""外臣"終。但部下分門，各書記載多有差異，概數為一千一百餘門。整個篇幅，大《御覽》一倍，約九百餘萬字。

《冊府元龜》三十一部，每部前有總序，言其經制；每門之前又有小序，述其要旨。全書有總序三十一篇，小序一千一百十六篇（據明刊本逐門點下來的實際門數）。所引錄的書籍和文獻不注明出處。採錄自古代以來到北宋以前的各朝各代的歷史、材料，編書時所錄的古籍圖書，有些後代已失傳亡逸，賴此書得以保存。

據《玉海》說：《元龜》的序言，最初出於多人之手，後來宋真宗為統一體例，於大中祥符二年（1008年）選定李維等六人撰序，最後由楊億定稿。"總序"一般一篇千餘字，而《臺省部》總序長達一萬二千字，則為特例。

明末崇禎朝進士曹胤昌，輯錄《元龜》的總序、小序，成書曰《冊府元龜獨制》（或稱《獨注》），計三十卷，清初張爾歧又專輯總序，為《冊府元龜總序》五卷。

《冊府元龜》的版本，據《玉海》五十四卷載，在大中祥符六年，即付刻版。故在八年（1015年），王欽若等"上版本"。宋真宗宴請眾編修官，"並作詩一章屬和"。天禧四年（1020年）閏十二月"賜輔臣各一部"。景祐四年（1037年）二月"賜御史臺"，此為《元龜》的初版。此本已全部無存。

南宋時，又有兩次刻本，一為蜀刻本，南宋中葉眉山坊刻。一為十三行本題名《新刊監本冊府元龜》。這兩個刊本，今已僅存殘卷。蜀刻本，現存五百七十六卷，與宋十三行本殘卷八卷無重複者，合計共有殘卷五百八十四卷，流傳在國內外，商務張元濟陸續自國內外攝得五百四十六卷，製版樣張存中華書局。

《冊府元龜》自南北宋三刻之後，直到明末崇禎十五年（公元1642

年）始有黃國琦刻本。而收藏書家藏有的多為傳鈔本，錯誤很多。明崇禎黃國琦據鈔本與友人校訂、刊版，因此本卷首結銜領先題"李嗣京訂正"，故或稱李刻本。陳垣在影印明本《冊府元龜》序中說："此書自明以來，只有一刻，康乾而後，雖續有補版，實出同一源，非有二刻。"所以終清之世，只有補明刻本，而無清刻本。

中華書局影印明崇禎刻本，是新中國成立後 1960 年 6 月出版，以崇禎印本為主，參以宋本殘卷本補其脫漏，影印出版，以原四面縮成一頁，共印成 11741 頁，裝成十二大冊。書前有陳垣撰《影印明本冊府元龜序》，末有《類目索引》及《校印後記》，又把卷首的總目和分冊的目錄同本書的標題核對校正，加注頁碼，以便使用。

2. 五代及宋的史書編纂（附地理志）

五代後晉劉昫奉敕撰的《舊唐書》，共二百卷，以子卷合計，則為二百十四卷。

本紀二十卷：包括自唐高祖李淵至唐哀宗李柷，加上武則天在內的二十一帝紀。

志三十卷：包括禮儀、音樂、曆、天文、五行、地理、職官、輿服、經籍、食貨、刑法共十一志，而以禮儀志篇幅最大，佔了七卷。

列傳一百五十卷。

《舊唐書》主要記述了唐高祖李淵武德元年起，至唐哀宗天祐四年（公元 618—907 年）前後二百九十年的唐代歷史。高祖本紀中，追述李淵先世，及隋末農民大起義的事。

據《晉紀》記載，這部書的修撰，是自後晉天福六年奉敕始修，至開運二年完成，歷時五年（941—945 年）餘。撰寫用力最多的是張昭遠、賈緯，宰相趙瑩初為監修，後在書將成時，趙瑩去職他任，由劉昫以宰相繼任監修，書成後由劉昫領銜上奏。因而題為劉昫撰。

此書原名《唐書》，到北宋仁宗嘉祐（1056—1063）以後又命歐陽修、宋祁重修《唐書》，此書遂廢。但其本流傳不絕。直到清乾隆時修《四庫全書》，又加校訂，將此書定為"正史"，與歐史並行，始稱《舊唐書》，歐史稱《新唐書》。

《舊唐書》的修撰，唐穆宗長慶（821—824 年）以前部分，主要以吳兢、于休烈、令狐恒等先後修成不斷增輯的《唐書》為藍本，再參以唐高祖至文宗歷朝實錄。而長慶以後部分的材料，無成稿可依，由撰修者自采雜說、傳記，排纂而成。所以此書記述長慶以前事，本紀只書大事，簡而有體例，材料也較豐富，紀傳也詳明；長慶以後，往往冗長失當，內容互有重複。長慶以後的本紀往往詩話、書序、婚狀、獄詞無不具書，語多支蔓，列傳中對唐代後期人物也多缺漏、重複。常有一人兩傳，一文復見的現象。這是由於賈緯、張昭遠等修撰時各自編排，不相參校，而劉昫雖任監修又不能鉤稽本末，貫通首尾。加以成書倉卒，取材又多因襲史官原書，不加潤飾，缺乏必要的剪裁、貫通和概括之功，以至許多地方尚保留當時的隱諱及"今上""我"等稱謂。論贊中也多出現"臣"字。可見這部史書，實際上是照抄唐至五代後晉時歷代史官的原著中多種書法、觀點，拼湊而缺剪裁而成的，所以顯得冗雜。

但這部書敘述事實詳盡，保存史料也較豐富，為後世所重。例如：唐順宗紀中詳述了王叔文等"永貞革新"的內容措施，懿宗、僖宗紀中詳記龐勳起義事、黃巢起義事，可補龐勳無傳、黃巢傳過於簡略之缺。昭宗、哀宗兩紀，對唐末某些藩鎮、宦室的跋扈、囂張記述頗詳。所以，宋司馬光修《通鑒》的《唐紀》部分，多取材於此書。

另外，《舊唐書》在列傳中，採錄了不少有史料價值的論文、奏表，均為後來歐史所刪或改散，《舊唐書》就有其補歐史的作用了。因此新、舊兩唐書不能偏廢。

例如《舊唐書》有六十一傳為宋代歐陽修撰的《新唐書》所無（如著名的《一行傳》），而《新唐書》又有一百三十傳為《舊唐書》所無。如西北少數民族的《黠戛斯傳》等），清雍正間學者沈炳震編《新舊唐書合鈔》即補此缺陷。

又如《舊唐書·經籍志》的體例，依《隋書·經籍志》及《漢書·藝文志》成例，以當時政府見存書目為底本，稍加訂正，著録唐代藏書。劉昫採用唐開元時毋煚的《古書今録》，刪去其原有的小序和提要，僅著録書目，所以全書僅二卷，並依《古今書録》原貌，不録開元以後著作，而《新唐書·藝文志》則補入大量開元以後著作，可補《舊唐書》之缺。

《舊唐書》自後唐長興（930—933 年）年間始修，至後晉開運二年（945 年）成書奏上。《五代會要》但言付史館，而未述刊版之事。宋仁宗嘉祐五年（1000 年）頒《新唐書》於天下，舊書遂不甚行。但晁公武的《郡齋讀書志》和陳振孫的《直齋書録題解》，都著録《舊唐書》而不載始刊的年月，所以北宋以前舊刻，無從考證。

明嘉靖乙未（即十四年，1535 年），餘姚聞人銓，得南宋紹興年間越州刻本，是為《舊唐書》流傳至明的最古本。聞人銓據以覆刻於浙江紹興，至嘉靖十七年（1538 年），聞人銓死後，始刻竣流傳。這是明版"聞本"。至清初，此本亦不可得。

清乾隆四年（1739 年）武英殿釐訂聞本，附考證於每卷之後。是為"殿本"。

清修《四庫全書》，復將《舊唐書》列入正史。就內府三閣藏明本《舊唐書》繕入四庫二十四史。

殿本由於不得宋、明善本，漏行脫誤之處很多，所以當時仍以明刊本為善。

道光二十三年（1843 年），阮元得"聞本"，與"閣本""殿本"互校，加以補正,由揚州岑氏懼盈齋就明本重刻,阮元作序。

中華書局標點本,以道光懼盈齋本為底本,參以他本互校,並參以《唐會要》《太平御覽》《冊府元龜》等校改排印出版,後附《明重刻舊唐書聞(人銓)序》及《清懼盈齋本舊唐書阮(元)序》。這是《舊唐書》的最新印本。

另外,還有百衲本二十四史本、同文書局二十四史本、五局二十四史本等多種版本。

宋歐陽修撰的《新唐書》二百二十五卷,以子卷合計為二百四十八卷,內容為:

本紀十卷,共二十一帝紀。

志五十卷,包括禮樂、儀衛、車服、曆志、天文、五行、地理、選舉、百官、兵、食貨、刑法、藝文共十三志。

新創儀衛志、選舉志、兵志,改經籍志為藝文,禮樂佔十二卷,篇幅最大。

表十五卷,包括宰相、方鎮、宗室世系、宰相世系共四表,為舊書所無。

列傳一百五十卷。

本紀、志、表七十五卷由歐陽修編撰,列傳一百五十卷由宋祁編修。

宋仁宗慶曆四年(1044年)由宰相賈昌朝建議,以劉昫等所撰的《唐書》"言淺意陋",設局任提舉,另修新唐書,至嘉祐五年(1060年)修成,歷時十七年。

由於初任提舉的賈昌朝在慶曆七年(1047年)罷相任外職,繼任宰相先後有丁度、明鎬、劉沆等編修人員，宋祁在館時間十七年，但七年後中途外任，仍以史局自隨，未在史館。而歐陽修在宋仁宗至和元年（1054年）始受詔任史館編修官修《唐書》，時年已四十八歲。至書成，參加編修僅七年，另外還有范鎮、王疇、宋敏求、呂夏卿、劉羲叟等。但主要完成於歐陽修、宋祁之手。書成時任宰相提舉編修的是曾公亮，所以由他具名上進書表。據"進書表"中說："因劉昫所修《唐書》'言淺義陋'，不足以起其文，而使明君賢臣雋功偉列，與夫昏虐亂賊禍根罪首，皆不足暴其善惡，以動人耳目，誠不可以垂勸戒，示久遠，甚可歎也。"這是修《新唐書》的根據。而《新唐書》是"其事則增於前，其文則省於舊。至於名篇著目，有革有因，立傳紀實，或增或損。"新書遠勝於舊。實際上新舊唐書，各有所長，也各有所短，不應偏廢。

宋代歐陽修等修《新唐書》時，距劉昫五代已百餘年（945—1060年），對於唐代歷史資料的搜集、掌握，比五代全面，因之，《新唐書》比《舊唐書》體例完備，並補充了許多必要的史實。但《新唐書》的編撰人，為宋代著名文學家，並崇奉古文，反對駢體文，因而將《舊唐書》所收錄的許多駢體詔、表刪掉或改成古文，以使有價值的史料被刪掉。另外，歐陽修、宋祁雖同修一史，但各不相見，分撰紀、表、志和列傳，以致相互矛盾或不相聯繫，脫節之處很多。所以書行世後不到三十年，便有吳鎮撰《新唐書糾謬》二十卷，舉出謬誤處共達四百餘條。

《新唐書》較《舊唐書》增加傳文三百三十一篇，削減傳文六十一篇，又增加四表、三志，但敘事往往不如《舊唐書》詳盡。

《新唐書·藝文志》，以唐開元時毋煚的《古今書錄》為底本，比《舊唐書·經籍志》分類次序均有更動，所著錄圖書，比《舊唐書》種類增多，並增入一些適當的注釋，如編撰人姓名及簡歷等，修正了《舊唐書》注語的謬誤。《舊唐書》著錄圖書，止於開元，開元以後一百餘年中的重要人物的著作均未著錄，如韓愈、柳宗元、李白、杜甫等。《新唐書‧藝文志》增録唐人著作二萬七千一百二十七卷,補《舊唐書》的缺漏,而備録唐代全部藏書,所以《新舊唐書》應互相對比參考。1956年,商務印刷館出版《唐書經籍藝文合志》可對照查閱。

《新唐書》刊本較多,百衲本二十四史所收為宋刊本,清乾隆殿本《新唐書》附宋董衝《唐書釋音》二十五卷,有涵芬樓影印二十四史本。中華書局標點本,即依百衲本校勘標點,分段排印。

《舊五代史》原稱《五代史》或《梁、唐、晉、漢、周書》,題為薛居正撰。所以世稱"薛史",以別於歐陽修撰的《新五代史》。

《舊五代史》共一百五十卷,據《四庫全書總目提要》引宋晁公武《郡齋讀書志》說,此書開始修於宋太祖開寶六年(973)四月,開寶七年閏十月完成,由宰相薛居正監修,盧多遜、扈蒙、張澹、李昉、劉兼、李穆、李九齡等同修。材料來源,主要是五代史官撰的五代歷朝實録,和建隆間范質據六百五十卷五代實録編的《五代通録》六十五卷,以此為底本,仿晉陳壽撰《三國志》的體例,斷代編年敘事,分本紀、列傳,分別敘述中原五個朝代的歷史,另外用《世襲列傳》《僭偽列傳》敘述各朝代及十個割據政權,即十國的史事,並有十志。

薛居正(912—981年)是開封浚儀(今河南開封)人,字子平,五代後唐、後周時官至侍郎。入宋,位至司空,仕晉、漢、周、宋四朝,受詔修國史。在開寶六年(973年),當時北宋尚未統一全國,第二年書成,宋太祖趙匡胤親自批閱,評論說:"昨觀新史,見梁太祖暴亂醜穢之跡,乃至如此,宜其旋被賊虐也。"(見《續資治通鑒長編》卷十五)

薛居正的《舊五代史》修成後的一百年,北宋仁宗時,歐陽修撰的《五代史記》(即《新五代史》已刊行於世)和司馬光撰的《資治通鑒》都專據《薛史》。胡三省注《通鑒》也采摭薛史,沈括、洪邁、王應麟等的著述,則兼采薛、歐二史,但歐史漸受推崇,據《金史‧章宗紀》記載:

　　章宗太和七年(1207年)下詔:"削去薛居正《五代史》。止用歐陽修所撰。"到元代薛史漸不行於世,但明代宮中尚有此書,撰《永樂大典》時,收録其大部,清修《四庫全書》,定《舊唐書》及《舊五代史》於正史二十四史之中,但薛史原本已不可得,四庫館臣邵晋涵等,就《永樂大典》中引録材料輯録排纂,再用《冊府元龜》《資治通鑒考異》等書引用的材料加以補充,輯成原書的十分之八九,同時又從其他史籍、類書、宋人説部、文集、五代碑碣等數十種典籍中輯録了有關材料,作為考異附注與輯本《舊五代史》正文互相補充印證,在很多方面豐富了原書的内容,這就是今輯本《舊五代史》,於乾隆四十年輯成,繕寫成"庫本",編入《四庫全書》後刊行於世,其内容包括一百五十卷,目録二卷。

　　《梁書》二十四卷,内本紀十卷,列傳十四卷;

　　《唐書》五十卷,内本紀二十四卷,列傳二十六卷;

　　《晋書》二十四卷,内本紀十一卷,列傳十三卷;

　　《漢書》十一卷,内本紀五卷,列傳六卷;

　　《周書》二十二卷,内本紀十一卷,列傳二十卷;

　　《世襲列傳》二卷,敘地方政權入貢者;

　　《僭偽列傳》三卷,敘割據政權,稱號者;

　　《外國列傳》二卷,敘契丹、吐蕃等少數民族;

　　《志》十二卷,包括天文、曆、五行、禮、樂、食貨、刑法、選舉、職官、郡縣十篇。

　　從以上編纂體例可以看到,在五代五十四年八姓十三君的政權更迭中,又有十國割據,契丹等少數民族的關係,劃分朝代國別的人事界限,實屬非易,所以《舊五代史》,實際上是一部五個小朝代史書的彙編,縮寫本而已。

　　輯本《舊五代史》的邵晉涵原輯本,原文下附注出處及考異,乾隆年間武英殿刊本,將邵注刪去,後來的一般刊本都是據殿本翻刻。

　　1921年南昌熊氏購得流傳於民間的"庫本"《五代史》,據以影印行世,稱"影庫本"。

　　邵晉涵的原稿本(附注出處之本),有傳抄本行世,藏於盧文弨的抱經樓,1925年經吳興劉承幹嘉業堂刊版印行。百衲本二十四史中的《舊五代史》即以劉氏嘉業堂本為底本影印。中華書局點校本,則以"影庫本"為底本,校刊、標點、分段、排印。

　　《新五代史》原名《五代史記》,共七十四卷,目録一卷,宋仁宗時,歐陽修在受詔修《新唐書》時,收集五代史資料,私撰此書,記載907—960年五代時五十四年歷史。

　　歐陽修撰書晚於薛史近一百年,如十國中的南唐、吳越、北漢統一於宋均在薛史成書之後,掌握材料,遠比薛史為多,惜歐氏削減特甚,反比薛史簡略很多。此書仿唐李延壽《南·北史》體例,打破朝代界限,綜合紀、傳,按先後排列,包括内容:

　　　　本紀十二卷,綜合十三君本紀,按先後次序排列。

　　　　列傳四十五卷,一律采類傳,分立家人傳、臣傳、死事、死節、一行、唐六臣、義兒、伶官、宦官、雜傳等目。

　　　　考三卷,分職方、司天二篇。

　　　　世家十卷,專載十國歷史。

　　　　十國世家年譜一卷,表列五十四年中十國年表、世系、建號。

　　　　附録三卷,稱四夷附録,敘契丹等。

《五代史記》修成以後,未上進於朝廷而歐陽修死（1007—1071年）,時宋神宗熙寧四年。朝廷詔取其書稿,交國子監刊行,為與薛史區別,始稱《新五代史》,通稱為"歐史"。

歐陽修,號稱宋代的韓愈,繼承唐韓愈"文以載道"的傳統,祖述堯舜,修《新五代史》很重視義例,繼承《春秋》褒貶的筆法,敘述則學《史記》,文章高簡,對於五代的分裂混亂局面,在書中多所慨歎議論,意在通過修史,而達到"垂勸戒,示後世"。所以對歷史事實的詳賅,反不經意,而在本紀列傳之後,以"嗚呼"起端,大書其議論。其較著名的如《伶官傳》前的"論",此種議論,在各類列傳世家前,幾篇篇都有。《四庫全書總目提要‧新五代史》條,評論歐史、薛史之得失說:"薛史如左氏之紀事,本末賅具,而斷制多疏;歐史如公、穀之發例,褒貶分明,而傳文多謬;兩家之並立,當如三傳之俱存。"還是切合實際的。

歐史對記錄典章制度的志,略而僅存《職方》《司天》二考,又寥寥數頁,失之太略。賴王溥之《五代會要》三十卷,以補其不足。

歐史修成後,即有宋人徐無黨作注,清代彭元瑞、劉風浩合著的《五代史記補注》七十四卷,以歐史為正文,又全錄徐無黨原注,並參以薛史的有關各書,彙集而成。它的體例類似合鈔,但檢閱方便。

據《宋史‧藝文志》及晁公武《郡齋讀書志》所載,在歐陽修撰《新五代史》以前,宋初諸臣記錄五代事的書,有下列各書;

　　范質述朱梁至周的《通鑒》六十五卷;

　　王溥采朱梁至周的《五代會要》三十卷;

　　王子融集五代事為《唐餘錄》六十卷;

　　路振采五代十國君臣事蹟作世家列傳《九國志》五十
一卷;

　　鄭向以五代亂亡,史多缺漏,著《開皇紀》三十卷;

孫光憲的《北夢瑣言》；

陶岳的《五代史補》；

王禹偁的《五代史闕文》二卷；

劉恕的《十國春秋》等等。

歐史為宋代理學家朱熹所推崇，謂其"文字好，議論好"，而為王安石所排議，謂"臣方讀數冊，其文辭多不合議理。"金章宗太和七年（1207 年）明令"新定學令內，削去薛居正《五代史》，止用歐陽修所撰。"（《金史·本紀》）清代史學家章學誠譏之曰"只是一部弔祭哀挽文集，如何可稱史才"（《章氏遺書》外編一《信摭》）。

《新五代史》現存刻本，最早的為南宋寧宗慶元（1195—1200 年）間刻本。百衲本即由影印宋慶元本而來，清人貴池劉氏有影印南宋本。

明南北監本，及汲古閣本。

清乾隆武英殿刊本，崇文書局本等等。

中華書局新校點本即據百衲本為底本，參以他本，進行校勘、標點、分段，1974 年排印出版。

《資治通鑒》二百九十四卷，又《考異》和《目錄》各三十卷，是宋代司馬光所主編的編年體史學巨著。此書上起周威烈王二十三年（前 403 年）三家分晉，下止周世宗顯德六年（公元 959 年）五代終止，前後跨越一千三百六十二年，約三百萬字，所以又可以稱是繼《左傳》之後的一部編年體通史。

司馬光以他高湛的學識水準和組織能力，在當時史學專家劉攽、劉恕、范祖禹等人分工協助下，費了十九年的時間，從三百餘部史籍資料中搜集材料，編成這部"網羅宏富，體大思精，為前古之所未有，而名物訓詁，浩博奧衍，亦非淺學所能通”的巨著(《四庫總目提要》評語)，實在是前無古人的。

據司馬光在《通鑒·進書表》中說，他編此書的目的“每患遷、固以來，文字繁多，自布衣之士讀之不遍，況於人主，日有萬機，何暇周覽？臣常不自揆，欲刪削冗長，舉撮機要，專取關國家盛衰，繫生民休戚，善可為法，惡可為戒者，為編年一書，使先後有倫，精粗不雜。”於是他廣泛取材，凡正史、雜史、筆記、小說、地志、文集等等，無不“左右採獲，錯綜銓次”。司馬光認為“實錄、正史未必皆可據，雜史、小說未必皆無憑”(見《傳家集》卷六三、《答范夢得書》)，並由劉攽等各因所長，分工纂集。

劉攽：負責兩漢史料部。

劉恕：負責三國兩晉南北朝至隋。

范祖禹：負責唐至五代。

司馬光之子司馬康負責檢修文字，而由司馬光總其成。其編纂有詳盡的計畫及工序。

首先是考訂年、月、日，排定每年的節氣、星象、閏朔，編成《長歷》，此項由宋代天文歷法專家劉羲叟負責。

其次是在每年之下，編入各人彙集的一切資料，編成《叢目》。

再次，將所集於歷年的資料，加以考訂、鑒別，去偽存真，編成《長編》，由負責各段的助手分別擔任，又要求互相聯繫。《長編》的材料，寧繁勿略，每月必須清楚，把所有比較重要的史實，都按年月排對，原始材料不紀日者，附於其月之下，稱“是月”，無月者附於其年之下稱“是歲”，無年者附於其事之尾，無事可附者則約其事之早晚，附於一年之下。然後初步刪成“廣本”。

　　最後,由司馬光刪汰《長編》,潤飾文字,成為定稿。據載唐朝一代《長編》由范祖禹整理成六百卷,經司馬光刪定,僅存八十一卷,唐代宗以前《長編》二百卷,最後刪定為四十一卷。

　　司馬光在英宗治平三年(1066年)受詔修《資治通鑒》以前,已編成了從戰國到秦漢的八卷編年史,名《通志》,進呈宋英宗,英宗詔命置書局於秘閣,開始正式修書。每成一部即奏上,稱為“歷代君臣事蹟”。第二年,宋英宗死(1067年),神宗繼位,司馬光進奏此書,神宗以其“鑒於往事,以資於治道”名其書為《資治通鑒》,並為它作序,準備於成書後編入。司馬光退居洛陽,以史局自隨,至神宗元豐七年(1084年)書成。哲宗元祐元年刊版推由黃庭堅等三十人校勘。

　　《資治通鑒》的體例,編年又紀,分為十六紀,而以《唐紀》篇幅為最多,佔八十一卷。

　　　　周紀五卷;

　　　　秦紀三卷;

　　　　漢紀六十卷:前漢三十一卷,後漢二十九卷;

　　　　魏紀十卷;

　　　　晉紀四十卷;

　　　　宋紀十六卷;

　　　　齊紀十卷;

　　　　梁紀二十二卷;

　　　　陳紀十卷;

　　　　隋紀八卷;

　　　　唐紀八十一卷;

　　　　後梁紀六卷;

　　　　後唐紀八卷;

後晉紀六卷；

後漢紀四卷；

後周紀五卷。

每卷或數卷後有"附論"。附論中一種是自撰的議論，以"臣光曰"發端，計 102 篇；另一類是司馬光採納的前人史論，計 84 篇，兩類合計共 186 篇（另說合計為 213 篇）。

在處理史料方面，凡遇對一個問題材料有異同的，經過考證選其可靠者編入《通鑒》。同時將相異的材料和取捨的根據，加以逐條說明，撰成《通鑒考異》三十卷。

另據司馬光自己說，《通鑒》成書後，因卷帙浩繁，能終讀者僅王勝之一人，其餘僅讀數卷而止。於是司馬光另撰《通鑒目録》三十卷，標題列敍每年重要史事。

《資治通鑒》至南宋，已有三家釋文，一是司馬康釋文，有海陵（泰州）刊本，今已不傳；二是蜀人史炤釋文，成書於南宋初，今尚存；三是蜀費氏《通鑒音釋》，附在正文下，今有殘本。

但最好的注本是宋末元初胡三省（1230—1302 年）《音注》。胡三省是宋理宗寶祐四年（1256 年）進士，歷任縣令，府學教授。南宋亡，他已五十歲，隱居注書，先撰成《資治通鑒廣注》九十七篇和《論》十篇，又仿唐陸德明《經典釋文》體例作音注。注文和本文分開。後原稿逸失，又發憤重撰，元至元二十二年（1285 年）完成《資治通鑒音注》與《考異》散入《通鑒》原文之下，這就是今天傳世的胡注本《通鑒》。胡三省自序言，自宋理宗寶祐四年（1256 年）中進士科起，至至元二十二年成書，前後歷時三十年（1256—1285 年）。他不僅作注，同時校勘、考證。每遇一難字，必注明音義，並且不因"已見前"而從省，對歷代典章制度、地理詳加考證，並補充原文所不詳和糾謬補遺，注明引用材料的出處,實自成一部博大精深的著作。清代史家王鳴盛,譽胡注為"《通鑒》之功臣,史學之淵藪"。

後世研究和補正胡注《通鑒》的著作,有清人陳景雲的《通鑒胡注舉正》原十卷,今存一卷,凡舉正六十三條,還有錢大昕的《通鑒注辯證》二卷,共提出一百四十條,均以考證地理為主。

今人陳援庵(陳垣)於1944—1945年作成《通鑒胡注表微》二十篇,引用胡注精語六十條,引用書籍除正史外,有二百種。

司馬光的《資治通鑒》於宋神宗元豐七年(1084年)書成表進,宋哲宗元祐元年(1086年)下杭州鏤版(表文及鏤版時銜名,胡注本均附刻)。另外還有國子監刻本和後來的成都費氏進修堂本,這是今可考見的北宋三種刊本。

南宋以紹興二年(1132年)餘杭官刻本為最早,又有建本。官私所刻約十種。

元至元間,有興文署刊本。今存王磐《興文屬新刊資治通鑒序》。

清嘉慶二十一年(1816年)胡克家覆刻元刊胡注本,此本不僅有元胡三省注文,而且將司馬光《考異》三十卷,散注在《通鑒》正文之下。這就是今傳的"胡刻本"。

1935年世界書局據胡刻元本縮版影印,並附外紀、精裝二大冊出版。另中華書局編《四部備要》,以聚珍仿宋版活字排印胡刻本《通鑒》,及《四部叢刊》影宋本。(商務版)

1956年古籍出版社,據清胡克家翻刻的元刊胡注本,參以他本,進行校勘、標點、分段,並把章鈺撰的《胡刻通鑒正文校宋記》三十卷中的重要校記收入做注文,排印出版,前附標點說明,是為最新本。

《續資治通鑒長編》原書九百八十卷,今存清輯本五百二十卷,原為南宋李燾等撰。

　　此書是記述北宋一代一祖八宗九朝史跡的編年體史書,仿司馬光
《通鑒》體例,並續《通鑒》,因編者自謙,不敢言《續資治通鑒》,但稱之
《長編》,意謂未成熟之作,自南宋初年開始修撰,至孝宗淳熙十年
(1183 年),費時四十年始成,取材廣博,凡日曆、實錄、正史、會要以及
諸家野史、家乘、行狀、志銘等,無不廣收博采,"寧失之繁,無失之略"。
並對材料進行稽核審查,質驗異同,編録成篇,但因卷帙浩繁,難於刊
行,世無刻本流行。今傳輯本,約存五百萬字,是清人輯佚本。

　　李燾(公元 1115—1184 年)字仁甫,宋眉州丹陵(屬今四川)人。
北宋靖康之難時,他才十二歲,宋高宗紹興八年(1138 年),年二十四
歲,舉中進士。據《宋史》本傳記他"燾甫冠,憤金仇未報,著《反正議》
十四篇,皆救時大務",是一位立志匡亂救時的愛國者。

　　李燾中進士後,曾任華陽、雅州、雙流等地方官,但仍"以餘暇力
學",在華陽主簿任內(1140—1146 年)便開始搜集資料準備修史。在
雙流縣任內(1154—1159 年),他"日翻史冊,匯次國朝史實",尤悉力
鑽研本朝典故。

　　宋孝宗(1163—1189 年)時,他又作了幾任地方官,乾道三年
(1167 年)任兵部員外郎兼禮部郎中,乾道五年(1169 年),遷秘書少
監兼權起居舍人,不久兼實錄院檢討官,又任過敷文閣學士兼侍講,成
為朝中掌文籍的要員,並主修國史。

　　據馬端臨《文獻通考·經籍考》卷一九三錄李燾進書狀載,《長
編》之撰,分為四次奏進皇帝。

　　第一次在宋孝宗興隆元年(1163 年)李燾知榮州時,以宋太祖建
隆至開寶(960—975 年)年間事,寫成十七卷上奏,其進書狀言:"臣嘗
盡力史學,於本朝故事尤切欣慕。每恨學士大夫各信所傳,不考諸實
錄、正史,紛錯難信","此最大事,家自為說,臣輒發憤討論,使眾說咸
會於一。敢先具建隆迄開寶十有七年為十有七卷上進。"

第二次上書是在宋孝宗乾道四年(1168 年),李燾任禮部侍郎時,進書狀載:"臣准朝旨,取臣所著續資治通鑒,自建隆迄元符,令有司繕寫投進。今先次寫到建隆元年(960 年)至治平四年(英宗朝 1067 年)閏三月,五朝事蹟共一百八卷投進"。這一次是包括北宋太祖、太宗、真宗、仁宗、英宗五朝之史,包括第一次所進在內。

第三次進書,是在孝宗淳熙元年(1174 年),李燾知瀘庭州時,上書言:"臣先次投進續資治通鑒長編,自建隆迄治平,今欲纂集治平以後至中興以前六十年事蹟,庶幾一祖八宗之豐功盛德,粲然具存,無所缺遺。顧此六十年(1068—1127 年)事,於實錄、正史外,頗多所增益,首尾略究端緒,合為長編,凡六十年。年為一卷,以字之繁略,又均分之,總為二百八十卷。"這一次進書,是包括北宋神、哲、徽、欽四朝之史。

第四次是在孝宗淳熙十年(1183 年),李燾知遂寧府時,上書狀言:"臣累次所進的為續資治通鑒長編,今重別寫進,共九百八十卷,計六百四冊,其修撰事總為目一十卷。又緣一百六十八年之事(960—1127 年)分散為九百八十卷之間,文字繁多,本末頗難立見,略存梗概,庶易檢尋,今創為建隆至靖康舉要六十八卷,並卷總目共五卷。以上四種,通計一千六十三卷,六百八十七冊投進。"

這就是說南宋孝宗淳熙十年(1183 年)全書完成,經過"重別寫進",共編繕為九百八十卷,是為《長編》九朝編年史事本文。另有《舉要》六十八卷,為《長編》的提要梗概。各並卷總目五卷,和"修撰事總為目"十卷,總計為一千六十三卷。

這就是李燾上書表中所說"臣網羅收拾,垂四十年,綴茸穿聯,逾一千卷,抵牾何敢自保,精力幾盡此書"的全部稿本。

此書編成後,世無刊本,傳抄中漸殘缺,幸書成不久,楊仲良仿袁樞《通鑒紀事本末》體,據此書撰成《皇宋通鑒長編編事本末》一百五十卷,保存了大量《長編》中的材料,可補其殘缺,兼可參校。清人譚鍾麟、黃以周，據《長編紀事本末》一書，並參以其他史籍，纂輯成《續資治通鑒長編拾遺》，以補《長編》殘缺。

據周密《癸辛雜識》載，李燾撰《通鑒長編》編纂方法相當精細有序：仿司馬光編《通編》例，"以木櫥十枚，每櫥抽替（屜）匣二十枚，每屜以甲子志之。凡本年之事，有所聞必歸此匣，分日月先後次第之，井然有條"。這是當時編纂工作很進步的方法。

《長編》原稿，因未刊行，編成後即很少流傳，不僅原目録無存，就是千餘卷書的編纂次第也無從查考。世間傳抄本，只能抄其中一小部分，今存鈔本僅一百八卷。

清乾隆間修《四庫全書》時，用徐乾學所得的泰興季氏殘本為祖本，又從《永樂大典》中輯出逸文，兩相參校，分注考異，定著為五百二十卷，是今所見的傳本。其中尚缺：宋英宗治平四年至神宗熙寧三年二月（1067—1070年），及哲宗元祐八年七月至紹聖四年三月（1093—1097年），和徽、欽二宗時各卷，至今無法補足。因此，今存輯本，僅存北宋168年史事中的130餘年事。但由於此書材料豐富，事實充實，仍不失為一部北宋百餘年中有價值的史書。尤可貴的李燾雖對王安石變法深惡痛絕，並"恥讀王氏書"，但在《長編》神宗一代史事中，卻大量採録王安石《熙寧奏對日録》材料及變法派的一些著作，不以私見害史，保存下來了王安石變法的原始材料。

《長編》不僅資料豐富信實，而且在各條"附注"中，對各項材料的出處、取捨、異同和真偽以及一時還不能考訂清楚的史料都盡可能地予以說明，所以宋人葉適在《水心文集》十二卷，評李燾此書"終不敢自成書，第使至約出於至詳，至簡成於至繁，以待後人而已"。《四庫全書總目提要》也說此書"廣搜博録，以待後之作者"，實在是一部博大精深的宋史資料寶庫。

宋人李心傳有《舊聞證誤》一書，糾李燾《長編》之考索不周之誤，後經翻刻,多有竄改,使流行至今的浙江書局本刊誤之處不少,尚待全面校勘。

中華書局已分冊陸續點校出版《續資治通鑑長編》,1979 年出第二、三冊,三年內出完,共三十二冊。

李心傳的《建炎以來繫年要錄》二百卷,是宋代史壇上精審詳實,獨具光彩的一部巨著,與李燾的《續通鑑長編》堪稱宋史書中的雙璧。另有《建炎以來朝野雜記》甲、乙集各二十卷。

這部書專述宋高宗(1127—1162 年在位)一朝三十六年間事,仿《通鑑》編年體例,與李燾的《續長編》相續。編年繫月,排比敘事,取司馬光《通鑑》和李燾《續長編》之長,在體例上愈益完善,敘事上更加詳盡,受到後代很高的評價。《四庫全書總目提要》說此書學李燾“則無不及”。全書二百卷,幾百萬字,敘三十六年之事,其詳可見。記宋高宗建炎元年一年之事即達十一卷。全書加注語,幾超過原文,可見其記事之詳繁。《四庫提要》稱其“文雖繁而不病其冗”,實為撰史難得之作。

此書旁徵博引,引書浩繁,“以國史、日歷為主,而參之稗官野史、家乘、志狀、案牘、奏議,百司題名,無不臚采異同,以待後來論定”(見《四庫總目提要》),其徵引圖書的廣博,實超越李燾的《長編》,據統計,僅此書第一卷引書就達三十餘種,二百卷,徵引之富可知。所列各書,多已亡佚,有些野史稗鈔,即當時朝廷的《國史藝文志》及後來元修的《宋史·藝文志》中亦不見著錄。所以此書實為考證和輯佚的可貴資料。

李心傳在廣博徵引材料時,並非不加考辨照錄原文,而是態度嚴謹,詳加精審考辨,並詳加注語,把許多需要辯證說明的文字作為注語,以減少正文枝蔓繁冗之弊,並使讀者通過注語,瞭解其史料來源和依據。因此《繫年要録》的注語，包括說明、備考、正誤等廣泛豐富的內容。

由於此書所依據的材料，主要的是《高宗日歷》，而從建炎元年至紹興十二年（1127—1142）間的《日歷》，正是秦檜當權閉塞言路的時期，而且秦檜以其子秦熺監修國史，"記録皆熺筆，無復有公是非"（見《宋史》秦檜傳）。李心傳取材國史、日歷，對秦檜父子歪曲的歷史，未能改正，即加徵引。

《繫年要録》作者李心傳（1166—1243）字微之，號秀巖，四川井研人，據他在《朝野雜記》甲集自序中說他"年十四五侍先君子官行都，頗得竊窺玉牒所藏金匱石室之副，退而過庭，則獲剽聞名卿才士大夫之議論，每念渡江以來，記載未備，使明君、良臣、名儒、猛將之行事猶鬱而未彰，至於七十年間，兵戎財賦之源流，禮樂制度之因革，有司之傳，往往失墜，甚可惜也。乃緝建炎至今朝野所聞之事，凡有涉一時之利害與諸人之得失者，分門著録。"可見他少年時期，便受父親影響，留意史事典故，三十歲應鄉試落第後，便專心著述，先後撰成《繫年要録》和《朝野雜記》兩節，名聲大噪。入朝作官，兼領史官（《宋史》有傳），此書約在宋甯宗嘉定三年（1210年）時寫成，並繕成淨本。最早刻本是宋理宗寶祐元年（1253年）揚州刻本。但宋以後此書甚少流傳，以致淹沒，元修宋、遼、金史時，廣購遺書，諸家目録，已不見此書名。明初隻文淵閣書目載有一部二十冊。清修《四庫全書》時，從《永樂大典》中輯出，是為傳今《永樂大典》本。但缺乏訂正整理之功。

1956年中華書局重印《國學基本叢書》斷句本，為常見流通本。

《建炎以來朝野雜記》甲、乙集各二十卷，是一部輯録南宋高（1127—1162年）孝（1163—1189年）、光（1190—1194年）、寧（1195—1224年）四朝史料的著作，體例同會要，材料豐富，有《文獻通考》及《宋史》諸志所不載的資料。

甲集二十卷,分上德、郊廟、典禮、製作、朝事、時事、雜事、故事、官制、取士、財賦、兵馬、邊防十三門,是一部典章制度的史書,約成書於寧宗嘉泰二年(1202 年)。乙集完成於嘉定九年(1216 年),分門類比甲集少郊廟一門。

《三朝北盟會編》二百五十卷,是南宋徐夢莘所撰,記錄編撰了自北宋徽宗政和七年(1117 年)海上之盟,至南宋高宗紹興三十二年(1162 年)共四十六年間事,敘南、北宋徽、欽、高三朝和金戰與和的歷史。

徐夢莘(1126—1207 年)是南宋紹興二十四年進士,臨江(今江西清江)人。曾任南安軍教授、知湘陰、賓州,後至直秘閣。因議鹽法不合,罷歸鄉里。光宗紹熙五年(1194 年)撰成此書。

據清《四庫全書總目提要·三朝北盟會編》載:"(徐)夢莘嗜學博聞,生平多所著述,史稱其恬於榮進,每念生於靖康之亂,思究見顛末,乃網羅舊聞,薈萃同異"為此書。此書搜集的資料,"凡敕制、誥詔、國書、書疏、奏議、記序、碑志,登載靡遺"。

此書編纂體例,每年先立一綱,以下輯錄各家之說,都是全錄原文,不加評論。對宋代抗金,及金人制度風格,記載很詳盡,是一部研究南宋史不可缺少的資料。

《通鑒紀事本末》四十二卷,南宋袁樞撰。

袁樞(1131—1205 年),字機仲,宋建州建安(今福建建甌)人。據《宋史》本傳,他"喜誦司馬光《資治通鑒》,苦其浩博,乃區別其事貫通之,號《通鑒紀事本末》"。

《通鑒紀事本末》,是改編《通鑒》開創史籍"紀事本末體"的一部大作。其體例是以事為綱,按歷史事件創立題目,每一題目下組織史料，記一個較大較有代表性的歷史事件。每題各有始末。這種體裁綜合我國史書編年體和紀傳體的優點，在史籍編纂方法上另有創新，另創新體。此書取材，基本上是將《通鑒》的史料打亂，進行刪削排比，按類目標題編為二百三十九個題目，記錄從戰國到五代末一千三百餘年中的三百零五件重大歷史事件。記事重點，仿《通鑒》，以政治興衰、軍事成敗中的事件和人物活動為重點。如從先秦史的"三家分晉"、"秦并六國"開始，順代標題紀事，終於"周世宗征淮南"，既有分家敘事件始末的各標題的獨立性，又有順朝代敘史事次序的連續性，事件始末清晰、完整，歷史事件發展順序銜接，兼有編年、紀事之長。此書一出，不僅受官府和學者讚揚，而且對後世歷史編纂有很大影響，紛紛仿效，寫出紀事本末史書十餘種，形成我國史學編纂上的一大流派。

清代史學家章學誠在《文史通義·書教下》曾給此書以很高的評價，他說："按本末之為體也，因事命篇，不為常格，非深知古今大體，天下經倫，不能網羅概括，無遺無濫，文省於紀傳，事豁於編年，決斷去取，體圓用神"，說明紀事本末體的長處。

唐劉知幾《史通·二體》中曾論各種體例史書的長短，舉編年體之短處是"論其細也，則纖芥無遺；語其粗也，則丘山是棄。"而紀傳體之短處則是"同為一事，分在數篇，斷續相離，前後屢出"。袁樞所創的新史體，則取二者之長，補二者之短，即所謂："文省於紀傳，事豁於編年。"以司馬光二百九十四卷三百萬字之史事，分別記述於二百三十九題目下，僅用四十二卷，概括了千餘年間之重大史事。

但紀事本末體所述僅局限於政治、軍事事件，其於典章制度、經濟文化，則多缺而不錄，若要系統地論述古今歷史的各個方面，紀傳、編年、紀事本末都無法達到，只有待於現代的章節體史書了。

《通鑒紀事本末》撰成後，歷代屢有刊本。三十年代商務印書館曾排印斷句本歷朝紀事本末。

中華書局出版了歷代紀事本末,其中,《通鑒紀事本末》已於 1979 年出版為當前的通行本。

《唐會要》一百卷,《五代會要》三十卷:宋王溥撰,是我國較早寫成的兩部會要體史書。

會要,作為一種史書體例,原始於唐朝,據《舊唐書·蘇冕傳》載:唐德宗貞元中(785—804 年)蘇冕初撰《會要》四十卷行於世,它編入了自唐高祖李淵(618—626)至德宗李適(780—804)九朝政治、經濟等各項制度,創始了會要體。唐宣宗李忱大中年間(847—859 年),命弘文館大學士崔鉉續修蘇冕書四十卷。到北宋初年因此書"宣宗以後記載尚闕,(王)溥因復采宣宗至唐末事續之,為新編《唐會要》一百卷"(見《四庫提要》),始成完帙。記敘了有唐一代的政治、經濟、文化各方面的典章制度的沿革、變遷。

全書一百卷,分五百十四個目,目下又分條記載史實,不能定其目者,則列為雜錄,附於各條之後。此書資料豐富,收入了許多新舊唐書所不載的史實,對唐代制度記錄更加詳盡。

此書創始於唐德宗,續修於唐宣宗,完成定本於宋初。實為《史》《漢》中書、志及唐《通典》等書的擴展。創立斷代會要實自唐始。唐宋以後的會要體史書,元、明雖無續作,但至清代所修歷代會要便有很多種。

王溥編成《唐會要》後,又采舊史所載五代的典章制度,編成《五代會要》三十卷,由於王溥歷仕後漢及宋,對五代制度較為熟習,所以此書內容豐富,分為二百五十六目,分條記錄五代典章制度。

《唐會要》除刻本外,1955 年中華書局有排印本出版分三冊。《五代會要》有中華重印本。

南宋時又有徐天麟編《西漢會要》,共七十卷,分帝系等十五門,三百六十七個細目，取《漢書》中紀、表、志中的典章制度，分門編載。還有《東漢會要》四十卷，體例同，共三百八十四事。兩書均有中華書局1955年重印書，前者1977年上海人民出版社有新印本。

清時，自春秋至明歷代會要全已編齊，現上海古籍出版社擬編輯《中國歷代會要叢書》，並擬由商鴻逵主編《清會要》，已擬定二十六類：

一、紀元；二、疆域；三、職官；四、經濟；五、民政；六、法律；七、軍隊；八、儀衛；九、典禮；十、輿服；十一、曆法；十二、教育；十三、風俗；十四、圖書；十五、工程；十六、交通；十七、民族；十八、宗教；十九、外國；二十、災禍（見《光明日報》82、3、1 史學）。尚未出書。

鄭樵的《通志》是一部綜合歷代史料而成的通史巨著，和唐杜佑的《通典》、元馬端臨的《文獻通考》合稱《三通》。它繼承前代正史的體例，又加以創新改造，全書二百卷，分為本紀部分、世家列傳載記部分、年譜和二十略等四部分。

本紀共十八紀、二十卷，自三皇紀（太昊、炎帝、黃帝）五帝紀（少昊、顓頊、帝嚳、帝堯、帝舜）三王紀（夏、商、周），歷秦、前後漢、魏、蜀、吳、晉、宋、齊、梁、陳、後魏、北齊、後周、至隋。

后妃傳二卷，自前後漢始。

年譜四卷，以當表。

二十略五十一卷，止於唐或宋。

世家、列傳、載記，一百二十五卷。

其中本紀、世家、列傳，基本上是抄錄十七史的材料，在編纂中去其重點，刪去其論贊。將斷代史中的本紀、列傳，改編為貫通古今的通史紀、傳。對於前史失於簡略者，鄭樵又擷拾他史資料進行增補，因此《通志》的列傳，比前史增加一百多。其世家、列傳分為周同姓世家一卷、宗室傳（自漢至隋）、周異姓世家列傳（自孔子生歷周、秦、至隋），以及外戚、忠義、孝友、獨行、循吏、酷吏、儒林、文苑、隱逸、宦者、遊俠、藝術等類傳，均自先秦至隋。在當時可算得是上通古今的人物類傳，查閱時較斷代史傳記也方便，有一定的參考價值。

年譜是仿《史記》《漢書》中《表》的體例，編纂而成。

《通志》中的《二十略》，為鄭樵獨創，並被後人視為精華部分，其性質近似《通典》，而又有所發展。所以後人常將《二十略》單獨刊行。據鄭樵自己談，其禮、職官、選舉、刑法、食貨等五略"雖本前人之典，亦非諸史之文也"。其餘十五略，則為"漢唐諸儒所不得聞也"，即出自鄭樵自創。

《二十略》並佔五十一卷，包括《氏族略》六卷；《六書略》二卷；《七音略》二卷；《天文略》二卷；《地理略》一卷；《都略》一卷；《禮略》四卷，《諡略》一卷；《器服略》二卷；《樂略》二卷；《官職略》七卷；《選舉略》二卷；《刑法略》一卷；《食貨略》二卷；《疑問略》八卷；《校讎略》一卷；《圖譜略》一卷；《金石略》一卷；《災祥略》一卷；《昆蟲草木略》二卷。

各略都是會通古今，考其源流，詳其發展變化之跡，並且對史料進行考訂改編。鄭樵在《通志》總敘中說：他的二十略是"總天下之學術，而條其綱目"，"百代之憲章，學者之能事，盡於此矣"。鄭樵認為修史之難無出於《志》。因為《志》是"憲章之所繫"，是歷代典章制度的總匯，非熟習歷史典故的人不能為。而《二十略》實際上是歷代史志的總彙編，鄭樵把它視為得意成功之作。

鄭樵（1103—1161 年），字漁仲，是宋福建興化軍興化縣（今福建莆田）人，祖父父輩分別為進士和太學生，家學淵源。他本人好讀書，又好訪書，自況於屈、宋、司馬遷、班固。為學的範圍廣博，"欲讀古人之書，欲通百家之學，欲討六藝之文而為羽翼"（見《鄭氏族譜》）。在本縣夾漈山上,苦讀三四十年,並訪書、講學、著述。宋高宗紹興十九年(1149年)四十七歲時,曾獻書於朝。至紹興二十八年(1158年),鄭樵五十六歲,始被召見,"授以右迪功郎禮兵部架閣"的名義,又因被劾,改監潭州南嶽廟"給劄歸抄所著"(均見《宋史》本傳)。紹興三十一年(1161年),《通志》抄成後,入朝為樞秘院編修官,並兼攝檢詳諸房文字等。不久,於五十九歲之年(1161年)病死,學者稱之為"夾漈先生"。鄭樵一生不應科舉,終身未任高官顯職,而著述極豐富,嘗自稱"山林三十年,著書千卷"(《上宰相書》),史載鄭樵生平著作有八十四種,現存的只有《通志》《夾漈遺稿》《爾雅注》《詩辯妄》《六經奧論》五種。

《通志》是鄭樵畢生心血的結晶,《福建興化縣志》卷六載,說他是"五十載總為一書",而《二十略》功力尤深。

鄭樵編《二十略》不僅廣泛收集歷代有關資料,加以綜合整理編纂,並據己見,加以考證、辨偽、分類,作到"會於一手","通為一家",成一家之言。同時鄭樵在《通志》中也貫穿了批判前史的觀點,例如他對董仲舒、劉向、劉歆以來的陰陽五行、災異、祥瑞之說加以批判,認為是"虛妄",是"妖學",並對以《春秋》開創的各史書的褒貶之說,也認為是"妄學"。他認為寫史書專為褒貶,"正猶當家之婦,不事饔飧,專鼓唇舌,縱然得勝,豈能肥家"(見《通志》總敘)。他說:"史冊以詳文該事,善惡已彰,無待美刺。""傳記之中既載善惡,足以鑒戒,何必於紀傳之後,更加褒貶。"所以他在《通志》紀傳中,刪除一切"君子曰""太史公曰"等論贊評論之文。另外,鄭樵反對宋代義理辭章之學,而崇尚實學,因而撰《昆蟲草木略》,以反"學者操窮理盡性之說,以虛無為宗,至於實學則置而不問"理學盛行的潮流。

特別值得提出的是,《通志·二十略》中的《藝文略》對目錄學上的貢獻。他區分圖書為十二類,著錄所知之書(十二類的分類為經類、禮、樂、小學、史、諸子、天文、星數、五行、藝術、醫方類書、文類)。十二類下，又分百目，如史類分十三目(正史、編年、霸史、雜史、起居注、故事、職官、刑法、傳記、地理、譜系、食貨、目錄)，目下又分細目，各著錄所知之書。創立十二類，百家三百七十一種的三級分類法，"通錄古今，不遺亡佚"。

《校讎略》，論整理和著錄圖書之法，提出不僅要著錄現有書，而且要著錄亡佚書，以便明其源流。但鄭氏不辨偽書，認為書之晚出為當然現象，並對歷史上歷代的圖書著錄，編目之優缺點，加以綜述，提出自己"類例既分，學術自明"和"秦不絕儒學論"等論點，進行專篇論述。

《宋會要輯稿》三百六十六卷，今存清人徐松輯本。通行為 1957年中華書局重印本，八大冊。為宋代幾種會要的輯逸本，所以稱"輯稿"。

會要體史書，至宋繼唐修成《唐會要》《五代會要》，便與編年體的實錄、紀傳體的國史，成為鼎足而三的代表一朝一代故實的史書。

宋代修會要，前後共十餘次，據史載凡成書二千二百餘卷，但從未刊行，開歷代修會要前所未有之記錄。政府於秘書省設立"會要所"專司其事，與國史館、"實錄院""日歷所"互為唇齒。

修纂會要所依據的材料，主要是實錄和日歷。此外，內而六部所屬，外而諸路府州監司所有檔案，也都在搜羅之列。這些資料，都要根據實錄、日歷所錄的史實性質，加以條分、歸納，分別門類輯而成書。所以，會要實同於一代史中的專門性類書。

宋代修成的二千餘卷巨帙會要，從未刊行，元軍滅宋陷臨安，原稿被運往元大都，後元修宋史的各志，多取材於此。此後，由元至明，已多散逸。明成祖修《永樂大典》時，宋會要稿已非全帙，但將《宋會要稿》的史事,分編收入《永樂大典》各韻目下,得以保存了下來。原帙則漸亡佚。

清嘉慶十四年(1809年),嘉慶朝進士授編修大興人徐松(1781—1848年),入全唐文館任提調兼總纂官編纂《全唐文》,從《永樂大典》中輯錄資料,當時《永樂大典》已亡佚一千餘冊。徐松私命寫官——輯出《宋會要》逸文,日積月累,達五六百卷,蔚成巨帙,惜徐松未及編排整理成書,即去世(因坐事戍伊犁)。這批徐氏輯稿,遂流入書肆,輾轉流傳他人之手,經過光緒十三年至民國初年,先入廣雅書局,由兩廣總督張之洞聘請繆荃孫、屠寄等進行整理。因張之洞調湖廣而中斷,僅整理出職官類清稿一百餘冊。後稿本又由廣雅書局提調王秉恩藏匿,至1915年落到吳興劉承幹嘉業堂,劉聘請劉富曾重加整理。劉大加刪削、修改、增補,錄成清本,成《宋會要稿嘉業堂清本》,其刪削剩餘部分,即稱《宋會要輯稿》遺文,於是徐松的《宋會要輯稿》遂演變為下列幾種本子。

廣雅稿本,即由廣雅書局整理出的職官類九十五冊,全部為嘉業堂清本所直接採用,此稿本後來也為劉承幹所收藏,近知藏在北京圖書館。

嘉業堂清本,四百六十冊約八百萬字。即1915年以後嘉業堂劉承幹、劉富曾整理刪削、修改、增補後錄成的清本,現發現藏於浙江圖書館。

《宋會要輯稿》遺文,是劉承幹等當作重出的複文刪削掉的一部分,有的是錯刪,約一千七百頁,現發現藏北京圖書館。

以上三種本子,自三十年代以後,即下落不明,直到1982年重新發現藏於北京圖書館及浙江圖書館。

現在通行本,也有兩種,一是1936年大東書局影印二百冊本。一是1957年中華書局據二百冊本編縮版影印精裝成八大冊本。這是

1931 年原北平圖書館以重金購得徐松原輯本《宋會要》於是組織編印委員會，由陳垣任委員長，經 1933 年至 1935 年整理完成，將原稿交上海大東書局影印出版，共印三百部，裝成二百冊，1957 年又由中華書局縮版影印改裝成八大冊，印名《宋會要輯稿》，流通於世。

《宋會要輯稿》是一部斷代會要體史書，編纂輯佚成十七門類，即：帝系、后妃、禮樂、輿服、儀制、瑞異、運曆、崇儒、職官、選舉、食貨、刑法、兵、方域、蕃夷、道釋。其中職官一類篇幅最大，佔二百冊中的四十八冊，食貨佔三十餘冊，禮佔三十餘冊，三類佔去全書的三分之一，合為三百六十六卷。

《宋會要輯稿》徵引材料，據有書名可查者有一百六十多種，所保存的宋代典章制度、政治經濟各方面的材料最為豐富，單只食貨類一門三十三冊，就是其他宋代史料中所難得的宋代經濟史資料。如宋代的農業生產技術、田賦、地價、客戶等方面的材料，宋代手工業中的採礦業、採礦技術、礦產產品量等方面的資料，有的是補他書之缺，有的是詳於他書，可以補宋史書。

另外，此書雖係輯本，但《永樂大典》采入材料時，都是整書、整篇、整段抄入，仍保存佚書第一手材料的原貌，所以最可靠，可據以勘其他史書之誤。

1982 年發現《宋會要輯稿》遺文、廣雅書局稿本及嘉業堂清本等三種湮沒近五十年之稿本後，與現流傳之徐松輯稿本可以互相參校補充。

《太平寰宇記》二百卷，約一百三十餘萬字，是一部地理總志，北宋樂史撰。

樂史 (930—1007) 是北宋撫州宜黃縣霍源村人（今屬江西）。原仕南唐為秘書郎。宋滅南唐，入宋為平原主簿知州等地方官。後舉進士,官至水部員外郎。居官六十年,畢生著作甚勤,有文學作品多種,另有文集《洞仙集》一百卷,多散佚不傳。《太平寰宇記》,約始修於太平興國四年(979年),成於雍熙四年(987年)以後。

據樂史在《進書表》中說,他認為宋代開國之君太祖、太宗"開闢之功大",但"圖籍之府未修,郡縣之書未備",他自己在史館任職"志在坤輿"。但他認為唐代賈耽修的《十道志》和李吉甫撰的《元和郡縣志》不僅僅是編修太簡,而且經朝代變易,唐末五代以來,由於郡國割據,行政區劃變化很大,需要編一部新的地理志。於是他"沿波討源,窮本知末,不量淺學"撰成此書,使皇帝覽此書可以"萬里山河,四方險阻,攻守利害,沿襲根源,伸紙未窮,森然在目"。可以"不下堂而知五土,不出戶而觀萬邦"。可見樂史修此書的目的,是為了顯示宋代開國的業績和宋朝大一統的形勢,以振君威、頌君德,顯示太平盛世。

《寰宇記》的編纂體例,以唐區劃的道為次,依十三道次序,首敘河南東京開封府,依次編排,遠及於海外"四夷"。道下以州府為綱,以縣為目,分目敘述其歷代建置沿革,從禹貢起至五代末止。次敘方位、四至、八到、戶口、風俗、城池、古跡、名勝、姓氏、人物、藝文、土產等等,內容詳賅,材料豐富。不僅敘宋代管轄下的州縣,也敘及漢、唐盛世所治理過的全部地區,對於五代後晉石敬瑭割讓給契丹的幽、雲十六州,仍列敘其名,以表達時人恢復燕雲的意願。

樂史撰此書,取材山經地志,采摭繁富,徵引之書近二百種,除仿唐《元和郡縣志》門類外,又增風俗、人物、土產等門加以擴大內容,並補其缺遺,字數多出《元和郡縣志》八倍,為後代修志體例所依據。清人《四庫全書總目提要》,對此書評價很高,說它"采摭繁富,惟取賅博","卷帙浩博,而考據特為精核","地理之書,記載至是書而始詳,體例亦自是而大變"。自唐憲宗李吉甫的《元和郡縣志》於813年成書,到雍熙四年(987年)《太平寰宇記》成書,此間一百七十餘年間的行政區劃變化很大,既有原有州縣之變遷,又有新置之州、縣、軍、監的宋代建制,此書大都作了較詳細的敘述。

此書對宋初四十五個軍、十八個監的情況,敘述更詳。宋的軍、監是從唐末五代的組織上發展起來的,軍、監與府、州同級,隸屬於路。其"土產"及"戶口"等項,為後世留下許多珍貴的經濟、人口資料。所徵引的二百多種著作,後世多散佚,賴此書保存其中一些資料。

《太平寰宇記》全書二百卷,流傳至清代已缺八卷,光緒九年(1883年),楊守敬使日(任駐日公使黎庶昌隨員),在日本楓山官庫發現宋刊殘本,從中補輯到五卷半原佚本,至今仍缺兩卷半。輯佚部分後由黎庶昌刻入《古逸叢書》。

《太平寰宇記》版本較多,但自清初以來僅傳抄本一種,刻本三種,其中以光緒八年(1882年)金陵書局刻本校勘精,版本好,彙集各本之長。

3. 宋代的目録書舉要

在宋朝雕版印刷術興盛的基礎上,宋代的官私藏書,都有所發展。宋初,政府將南方藏書較豐富的南唐的藏書收集到汴梁首都來,又徵集民間圖書,在國都先後建立昭文館、史館、集賢院和秘閣及崇文院等館院貯藏圖書,於是政府藏書數量大增。另外,皇室、國子監及各地書院也由於印刷圖書的興盛,得書較易而紛紛藏書。於是,相應出現的圖書編目著録工作也隨之發展,而相繼出現了官私目録,其著者有《崇文總目》《中興館閣書目》《續書目》《郡齋讀書志》《直齋書録解題》等,流傳至今。

《崇文總目》是宋仁宗景祐元年(1034年),命翰林學士張觀和知制誥李淑、宋祁等,整理三館和秘閣藏書,詳加刪、補,並詔令翰林學士王堯臣、館閣校勘歐陽修等依照唐修《群書四部録》的體例,詳加著録,於慶曆元年(1041)底完成奏上。編目方式、方法,概仿唐《群書四部録》,共六十六卷,賜名《崇文總目》,分經、史、子、集四部,共分四十五類,計經部九類,史部十三類,子部二十類,集部三類,共收書30669卷。其中史部,特立"目録"一類,反映了在此以前我國目録事業的發展。此書各類有敍録,各書都有提要(釋)。但從南宋到元初鄭樵修《通志》以後,這部書的序和提要被刪除,僅存書名卷數和著者了。經元、明已無完本,直到清代才由錢侗等人從譜書中輯成五卷。這是一部宋朝著名的官修書目。今雖缺佚大半,但對總括宋代以前藏書及檢驗存佚仍有參考價值。

《中興館閣書目》和《續書目》:北宋藏書雖有可觀,但經靖康之變,金兵南侵,官私藏書幾茫然無存。南宋孝宗淳熙四年(1177),由於高宗以來藏書有所恢復,秘書少監陳騤要求編撰書目,翌年(1178)完成《中興館閣書目》七十卷,序例一卷(據《宋史·藝文志序》),按經、史、子、集四部,下分五十二門,共著録現存書44486卷。到寧宗嘉定十三年(1220年),由於南宋初以來百年間的承平,遺書陸續出現,又加新撰書增多,於是又命秘書承張攀編《中興館閣續書目》三十卷,增添圖書14,943卷,南宋官府藏書遞達59,429卷。另外還有太常博士所掌,和諸郡諸路所刻印者,不計在內。不幸理宗紹定四年(1231年)火災,損失嚴重。《中興館閣書目》及《續書目》均已亡佚。現只有清趙士煒所輯的《中興館閣書目輯考》五卷,《中興館閣續書目》一卷。

《郡齋讀書志》:北宋末,晁公武(字子止)入蜀,任四川轉運使井度的屬官,得井氏全部藏書,加上他個人的收集,遂成大藏書家。晁氏在五十歲時,任榮州太守,在郡齋中編輯私人藏書録,紹興二十一年(1151年)完成。《郡齋讀書志》著録書二萬四千五百卷,按四部分四十五類。部有大序(即總論)、書有提要,述作者略歷全書主旨,學術源流,並加讎校舛誤,每終篇輒撮其大者論之,為我國第一部有提要的私家書目。

此書有繁、簡二本:

簡本,即袁州本,理宗淳祐十年(1250年),初刻於袁州(今江西宜春)為四卷本,《四庫提要》有著録。

繁本即衢本,理宗淳祐九年(1249年),刊本衢州(今浙江衢縣)為二十卷本。内容較"袁本"豐富,内容互異。卷首有晁公武自序一篇。此書除馬端臨《文獻通考》多引用外,後世很少流傳。至清嘉慶時,始由李富孫據鈔本校刊流傳。

清末王先謙,據袁、衢兩種刊本合校後刊行,為此書善本。

此書全稱為《昭德先生郡齋讀書志》,其四部分類經部分十類,史部十三類,子部十八類,集部四類,共四十五類。

晁公武在自序中說:"書凡五十篋(指得自井憲孟(井度)之書),合吾家舊藏,除其複重,得二萬四千五百卷有奇。今三榮僻左少事,日夕躬以朱黃讎校舛誤,終篇輒撮其大者論之。"

可見其收集圖書和校勘編目的辛勤。

《遂初堂書目》一卷,南宋尤袤輯,曾經過後人續輯,是一部著録私家藏書的簡目。尤袤是宋高宗紹興十八年(1148年)進士,官至禮部尚書,他的著録各書,均無題解,子部創立"譜系"一類,收録香譜、石譜、蟹譜之類,其他類所不能收附者,又創"雜藝類"。各書雖無題解,但於書名外,有的標明著者和版本,可以算是我國最早之版本目録。

陳振孫《直齋書録解題》稱"遂初堂藏書為近世冠"。

此書分四部四十四類：經部九類、史部十八類、子部十二類、集部五類。此書體例，類似史志，但一書兼載數本，以資互考，又異於史志。

宋人目録書流傳至今者，《崇文總目》等均已無完書，只有這部書和晁公武的《讀書志》為最古。

宋楊誠齋《遂初堂書目》序載尤袤對書的珍愛、勤讀："饑讀之以當肉，寒讀之以當裘，孤寂而讀之以當友朋，幽憂而讀之以當金石琴瑟也。"因此，尤袤把他所見所聞各種不同版本之書，編成《遂初堂書目》。

《直齋書録解題》輯本二十二卷，南宋陳振孫撰。

陳振孫字伯玉，號直齋，是浙江安吉人。據厲鶚《宋詩紀事》說，陳振孫在南宋理宗端平（1234—1236年）中，官為浙江西提舉，後改知嘉興府，始任州郡，終官侍郎。近人研究他的生平，只知陳氏生於宋孝宗淳熙末年，曾在江西南城、福建莆田和浙江等地作過二十多年地方官，並作過國子監司業、寶章閣待制等中央政府的官，經四十年的收集、鈔藏圖書，成為當時有名的藏書家。宋周密《癸辛雜識》中說"直齋陳氏書最多，蓋嘗仕於莆（福建地），傳録夾漈鄭氏（鄭樵）、方氏、林氏、吳氏舊書，至五萬一千一百八十餘卷，且仿《讀書志》作解題，極其精詳。"可見陳氏此著，在宋末已為世人所重視。

《直齋書録解題》原有五十六卷，有四部和部序明初已亡佚，今傳本分為五十三類，其中九類有小序，不標經、史、子、集之名，仍按四部序排列，詳著録各書撰人姓名，卷帙多少，並分別考訂內容得失。所以稱為"解題"，是宋代有名的提要目録，原本已失傳。今本為清修《四庫全書》時從《永樂大典》中輯出的輯本二十二卷，所著録的書，多數已亡佚。

此書著録，雖不標明經、史、子、集之目，但據其所列之書核之，凡經部十類,史部十六類,子部二十類,集部七類,共合五十三類,仍不出四部分類法。

此書輯本,雖全失其舊觀,但除分卷和文字與原五十六卷本有異外,內容則是一致的。由於輯本的刊版流傳,可借此以知不傳於今日之古書的梗概,又可借以求傳於今日之古書的真偽,並辨其異同,作為考證的工具。

《直齋書錄解題》最有價值的是它的各書解題部分,內容涉及很廣。它評論著述者;評論圖書的價值;簡介圖書內容及圖書選材來源,撰述時間等,尤其是記錄版本。所以是一部內容廣泛的提要目錄書。

以上三家私人目錄書,各有長短,晁、陳二目收錄完備,而尤目特錄版本,所以三家為宋代目錄書中之成績卓著者。

《國史經籍志》

宋代圖書編纂,較前代有大的躍進,這與雕版印刷的興盛是分不開的,同時也與宋朝統治者揚文臣、抑武將的政策有關,所以無論撰史、注經、編纂大型類書、會要等,成績皆甚可觀。

宋朝尤重修纂本朝歷史,即修國史,同時,每朝國史又都有《藝文志》,開創修本朝史志目錄的先例。宋朝的《國史藝文志》據史載共有七種,其中三種已亡於南渡時,尚有四種,今亦不傳,其中:

①《三朝國史藝文志》:為宋太祖、太宗、真宗三朝,由呂夷簡等撰。

②《兩朝國史藝文志》:仁宗、英宗兩朝,由王珪等修撰。

③《四朝國史藝文志》:神宋、哲宗、徽宗、欽宗四朝,由李燾等撰。

④《中興國史藝文志》:南宋高、孝、光、寧四朝撰。

這些史志目録,今已不傳,但據其他著作記載,尚可知其大概,情況是:每類有小序,每書有題解,各志均不重複登録,僅録前志所不載者。各史志均以官修書目如《崇文總目》《秘書總目》(前者後改稱),共著録 3277 部,52094 卷。

4. 五代及宋的詩、詞、話本及文集、筆記。

五代及宋,繼唐代詩人倍出,詩壇燦爛的餘韻也出了不少詩人,但其因入樂需要及受民間曲子詞影響而出現的新詩歌體裁,跟詩或曲對立的詞,卻有獨特的風格和影響。

詞本指一切可以合樂歌唱的詩體,它最顯著的特點是絕大多數詞調的句子長短不齊,因此又稱長短句。詞有許多調子,名曰"詞牌",如"菩薩蠻""念奴嬌""望江南""漁家傲""滿江紅"等等。為了配樂曲反復歌唱,每一詞調一般分上下兩闋,稱為上、下闋,也有不分闋的單調,如"十六字令""望江南",分為三、四闋的長調,則為數不多。

唐代中期以後,詩人白居易(772—846 年)、劉禹錫(772—842年)等寫詞較多,如兩人的《憶江南》。傳為李白作的《菩薩蠻》和《憶秦娥》,都表現為文人詞的特點。其後,寫詞最多的是溫庭筠(812? —870 年),他仕途屢遭挫折,長期出入歌樓妓館,"能逐弦吹之音;為惻豔之詞"(見《舊唐書.本傳》),熟習詞調,精通音律,在詞的藝術創造上超越其他詞人,在詞的創作意境上表現了傑出的才能,但其題材偏於閨情別緒,如他的《望江南》《更漏子》。

五代時,後蜀趙崇祚選録了溫庭筠、韋莊(836? —910 年)等十八家詞為《花間集》,其中大半為集中於西蜀的文人,奉溫庭筠為鼻祖,稱為"花間詞人"。韋莊則與溫齊名,韋莊共寫了五首《菩薩蠻》,風格相近,可以說是上承白居易、李商隱的《憶江南》等作,下啟南唐馮延巳(904—960 年)、李璟(916—961 年)、李煜(937—978 年)等詞家。馮延巳的《謁金門》,李璟的《攤破浣溪沙》和李煜的《虞美人》《浪淘沙》,都有很高的藝術成就。

北宋早期官僚中的詞人,有晏殊(991—1055 年)和晏幾道(1030?—1106? 年)父子吟詠流連詩酒歌舞昇平的詞,和其後為宋詞開闢新意境的范仲淹(989—1052 年)和歐陽修(1007—1072 年),但他們都不是專力作詞的作家。而柳永(987?—1053? 年)則是北宋第一個專力寫詞的作家,他的詞集《樂章集》傳詞將近二百首。他自稱"奉旨填詞柳三變",在汴京、蘇州、杭州等地過流浪生活,後考取進士,改名柳永,在浙江各縣作過小官,但江湖流浪生活成為他寫詞的重要內容,其代表作有《雨霖鈴》和秦樓楚館裏的淺斟低唱生活的描寫。

北宋傑出的作家蘇軾(1037—1101 年),是詩、詞、散文全面發展的。他作品中的豪邁氣概和豐富的思想內容和柳永適成對照。《東坡全集》一百卷,就保存有三百多首詞。他曾在近六十歲時先後貶官嶺南的惠州和海南的瓊州,但在詩、詞創作上始終不懈,不見老人衰憊之意,歷仕仁宗到徽宗五朝,他寫詩的題材也廣闊。

蘇軾的《水調歌頭·丙辰中秋,歡飲達旦,大醉作此篇,兼懷子由》和《念奴嬌·赤壁懷古》被認為是最能代表他的風格的作品。

在蘇軾豪放創作風格的影響下,開拓了南宋愛國詞人的先路。於是有南宋陸游(1125—1210)、辛棄疾(1140—1207)愛國詞篇的同時馳騁詞壇,而南宋初年避金兵南渡的女詞人李清照(1084—1155?),在宋代刊行有《漱玉詞》,原書已佚,今存輯錄本,存詞七十餘首,寫出了她國破、家亡、夫死,長期流亡生活中的感受和激憤。

宋代的城市比唐代更有發展,當時的北宋都城汴京,形成為經濟、政治、文化中心,除日間市肆鱗比,如《清明上河圖》所寫繪的熱鬧情景外,夜間並有夜市。洛陽、揚州和南宋時的成都、臨安,適應市民階層的需要,出現了演出各種技藝的場所,稱為勾欄、瓦肆(或稱瓦子),經常演出說話(說書)、說唱、雜劇或院本等。例如南宋臨安的北瓦(瓦子即城市的大型綜合商場),就有勾欄十三座,經常有三座供說話人表演。說話人除在城市中賣藝外,還有不少藝人各地奔走,在鄉村集鎮上賣藝,最初說話人的底稿由師徒口耳相傳,並無定本。後來由一些下層知識分子組成"書會",和說話人共同記錄下來,才成為話本。

從現有流傳下來的宋人話本來看,一類是說佛經故事的"說經"如《大唐三藏取經詩話》等;一類是說歷史故事的"講史",如《五代史平話》《全相平話》《大宋宣和遺事》等。還有一類是小說,內容有傳奇、公案、神仙、妖術、煙粉等,如《京本通俗小說》等。其中的《碾玉觀音》《錯斬崔寧》,較為著名,多揭露封建官吏的專橫昏庸,勞動人民受冤無處訴等黑暗現象。但說話中也有大量封建糟粕,迎合統治者的需要。

宋代話本無論在思想內容和藝術形式上,都較唐代傳奇有所發展,為明代短篇小說準備了條件,並對以後的戲劇創作,產生巨大影響。

戲曲藝術,在宋代有雜劇。偏重於念誦和對白。由宋傳到遼、金,成為瓦肆、劇院演劇的角本,而稱為"院本"。

另外,有講唱伎藝中的諸宮調,能用來演唱長篇故事,宋、金的諸宮調流傳下來的有《劉知遠傳》(殘本),和董解元《西廂記》,以較複雜的曲調,表現情節。這是後來元代雜劇的雛形。由此看來,宋、遼、金時代的詩、詞、話本、院本等文學形式,實上繼唐代,下啟元、明,既有繼承,又有發展,使我國古代文學形式和內容多樣化。

宋人文集,不下五百餘種,如蘇軾的《東坡七集》、蘇轍的《欒城集》等,多數在各叢書中。也有整理後斷句單行的,如世界書局的仿古字版本的《陸放翁全集》及商務印書館的國學基本叢書本的《蘇軾全集》,是據《萬有文庫》版重印的。唐宋八大家,宋代佔其六家,都有專集出版。

宋人的筆記,約有三百餘種,也散見於各叢書中。《小說筆記大觀》搜集的最多。陶宗儀輯錄的《說郛》刪節太甚,但可見到原書散逸後的輪廓。其著者,有北宋沈括的《夢溪筆談》和南宋洪邁的《容齋五筆》,現均有單行本流行。

《夢溪筆談》二十六卷,北宋沈括撰。

此書為沈括(1031—1095 年)退居林下,居潤州(今江蘇鎮江)夢溪園時所寫作,因以為書名。據沈括自序說:"予退居林下,深居絕過從,思平日與客言者,時紀一事於筆,則若有所晤言。蕭然移日,所與談者惟筆硯而已,謂之《筆談》。""所録惟山間木蔭,率意談噱,不繫人之利害者,下至閭巷之言,靡所不有,亦有得於傳聞者,其間不能無缺謬,以之為言則甚卑,以予為無意於言可也。"可見此書為沈括所見所聞之筆記。

此書分十七門,分類編排,計門下又分 609 條。

> 故事二卷、辯證二卷、樂律二卷、象數二卷、人事二卷、官政二卷、權智一卷、藝文三卷、書畫一卷、技藝一卷、器用一卷、神奇一卷、異事一卷、謬誤一卷、譏謔一卷、雜誌二卷、藥議一卷。

內容涉及天文、數學、物理、化學、生物、地質、地理、氣象、醫學、工程技術、文學、史事、音樂和美術等各方面。其中關於應用科學技術方面,記錄了北宋時期的成就,如關於布衣畢昇發明的泥活字版印刷術,進行了詳細的記載。關於河工高超所創合龍堵口的治河方法,關於建築工匠喻皓的《木經》的記述及其建築成就都有難得的記述。對於社會歷史方面的記述，如關於李順農民起義的事蹟，賦稅擾民的史事，及北宋西北方和北方軍事的利弊，典制禮儀的演變，也有較詳細的記載。可以說是一部小型的百科全書。沈括在數學、地理、地質方面，通過實際觀察、研究，也有所創造發明。他還首先提出石油的名稱，而記載了西北的石油產地及應用，通過研究藥用植物而記錄有效的藥方。如《良方》十卷。傳本附入蘇軾醫藥雜說，改稱《蘇沈良方》。

沈括(1031—1095年)，字存中，杭州錢塘(今浙江杭州)人，北宋仁宗嘉祐(1056—1063年)進士。神宗時參加王安石變法。在神宗朝，曾提舉司天監，赴杭州考察水利、差役；並出使遼國，駁斥遼的爭地要求。熙寧九年(1076年)任翰林學士、權三司使，整頓陝西鹽政。後知延州(今陝西延安)，防禦西夏，元豐五年(1082年)因徐禧失永樂城(今陝西米脂)之役，受連累遭貶，晚年居潤州(今鎮江)，築"夢溪園"於潤州郊外，舉平生在朝廷及地方做官的見聞、考察、研究經驗，撰《夢溪筆談》。

《夢溪筆談》已無北宋本流傳下來，至今亦未發現南宋本。今存最早的版本是元大德九年(1305年)茶陵陳仁子據宋乾道二年(孝宗1166年)揚州州學刊本復刊的塾刻本，為目前孤本。

另為明萬曆三十年(1602年)延津沈氏刻本。

1960年，胡道靜《夢溪筆談校證》排印本。

《容齋五筆》五集七十四卷和《夷堅志》二〇六卷，南宋洪邁著。包括《隨筆》《續筆》《三筆》《四筆》《五筆》，據明崇禎三年嘉定馬元調《重刻容齋隨筆記事》中說，這部書"與沈存中(括)《夢溪筆談》、王伯厚(應麟)《困學紀聞》等先後並重於世。""其書目經史典故，諸子百家之言，以及詩詞文翰、醫卜星曆之類，無不記載而多所辯證。昔人嘗稱

其考據精確,議論高簡,如執權度而稱量萬物,不差累黍,歐、曾之徒所
不及也。"

由此可見,此書自宋、明以來,評價較高。

洪邁(1123—1202年),字景廬,別號野處,鄱陽(今江西鄱陽)人,
興皓之子,宋高宗紹興進士,曾任地方知州。在朝中任起居郎,中書舍
人兼侍讀。最後任端明殿學士,監修國史。一生涉獵廣博,"意之所
之,隨即記錄,因其後先,無復詮次,故目之曰"隨筆"(淳熙時《隨筆》
前言),前後歷四十年,完成五集,一至四集各十六卷,《五筆》僅十卷。
洪邁歷高、孝、光、寧四朝,而卒於寧宗嘉泰二年(1202年),終年八十
歲。另有《夷堅志》,並編有《萬首唐人絕句》。

《夷堅志》為筆記小說集,取《列子·湯問》"夷堅聞(怪異)而志
之"之意以為書名,原書有四百二十卷。已殘缺。今傳本以涵芬樓排
印的二百〇六卷本為搜集完備。內容多為神怪故事和異聞雜錄,也記
載一些當時的市民生活,其中有些錄自六朝以來志怪小說和《太平廣
記》,收集頗富。

　　《五筆》計:《隨筆》十六卷二十九則,前有洪邁宋孝宗淳
　　熙(七年)庚子序。此書首尾費時十八年;
　　《續筆》十六卷十八則,有紹興三年邁序,歷時十三年;
　　《三筆》十六卷十四則,無序,費時五年;
　　《四筆》十六卷十九則,前有序,費時一年;
　　《五筆》十卷十九則,無序。

《容齋五筆》內容是關於歷史、文學、哲學、藝術等方面的筆記,並
考證了宋以前的一些歷史史實、政治經濟制度,記述了不少詞章典故;
對於宋代的典章制度記述尤詳,對於某些歷史人物和歷史事件也間加

評論。全書有較大的參考價值。

據《續筆》序言載,此書紹興時已有刻本在市間書坊中出賣,但無宋本流傳至今。

宋有寧宗時洪邁從孫洪伋刻於贛郡齋的刻本。

明弘治時,有御史沁水李瀚作序的刻印本。

明崇禎三年嘉定馬元調重刻本,並有重刻"記事"。

清同治年刊本,經光緒元年重校本。

1978 年 7 月由上海師大古籍整理組據光緒本校點整理,由上海古籍出版社出版標點本,共 535,000 字,《五筆》合訂一書。

《困學紀聞》二十卷,是南宋王應麟撰的劄記考證之文,元代初期成書。

王應麟對經史百家天文地理都有研究,熟習掌故制度又長於考證,除撰有《玉海》外,並有《詩考》《詩地理考》《漢書藝文志考證》《玉堂類稿》《深寧集》等著作。《困學紀聞》是他的一部考證劄記,屬於筆記類,與沈括的《夢溪筆談》、洪邁的《容齋五筆》同為宋代三部著名的筆記。此書包括說經八卷,天道、地理、諸子兩卷,考史六卷,評詩文三卷,雜識一卷,共合二十卷,其中考證、評述很有獨特的見解,關於河渠、田制、漕運等方面的敘述頗有史料價值。

清道光年間。有翁無圻為此書作注,其中頗採錄清代考據家閻若璩、何焯、全祖望等人之說。對此書文字,多有疏通、解釋。

此書新中國成立後有排印本。

5. 南宋的一部著名類書

《玉海》二百卷,宋王應麟編撰。

王應麟(1228—1296年),字伯厚,是宋慶元府(今浙江鄞縣)人,宋理宗淳祐元年(1241年)舉進士,寶祐四年(1256年)中博學宏詞科,歷仕理宗(1225—1264)、度宗(1265—1274年)二朝,歷任著作郎、禮部郎官、秘書少監、侍講等職,他撰《玉海》即應博學宏詞科應用。宋末隱於四明,著書立說。

此書所引資料自經、史、子、集、百家傳記、宋代掌故無不賅具。對於宋代掌故,本之諸實錄、國史、日歷、會要等文獻,多是後代史志所未詳加輯錄的。許多資料徵引之書,後均散佚不存。據此書元刻本序說,此書是王應麟"專精力積三十年而後成",貫穿奧博,唐、宋諸大類書未有能過之者。

《玉海》編纂分為二十一門:即

天文五卷、律曆八卷、地理十二卷、帝學二卷、聖文七卷、藝文二十九卷、詔令四卷、禮儀十卷、車服七卷、器用七卷、郊祀十一卷、音樂八卷、學校三卷、選舉五卷、官制十七卷、兵制十六卷、朝貢三卷、宮室二十一卷、食貨十一卷、兵捷八卷、祥瑞六卷。

每門下又各分子目,凡二百四十餘類,記事以年為經,始於伏羲,終於宋末。例如《玉海》食貨門,即又分為田制、屯田、職田、農官、農器、貢賦、錢幣、鹽鐵、漕運、府庫、食庾、會計、理財等各子目。

《玉海》最早有元至元三年至六年(1266—1269年)慶元等路刊本,版已久佚,刊本也不得見。清初見到的南京國子監刊本,附有《詞學指南》四卷,及王應麟其他著作十三種,清康熙及乾隆朝屢經補版刊行,得流傳至今。

6. 宋的應用科學書——《全芳備祖》

南宋陳詠撰的《全芳備祖》，成書時間約在南宋理宗即位（1225—1264年）前後，刊印於宋理宗寶祐元年至五年（1253—1257年）間，當時正值南宋末期，中原板蕩，卷帙散佚，國內僅存的一部分手抄本，又互相歧異，刊本也無遺存。但其中一部宋刊本，卻東渡瀛海，被日本作為重要文物珍藏起來，現在已歸回祖國，由我國農業出版社影印出版。

陳詠自幼好學，特別致力於"花果草木"所搜集的約有四百餘種（門），所以稱為"全芳"。他對於每一種植物"必稽其始"，"畢錄無遺"。所以稱"備祖"。這部書被譽為"世界最早的植物學辭典"。

此書分為前後集，前集為花部，後集為果、卉、草、木、農、桑、蔬、藥凡七部。關於這部書的文獻價值，《四庫全書總目》說"多有他書不載，及其本集已佚者，皆可以資考證焉"。現在植物學中一些混亂的名稱，都可據以改正。此書彙集的有關數百種花卉果木的歷代詩歌文辭，不僅可供文學欣賞者欣賞和美術工作者題詠參考，而且是文學史、農學史和中藥學有待開發的寶庫。

《全芳備祖》原書為五十八卷，日本送回來的複製本是宋版現存前集十四卷，後集二十七卷，共四十一卷，所缺各卷，已用國內徐乃昌舊藏鈔本的過錄本配補，全帙出版。列入《中國農學珍本叢刊》，由趙樸初題書簽，廖承志題了"中日友好萬古長青"的扉頁，農業出版社1982年影印版。

第五章　元明至清朝前期的中國圖書

第一節　元代的圖書編纂和出版事業

　　元朝是繼宋、遼、金、西夏分裂統治之後,在我國建立的一個統一政權,以蒙古貴族為首,聯合西域人、漢人的上層分子組成為統治階級,接受中原地區宋金統治時期的生產方式和政治結構,並保留許多蒙古在漠北地區的舊俗,建立一個龐大的官僚地主統治機構。

　　蒙古自1206年鐵木真統一漠北各部,被推為成吉思汗,開始了他的大規模軍事遠征活動,向西方擴張建立了四大汗國,並乘中原地區宋、金、西夏分裂不統一的形勢,於1227年滅了西夏,當年成吉思汗病死在六盤山。七年後,他的繼承者於1234年與南宋聯合,消滅了金政權,遂將矛頭指向南宋。1260年忽必烈繼承蒙古汗位於開平(即元上都,今内蒙古正藍旗東多倫北),1264年(至元元年)遷都燕京(即元大都),1271年定國號為元,1276年南攻,陷宋臨安,1279年滅南宋統一中國,繼承宋金以來的封建體制,建立了一個多民族的中央政權——元帝國。到1368年為朱元璋所滅,元朝的統一政權,不過八九十年(1279—1368),在這不到百年的元朝統治中,前一階段,對經濟和文化都造成了很大破壞,並實行民族歧視政策,劃分民族貴賤不同等級。但是由於多民族的共處,經濟文化上互相滲透,互相交流,在原有基礎上也有所發展。

　　忽必烈統治時期,又提倡儒書,注意圖書編纂,中央建立國子監,地方發展各路、府、州、縣儒學和書院。元大德以後,恢復了科舉制度,秘書省建立興文署,大量刻印圖書,組織力量,編纂前朝史書,因之,圖書編纂和出版事業,也有一定的發展。

1. 元代的圖書編纂舉要

忽必烈統治時期在滅金征宋進程中,不斷吸收儒生作參謀。"採取故老諸儒之言,考求前代之典,立朝廷而建官府"(見《國朝大典》卷四),加強中央集權。在陷臨安滅南宋後,將南宋政府的大批文獻、檔案、書稿運往大都,其中就有未經刊印的歷朝《宋會要稿》。

(1)元代編修的史書,政書和地理志,有馬端臨編的《文獻通考》和元國史院詔令編纂的宋、遼、金三史。

馬端臨的《文獻通考》三百四十卷,編纂於宋元之際。馬端臨的父親馬廷鸞是宋末右丞相兼樞密使,饒州樂平人(今江西),因與賈似道不合,辭官歸家,馬端臨歸家侍養。宋度宗咸淳九年(1273年)時,馬端臨二十歲,漕試第一,他二十二歲時(1276年),元軍陷臨安。大約在不到三十歲時,他開始編《文獻通考》,從元世祖至元二十二年到元成宗大德十一年(1285—1307年),經二十多年的功夫,完成此書,時年五十四歲。馬端臨元初為慈湖、柯山兩書院山長,後為台州儒學教授,終於台州,年七十歲。

《文獻通考》是一部政書,記述從上古到南宋寧宗時的歷代典章制度沿革,門類較唐杜佑《通典》分析詳細,計有二十四門:

田賦考七卷、錢幣考二卷、戶口考二卷、職役考二卷、征榷考六卷、市糴考二卷、土貢考一卷、國用考五卷。

以上八考共二十七卷,是記錄封建中央集權國家經濟制度及其沿革方面的。

選舉考十二卷、學校考七卷、職官考二十一卷。

以上三考四十卷,是關於政府官制、教育制度方面的。

郊社考二十三卷、宗廟考十五卷、王禮考二十二卷、樂考二十一卷。

以上四考八十一卷,是關於禮樂郊祭制度方面的。

兵考十三卷、刑考十二卷,是關於封建國家的兵制與刑法制度。

《經籍考》七十六卷,是關於圖書、文獻方面的。

《帝系考》十卷、《封建考》十八卷,是關於歷代封建國家體制的變遷方面的。

《象緯考》十七卷、《物異考》二十卷、《輿地考》九卷,是關於天象,各種變異現象和地理沿革的。

《四裔考》二十五卷,是關於外國和少數民族地區的。

以上二十四考,從遠古考至宋末,每考又分子目,有源,有流,又有過程階段,是一部典章制度的通史。

《通考》是以杜佑《通典》為基礎,有的門類是離析《通典》的,有的則是《通典》所未有而增加的。據自序載:引古經史謂之"文",參以唐宗以來諸臣之奏疏,諸儒之議論,謂之"獻",故名曰《文獻通考》。

此書所載宋制最詳,許多是宋史各志所本,又為宋史各志所未備。它的缺點和遺漏處,《四庫全書總目提要》的"通考條"均有所考證。

《文獻通考》與唐杜佑《通典》、宋鄭樵《通志》,至清合稱《三通》,清乾隆時開三通館續修三通及清代三通,合成九通。

《文獻通考·經籍考》,為馬端臨所著《文獻通考》二十四考之一,是馬氏對目錄編纂方法的新創造、新貢獻。

宋代是目錄提要學極發達的時代,但在宋末、元初馬端臨著書時已趨消沉。所以,馬端臨利用宋代目錄提要學上的成就,為《經籍考》中各書作題解。其題解的材料來源是多方面的,但最主要的來源是《郡齋讀書志》和《直齋書錄解題》。

《經籍考》所著錄的書目是據漢、隋、唐、宋四代史志以列其目。對於留存於他當世時可考見本末的書,馬端臨搜集諸家目錄的評語以及史傳、文集、雜說、詩話,凡涉及對書籍的議論,著作本末,流傳真偽,考訂文理純駁等等,凡和一部書有關的種種議論、評語,均輯錄於書目之下。其目的,據《通考序》載,是"俾覽之者如入群玉之府而閱木天之藏,不特有其書者稍加窮究即可以洞究旨趣,雖無其書者,味茲題品亦可粗窺端倪,蓋殫見洽聞之一也"。《經籍考》搜集材料豐富,完備而又集中,能夠從各種不同方面去看對一部書的評介,以開闊眼界,所以它的參考價值比一般提要目錄要高。馬端臨所創造的這種輯錄體裁的目錄編纂方法,對後世影響很大。清人朱彝尊的《經義考》,就是採用《通考·經籍考》的體例編成的。其來源,應追述到王應麟《玉海》卷五十一的《藝文》所用的這種輯錄著錄圖書的方法。從馬端臨以後,這種編纂書目的方法,越來越多地為目錄學家所使用。

《元典章》又名《大元聖政國朝典章》六十卷,為元代官修政書。

內容分詔令、聖政、朝綱、臺綱、吏部、戶部、禮部、兵部、刑部、工部十門。十門之下,又分目記錄,錄元英宗至治(1321—1323年)以前的元朝典章制度,其中許多史實,為《元史》所不載,所以是一部研究元代政治、經濟、法律、風俗的重要資料。

今流行本,有清光緒三十四年(1908年)沈刻《元典章》六十卷,今人陳垣有《元典章校補》十卷。中華書局據清光緒刊本影印出版,將陳垣校補中所補部分按頁插入原書,所校部分及《元典章校補釋例》附書後,影印於 1981 年出版,是為最新本。

《元經世大典》又名《皇朝經世大典》,八百八十卷,目録十二卷,為元代官修的一部大型政書,附公牘、纂修通議各一卷。元文宗至順二年(1331 年)修成,體例仿唐、宋會要。內容分帝號、帝訓、帝制、帝系、治典、賦典、禮典、政典、憲典、工典等十門,記録元代的典章制度,明修《元史》中的各志,多從此書中輯録材料。原書除序録見於《元文類》外,其餘部分均已散佚不存,僅在《永樂大典》殘本中有一小部分遺文,如《大元馬政記》《大元畫塑記》《大元倉庫記》《大元氈罽工物記》《大元官制雜記》(上五種均見《廣倉學窘叢書》),《站赤》則見影印《永樂大典》本(卷一萬九千四百十六至一萬九千四百二十六)。

《大元一統志》一千三百卷,為元代官修地理總志,從元世祖至元二十三年(1286 年)開始纂修,至元二十八年(1291 年)成書七百五十五卷。這是第一次成書。後來元成宗大德七年(1303 年)又續修成書,共成一千三百卷,這是續志。

內容以每路和行省直轄的府、州為綱,分述建置沿革、坊廓鄉鎮、里至、山川、土產、風俗、形勝、古跡、宦跡、人物、仙釋等目。內容非常豐富,取材也較詳實。明修《元史·地理志》,大多取材於此。《大明一統志》也以此為藍本。惜此書已佚,僅有殘篇傳世。今人金毓黻曾搜集、輯佚,成《大元一統志殘本》十五卷,輯本四卷,可略見原書規模。趙萬里校輯《元一統志》十卷,1966 年由中華書局出版。

《析津志》是一部北京最早的志書,元熊夢祥撰,原書久已失傳,明清人著作多有引用。

析津就是今北京,北京古稱幽州、燕、薊,契丹建遼,於會同元年
(938年)定幽州為陪都,稱南京,又名燕京,府名幽都。我國古代以星
土分野,燕分野旅寅,古稱析木之津。至遼開泰元年(1012年),改幽
都府為析津府,並設析津縣,與宛平縣同為析津府治。析津府轄六州
十一縣,其轄境相當於今南拒馬河、大清河、海河以北,遵化、豐南、天
津、寧河以西,紫荊關以東,內長城以南地區。後女真建金朝,建都於
此,改遼南京為金中都,改析津府為大興府,析津縣為大興縣,析津之
名,前後用了一百四十二年遂廢。

《析津志》為元人熊夢祥所撰專志北京的志書。此書久佚,但從收
入於《永樂大典》《日下舊聞考》《順天府志》等書引文中,可見到《析津
志》內容廣泛,舉凡城池街市、朝堂公寓、河閘橋樑、名勝古跡、山川風
貌、物產礦藏、祠廟寺觀、人物名宦、當時風尚等均有記載,時間包括
遼、金、元三個朝代,為研究北京地區的歷史沿革、風土人情的珍貴
資料。

關於物產的記載有:"金、銀、銅、鐵、錫、畫眉石同出齋堂。""羚
羊,京西山廣有之,夜則掛角於險峻巖崖之上以睡,其跳捷如飛,履險
如夷。""天鵝來,千萬為群。""麝,又名香子,……今西山在處咸有
之。"珍禽、異獸,所在多有。關於商業、交換、運輸,"城中內外經紀之
人,每至九月間買牛裝車,往西山窯頭載取煤炭,往來於此新安及城下
貨賣,……日發煤數萬,往來如織"。由此可見出元代北京市民等用煤
的數量之大。

關於風俗的記述也很多,涉及下層人民生活的有:"市人多服羊皮
禦風寒,只一層不復添加,比至來年三、四月間,多平價賣訖,甫及冬冷
時又新買,不復問其美惡,多服之。皮褲亦如之,多是帶毛者,然皆窄
狹,僅束其腿脛耳。""市中醫小兒者,門首以木刻板作小兒,兒在錦襁
中若方相模樣為標榜。"書中還記載了辦喪事火化的習俗。

在城池街市中記載了街制："自南以至於北,謂之經;自東至西,謂之緯。""大街二十四步闊,小街十二步闊。三百八十四火巷,二十九衖通。"由此可見到元代北京街巷的基本規制。

散見於各書收錄的《析津志》已由北京圖書館善本組輯錄、整理、抄寫、標點,共得十五萬餘字的內容,名為《析津志輯佚》,即將由北京古籍出版社出版。

《宋史》四百九十六卷,元脫脫奉敕撰,包括本紀,四十七卷,本紀後有贊。

志十五,一百六十二卷,包括:天文、五行、律曆、地理、河渠、禮、樂、儀衛、輿服、選舉、職官、食貨、兵、刑法、藝文。

表二,三十二卷,前有序,宰輔,宗室世系。

列傳,二百五十五卷,傳後有論,世家,列傳。

卷四百七十八至四百八十三卷,實為世家五卷,專述南唐、西蜀、吳越、南漢、北漢等割據政權,實際上是重複了《舊五代史》的《僭偽列傳》和《新五代史》的《世家年譜》。

《宋史》修於元末,由丞相脫脫和阿魯圖先後主持修撰,鐵木爾塔識,賀惟一、張起巖、歐陽玄等七人任總裁官,自元順帝至正三年(1343年)至五年(1345年)修成,記述了自宋太祖趙匡胤建隆元年至南宋帝昺祥興二年(960—1279年)南北兩宋凡三百二十年的歷史。

據《元史》卷一百五十六《董文炳傳》載:元兵佔領臨安後,元丞相"伯顏命董文炳入(臨安)城,罷宋官府","收禮樂器及諸圖籍","時翰林學士李槃奉詔招宋士至臨安,文炳謂之曰:'國可滅,史不可沒,宋十六主有天下三百餘年,其太史所記具在史館,宜悉收以備典禮。'""乃得宋史及諸注記五千餘冊,歸之國史院"。根據這段記載,則知元滅南宋佔領臨安後,宋史館的宋代資料,並未受損失,而元軍所得,歸之元國史院。這就是元朝末季修《宋史》所依據的資料。

早在元初，元世祖忽必烈即曾詔修宋史，後來袁桷又奏請購求遼、金、宋遺書，虞集也曾奉命主持修撰遼、金、宋三史，由於元朝內部對修宋史的體例意見不一，一派要以宋為世紀而遼、金為載記，一派要以遼、金為北史，宋太祖至靖康為宋史，建炎以後為南宋史，雙方"持論不決"（見趙翼《二十二史劄記》），長期未能成書。直到元朝末年，社會矛盾尖銳複雜，元順帝欲借前代"治亂興亡之由"，"重鑒後世"（見《遼史附錄·修三史詔》），遂於至正三年（1343 年），"詔修遼、金、宋三史"，以中書右丞相脫脫為都總裁官、中書平章政事鐵木爾塔識、中書右丞太平御史中丞張起嚴、翰林學士歐陽玄、侍御史呂思誠、翰林侍講學士揭傒斯為總裁官（《元史》卷四十一《順帝紀》），決定宋、遼、金各修一史。宋史，史料豐富，詳盡，有如起居注，時政記，月歷，實錄，紀傳體國史，均保存完備。同時宋代印刷出版業發達，私人著述亦多，宋人的家傳、表、志、行狀、言行錄、筆談、遺事之類也廣泛流傳。材料空前豐富，由於這些條件，所以《宋史》的修撰卷帙多，成書速，但由於材料多成書速，鑒別、裁剪工夫差，錯誤也不少。如《宋史》中出現紀傳互異，本紀相誤（太祖時事，誤為太宗），志傳互異，傳文前後互異等錯誤（見《四庫提要宋史》條）。他如列傳或一人兩傳，紀、表、志中或一事數見，或應有傳而無傳（如畢升發明印刷術竟無傳）。《宋史》修撰，以宋人國史為稿本，宋人好述東都之事，故北宋時期史文較詳，而南宋建炎以後稍略，理宗、度宗兩朝之後多有缺漏。史傳也不及首尾，《文苑傳》止詳北宋，南宋只載周邦彥等數人，《循吏傳》則南宋更無一人。這些都是缺點，明清以來，多有人補正或改正《宋史》，但因年代久遠，宋史依據的原始材料散佚，其依據仍以《宋史》為稿本加以補正。小小補苴，仍不能勝過《宋史》材料的豐富。故考兩宋事仍依此書。

《宋史》保存了宋代的大量史料，它有二千多人的列傳，比《舊唐書》列傳多一倍。《志》的篇幅也超越二十四史的任何一史。《食貨志》佔了十四卷，相當於《舊唐書·食貨志》的七倍。《兵志》十二卷，相當於《新唐書·兵志》的十二倍;《禮志》二十八卷,竟佔全部二十四史《禮志》的一半。從這些志中，可以見宋代經濟發展，內外關係，階級剝削等方面的材料。即使是《天文》《律曆》《五行》等志，充滿"天人感應"等糟粕,但仍然保存了許多天文、氣象、科學資料、地震記錄等方面的有用材料。

據《四庫提要》宋史條說:《宋史》"大旨以表章道學為宗,餘事皆不甚措意",這是提出宋史的要害和它的特點。清代錢大昕在《廿二史考異》八十卷中也說,"宋史最推重道學,而尤以朱元晦(朱熹)為宗"。這是由於修《宋史》的人物中起主要作用的人，都是崇通道學的,對"伊洛諸儒之書,深所研究"的道學信徒。修撰宗旨,則是"遵循先儒性命"之說,"先理致而後文辭,崇道德而黜功利,書法以之而矜式,彝倫賴是以匡扶"(歐陽玄《進宋史表》),由此定下的體例,和由歐陽玄所撰寫的論、贊、序以及《進宋史表》無不集中地貫徹了道學思想。這是由於宋朝統治階級,提倡程朱理學,亦即道學,把道學作為判斷是非的標準,統治人民的思想武器,同時,也成為修宋史的指導思想,因首創《道學傳》。

《宋史》繁蕪。遼、金二史又多缺略，所以後人多有計劃重修者,元末時,周以立因三史體例不當欲重修而未能,明正統中其孫周敘,思繼先志,請於朝,詔許自撰,數年未成而卒(見《明史·周敘傳》)。嘉靖中,廷議更修宋史,以嚴嵩為禮部尚書兼翰林學士董其事(見《嚴嵩傳》),也未成書。其成書者惟柯維騏,合三史為一史,以宋為主,遼、金附之;並列二王於本紀,閱二十年始成,名曰《宋史新編》。還有錢士升的《南宋書》、陸心源的《宋史翼》等。邵晉涵曾撰《南宋事略》詳南宋事,但未刊行。沈世泊撰《宋史就正編》,綜合前後,多所匡正《宋史》

之差誤,但也不能盡舉。

《宋史》現存的版本,最早的為元至正六年(1346年)杭州路刊本,稱"至正本"。明成化十六年(1480年)刊的"成化本",明嘉靖南監本,萬曆北監本,清乾隆四年武英殿本(稱"殿本"),光緒浙江書局本等木刻本。

1934年上海商務印書館百衲本,是用元至正本和明成化本配補影印而成。

中華書局校點本,即以百衲本為底本,參校他本,進行校勘、標點、分段排印。

《遼史》一百十六卷,元脫脫等修,包括:

　　本紀三十卷,卷首有《進遼史表》,新本改為附錄。
　　志十篇三十一卷,營衛、兵衛、地理、曆象、百官、禮、樂、儀衛、食貨、刑法。
　　表八篇八卷,世表、皇子、公主、皇族、外戚、遊幸、部族、屬國。
　　列傳四十六卷。
　　國語解一卷。

《遼史》記載了遼政權二百年的歷史,自耶律阿保機建立契丹遼政權,至耶律大石建立西遼(907—1125),時間幾乎與五代(907—960年)、北宋(960—1127年)相終始,並兼敘了契丹族的先世,和遼被金敗後耶律大石又建西遼的歷史(1125—1218年)。

遼政權,是以契丹族為主體的政權。契丹族是我國歷史上的一個古老部族。《魏書》《隋書》都有傳,唐朝末季,中原地區農民起義失敗後,出現藩鎮割據的分裂局面,中原和南方,出現了地方割據的各獨立王國,北方的契丹貴族耶律阿保機(即遼太祖),乘機擴展勢力,在北方塞外建立大遼政權。五代時,契丹勢力最盛,至北宋時期,遼聖宗耶律隆緒在位(983—1031年),與宋朝接觸後,基本上是遼、宋共處,時戰時和的局面。遼朝和其他封建政權一樣,建立史官,撰寫起居注、日歷、纂修實録。遼興宗耶律宗真時(1031—1054年),開始設置史局編修實録,録遙輦氏以來事蹟及諸帝實録,追述聖宗耶律隆緒(983—1030年)以前事,共二十卷。以後繼續纂修,至遼道宗耶律洪基(1055—1100年),又完成遼太祖阿保機以下七帝實録,並漸有國史,遼天祚帝(1101—1124年)乾統三年(1103年),詔令耶律儼纂太祖以下諸帝實録共成七十卷,後人稱之謂"耶律儼實録"。耶律儼是遼析津(今北京)人,《遼史》有傳,父耶律仲禧是在遼做官的漢人。本姓李,賜姓耶律,耶律儼官至參知政事,知樞密院事,監修國史。當遼之世,遼的國史,惟以耶律儼本為完書。其實録,實已包括紀、志、傳等部分。後來金朝兩次修遼史,都以此本為依據。

金熙宗完顏亶(1135—1148年)詔耶律固、蕭永祺等先後續修遼史,皇統八年(1148年)完成。這是第一次修遼史。金章宗完顏璟(1190—1208年)時,又任命陳大任等為編修官,收集民間遼時碑志文集,繼修遼史,泰和七年(1207年)完成,後人稱之謂"陳大任遼史"。以上兩史,均未刊行。

元代中統二年(1261年)和至元元年(1264年),都曾議修遼、金二史,南宋亡後,又議修遼、金、宋三史,但由於義例未定,因循六十餘年未成。當時對"義例"之爭:一主張仿《晉書》例,以遼、金為載記,附於《宋史》;另一主張仿南北史例,以北宋史為《宋史》,南宋史為《南史》,遼、金為《北史》,兩種義例爭論長期不決。直到元末至正三年(1343年),詔脱脱為編修三史的都總裁,才決定遼、金、宋各單獨為史，"各為正統，各繫其年號"。

《遼史》的編纂，由廉惠山、海牙、王沂、徐昺、陳繹曾等人負責。

據沈括《夢溪筆談》及僧行均《龍龕手鏡》條下言：遼朝書禁極嚴，凡國人著述止准刊行於國內，傳於臨境者罪至死。因之，遼的書籍不能流傳於天下，至五京兵患之後，舊籍散失無遺，所以遼之載籍可供修史者，唯耶律儼與陳大任兩家之書尚存，為元修遼史所依據。成書短促，資料又狹隘，潦草成篇，多疏漏，重複，又太簡略。

《遼史》開卷即是《太祖本紀》，其先世史實，僅見於本紀"贊"內，所述太簡，不如《金史》在本紀前立"世紀"敘其先事為明晰。又遼帝每年遊幸，既記載於本紀中，又為《遊幸表》一卷。部族之分合，既詳於《營衛志》，又為《部族表》一卷，顯得重複瑣碎。

元修《遼史》的目的是為了"有助人君之鑒戒"（見《進遼史表》)，因而詳述遼朝統治集團內部的歷次叛亂，企圖以此為"鑒戒"。而對農牧民的起義反抗，則極其簡略。同時，對遼統治者的屠殺侵略行為又極力隱諱不實。如遼太宗耶律德光攻汴梁後，大肆殺燒搶掠，激起各地人民反抗而被迫撤退，《遼史》卻寫成是由於"汴州炎熱，水土難居"，歪曲史實。

由於未經認真考訂史料，紀、傳、志、表之間，不加檢對，以至前後重複，史實錯誤，缺漏、抵牾處不少。甚至將一事說成兩事，一人說成兩人、三人。但由於耶律儼、陳大任二人所撰遼史均已失傳，《遼史》遂成唯一系統記錄遼朝歷史的書，而保存遼朝史料了。

清朝厲鶚有《遼史拾遺》二十四卷，拾遺《遼史》有注，有補、又有釐正。厲鶚採擷參考書至三百餘種，均以旁見側出之文，參考後求其史實始末、年月事蹟一一鉤稽。這是一部補證《遼史》的書。

清人楊復吉又採集《舊五代史》《契丹國志》《通鑒》及有關遼史資料四百餘種，著成《遼史拾遺補》，可與上書互相參考。元修三史，《宋史》最繁,《遼史》最略,所以清人補注《遼史》,實可比於裴松之之注《三國志》。

《遼史》於元順帝至正五年(1345)與《金史》同時刊刻,但只印了一百部,已失傳。明初修《永樂大典》很可能就是利用這個刊本。商務印書館影印的百衲本,原是用幾種元末或明初翻刻殘本拼湊而成,雖有不少脫誤,但也有很多勝於後出諸本之外,明南監本,來源於百衲本所據的元本,北監本脫誤與南監本同,而且偶有誤改之處。清乾隆武英殿本係據北監本校刊。道光時的殿本是根據四庫本改譯人名、官名,失去了原書的本來面目。

新校點本《遼史》,是以百衲本為底本,用乾隆殿本進行通校,用南北監本和道光殿本進行參校,又與《永樂大典》所引《遼史》全校一過,還用紀、表、志傳互校,並參考《冊府》《通鑒》《續通鑒長編》《新、舊唐書》《新、舊五代史》《宋史》《金史》《契丹國志》《遼文匯》校訂史文的脫誤,並參考前人研究成果,如錢大昕的《二十二史考異》、厲鶚的《遼史拾遺》、陳漢章的《遼史索引》、張元濟的《遼史校勘記》(稿本)、馮家升的《遼史初校》、羅繼祖的《遼史校勘記》,原書卷首有關修史的幾個材料移作附錄,有的目錄不便查尋予以重編,校點排印出版,是為當前最新流行本。

《金史》一百三十五卷,元脫脫等奉敕撰。

凡本紀十九卷,本紀前有"世紀"追述金之先世,敘述始祖至康宗,本紀後有"世紀補"。

志十四,三十九卷,天文、曆、五行、地理、河渠、禮、樂、儀衛、輿服、兵、刑、食貨、選舉、百官。

表二四卷,宗室、交聘。

列傳七十三卷。

新本附録:進金史表,修史官録,金史公文等。

舊本進金史表在卷首。

《金史》主要記録了自金太祖完顏阿骨打收國元年取遼黄龍府,至金哀宗完顏守緒天興三年(1115—1234年)被蒙古所滅,凡十主百二十年的金王朝的歷史,其建國前之"世紀"追敘金之始祖。

《金史》自元至正三年(1343年)三月詔丞相脱脱為都總裁官,主持修遼、金、宋三史。至次年十一月《金史》告成,為時不到二年,當時脱脱已罷相,由丞相阿魯圖繼任都總裁官,並由他奏上,所以《進金史表》即由阿魯圖署名上奏。

金為女真族人所建立的政權,女真世居黑龍江流域及長白山一帶,奠基東海,世居北方。遼勢力衰弱,而金則漸強,至十二世紀初金太祖完顏阿骨打滅遼(1115年),又征服西夏,奄有中原,至公元1127年,掠北宋徽、欽二帝北去,遂滅北宋,在中國北方建立金政權達一百二十年之久。據《四庫提要》金史條介紹,金人的"制度典章,彬彬為盛,徵文考獻,具有所資",文獻資料是相當完備的。元修金史,就是利用了這些現成的資料。據元阿魯圖等《進書表》所載稱,元世祖時,"張柔歸金史於其先,王鶚輯金事於其後",這是說元滅金陷汴京時,元的拖雷部下將領張柔在汴京降後,入汴京,"獨入史館取金實録並秘府圖書","衛送北歸"並於攻下汝南後,俘虜了金朝的狀元王鶚。

張柔從汴京所得的"金實録和秘府圖書",即屬於《四庫提要》所說的所有國書,誓誥、冊表、文狀、指揮牒檄,以載於故府案牘者"的所有文件資料。這是"自金開國之初,即遺文不墜"的遺聞,是元修《金史》所據的基本資料。

另外還有元好問晚年整理采摭的所有金"君臣遺言往行,采摭所聞,有所得,輒以片紙細字為記録,至百餘萬言。"這部分材料似屬"野史"。元好問的《壬辰雜編》和《中州集》等著作中的材料,也是元修

《金史》時"多本其所著"的一部分。

還有劉祁的《歸潛志》,"於金末之事,多有足徵"。這些都是修《金史》取材來源。

王鶚的《金史》據王惲《玉堂嘉話》卷一記載,已經是一部比較完整的史著。"帝紀、列傳、志書,卷帙皆有定體"。這可能就是脫脫修金史的藍本,它所根據的材料,可能就是張柔陷汴京時所得的金朝典籍。所以《金史·進史表》中有"張柔歸金史於其先,王鶚輯金事於其後"之說。

由此可見,元修《金史》實已有長期的準備,與修遼、宋二史取辦倉卒者不同。所以《金史》在三史中,"敘事最詳核,文筆亦及老活"(見趙翼《二十二史劄禮》卷二十一金史條),"首尾完密,條例齊整,約而不疏,贍而不蕪,在三史之中,獨為最善"(見《四庫提要》金史條)。

三史的發凡起例,以至論、贊、表、奏等,主要出自歐陽玄手筆,歐陽玄並纂定史官的史稿。

歐陽玄(1273—1357年),字原功,是宋歐陽修的後人。其先為盧陵人,到他曾大父始遷居瀏陽,所以歐陽玄為瀏陽人。元仁宗延祐二年(1315年)進士,任地方州縣官,頗有政績,歷任國子博士,翰林學士,國史館編修,國子祭酒。在元朝歷仕四十餘年,四分之三時間在朝,"三任成均,而兩為祭酒,六入翰林,而三拜丞旨。修實錄、大典(即《經世大典》)、三史,皆大製作,屢主文衡,兩知貢舉及讀卷官。"死後有《圭齋文集》傳世(見《宋史》卷一八四《歐陽玄傳》)。本傳稱其"經史百家靡不研究,伊洛諸儒源委尤為淹貫",是個崇道學的儒者。

《金史》較系統地記敘了女真族的發展史,尤其關於女真族及其有關各民族的情況,多不見於其他史籍,不失為重要的史料。

《金史》流通後,明代邵經邦《弘簡錄》二百五十四卷,合遼、金、宋三史為一,成為三史的簡史。

清代施國祁有《金史詳校》,校出《金史》的缺略和錯誤處很多,可作為讀《金史》時的參考。

《金史》現存最早的刊本,是元至正刊本(其中八十卷是初刻,五十五卷是元朝後來的覆刻本)。商務影印的百衲本即影印此本。

新標點校本,即以上本為底本,並與明北監本、清武英殿本參校,擇善而從;此外還參考了《大金國志》《大金吊伐録》《大金集禮》《歸潛志》《中州集》《三朝北盟會編》等書,以及殘存《永樂大典》的有關部分,以訂正本史的錯誤。對前人成果,採用最多的是施國祁的《金史詳校》,對施說舉證缺略的地方作一些補充。原底本卷首的《進金史表》,移後作為附録,總目予以重編。

(2)元代的文學書

元代的文學,以元曲為著,元曲的作品和作家,多見於《録鬼簿》中簡略記録。

元曲,可分為雜劇和散曲兩種,雜劇是在宋金以來各種戲曲形式的基礎上發展起來的。在舞臺上演唱的劇本也稱雜劇,是一種包括歌唱、音樂、舞蹈,並具有完整故事情節的綜合藝術。元雜劇通常按故事情節矛盾的開始、展開、爆發和結尾,分為四折,但也有少數例外的。有的另加入"楔子"以介紹人物或聯繫情節,每一折和楔子中,都包括歌曲、賓白(人物的對白或獨白)和科範(動作和表情)。每折都是由一人獨唱,其他演員只有賓白和科範。腳色分工,主要分為末、旦兩大類。其中正末、正旦為劇中男女主角,此外有淨,一般演反面角色。元曲的初期演出樂器,主要是鼓、笛、拍板,後來加入了弦索樂器,如琵琶等。

散曲,包括小令和套曲兩種主要形式。散曲即北曲,它是元曲中雜劇外的另一種樂曲,是金元兩代新興的一種歌曲,是當時人民群眾和文人學士雅俗共賞、喜聞樂見的一種通俗的文學形式,在元代文學史上,散曲奪得了宋詞的地位.而成為新詩體。它可以和唐詩、宋詞相媲美。

小令是由一支曲牌構成的,也就是每首小令一調成文,都是一韻到底。例如托為馬致遠作的《天淨沙》為曲牌,其題目為《秋思》的“枯藤老樹”,是元人小令的代表作;另一如無名氏的《醉太平》等。

套曲,也稱套數,或散套,是用若干屬於同一宮調的曲牌連結在一起。宮調是用來限定樂器管色之高低的。套數裏的曲牌連結,其先後次序也有一定。一首套曲,其短的可以只有兩個曲牌,長的可連用二十幾個曲牌。每一首套曲,只押一韻,中間不能換韻。哪些曲牌可以用來作小令,套曲中的那些曲牌各應如何安置,清人李玄玉有《北詞廣正譜》舉例說明。今人隋樹森校輯的《金元散曲》統計元代散曲流傳至今的作家約二百二十人,其作品小令三千八百多首,套曲四百七十多首。套曲,一般前有一支序曲,中間幾支曲,最後有尾聲,叫“煞尾”或“尾”。

元雜劇流傳至今的約有一百六七十種。其流傳至今的元刊本有《元刻古今雜劇三十種》,經過明人復刊或抄本,有很大竄改、刪削。明人臧懋循(晉叔)編的《元曲選》收錄的元雜劇,就對元刊本進行改竄,不過已成改竄的定本了。今人隋樹森《元曲選外編》與《元曲選》共收劇本一百六十二種。

元雜劇在元世祖至元到元成宗元貞、大德時期(1297—1307 年)為創作最盛期,其最有名的作家關漢卿(約 1213—1222 年)。他創作了雜劇六十餘種,現傳八種,見於《元曲選》,是明人臧懋循(晉叔)根據當時民間流傳的坊本選錄的。和關漢卿同時的王實甫、馬致遠、白樸等,也留下了不少優秀的作品。其中有名的,如關漢卿的《竇娥冤》《救風塵》《魯齋郎》、王實甫的《西廂記》,馬致遠的《漢宮秋》和白樸的

《牆頭馬上》《梧桐雨》。

大約於大德末年開始，雜劇創作活動中心由大都南移杭州。元雜劇也由盛轉衰。

(3)應用科學書

王禎的《農書》和《造活字印書法》。

王禎是元山東東平人，元成宗貞元元年（1295年）至大德四年（1300）間，在旌德，永豐任縣尹，提倡種植桑麻等經濟作物，並實行改良農具，總結生產經驗，撰寫《農書》三十七卷（現存三十六卷）。由於《農書》篇幅大，刊印困難，於是王禎利用當時已有的木活字，設計加速排印的輪轉排字架和字盤，將活字依照韻目排入字盤，排版時轉動輪盤，以字就人，提高排字速度，又減少勞動強度。大德二年（1298年），曾用木活字排印了《旌德縣志》，並著有《造活字印書法》，附載《農書》之後，成為歷史上系統地敘述活字版印刷術的最早文獻。

《農書》的內容，可分為三個部分：

　　第一部分為農桑通訣，分十九篇佔六卷。單篇標題分述農業、畜牧等的起源和技術問題，為一至六卷。

　　第二部分為農器圖譜，佔二十卷，分為二十門，分門繪圖描述各類生產工具的圖形，結構和使用方法。

　　第三部分為百穀譜，佔十卷，分穀類、蓏、蔬果、竹木、雜類等不同品類，分類敘述每品類中的各種作物的栽培，並繪圖。

此外附有活字版韻輪圖，造活字印書法等。

此書在敘述穀譜、農器圖譜等每圖之後，都繫以銘、贊、詩、賦。

清有廣東聚珍版叢書本,嘉慶年間刻。新中國成立後有斷句排印本。

2. 元代的印刷出版事業

蒙古在軍事遠征過程中,"凡攻城邑,敵以矢石相加者即為拒命,即克,必殺之",就是遇有抵抗,便要屠殺。但各地屠城"唯匠得免",對工匠採取保護政策,在戰爭中注意俘獲匠戶。因此在滅金亡宋的戰爭中,大批工匠得以不遭屠殺,保存下來,其中也保護了大批以刻書為業的工匠和刻書坊戶,為元代刻書業的基礎技術力量,使元代的刻書業繼宋之後,仍有所發展。據清人錢大昕《補元史藝文志》統計,元代刻印流通的圖書,經、史、子、集四部,總計有三千一百餘種,可稱為盛。

另外,蒙古在忽必烈建立元朝之後,繼承中原和南宋原有封建制度體制機構,在政治和經濟文化方面,都有許多改變蒙古舊習的措施,重視中央和地方各級學校教育,即其一端。

元世祖忽必烈早在至元(1264—1294 年)初年,就在中央設國子監,以儒學大師許衡為集賢館大學士、國子祭酒。至元二十四年(1287年)立國子學,置博士、教官,掌教生徒,選撥貴族官僚子弟入學。

元朝地方也建置各級儒學,並規定各路、府及上、中州儒學,由朝廷任命儒生任教授、學正;並命在"先儒過化之地,名賢經行之所,與好事家出錢粟贍學者,並立為書院"(見《元史記事本末》卷八),由政府任命儒士為山長,並規定學田,"給贍生徒"(見《元典章》卷二《興學校》)。至元二十三年(1286)元政府改變了學田隸官的舊例,下令各地學田一律歸學校自理,並有法律規定,保護學田收入不受侵借(見《元史·刑法志二》)。學校的興盛,必然促進圖書印刷事業的發展,促使政府興辦出版事業。

元朝中央統治機構設興文署,屬秘書監;廣成局,屬藝文監;印曆局,屬太史院;還有太醫院的廣惠局分掌刊印各類圖書事宜。而興文署主掌刊印圖書的審核權,並專管雕印文書。

據元刊《資治通鑒》王磐序載:"京師創立興文署,署置令丞,並校理四員咸給廩祿,召工剞劂諸經子史版,布天下,以《資治通鑒》為起端之首。"

元世祖忽必烈至元二十七年(1290年)興文署首刻胡三省《音注資治通鑒》及《通鑒釋文辨誤》,為刊刻"諸經子史"的開端。可見興文署在元世祖時,即已大量刻印前代典籍。

據史載,藝文監則專掌漢文書的蒙文翻譯,及儒書的校刊。藝文監設廣成局掌管刻書,藝林庫掌藏書,太醫院則專管刻醫書。其他中央官署,也有刻書的。

元代刻書的較著者,有大德九年(1305年)由秘書省、國子監聯絡九路所屬的儒學,合刻十七史(實際並未刻竣)。

據《天祿琳琅書目》載:"元時書籍,並由中書省牒下諸路刊行。"各地方路、府、州縣儒學和書院刻書,必須呈上一級政府,層層上報,經中書省審核批准,始能刻印。

明陸蓉《菽園雜記》也載:"元人刻書,必經中書省看過,下所司,乃得刻印。"

由此可見,元朝政府對圖書的刊印出版,控制是相當嚴的。

元代除中央有興文署等機構掌握刻印出版圖書外,地方各級儒學和各地書院也刻書,路、府、州、縣儒學,有學田收入充作經費,管理有方的經費有餘的,都用於刻印圖書,所以元代圖書,不少是地方儒學刻印的(見《書林清話》卷四)。書院的山長,多是飽學之士,書院刻書,多由山長校讎精審,經費又充裕,所以書院刻書,多為精刻本。元朝全國有一百二十多書院,所以刻書也多。地方儒學刻書,書口多有刻記。

元泰定帝泰定元年(1324年),浙江杭州西湖書院刻有馬端臨《文獻通考》,即為元刻中之精刻。元成宗大德三年(1299年),鉛山廣信書院刻辛棄疾的《稼軒長短句》流傳最廣。明嘉靖間及清朝均曾據此本刻印。1959年中華書局又據元大德本影印出版。

元順帝至正五年(1345年),浙江、江西行中書省奉旨開刻《遼史》一百十六卷、《金史》一百三十五卷。至正六年(1346年),刻《宋史》四百九十六卷,目錄三卷,各印一百部。裝潢完畢,差官解送大都,這是刻印大部頭書。元刻《金史》今僅存殘帙。

元代私人家刻本和坊刻本也很流行。清末葉德輝的《書林清話》卷四,記元代私刻、坊刻圖書的分佈極詳。除元大都外,元代的平水(水西平陽)、浙江杭州,福建建寧路所屬的建安、建陽,都有很多私刻和坊刻圖書的鋪店,建安的麻沙鎮和崇化鎮是私家書坊最多的地方。

元代刻書大都是雕版印書,但也流行膠泥活字,並有人試製了錫活字和木活字。王禎創造了轉輪活字架,提高了排字的效率。

現存元順帝至元六年(1340年)元中興路(今湖北江陵)資福寺刻《金剛經注》已用朱、墨二色的套版印刷術印刷,是為世界上最早的套版印刷本,比歐州提早一百多年,並為明代套版印刷的發展打下了基礎。

第二節　明代的圖書和出版事業

明王朝是在元末暴發全國規模農民大起義,於元至正十二年(1352年),投入濠州起義軍郭子興隊伍的朱元璋集團建立起來的。他利用農民起義軍的力量,在各種不同性質的軍隊力量之間,吸收地主階級上層分子的政治主張,逐漸變成為封建地主階級的代表,權衡利害,逐漸兼併了割地稱雄的陳友諒集團、張士誠集團、方國珍集團等南方割據勢力後,於 1367 年揮軍北上,消滅元朝政權,1368 年稱帝,國號大明,年號洪武,建都建康(今南京)。並在建明政權後的二十年中,削平西北、西南、東北等地區的割據勢力,實現了全國的統一。

明王朝建立後,仍然繼承封建地主階級政權的傳統,離不開它的一家一姓家天下的統治。首先要為朱氏子孫打下子孫萬世之業的基礎。因之,在洪武二十年(1387 年)統一全國後,也必然來一個偃武修文,用文的一手來鞏固他的政權,這就要集中一大批舊有的、新附的封建文人來為他纂修圖書,整理纂集圖書,以顯示新皇朝的文治。

明朝建國之初,在圖書纂修方面,一般是承襲宋、元餘緒,並按照政府提倡的精神,崇尚理學,以編修理學書籍為多。另外,由於政府實行八股文取士,又有許多圖書是為了學習八股文而纂修的。到明世宗嘉靖(1522—1566)前後,前後"七子"一反當時八股之風,提出"文必秦漢,詩必盛唐"的口號,反對臺閣體、八股文,但由於他們一意模仿古文,終未在詩文領域產生多少像樣的作品,而在萬曆以後,由於資本主義萌芽在經濟領域的出現,城市手工業的發展,以及市民階層的壯大,出現了適應市民需要的小說、戲劇,在宋元話本、雜劇的基礎上,有了新的創作和發展。如四大部長篇和"三言""二拍"等短篇小說,都在明嘉靖、萬曆間定型,給後代以影響,萬曆二十六年湯顯祖完成他的代表作《牡丹亭》,對當時的戲曲作出傑出貢獻。

1. 明代各類圖書的編纂舉要

《洪武正韻》十六卷,是明太祖朱元璋洪武八年成書,樂韶鳳、宋濂等奉敕編撰。這部書的文字義訓,是根據毛晃父子的《增修互注禮部韻略》,分韻統字,分平、上、去各二十二韻,入聲十韻,共七十六韻。既有入聲,又有全濁聲母,實參雜南方方音,不盡合於當時的"中原雅音"。

其依韻排字,如平聲二十二韻中,為一東、二支、三齊、四魚、五模、六皆……二十二鹽。其首韻"東"字韻中,即包括各不同聲母的同韻字,第一字為"東",先注切音,然後義釋,引《說文》、史志,或爾雅進行釋義。繼之,列同韻的字"凍""楝""冬""零""通"等等,即不加音切,但列義釋。

如東:德紅切,春方也。《說文》動也,從日在木中。《漢志》:少陽者東方。東,動也,陽氣動於時為春。又陽韻,俗作東。

這就是對"東"這個字的注音和釋義。所以《洪武正韻》這部韻書,就是不同於過去講過的《說文解字》以形繫聯排列單字的字書,而是以韻繫聯,排列單字的字典,把同韻母結尾的字都排列在一起。自漢、唐以來,我國的字書,有以形繫聯、以義繫聯、以韻繫聯等三類。此書就是以韻繫聯的字書。

《五經大全》和《性理大全》兩書,都是明成祖朱棣時胡廣等奉敕編纂,為明頒官書,是當時科舉取士和宣揚程朱理學的必備課本。

《五經大全》共一百五十四卷,包括的五經:

《周易大全》採用宋程顥、朱熹注,宋董楷、元胡一桂、胡炳文、董真卿等疏;

《書傳大全》採用宋蔡沈注,元陳櫟、陳師凱等注;

《詩經大全》採用宋朱熹注,元劉瑾疏;

《禮記大全》採用宋陳澔注,雜采諸家為疏;

《春秋大全》採用宋胡安國注,元汪克寬疏。

這部彙集五經注疏的官書,其編纂目的是沿襲程朱、表彰理學,定為科舉取士課本。

《性理大全》是一部明初宣揚程朱理學的大書,共七十卷。所採錄的宋代理學家之說,凡一百二十家,其中如《太極圖說》《皇極經世》《西銘》等周敦頤、邵雍、張載等人的著作就有九種,共佔二十六卷。第二十七卷以下,則分理氣、鬼神、性理、道統、聖賢、諸儒、學、諸子、歷代、君道、治道、詩、文等十三類,分類輯錄宋儒、漢儒、諸子各家的有關學說,及詩、文、贊、銘、賦等,可以算得上一部諸儒理學學說的彙編。

此書包羅繁蕪,所以到清康熙末,命李光地"省其品目,撮其體要",略為《性理精義》十二卷。據李光地等康熙五十四年進書表中說:明永樂間編的《性理大全》"采摭綦備,而芟擇未精,門目雖多,而部分失當。"因而"重加纂輯,務令揚秕糠而取精鑿。如此看來,《性理精義》可作為明編《性理大全》之簡編。

《永樂大典》是明永樂年間明成祖朱棣命解縉為總裁,姚廣孝等為監修,組織二千餘人的修編班子,用五年時間定稿成書的一部大類書,全書二萬二千八百七十七卷(22877),目錄六十卷,合計二萬二千九百三十七卷(22937),裝訂成一萬一千零九十五冊,約計三億餘字。

據朱棣於永樂元年(1403年)宣詔,要修一部包括萬有的大書"凡自書契以來,經、史、子、集、百家之書,至於天文、地理、陰陽、醫卜、僧道、技藝之言,各輯一書,毋厭浩繁"。命解縉等開館,進行編修,於是解縉等仿照宋、元間人陰時夫撰的《韻府群玉》和錢諷撰的《回溪史韻》的體例,以韻統所采各書所載資料,於永樂二年末編成進上,明成祖朱棣賜名《文獻大成》,但經閱後,認為此書內容簡陋,缺略不全,決定擴大內容,加以重修。於是命解縉、姚廣孝等,選定朝臣儒士、四方宿學老儒凡二十餘人,編纂、校訂、抄寫人數合計二千餘人,於永樂三年(1405年)在文淵閣開館重修,至永樂六年(1408年)末全部定稿並繕寫成書,定名為《永樂大典》。

這部書輯入古今圖書七八千種,包括經、史、子、集、諸子百家、釋藏、道經、北劇、南戲、平話、工技、農藝、醫卜等,上自先秦,下至明初,宋元以前的佚文秘笈,多得藉以保存。朱棣為此書作序中言:"纂集四庫之書,及購天下遺籍,上自古初,迄於當世,旁搜博采,彙集群分,著為奧典。"實非誇大之辭。

《永樂大典》在編修之初,即定凡例二十一條。全書體例,以《洪武正韻》為綱,按韻分列單字,每一單字下,詳注音韻訓釋,備錄篆、隸、楷、草各種字體,依次用字繫事,再依類將有關天文、地理、人物、名物,以至奇聞異見、詩文、詞典,隨類錄入。如"凡例"中所定的"用韻以統字,用字以繫事",凡所輯錄的書籍,均按原文一字不改、整部、整篇或整段地分別輯入。

例如殘本《永樂大典》卷之四百八十六中,一東(為韻)、忠(為單字),忠傳二(為類)、文臣(為目)目下,按時代先後,列錄歷代忠臣傳、文臣傳原文(參《涵芬樓秘笈》及新印殘本)。

《永樂大典》是在南京編成的。永樂十九年遷都北京後,此書遂與其他文淵閣藏書同運北京藏於文樓(即清初之宏義閣),明嘉靖三十六年(1557年)宮內大火,此書幸得保存,後移貯皇史宬(此閣係嘉靖十五年建成,專藏訓錄)。嘉靖四十一年(1562年)下詔命徐階總其事,摹寫《永樂大典》副本,至隆慶元年(1567年)錄成一部副本。後一部毀於明清之際。其餘一部清初藏於翰林院,至乾隆已缺二千四百餘卷,只存九千餘冊,乾隆時修《四庫全書》從中輯出古佚書近五百種,其後,又不斷零星散佚。

光緒二十六年(1900年)八國聯軍攻入北京,《大典》正藏在翰林院,近英國使館,《大典》全部被搶劫焚毀、散佚。辛亥革命後北京圖書館竭力搜尋,也只搜到百餘本。

　　新中國成立以後，蘇聯、民主德國送還幾部，私人收藏的獻出一些。1959 年中華書局據原北京圖書館所藏及各國送還本，以及歷年各地仿鈔本、影印本合計為七百三十卷影印出版，裝成二百零二冊，分裝二十函，但並未照原裝分冊。

　　1983 年，北京圖書館又新從山東發現《大典》殘本卷 3518—3519 卷二冊，為真字韻門類的首冊，所涉及的內容為先秦至隋末的朝門制度，書目文獻出版社依照原樣影印出版，只印二千冊。中華書局又據 1959 年印本大小影印，附在原複印本十函二〇二冊之後。這就是現殘餘的《永樂大典》殘卷複印本。

　　《元史》是明太祖朱元璋洪武初年敕命宋濂等得元十三朝實錄後撰修的。內容包括：

　　　　本紀四十七卷；
　　　　志五十八卷，共十三志，即天文、五行、曆、地理、河渠、禮樂、祭祀、輿服、選舉、百官、食貨、兵、刑法；
　　　　表后妃、宗室世系、諸王、公主、三公、宰相年表；
　　　　列傳九十七卷；
　　　　目錄二卷，原書前有《進元史表》《凡例》《目錄後記》，共二百十卷。

　　全書記錄了自元太祖鐵木真稱成吉思汗起，至元順帝死（1206—1370 年），共十五主一百六十五年的史事。而實際自元世祖忽必烈滅南宋（1279 年）統治全中國，至 1368 年朱元璋建明滅元，才經十主九十年。而元順帝死後（1370 年），愛猷識理達臘（1371—1377 年）和脫古思帖木兒（1378—1388 年），又在明朝開始後繼續稱號割據了二十年。

元朝本是起源於朔漠的蒙古族,本無文字,建立政權後,又沒有史官訪求先朝事蹟,因之史官不備,失於記述。直到元世祖中統三年(1262年),才開始詔王鶚集廷臣商議史事,以先朝事付史館。至元十年(1273年)又敕翰林院採集歷朝事蹟,以備纂輯,從此累朝各帝,皆有實錄。

明洪武元年(1368年),明太祖朱元璋即下令編修《元史》,二年(1369年),正式下詔修《元史》,以宋濂、王禕為總裁官,以李善長為監修,趙壎等十六人為纂修,開史局編寫,自洪武二年二月開局,至八月成書,僅用了一百八十八天,便修成了除元順帝以外的元朝累代本紀、志、表、列傳,共一百五十九卷。接著,又命歐陽佑等十二人,四出搜集元順帝朝的史料,於洪武三年(1370年)二月第二次開史局,至七月完成,又用了一百四十三天。總計兩次修史僅三百三十一天,還不到一年,完成《元史》二百一十卷,錢大昕《十駕齋養心錄》言:"古今史成之速,未有如《元史》者。而文之陋劣,亦無如《元史》者。"

《元史》所據的材料,主要是以元的十三朝實錄和天曆間(1328年)虞集仿《唐六典》所撰的《經世大典》,以及部分採訪所得的資料。而元朝不置日歷,不設起居注,只在中書置時政科,遣一文學掾掌之,以事付史館,國史院在易一朝之後,即據以修實錄。而元史館有所忌諱,舊史往往詳於記善,略於懲惡,不敢直書。所以元的實錄,也不足為信史。修元史者,據實錄以成書,所以書成後,公論不協,即有朱佑作"拾遺",解縉作"正誤",以補正《元史》,可惜這些拾遺、正誤都散佚未傳下來。

《元史》的缺點,主要是沒有全面地記錄下來蒙古帝國的全貌和特點。元代是我國歷史上疆域廣大亙古無雙的,兵力和交通及於歐洲,使節達到非洲。在元太祖、太宗、定宗、憲宗四代,蒙古還沒有進入中原以前,已進行了平定西域,三次西征的輝煌戰跡,把中國文化擴及西方。而《元史》所記載的地域,僅限於當時中國的本部,對欽察汗、伊兒汗、察合臺汗幾個橫跨歐亞的汗國的活動絕少記録,對元"太祖、太宗所平漠北西域數十部,無一傳"(見清魏源《元史新編》凡例),年代僅詳元世祖以後,至於當時的東西交通、民族關係、宗教交流等情況,則很少涉及。

另外,明修元史時,沒有采擷實録以外的珍貴史料,如當時用蒙文編寫的《脱必赤顏》(元仁宗,1312—1320年)時譯為漢文名《聖武開天記》,明洪武時重譯名《元朝秘史》),以及宋元人所撰寫的《黑韃事略》《蒙韃備録》《長春真人西遊記》《輟耕録》等書,有的採録了也不夠充分。

還有,《元史》纂修時,有的地方盲目抄撮實録,缺乏剪裁和考訂。因之有的地方直録案牘原文,不加融匯,有的一人兩譯名,一人兩傳,附傳往往重複出現等等錯誤。這是由於修史之初,即沒有全面的充分的準備工作,急於成書。

後人改作的,有魏源的《元史新編》九十五卷,屠寄的《蒙兀兒史記》一百六十卷,及柯劭忞的《新元史》二百五十七卷。

《元史》修成後,刻印也很快,據宋濂《目録後記》載,《元史》於洪武三年七月成書,十月便"鏤版訖功"。這便是洪武刻本——《元史》的祖本。明世宗嘉靖初,南京國子監編刻《二十一史》,嘉靖十一年(1532年)完成,其中《元史》用的是洪武舊版,損壞的版頁加以補刻,一般版心刻有"嘉靖八、九、十年補刊"字樣,這便是南監本。南監本後來的遞修補刊直延續到清初。

明萬曆二十四至三十四年(1596—1606年),北京國子監重刻二十一史,《元史》也在內,此為"北監本"。清乾隆四年(1739年),武英殿又仿北監本重刻,是為"殿本"。乾隆四十六年(1781年),對遼、金、元三史譯名進行了妄改,控改了殿本的木版重印,謬誤百出。

道光四年(1824年),又對《元史》進行一次改動校訂,重新刊刻,是為"道光本"。其中對史文作了不少有根據的校訂,但也有任意改動處。後又有各種翻刻重印的版本,其中最好的是1935年商務影印的百衲本《元史》。百衲本《元史》,是以九十九卷洪武殘本和南監本合配一起影印的,在通行各本中最接近於"洪武本"真貌。

中華書局版新校點本《元史》,是以百衲本為底本,對百衲本在印影過程中的描修錯誤,用北京圖書館藏的洪武原書,北京大學圖書館藏的一百四十四卷殘洪武本及北京圖書館藏的另一部南監本作了校勘訂正,一律徑改,徑改的描修錯誤近八十處。並用了北監本、殿本、道光本,還參考了胡粹中的《元史續編》、邵遠平的《元史類編》、畢沅的《續通鑒》、魏源的《元史新編》、曾廉的《元書》、屠寄的《蒙兀兒史記》、柯劭忞的《新元史》,以及錢大昕的《廿二史考異》、汪輝祖的《元史本證》等書,進行版本校勘。校勘時,只校訂史文的訛、倒、衍、脫,不涉及史實的考訂。對書中的古體、異體、俗體字,儘量予以統一。原書卷首的《進元史表》《纂修元史凡例》和宋濂的《目錄後記》移至書後作為附錄,總目進行了重編。

《明實錄》,二千九百二十五卷,五百冊。

明朝沿襲歷朝舊制,設立翰林院,置修撰、編修、檢討等官,負擔纂修國史。每朝皇帝死後,新君即位後,首先要敕命史官就日歷、起居注等記載,纂修前朝實錄,修成以後,繕錄兩份,正本貯藏於皇史宬,副本貯藏於內閣,底稿焚毀,以保密。明朝歷代史官胡廣等,共修成了除惠帝外,從明太祖到明思宗的十七朝十五帝實錄近三千卷。其中《崇禎實錄》十七卷是後人補錄的。

《明實錄》是明代歷朝的編年史長編,編年繫月,逐年逐月記入重要歷史事件,包括歷朝政治措施、軍事活動、經濟情況、自然災異、社會情況以及皇帝家庭内部的婚、喪、嫁、娶、生、老、病、死、祭祀、營造等事都要記載。皇帝的詔令,百官的奏議,官員的重要案牘,以至大臣的檔案材料,也要選擇記錄。實錄是依據可靠的檔案材料,記錄大事發生的正確時間地點,較一般記載可靠性高。《明實錄》中記載邊疆各族活動,對清朝祖先在關外時期和明朝的關係,都是據事直書,所以和清修的《明史》,曲筆隱諱祖先事蹟的情況不同,史料價值較大。但是,遇新君非法繼位的情況,對官修的《實錄》,也一樣多曲筆失實之處。例如明太祖實錄,在明成祖非法得位後,為了諱飾即幾經修改,愈改愈失實,為後世留下不少疑案。有的史官,不能秉筆直書,阿附權勢,也往往作不實的曲筆。參考時,應多方考證。

《明實錄》原無印本,只有明萬曆以後的各種傳抄本。私人傳錄的本子由於當時抄錄的人嫌卷帙浩繁,抄錄時任意裁削,少抄錯抄的地方不少。因為《明實錄》本來就缺崇禎這一朝的實錄,天啟實錄,因記載了馮銓(禮部尚書)的醜事,馮銓降清後,將記他醜事的這部分實錄偷走銷毀了。因此,《明實錄》的傳抄本也缺了這一部分。可以補《明實錄》的這部分不足的,是明末清初人談遷寫的《國榷》。

現存的《明實錄》,是 1930 年據江蘇國學圖書館藏的抄本影印的,共二千九百二十五卷,五百冊,其中熹宗實錄天啟四年十二卷、六年四月一卷缺。

科學技術和地理著作,在明代中葉以後不斷出現。這是由於明嘉靖以後歷隆慶、萬曆至清朝入統關内以前這一百餘年中,商品經濟不斷發展,導致資本主義萌芽,農業、紡織、冶煉、醫藥各方面的生產都有所發展,相應地出現了科學文化方面的繁榮局面。明初永樂、宣德年間,曾有馬歡伴鄭和使西洋作通譯,遍歷亞非諸國,歸來撰志其事,凡記二十國事,成《瀛涯勝覽》一書,為敘十五世紀亞非地理和中西交通的重要資料,近人馮承鈞曾據現存版本,校注排印出版。而十六七世中,則有李時珍(1518—1593)的《本草綱目》、徐光啟(1562—1633年)的《農政全書》、宋應星(1587—?年)的《天工開物》、方以智(1611—1671年)的《物理小識》等科技書,和徐弘祖(1586—1641年)的《徐霞客遊記》這部地理巨著,都在我國科學技術史上閃爍著耀眼的光彩。

徐光啟的《農政全書》,全書六十卷,清修的《續文獻通考·經籍考》著録於子部農家類,並有内容提要。總括全書,五十餘萬字,内容共分十二門:

農本三卷,綜論傳統的重農理論;

田制二卷,敘土地的利用方式;

農事六卷,敘營治、開墾、授時、占候、氣象等農田經營管理事宜;

水利九卷,敘東南地區農田水利,並介紹歐洲的水利工程等項;

農器四卷,敘耕作、播種、收穫等農器圖譜;

樹藝六卷,分別論述穀類、蔬菜、園藝的栽培管理;

蠶桑四卷,敘養蠶植桑等農事;

蠶桑廣類二卷,敘棉、麻、葛等經濟作物的栽培管理;

種植四卷,敘竹木及藥用植物等經濟作物;

牧養一卷,敘牲畜的飼養;

製造一卷,講農產品的加工製造;

荒政十六卷,講備荒和救荒。

由上可見,全書中以荒政和水利兩部分佔篇幅最多。再加上農本、田制和農事中的營治、開墾,合佔全書篇幅百分之六十。其内容充分體現了徐光啟"富國必以農本"的指導思想。他把提高農業生產和救災備荒作為一項政治措施提出,不是單純從技術觀點提出的。所以這部分書既是一部明末的農業科學巨著,又是一部"農政"書籍。書中大量輯錄了古代和當時的文獻資料,又提出作者自己的見解,對我國傳統農學作了系統的研究,又吸收得自西方傳教士的科學知識,加以創造和提高。如在"水利"門中載有《泰西水法》一章,是由意大利傳教士熊三撥口述、徐光啟親筆整理的,内容是介紹歐州國家興建水利工程設施和工具,如龍尾車、王衡車、水庫等。

徐光啟是明上海徐家匯(今上海市區)人,明萬曆三十二年(1604年)四十三歲時舉進士,歷任翰林院檢討,内書房教習,翰林院編修等官職,與意大利傳教士利瑪竇(1552—1610)探究天文、曆法、地理、水利等科學,在學識上匯通中西,並與利瑪竇合譯《幾何原本》,漸逐形成他的近代科學思想。萬曆三十七年(1609年),四十八歲的徐光啟,回上海服父喪,即開始搜集資料著手編寫《農政全書》。後來,他又在天津營田耕作時作了不少農業科學實驗,從此草成了《農政全書》十二目。天啟五年(1625年),徐光啟遭宦官魏忠賢黨羽彈劾,去職居上海。於是"沉酣經籍,裁蒔花藥",同時整理、豐富、審訂資料,初擬名為《種藝書》,後概稱《農書》,但在徐光啟生前,終未定稿,也未確定書名。徐光啟死後(1633年),華亭陳子龍向徐光啟的孫子借得原稿數十卷,進行刪增整理,"刪者十之三,補者十之二",於崇禎十二年(1639年)刊於平露堂。這是此書的初刻本,也是現存各種版本的祖本。此後到清朝中葉,流傳不廣。直到道光十七年(1837年),又有貴州糧署刊本,係據平露堂本而稍加修改覆刻。道光二十三年(1843年)上海王壽康覆刻曙海樓本,好於貴州本。同治十三年(1874年)山東書局據貴州本重刻,略有修改處。宣統元年(1909年)上海求學齋據曙海樓本石印,1930 年上海商務印書館又用山東本剪貼影印為萬有文庫本。

全國解放後,中華書局委托中國農業遺產研究室依據平露堂本,參校其他各本進行逐句逐字詳校、點句,作成校記,於 1956 年出版校點排印本。

1979 年上海古籍出版社又出版了西北農學院石聲漢教授的《農政全書校注》,對全書又作了整理和詳細注釋,包括引用資料的出處,所引書的作者姓名、年代考訂等,對原書引用文獻進行了復校;並對徐光啟所加小注和評論作了考訂和說明,書後並附有辛樹幟、王作賓兩人的《農政全書一百五十九種栽培植物的初步探討》等論文和有關圖表,是為此書第一次整理注釋本。

李時珍的《本草綱目》五十二卷,為我國古醫書《神農本草經》《新修本草》之後的一部醫藥學巨著。著者李時珍(1518—1593 年),字東璧,號瀕湖,是蘄州(今湖北蘄春)人。家中世世業醫,李時珍受家學的熏陶,更注意藥物的研究和臨牀實踐,並主張創新。他在群眾的協助下,經常親自上山采藥,並深入群眾中間向農民、漁、樵及藥農請教;參考歷代醫藥書籍八百餘種,對所採集的藥物進行鑒別、考證,對古代本草書中的藥物品種、名稱、產地等進行訂正;收集整理宋、元以來民間發現的許多草藥,充實藥書的內容;經過二十七年的辛苦勞動,著成《本草綱目》。全書收錄了原有諸家《本草》所載藥物一千五百十八種,新增藥物三百七十四種,共收載藥物一千八百九十二種,分成十六部、六十類編排收錄,對每種藥物先以"釋名"確定名稱,繼之以"集釋"敘述產地、形志栽培及採集方法等,然後"辯疑""正誤",考訂藥物品種的真偽和訂正歷史文獻記載的錯誤,再以"修治"說明炮炙法,又列"氣味""主治""發明",分析藥物的性味與功能。"附方"中搜集了古代醫家和民間流傳的方劑一千一百餘首，並附有一千一百餘幅藥物形態圖，內容極為豐富。

此書修成於萬曆六年（1578 年），刊行於萬曆十八年（1590 年），歷代覆刻次數很多，並有各種外文譯本在國外流傳，是一部我國藥物學和植物學的寶貴遺產，並受到世界藥物學和植物學者的重視。

宋應星的《天工開物》十八卷，是我國科學技術史上一部重要科技著作，並受到國內外科技史研究者的重視，先後有英、日文全譯本，法、德文部分譯本。英國科學史家李約瑟譽此書為"有關十七世紀早期工程技術的一部重要著作"。

此書初次刊行於明崇禎十年（1637 年），是由宋應星的友人涂紹奎幫助刊行的，世稱"涂本"。另外還有一種無確切年代由書林楊素卿刊行的坊刻本，世稱"楊本"。由於明亡後，明清統治者均不重視科學技術，此兩種刊本長期不為人所知，並一度認為國內已失傳。清修《四庫全書》不著錄此書。宋應星本人，也未列入明史列傳。但這兩種刊本，均曾流傳至日本，後又流回國內，並在日本有翻刻本。而國內庋藏者，長期秘不示人。清亡後，本世紀二十年代，由日本傳回此書的翻刻本，國內又有翻刻。

1952 年北京圖書館從寧波李氏（李慶城）墨海樓所捐獻的藏書中發現《天工開物》初刊本即"涂本"，於 1959 年由中華書局影印出版，這是此書最完善的古本。

1977 年潘吉星在北京圖書館善本部檢驗明、清版刻用紙，始發現 1965 年由中國書店購入轉藏北圖的《天工開物》"楊（楊素卿）本"。由藏書章得知此書是清乾隆時流入日本，後又流歸我國的；在國內又由黎子鶴（曾任民國大學校長）長期秘藏不示人，最後出售給中國書店入藏北圖。

1976年廣東人民出版社出版了鍾廣言等的注譯本,據《後記》中載,此注譯本的主要負責單位是中山大學、廣州鐵路分局機務段等二十五個有關專業單位。此本係據崇禎十年初刻本進行標點、注解、翻譯成現代漢語,並將古字、異體字儘量改為規範化的現代漢字。這是個最新的注譯本。

《天工開物》全書分十八個專題,前有總序,每卷前又有小序,以"宋子曰"起頭,每個專題佔一卷,分門別類地敘述,從飲食、衣服、染色、農產品加工、制鹽、制糖、陶瓷、冶煉鑄造、車船、金屬工業鍛造、燒礦、油脂製造、造紙、五金開採冶製、兵器種類及製造、朱墨、酒麴造酒及珠玉等十八個方面的生產技術、工藝過程、原料開採等。並附有二百三十餘個插圖,分別附在各卷之後,描繪出各種生產工具和生產過程的實物和場景,全面地記述了農業、手工業、畜產業各方面的生產技術、工藝流程,實可稱為我國歷史上一部生產技術史的百科全書,為研究明代經濟、農業、手工業生產的重要資料。

據宋應星在本書總敘中說,他撰此書的指導思想是"貴五穀而賤金石",注意最關係到民生的日用衣、食等方面物質生活資料生產的研究和記述,譴責封建貴族統治階級"紈絝之子以赭衣視笠簑,經生之家以農夫為詬罵"對生產勞動者的輕視,從關心人民衣食生活出發,寫出這部"於功名進取,毫不相關"的不朽科學技術名著,並對我國古代勞動人民的生產技術進行了全面的總結,堪稱為我國科學技術史上的一部劃時代的巨著。

宋應星,字長庚,江西奉新人,萬曆十五年(1587年)生於一個破落的地主家庭(一說出生於小官僚家庭)。他二十八歲時考中舉人,以後多次赴考,未考中進士。四十七歲時(崇禎七年,1634年),任江西分宜教諭(管教育的小官),《天工開物》就是他在分宜教諭任內寫成的。崇禎十一年(1638年),他任汀州府推官;十四年(1641年),任亳州知州。明亡後，他還家不仕，死於清順治年間。

《天工開物》一書中，原尚著有《觀象》《樂律》兩卷，後來作者認為"其道太精，自揣非吾事，故臨梓刪去"，未經刊行。

此外，宋應星還撰有《畫音歸正》《厄言十種》，均未流傳。《天工開物》刊行前一年，曾刊有《野議》《論氣》《談天》《思憐詩》四種，也已失傳，直到七十年代，才由江西省圖書館重新發現，1976年由上海人民出版社出版。這四種明崇禎刊本佚著的發現，與《天工開物》互相參證，可以作為我們研究宋應星思想實踐的可靠資料。

方以智的《物理小識》

方以智（1611—1671年），字密之，號曼公，桐城（今屬安徽）人，少年時和陳貞慧、吳應箕、侯方域等參加"復社"活動，有"明季四公子"之稱。明崇禎年舉進士，入翰林院任檢討。清兵攻下廣東，他出家為僧，法名大智，字無可，別號弘智、藥地、浮山愚者、愚者大師、極丸老人等。清康熙十年（1671年），他到吉安拜謁文天祥墓，卒於途中。他對天文、地理、歷史、物理、生物、醫學、文學、音韻等都有研究；特別重視"質測"（實驗科學）的知識，主張"寓通幾（哲學）於質測"，即認為哲學不能脫離科學的實證，而科學應以哲學為指導。他在明末，由於基督教東傳，接受其傳來的科學知識，而不滿其基督教神學思想，批判當時西方學問"詳於質測而拙於言通幾"。著有《通雅》《物理小識》《東西均》《藥地炮莊》《浮山集》等書。

方以智在《物理小識》中，認為"一切物皆氣所為也，空皆氣所實也"，反對"離氣以言理"、"離器以言道"的宋明理學，還提出"宙（時間）輪於宇（空間）"的見解，認為空間與時間不是彼此獨立存在的，宙在宇中，宇即在宙中，整個宇宙也都是物質的，並在《東西均》中提出"合二而一"的命題。晚年因避清廷搜索，遁跡空門。

《物理小識(zhi)》共十二卷,内容包括天、地、曆、風、雷、雨暘、人身、醫藥、飲食、金石、器用、草木、鳥獸、鬼神、方術等各方面的研究,在卷首《總論》中表達了作者寓"通幾"於"質測"(即寓哲學於科學之中)和"舍物,則理亦無所得矣,又何格哉"的根本思想,反對宋明理學家"格物"不通而後"窮理"的理學空論。

此書有單行排印本通行。

徐弘祖的《徐霞客遊記》十卷,是一部地理考察記録,但以遊記日記的形式,按日寫出。記述遊經地區的地理、水文、地質、植物等現象,探江源、查巖洞,對西南廣西、雲南等地石灰巖地貌的考察有詳細的記録。

徐弘祖(1586—1641年),號霞客,明末南直隸江陰(今江蘇)人,生於明萬曆十四年,卒於明崇禎十四年,終年五十六歲。他的家鄉是明末内外貿易的港口,他生活的時代又是明末政治最腐敗的時代,政府以綱常義理之學和四書五經、性理大全等書禁錮士子思想,而徐弘祖自幼特好奇書,博覽古今史籍及輿地、山海圖經。應試失敗後,即立志不事科舉,嚮往問奇於名山大川,自二十二歲開始出遊,三十多年中,他東渡普陀,北歷燕冀,南涉閩粵,西北登華山之巔,西南遊雲貴邊陲,足跡遍歷當時十四省區,遊歷了現在的江、浙、魯、冀、晉、陝、豫、皖、贛、閩、兩廣、兩湖及雲貴等十六省和京、津、滬三市等地,直到五十五歲,在雲南患重病,被雲南麗江守派人護送回鄉,第二年即去世,所以,他是以畢生精力進行旅遊考察,並寫出了超越於前人的地理、地質考察記録——《遊記》的,對我國的地理考察,作出了稀有的貢獻。

《遊記》止於崇禎十二年九月十四日,在生前並未整理成書。死後經王忠紉、季夢良等受托整理,遺稿已有殘缺。1645年清兵攻破江陰,稿又被劫,後經輾轉傳抄,已文殘句亂,直到清康熙二十三年(1684

年),徐弘祖寄養於李氏的幼子李寄(字介立)據曹駿甫、史夏隆等抄本,補入缺佚。乾隆間又經江陰人陳泓據多種抄本互校,寫成《諸本異同考略》,乾隆四十一年(1776)徐弘祖族孫徐鎮(字笏峪)據陳泓校本校訂刻版印行,距徐弘祖去世已一百三十五年。是為乾隆刊本。

嘉慶十三年(1808年),葉廷甲再據徐泓刊本校勘,補入徐弘祖與友人贈答詩文作為補編刊行,是為葉本。1928年丁文江(地質學家)主編編制了徐霞客旅行圖三十六幅,並編入徐霞客的家祠叢刊(即《晴山堂帖》),連同據葉本標點的《遊記》本文和丁著的《徐霞客先生年譜》一起印行,這是丁文江補增印本。其他還有集成圖書公司、掃葉山房印本、萬有文庫本、國學基本叢書本等多種,內容無大差異。

1980年上海古籍社得到了兩個較早的抄本,對《遊記》進行較大的整理、標點,分三冊出版,題為徐弘祖著、褚紹堂、吳應壽整理。第三冊附圖,題為褚紹唐、劉思源編,劉思源繪,吳應壽校。這是《徐霞客遊記》的最新版本。

明人的筆記,以陶宗儀的《南村輟耕錄》《說郛》和沈德符的《萬曆野獲編》為著。

陶宗儀,字九成,號南村,元末明初浙江黃巖人,後居住在松江。元朝末年,舉進士不第,入明在洪武中曾任教官,勤於記述上代典章制度。居松江時,參加田間勞動,避兵三吳間。勞動之時每以筆墨自隨,輟耕休於樹蔭處,經常摘樹葉記錄。然後貯存於破盎中,經過十年的積累,滿十餘盎,發盎後加以整理,令門人抄錄,成三十卷,題曰《南村輟耕錄》。據此書前江陰孫大雅敘言中說,此書內容"上兼六經百氏之旨,下極稗官小史之談,昔之所未考,今之所未聞,其采摭之博,侈於《白帖》,研核之精,儗於《洪筆》。"所涉獵的廣泛,比唐代白居易的《六帖》和宋洪邁的《容齋五筆》有過之而無不及。書內記錄許多元代社會的掌故、典章、文物、並論及小說、戲劇、書畫和有關詩詞本事等各方面的問題，而且"議論抑揚，有傷今慨古之思，鋪張盛美，為忠臣孝子之功。"文筆優美、通暢，對文史研究者有一定參考價值。

這部書有元刊本、明刊本多種。中華書局以 1923 年武進陶氏影元本為底本，斷句影印，並從《津逮秘書》本抄錄了彭瑋、毛晉兩篇跋附印書後，於 1958 年排印出版，分上、下兩冊。是為最新排印本。

《說郛》為陶宗儀節錄前人的筆記小說彙編而成的叢書。有一百二十卷本及一百卷本兩種。前者為清陶珽順治間所增訂，其中錯誤極多。一百卷本為 1919 年海寧張宗祥主持京師圖書館時，得館藏明抄《說郛》殘本，多錯簡脫文，後經六年借抄本補配，校其重複配成全帙，成一百卷本。涵芬樓據此本排印出版。

此書彙集節錄經史傳記百家雜錄之書，達千餘家，包羅範圍極廣，凡古博物志、古奇文奇字、古異事，知天窮數，山川風土，訂古語，究諺談，識蟲魚草木，搜神怪，資謔浪調笑，無不涉及。所錄材料，多已亡佚，賴此保存。如其中《遂初堂書目》(卷二十八)，《趙飛燕外傳》(卷三十二)，《春明退朝錄》(卷三十四)，《煬帝開河記》(卷四十四)，均為原書不傳的資料。

《萬曆野獲編》是沈德符(1578—1642 年)撰的筆記書。沈是明浙江嘉興人，萬曆間舉人，幼隨祖父、父親任京官，長住北京，中年以後又隨祖父、父回南家居。他將得自祖、父那裏的朝廷故事和他處見聞，就記憶所記，隨時追憶記錄，寫成《萬曆野獲編》和《續編》共三十卷，清代錢枋又把它分類編排，分三十卷，四十八門，另有補遺四卷。

分為列朝、宮闈、宗藩、公主、勳戚、內監、內閣、詞林、吏部、戶部、河漕、禮部、科場、兵部、刑部、工部、臺省、言事、京職、曆法、禁衛、佞幸、督撫、司道、府縣、士人、山人、婦女、妓女、畿輔、外郡、風俗、技藝、評論、著述、詞曲、玩具、諧謔、嗤鄙、釋道、神仙、果報、徵夢、鬼怪、機祥、叛賊、土司、外國,四十八門。

每門之下,又分小目,如"內閣"這一門下,又分丞相、文華殿大學士等。就細目彙集所錄資料,材料相當豐富,有參考價值。

1958年中華書局用道光七年(1827年)姚氏扶荔山房刊本為底本,參考幾種清代抄本和其他史料進行校訂,由謝復堯斷句,排印分三冊出版,是為當今通行本。書前有作者萬曆三十四年(1606年)序和萬曆四十七年(1619年)《續編》小引。

明代的目錄書——官、私藏書和目錄

《文淵閣書目》。文淵閣是明成祖時的內閣藏書庫,始建文淵閣時,其所藏是以元朝政府藏書的殘餘為基礎,而元政府藏書,又以宋、金兩朝為基礎,因此文淵閣多藏宋、元舊刻,也有明代新刊,而以地方志為最豐富。但從無完整書目,後由禮部侍郎兼華蓋殿大學士楊士奇等逐一清理,編號著錄,編成一本,號《文淵閣書目》。所著錄圖書,多不著撰人姓名,並只有冊數,而無卷數,只記若干數為一櫥,若干櫥為一號而已。書目以《千字文》排次,自天字排至往,凡錄二十號五十櫥。內多世無傳本的秘笈。此書不分卷數,黃虞稷《千頃堂書目》作十四卷,《四庫全書提要》著錄為四卷。所著錄藏書入清後歸入內閣大庫,多已散佚不存。最後的殘餘在清宣統二年(1910年)撥歸京師圖書館,成為後來北京圖書館善本書的基礎。

《文淵閣書目》之後,又有張萱編的《內閣書目》,但兩種書目都編得異常簡陋,僅可據以略見明代內閣秘藏之名數而已。

明代不僅私人刻書發達,而且刻書家多為藏書家。其著名藏書家有寧波范氏天一閣、山陰祁氏澹生堂,明末常熟毛氏汲古閣和常熟錢

氏絳雲樓、述古堂、也是園等。

天一閣是明嘉靖進士鄞縣(今浙江寧波市)范欽的藏書閣,建於嘉靖末年,在今寧波月湖之西,是我國現存最古的私人藏書樓。原有藏書七萬多卷,清乾隆以後,屢經盜竊,散失很多,所藏以明代地方志和登科錄為最多。全國解放後,尚存一萬三千餘卷。

天一閣藏書,有藏書目錄傳世,沿襲宋人書目體例,只記書名,不記版本說明,是一大缺點。

澹生堂是山陰(今浙江紹興)祁承㸁藏書樓。祁承㸁為明代的一個小官僚地主,曾官宿州知州、磁州兵道,經常過往並住河南,大量借抄珍貴古書,並收集河南全省志書。澹生堂藏書十萬卷,皆人間罕見的秘笈,藏於五楹藏書大樓。祁承㸁死後,其家族參加抗清鬥爭,全家遭到鎮壓,珍藏秘笈也散佚無存。今存有《澹生堂外集》三種,是明萬曆天啟間遞刻本,題為"山陰密士祁承㸁著",包括《琅玡過眼錄》《符離弭復紀事》《西遊蘇門山記》。

絳雲樓是明末清初常熟錢謙益(牧齋)(1582—1664)的藏書樓。錢謙益是明萬曆進士,崇禎初官至禮部侍郎,與溫體仁爭權失敗,被革職。南明弘光時,為馬士英的禮部尚書,清兵南下,他又率先迎降,仕清為禮部侍郎,管秘書院事。詩文在當時負有盛名,以藏書豐富著。他的絳雲樓所收宋元刻本最多,原得自劉鳳、錢允治、楊儀、趙琦美四家藏書。自己又廣為搜羅,積有七十三大櫃,編有《絳雲樓書目》。清順治七年(1650年)書樓失火,藏書大部焚毀,殘餘部分歸其族人錢曾收藏。

錢曾(1629—1701年),字遵王,號也是翁,其藏書室名述古堂和也是園。輯有《述古堂書目》附有《宋版書目》和《也是園書目》(共收集三千八百餘種),並擇其中珍貴者,撰《讀書敏求記》。

汲古閣是明末毛晉的藏書閣。毛晉(1599—1659年)字子晉,號潛在,藏書八萬四千餘冊,多宋、元刊本,建汲古閣、目耕樓以儲之,好抄錄罕見秘笈,並從事校刊,曾校刻《十三經》《十七史》《津逮秘書》《六十種曲》等,是歷代私家刻書最多者。毛氏汲古閣本,流行較廣,其所抄秘笈,繕寫精良,後人譽為"毛抄"。著有《隱湖題跋》,並編有《毛詩陸疏廣要》。毛晉死後,其第五子毛扆,輯有《汲古閣秘本書目》。

以上四大藏書家,天一閣、澹生堂書目無版本說明,不重視宋、元版,很少宋、元舊刻,所藏以實用為主,世稱浙東派。而錢牧齋、毛子晉藏書,則多收古本舊刻舊鈔,世稱常熟派。

明代的文學書

明代的文學,有小說、戲劇、詩文,但以小說的成就最大。其長篇小說和短篇小說,都對後代有重大影響。傳奇劇本如湯顯祖的《牡丹亭》,也影響後世。

長篇小說最有代表性的有四大部。首先是元末明初,在過去宋、元話本的基礎上產生的長篇章回小說《三國志演義》《水滸傳》,在思想藝術上成就最高,開始了中國小說的新的歷史時期。

章回小說,是我國古典長篇小說的唯一形式,它是由宋、元講史話本發展而成的。從章回小說中經常出現的"話說"和"看官"等字句,可看出他從講史話本發展來的繼承關係。先在民間長期流傳,經過說話人和戲曲藝人的不斷補充,逐漸豐富,最後由作家加工寫成,篇幅比演義更長,主要已與話本、講史分離,供讀者閱覽。而且分卷、分節,每節前有簡單標題目錄。

到明中葉以後,章回小說更加發展成熟,出現了《西遊記》《金瓶梅》。

羅貫中的《三國志通俗演義》,原題《明弘治本三國志通俗演義》,這部歷史小說,是我國小說史上的一部名著。據魯迅《中國小說史略裏載：

> 羅貫中本《三國志演義》今得見者以明弘治甲寅（1494
> 年）刊本為最古，全書二十四卷，分二百四十回，題曰："晉平
> 陽侯陳壽史傳，後學羅貫中編次。"起於靈帝中平元年"祭天
> 地桃園結義"，終於晉武帝太康元年"王濬計取石頭城"。凡
> 首尾九十七年（184—280 年）事實，皆排比陳壽《三國志》及
> 裴松之注，間亦仍采平話（按指元至治《全相三國志平話》），
> 又加推演而作之；論斷頗取陳、裴及習鑿齒、孫盛語，且更引
> "史官"及"後人"詩。

原來三國故事，已久在民間流傳，《三國志》這部史書，及裴松之
注，又為後來民間文藝保存了豐富的素材。到了宋、元時代，隨"說話"
藝術的盛行和"話本"的編訂，三國故事流傳更廣，出現專說"三分"的
著名藝人。元代至治年間新安虞氏所刊《全相三國志平話》，可能即是
"說話"人的底本。金、元時代，據《錄鬼簿》和《太和正音譜》等書所
載，有關三國故事的劇目就達四十餘種。羅貫中正是在這些文學作品
和史書著作遺產的基礎上，"據正史、采小說、證文辭，通好尚"（見高
儒《百川書志》）進行再創作，而成《三國志通俗演義》，在思想內容和
藝術形象上，都更加豐富提高，在一定程度上具體、形象地描繪了東漢
和三國時期尖銳複雜的鬥爭，揭露了當時社會的黑暗，統治者的殘暴、
醜惡、腐朽和虛偽，反映了一個歷史時代人民的災難和痛苦。

《三國志通俗演義》在反映一個時代的人物和事件時，基本情節是
依據史書記載的，但也有不少藝術虛構。正如章學誠在《丙辰劄記》中
所述，此書是"七分實事，三分虛構"。但就大體來說此書對傳播一定
時期的歷史知識和軍事知識，學習戰略戰術，起過一定的作用。但也

宣傳了忠於封建主子的忠義思想和迷信思想。

羅貫中在此書中,根據史實中人物的基本精神面貌和生活邏輯,塑造了許多膾炙人口栩栩如生的藝術形象,而且全書結構宏偉,組織嚴密,故事情節錯綜多變,讀起來引人入勝,尤長於描寫戰爭。對於如官渡之戰、赤壁之戰、夷陵之戰等大的戰役,都從始至終,敘述得極其生動,具體而又精練,把戰爭的聲勢、緊張氣氛描寫得有聲有色,並各有特色。

此書約成書於元末明初。明弘治本為最早刻本,以後刻本甚多。鄭振鐸《三國志演義的演化》(見《小說月報》二十卷十號)有詳論。

到清代康熙年間,毛綸、毛宗崗(字序始)學金人瑞(字聖歎)批改《水滸傳》及《西廂記》的辦法,對羅貫中原本大加竄改加工,成一百二十回本《三國演義》廣泛流行至今已三百餘年,而羅氏原本反少受人注意。

1953 年,北京作家出版社,據毛宗崗本《三國演義》加以刪訂校訂重印,將毛本中那些"後人有詩歎曰"的詩,大部刪去,並對毛本的序言、凡例、讀法、總評等,也刪而不錄。對一些有關的歷史事實,難懂的文言詩句,作了簡要的注釋,另外還附印了一幅本書所述的三國形勢圖。作家出版社編輯部並在書前寫了《出版說明》《關於本書的作者》兩篇前言,介紹了作者羅貫中和本書修訂者毛宗崗。這是新中國成立後三十多年來的通行本一百二十回《三國演義》。

1980 年,上海古籍出版社又將明弘治本《三國志通俗演義》重印出版,加以《前言》,共二十四卷,二十四回目,分上、下兩冊橫排出版。

1981 年,內蒙古人民出版社,又據毛本為底本進行校勘,保留了毛本原有的序言、凡例、讀法、回評和夾評,只刪除其個別不適宜處,複製了通行毛本中的全圖繡像,對全部文字一律加以新的標點,參照人民出版社版本的注釋,加以少許增刪,進行注釋。題為《全圖繡像三國演義》,羅貫中著,毛宗崗評,於 1981 年在呼和浩特出版,裝訂上、中、下三冊,橫排,並加《前言》。

以上是幾種新中國成立後流行的本子。

《水滸傳》是元末明初和《三國志演義》同時出現的一部長篇小說,是以北宋末年宋江起義為題材的。

《水滸》的形成是經過幾個歷史階段的,最初出於南宋民間流傳的關於宋江起義的故事,流傳漸廣,為人喜聞樂道,便由"說話人"搬上講臺作為講述或演唱的資料。經不斷增刪點染,充實其故事情節,因此,便因講述者的不同而出現差異,此時尚無固定底本,只口頭講述。

繼之,由於講述受聽眾的歡迎,而需要傳授給他人,這就要求把內容固定下來,作為講述的底本,錄成一個個短篇節目,如"武松"部分、宋江部分、林沖部分等等。由於記錄者和講述者尚無聯繫,各個講述節目也還是缺乏聯繫的,但已從口頭文學階段發展到有一定文字結構的文字記錄階段。

文字書面記錄的短篇故事,又經過講述人和文人不斷搜集梁山泊各種故事情節,不斷進行補充取捨,而編成一部首尾銜接的完整的《水滸》,作為讀物流傳開來。又經過文學藝術修養水準較高的文學家之手屢次加工改寫,最後成為一部傳到今天的有很高文學價值的傑作。

由於上述成書過程,《水滸傳》的作者相傳不一,有的說是施耐庵,有的說是羅貫中,有的說是施作羅編,總之是成書於元末明初。明中葉以後,大量翻刻流行。

《水滸傳》的版本很複雜,現存最早的本子如明嘉靖本的殘本和"天都外臣"序的百回本,都題為"施耐庵集撰,羅貫中纂修",嘉靖時高儒和郎瑛所見的本子則題為"施耐庵的本,羅貫中編次"(見高氏《百川書志》和郎氏《七修類稿》),而不逕稱為創作。

明萬曆末年又出現楊定見序、李贄評點的《忠義水滸傳》一百二十回本,其中增添了征田虎、王慶的故事。

清初金聖歎對《水滸》進行評點增刪成七十一回本,本文七十回前面增加一回為"楔子",並專以施耐庵為作者。

通常所說的水滸是指繁本,有百回本,一百二十回本、七十回本三種,實際是增刪百回本而成。而經過金聖歎批改過的七十回本,在近三百年來最為流行。這個本子,是根據百回本或一百二十回本,大部分採取容與堂百回本的意見加以刪節的。

1953年,北京作家出版社出的本子,是七十一回,全書據金聖歎刪節本為底本,又依照百回本和百二十回本改回原樣,又把金聖歎原來的"引言",第一回全部,第二回一部和目錄的大部分所組成的《楔子》,略加剪裁,改為第一回。把最後一回回目《驚噩夢》改為《排座次》,並刪去金聖歎的批語。此外便和全本無異。

此本經過校點,加《出版說明》和關於本書的作者,對回目進行若干改順,並加了必要的語言注釋,題名為《水滸》,分上、下兩冊,排印出版。

1975年,人民出版社為了適應批《水滸》的需要,校點印行了一百回本《水滸傳》,采用的底本是北京圖書館藏的明萬曆末年杭州容與堂刻本。原書題為《李卓吾先生批評忠義水滸傳》。校點後刪去底本前附加的評論文字及書中的評語,插圖和卷次字樣,並據他種古本進行文字校訂,采用簡化字橫排。排回目一百回,分上、中、下三冊出版。這個本子內容比作家出版社的七十一回《水滸》多了宋江受招安和投降打方臘的情節。

1975年,上海人民出版社出版一百二十回《水滸全傳》,此本自九十一回以後,即與百回本回目不同,增加了征田虎、王慶的故事。

以上三種本子,都是當今的流行本。

　　《西遊記》是一部長篇神話小說,它是在《三國演義》和《水滸傳》後出現的又一部群眾創作和文人創作相結合的作品。它的成書,醞釀期間有七百餘年。無數民間藝人和無名作者,為吳承恩創作此書提供了豐富的題材和創作基礎。

　　唐太宗貞觀初年,青年僧人唐玄奘不顧艱險,偷越國境,費時十七載前往天竺(印度)取回佛經的歷史,曾震動中外。回國後玄奘奉詔書口述所見,由門徒辯機輯錄成《大唐西域記》,介紹西域各國的歷史、風俗、人情、地理資源、宗教信仰等。後來門徒慧玄、彥琮又撰《大唐大慈恩寺三藏法師傳》,內容在敘述玄奘突破險阻西行中,有意神化玄奘,穿插了一些神話傳說,已遊離取經的故事之外,但卻為後來創造出豐富的取經神話準備了題材。

　　南宋的《大唐三藏取經詩話》,把取經故事和各種神話連綴起來,又創造出猴行者的形象,已粗具《西遊記》某些章回的雛形。至元代,取經故事已經定型。磁州窯的"唐僧取經枕"上已有唐僧、孫悟空、豬八戒和沙僧師徒四人的取經形象。《永樂大典》一三一三九卷"送"韻"夢"條,引有一百二十餘字的"夢斬涇河龍",標題作《西遊記》。可以見得,在元末明初,已出現了類似平話的《西遊記》。同時,金院本有《唐三藏》、元代吳昌齡有《唐三藏西天取經》等戲曲創作,都已失傳。現存元末明初人楊訥所著《西遊記》雜劇,都為後來小說《西遊記》準備了內容情節。

　　取經故事的最後創作完成長篇小說,是明末人吳承恩(1510? —1582? 年),他字汝忠,號射陽山人,淮安山陽(江蘇淮安)人。少年時期在淮安即有文才名。直到嘉靖二十三年(1544 年),他已三十多歲時,始補歲貢生。後因母老家貧,作過一段長興縣丞。但長期過著賣文自給的清苦生活。生活的艱苦,激發他對時人的憤慨和狂傲。他

"善諧劇"，酷愛野史奇文，因之有能力借"志怪"傳統，抒發他掃蕩邪魔、安民保國的思想意願。吳承恩在以前一切取經故事廣泛流傳的基礎上再創作的《西遊記》，成為我國神話小說中最優秀的作品，在主題思想和人物處理上，都賦與了新的意義和新的生命，以諷刺和幽默的筆調賦與作品以獨特的藝術風格。

《西遊記》在今天所見到的版本中，以刻於明萬曆二十年（1592年）的金陵世德堂"新刻出象官板大字西遊記"為最古，此本刊印，距吳承恩去世不過十來年。

明崇禎年間刊"李卓吾批評《西遊記》"是接近萬曆世德堂本的較早刊本。

清代從清初歷康熙、乾隆、嘉慶、道光及含晶子評注本，共有六種刊本。

1955年人民文學出版社就是據明萬曆世德堂本的膠卷（原書不在國內），並參考清代六種刊本進行校訂整理、出版，全書一百回，以後印行多次。

1980年又據世德堂本進行復校，並用明崇禎本作了校核，重排出版，這是新中國成立後的第二版，前面寫了《前言》和版本整理情況的說明，並加了注釋。

《西遊記》是明代中葉以後小說創造的興盛階段首先出現的。此後其他長篇小說相繼產生，一百餘年間留傳下來的就有五六十部。其中數量最多的是歷史演義和英雄傳奇，它們都屬於歷史小說的範圍。較著名的，有嘉靖、隆慶間刊行的余劭魚作的《列國志傳》八卷。在此基礎上，明末馮夢龍又編著了《新列國傳》，至清乾隆年間，以蔡元放名義刊行的《東周列國志》，實為馮夢龍《新列國志》的評點本，內容敘事起於周宣王，終於秦始皇。另外，隆慶、萬曆年間由鍾山逸叟許仲琳編輯的《封神演義》一百回，以宋元話本《武王伐紂平話》為基礎，采民間傳說加以虛構演繹成長篇神魔小說。它假借歷史事件,借古諷今,曲折反映了社會現實,另外也通過神魔鬥法,宣揚宿命論和三教合一說。

明代後期統治階級日益腐朽墮落,社會道德極端敗壞,因此出現了反映封建階級淫蕩生活的淫穢小說,其中著者是萬曆年間出現的《金瓶梅》,共一百回,作者署名蘭陵笑笑生,真姓名不可考。其題材由《水滸傳》武松殺嫂故事演化而來,相當全面地暴露了上自封建統治機構,下至市井無賴所構成的一個鬼蜮世界,以西門慶這個破落財主出身的惡霸、官僚作為罪惡腐朽勢力的代表,對晚明醜惡的社會本質和統治階級的荒淫無恥,作了比較全面的暴露。這部書是我國第一部文人獨創的長篇小說,又以家庭生活為主要題材,對後來小說創作有不小影響。但此書糟粕多,不宜流通。

此書版本有兩個系統,一是萬曆年間(1617年)"東吳弄珠客"序的《金瓶梅詞話》系統;一是明天啟間(1621—1627年)《原本金瓶梅》的系統。

淫穢小說的出現,是明末統治階級日益腐朽,道德風尚日益敗壞封建階級淫穢生活的反映,不僅沒有什麼價值,而且易惑淫惑盜,敗壞社會風氣,所以列為禁書。

明代的擬話本和"三言""二拍"

明代話本由於群眾的愛好和書商的大量刊行,引起文人對話本的編輯、加工,以至模擬話本的形式進行寫作,以供閱讀。這類作品,常稱為"擬話本",實際上是一種短篇小說。流傳至今最早的明代話本集,是嘉靖間洪楩輯印的《清平山堂話本》。天啟年間,馮夢龍又在廣泛收集宋元話本和明代擬話本的基礎上,經過加工編成了《喻世明言》(即《古今小說》)、《警世通言》《醒世恒言》短篇小說集各四十卷,簡稱為"三言"。凌蒙初又在"三言"的影響和書商的慫恿下,編成《初刻拍案驚奇》《二刻拍案驚奇》這兩部擬話本集子,也是各四十卷,簡稱為"二拍"。"三言"和"二拍"代表明代擬話本編寫創作的成就,對當時和後代文壇都有不小的影響。後來又有署名抱甕老人的,從諸書中選錄四十篇,題為《今古奇觀》。清代統治者排斥和禁止小說的流行和出版,《今古奇觀》還能幸運地流傳,而"三言""二拍"則湮沒了三百年。

《三言》中的第一輯《喻世明言》,明末天啟初年有天許齋刊本,原刻題名《全像古今小說》四十卷。原書已佚,日本藏有兩部有殘缺,王古魯全部攝照攜回國,1947年商務印書館以兩部互補,排印發行。1980年,福建人民出版社以商務本為底本,參以《今古奇觀》,校勘、標點,刪去眉批,重摹插圖,重新排印出版,題為《全像古今小說》,前列《出版說明》及祿天館主人敘。共四十篇目。

"三言"的第二輯《警世通言》,明天啟四年(1624年)刊行。傳今的有兼善堂本四十卷,和三桂堂本三十六卷兩種本子,兼善堂本原書在日本,國內有據傳鈔本排印的商務世界文庫本。1956年,人民文學出版社據世界文庫本校以三桂堂本,補足原缺卷,刪去原書中個別描寫不甚適合於廣大讀者的地方,並作了注釋,題為《警世通言》,馮夢龍編,嚴敦易校注,排印出版,前列《出版說明》。

第三輯《醒世恒言》刊印於天啟七年(1627年),收集的宋元話本,較前集少,絕大多數為明人擬作,還有馮夢龍自己的作品,大多直接來源於民間傳說故事。

傳本中,有明葉敬池刊本,《世界文庫》據此本覆排出版。另有衍慶堂本,1956年人民文學出版社以世界文庫覆排本為底本,參校他本進行訂正、增補,對個別色情描寫的字句,作了必要的刪節,刪去《金海陵縱欲亡身》一整篇,作了某些注釋。後有《天啟丁卯中秋隴西可一居士題於白丁之樓霞山房》《三言》原序。前附《出版說明》,排印標點出版。

《三言》的編者馮夢龍(1574—1646?)字猶龍,又字耳猶,號墨憨齋主人,明末長洲(今江蘇吳縣)人。崇禎三年(1630)五十七歲始補貢生,但他少有才氣,為人放蕩不羈,崇禎七年至十一年(1634—1638)任福建壽寧知縣。據康熙修《壽寧縣志》載,他任職期間"政聞刑清,首尚文學,遇民以恩,待士以禮",曾上疏陳述國家衰敗原因,清兵入關,他進行抗清宣傳,最後憂憤而死,死前編有《甲申紀事》和《中興偉略》。他在通俗文學上有重大貢獻,小說、民歌方面著作很多,而以"三言"的影響為最大。

"三言"的內容很複雜,有不少糟粕,但在一些優秀的篇目中也有很多描寫被壓迫婦女追求幸福生活,抨擊封建制度壓迫婦女的題材。如《杜十娘怒沉百寶箱》(見《警世通言》第三十二)、《賣油郎獨佔花魁》)(見《醒世恒言》第三),還有表現人民對封建統治罪惡的揭露和譴責的題材,如《沈小霞相會出師表》(見《喻世明言》四十),《灌園叟晚逢仙女》(見《醒世恒言》四),等。再有寫歷史軼事的,如《蘇小妹三難新郎》(見《醒世恒言》十一)《俞伯牙摔琴謝知音》(見《警世通言》一),描寫人情、世故、都有很高的藝術特色。

淩濛初(1580—1644)字玄房,一字初成,號即空觀主人,浙江烏程人。崇禎中,曾以副貢任上海丞,後升為徐州判並分署房村。他作的"二拍",刊於崇禎年間,全書包括小說七十八篇,另有一篇重複,一篇雜劇,合為八十篇。作品多非取材於現實生活,而是為了書商的需要,在古今書籍中,選其可以新耳目共談諧的篇目,加以增刪演繹而成,並有勸善懲惡的主題思想,但篇中許多色情描寫,因果報應的封建說教,並有敵視農民起義的內容。但也有許多反映明末某些社會特點,如關於商人的活動和資本主義萌芽。在一些公案小說中,暴露地方官吏的貪婪卑劣,陰險毒狠,還算得上比較好的。

"二拍"以外,明末清初還有許多"擬話本"流傳。

湯顯祖(1550—1616)的《牡丹亭》

湯顯祖,字義仍,號若士,出身於江西臨川的一個"書香"人家。少有文名,二十四歲始中進士(1573,萬曆元年),任南京太常博士。時明朝已建立二百餘年,政治腐敗,貪污盛行,稅監橫行。萬曆十六年(1588),南方在災荒之後瘟疫流行,救災使臣乘機收受賄賂,湯顯祖目覩此情,於萬曆十九年上書抨擊朝臣,因此貶官到雷州半島徐聞縣任典史。後來又任浙江遂昌知縣,遭地方勢力排擠,於萬曆二十六年(1598年)棄官回臨川,並在此年完成他的代表作《牡丹亭》。此後十八年,在家讀書、著述、教子養親,未再出仕。

湯顯祖創造性地繼承了唐人小說和元人雜劇的優良傳統,寫出了"臨川四夢"傳奇。他的《邯鄲記》《南柯記》繼《紫釵記》《牡丹亭》之後刊行,並在各地演出。他曾說:"一生四夢,得意處惟在牡丹。"《牡丹亭》即《還魂記》,也稱《還魂夢》,或《牡丹亭夢》。作品通過杜麗娘和柳夢梅生死離合的愛情故事,熱烈歌頌了反封建禮教、追求自由幸福的愛情和要求個性解放的精神,全劇共五十五出。

杜麗娘是南安太守杜寶的獨生女兒,她在父母和腐儒師父陳最良的封建禮教禁錮下,深感環境寂寞,精神空虛。後來在丫環春香的誘導下,背著師、父偷偷地到了後花園,接觸到春光明媚、鳥語花香,成對的鴛鴦,盛開的百花,打開了她少女的心扉。於是她在夢中和書生柳夢梅相愛,醒後傷感致死。三年後,柳至南安養病,發現杜麗娘自畫像,深為愛慕,杜麗娘感而復生,兩人終得結為夫婦。

2. 明代的圖書出版事業

(1) 明代的官刻本圖書

元滅宋以後,除將大批圖籍、書版掠到大都以外,曾把大部宋代官刻書版,集中到杭州西湖書院,元代西湖書院也續有刻版。朱元璋建立明朝,又將這批宋、元書版集中到金陵(今南京),貯存於國子監,由專人管理。

後來,燕王朱棣以武力從他侄兒建文帝手中奪取了政權,永樂十九年(1421年)遷都北京,而南京仍舊保留著一套政府機構,因此有南北兩京國子監,稱"南監"和"北監"。黃佐的《南雍志·經籍考》對南監所保存的前代和當時書版,劉若愚的《酌中志》中的《內版經書紀略》對北監所保存的書版,均有詳細記載。因此,國子監就成為明代一個重要的出版機構,其出版圖書,稱為"南監本"或"北監本"。周弘祖的《古今書刻》,對明代官刻圖書,有詳細著錄。南監本多是就其所藏宋、元舊版加以補缺印行出版的,因此稱"三朝本",其印書最著名的為《十七史》;北監本則多為新整理出版的書,如《二十一史》《十三經注疏》成為後來清代殿本所從出。

除南、北監本外,還有明內府本,這是皇室的刊本,大部以明朝皇帝的名義,編撰刻印有關政教禮制誥命之類的書。

此外還有司禮監刊本(後附設經廠)。司禮監原是太監的機關,太監也要按制度讀書。司禮監本(後有經廠本)刊印圖書,多是大字、巨冊,紙、墨、刻工都相當精美,但內容校勘不精,不為一般讀書人所重視。

明代北京中央政府的各部院,特別是禮部、兵部、工部和都察院,都有刻本出版。欽天監、太醫院並刻印專業的圖書,翰林院詹事府司經司也掌管經、史、子、集的刊輯。

地方官刻本圖書,有各省布政司、按察司、監運司、各地儒學書院的刊本,府縣機關都刊印本地地方志。

明代官刻本圖書中的"藩刻本"是明代同姓諸王的王府所刻。藩府所刻的書,多以皇帝賞賜給他們的宋、元舊版作底本,所以較精美。寧獻王朱權所刻自著的律書《太和正音譜》是我國音樂史中的名著。藩刻本中,多佳刻善本,為後世藏書家所重視。藩府刻書,均有堂名或書院名,如趙府的居敬堂、味經堂、冰玉堂,魯府的敏學書院、承訓書院等。較好的刊本,如唐藩刻的《文選》(1487 年)、秦藩刻的《史記》(1534 年)。

(2)明人的坊刻,沿襲元朝以來的原有基礎,有幾個刻書中心

福建地方,有許多保留下來的宋、元老書坊,如勤有堂、慎獨齋等,都有上百年的歷史,還沿襲元代遺風。因此福建刻書業最盛。

杭州和四川,明初仍是刻書中心。但嘉靖以後,湖州(吳興)、歙縣的刻書工藝急劇發展起來,刻書精美。萬曆、崇禎之間,歙縣刻工,多半移居南京、蘇州一帶,因此南京、蘇州、常熟的坊刻書遂盛極一時。於是福建、四川的刻書業,則逐漸衰落。萬曆以後,吳興閔氏(閔氏仮)和凌氏(凌濛初)兩家都採用套版印刷,刻印了許多批注評點的古書及新作,稱為"朱墨本"。後來又發展為五色,印刷技術大為提高。

(3)明代的家刻本

明代刻書,除官刻、坊刻外,私人的家刻本也非常盛行。但明初的私刻本種類不多,印數也少。著名的有洪武十年(1377)浦江(浙江金華)鄭濟刻的劉基編選的《宋學士文粹》十卷,刻工精美,卷十末有鄭濟題記。

嘉靖中,私人刻書盛行。其著者如金臺汪諒、震澤王延喆都影刻宋黃善夫本《史記》,並傳於世。吳縣袁褧嘉趣堂影刻宋本《大戴禮記》和《六臣注文選》,福建王文盛校刊了《儀禮注疏》《前、後漢書》《五代史記》等,餘姚聞人銓刻了《周禮注疏》《儀禮注疏》《舊唐書》等,還有一些子書、文集的私刻本,都可以和宋刊本媲美。

萬曆以後,晁瑮的"寶文堂"、洪楩的"清平山堂"、葉盛的"菉竹堂"都刻書不少。《清平山堂話本》則為我們保存了宋、元人短篇小說(平話)。

明末崇禎間,常熟毛晉的汲古閣,不僅大量搜求、收藏古書,而且刻書,從明萬曆至清順治末四十餘年中,刻書六百餘種。汲古閣刻的大部頭書,有《十七史》《十三經注疏》《宋元人詩文集》《元曲選》等名刻。

由上可見,明代私人刻書,在嘉靖以前尚不多,嘉靖初年以後漸興盛,萬曆、崇禎之際更加發達。由於私刻家多是藏書家,對所刻書籍素有研究,並時有校訂,所以明代私刻本的質量往往勝於官刻及坊刻。

(4)明代印刷技術的發展

明代前期的書版形式,沿襲元刻版的舊習,多為"黑口本",幾二百年無變化。至正德、嘉靖間,因李夢陽、何景明等提倡復古,一時士人多競讀古書,於是在出版界發揚古籍翻刻宋本之風大興,從版式、字體各方面都照宋刊本摹刻,一時刻工中的良工巧匠,都復習宋刻的版式字體,不僅翻刻古書,即刊刻當代著作,也仿宋刊,用"白口"仿宋體,精槧。

明代前期坊間刻書,專刻科舉考試用書,並求利速成,常割裂竄改,往往錯字連篇。因之嘉靖間官府下令,嚴禁竄改文字行格翻刻古書,並頒佈官本使照式翻刻,因此翻刻古書全是照式翻刻,書尾並刻匠戶姓名備查考。於是明代翻刻古書連白口、版心、大小字數、刻工姓名等統統摹刻下來，所以正德、嘉靖以後，許多明版書因酷肖宋刊而冒充宋版，以假亂真。

明代刻書、刻版技術雖高，但審定不精，而且刻印濫，往往妄改內容和書名。如萬曆本的《詩總》，原本是《詩話總龜》;《唐世說新語》，原本是《大唐新語》;《逸雅》，原本是《釋名》，等等。另外許多叢書中所收各書，往往任意刪節，失去原書面貌，如《格致叢書》《子匯》《稗海》等;還有的偽造古書，如豐坊的《古文尚書》;又多無用的序跋，這就使明版書的價值大不如宋本。但明代的不少私刻本，仍校訂精，刊印美。

明代不僅出版業發達，印刷技術也有顯著提高，雕版中有套版出現。宋、元活字印刷，如畢升發明的泥活字、王禎改進的木活字等的印刷品，未見流傳下來，現在流傳最早的古活字本，要算是標明弘治(1488—1505 年)、正德(1506—1521 年)、嘉靖(1522—1566 年)間的銅活字印本。當時、蘇州、無錫、南京一帶活字印書很盛行，無錫華氏(燧)會通館、蘭習堂和安氏(國)桂坡館用銅活字排印的書，種類多、數量大。他們印的古類書和唐宋詩文集、水利專業書等行銷各地，為後來藏書家所珍視，以後又有"金蘭館""五雲溪館"等。

無錫華燧和安國用銅活字版所印的書，傳本較多，均為善本。萬曆以後，銅活字印書漸衰，木活字盛行，傳世也多，如萬曆本流傳活字本《太平御覽》《太平廣記》《歷代史書大全》等。

崇禎間又用木活字印"邸報"，可以說是我國刊印報紙的起源。

明代承元之舊，風行全相本小說，上圖下文。《三國》《水滸》《西遊記》等小說，明代都有全相本，以福建刊印的最多。就是《孝經》《千字文》《列女傳》等也通行全相本。以後，從上圖下文，發展為冠圖，或插圖的書，稱為"繡像"，傳至今天不少。這種"全相""繡像"刻工極精美,成為我國版畫中的典型作品。

明代編的叢書,有《說郛》《寶顏堂秘笈》《格致叢書》等,多為節錄古書,分類彙編而成。後來的《津逮秘書》,則是古書的彙編,而不加節錄。

而《格致叢書》《寶顏堂秘笈》《子彙》《稗海》等所收各書,多經過任意刪節,使原書不全。

第三節　清代前期的圖書和出版事業簡介

努爾哈赤 1616 年在關外建立以滿州貴族為主體的後金(清)政權,經過兩代經營、擴張,不斷吸收明朝官僚、地主參加到統治集團中來。到皇太極(1627—1643 年)末年,在軍事上、政治上和經濟上,已發展鞏固成為與明王朝敵對的封建政權,並在軍事上不斷取得對明戰爭的勝利。在 1644 年乘明末農民大起義推翻明朝北京政權的時機,清政權的第三代統治者福臨,與明末官僚、地主武裝力量相結合,入主北京,同力掃滅農民起義軍和南方抗清力量,在北京建立了以滿漢統治集團為主的清朝政府,統治全國近三百年(1644—1911 年)。

清朝入關之初,實行了薙髮、圈地"投充"嚴屬逃亡法等壓迫政策,不斷激起人民的抗清鬥爭,終順治之世,未停止武力鎮壓活動,但也吸取明朝統治的經驗教訓,實行了一系列鞏固統治、擴大統治基礎的措施,如大力籠絡漢族地主、官僚、文武官紳,給以高官厚祿,宣佈免除明末"三餉",實行免賦稅,以安定人心,恢復生產,下令軍隊勿濫殺無辜,勿掠奪財物,焚燒村莊,以重軍紀,並規定嚴禁貪污,革除明末廠衛弊政,以整吏治,到康熙以後,便逐漸平定全國,鞏固統治,完成了統一。

清政權在清初軍事活動的同時,仍不忘"文治",從順治初年,即詔令纂修《明史》,但時修時斷,經康熙、雍正到乾隆朝始修成刊行,前後斷續近百年。實際編修時間達六十年。

康、雍、乾三朝,並開博學鴻詞科,以吸收明末文人儒士,並廣泛修纂字典、類書,編輯詩文集、政書。例如敕令張玉書等編《康熙字典》《佩文韻府》,命彭定術等輯《全唐詩》,張英等編《淵鑒類函》,張廷玉等編《駢字類編》,陳夢雷、蔣廷錫等編《古今圖書集成》。乾隆間並開四庫全書館,編纂大型叢書《四庫全書》及《四庫全書總目提要》等目錄書;開三通館,編纂"續三通"、"皇朝三通";修《大清一統志》等方志書。到嘉慶朝,開全唐文館,編《全唐文》,另外還有歷朝《實錄》《聖訓》《會典》等敕修、欽定圖書,大批大批地編纂刊行。

私人著述也空前發展,如嚴可均輯的《全上古三代秦漢三國六朝文》,私人匯刻的叢書、文集、官修的地方志。輯佚古書等工作也為前朝所不及,再加上考據、校勘、輯佚之風盛行於乾、嘉時代,對古代文獻的整理、注釋、辨偽作出了不少貢獻,給後代的古文獻研究整理工作積累了經驗。

清代的印刷出版事業,也大大超越前代,公私藏書和刻印圖書,質量都有很大發展,技術水平有很大提高。

1. 清代前期的圖書編纂簡介

(1)萬卷的大類書《古今圖書集成》,僅目錄即有四十卷。原在康熙年間由陳夢雷編纂,於康熙四十年(1701 年)完成初稿,四十五年(1706 年)繕成清本奏進。初名《古今圖書彙編》,後改名為《古今圖書集成》,未及刊行而清聖祖玄燁死。

清世宗胤禛繼位以後,逐一消滅其兄弟的勢力。因陳夢雷為皇三子胤祉的教授,被加以"招搖無惡"的罪名,謫戍塞外。雍正特命蔣廷錫為總纂,重新整理校訂陳夢雷編的《圖書集成》,三年後改編成萬卷巨著《古今圖書集成》,雍正四年(1726年)用銅活字刊印成書,雍正冠以御制序,蔣廷錫附了進書表稱"奉敕恭請聖祖仁皇帝(康熙)欽定《古今圖書集成》",陳夢雷竟不露名。

《古今圖書集成》全書除目錄外,分六彙編,三十二典,六千一百〇九部,一萬卷,具體如下:

一、曆象彙編,分四典:

乾象典二十一部

歲功典四十三部

曆法典六部

庶徵典五十部

二、方輿彙編,分四典:

坤輿典二十一部

職方典二百二十三部

山川典四百〇一部

邊裔典五百四十二部

三、明倫彙編,分八典:

皇極典三十一部

宮闈典十五部

官常典(職官典)六十五部(1—800卷)

家範典三十一部(1—116卷)

交誼典三十七部

氏族典二千六百九十四部(1—640卷)

人事典九十七部

閨媛典十七部

四、博物彙編,分四典:

藝術典四十三部

神異典七十部

禽蟲典三百十七部

草木典七百部

五、理學彙編,分四典:

經籍典六十六部,經、史、子、集、類書、雜著

學行典九十六部

文學典四十九部

字學典二十四部

六、經濟彙編,分八典:

選舉典二十九部

銓衡典十二部,官禄、考課、遷擾、致仕等

食貨典八十三部,食貨、戶口、農桑、田制等

禮儀典七十部,禮、樂、婚、喪、吊祀等

樂律典四十六部,樂律、歌舞、鐘磬等

戎政典三十部,兵制,田獵、陣法、水戰等

祥刑典二十六部,祥刑、律令、盜賊等

考工典一百五十四部,木、金、染、度量衡等

各典每部之前,列匯考、總論、藝文、紀事、雜録、外編。並有圖表、

列傳等項目,內容詳盡,區別清晰。在編輯體例和組織體系上,遠遠勝過以前的類書《太平御覽》和《永樂大典》。

《古今圖書集成》於雍正四年(1726年)即銅活字本六十四部,傳世無幾。以後又有幾種印本傳世。

點石齋印本。光緒十年(1884年)美國商人在上海創辦的點石齋,集股成立圖書集成局,以原銅活字本為底本,用新法鉛活字印一千五百部,每部裝成一千六百二十冊,目錄八冊。新印本書品縮小,冊數也減少。此為第一次重印本。

同文書局石印影制本。光緒十六年(1890年),見於點石齋鉛印本用字過扁,排列緊密,閱讀費目力,經總理各國事務衙門奏准,發到上海道交同文書局照殿本原式影印一百部。這是第二次重印本,這次重印,由委員詳加校訂,補了缺圖缺頁,分訂考證二十四卷附訂卷後,每冊副頁鈐有兩江總督關防,此書自光緒十八年複印,至二十年成,費時三年。

中華書局重印本。辛亥革命以後,上海中華書局採用康有為舊藏殿本重印,為減低成本,縮為上、下兩節聯印,為了完整,並登報徵借缺卷、缺頁補齊,此為第三次重印本。

這就是現有的《古今圖書集成》的四種版本,殿本即雍正年銅活字本;光緒十年點石齋鉛印本;光緒十八年至二十年印成的同文書局石印本;中華書局重印本。

(2)字書和韻書舉例

《康熙字典》

我國字書,自漢許慎撰《說文解字》始流傳後世,但此書重義而略於音。《說文》之後比較好的流通當世的字書,有梁顧野王的《玉篇》、唐的《廣韻》、宋的《集韻》、金的《五音集韻》、元的《韻會》(《古今韻會舉要》）、明官修的《洪武正韻》等為善。其餘不著名的還有很多，清康熙帝認為這些字書，有的所收之字繁省失中，有的所引之書濫疏無準，或字有數義而不詳，或音有數切而不備(見《康熙字典》御制序)，無一完備無瑕的字書。於是康熙四十九年，命令張玉書為首招集諸儒，集中力量編纂新字書，於康熙五十五年(1716年)編成刊印發行，名為《康熙字典》。

這部書的編纂，切音解義，是依據《說文》和《玉篇》，並取其他唐、宋以來字書之長，以明代《字彙》和《正字通》為藍本，加以增訂。諸書引證資料不完備的，又博采"經史百子以及漢、晉、唐、宋、元、明以來詩人文士所述，莫不旁羅博證，使有依據"(《御制序》)，使達到"古今形體之辨，方言聲氣之殊，部分班列，開卷了然，無一義之不備，無一音之不詳"的要求(同上)。

《康熙字典》一改《洪武正韻》以韻統字的編排方法，而採用部首分類法，按筆劃分排單字，每字首先列出"俗字"(即常用字)，次列"古文"。例如三(俗字)，古文弎;世(俗字)，古文卋等。有的字還列出小篆。再次注"音切"，並引"音切"出於哪一部古字書。再次依《說文》《玉篇》進行釋義，並引用始見古書，進行解釋本字的不同義例。切音、釋義，都注明出自何書。

此書的音切、釋義、引文相當龐雜，所以錯誤很多，如有的書名、篇名錯誤或妄改，有的引文錯誤或脫落，有的斷句錯誤及錯字等。清訓詁學家王引之作《康熙字典考證》，考正了引用書籍字句的錯誤二千五百八十八條，這還不過是其中錯誤的一部分。另外此書注意引古書釋字義，而忽略今義，對每字後世的通俗用法，則多未加說明、解釋。在解釋字義時也失於簡略，並不夠確切，但此書收字豐富，共收字47035字，並附有《篆字譜》，直到一九一五年《中華大字典》出版，收字達48000，才超過它。此書對閱讀古書的讀者，還是有一定的用處。

《康熙字典》的祖本為殿刻銅版桃花紙精印本,傳世者不多,為粹芬閣所藏,凡四十八大本,四千餘冊,上海世界書局就原刻本整理,新增檢字索引,篆字譜,字典考證,並附中外形勢全圖,於 1936 年縮版影印,裝成一大冊出版。

另外,上海同文書局有影印本,後中華書局據同文書局影印本製成鋅版印刷出版。1958 年,利用存版複印。1982 年,重印四次。這是當代流通本。

清末尚有不少木刻本流行,上海也出版了不少影印本,終清之世,流傳甚廣。

《佩文韻府》正集一○六卷,拾遺一○六卷,清康熙時張廷玉等奉敕編撰,是一部按韻編排的辭書。

此書是根據元代陰時夫編的韻書《韻府群玉》和明代淩稚隆編的《五車韻瑞》,加以增訂,補正而成,從康熙四十三年(1704 年)開始,到康熙五十年(1711 年)成書刊行,歷時八年;又於康熙五十五年(1716 年)四月至五十九年(1720 年)正月,編《韻府拾遺》附其後,拾補《佩文韻府》之遺漏,方成為今書。"佩文"是清帝書齋名,用以名書,此書按平水韻分韻編排,每韻為一部以韻統字,所以共分一○六韻目。

上平聲共十五韻目;
下平聲共十五韻目;
上聲二十九韻目;
去聲三十韻目;
入聲十七韻目。

其編排是每部之中收同韻的字,按詞語最下一字歸韻,然後同韻腳的詞語，取叶（xie）韻的二字詞、三字詞或四字詞的順序加以排列，同字數的詞，又按出自經、史、子、集的先後次序排列。所收單字，先注明音義，詞語下面則列出所出典。這些出典，先引出典最早的書，按次序排列。凡是《韻府群玉》和《五車韻瑞》兩書中原有的詞，則列於"韻藻"下，排列在前。新增的則標明"增"字，列在後面，再次列"對語"，即排列叶（xie）韻的對仗詞語。最後是"摘句"，彙集結尾與韻部對韻的詩句，詞、賦，籍以徵求典實，尋找章句，但都不注出處。

由此可見，每個韻目下都按單字、詞語、對仗語、摘句四個部分排列。

此書收單字一萬九千多個，典故約有九十多萬條，其資料都來自經、史、子、集詩賦雜書，其中的典故，包括典章制度、歷史掌故、名物來源、遺聞軼事等各方面，但其中大量的詩文語句，尤以唐、宋作品比重大，可稱為詩文典故的淵藪，對於閱讀古書，查找典故頗有使用價值。

《佩文韻府》最早的刊本是康熙五十年內府刊本，康熙五十九年刊《拾遺》。以後蘇州、廣州、江西等地都有翻刻本。光緒二十二年，上海點石齋出版石印本。商務印書館 1937 年出版的《萬有文庫》第二集本，共七大冊，正集一至五冊，拾遺一大冊，第七冊為四角號碼索引按王雲五編的四角號碼，就《佩文韻府》原詞依字首編為索引，對於首尾之字，檢索方便。

《駢字類編》二百四十卷，內補遺十六卷。

這部書與《佩文韻府》同在康熙時開始編撰，到雍正四年（1726年）才完成。這部書所收的都是"駢語"，即雙音詞或雙音詞組，單音詞和三字詞都棄而不錄。編排體例是把首字相同的詞語排列在一起，是齊首字，而不是齊尾字。單字是按字義分類，共分十三門：天地、時令、山水、居處、珍寶、數目、方隅、彩色、器物、草木、鳥獸、蟲魚、人事等。有些門下又細分為小類,如天地門下分:天、日、月、風、雲、露等五十八類;鳥獸又分雞、鴨、鵝、虎、鹿、兔等,每一類以字為首,列出以此字為首的詞語。這些詞語,又大致按其詞義加以排列。然後在每個詞下,依次從"六經""諸史""諸子"、詩詞中輯錄包括此詞語的典故,並注明典故出處的書名或篇名。

例如草木門"萍"字下的部分詞語及它的出典:

　　萍草　《李德裕感遇詩》:不及綠萍草,生君紅蓮池。

　　萍根　《淮南子》:萍樹根於水,木樹根於土。

　　萍實　《家居》:楚昭王渡江,江中有物大如斗,圓而赤。觸王舟,舟人取之,王大怪之,遍問群臣,莫之能識,王使使聘於魯,問於孔子,孔子曰:"此為萍實也,可剖而食之,吉祥也。唯霸者為能獲焉。"

　　萍水　《王勃滕王閣序》:關山難越,誰悲失路之人? 萍水相逢,盡是他鄉之客。

可見此書與《佩文韻府》,都是彙集、羅列含有某個典故的記載或詩文,給人查找典故提供方便。但此書按詞語意義分類編排,往往出現不恰當難查找的弊病,例如"花鼓""花腔""草書""草驢"編入草木門。此書由於出於眾人之手,體例不盡統一,又由於編纂倉促,多有錯誤,且採錄沉濫,使用不廣。

《駢字類編》收單字一千二百多個,典故卻有十多萬個,與《佩文韻府》的資料來源相同,只是編纂體例不同。此書最早的版本為雍正四年(1726 年)內府刊本。現有通行本為光緒十三年上海同文書局的後印本。

(3)清代前期史書舉要

《明史》三百三十二卷,目錄四卷,題為清張廷玉奉敕撰。其組成部分包括:

> 本紀十五　二十四卷,紀後有"贊"。
>
> 志十五　七十五卷,志前有序。計:天文、五行、曆、地理、禮、樂、儀衛、輿服、選舉、職官、食貨、河渠、兵、刑法、藝文。
>
> 表五　十三卷,表前有序,計:諸王、功臣、外戚、宰輔、七卿。
>
> 列傳二百二十卷,傳後有贊。
>
> 目錄四卷,標點本并為一,不分卷。

《明史》記錄了自元至正四年(1344年)朱元璋十七歲時入皇覺寺為僧開始,經至正十二年(1352年)入濠加入郭子興起義隊伍,1368年即皇帝位滅元建立明朝,稱明太祖建元洪武,至明思宗崇禎十七年(1644年)自縊死,共約三百年的歷史。實際上清入關後,南明政權在南方抗清建號歷三王,到順治十八年(1661年)才被清朝政權統一,而直到清康熙二十二年(1683年)才統一臺灣。

《明史》的創修,始於順治二年(1645年),未成而罷。康熙十八年(1679年)再開明史館,纂修明史,命大學士徐元文(顧炎武之甥)為史館監修,並以開設博學鴻詞特科的名義,網羅在野名人才士及明遺臣,徵聘文士五十餘人為編修,總裁官先用葉方藹、張玉書。其後,湯斌、徐乾學、陳廷敬、張英、王鴻緒等相繼為總裁,徐元文征萬斯同(黃宗羲的門生)以私人資格參加修史和編纂工作,分工進行,陳廷敬任本紀,張玉書任志、表,王鴻緒任列傳,而均經萬斯同審閱,列傳部分,實出萬氏之手。約在康熙三十年(1691年),全書初稿已完成五百卷。又十一年,萬斯同卒。康熙五十三年(1714年),王鴻緒將列傳部分刪定為二〇五卷,進呈於朝廷。雍正元年(1723年)又將本紀、志、表等合成奏進,全稿三百十卷,題為《明史稿》,以橫雲山人(王鴻緒的號)名義刊行。當年,王鴻緒卒於北京。

雍正二年(1724年)張廷玉為史館總裁,召諸臣就王鴻緒署名刊行的《明史稿》,再加增損、訂正,經過十五年的修訂,至乾隆四年(1939)七月二十五日,全書告成,由總裁張廷玉表進,遂題其名。明史成書,先後費時六十年(自康熙十八年至乾隆四年),經過三次修訂,史料價值較高,是唐以後官修史書中比較體例嚴謹、文筆雅正的一部史書,正符合萬斯同撰史必須"事信而言文"的主張。但由於萬氏死後,王鴻緒對其原稿進行刪改,以至萬氏原稿已不見於今日。

《明史》修撰於康熙時,去前朝未遠,依據資料較豐富。首先是明代各朝實錄(除建文帝外)有三千卷,《明會典》為典章制度的依據。其次,明中葉以後私人所修史書頗多,如黃宗羲有《明文海》四百八十二卷,《明史案》二百四十四卷,顧炎武有《皇明修文備史》四十冊,又輯存有關資料七十五種,約一二千卷;又有鄧元錫的《明書》、朱國禎的《明史概》、陳建的《皇明通紀》、王世貞的《弇州史料》都可參考取材,加上有飽學精研史學的史家參加總裁及編纂;又有能暗誦實錄,博通諸史熟習明代掌故,長遊四方向耆老考求遺書史事的學者萬斯同參與編修審閱,所以這部史書,既能遵前史書之例,又有所創新,例如諸志中有創新改變前例的一是曆志增以圖,二是藝文志只載明人本朝著述,各表除從舊史例的《諸王表》《功臣表》《外戚表》《宰輔表》四表外,新創《七卿表》(以六部合都察院為"七卿"),列傳則新創《閹黨傳》《流賊傳》《土司傳》。

明史於乾隆四年修成後,即由武英殿刊行,是為原刊本,與後來刊行的各史書合成二十四史,是為殿本二十四史。

《明史》新校點本,即用武英殿本為底本,參以《明實錄》《明史稿》《明會典》等書,進行校點、分段,於 1974 年由中華書局出版。

《國榷》一百四卷,首四卷,共一百八卷,是明末清初人談遷所撰。此書新中國成立前從無印本,流傳靠傳鈔,很少人知道,直到 1958 年才由古籍出版社分精裝六冊出版。此書是一部編年體的明史,共四百餘萬言,内容記載始於元天順帝天曆元年(1328 年),終於明福王弘光元年(1645 年),按年、月、日編年記錄作者認為重大的史事,對談遷來說,可以說是當時人寫的當時史,材料詳實可信。今日印本,是海寧張宗祥先生根據蔣氏衍芬草堂抄本和四明盧氏抱經樓藏的鈔本互相校補後重分卷而編排成的卷數。

談遷(1594—1657),原名以訓,字仲木,號射父,改名遷,字孺木,號觀若,明亡後自署“江左遺民”,浙江海寧縣棗林人,明諸生,終身不仕,一生多為人傭書,或為記室,致力於子史百家之學,熟習歷朝典故,並酷愛歷史。他見於明朝實錄多因避諱書寫失實,一些私家編年,多“偽陋膚冗”錯訛百出,於是“竊感明史而痛之,屢欲振筆”(見談遷《國榷》自序),立志編寫明史。明天啟元年(1621 年)開始,他以明實錄為基礎,參閱諸家史書及私人編年達一百餘種,編寫《國榷》,到天啟六年(1626 年)完成了初稿。崇禎朝史事及南明史,因無實錄,他又採訪調查,參考邸報,續崇禎、弘光兩朝事,到清順治二年寫成。不意兩年後,原稿全部被竊,給談遷以突然的打擊,但他不氣餒,振作精神,發憤重寫,幾年中又編寫成稿。恰逢義烏朱之錫任弘文院編修,聘談遷為記室,遂於順治十年攜《國榷》書稿隨朱之錫北上,到北京後,談遷遍訪降臣、皇親、宦官和公侯門客,採集明末遺聞軼事,並參邸報,以作補充訂正,歷經三十餘年之功,書稿先後進行再纂和六次修改,終於成編。順治十三年(1656),談遷攜稿南返海寧故里,當時已六十三歲。不幸第二年應故友之邀赴山西,病死於平陽(今臨汾),終年六十四歲,書稿止於弘光元年(1645),似未完成原來編史計畫。

《國榷》全書,對明萬曆以後事敘述最詳。他對引用的資料,都進行認真的選擇和考證。記述史實態度慎重嚴謹,並敢於秉筆直書,而無避諱,對過去實錄和明史中避而不談的事,都敢於根據可靠的材料,如實地全盤托出。例如明太祖朱元璋晚年興大獄殺功臣的胡惟庸、藍玉之獄,株連論死的數百人,實錄避而不明書其史事,《國榷》則直書其始末。又如明建文帝一朝事,實錄則盡力抹煞,將其四年中的史事移入洪武朝,《國榷》則直敘其事,並詳述明成祖朱棣殺方孝孺及株連宗戚八百餘人的事。

此書由於從未刊行,未經過乾隆朝四庫全書館的竄改、抽毀,保存了《明史》避而不書的滿州先世建州女真的歷史。如永樂元年十一月敘"女真野人頭目阿哈出等來朝,設建州衛軍民指揮使司",永樂八年八月乙卯敘"建州衛指揮使釋家奴為都指揮僉事,賜姓名李顯宗"等記載,可以補《明史》之缺。

此書的一些史論,能不避諱,並借其他學者的史論,載入書中,如對朱元璋殺功臣,朱棣殺方孝孺興大獄株連太廣之事,對明武宗、熹宗朝政治腐敗等均有論。

對明崇禎一朝的歷史,因無實錄,僅據邸報、方志及其他史家著述,及一些官吏、遺民的口述,得保存這一部分明末的歷史記錄。所以這部明史,是資料價值較高的。

全書卷首四卷,是綜合性的記述,分作大統、天儷、元潢、各藩、輿屬、勳封、恤爵、戚畹、直閣、部院、甲科、朝貢等門。正卷則編年敘事。

此書缺點是敘述文字過簡略,前後失去照應。有同一事兩見,甚至有張冠李戴之外,對災異祥瑞敘述過繁,也是缺點。參考時應注意。

　　《十國春秋》，清初吳任臣撰，為學習五代十國時期歷史不可不讀的一部史書。據此書魏禧序載，此書是“採擇詳博而精於辨核，為文明健有法”，材料豐富而可靠的一部書。

　　吳任臣，字志伊，號托園，仁和（今浙江杭州）人，與顧炎武交遊甚密。他於清康熙十八年（1679年）應博學鴻詞科試，被錄取，授翰林院檢討，任明史館編修，著作很多，《十國春秋》成書於康熙八年（1669年）仕清以前。據他在此書自序中說：“古史於正統為特詳，至偏霸人物事實恒略而不備”，所以他要“取十國人物事實而章著之”，使十國在歷史上能與五代抗衡，由於他用“正史”慣用的紀傳體來寫本未全稱帝的十國歷史，並在其中特別突出南唐，實際上等於尊南唐為正統，而貶斥中原的五代。

　　《十國春秋》全書一百一十四卷，其中統記十國的紀元、世系地理、藩鎮、百官等五表佔六卷，其餘一百零八卷，包括：

　　　　南唐二十卷；
　　　　吳十四卷；
　　　　前蜀十三卷；
　　　　後蜀十卷；
　　　　吳越十三卷；
　　　　閩十卷；
　　　　楚十卷；
　　　　南漢九卷；
　　　　北漢五卷；
　　　　荊南四卷。

在十國史中,並附有"論曰"為起語的史論,以諸邦興亡始末原因為鑒。

此書是博采群書資料,而又經過審核而編成的一部信史,其材料中,有的采自正史、霸史、雜史,也旁采小說家言,遇有材料相異的,擇善而從,其相異材料作為自注附記於正文之下。《凡例》中列徵引各書達一百餘種,有些今已不傳。

吳任臣以一個人的力量,完成一百十四卷,跨越近百年的一部史書,在編纂方面前後抵牾之處很多,但終還不失為一部材料豐富的史書,補足了我國史書系統中十國無獨立史書這一段空白,與崔鴻的《十六國春秋》上下相繼。

清代乾嘉時期有三大史學名著,即王鳴盛(1722—1797 年)的《十七史商榷》,錢大昕(1728—1804 年)的《廿二史考異》和趙翼(1727—1814 年)的《廿二史劄記》。

王鳴盛,字鳳喈,嘉定人,自幼喜史學,並研究經史、詩文。於乾隆十九年(1754 年)三十三歲時考中一甲進士,授翰林院編修,大考翰詹第一,提升為侍讀學士。任福建鄉試正考官,不久又提拔為内閣學士兼禮部尚書。因犯了濫支驛馬的錯誤,降職為光禄寺卿,後因喪妻歸家,即辭官不仕。嘉慶二年卒,年七十六歲。

《十七史商榷》是上起《史記》、下迄《五代史記》的宋代曾刻的十七部史書。明末清初,毛晉汲古閣刻本十七史,流傳已久,但從未有全部校勘一周者。王鳴盛對此書進行校勘,改偽文,補脱字,去衍文,又對其中的典章制度事蹟,考證其異同,訂正史跡,除購借善本再三校勘外,並"搜羅偏霸雜史,稗官野乘,山經地志,譜牒簿録,以及諸子百家,小說筆記,詩文別集,釋老異教,旁及鐘鼎之款識,山林冢墓祠廟伽藍碑碣斷缺之文,盡取以供佐證"(見《十七史商榷綴言》),經過二十年的讀校、考訂,簡眉牘尾都佈滿考訂文字,於是謄錄於別秩,寫成淨本,成《十七史商榷》一百卷,內容包括:

《史記》六卷;

《漢書》二十二卷;

《後漢書》十卷;

《三國志》十卷;

《晉書》十卷;

南史合宋、齊、梁、陳書十二卷;

北史合魏、齊、周、隋書四卷;

新舊唐書二十四卷;

新舊五代史六卷;

綴言二卷,分論史家義例。

王鳴盛原據毛刻汲古閣本十七史,本無舊唐書、舊五代史,而在《商榷》中,則及之,王氏未及見宋、遼、金、元及明史,故僅及十七。

王鳴盛說"讀史者不必以議論求法戒,而但當攻其典制之實;不必以褒貶為與奪,但當考其事蹟之實。"這可以說是他此書的主導思想。所以他的這部書,無褒貶議論,而但事校仇考證,考訂史實外,詳於輿地、職官、典章制度名物,實際考訂的有十九史。

此書版本通行本,1937年商務印書館排印初版,1958年重印,分上、下兩冊。

第九十九卷及一百卷綴言一、二,考及通鑒及通鑒紀事本末等書,及十七史、二十一史。

錢大昕,字曉微,號竹汀,也是嘉定(今屬上海市)人。乾隆十六年(1751年)召試中舉人,授内閣中書。十九年(1754年)成進士,選翰林院庶吉士,散館授編修,大考二等一名,提升為右春坊右贊善。歷任山東鄉試,湖南鄉試正考官,浙江鄉試副考官,大考一等三名,提升為翰林院待講學士。乾隆二十四年(1759年)入上直房,遷詹事府少詹事等官,充河南鄉試正考官,不久,提督廣東學政,乾隆四十年(1775年)以後主講鍾山、婁山、紫陽等書院。嘉慶九年(1804年)卒,年七十七歲。

錢大昕對經史有精湛的研究,並熟習文字、訓詁、音韻、天算、地理,氏族、金石諸學,對於音韻、訓詁之學有不少創見,其學說散見於《潛研堂文集》和《十駕齋養心錄》等集中。

《廿二史考異》一百卷,是錢大昕在乾隆四十五年講學於各書院時完成的一部以校勘、考據、訂正方法,考二十二史(二十四史中去舊五代史和明史)的著作,對各史記載中的謬誤,抵牾之處,進行考訂,對歷代典章制度、地理沿革、遼金國語、蒙古世系,也作了部分考證,其方法是以史考史,以史證史。據錢大昕在此書序中說,他弱冠好讀史部書"通鑒以後,尤專斯業"。那就是從乾隆十六年至四十五年盡三十年之功,才完成此書。自《史記》至於《元史》,逐步進行考訂,撰成這部史學名著。

此書通行本,除清代刻本外,1937年商務印書館初版為排印斷句本。1958年於北京重印,全二冊。

趙翼,字雲崧,號甌北,江蘇陽湖(今常州)人。乾隆十五年(1750年)二十三歲中秀才,十九年(1754年)二十七歲時中舉人,選充内閣中書,入直軍機。乾隆二十六年(1761)三十四歲中進士,授翰林院編修。後出知廣西鎮安府,又調廣州知府,擢貴州貴西兵備道。乾隆三十七年(1772 後)四十六歲被劾降職,以侍奉老母為名,辭官歸家。此後四十餘年一直居家專心讀書,考證經史百家不再出仕。嘉慶十九年(1814 年)卒。終年八十八歲,一生著作很多。《廿二史劄記》是以讀書筆記形式寫成的。這部書與《陔餘叢考》都是辭官後居家所作,"多就正史紀表志中參互勘校,其有抵牾處,自見輒摘出,以俟博雅君子訂正焉"(見該書小引)。可見趙翼撰《廿二史劄記》,是以本史互證,又以各史互證的方法撰成,因此在史實的考訂上比較可靠,《劄記》彙集類似的或互相連繫的事例,提出歷史上的問題,並闡述自己的看法,並以此作為標題,分條錄議。

例如卷八《晉書》"九品中正"條,趙翼彙集了各傳關於九品中正的記載,敘述其產生、特點和流弊,說明了歷時四百餘年的九品中正制,舉出具體事例,述其流弊,最後得出結語為"真所謂上品無寒門,下品無世族,高門華閥有世及之榮,庶姓寒人無寸進之路。選舉之弊,至此而極。然魏、晉及南北朝三、四百年,莫有能改之者。蓋當時執政者,即中正高品之人,各自顧其門戶,因不肯變法,且習俗已久,自帝王以及士庶皆視為固然,而無可如何也。"這說明九品中正的選舉制,是既得利益的當權者世家大族集團,維護其特權和統治地位的工具。因此使"是時中正所品高下,全以意為輕重","上品者非公侯之子孫,即當途之昆弟"(《晉書·段灼傳》),"高下任意,榮辱在手"(《晉書·劉毅傳》)。

又例如卷五,《後漢書》"東漢宦官"條首先歷述東漢宦官之見用,竊權干政,及朝臣與宦官之互相傾軋,以致最後宦官"手握王命,口銜天憲","宮府內外,悉受指揮"的局面。

趙翼《劄記》在敘述歷史事實的發生發展及其後果的源流,闡述己見的同時,還加上對一代大事和人物的評論,如在卷七《三國志》《晉書》下"三國之主用人各不同"條內,評論曹操初起時用人,"能用度外之人"，及其"削平群雄，勢位已定"則以嫌忌殺人。"然後知其雄猜之性"謂其以前"用度外之人"，是"以權術相馭。"

另外，《劄記》對歷代正史，進行考訂，對許多史書的編寫人，編寫經過，成書時間，材料來源等都進行了考訂，並通過考異，辨誤，糾謬等形式，對史書記事、編纂進行辨析、考訂。

例如卷一《史記》《漢書》"史記自相歧異"條、"史漢不同處"條，即屬考異；卷一《三國志》《晉書》下"借荊州之非"條，卷二十四《宋史》下"趙良嗣不應入奸臣傳"條，都屬於辨誤。而《宋史》下"宋史各傳錯謬處"條，則屬糾謬。

趙翼對歷代正史史料價值的高下，編纂方法的優劣，也都加以評論，他對於一些重大歷史問題，都考證其淵源，評論其利弊，探索其治亂興衰之狀，並以經世致用之旨，研究歷史，總結歷史經驗以為借鑒。

《廿二史劄記》於乾隆六十年(1795 年)完成初稿，曾刊版行世，至嘉慶五年(1800)最後定稿，與《陔餘叢考》《甌北詩話》等七種合編為《甌北全集》。後世重刻，皆以全集為據，說是二十二史，實際上《劄記》所論及的是有《舊唐書》《舊五代史》加進去的二十四史。

《廿二史劄記》全書三十六卷，又補遺一卷，標列條目五百七十八條。清人周中孚評論此書"其持論不蹈襲前人，亦不有心立異，於諸史審定曲直，不掩其失，而亦樂道其長"（見《鄭堂讀書記》卷三十五），評論相當確切。

但書中缺點錯誤也不少，除立場觀點方面的問題外，也尚有議論膚淺謬誤，引用素材錯誤，以致張冠李戴之處，如對歐陽修的《新五代史》《新唐書》及《明史》，都推崇過高。但此書仍不失其資料價值。

當前通行本，有中華《四部備要》本，收入史部，前有嘉慶五年錢大昕、李保泰序，乾隆六十年作者小引。

《文史通義》,清章學誠撰。

《文史通義》是一部縱論文史,評品古今學術的著作。這部書因為要為著作之林校讎得失,品藻流別,進而討論筆削大旨,所以本書的寫作方法用的是辯駁評論的體裁,其中心以討論文史理論為主,而側重於史,有的篇章是分別論述文史的,而大多數篇章是文史兼論,還有一些篇章是屬於哲學範疇的。全書內容比較龐雜,又沒有明確的組織條例,實際上是一部經、史、詩文的學術論文集。

全書內篇各篇泛論文史,外篇各篇專談方志,另有《校讎通志》三卷,討論甄別書籍部次條例的義例。全書是作者自乾隆三十七年(1772)開始寫作,歷三十年而成的心血結晶,作者逝世前尚未完成定稿,所以,究竟包括多少篇章,至今無法定論。今存刊本,是章學誠臨終前數月,將所著文稿委托蕭山王宗炎代為校訂的王氏的編排分類,章學誠是否看過,今已不得而知。但章氏次子華紱道光十二年刊定的"大梁本"序中說,王氏校本"所遺尚多","有與先人原編篇次互異者",因而在開封另行編印"大梁本",勘定《文史通史》為內篇五卷,外篇三卷,《校讎通義》三卷,"先為付梓"。

目前流傳的《文史通義》有兩種主要版本,一是1922年劉氏嘉業堂《章氏遺書》本,這是劉承幹依據王宗炎所編的目錄加以補訂刊行的;另一種道光十二年(1832年)華紱在開封另行編印的"大梁本"。兩種版本相較,內篇分卷及排列次序均不同,《章氏遺書》本為六卷,"大梁本"為五卷。總篇數前者多出《禮教》等八篇,而少《婦學篇書後》,內容差別不大。外篇雖皆分為三卷,而內容則完全不同,《章氏遺書》本為"駁議序跋書說","大梁本"則為論述方志之文。何者為章氏原本,前人已多有爭論。

1956年古籍出版社出版的《文史通史》即是根據《章氏遺書》本排

印,包括内篇六、外篇三、補遺、補遺續。不僅"大梁本"外篇三篇全未收入,而且在"出版說明"中也未介紹其版本内容。清末以來至新中國成立前,杭州、廣州、貴州等處書局刊本以及世界書局、文化書社發行的《文史通義》排印本均採用"大梁本"。呂思勉先生所作的《文史通義評》也採用此本。所以今日研究《文史通義》最好兩種版本參照,始能窺其全豹。

章學誠(1738—1801),學實齋,號少巖,浙江會稽(今紹興市)人,父親章鑣是乾隆七年(1742年)進士,十年後方得任湖北應城知縣,任職五年,便"以疑獄失輕免官"。因"貧不能歸"故里,僑居應城,以講學維持全家生計。章學誠年方弱冠即喜讀史,多次應順天府鄉試,都落選。三十一歲,父親去世。直到四十一歲(乾隆四十三年,1778年)才考取進士。但一生中主要靠主講書院、編修方志和做幕僚為生,曾主講保定蓮池書院及南北各書院。先後編修過《和州志》《永清縣志》《亳州志》和《湖北通志》。五十歲(一說五十三歲)經周震榮介紹,入湖廣總督畢沅幕府與邵晉涵等參與編修《續資治通鑒》,並想借畢沅的力量仿《通考·經籍考》,編修《史籍考》。至畢沅死而未成,稿佚而未傳至今。章氏政治上不得志,生活上窮困潦倒,但仍把畢生精力用於學術研究上,致力於"辨章學術,考鏡源流"。於三十歲以前即有志撰寫《文史通義》,於乾隆三十七年(1772年)開始撰寫,其中《浙東學術》一篇,完成於章氏逝世前一年。並"撰著於車塵馬足之間"僕僕風塵之中,直到章氏逝世,此書尚未定稿,只得將所著文稿,交蕭山王宗炎代為校定。

《資治通鑒後編》一百八十四卷,清徐乾學撰。

徐乾學(1631—1694年),是江蘇省崑山人,字原一,號健庵,康熙九年(1670年)進士,授編修,累官至左都御史、刑部尚書。曾受詔為

《大清會典》《一統志》及《明史》副總裁。著有《讀禮通考》一百二十卷,搜集唐、宋、元、明學者解經著作,匯為《通志堂經解》。藏書極富,有《傳世樓書目》傳世,另有《憺園集》等。與弟徐元文(1634—1691年)、徐秉義號稱"崑山三徐"。康熙三十年(1691年)被控告奪職,三十三年卒,終年六十四歲。

徐乾學認為元、明人續《通鑒》者,都不足以繼司馬光之後,如明人薛應旂的《宋元通鑒》一百五十七卷,内容多錯誤,王宗沐的《續資治通鑒》六十四卷,内容又太簡略,徐乾學與鄞縣萬斯同、太原閻若璩、德清胡渭等,得宋李燾的《續資治通鑒長編》殘稿一百七十五卷為參考,又因主修《清一統志》得地方志書材料較多,於是排比正史,參閱諸書,撰成《資治通鑒後編》,起於宋太祖建隆元年(960年)終於元順帝至正二十七年(1367年),為宋、元兩代編年史,以續《通鑒》。書修成後,未進呈於朝,乾學歿,僅存原稿。惟缺十一卷。書中多有塗改刪改處,相傳為閻若璩手跡。此書稿,對史跡的先後詳略,有應該參訂之處,即仿司馬光修《通鑒》的體例,作"考異"加以訂正,並採摘足以參考的史家議論,繫於各條之下,有的附載作者己意,也依司馬光例,標為"臣乾學曰",以與他人議論區别。

此書修撰時,四庫全書館尚未開設,明代的大類書《永樂大典》也仍庋藏秘府不得見。許多當時的史書,都未及參考,所輯的北宋史事大都以李燾的《續資治通鑒長編》殘卷為藍本。所以所據的材料不夠全面。宋嘉定(南宋寧宗)以後,元文宗至順以前(1330年)一段,更嫌過於簡略。至於南宋末昰、昺、二王的事蹟,都是因襲舊史,不加考證。但由於修此書時,徐乾學正領《一統志》史局,多見宋、元以來郡縣舊志,而萬斯同、閻若璩等長於地理學,所以此書所載輿地方面的材料最為精當,有不小的參考價值。徐乾學修此書時,用力較深,訂誤補遺處也有前人所不及者,比較明人所修《續通鑒》,實遠勝之。

《續資治通鑒》二百二十卷,清畢沅撰。

內容包括宋紀一百八十二卷,元紀三十八卷,敘事起自宋太祖建隆元年(960年),終於元順帝至正二十八年七月(1368年),記錄二十六主,四百十一年的宋、元兩朝編年史事,為司馬光《資治通鑒》的續編。

畢沅(1730—1790年)字秋帆,自號靈巖山人,江蘇鎮洋(今太倉)人。乾隆二十五年進士,官至陝西巡撫、河南巡撫、湖廣總督。在湖廣總督任內,召集當時史學名家邵晉涵(乾隆三十六年進士)、章學誠等修《續通鑒》,以宋、遼、金、元四朝正史為經,參閱徐乾學的《通鑒後編》、李燾的《續通鑒長編》、李心傳的《建炎以來繫年要錄》《契丹國志》以及各家說部文集約百餘種,仿通鑒考異之例,著有考異,依胡三省例分注各正文之下,以求"事必詳明,語歸體要"。經二、三十年之功力,四易其稿,於乾隆末年完成此書,上與《通鑒》相銜接,而詳於宋,略於元,以遼、金兩朝大事與宋史並重編寫,實是一部宋、遼、金、元的編年體史書,取材豐富,文筆雅正。只是全書多採取舊史原文,缺乏剪裁,不免有誤。畢沅死後,此書於嘉慶六年(1801年)全部刊行,雖題為畢沅撰,實出他人之手。

通行版本,除嘉慶原刊本外,尚有同治年間江蘇金陵書局重刻本,及《四部叢刊》本、《四部備要》本等。新中國成立後,有分段校點排印本,由中華書局與《資治通鑒》合併出版。

《東華錄》,蔣良騏編輯。清乾隆三十年(1765年),政府重開國史館於東華門內,當時蔣良騏任編修,根據《實錄》《紅本》(即題本)和其他官修史書,摘錄"朝章國典、兵禮大政與列傳有關合者"(見《東華錄序》)成書三十二卷,稱《東華錄》。敘事自清初至雍正十三年,並追述滿洲先世。乾隆間成書，初無刊本，只有抄本流傳。咸、同間始有刻本行世。

蔣良騏（1723—1789）字千之，一字嬴川，異鄉石岡人，生於雍正元年，卒於乾隆五十四年，終年六十七歲。自乾隆十六年成進士後，仕清近四十年，平生著作不少。嘉慶續修廣西《全州志》卷八人物志中，載其生平較詳。

1980 年，中華書局出版林樹惠、傅貴九《東華錄》校點本。另外還有《十一朝東華錄》，是王先謙、潘頤福先後於光緒初年修撰，敘事起清初至同治朝。材料來源，主要是清歷朝實錄。雍正以前與蔣良騏《東華錄》內容重複，但較蔣錄詳盡，可是有些實錄所不載的材料，卻為蔣錄所保存，而王錄則缺，所以兩書應互參使用。

王先謙（1842—1917），湖南長沙人，字益吾，號葵園，羅致文人，編校大批古籍和歷史文獻，校刻有《皇清經解續編》，編有《漢書初注》《後漢書集解》《荀子集解》《莊子集解》等及此書。此人政治上反動，反對戊戌變法，破壞維新運動，對抗資產階級民主革命運動。

《光緒朝東華錄》二百二十卷，為朱壽朋續王錄所作，載光緒朝三十四年間史事，敘事起於同治十三年（1875 年）十二月，止於光緒三十四年（1908）九月，十月以後事記入《宣統政紀》，凡四百六十萬言，宣統元年出版。當時《清德宗實錄》尚未纂修，所以此書所依據的材料主要來自邸鈔、京報，部分來自當時報紙的記載。由於此書為續王錄，且體例相同，故又稱《東華續錄》。

此書因無實錄依傍，故錄奏報最多，且多長篇全文輯錄，內容豐富，為後來編輯的《德宗實錄》所不及，全書材料多於實錄四分之一。

此書宣統元年由上海集成圖書公司用扁體鉛字排印出版，訂為六十四冊，別無其它版本。1958 年中華書局斷句重印，分五大冊出版，是為通行本。

(4)政書

《續三通》和《清朝三通》

清乾隆時,成立三通館,修續三通和清朝三通,以續唐杜佑的《通典》、宋鄭樵的《通志》和元馬端臨的《文獻通考》。

《續文獻通考》共二百五十卷,始修於乾隆十二年(1747年),由大學士嵇璜等奉敕撰。以元馬端臨《文獻通考》為基礎,於《郊社考》中分出《群祀考》一門,《宗廟考》中分出《群廟考》一門,由二十四門增為二十六門,内容包括南宋後期及遼、金、元、明五朝的典章制度事蹟。

《清文獻通考》三百卷,原名《皇朝文獻通考》,清亡後,通用此名。原為《續文獻通考》的一部分。乾隆二十六年(1761年),提出另成一部,其分類承《續文獻通考》,也分為二十六門,内容細目以當時制度之變化有所增減,時間修至乾隆朝。

《續通典》一百五十卷,乾隆三十二年(1767年)嵇璜等奉敕撰。體例門類仿杜佑《通典》,只是《兵》《刑》分例,由八門增為九門。内容起自唐肅宗至德元年(756年)上續《通典》,下迄明崇禎末(1644年)。

《清朝通典》一百卷,體例内容均續《續通典》,而刪其清代所不行之項目。其《州郡典》不適於清代,改以《清一統志》為準。取材均以《大清通禮》《大清會典》等書為主。原名《皇朝通典》,清亡後改今名。

《續通志》六百四十卷,篇目、體例均續鄭樵《通志》,仍分為紀、傳、譜、略等部分而略有調整,《藝文略》除仿鄭樵舉書名、卷數、作者外,又增加了作者的籍貫,著錄也加詳,内容與《通志》相接,止於明崇禎末。

《清朝通志》一百二十六卷,不錄記、傳、譜,僅撰成二十略。止於清乾隆朝。

以上《續三通》和《清三通》,乾隆五十一年始全部完成。内容止於乾隆五十年,清末浙江書局覆刻武英殿《續三通》及《清三通》與正《三通》合刻,稱為《九通》。

後清光緒二十年,進士劉錦藻(1854—1929年)用個人之力,費數十年之功,於1921年撰成《清朝續文獻通考》四百卷,上起乾隆五十一年,下止宣統三年,門類照《清通考》增加四門,共為三十門(增外交、郵傳、實業、憲政)。

其《經籍考》著錄《四庫全書總目》以後清代重要著作極詳,《子部·雜家類》中詳列了清代叢書子目一百餘種。

此書撰成後有鉛印本,商務印書館萬有文庫第二集收入此書與《九通》合編為《十通》,為流通本。

(5)地理志書

清代地理志書,空前興盛,繼承發展前代修方志的傳統,在理論上和實踐上都出現了繁榮局面。據《中國地方志聯合目錄》(初稿)統計,清代方志達五千八百餘種,超過歷代方志總數,不僅省、府、州、縣各有志書,甚至一些村鎮鄉里,也首次出現了志書。如《甘棠小志》(江蘇甘泉縣邵伯鎮之別稱)、《天津楊柳青小志》等。

清代方志之盛,由於清代經濟文化的繁榮,和自上而下的重視修志工作,學術界更致力於方志之編修。如清康熙初,就下詔各省督撫,聘集宿儒名賢,接古續今,纂輯通志,並將順治間河南巡撫賈漢復主修的《河南通志》"頒著天下為式"。雍正朝又詔令各省纂修通志,以備一統志之採擇,特別是頒佈各省、府、州、縣志六十年一修的命令。乾嘉朝並三修《一統志》,出現了全國上下修志的高潮。許多著名學者,均有志書修撰,如錢大昕除校正地志外,並纂修《長興縣志》《鄞縣志》,黃宗羲修《浙江通志》,王鳴盛纂《嘉定志》,朱彝尊修《新安志》等等。章學誠不僅纂輯有《湖北通志》等方志,而且對修纂方志範圍、體例、要領、技巧，以至修志的機構設置，都進行了系統的研究，並提出了獨創的見解，為方志學的建立作出了貢獻。今舉清代方志中的代表作《大清一統志》《讀史方輿紀要》《日下舊聞考》等書為例，以見一斑。

《讀史方輿紀要》一百三十卷，是顧祖禹（1631—1692 年）從清順治十六年（1659 年）開始，直到臨終前康熙三十一年（1692 年），歷三十年之功撰成的，參考二十一史一百餘種方志，以明末清初行政區劃為標準，敍述府、州、縣疆域、沿革、名山、大川、關隘、古跡等，注重考訂古今郡縣變遷及山川險要戰守利害等。

首列歷代州城形勢，考鏡其源流。次及北直隸（京城所在），南直隸十三省、川瀆分野等部分，並附有圖表。

歷代州域形勢紀要，前有序，考其自唐虞三代、春秋戰國、兩漢、三國、晉南北朝、隋、唐、五代、宋、元、明以來的歷代疆域變遷，行政區劃，府、州、縣設置、數目、興廢、人口等。

次總敍北直，即直隸方輿紀要，北直隸地區封疆、沿革形勢，歷代建都幽燕的根據；北直自堯舜至明代的設州分郡、沿革，及明代所設府、州、縣的沿革，以及山川險要，關隘。再分敍北直所屬各府、州、縣、衛所的疆域沿革、形勢、山川形勢、關隘、館閣、廢縣以及屯衛。

如此分敍十三布政司所司的十三省，分層敍述。所以《讀史方輿紀要》這部書，既有總志，又有分志；既有史的發展沿革，又有當時政治區劃，關隘險要，並附以圖，是研究我國軍事史和歷史地理的重要參考。

此書現可見的版本有清嘉慶十六年（1811 年）龍萬育敷文閣刊本，光緒二十五年（1899 年）鄒代過重刊三味書室本，辛亥革命後商務印書館依龍本排校斷句的萬有文庫本和國學基本叢書本。

1955 年中華書局據商務《國學基本叢書》本原版重印，是為現通行本。

《大清一統志》,自康熙十一年,就接受保和殿大學士衛周祚的上奏,下詔各省纂修通志,包括天下山川、形勢、戶口、丁徭、地畝、錢糧、風俗、人物、疆圉、險要等項目,以作為修一統志的準備。康熙二十二年(1683年),令禮部檄催天下各省修通志,限期成書,巡撫布政司,主管官府對方志的審查。在詔令各省修志的基礎上,清乾隆至道光,纂一統志共三次。

> 乾隆八年(1743年)修成三百四十二卷。
> 乾隆四十九年(1784年)修成五百卷。
> 道光二十二年(1842年)成書五百六十卷。道光一統志,因始於嘉慶年間,所以稱《嘉慶重修一統志》,是清代比較完善的全國性地志。

《日下舊聞》和《日下舊聞考》是一部專志北京都城的志書。

《日下舊聞》四十二卷,是清康熙時著名學者朱彝尊所撰。他認為北京自遼、金、元、明以來,為歷代建都之地,應有專書記述,於是發憤采摭群書,自六經國史、詩文別集、百家、佛道,以至海外載記、殘碑壞碣,無不搜集,採摘引用各種書籍共一千六百多種,撰成此書。朱彝尊的兒子朱昆田繼承父業,繼續搜集補充,完成《補遺》附各卷之後。

全書記述北京掌故史跡,上自遠古,下至明末,內容分星土、世紀、形勝、宮室、城市、郊坰、京畿、僑治、邊障、戶版、風俗、物產、雜綴等十三門,而以石鼓考列後,將徵引的前人資料,逐條排比、纂列,記載詳備,採摘淵博,為清代學者所重視。繆荃孫等認為此書價值已超過前代最佳京城志書《三輔黃圖》和《長安志》。

清乾隆三十九年(1774年),下令對朱彝尊的《日下舊聞》進行考證、補充,于敏中總裁編纂。敕令竇光鼐、朱筠等大量人力除對原書刪繁補缺,援古證今,嚴加考核,仍按原書十三門外,又增官署、苑囿國朝宮室(包括雍和宮西苑)等門,對原書編次、體例,有的加以改移,考證部分加"臣等謹按"四字標明,內部敘述分《原》(錄朱彝尊《日下舊聞》原文)、《增》(為乾隆時補增)、《補》(為增補原文部分)。每門目下,均分以上各項,分別記述,成《日下舊聞考》一百六十卷,為清代官修的一部最宏偉、內容最豐富的北京地方歷史文獻。

《日下舊聞考》乾隆五十年至五十二年刻版出書,內容比《日下舊聞》增加三倍,武英殿版本,刊於內府,各地很少收藏。原刻有兩個印本,原名《欽定日下舊聞考》。北京古籍出版社據武英殿刊本中的兩個印本進行校訂,訂正其中的一些明顯的錯誤,但對本書收集的一兩千種書,未進行核對、標點、分段,裝訂八冊,於1983年五月出版,前有《出版說明》。

魏源的《海國圖志》,是1841年林則徐遭貶遠戍新疆時,將所譯西方的《四洲志》的譯稿委託給魏源,魏源以此稿為基礎,又參考了歷代史志和明朝以來的島志,以及"近日夷圖夷語",加以組織貫串,編纂而成的。又附加了許多圖表。這部書區別於往昔中國歷史上的海圖之書的特點,是"以西洋人談西洋"(見道光年《古微堂重訂本敘》),大量利用了譯著的外國材料。據此書敘言說,其編撰目的是"為以夷攻夷而作,為以夷疑夷而作,為師夷長技以制夷而作"。魏源於道光二十二年(1842年)開始,到咸豐二年(1852後),費了十年之功,寫成這部研究外國情況,瞭解敵情以制敵的巨著。

這部書的內容,首列籌海篇和地輿圖,探討鴉片戰爭以來歷次戰爭中和戰的經驗教訓,論述加強海防,抵抗西方列強侵略的戰略戰術,並且倡議建立譯館、船廠、炮局,訓練海軍,以實現"師夷長技以制夷"的目的。

次述各國地理,為世界地理部分,佔篇幅最多,介紹世界各國的地理位置、疆域、物產、風俗和歷史沿革,附各洲各國總圖七十餘幅,並以相當篇幅介紹西洋的科學技術,如軍事技術、兵器製造、船舶製造、駕駛、火器彈藥的使用,及鐵路等,並附各種火器的模型圖。此外對於西方文化如曆法、貨幣、語言、宗教等都加以介紹。這是一部近代中國人在鴉片戰爭後自己編著的系統的地理歷史名著、一部關於世界知識的百科全書。魏源曾說"不披《海國圖志》,不知宇宙之大",開了向西方學習,抵抗西方各國侵略,衝擊了閉關自守夜郎自大清朝統治者妄自尊大的國策。

此書初刻於1842年,為五十卷本,刻於揚州。1847年增訂為六十卷,刻於揚州,是為二刻,前有魏源道光二十二年敘言。此後,魏源又經過實地調查,不斷增補,至1852年三刻為一百卷本,刻於高郵。

魏源(1794—1857)生於乾隆五十九年,字默深,湖南邵陽人,道光二十四年(1844年)進士,官至高郵知州,與龔自珍、林則徐等曾於1830年結成"宣南詩社",主張"通經致用"。魏源於鴉片戰爭時在兩江總督裕謙幕府,參與浙東抗洋戰役,痛憤時事,撰《聖武記》以紀戰功,並協助江蘇布政使賀長齡編輯《皇朝經世文編》,選輯經世致用之文,並著有《元史新編》《老子本義》《古微堂集》《詩古微》。

《海國圖志》曾於1851年傳入日本,對於日本朝野影響很大。

(6)經書文集詩集的纂輯

《十三經注疏》四百十六卷,是清阮元據所藏宋版十一經,加上《儀禮》《爾雅》二書宋版單本,合成此書,清嘉慶至道光間編成,陸續刊印。十三經包括:

《周易正義》十卷,魏王弼、韓康伯注,唐孔穎達等正義。

《尚書正義》二十卷,漢孔安國傳,唐孔穎達等正義。

《毛詩正義》七十卷,漢毛公傳、鄭玄箋,唐孔穎達等正義。

《周禮注疏》四十二卷,漢鄭玄注,唐賈公彥疏。

《儀禮注疏》五十卷,漢鄭玄注,唐賈公彥疏。

《禮記正義》六十三卷,漢鄭玄注,唐孔穎達等正義。

《春秋左傳正義》六十卷,晉杜預注,唐孔穎達等正義。

《春秋公羊傳注疏》二十八卷,漢何休注,唐徐彥疏。

《春秋穀梁傳注疏》二十卷,晉范寧注,唐楊士勳疏。

《論語注疏》二十卷,魏何晏等注,宋邢昺疏。

《孝經注疏》九卷,唐玄宗注,宋邢昺疏。

《爾雅注疏》十卷,晉郭璞注,宋邢昺疏。

《孟子注疏》十四卷,漢趙歧注,宋孫奭疏。

所以這本書實際上是一部"重刻宋版注疏"的刻本,由阮元家藏的宋十行本十一經,加上蘇州北宋所刻的《儀禮》《爾雅》單疏版本合集校刻而成書的,並附校勘記,有世界書局影印本。近有中華影印本,又經過若干訂正。

《全唐詩》九百卷,清彭定求等編輯。

清康熙四十六年時,以明胡震亨《唐音統籤》、清初季震宜《唐詩》兩書收編不全,以之為底本,加以增訂而成此書,共收唐五代詩四萬八千九百餘首,附有唐五代詞,收作者二千二百餘人,按時代前後排列編纂,係作者小傳,間有小注,考訂字句異同及篇章互見情況,是一部研究唐詩的重要參考書。有揚州詩局刻本。新中國成立後出版斷句本,並附清乾隆間《知不足齋叢書》中所收日本上毛河世寧輯的《全唐詩逸》三卷。

《全唐文》一千卷,董誥等主編。

清嘉慶十三年(1808年),清政府設全唐文館,命董誥組織人力重新編纂全唐文,參加編輯的有著名學者阮元、孫星衍、法式善、徐松等。以海寧陳邦彥所編的一部一百六十冊的《唐文》總集為基礎,參采《四庫全書》《永樂大典》《文苑英華》《唐文粹》等書,搜集殘失逸文,於嘉慶十九年(1814年)編成這部唐文總集,以與康熙年間所編的《全唐詩》相輝映。其編修宗旨,在"示士林之準則,正小民之趨向"(《全唐文序》),共收編唐五代作家三千餘人,共收散文作品一萬八千四百餘篇。

這部書,由於是在舊本《唐文》總集基礎上修成的,在編修的六七年中,編者作了大量考訂辨證工作,刪去大量錯編入的文章,收錄篇目較可靠,訂正了舊本的錯誤,彙集了當時可以搜羅到的全部唐人散文,將分散在《唐文粹》《文苑英華》以及一些方志、唐碑、金石書、筆記、史傳中的唐人散文,盡最大努力搜集起來,功夫是相當艱巨的。因此,在"全"字上遠遠超過前人所輯的唐人文集。但由於卷帙浩大,搜集時間只有六七年,仍存在作者小傳的錯誤,文字校勘不精以及誤收、漏收的缺點和疏忽。最大的缺點是搜集編入的文章不注出處,給校對文字、考訂作者、訂正篇目都帶來不便,但卻不失為一部網羅較全的唐人文章總集。

《全唐文》編成後,有嘉慶年間清內府刻本和廣州書局刻本、揚州刻本等。現由中華書局影印《全唐文》即將出版。

清同治間陸心源有《唐文拾遺》目錄八卷,《續拾遺》十六卷,收入

318

所刻《潛園總集》中,可補《全唐文》漏收之缺。

《全上古三代秦漢三國六朝文》七百四十六卷,清嚴可均輯。

嚴可均(1762—1843年),字景文,號鐵橋,浙江烏程人,嘉慶舉人;曾任嚴州建德縣教諭。

清嘉慶十三年時,開全唐文館,編輯上千卷巨帙的全唐文,當時名流文人,多被邀參加。嚴可均以自己未被邀請,於心不甘,於是花了二十七年之功,自編輯此編,起自上古,選至隋,作為全唐文的前接部分。

此編之優點是全,綱羅廣泛。據他自己說,"廣搜三分書,與夫收藏家秘笈,金石文字,遠而九譯,旁及釋道鬼神,鴻裁巨制,片語單辭,罔弗綜錄,省並復迭,聯類畸零",作者三千四百九十七人,分代編次為十五集,合七百四十六卷,使人能在一部書中看到唐代以前所有現存的單篇文章,以及一些史論、子書的輯佚,便於翻檢,有一定參考價值。但另一方面由於卷帙浩繁,許多地方忽略審訂,不夠精密,以致有些文章真偽莫辨,作者及時代都有問題;有的文章是無根據地作為逸文收入,以致抄錄錯行錯字的錯誤;有的本為一篇,重出輯錄,前後兩見;有的則漏而不錄;有的本非一文,而拼湊成一文;有的文章張冠李戴等等。陳垣、余嘉錫兩先生,對此曾有若干說法。

此書在嚴氏生前,未完成清稿。原稿本一百五十六冊,均塗乙滿紙,加以校簽,直到清光緒間,王毓藻集中二十八個文人,費工八年,八次校讎,始付刊印。但因校勘不精,錯誤層出,中華書局依據此印本斷句重印,但因排校費時,後改照像影印,於1958年影印出版,1965年再版重印,依原書篇名編製目錄,又附作者姓名索引。全書四大冊,總目:

第一册

全上古三代文十六卷二百〇六人；

全秦文一卷十六人；

全漢文六十三卷三百三十四人；

全後漢文一百零六卷四百七十人；

第二册

全三國文七十五卷二百九十四人；

全晉文一百六十七卷八百三十人；

第三册

全宋文六十四卷二百七十八人；

全齊文二十六卷一百三十一人；

全梁文七十四卷二百零四人；

第四册

全陳文十八卷六十三人；

全後魏文六十卷三百零二人；

全北齊文十卷八十四人；

全後周文二十四卷六十一人；

全隋文三十六卷一百六十八人；

先唐文一卷五十四人。

附有現存明人纂輯漢魏六朝文集板刻本目録,二十四種。

附梅鼎祚文紀目録。

張溥漢魏六朝一百三家集目録。

全書文章排列,按上列十五集次序,按帝王、后妃、臣僚次序排列作者,最後外國、仙道、鬼神,作者後列小傳,下列所撰諸文,文均標題,文下以小字注出處。

此書搜集文章出處廣泛,凡六經、諸子、諸史、類書、文選、文集等,諸如皇帝詔、制、諸王的上書、諸臣的章奏、詩賦等,無不搜羅,在全字上下功夫。

(7)清乾隆時一部大叢書的編纂

《四庫全書》及七閣藏書:

《四庫全書》是由文淵閣直閣事兵部侍郎紀昀和陸錫熊等總纂,而總裁官則由清皇族郡王永璇等擔任編纂的大叢書。

紀昀(1724—1805年),字曉嵐,直隸獻縣(今河北)人,乾隆進士。乾隆三十八年(1773年)開四庫全書館,由紀昀等任總纂官,開始編纂《四庫全書》,至乾隆四十九年(1784年)全書完成,並繕寫成四部,分藏北四閣,這就是:

大內(故宮)文淵閣一部,抗日戰爭時運往四川,後日本投降,運往臺灣,現藏臺灣。商務印書館準備進行影印,這是四庫中最早繕成的一部。

盛京(今瀋陽)文溯閣藏有一部,現歸遼寧省圖書館收藏管理。

御園(原圓明園)文源閣藏一部,1860年英法聯軍侵入北京,火燒圓明園時,全部被焚毀。

熱河避暑山莊(今承德)文津閣藏一部,北洋軍閥統治時期,由熱河運抵北京,藏入當時京師圖書館,即今北京圖書館,因改館前街為文津街。此部完整。

　　乾隆五十三年(1788 年)又繕寫三部,分別貯藏於南三閣,它們是:

　　　江蘇揚州大觀堂文匯閣,此部已毀於太平天國戰爭中。
　　　江蘇鎮江金山寺文宗閣,此部與文匯閣的一部同命運,已毀。
　　　浙江杭州聖因寺文瀾閣,這一部也遭戰火毀壞,但由杭州藏書家丁氏兄弟保護,並到文淵閣中抄錄補齊,現藏浙江省圖書館。

　　以上七閣藏書,都因貯藏地點不同,鈐有璽印及不同閣印加以區別。

　　《四庫全書》共收書三千餘種(《辭海》說是 3503 種,另外資料說是 3470 或 3461 種),近八萬卷(79337 卷或79309 卷),卷帙浩繁,包羅繁富。在這部書未編成時,乾隆皇帝已六十多歲,他恐怕來不及看到全書繕成,所以於乾隆三十八年開始編纂時,即命令閣臣選四庫中的善本、精華,儘先繕成兩部,名為《四庫全書薈要》,於乾隆四十三年繕成,共有四百七十三種(一說四百六十四種),一萬一千一百五十一冊,一部貯藏於長春園味腴書屋,毀於 1860 年英法聯軍之役;另一部藏御園摛藻堂,抗日戰爭時運往大後方,現存臺灣。

　　《四庫全書》編成後,全部為繕寫本,按四部分類法經、史、子、集分類。徵集圖書的來源,包括原有的"內府藏書"和向各地購進的"采進本"及各地督撫進獻的"進獻本"等不同來源的古籍圖書,彙集分編。另外,還從清朝以前的大類書,如《太平御覽》《冊府元龜》,特別是《永樂大典》中輯出數百種古逸書,如《舊五代史》《水經注》等等。

由於乾隆在詔令修《四庫全書》的同時,貫徹清朝的文化專制主義政策,與實行文字獄相輔,對大量從各種管道徵集來的圖書,進行檢查,對其所謂"犯禁"的圖書,進行大量焚毀。其數量雖無法確切統計,但據學者估計,約相當於編入《四庫全書》的數字。所以乾隆徵修《四庫》,實為"寓禁於徵"。

《四庫全書》修成後,除繕七部外,並無力雕版刊行,世間絕少流通,只在南三閣准士人進閣閱覽、抄錄。但世間流傳的一部分刊本,則是精選其中的一部分,這就是先後刊行的《武英殿聚珍版叢書》和《四庫全書珍本》。

《武英殿聚珍版叢書》是乾隆四十年從《四庫》中選出的精本、善本 134 種,交武英殿用木活字刊版印行,另外還有四種的雕版共計為 138 種,這就是《武英殿聚珍版叢書》的足本。後來在嘉慶時,又用木活字排印了八種,稱"聚珍版單行本"。同治間曾國藩成立地方官書局,依照"聚珍本"覆刻了若干種,稱為"外聚珍本"。

《四庫全書珍本》初集 231 種,是 1934 年至 1935 年時,上海商務印書館向當時政府借得文淵閣藏的《四庫全書》,選擇其中未經武英殿刊印的有資料價值的精本影印出版,共裝成一千九百六十冊,共印複本 1500 部。這就是世間流通的《四庫珍書》。

《四庫全書》編成以後,清代新出的著作,及《四庫》未收錄的書,有《四庫未收書目錄》及《販書偶記》正續編等書進行著錄。

(8)清代前期的目錄書舉要

清代的目錄書,無論公私目錄,都有較大規模的編纂,而以紀昀總纂的官修《四庫全書總目提要》二百卷為巨著。此前,只有唐開元時編的《群書四部錄》二百卷堪與媲美,但開元四部錄已佚而不傳。

《四庫全書總目提要》著錄圖書共三千四五百種,共計近八萬卷,另有存目六千七百餘種,有目而不收書,收錄圖書相當繁富,計萬餘部,按經、史、子、集四部分類著録,卷首為聖諭、表文、職名、凡例。

經部分十類:易、書、詩、禮、春秋、孝經、五經總義、四書、樂類、小學類,共十類。

史部分十五類:正史、編年類、紀事本末類、別史、雜史、詔令奏議、傳記、史鈔、載記、時令、地理、職官、政書、目錄、史評,共十五類。

子部分十四類:儒家、兵家、法家、農家、醫家、天文演算法類、術數類、藝術類、譜錄類、雜家類、類書類、小說家類、釋家類、道家類,共十四類。

集部分五類:楚辭類、別集類、總集類、詩文評類、詞曲類,共五類。

共計四部,四十四類。類下再分小類,如經部中小學類下,又分訓詁、字書、韻書等,小類下著録書目。全書每部前有總序,每類前有小序,每一書著録書名,然後逐次著録卷數、來源(即該書原由何處徵來)、著者、著者簡歷,及該書的版本流傳、内容提要、内容優缺點評論等項,是一部具有完備的傳統目錄體例的大型書目,為學者所重視。

此書目提要編成後,由於卷帙巨大不便檢索,所以又編了《四庫全書簡明目錄》二十卷,為《總目》的簡編,稱為"簡目"。《簡目》不録總序、小序和提要,僅著録書名、著者及某些書的簡單按語,便於翻檢。

官修目録,還有《天禄琳琅書目》正續篇共三十卷,乾隆四十年(1775)至嘉慶年間官修,是一部善本書目,記録版刻年代、刊印、流傳、庋藏、鑒賞等,採擇較詳,勝於宋尤袤的《遂初堂書目》和清初錢曾的

《讀書敏求記》。

清代私家藏書遠超越於前代,而且各藏書家均撰有藏書目録。其著名者如清初四大藏書家的藏書和目録。

山東聊城海源閣楊紹和撰的《楹書隅録》正續篇。海源閣是山東聊城楊以增(1787—1856)的藏書樓,楊紹和為以增之子,海源閣所藏多為海内孤本。《楹書隅録》收録書二百六十餘種,後屢經流失,今已徒具空名。北京圖書館收藏一部分。

浙江歸安(吳興)陸心源(1834—1894年)撰的《皕宋樓藏書志》及《守先閣書目》《十萬卷樓書目》。"皕宋樓藏書"在陸心源死後,由他的後人出賣給日本財閥(1907年),藏於日本,多宋、元珍品。

浙江杭州丁氏藏書的"八千卷樓"藏書,由丁丙(1832—1899年)撰成藏書目《善本書室藏書志》,丁仁撰成《八千卷樓書目》,都是私人藏書的目録。

江蘇常熟瞿鏞撰的《鐵琴銅劍樓藏書目録》,是録原為瞿紹基(1772—1836年)藏書樓鐵琴銅劍樓的藏書。此樓原名恬裕齋,後改名鐵琴銅劍樓。

《千頃堂書目》,為清黃虞稷所撰。此書所録都是明朝一代現存書。他也是分經、史、子、集四部著録,計經部分十一門。中以四書為一類,又以論語、孟子各為一類。以說解《大學》《中庸》者歸入三禮類中,分合適當。史部分為十八門,其簿録一門,收録錢譜、蟹譜等。子部分為十二類,墨、名、法、縱橫各家並為一類,入雜家。集部分為八類,其中別集以朝代科分為先後次序,並增制舉一類。

後來清修《明史》,其《藝文志》就是採用《千頃堂書目》,去其舛誤,取其賅贍,編纂而成。

黃虞稷在康熙二十年(1681)未進明史館以前,即著手搜集有關明朝一代著述的材料,入明史館後,曾寫成一部藝文志的底稿,據見到此稿人說,此稿在體例上雖以明人著述為主要重點,但在每類之後,仍補附南宋及遼、金、元的著作。但經過《千頃堂書目》著錄已將宋、遼、金、元書目全部刪去,僅存明代著作。到康熙三十三年至雍正元年間,明史館總纂官王鴻緒,又對黃氏藝文志稿從一萬二千多種,刪為四千餘種,又在個別地方,作了改易部類的修改工作,把刪存的書目歸入王鴻緒自著的《橫雲山人明史稿》卷七十四—七十七的四卷中。後來明史館總裁張廷玉進呈的《明史》卷九十六至九十九藝文志四卷,幾全采王鴻緒稿。這就是後來的《明史·藝文志》。

1959 年,商務印書館將黃虞稷原稿被刪除的遼、金、元藝文志,加上其他史志,並予增補成十史經籍藝文志,其目錄如下:

《漢書藝文志》一卷,漢班固撰,唐顏師古注;
《隋書經籍志》二卷,唐長孫無忌撰;
《唐書經籍藝文合志》《附錄》,後晉劉昫、宋歐陽修撰;
《宋史藝文志、補、附編》,元脫脫等撰;
《遼、金、元藝文志》,清黃虞稷撰;
《明史藝文志、補、附編》,清黃虞稷原編,王鴻緒、張廷玉刪削;
《清史稿藝文志、補編》,吳士鑒等撰。

加《十史藝文經籍志總索引》,這是一部分編出版的史志目錄彙編。

(9)清代前期的文學書

清代文學作品,詩、文、詞、戲曲、小說都有一定的發展,而小說是最有成就的一個部門。其中最著名的作品,是蒲松齡(1640—1715)

的《聊齋志異》、吳敬梓(1701—1754年)的《儒林外史》和曹雪芹(1715?—1764年)的《紅樓夢》。

蒲松齡是山東淄川(今淄市)人。父親被迫棄儒經商,家世貧困。十九歲時,連考取縣、府、道三個第一,曾名振一時。以後便屢試不第,三十一歲時,應聘為寶應縣知縣的幕賓,忙於應酬文字。次年辭幕回鄉,以教書授徒為業,直到七十一歲,才援例出貢,一生窮困,終竟還是個窮秀才,死於七十五歲。他對科舉制度的腐朽,封建仕途的黑暗,有深刻的體會和認識,並比較接近群眾,能體會民間的疾苦。他除一度遊幕蘇北外,一生大部時間不出淄邑和濟南之間,但他接觸人物卻非常廣泛。因此對封建社會的種種人物,上自官僚縉紳,舉子名士,下至農夫村婦,婢妾娼妓,以及蠹役悍僕、惡棍無賴、賭徒酒鬼、僧道術士等人的生活遭遇,精神面貌,品質特徵,都有一定的觀察瞭解,儲蓄了豐富的文學素材,因此他一生著作豐富,詩、文、詞、賦、戲曲、俚曲、雜著中都不乏好作品。而他在四十歲左右完成,以後又不斷修改補充的《聊齋志異》,則是他的代表作。

蒲松齡在《聊齋自志》中說:"才非干寶,雅愛搜神,情類黃州,喜人談鬼。聞則命筆,遂以成編。久之,四方同人又以郵筒相寄,因而物以好聚,所積益夥。"鄒弢《三借廬筆談》說,作者作此書時,常設煙茶於道旁,"見行者過,必強执與語,搜奇說異,隨人所知","偶聞一事,歸而粉飾之",可見《聊齋志異》題材來源之廣泛。在《聊齋自志》中又說:"集腋成裘,妄續幽冥之錄;浮白載筆,僅成孤憤之書。寄托如此,亦足悲矣。"可見《聊齋志異》是作者所寄托而寫成的。但由於他活動於清初文網森嚴,大興文字獄的時代,因而採用鬼狐故事的形式以表現生活和作者的理想。

《聊齋志異》現存的版本主要有:僅存上半部的手稿本;乾隆十六年(1751年)鑄雪齋抄本;乾隆三十一年(1766年)青柯亭刻本,即一般通行本的底本。

1962 年中華書局出版的會校、校注、會評本採録最完備,共收作品四百九十一篇。體例並不一致,一部分是筆記小說體裁的,記述簡要的短篇,小部分是描寫作者親耳見聞的。大部分作品則是具有完整的故事、曲折的情節和鮮明人物形象的短篇小說。這些是我國文言小說中的珍品,也是《聊齋志異》思想藝術成就最高的部分,反映了廣闊的現實生活面,提出許多重要的社會問題,表現了作者鮮明的愛憎態度,有的是揭露封建社會的黑暗,有的是抨擊科舉制度的腐朽,有的是反抗封建禮教的束縛,追求愛情自由等等,都具有豐富深刻的思想內容。

如:

《促織》的揭露封建社會腐朽黑暗;

《素秋》《神女》《葉生》等篇抨擊科舉制的腐敗;

《嬰寧》《蓮香》《香玉》等篇寫愛情。

《聊齋》問世後,曾風行一時,類比的作品紛紛出現,其中影響最大的是乾嘉之際的《閱微草堂筆記》,作者紀昀(1724—1805 年),字曉嵐,直隸獻縣(今河北獻縣)人。他三十一歲中進士,官至禮部尚書,曾主纂《四庫全書》。此書從乾隆五十四年到嘉慶三年陸續寫成。其內容及形式,以"勸懲"為主,宣傳忠孝節義或因果報應,思想性、藝術性遠不能比《聊齋》。

吳敬梓,字敏軒,一字文木,安徽全椒縣人。他的祖輩在明清之際有五十年家門鼎盛時期。父親在康熙時僅僅是個拔貢,做過江蘇贛榆縣教諭。吳敬梓少年時曾隨父宦遊大江南北。二十三歲喪父,三十三歲遷居南京。家道漸困,而交遊四方文酒之士。他早年曾熱中科舉,考取秀才,以後便屢試不第,三十六歲以後即不再應舉。生計艱難,靠賣書及朋友接濟過活。他懷著憤世嫉俗的心情創造了《儒林外史》。大約成書於 1750 年,即吳敬梓五十歲以前。五十四歲卒於揚州。作品還有《文木山房集》十二卷,今存四卷。

《儒林外史》共五十五回,是一部諷刺小說,現存最早的臥閑草堂刻本,共五十六回,末回是後人偽作。書中人物大都是當時真人真事作影子。為避免文禍,作者故意把故事背景推到明代。閑齋老人的《儒林外史序》說:

"其書以功名富貴為一篇之骨,有心艷功名富貴而媚人下人者;有倚仗功名富貴而驕人傲人者;有假托無意功名富貴自以為高,被人看破恥笑者;終乃以辭卻功名富貴,品第最上一層為中流砥柱。"

這段序,可謂說明了小說的主題,《儒林外史》正是以反對科舉和功名富貴為中心思想,並旁及當時的官僚制度、人倫關係,以至整個社會風尚的。全書以反對科舉制度為主幹安排各類人物和故事,從而達到較為廣泛地反映社會生活的目的。沒有連貫全書的主要人物和中心事件。

在我國小說史的發展中,《儒林外史》奠定了我國古典諷刺小說的基礎,為以後諷刺小說的發展開闢了廣闊的道路。

《紅樓夢》的作者曹雪芹,名沾,字夢阮,號雪芹。先世為漢族,清軍入關前即成了滿州正白旗內務府"包衣"(滿州語奴僕之意)。祖上三代已是顯赫一時的貴族,從曾祖父曹璽起,經祖父曹寅、父輩曹顒、曹頫三代世襲江南織造。曹寅的兩個女兒都被選作王妃,深受康熙皇帝的優遇和賞識。曹寅是當時的"名士",能寫詩、詞、戲曲,又是有名的藏書家。著名的《全唐詩》就是由他主持刻印的。曹寅死後,曹顒、曹頫相繼襲職,雍正五年(1727 年),曹雪芹父親曹頫因事被株連,獲罪落職,家產抄沒,次年全家北返,家道遂衰。乾隆時似又遭一次禍變,從此一蹶不振。

曹雪芹十三歲前在南京過了一段"錦衣紈綺"的貴族生活。十三歲以後,遷居北京西郊,"蓬牖茅椽,繩牀瓦灶",生活更加困頓。《紅樓夢》就寫於曹雪芹這淒涼困苦的晚年,"披閱十載,增刪五次","字字看來皆是血,十年辛苦不尋常"。可惜沒有完稿,便因幼子夭折,傷感成疾,不到五十歲,即在貧病交迫中逝世。

曹雪芹的未完稿名《石頭記》,基本定稿為八十回,以手抄形式流傳,抄錄傳閱達三十年之久,到乾隆五十六年(1791年)程偉元、高鶚以活字版初印出版,已增為一百二十回,書名改為《紅樓夢》。這後四十回,多認為是高鶚續成的。

高鶚,字蘭墅,別號"紅樓外史",乾隆時進士,任內閣侍讀、刑科給事中等官。他根據原書綫索,把寶、黛愛情寫成悲劇結局,使小說成為一部結構完整,故事首尾齊全的文學巨著。但其結局,是背離曹雪芹原作精神的。有些人物的性格形象,也離開原作的面貌。

《紅樓夢》的版本,大致可分兩個系統。一是附有脂硯齋評語的八十回抄本。曹雪芹生前的抄本,已發現的有三種:即"脂硯齋甲戌本"(1754年)、"己卯本"(1759年)、"庚辰本"(1760年),均為殘本。其中"庚辰本"只缺兩回,較完整。此外還有"甲辰本"(1784年)、"己酉本"(1789年)和1912年有正書局石印的"戚蓼生序本"。

另一系統是乾隆五十六年(1791年)程偉元排印一百二十回本,是"程甲本"。第二年程偉元又經增刪再排印出版,是為"程乙本"。此後的許多重刻版本,都和程本相近。

現在通行的兩種本子,一是1955年文學古籍刊行社據"脂硯齋庚辰本影印的《脂硯齋重評石頭記》;另一種是1959年人民文學出版社據"程乙本"排印出版和1953年作家出版社出版的《紅樓夢》。

2. 清初的文字獄和乾隆焚禁圖書

清朝入關之初,除用武力鎮壓各地抗清武裝力量以外,又用八股取士,設博學鴻詞科等辦法,以羅致文人名士,施行羈縻政策。同時又嚴禁文人結社,以壓制思想上的反抗,並大興文字獄,用屠殺手段,禁錮人民思想,鉗制言論,以至一字之礙,每興大獄。前故宮博物院文獻館,編輯有《清代文字獄檔》九大冊,1936年出版,記錄有關康、雍、乾三朝的文字獄資料,但還不能蓋其全。鄧之誠撰的《中華二千年史》卷五中冊,有《清代文字獄簡表》載清代文字獄順治朝有兩案,康熙朝兩案,雍正朝四案,乾隆則多至七十四案,最高一年達十次。最著名的文字冤獄,有順治十八年至康熙二年(1661—1663年)結案的莊廷鑨明史稿獄,株連致死者達七十餘人。

康熙五十年起至五十二年(1711—1713)結案的戴名世《南山集》之獄,牽連達數百人,戴名世處死。

雍正時有查嗣庭試題獄,及雍正六年至十二年(1728—1734)底結案的呂留良之獄,株連至死罪以及親屬被遣戍入官的二十餘家。

莊廷鑨的明史獄,是由於明朝相國歸安(今浙江吳興)朱國禎撰的《明史》已刊行於世,朱國禎死在明亡後,後人把稿本以重金售於富戶莊廷鑨,莊以己名刊行,並補崇禎一朝事,其中多攻擊清人語。康熙二年(1663),歸安知縣吳之榮罷官,企圖以告奸邀功,官復原職。他以重金購得原刊本,又上告到上級,時莊廷鑨已死,清政府派刑部侍郎辦此案,於是對莊廷鑨剖棺戮屍,其一弟四子均株連致死。為明史作序的舊禮部侍郎李令哲也判死刑。李令哲在序中稱舊史朱氏而不提名,吳之榮借此誣告其仇人朱佑明,朱與五子均死於獄中。原受賄賂的地方官,刊印明史的書商,參校此書的,刻書的刻工,都株連致罪。吳之榮卻由此冤案而官復原職，並受賞賜此案的籍沒財產。

戴名世（1653—1713年）之獄，是由《南山集》而起。他是康熙朝進士，並授翰林院編修，見於清設明史館撰修明史，但史稿久未裁定，特別是南明弘光、隆武、永曆三王前後十七八年事蹟，久易湮沒，於是他寫成《南山集》《孑遺錄》錄南明史事於康熙間刊行。其中採用了曾在吳三桂手下任職的方孝標《滇黔紀文》中所記的南明大事，對清廷語涉諷刺。同時，戴名世和他的學生，認為修明史應寫入永曆年號，清朝應以康熙為定鼎之始，順治十八年不得為正統。康熙五十年（1711年），左都御史趙申喬據《南山集》參奏，說戴名世"倒置是非，語多狂悖"。於是戴名世慘遭殺戮，方孝標已死，被戮屍。桐城派聞人方苞為《南山集》作序，也被捕入獄，後免罪入八旗為奴。株連所及三百餘人，對戴名世的著作，自然是"杜遏邪言"予以全毀，不許流傳後世。

雍正時查嗣庭試題案，就更為離奇。由於一個"維民所止"的試題，而罹大獄。

呂留良之獄：呂留良（？—1683年），號晚村，浙江崇德（今桐鄉）人，他堅持民族氣節，誓不事清朝，剃髮為僧，著書反清，有"清風雖細難吹我，明月何嘗不照人"的詩句。在《亂後過嘉興》的詩中，寫著"茲地三年別，渾如未識時。路穿臺榭礎，井汲髑髏泥。生面頻驚看，鄉音易受欺。烽煙一恨望，灑淚獨題詩"（見鄧之誠的《清詩紀事初稿》），揭發控訴清朝統治者的屠殺、破壞暴行。呂留良，卒於清康熙二十二年（1683），他的詩文卻有流傳。

雍正間，湖南永興人曾靜，受呂留良詩的影響，立志反清，派他的學生張熙到陝西去遊說川陝總督岳鍾琪起兵反清。事敗之後，朝廷追查，呂留良及其子葆中、門人嚴鴻逵均被戮屍梟示，另一子毅中和嚴鴻逵門人沈在寬處斬，株連所及死罪和親屬被遣戍入官的共二十三家。

雍正怕呂留良的詩文流傳民間,激起反清思想,特頒《大義覺迷錄》為清統治者辯護。後來雍正死於內寢,民間傳說是呂留良孫女刺殺以報仇的。

乾隆朝,不僅繼續擴大文字獄,而且借修《四庫全書》,大量焚毀、竄改、抽毀圖書。

乾隆三十二年(1767 年),因江蘇華寧縣舉人蔡顯所著的《閑閑集》,被郡紳某挾隙誣告,言此書有"怨望訕謗"之詞,貼出匿名告白,說要到官府去檢舉蔡顯,蔡顯被迫到松江府自首。兩江總督高晉,江蘇巡撫明德,以"語含誹謗,意多悖逆"擬按大逆凌遲處死。乾隆親覽奏摺及進呈的《閑閑集》,其中有"戴名世以《南山集》棄市,錢名世以年(羹堯)案得罪"之語,認為此案與戴名世案有關,對蔡顯"加恩"從寬處以斬決。

另外清初遺民中的屈大均(1629—1696 年),字翁山,廣東番禺人,參加過抗清鬥爭,詩文曾獨步一時,清入關後曾強迫漢人剃髮,屈大均寫了《藏髮冢銘》《長髮乞人贊》《禿頌》《藏髮賦》等詩文,抒發激憤。他死於康熙三十五年(1696),而雍正、乾隆兩朝繼續追查他的詩文。

雍正八年(1730 年),廣東巡撫傅泰從坊間購得屈大均詩文,認為"文中多有悖逆之詞,隱藏抑鬱不平之氣",擬將屈大均之子惠來縣教諭屈明洪以"家藏不法邪說"問斬。因屈明洪自首,始減等免死遣戍。

乾隆三十九年(1774 年)起查繳禁書,有人告發屈大均族人屈稔禎、屈昭泗收存逆書,兩廣督撫擬照大逆子孫處斬罪。乾隆以屈大均"早伏冥誅",除嚴禁其書文外,不追究其後代,這個案子,從康熙到乾隆,株連後代達八十年之久。

乾隆間的焚毀圖書,是與修《四庫全書》同時進行的。與文字獄相輔而行,從徵集遺書逐步深入。乾隆三十七年(1772 年)始,即不斷發

佈命令(上諭),從坊間、私人藏書中徵集遺書。從乾隆三十九年(1774
年)起,即正式下令焚毀所謂"違礙"之書。乾隆對各省督撫呈繳進京
的禁書,"親加披覽",並制定"有違礙"書籍的範圍:

> 反清的書籍須全部焚毀;
>
> 有部分違礙內容的,部分抽毀;
>
> 有違礙篇段者,竄改其違礙部分。

　　並於乾隆四十三年(1778 年)頒佈四庫全書館擬定的《查辦違礙
書籍條款》(見《四庫全書檔案》),按這個條款,查繳禁書的範圍上溯
至宋人之於遼、金、元,明人之於元,書內記載之詞語,"語句乖戾"的應
予改正。議論偏謬的仍行銷毀。關於呂留良、屈大均、戴名世等二十
餘人的著作,則全部銷毀。

　　乾隆並頒發諭旨,命各省督撫把地方志書"細心查核一遍",如遇
應禁毀詩文,及錄及戴名世、屈大均等人事蹟,都要剔除。各地方劇
本,也要不動聲色地進行檢查。後又對"天文占驗妄言禍福之書"也查
禁其違礙唱詞、唱腔。

　　查禁圖書的辦法,由各地督撫清查,繕寫清單上奏;四庫館清查由
各省進獻圖書查出禁書交軍機處。軍機處按韻編號,交翰林院查點,
翰林院逐一詳查,將"悖謬"之處逐條寫成黃簽貼在書眉上開單進呈,
由乾隆最後批准,送武英殿字紙爐在軍機滿漢司員監督下銷毀。

　　自乾隆三十八年至五十六年的二十年中,命四庫全書館編出違礙
書目,發往各地督撫,命令嚴格按目錄清查,連同書版就地焚毀。據估
計,全國上下,全毀、抽毀、竄改、刪節的遺書,積累達三千種以上,與
《四庫全書》收錄數目相當,冊數實大大超過之。清末民初人孫殿起編
有《清代禁書知見錄》,著錄了清修《四庫》時被查禁而仍能見到的書。

清光緒時,印行了《違礙書目》《全毀書目》《抽毀書目》,專登錄禁毀圖書目録,可見禁毀圖書之大概。

清代康、雍、乾三朝,大興文字獄,焚禁圖書,這樣大張旗鼓地摧毀文化,殘害知識分子,帶來了嚴重的後果。誣告、陷害、挾嫌報復的惡劣之風,在文字獄和禁書中大大滋長,社會風氣日益敗壞。大批大批地銷毀前明遺書,尤其是十四至十七世紀時明朝與女真關係中的建州資料,全遭焚毀,使這段歷史幾成空白,而且使社會文化思想受到嚴重的摧殘,大批歷史文獻由此失傳。而清統治者的"欽定""御制"的教條和詩文卻充滿內府和地方書庫,使許多知識分子"非朱子之傳義不敢言,非朱子之家禮不敢行",使許多有識之士轉入銓釋、考據、校勘古文獻之中,嚴重地阻礙了文化思想的交流和進步。

相反,同時期十七八世紀的歐洲則衝破中世紀反動教會封建統治的蒙昧主義,出現了一個波瀾壯闊的文化思想啟蒙運動和思想解放洪流,在物質文明和科學文化方面,大踏步地進入近代資本主義社會,遠遠地把中國丟在後面。

3. 清代的考據、輯佚、校勘

清代的考據學家多精於小學,即文字、聲韻、訓詁之學,推崇小學為一切學問的基礎,認為小學是研究經、史的基本功。清代考據訓詁之學,又稱"樸學"。它是遠繼漢學而反對宋學即性理之學的,清儒對漢人經注都加以新的解釋,另為新疏。對於漢家經典所謂"九經",清人都另有注疏、正義,阮元、王先謙的《皇清經解》正續編則是清代漢學經說的集中著作。清人注經可以說是跨宋而超越唐朝,別具清代學術研究的特點。

清代考據學之祖,應推明清之際的學者顧炎武,其傳今著作《音學五書》是一部有系統的古音韻學著作。他主張"讀書自考文始，考文自知音始"，後來江永、戴震、段玉裁發揮顧炎武的學說，創立了一門古音韻學的專門學科，世稱"顧、江、戴、段"。

考據學，是以訓詁考據方法研究經書、史書，辨古書的真偽，用以整理訂正古籍圖書。此學大盛於乾（隆）、嘉（慶）時代，學者確實整理、考證出不少古籍。如閻若璩考證孔傳《尚書》為偽書，即是一例。清末康有為著《新學偽經考》也是一例。清代考據學的流行，對宋明空談義理的學風無疑是一次大批判，而提出"通經致用"的樸實學風，其末流行於為考據而考據的脫離實際之弊，但是卻開拓了援經證史、考證謬誤，隨手剳記、輯成系統研究材料的治學方法，對後世影響很大。

輯佚，是從古書引證中搜輯亡佚的古書，或補綴古書佚文的工作。清人治經、治史，提倡以漢人經說為傳統，提倡漢學，但漢人經說經過西晉以後的幾百年喪亂多已亡佚或失真，唐人傳鈔又多脫漏，所以完整傳下來的漢人經說已不多。清人遂進行輯佚，以恢復已佚古書的面貌。清修《四庫全書》時，從《永樂大典》《太平御覽》等古類書中輯出古佚書五百多種，分別繕寫各自成書，陸續用武英殿聚珍版排印出版，名為《聚珍版叢書》行世。這種輯拾遺文，補綴還原工作，一時蔚然成風，輯出了大量宋以前亡逸的古書。其中如《舊五代史》《水經注》《世本》《宋會要輯稿》《續資治通鑑長編》等，都是清人輯佚而成的。

校勘學是整理古書、考證史料的一項基本功。它隨著古書的流傳而產生、發展。古書在傳鈔、流通中，產生文字的誤、脫、衍、倒以致失去原義。清代學者由專治漢學訓詁、箋釋發展為考據，又因善本重出而由考據發展為校勘。乾嘉之際，考據、校勘盛行，出現不少學者專家，著名校勘學家顧千里，校勘了不少宋元善本書，校勘所得寫成"考異""識誤"或"劄記"附於書後,對後世起了典範作用。他曾應阮元的聘請參與同輯《十三經注疏校勘記》,並為孫星衍校勘平津館各書。

清代考據、輯逸、校勘學家的口號是恢復古書本來面目。這對清修《四庫全書》時任意焚毀、竄改、摧毀古書、刪減古書的做法是一種反抗,由此而使大量亡逸的古籍恢復舊觀,佚而復得。

4. 清代前期的圖書出版事業概況

(1)官刻圖書

清朝未入關以前,即置翻書房,翻譯漢文《四書》及《三國志》等,頒賜滿洲耆舊,以為臨政規範。入關以後,在太和門西廊下設翻刻房,選擇八旗官員中熟習滿文者主其事,翻譯漢文《資治通鑒》《性理精義》《古文淵鑒》諸書為滿文,可見清初內府設立機構譯書刊行。

清政府在關內的統治逐漸穩定後,即繼承前朝故事,整理翰林院、國子監。據《日下舊文考》載:國子監彝倫堂後有御書樓,內貯藏康熙御制文集、雍正御制文集及御纂諸經十三經、二十二史等各類書版,刊印各種御制、御纂圖書。

又設置武英殿,據清人吳長元《宸垣識略》中載,武英殿設在北京皇城之熙和門西南向,崇階九級,環繞御河,跨石橋三,前為門三。內殿宇前後二重,前貯書版。北為浴德堂,即修書處。其後西為井亭。可見內廷先有翻刻房,從事翻譯刻書,後有翰林院、國子監、武英殿,都進行刻版印書。康熙時御訂的《全唐詩》《歷代詩餘》,均刊行於康熙四十五、六年(1760—1707年)。而史載何義門於康熙四十二年(1703年)已兼武英殿纂修,大概武英殿刻版印書,即始於此時。乾隆朝武英殿刻書漸多、漸著。後來四庫全書館副總裁董理武英殿戶部侍郎金簡,設計造木活字二十五萬餘個,並撰《武英殿聚珍版程式》,刊印《武英版聚珍版叢書》及若干種單行本。各省地方書局,多據以翻刻。

康熙間編纂《古今圖書集成》已刻銅活字為活版印刷,後漸被盜失。乾隆初年,錢貴奏請毀銅活字以鑄錢。

官刻圖書既倡自朝廷,各地方刻書之風因之大盛,書院也大量刻書。

太平天國運動失敗後,曾國藩首先於同治四年(1865 年)在安慶創立"冶山書局",後移設於江寧府學飛霞閣。後來又在江寧(南京)冶成山創立江南官書局(後改為南京國學書局),於是金陵、湖北、湖南、江蘇、江西、浙江、安徽敷文、山西、山東,最後是直隸等官書局相繼建立。這十幾個書局刊印書籍,首先是御纂欽定的本子,經史居多,詩文次之。為迎合讀者需要,多刻印普通讀物。官書局的總領事者稱"提調"。

嘉慶年間,阮元由江西巡撫升任兩廣總督,在廣州創立廣雅書局,設立學海堂、菊坡精舍,聘學者講學,並與王先謙選輯《皇清經解》,集清代漢學經說於一書。

光緒間張之洞任兩廣總督,繼阮元的遺規,創立廣雅書院、粵華書院、粵秀書院,連學海堂、菊坡精舍在內,時稱"五大書院"。五院選輯古今經史名著,延請當時著名學者校勘,由廣雅書局刻印,刻有《廣雅叢書》。

各地官書局,有的合作刻書,著者有五局合刊本《二十四史》。各局刻書,認真校勘,稱"局版",著錄時曰"局本",並冠以地名。

各地書院也刻書。如昆明育材書院和五華書院刻書,其詳目載《續雲南通志》。江寧尊經書院,藏有明代貯藏的經學及二十一史書版,不幸於嘉慶時毀於火。

嘉慶二十一年(1816年)阮元刻南昌府學官刻本《十三經注疏》,增刻《經典釋文》,及《十三經校勘記》,被譽為最足信據的刊本。

《十三經注疏》刊行之外,還有武英殿刊《二十四史》。

乾隆四年,《明史》修成後,加上以前歷朝所修正史及四庫館輯出的《舊五代史》和久不通行的《舊唐書》,在明刊《二十一史》的基礎上,湊成《二十四史》,由武英殿成套刊印,這就是殿本《二十四史》。以後又有金陵書局本、同文書局本等等版本刻印。

版本二十四史篇目卷數如下:(均按子卷計算)

　　史記　前漢司馬遷撰,130篇;

　　漢書　後漢班固撰,120卷;

　　後漢書　劉宋范曄撰,130卷;

　　三國志　晉陳壽撰,65卷;

　　晉書　唐房玄齡等撰,130卷;

　　宋書　齊、梁人沈約撰,100卷

　　南齊書　梁蕭子顯撰,59卷;

　　梁書　唐姚思廉等撰,56卷;

　　陳書　唐姚思廉撰,36卷;

　　魏書　北齊魏收撰,130卷;

　　北齊書　唐李百藥撰,50卷;

　　北周書　唐令狐德棻等撰,50卷;

　　隋書　唐魏徵等撰,85卷;

　　南史　唐李延壽撰,80卷;

　　北史　唐李延壽撰,100卷;

　　舊唐書　五代劉昫撰,214卷;

　　新唐書　北宋歐陽修、宋祁撰,248卷

舊五代史　北宋薛居正撰,150 卷;

新五代史　北宋歐陽修撰,74 卷;

宋史　元脫脫等撰,496 卷;

遼史　元脫脫等撰,116 卷;

金史　元脫脫等撰,135 卷;

元史　明宋濂等撰,210 卷;

明史　清張廷玉等撰,332 卷。

以上二十四史共計(加子卷)為 3296 卷。而《辭海》說是 3259 卷,《辭源》著為 3240 卷,《文史工具書手冊》又說是 3249 卷,《史學常談》說是 3250 卷。而《北京晚報》1983 年 11 月 22 日,說是應為 3266 卷。訂正於此,以免混亂。

此外,辛亥革命以後,有柯劭忞編的《新元史》257 卷,於 1921 年出版,越爾巽等編的《清史稿》536 卷(重印本 529 卷),合計為二十六史。三十年代開明書店出過小字本《二十五史》,於《二十四史》外,加入《新元史》合訂為十大冊。

《清史稿》重印本 529 卷,裝成 48 冊,於 1978 年校點排印出版,其中目錄佔一冊。

新中國成立以後,由中華書局組織力量,對舊刻本《二十四史》進行校勘、標點、分段、排印出版,每部史書前有《出版說明》,每種並附校勘記,有的對目錄編排進行整理重編,於七十年代陸續出版。現有的史書,已第二次印刷。這是一項整理古籍的巨大工程。

(2)私家藏書,刻書及叢書之盛行

清代由於大行搜求遺書,整理、彙編古籍,並對古書進行校勘、考證、輯佚,又加個人著述續出,所以私人藏書、刻書業也大興盛,出現很多有名的藏書家、刻書家、校勘學專家和藏書樓,並輯刻了大量叢書。據載,清代叢書實有二百種以上,平均每年有新刻叢書一種。各叢書子目,多者數百,少者數十,有的是古書,有的是輯佚書,有的是當代人著作,綜合彙編於一部叢書中。據張之洞的《書目答問》附錄,清代著名叢書中,其古今著述合刻叢書有六十四種。

新中國成立後編的《全國叢書綜錄》,對公私各類叢書,有全面的著錄,並分析其所錄子目,現只舉一、二種清朝叢書,以見一斑:

金山錢熙祚的"守山閣",輯刻《守山閣叢書》及《錢氏家刻書目》。錢氏歷乾隆至光緒為大藏書家。

歙縣鮑廷博為乾隆間大藏書家,藏書閣為"知不足齋",校書、刻書、鈔書很多,輯有《知不足齋叢書》三十集及後集、續集。

儀征阮元文選樓藏書,刻有《文選樓叢書》二十七種,校刊《十三經注疏》,匯刻《學海堂經解》。

昭文(今江蘇常熟)張海鵬有"從善堂"刊有《學津討原》《墨海金壺》《借月山房匯鈔》,並據宋本覆刻《太平御覽》。

吳縣黃丕烈(號堯圃)"士禮居"藏書多宋元善本,以藏書、校勘著名,刻有《士禮居叢書》。

南海伍崇曜"粵雅堂",刻有《粵雅堂叢書》一百八十種,《嶺南遺書》六十二種,《粵東十二家詩》《楚庭耆舊錄》,並翻刻元本《輿地紀勝》。

江陰繆荃孫,藏書室名"雲自在龕",精於鑒藏善本,刻有《雲自在龕叢書》。

遵義黎庶昌,同治間兩次出使日本,將所輯唐、宋舊籍刻成《古逸叢書》。

私人藏書、校書、刻書家都為搶救和保護文化遺產作出了一定貢獻。

日　記　（殘）

于月萍

1959 年

6 月 19 日　星期五　晴

　　昨夜睡不到 4 小時, 4 時即醒來打點雞食。4:30 天還未大放亮, 撒雞食喂雞, 他們近 6 時才起。我剁了一上午雞食, 喂了雞, 又煮大米做雞食。

　　早起, 昨天 4 個病號雞全死了, 又壓死了一只好雞。

　　5 時, 一餐吃到 6 時許, 又加青菜一次, 放雞、喂水。

　　10 時, 一餐, 煮的大米飯。

　　今天小雞死亡六隻, 其中兩隻是壓死, 其餘病死。

　　中午休息一小時, 下午 2 時即起來喂雞。晚餐前收拾雞舍、刷木板、打掃雜草, 汗流浹背。

　　晚飯 6:30 開。我 6 時後即引雞上窩, 引雞上窩前費力。

　　晚 7:30, 大隊部來人召開右派會, 說晚間無事, 可以寫材料、想問題。這真是滑稽, 天天從早到晚忙不休, 還有無事的道理?

　　今天實在累, 9 時整即休息。

6 月 20 日　星期六　晴

　　早 4 時即醒, 4 時半起牀, 準備雞食, 看爐子。5 時喂雞, 早起幹活,天氣涼爽,比較有精神。

上午喂雞,打掃雞舍,煮雞食,清理宿舍。今天早上雞無死亡,精神很痛快。六時許,擦完玻璃窗,即放雞出來曬太陽。小雞這幾天非常見長,看起來很可愛。

煮兩鍋雞食,大米飯和小米,夠一天吃的了,剁青菜一小時。

下午準備明天雞食,這兩天不做飯了,所以時間比較充裕,得有功夫想想問題。我檢查到我思想的主流是:得意時滋長個人主義,失意時滋長虛無主義,不出頭是虛無主義的具體表現。"假作真時真亦假,無為有處有還無",人生一切如夢幻,富貴於我如浮雲。你打左嘴巴,我把右嘴巴也給你打,你隨便罵,隨便批,我行我素,既不為功名,也不為富貴,憑勞動吃飯。

今天炎熱,午飯後疲倦異常,躺在牀上關節疼痛、腰痛鑽心,手指關節肥大,又經常疼痛,大概也是關節炎的現象。

下午2時及6時,兩次喂雞。今天是星期六,其他同志去看話劇《向秀麗》,5點鐘就回來吃飯了。雞場組長張亞秀對我提了意見,說我對鄧蘭不客氣了,以後不改要受嚴重批評。我聽了有些抵觸,分明說好,每天上午鄧蘭喂雞,我管清潔打掃。可是鄧蘭不管,等於我一人上班了,她還要反映我對她態度不好、不客氣,那麼只有我勞動她睡覺了。資產階級出身的人,往往是又不幹活,又要挑別人毛病,這種人最難對付,我到天津師院後,這種現象經歷多了,不稀奇。看看她改造的如何吧,只會反映別人,就算積極了?

5時過半,老潘忽然拿了一張票,要我去看劇,我不願去。一則早上4時許起來,幹了12小時多的活,過於累了,看劇回來須11時,實在支持不了;二則小雞沒人管,有一隻病重,聽鄧蘭吩咐吃了藿香正氣丸就死了,怕再發生事故,去看劇,不放心,所以不去了,把票證給了董震芳去看。我很愛養雞工作,決心把它學好,以後要買些這方面的書看,提高工作,將來回家可以和德學共同搞養雞,了此終生。所以肯於鍛煉養雞技術,自信幹這行活還可以對付,但是必須脫離這套資產階級知識分子隊伍。

我把勞動看成是社會職責,因此,無論勞動和工作,從未吝惜過自己的勞動力和時間。至於為哪個階級服務,那不是我的主觀所能決定的,哪個階級當權,我就算為哪個階級服務。我只能決定我自己怎樣工作和勞動,卻從來無力決定誰奪取政權、誰當政。因此廿多年來只能出賣自己的勞動力——腦力勞動和體力勞動,而且比起同等勞動的收穫來,我還是廉價出售的。每天 24 小時,我處理個人生活的時間和休息的時間從未超過 12 小時,解放後就是這樣幹的,當然有病和例假期間是例外的。而且有一個時期,我每天工作經常在 16 小時,這難道卻要一筆抹煞嗎?

晚飯後,大洗一陣,10 時休息,明早還要 4 時半起牀,5 時喂雞。睡前看雞,無事故。每天夜晚都要觀察幾次雞,沒有重病的現象,10:30 就寢。

6 月 21 日　星期日　多雲

昨夜 10:30 入睡,11:30 看劇的同志回來了,我又醒了。關節痛,兩臂麻木,兩手無處放,有麻痹現象。天雨不止,入夜下雨,陣雨,氣候蒸潮,全身極不舒服,極力不說話。但董振芳和趙智玲洗後上牀,大談其婦女病子宮癌,12 時過還在談,我有些煩躁,整一小時才睡去。今早 4 時醒來,4:20 起牀,昨夜睡眠五小時多。早起天晴,掃室內、室外,5 時喂雞,然後煮小米,準備青菜至 8 時許,頭發暈。

鄧蘭這個時候起牀了,我報告鄧蘭今早死了兩隻病雞,昨天死了一隻,今天潮濕天涼,病號雞情況不好,看來還會有死亡現象。

上午,除準備雞食、喂雞外,不太緊張。天潮濕,11 時許去燒火,12 時午飯,烙餅,三四個人忙做飯,吃得多樣,伙食好。

中午飯後,睡一小時,今天一上午頭發暈,眼發花,心中發慌,全身不舒服,中午休息後穩些。2 時喂雞,董震芳 3 時才起。3 時看看天晴了些,把雞放出去後,忽然颳風有雨意,又忙著把雞趕回屋,忙得不亦樂乎。雨被風吹過去了,又開窗子透透風,雞房悶熱,雞擠在一塊兒,還有不受熱的道理?

6 時喂完雞,整 7 時晚飯,今天死了一隻羊,吃羊肉、白飯。

晚飯後,右派大會師,大家閒扯,整 9 時讀報,10 時整李延岑回來吃飯。我煮了明早的雞食,11 時才休息,累得有些發煩了。睡前看看雞無死亡,今天共病死六隻,下午無死亡。

6 月 22 日　星期一　晴

早 4:20 起牀,準備雞舍,5 時喂雞。昨夜 11 時上牀睡後,大約 12 時許,作鑒定的同志們才回來。我一有聲音就醒,所以連日睡眠不足,近上午 12 時,疲憊不堪,但仍能堅持。

上午掃圈、剁菜、清掃院子、室內清潔。雞圈內,清掃圈內稻草,全部清除。曬草簾子,今天晴天,大掃除,洗刷木板,搞了一上午。

6 月 23 日　星期二　晴,晚小雨

早 4:30 起牀,打掃雞圈,5:20 喂雞,因雞食昨天備好,免緊張。

　　9時許,組長派我去做飯。老潘病了,我和杜幼梅同做飯,我燒火、煮飯。吃魚,近11時魚才到,我燒火,老潘來炸魚,12:30才吃飯。今天我將廚房收拾一道,安排了餐具、沾布等,清掃一道,鄧蘭很誠懇的給我提些意見。

　　中午睡不到一小時,2時後起來喂雞。鄧蘭備好青菜,他們一直睡到整3時才起,董震芳也病了。我喂完雞又去做飯,一個人受命做乾飯、炒窩頭、貼餅子、炒□蘭片,從3時半忙起,很緊張,心中很急,怕6:30吃不上飯。5時過,潘世雄來掌勺,炒了菜,我做了黃瓜片湯,準時開飯,老潘自己做面條湯吃。

　　晚上燒開水洗碗,煮開水,同志們喝不到水,心中很急。我近7時才吃飯,一看雞圈未掃、雞未上架,又忙著喂了雞、上了架,然後吃飯。夜晚,又給李延令做面疙瘩湯,10時水未開,煤爐熄了。天有小雨,現燒柴,□燒了開水,蒸了明天雞食,11時回去休息。今天特別緊張,腰劇痛,情緒煩躁。克制自己,看來負擔什麼工作也大不易,不虛心是不成的,煩躁更不能解決問題。同志們寫鑒定總結,鄧蘭過午夜2時才睡。

6月24日　星期三　晴

　　昨夜值夜至11時,今早4時即醒,再睡至4:40起牀看爐子。王振鳴近5時掏爐子,我打掃廚房、住室、雞圈及小雞運動場。今早特別不舒服,關節劇痛,頭昏,心慌,幾次要躺下休息,董震芳也躺下了。

　　今天吃餃子,組長叫我去幫廚做飯,我一面招呼小雞,一面跑廚房。全身不舒服,但堅持掙扎,從10時許做餃子、擀皮子,一直幹到12

時,實在堅持不下了,同志們一半吃了餃子,我跑回宿舍休息一會兒。12:30過,吃了18個餃子,趕快午睡一小時,起來喂雞、收拾火、燒開水、蒸雞食、看看報。5時起,回來觀察小雞,今天已死掉4只病雞。不能消滅雞死亡現象,真是問題。掃了雞舍,喂了病雞,在雞房寫日記。

今天下午天仍酷熱,但午睡後,大便一次,精神好一些。備好煤塊,準備晚間封火。情緒煩躁漸好轉,只要身體能支持,我是不吝惜多勞動的,但身體一壞,情緒就波動,這是我不能前進的最大阻礙,至今克服不了,仍就是意志薄弱的表現啊!

2時半及6時半各喂雞一次。今天小雞食欲很好,吃飽喝足,精神很好,十幾隻病號也沒有太重的。晚飯吃得歡,從6:30吃到9:30,引不上窩,所以費時間。我喂完雞才吃晚飯。晚上天氣轉涼,備好明早的雞食後,洗洗臉、洗洗腳,收拾一下房子。

8時,右派分子開生活會。一些人的發言,尤其是范毓棟的發言,我知道是針對我和董震芳吵嘴的事。我具體提出工作中的困難,及一些思想上存在的問題,對潘世雄也提了意見。我從到畜牧隊的第一天起,就聽到老潘報病,早上起晚,午後睡到4時後才起,指手畫腳,專門支使別人,本性不改,工作報多不報少。說抱病,可是做半鍋面湯雞蛋,全吃了。天天抓我的差,本來他是專職做飯,可是刷鍋、洗碗、切菜都找別人,這種作風和過去在中文系全無兩樣,工作不負責。說每天下午2時才走,但廚房每天亂七八糟,不收拾,他究竟幹了什麼?對別人工作挑剔,顯自己能,又是專門在領導面前說小話,所以我對他很有反感,敬而遠之。

會開到11:30,主要針對我和董震芳提意見,可是別人呢?每天工作,照上下班時間幹,晚飯後回去一躺,幹自己的事兒。而我年齡大,身體壞,董震芳也有病,他們卻從無照顧。不照顧也罷,對我又挑剔,一會幹這,一會兒幹那。量力而為,多幹活是不反對,但不能休息好，就是精力不充沛，從早4:30起到夜晚10時後，甚至12時，中午休息一小時，一整天14小時都在幹活。所以近來感覺精神支持不了，不能讀報看書，不能想問題，不能寫材料。晚間搶著寫寫日記，情緒感到煩躁。白天工作時間雖有時洗點衣、記點日記，但精神不集中。

6月25日　星期四　晴

早4時又醒了，準備雞食，到雞房發現好雞擠死八隻。昨夜其他同志全在屋，我在外面開會，可是他們就未理小雞，我想他們會看的，因為過去我每晚檢查後，他們回來還要到雞房看看。昨夜我開會未看，而他們也一人未看，真是湊巧，究竟誰思想上真正對小雞負責任呢？今天雞死亡數很多，使我精神不愉快。

早起幹了三四個小時後，打掃雞房，收拾住室，清理新雞舍，忽然感到天悶熱，頭昏厥，要嘔吐。11時，臥牀小睡20分鐘，感到好一些。我對伏天的勞動已全無信心，精神負擔很重，我不怕早起，就怕晚睡，近日睡眠不足，精神萎靡不振，情緒煩躁，萌發逃避思想。

12時開飯，我查下午雞舍，午間休息45分鐘，2:15起來準備雞食，2:30喂雞、剁菜。今天天氣特別悶熱，室內達32度，可謂入夏以來最熱天。

5時後到雞房觀察小雞，選擇將小（的）另房蓄養，抽空寫日記。

近晚喂雞時，不慎軋死小雞一隻，心裏非常難過，趕快報告鄧蘭，他馬上去匯報組長，我聽到說我責任心不強等等。多少天來，等於我一個人看養近400隻小雞，每天不能消滅死亡現象，心中急躁，感到不能勝任此工作，一出差錯，更加慌或不安，屢萌逃避思想，情緒波動。

晚上,鄧蘭命我要幾分鐘看小雞一次。晚上躺下,我全身疲憊不堪,精神萎靡,心情煩躁,感到困難太多,還不如在大田或園田幹力氣活。責任重,業務一竅不通,人手又不足,小雞病了袖手無策,等著死亡。我一面愛此工作,一面又感到力難勝任,思想陷於混亂。

入夜每小時看一次小雞,10:30就寢,半夜起來又看一次,4時半起牀,再看一次,幸而好雞未發事故。

晚上接海波來信,組長接到手中仔細看看。我對這種事情緒上有抵觸,乾脆拆開看得了!

6月26日　星期五　早晴晚雨

早4:45起牀,昨夜看雞次數多,疲累不堪,半夜一時起牀看雞,早4時許即起看雞,幸無死亡事故,病號雞死一隻。我每天情緒受雞的生死支配,如出事故,這一天情緒混亂;如少死亡,則精神較佳;一出事故,則顯得特別急躁。

今天上午,未發生頭昏現象,早飯後休息半刻,又接著幹活,剁菜、煮雞食、喂雞、打掃雞場,忙忙碌碌,直到中午飯後,下午1時才休息。

下午2:15起來喂雞,今天午睡較充足,下午精神較佳。連日臉不洗,全身汗臭,無時間洗。鍛煉不怕髒,不怕累,做得不夠,堅持了,但病卻影響情緒。

鄧蘭昨夜完成鑒定,一夜未睡,今天上午睡覺,所以雖然昨天組長告訴我今天上午鄧蘭管看雞,我管雞食、打掃等,但結果除了10時我準備好雞食她喂一喂外,其餘等於我一個人幹。我並不怕工作多,問題在於養雞毫無經驗,屢出事故,而我又一貫是粗枝大葉,不細緻,幹這個細活,實感不能勝任,所以精神負擔很重。

　　下午 5 時,我到廚房去煮雞食,看到潘世雄和董震芳在閒聊,談到誰對他結怨,只有他改造好了,別人都未改造好。董震芳拿到她辮的一辮子蒜,說:"我居然辮上蒜了。"很得意。老潘說:"你做了一件好事。"我接著說:"只做一件好事,難道其他都是壞事?"由此引起潘世雄一頓反訓,又是你的腦瓜得好好改造,又是什麽邏輯等等,我聽了很抵觸。回到雞場打對雞食,聽到他二人大嚷"這誰受得了""表揚也不成"等等。我心中很不愉快,去找老潘談,可以開會提意見,何必背後議論? 潘世雄態度很不好,說"我今天才認識你"等等。這個人我對他有一定看法,我認為他是一個陰險已極的野心家,具有極陰險的手腕。解放後,一貫鑽迎領導,偽裝積極,57 年整風時才暴露出他的真相。因此,我對他戒心很大,到畜牧隊後,觀察他的行動,依然是老一套,以支配者自居,指手畫腳,挾領導以自持,我以後應時時警惕他。

　　夜晚,坐在雞房燈下寫日記及思想問題。夜雨不止,至 10:30,開會鑒定的同志們回來了,組長讓我們睡覺。董震芳這幾天叫上勁了,每天堅持坐在廚房值夜,看爐子、燒水,並給同志們送熱水和開水,這種態度值得學習。

6 月 27 日　　星期六　　陰雨

　　早 4:40,天放光,雨止。起牀準備雞食,5:30 喂雞,挑了煤爐子,還沒有一個人起牀。天雨雖止,但仍陰,沒有放晴的希望,滿院泥汙,下井去打水,須特別加小心。因天熱又潮,雞菜已變味,小米及大米飯均發酸味,用水過後,喂雞,清掃室內外。近 6 時同志們才起牀,天氣涼爽,小雞只死一隻,今天精神較好。

　　早飯後,組長召集小雞房鄧蘭和我開會,匯報工作,提出具體措施,一直開到近 10 時,我趕緊去調理今早煮好的雞食,喂第二次雞。鄧蘭在室內喂,我去找雞食竹櫓,並剁一天的青菜,一直幹到 12 時。飯後又喂一次雞菜。1:30,午間休息,至 2:15 分起牀喂雞,並準備明天小雞入場工作。

雞舍悶熱,趁著一放晴,放雞出房,午間曬曬太陽,今天之收之放,疲於奔命。近 4 時,天忽沉陰,大雨將臨,急忙趕雞入房,潘師傅幫我趕雞,剩在外面的一個個的捉,累得我汗流浹背,幸而未遭雨淋,小雞入了房。近 5 時組長命我去幫老潘做飯,大雨正緊,穿上雨鞋,借件雨衣,到廚房去燒火做飯,董震芳切菜,我打零燒火,老潘燒飯、炒菜。忙到 6:40,雨止,天放晴,同志們晚餐已 7 時,我忙去調理雞食、喂雞,7:40 分吃罷飯。今天下午老潘和董震芳態度大轉,極力搶活幹,主動消除矛盾,當然,我在思想上也受到教育。

到雞房以來已 10 天,從 17 日到此接手餵養小雛雞,思想上鬥爭是很複雜的。

首先,從大隊定時上下工,定時休息的生活勞動,變到從早到晚沒頭沒了的飼養小雞工作,感到不能適應,身體支持不了,過度疲勞,全身關節痛,情緒煩躁,思想上有抵觸。

其次,喂雞打狗的瑣碎勞動,使我聯想到舊社會伺候人的老媽子生活、小媳婦生活、長工生活,思想上常有不正確的活動,但看到別人同樣勞動,經過思想鬥爭,漸漸消除這種不正確的想法。見到別人喂豬、放羊都是興致勃勃,急躁情緒漸漸改變,並堅持早起、晚睡,絕不半途而廢。

第三,對工作鑒定的同志們,起初有不正確看法,感到他們只支嘴、挑眼,活像惡婆婆,又要侍候開水,又要侍候熱水,心中不服氣。後來經過反復鬥爭,認識到鑒定的重要後,我多勞動,保證她們做好鑒定,是對社會主義革命有利的,因而情緒漸正常。

第四,對群眾關係,到畜牧隊來以後,感到突出的難處,和董震芳吵嘴,感到她太強調自己身體條件不好,而不能關懷別人,互相謙讓。對鄧蘭反映我,張亞秀對我提出訓斥性的意見有抵觸,情緒波動、抵觸,影響工作情緒。聽到這個呼來喚去,那個呼來喚去,活像惡婆婆、老爺太太,思想上有抵觸,經過鬥爭,也認識到這是革命工作對我的考驗。

第五,到畜牧隊後,從早到晚,精神緊張。不僅不能看到報紙,讀報都不能堅持,看書、想問題都談不到。

6月28日　星期日　晴

早4:20起,煮雞食、收拾雞舍。5:20喂雞,並準備迎接小雞。今天天氣不太熱,精神比較充沛,幹得較有勁,其他同志近6時才起。

今天喂雞,按昨天小雞組開會,組長指示時間:

早5:30
上午10:00
下午2:30
晚7:00

10時後,我打掃新雞舍,將小雞移入,原雞舍給新來小雞。早點後,雞場女同志都去剪羊毛,只剩我和董震芳兩人,□□□班,喂小雞。

下午喂雞後,拆草簾、打草簾,一直到近6時才完,所以未準備明天雞食。7時喂完雞後,7:30才吃晚飯。因新小雞未到,小雞仍入原雞舍上架,我打掃雞場,到8時半才完。

9時,累極了,躺下休息一小時,身體酸痛。近日飯吃多,夜晚睡不好。今天董震芳坐在廚房寫材料,其他同志都去鑒定,我晚上看小雞,關窗閉戶,未幹什麼。11:30休息。

今日小雞死5只。

6月29日　星期一　先晴後陰

早4:20起牀,5:30喂雞,因今早無雞食,向董震芳借的。煤爐挑開,煮上雞食,未熟,王我青就去煮奶,結果弄得飯煮夾生了,從4:45到7時才煮熟,我又怕他講起道理,結果人家不愉快。這些事我應特別注意,既成事實,何必要分辨誰是誰非?

10時喂雞後,刷木板子,一直幹到12時,一上午未休息。

午睡較多,2:30起牀喂雞。

下午近6時新小雞送來了,今天一天,呼來喚去,馬不停蹄。

6月30日　星期二　晴

早4:20起牀,照常勞動,除中午休息一小時外,從早到晚直幹到8:30,才掃完雞場。

7月1日　星期三　晴

今天因睡在別人蚊帳裏,早上又陰天,起的晚了,4:50才起來,急忙去準備雞食。雨下的不小，豬羊都不能放，留下的右派在潘世雄倡議下，中午要吃餃子。我忙煮雞食，收拾傢俱，看管小雞，一直忙到12：30。潘世雄喊我切餃子餡，我正在搞雞食、喂雞，所以未去。到12:30，聽到他們仍在切餡，我饑困交加，躺下睡起午覺來，1:30起來，到廚房，看到方兆珪喊吃飯，我進了房就吃，很不好意思。李離、王振鳴等正忙擀餃子皮、包餃子，我忙著吃了一頓，接班趕個尾班。這都是我平生第一次吃現成的，潘世雄諷刺我幾句，我很不愉快。

今天同志們都公休，除鄧蘭外，其他全是右派，鄧蘭喂小雞，到11時也睡了，近2時起來吃飯。

飯後，我忙煮雞食、收拾爐子、喂雞，忙到5時才鬆快一些。因為從到雞場就離不開一步。明天我們公休，我向鄧蘭請一小時假，到大隊部宿舍去取衣服，以便明天回家替換，一共去了三刻鐘，回來時5:45，看到潘世雄正在和鄧蘭背後罵我，說我亂抓東西，不該讓我出去等等。我聽了大冒火，認為潘世雄故意挑我刺，難道我連請假的權利都沒有了？半月以來，我只出去一次，就誤了事？潘世雄歪了頭，他睡了一下午，近6時起來找餡，還挑我的毛病。我□問他爭吵一番，晚上收雞，又向王振鳴反映，鄧蘭出來批評我，我不能接受，堅持認為潘世雄不止一次的背後挑撥離間。

晚上，鄧蘭針對這件事給我提意見，我心平氣和地感到她這個人正直，給我提意見正確，從幫助我改造出發，我承認急躁、不虛心接受別人意見，是我不能前進的主要阻礙，所以計較，和人爭吵。

9:30到廚房去準備明天雞食，今天組長等不在，董震芳早早休息了。

夜間，發現小雞被老鼠咬死。為防止事故，我和鄧蘭值班看守，又發現食板下被老鼠拖死、咬死近90只小雞。這個大事故，我和鄧蘭都大為吃驚，我守一夜。到4:30去喂雞、備食，董震芳一夜未理，鄧蘭只睡三四個小時。

7月2日

早八時,組長們回來了,鄧蘭匯報小雞事故,難過得哭了。

9時,領導讓我們回家,雨止,天放晴,11時到家。

7月3日　星期五　雨　晚晴

早6時起,6:45起身回場。因雨誤車,近九時才到農場。到後,張勸同志送來烙餅,吃後即參加勞動,到12:50分收雞。昨夜大雨,今天雞舍特別潮濕。

因7月1日一夜未睡,2日回家,只洗衣服,中午睡了二小時。晚10時即睡,精神疲勞恢復些了。所以今天回到場後即幹活,直忙到下午1:45。少名未到,2:15分到大隊部去參加鑒定會。

鑒定,解放後我是第一次參加,聽到傳達黨支部報告,使我糾正過去一切對鑒定的錯誤看法,愉快積極的準備接受群眾意見。並以此次鑒定中接受教育,改變態度,積極前進。

漫談會談到10:30,我發言兩次,暴露自己的思想,感到右派中在醞釀一個聯合對我的進攻,我當然要從中接受教育,吸取一切有益的東西,但也要分析批判的接受,從中發現問題。

夜11時,返畜牧隊睡覺。今夜,張勸同志值夜班,本應我值後半夜,可是她堅持到天亮才休息,照顧我們鑒定,不讓我值夜班。其實我須早4:30起來準備喂雞,一直堅持到中午,如值夜班,上午要睡覺,勞逸無差別。

7月3日下午開始鑒定,互提意見。

7月4日　星期六　先陰雨,後晴

4:30起牀,接張勸同志班喂雞,上午,天轉晴。我早上放出雞來喂,張勸同志把雞食全弄好。我早起見爐子滅了,到處找劈柴,升了爐子,煮小雞食,收拾小雞運動場。天雨,運動場和工具都不能很好的刷洗乾淨,幾天未掃運動場了,顯得很髒,但因雨不能掃。

張勸同志已將雞食備好,我上午只為小雞煮食,因雨,雞缺菜吃。

下午,到大隊部去集體寫材料,別人給我大貼大字報,對我幫助很大,但我在情緒上還做不到愉快的接受。對於其中談我到雞場半月,小雞死亡很多的事,我在思想上還一時搞不通,本想找黨組織多談談,但幾次抽時間,喬福生同志都很忙。

晚間,喬福生同志及各分隊人來看大字報,又給我們提了意見,喬福生同志亦對這次鑒定的精神加以再次申述,並對我進行了批評。

晚11時,回畜牧隊。因新進400只小雞,同志們都很忙碌。

7月5日　星期日　陰、晴、晚上雨

早4:40起,上午在雞場勞動。

下午2:30到大隊部寫材料。我感到給新人提意見是最困難的事,發現別人的優點,更是困難,一般的只能見到別人的缺點。

大字報對我有兩種反映:一種是認為,內容基本正確,大家從善意出發,幫助我改造,我應該吸取其中正確東西,深入檢查自己。但另一方面也有些抵觸,認為其中有些地方不合事實,只說我在雞場勞動,造成小雞死亡很多。我必須克服這種情緒,接受大家意見,做好自我檢查。

下午,互相提意見仍在進行,挖空心思想別人優缺點。我給董震芳、潘世雄提的意見,態度是不好的,帶著情緒,立場不對頭。最先提的意見,如給王世傑、賈恩第寫的,還能客觀冷靜的考慮。後來大字報一出,我頭腦有些不冷靜了,寫出的意見有些報復情緒、抵觸情緒,這我應很好地檢查。

7月6日至7日　星期一、二

早晨及上午,在雞場勞動。7月6日下午2:30,又送來小雞400只,我們連日上午勞動,下午到大隊部作鑒定,寫材料。

6日晚7:30,大隊宣佈規劃,喬廠長作半年來農場工作報告,開生產思想□躍進大會。7日晚,分隊長會,大家熱烈討論大隊規劃,擁護三多、三好的精神。園田二隊討論到10:30,一隊勁頭大,討論到半夜,大家都表示決心苦幹,八一前改變原田面貌。我在思想上準備著迎接苦戰,但是仍怕苦戰,怕吃不消的思想活動,所以表現不熱情、不積極。這是一種什麼表現呢?是不熱愛社會主義的表現。

我近日來睡覺只有三四小時,昨夜在雞場,十二時半睡,半夜起來填爐子一次,下雨擋窗子一次,結果4:30起來,睡了不到四小時,所以感覺特別困。散會後,別人還在工作,我便上牀睡了。

7月3日下午開始鑒定,4、5、6下午和晚間,互提意見,寫材料,六日下午寫自我鑒定材料。

7月8日　星期三　早晴晚陰

今天早5時許起,回原來大田隊現改園田二隊勞動,早4:50起,其他同志起牀仍為5:30,我習慣了4:30起。但並未很好地利用早晨時間勞動。

5:30,分隊長叫我到畜牧隊去問一問是否須留在那勞動,我因昨晚已宣佈杜凱、董震芳調去,所以認為又不去了。問的結果,謝質彬讓我回原隊,我忙趕回來,已6時,找到園田分隊長正帶領全隊人員看園田範圍。我到畜牧隊已近一個月的時間未看園野了。一看草比莊稼高,大家響應大隊號召,要突擊拔草,一上午的成績不壞,八九個人拔了一大塊地,露出地面來了,被蔓草掩蓋的園田重見了人。

下午,午飯後,右派一塊修鴨子棚,午間不休息,打地基,掘土拉土墊地,幹到6時半。

晚飯後,7:30大隊會,各分隊宣讀躍進規劃,大隊長基本批准規劃,並說明三多、三好、三定的促進躍進,宣佈八一以前的工作日程。我在開會時,總是精神疲倦不集中,掙扎著,仍是疲勞打盹。我很恨自己,今天一天和右派勞動時表現情緒不好,對杜凱和董震芳有些抵觸情緒,出言刺激人。這是由於我感到杜凱經常有自滿傲慢,非常嚴重的表現,盛氣凌人,勞動中並不肯出力。這是我和她第一次幹活,總的情況是這群人一塊幹勁並不足。尤其是第一天到雞場,回來碰到我說:"咱趕得好,昨天開會規定全5:30起牀,6時喂雞。"我說:"你真是幸運兒。"思想上感到吃苦的時候全讓我趕上了。別人一去,就正規化了。這種思想,仍是光從個人出發的抵觸情緒,我經常不能克服這種思想活動。怎能改變立場,熱愛社會主

361

義呢？

晚上，苦思的結果，大隊會啟發我認識到，我到畜牧隊後，如果思想上一發生問題，就去找黨幫助，那就不會犯錯，就不會和董震芳、潘世雄爭吵，感到過去太自負自信，不靠攏黨的危險。

10:30散會，洗洗臉，擦擦身上，11時，想找胡炳權談。我和老喬談，在門口等了好久，見他們都在和別人談話。11:30，我回來休息。我在思想上，總怕睡眠不足影響勞動，總怕病、怕苦、怕累。過去自以為自己不怕苦不怕累的信心，已在消退了，因而改造決心很不足。

7月9日　星期四　雨

昨夜大雨，今早未停，不能下田。開分隊會，會後，同志們寫思想小結，□□規劃。右派去修鴨子棚，在王振鳴領導下勞動。

11時，雨又來了，躲到席棚裏休息。11:50，人們去抬來美食好餐。飯後不午休，繼續勞動，修鴨子棚，墊地、抬土、上頂、遞黍稻把子等零活。

下午2:30後，雨漸漸停，開始蓋鴨房勞動，我和賈恩第等圍房後席牆，當雜工，鍛煉用彎針縫席，鍛煉搭席牆。這個簡單的鴨房，看來簡單，實際上也是很複雜的。任何勞動都不簡單，今天學習生產活，初步看到蓋簡單草房子的技術。任何勞動都是通過集體完成的，有力、無力都可以在集體勞動中有工作幹。

晚間，寫鑒定材料。我今晚從8時半到10:30，整理了58年下放前的思想檢查材料，準備交黨組織看，另外，寫了半年來總結提綱初稿，分勞動思想收穫，和存在問題。

勞動上的收穫，主要的是改變過去懼怕農業勞動，認為下放農村是毀滅自己的思想,而感到勞動改造是新生的開始。過去懼怕的認為無能為力的農活,如抬筐、抬糞、掘地、鋤地等做不到的,現在有了勞動的信心。

7 月 10 日　　星期五　　晴熱

今早 3:50 起來苦戰,番茄地拔草、打叉、綁架,地裏吃,地裏休息,要苦戰到晚上 8 時。

9:30 早飯,烈日當空,汗流如注,仍在苦戰啊,苦啊,完成任務,預計一直苦戰到晚 8 時。

今天是入夏以來最熱的一天,園地的蚊子叮、螞蝗咬、頭頂上太陽曬,但大家堅持著幹啊,幹啊,黨員同志幹勁衝天,帶頭前進,沒有一個人喊苦。

思想鬥爭,但仍堅持,衣服全濕了。

中午,黨支部書記喬福生同志一看天太熱,馬上改變計畫,叫大家回去吃午飯,飯後休息,到下午 3:30 才開始勞動。黨,真是既鼓舞人,又關懷人,母親哪。

我仍去蓋鴨子棚,這個勞動,我只能幹些雜活,技術活人家不叫幹,右派中的"領導者"是脫不掉自己本質的,和他們幹活不愉快。

幹到晚 8 時。

一般同志 6:30 下工,晚上黨支部、大隊部叫去趙沽里聽戲,我去聽了《林沖夜奔》,至 10:20 未完,因太累,回來休息。

今天一天收穫大,考驗了我的身體,雖然是烈日當頭、汗流如注的伏天,從 4 時到 12 時半,連續勞動 8 個小時(早飯時間不用一小時),但我仍能堅持,並沒有昏倒。黨愛護人,關懷人,喬福生同志和我們共同勞動，但他一見到天熱，同志們勞動時的情況時，立即決定中午回來休息，並通知廚房煮綠豆湯解暑，深怕人們中暑影響健康。雖然也有些同志堅持苦戰下去，但老喬同志坐在廣播臺親自通知各隊長帶隊回場吃午飯，一個中午，他沒有休息。

下午三時許，我和其他右派同去蓋鴨子棚，右派分子對人的態度就是另一個樣了。王振鳴領導這次勞動，他有些事兒對人□隊不同態度，對一些人照顧，對別人則不照顧。我體會到黨派我到雞場去，其中有照顧我身體的意思，因此我是以感激的心情和下決心好好勞動的心情，於 6 月 16 日下午到雞場去的。但到雞場後，遇到一些未料到的困難，和對其他右派分子中某些人的關係，情緒急躁，以至和董震芳、潘世雄爭吵，在雞場造成很壞的影響。這是犯錯誤，如果我能及時向黨反映自己的思想情況，接受黨的教育，或者我就不會犯這次錯誤了。從這次經驗教訓中，我體會到必須靠攏黨，聽黨的話，才能不犯錯誤或少犯錯誤。

今晚，喬福生同志叫我們到趙沽里去聽戲——建新京劇團演出《野豬林》，我看了一段，到 10∶30 回來休息。這件事說明在緊急勞動任務中，要我們去聽戲，黨對文娛生活是關懷、一視同仁的。

7 月 11 日　星期六　晴

昨夜無雨，今晨轉晴。早 5∶00 起牀，補日記，做清潔，值日。

早班，與一般同志耪茄子地（即鋤地），原田勞動是細活兒，必須精心、細緻，鋤鈍，又無經驗，茄子葉碰掉一個，報告小組長。

早飯後，修鴨子棚，我被分配去掘場地、平場地。勞動中這群人，人人是個人英雄主義，人人口中不能抑制支配別人，為此常常搞得不愉快,我在他們中間顯得放肆,常常不能管住自己的舌頭。而且由於對於他們中的某些人存在情緒,所以相處當中,往往說話警惕性很高、敏感,聽到刺耳之言,即報復,如對李永祥、董震芳即如此。這種情緒很不好,極應注意改正,以後應該虛心慎重的相處,少說話,客氣對人,少放肆,最好做到不放肆。

今天蓋鴨房,上下午一天。上午平整場地,與范毓棟挾帳子、釘柱子、掘地,釘了五根小木柱子。

下午,與韓衛拉草、鍘草,後來又派去與高石民挾葦帕帳子,完成北邊一道圍牆。又派去合泥、供泥,這個活我沒有力氣幹,合泥合不動,遞泥遞不上房,只好又去幫李永祥、韓衛續草。7:30 收拾工具,收工吃飯,洗臉。

今天天晴,酷熱,揮汗如雨,上午在烈日下幹活,已感到吃不消。下午,大隊都因天熱臨時決定三點起牀開工,照顧備至。我仍 2:30 起來,洗件衣服,然後上工。勞動已不是一件沉重的負擔了。

晚 9 時,寫鑒定材料,大席棚內跑出狐狸,成群咬人,寫到 10:30,休息。

7 月 12 日　星期日　雨、晴

早 4:45 起牀,5 時上工。昨晚有小雨,早晨班掘土豆,小雨又淋起來了。朱隊長掘,我揀土豆,這個活雖然第二次幹,但因不熟練,無經驗,幹得慢而差。和隊長一塊兒勞動,精神緊張。今早先起洋白菜,這個活兒需要潑辣、猛撞,不是細活兒,集體力量大,一會兒就起了幾百斤洋白菜,看到知識分子種出的洋白菜,感到分外滋味。但下菜的技術差,我見八里臺農民下的菜是用快鐮刀下菜心,比我們幹的俐落。

起洋白菜,下土豆。雨大了,7:20下工,吃早飯。

早飯後,經請示分隊長,她說我可以寫材料,一時忘了右派修鴨房組長王振鳴昨天下午佈置的工作了,坐在宿舍寫材料,外面下著雨,各分隊長基本上不下地。9:30忽聽喊我,急到鴨房工地,見別人在勞動,自找個沒趣。王振鳴拉長面孔,我距離他遠些。我和大家用小繩兒係帳子和涼棚頂,一直幹到12:30下工。

下午寫鑒定材料,晚飯後,鴨房帳子及廁所刷白粉。8:45寫材料到10:50,休息。

今晚找喬福生同志談話,他說沒時間,叫我寫完後交他看,再談。

7月13日　星期一　晴

早4:50起牀,補寫日記。早班平院子、修操坪,趙春燕、高麟英二人清理宿舍,我先掃地,趙春燕制止,我又表現不耐煩的態度,事後一想,必須警惕這種對個別群眾抱有成見的態度。

早飯後,挖土豆,我和方兆炷合作,他挖,我揀。土豆產量不佳,一個上午挖了不到20斤。幹得技術低、效率慢,土豆揀得不俐落。園田活需要細緻、仔細,必須細心對待。

近日來考慮思想總結,很費思考,千頭萬緒,寫的頭緒多,費時間長。

中午從1時睡到2:10起來,寫材料,至晚10:30,寫了萬餘字,完成草稿2/3,但對主要問題認識仍不深刻,明晚及後天(15日)一般同志休假,領導上給我們三個晚上、一個下午寫材料,預計明天爭取完成草底,15日至16日晚完成總結及鑒定。我第一次做鑒定,寫起來費力而又缺乏系統。

晚間閱《天津日報》,見戈華校長文章《注意工作方法和思想方法問題》,教育幹部要多聽聲音,區別真相和假象,現象和本質,要區別是立場觀點問題、思想方法、作風問題,還是道德品質問題……

快一個月未看報了,閱報有益。

7月14日　星期二　晴

早3:50起牀,4時開始苦戰,突擊打草,我能被編到打草突擊隊裏突擊打草,感到很光榮。磨得鋒利的鐮刀,每人一把,從試驗路旁水溝中開始,飛動鐮刀,青年幹部飛快的打草前進,我也拼命的趕。一個早上,到7:30吃早飯,草打的不少。早飯後,8時又開始打園田裏、麥田裏的大草,打成堆,給豬青貯肥料,裝車運往畜牧隊。

上午,校首長來農場視察,大家幹勁更足了。校首長視察了各處,又到田裏視察了勞動著的幹部。我受命收草,10時又去麥田打草,直幹到11:30,未休息,除了右手右臂痛外,不感到特別累。上午苦戰了8小時(吃飯半小時多),成績很大,集體勞動,群眾力量是無窮無盡的,而個人力量是有窮有盡的。

中午,為了苦戰,吃肉餡包子,我吃了六個。中午休息到3時,3:30上工,繼續幹,晚6時下工。一般同志晚飯後回家休假,我們留下寫材料。

我受命和董震芳看鴨子,明天臨值班,今晚就上工了。洗後,到鴨房看鴨子,席草棚蟻蟲成群。什麼困難,只要堅持,沒有克服不了的。9時,利用看鴨子電燈寫日記。550只小鴨,出蛋殼不到24小時(今早9時出殼,下午2時許送來)。怎樣看養,毫無經驗,但必須把這生產勞動看成是社會主義建設的一部分,就會通過勞動結合思想進行自我改造了。

今天苦戰中,我想我對勞動的看法:學生活本事呢? 建設社會主義呢? 鍛煉身體呢? 我想這個想法我都存有過。但不管別人怎樣看我,我應該打目前的勞動改造,同時也看成,實質上是黨克服現在,是我國"苦戰三年,多快好省地建設社會主義"的一個組成部分。它不僅是勞動大學的學習,同時也是生產建設。那麼如果我在今後的生產勞動中,誠誠懇懇地工作,完成任務,做出成績,能說我不是對社會主義做了好事兒嗎? 能說不算我對過去犯的罪行贖罪嗎? 想到這些思想上就清朗了。只要對社會主義有利,黨叫我幹什麼都一樣,何必去自己計較個人出路呢? 做一個普通勞動者,是具體的,而非抽象思想,必須是實際行動,不追求美衣美食,不怕生活艱苦,不選擇勞動工作,隨遇而安,不計較個人得失,能如此,則一切思想問題都可迎刃而解,一切雜亂思想也會由此清除。安心地、老實地為社會主義服務,眼光常看到人類美好的未來,個人是多麼渺小啊,為什麼我這種思想,不能經常鞏固呢? 可惡的個人主義打算和舊社會時對我的長期影響及立場觀點問題,必須和這些壞東西進行頑強的鬥爭,才能自我解決,才能樂觀,滿懷信心的前進。半年總結中,及卸包袱運動中,排查出自己的錯誤思想和觀點,實在太可鄙可恨了。

晚間,受命與董震芳看鴨子,我值前半夜的班,整夜不合眼,怕有老鼠和黃狼,前後窗巡來巡去。夜晚天晴,半月當空,滿天星斗,池中蛙聲不止,室內鴨聲唧唧,頗有一番恬淡寂靜之感。想讓思想休息,不去考慮問題而不可止。考慮如何寫鑒定和檢查思想,直到3:10喊董震芳起來。小鴨很有意思,我對這個工作也喜愛,如果能交給我這個工作任務,而不橫加干涉,我相信可以鑽研好、做得好,但是沒有這個條件。

和董震芳談,瞭解到她是燕大的一位學子,四年間,念過化學、社會、家政三系,津沽大學時期□的津沽……

7 月 15 日　星期三　晴、晚雨

昨天晚上受命與董震芳看鴨子,一般幹部休整。本來給三個晚間、15 日一個下午寫鑒定。這樣一來,鑒定也難寫了。前半夜,董震芳睡覺,我看鴨到 3:10 喊她起牀,3:30 回去睡。近日來由於睡眠不足,頭腦昏昏,一直睡到近 8 時起來吃早飯。鴨子死了一隻,事故死,很不痛快。

早起後,去看董震芳,已喂完鴨子。我接班,她睡覺,一直到 12時。抽時間,我寫了些鑒定材料,反復寫,感到不夠滿意。

12 時喊醒董震芳,到生物系去吃飯。飯後,在回民食堂煮雞食,小米十斤。1 時許,提著飯返回來,感到沉重,走不動,快到農場時遇到李新芳,幫忙提回農場。我去午睡,董震芳喂 2:30 鴨食,我抽空寫材料。3 時起來後,董震芳又在熟睡,鴨子叫。我一面看鴨,一面寫材料。今天死了一隻鴨子,心中很不痛快。昨晚喬福生同志說:"看鴨子不要讓它死。"我粗心大意,第一天就死了一隻,感到對不起党的信任和委托。

下午又病死一隻,糊屁股,拉白屎,對此袖手無策。一遇困難,我對此工作就有動搖,這是最不堅定的表現。

5 時過,我喊醒了董震芳,不滿的說一句:"你睡了一天了,起來吧。"她起來後,很不高興,又要指問我怎麼說她睡了一天。我沒答言,否則又要爭吵。她這個人,工作偷懶,昨夜值個後半夜班,3:30 起,11時睡,結果補了兩次覺,睡了近 10 小時,一點兒覺也不肯少睡。

近晚天雨,越下越大,風雨交加,狂風暴作。鴨房透雨,掃雨,我倆

用席當後窗,忙得一塌糊塗。10時喂完鴨子後,寫材料,11:30我提議下,董震芳今夜值班到明早4:30,我來接日班,我就只睡午睡了。12時,回宿舍休息,見回家休整的人回來的很少,雨還會阻止這短短幾里路？這是勞動鍛煉的應有現象嗎？

鑒定一直未寫完。

7月16日　星期四　下雨、晚晴

雨下了一夜,今早4:30起牀,天漆黑,雨不止。我起來到鴨房去接班,並寫點材料,準備9時去煮鴨食。董震芳和我幹一陣,去睡覺,幹部過6時才起來。

9時過,今天因雨,幹部不勞動,為右派鑒定。9:30開始,我與另5個參加園田二隊鑒定,一天加晚上,到11:30鑒定了4人,剩下我和陳創恒。

晚8時,大隊會宣佈明天幹部去南義、新莊等地訪問,留下我們看家,工廠組又通知我去值夜班,看鴨子,喂鴨子。我拿著毛毯到工廠去,因鴨房漏雨,鴨子已全部搬到工廠組一間房裏。小鴨子最愛吃,又吃了不少,可是不許滅燈,一滅燈就大吵大叫,只好罩上燈使暗一些。我看著鴨子,抽空休息,但不能寫東西。

一個月來,連壁報都未看過一次,真是閉塞極了。

雨從下午放晴,夜裏大晴天。

7月17日　星期五

早5:30,去喊董震芳,她正蒙頭大睡。我和她喂了早鴨,整理一下,到近9時了,到生物系去吃飯。回來借睡眠時間寫日記、材料,準備鑒定。

7月18日　星期六

(此日未記)

7月19日　星期日　晴熱

昨晚給陳創恒作完鑒定後,朱隊長通知我明早和董震芳去看鴨,搬到生物系去住,這裏宿舍有人來要住。我早5:00起,打起簡單行李,走了三趟運去,三刻鐘就搬完了。昨夜吳萬傑同志也告訴我今早來生物系,說董震芳值夜班,可是我到生物小鴨房後,看到董震芳正在牀上安然熟睡,不知夜班是怎樣值法? 我招呼她一聲,她突然起來說剛睡!

搬完後,搭牀、收拾房子。董震芳喂早鴨,我在早飯後也開始一天的勞動。董震芳該睡覺,可是又說寫材料。整個上午我煮雞食、喂雞。中午,董振芳又大睡。我去打水草,烈日炎炎正當空,野地上仍很少人,打了兩桶水草回來,夠一天吃的了。董震芳4時睡起來,我沒睡午覺。

下午5時,放鴨洗澡。小鴨有意思,個個洗,洗後不愛吃食,晚食吃的不多。

晚,我和董震芳開鑒定會,8時去,11時回。我的思想總結,群眾不通過,提了很多意見,我在情緒上很抵觸,回來和董震芳又發牢騷,情緒波動。她也是未通過,要補充再談,也有不滿情緒。今夜的這一幕很不好,以後避免少說這些話。

確定我值班,起來看鴨,她大睡了。

7月20日　星期一　雨、晴

昨夜和董震芳約好,我值夜,起來看鴨。早4:30起牀出去打水草,她睡到5:30過後才起來去生火。

我早起去打水草,野地上靜靜的,沒有一個人。蘆草溝裏水草很厚,沒有費多大功夫撈了一滿桶水草回來喂早鴨。下雨很大,大隊部來人通知參加右派評比。

昨夜晚情緒不好,為什麼對待群眾提意見的態度總是抵觸呢?弄得一夜睡不好。必須改,不改是不行的。評比回來,早飯後,換草,與董震芳合作,幹到11時過。

董震芳睡到3時起來,我已喂完鴨。4時想睡一下,但怎麼也睡不下,牀上輾轉一翻起來了,今天中午休了半小時。董震芳起來後說她看鴨,要我去參加會,說我過去因未參加會有意見,去受教育了。我因時間已晚,又因上午已提名發言了,受過教育了,下午讓她去,晚上我再去。她很不高興的走了,說她上午已發了言,實際上是不愛去。她走後我挑水換缸水,4時許放鴨洗澡,近5時工廠隊兩個同志撿來大批水草放在缸裏。放鴨洗澡到6時,工廠隊同志們幫我收了鴨子。7時許,我晚飯後,煮完雞食,才喂晚鴨。

董震芳回來坐在馬車上,說晚上讓我去開會。8時開會,但不接受勞動,和一位生物系的幹部大聊家常。天剛下過雨,我煮晚食,新生的爐子,很旺。8時前10分,生物系潘師文回來,我和董去開會。

一開會,喬福生同志提名批評了我,說我對開會無興趣,說受過教育了。當時我對董震芳很不滿,問:"那麼你發過言了?"可是開會後,互提名分析,根據黨提出的兩個前提:對罪行的認識,及對改造的態度,是兩個前提,在這個前提下,才談到對組織的關係,對群眾監督及勞動態度,這樣做,就明確多了。而且有了重點,大家開始已提名的6個人。

我抱著對黨員負責的態度,對李離提出意見,提出他的反動言論性質。鑒定意見中說:梅蘭芳是兔子,高熙曾是漢奸,傅尚文是苦悶的象徵。而這些人都已批判入了黨,這種惡毒的對黨員的污蔑,實質上是反黨思想牢固的反映。李家祥述說他當時說話的經過後,李離又提出辯解。這件事對我的教育很大:(1)是別看他揭發別人頭頭是道,而一碰到自己就壁壘森嚴,不肯認錯了。李離是有過十年黨齡的,55年反胡風時的胡風分子,下放時抵觸情緒很大,59年初鑒定時有所轉變。因此,這次大家提名選他為積極分子,而剖開一看,他還存在那麼多本質問題,而且是非常嚴重的問題,這就說明有變化不是就沒有問題了。(2)使我認識到改造的艱巨性。李離受過十年黨的教育,反胡風後開除出黨,為什麼在他身上看不出絲毫曾是個共產黨員的痕跡呢?可見一個人改造的不易。既要有信心,又要看到改造的艱巨性。我在李離身上,具體認識了這個真理。他對待改造是不夠嚴肅的,因而經常表現舊文人的那一套毫不在乎的作風,批判別人頭頭是道,對待自己狂妄自大。

對聶國屏也進行了分析,他自己先說認罪不夠,勞改態度不端正,及認為不夠提名標準。大家基本上同意,並對他在鑒定時還存在黨讓他鳴放,而結果拿他當右派的思想,這實質上是不認罪。

11時散會前,喬福生同志發言,指出會開的好,但只有一面,另一面對提名的人正面意見也需準備提出來。明天2:30到4:00,準備發言材料,寫提綱,晚8時開會。我想一想,對誰真正的轉變了立場,在日常真正站在黨的立場上發言,真是提不出誰來,想想看吧。

11時過回宿舍,路上又犯老毛病,克制不住自己,責問董震芳反映我不願去開會是歪曲。她又火了,我避免再起爭吵,不往下談了。她這個人本質上和我一樣,因此我二人無論說多少好話,仍是處不好,一遇到問題都不能心平氣和的表達自己的見解意見,而是帶著個人情緒互相爭吵,很不愉快。

7月21日　星期二　陰雨

昨夜董震芳值班,我聽她起來看鴨一次,小便一次。早五時起牀,我5:30起牀,她喂鴨,現成的鴨食。我去生爐子、打鴨食、收拾院子,和她一塊兒收拾鴨圈、換草。雞食煮了兩大鍋,冒雨幹活,董震芳躲在屋裏不出來。雨停了,她出來又挑爐子放在外面了,又挑小米飯悶,不合老潘的要求等,我很反感。我忙著幹活兒,她去洗自己的衣服、擦澡、縫衣服,整個上午很窩工。

我這幾天非常煩躁,感到百無是處,不知如何作人。為什麼像董震芳這樣的勞動態度,沒受到群起而攻之,而我猶被攻擊得體無完膚?鑒定會上,人們把我描寫成又懶、又饞(劉寶聲說吃菜還是吃饅頭,記不清了),又暗藏萬惡已極的思想,又欺騙人,又……總之,槍斃而有餘,根本是社會上多餘的一塊行屍走肉了,這還有改造的餘地?我又想,算了吧,如果我能有房子住、有定息吃,我是受不了這種改造的,為什麼要臆斷別人的思想?

中午飯以前,傾盆大雨,我在看鑒定會上群眾提的意見,越看越搞不通,越覺得委屈。當看董震芳,而又發起小資瘋狂性來了,牢騷抵觸,痛哭流涕。開到一時才吃飯,飯後,看到席棚裏水深三四寸,已成河。冒雨掏水,搞到2:30才罷,喂了鴨子,休息。至4時,大隊部廣播呼喚去開會,我和董震芳去開會,工廠隊兩位男同志來接班。

今天的會開得更深入,對提名的幾個積極分子補充材料,分析研究。這樣的會,是我過去生活中所沒有經過的。假如能經常在通過選積極分子的活動中,對一些人這樣深入細緻的進行調查研究,然後確定其本質面貌,我想就不會把一些假象當真象看待了。這樣辦法,真正會瞭解到一個人的形式和本質。

我基於聽到多數人對李梓林、王振鳴提出的看法,也回憶起很多材料,供研究參考。我及時鍛煉著毫無顧忌的在這類會上思考問題、發言,提高自己的認識水準和覺悟水準,並學習怎樣從本質問題上認識自己。我感到,這種會,比反右鬥爭時瞭解一個人還要細緻深入。因為這是在民主空氣下,大家平心靜氣,抱著對黨負責的態度,對研究一個人提供負責材料和看法的。

7時,散會。今天幾陣傾盆大雨,抬飯的人來了——大隊秘書吳萬傑同志被雨淋濕全身。路滑,抬著大笹籮,跌了跤,在越艱巨的條件下,黨員同志越打前鋒,這真是感動人的事,應在改造過程中,處處以他們為榜樣。

通過這兩天會,我受到很大教育,並學習到如何認識別人和自己。

回到宿舍,大雨不止,我和董振芳冒雨回來。路上水深及膝,我們沒有打赤腳的勇氣,她拄著棍子挑水淺的地方。回到生物系,草草的吃過飯。到鴨圈,見到兩位工廠隊男同志用爐灰渣將室內地墊好,鴨圈放了乾草,屋基下挖了溝,防止漏雨進屋。但因雨太大,屋內仍積水很多。

蚊蟲肆虐,咬人不堪。我和董震芳脫下濕衣服,鑽進蚊帳,大談對這兩天會的體會,並聊到一些其他地主階級政治態度的問題,互相勸勉,以為在改造過程中,正需要開朗起來,追求進步。我願意這樣做,但就是忽冷忽熱,個人主義太頑固。

9 時前 15 分,8:45,董震芳睡下,我值班看鴨子,等到 10 時喂晚食。屋內濕熱,蚊蟲肆虐。外面下暑雨,屋內泥濘,積水盈寸。我穿雨鞋入泥坑喂完鴨子,全身滿是蚊子咬的大包。

7 月 22 日　　星期三　　陰雨

早 5:30 起牀,昨夜值夜班,每小時起來一次看鴨子,因此睡得非常不夠。

昨夜雨又不小,屋內積水不乾,濕熱蒸人,蚊蟲肆虐,幸而鴨子無死亡,還好。

喂早鴨後,董震芳去生爐子,我去挖泄水溝、打草、蒸鴨食。今天打來 15 斤,然後拾煤渣墊地,挑水積滿缸。

中午吃撈面,飯後已 1 時,午睡近 1 時半。3 時起來,聽到大隊部報告起牀時間,今天是我中午休息最充足的時間。

下午 4 時,來通知開會,去參加,因等人 5 時才開。會上大隊長做了指示,繼續對提名積極分子提材料,分析那是主流,那是次要的。集中到對提名的聶國屏進行分析,大多數人對他的主流思想是不認罪,勞動改造認為是受氣的懲罰提出意見。這種細緻深入的分析,對提高人的認識,轉變立場的教育,意義非常大,所以很希望這種會多開。怎樣將各種現象聯繫起來,分析研究一個人的本質,區別哪些是真象,哪些是假象,哪些是現象,哪些是立場觀點問題,哪些是作風及思想方面問題,哪些是道德品質問題,而在右派當中則幾乎是全面的、反動的。我一直感到不經過更複雜而深入的教育是不易改造的,所以對於右派改造比對一般幹部的改造還要加強多樣性,如果只是簡單的群眾鬥爭方式,或一般的教育,那是不易改造的。這幾天的評比會,黨花出更多的時間對右派進行生動的活的教育,這是通過事實教育右派,我認為是最有效的方法之一,因此這幾天受的教育也最大。如對於韓衛鑒定未通過,情緒很大,認為群眾單單與他作對。而通過評比會,他也有所轉變,通過找組織談,找李離談,接受了教育。這就說明,有事必須和党談,無論多麼嚴重的問題,談了比不談好,可是為什麼我一直對這個問題因循呢?

晚 10:30 散會,夜間天晴,月光中經過泥濘的道路,回到生物系已11 時,12 時休息。

7 月 23 日　星期四　晴、炎熱

早 4:50 起牀,忙去打水草,趕回來喂鴨。5:30 趕回來,發現董震芳在喂,我一時又不高興,要態度。喂完食,又去生爐子,打掃鴨圈,爐子生了兩次,10 時的食煮不成。生物系潘師傅給我們送來了小米、麩子,吃了。

10:45,放鴨子,曬草,清除室內,挑水,緊張的忙了一上午。10:45,董震芳去打水草,一直到 12:30 才回來。我現在有意識的去發現別人的優點,和董震芳同食、同住、同勞動,發現她除了有一定的缺點外,優點是很多的,值得我學習。對比之下,我就是百無是處了,必須

克服自己的嚴重的個人主義東西、反動的東西。

12:30 午飯後,1:40 至 2 時起牀。因上午通知下午 2:30 到大隊去開會,忙著去喂鴨,至 3 時聽說會不開了,回來寫日記,並照常進行工作。

今天下午放牧鴨子至 6 時半始收。擔水,收拾屋子,打掃院子,8 時到大隊部去開會。

繼續昨天,揭發提名積極分子,最後,喬福生同志指示互相揭發,於是李離有準備的揭發右派中的言論,接著李觀元。至此,喬福生又談這樣被動,應該主動繼續卸包袱,不懈地揭發。又指名我不聽黨的話。我這次沒什麼抵觸情緒,準備寫材料揭發,首先從陳創恒開始,58 年 11 月下到趙沽里掘地,並回想和那些右派接觸及談些什麼內容。

回來已 11:30,12:20 睡。睡前與董震芳談好明早工作。

7 月 24 日　星期五　晴

今天大隊部宣佈苦戰,4 時就起牀,起牀後聽到大隊部廣播響。我先挑兩擔水,然後去打水草,來回打了兩次,已 6 時。早晨不太熱,幹活最有勁。今天有風,回來後忙著清理鴨運動場,收拾籬帳。早飯後,趙沽里去一趟,接著放鴨、洗澡、吃食,一直從 9 時忙到下午一時才吃飯。

飯後,2 時休息到 3 時,起來喂鴨、收米、打掃草場、曬草,一轉眼又到 6 時,晚飯後收鴨入圈,近 8 時始畢。

今天任書記找我談話 10 分鐘,指示兩點:一切都要用階級分析的方法分析問題,一切都從具體事實出發。他說對待勞動是否採取積極主動態度,是個關鍵問題。

　　雖然只有短短 10 分鐘談話,但對我啟發很大,一切事要看具體事實。他舉例說,人人都要有飯吃,地主也有慈善家,但一要分配地主的土地,他就反對了。我馬上聯想到肅反問題,我可以從理論上認一千句一萬句擁護肅反、肅反怎樣必要的話,但一接觸到具體事實,肅反一到自己頭上,馬上就反對了。這從階級觀點出發,就會明明白白的認識到是站在反革命立場。另外,對待勞動,我可以從道理上說一千句一萬句擁護勞動、通過勞動改造自己的話,但一接觸自己,怕累、怕髒、怕苦的情緒就出現了。這種剝削階級的本質不經過長期的改造是不行的。

　　晚入帳,就燈寫材料,但困的怎樣也抬不起頭來。腹脹,躺下休息半小時,睡了一會兒。9 時半起來喂鴨,10:30 寫材料到 12 時半,入睡。

　　董震芳近日來很躲避喂鴨,她很願去生爐子、打草,或者我合好食,她用勺子喂,看來她有些怕髒,待我再觀察幾天。連日夜晚喂鴨,她都先上牀去不管。喂鴨、合食的手,因糠麩、水草全有,只能用手合,所以兩隻手總是一股鴨糞臭的氣味,洗也洗不淨。但看到鴨子成長,看到這個勞動的重要,這些小節就不會在意了。

　　看 9 月 15 日至 17 日《日報》,見蘇聯也在大發展畜牧業,養豬、鴨、雞、兔,我看到這些事業對社會主義建設及改善人民生活的重要性,對它發生興趣,願意終身為其服務,所以到這裏來勞動是感到勝任、愉快。如果以後泡、撿飼料的勞動再負擔起來,就可以全部勝任這一工作了。

　　近來極力從思想上克服怕苦、怕累、怕麻煩的思想,如曬穀子、小米,當日未收啊。怕就是怕麻煩,如住室被雨水浸後,總是潮濕、臭味、蚊蟲聚集,入晚不能在室內工作,非入帳子不成。可是,堅持喂晚食,蚊蟲雖咬也不在乎。對董震芳以後應保證不爭吵，自己主動多幹，她願幹室外活，怕室內臟臭，我就多幹，記住不計較。

聽報今天氣溫 32 至 35 度，風力 2 至 3 級，4 至 5 級，東南風，廣播注意防暑，可是實際上今天比昨天風涼，不感太熱，只是太陽下勞動感到太熱，我的兩肩背已曬紅腫，一擔水或躺在牀上，感到痛得很，但要克服，聽任書記的話。感到苦，是應該的呢？還是被迫？還要企圖逃避？我認為我還沒有建立起積極主動對待勞動的態度，也就是對待改造的態度。這和自要所說的，自願做一個勞動者是矛盾的，以後必須努力克服，努力地、主動地、積極地對待勞動。

我對周建石不采水草、不擔水，全使我們的，又計較使了他們的工具，感到不高興。可是董震芳卻能主動讓他們用我們打的水草、擔的水，這又表現出我計較多勞動了，要時時注意克服，要主動多幹活。

寫材料須細細想想對誰說了什麼話，什麼性質的，想起來許多，都是許多論反動觀點的言論，其實有的不能算問話，而應看為在改造過程中氾濫反動言論。如我想起來在勞動中和賈恩第談的最多，他一說，我就不能克制自己，表達自己的看法，檢查起來有許多是不對頭的。如對達賴喇嘛被劫持問題的看法，對衛立煌當政協委員，及大右派羅隆基當政協委員的看法，都是錯誤的，都是反動的。反動觀點又有言論，又向右派分子談，這實質上是政治性的錯誤，我必須嚴肅的對待這些問題。不向組織反映，認為是閒談，沒什麼，我歷來就是不重視這些問題，今天回憶起來，不禁大吃一驚。鑒定時沒有嚴肅認真對待，沒有仔細想，結果沒寫出來。今天若不是喬廠長啟發，恐怕早忘到腦後去了。而交談的對方，卻會當我隱瞞情況去揭發。為什麼我對這些問題這樣不嚴肅呢？以後一定要記住，少交談，少談勞動，少談思想，應該堅持初到農場時的態度，有思想看法，記下來或向組織反映。

7 月 25 日　星期六　晴

聽說今天溫度高,31 至 33 度,東南風 2 至 3 級。

早 4:45 起牀,淘缸,一連擔了三擔水。擔水的能力雖慢,但逐步有進展,只是吃力,我一定把這個勞動練好。在井中提水時,見淹死一隻一個月以上的小白雞。昨天周建石放牧近千隻小雞,死亡不少,他說死亡 30%,我看不止。

今天大晴,5:30 喂完早鴨,小鴨不叫了,吃飽了去睡。我打掃圈,掃院子,生爐子,準備煮雞食,並準備放小鴨。

先收拾鴨圈,董震芳去打草。她每天早上下午都要晚起牀,今天我擔完水,她起牀了,念叨腿走不得路啦、蚊子多啦、潮濕了啦等等。打草回來,一個上午,叫苦、叫累,剛好好工作幾天,又舊病復發了,挑輕活,躲重活啊?嚷累,嚷睡眠不足。我沒有理睬她,實在聽膩了,一個人的改造是多麼不容易!這個人的毛病和我有共同處,我拿她當鏡子,絕不再和她爭吵,自己主動的幹活,多幹。幾天來,董震芳晚間不餵食,不起來值夜,怕蚊子咬,一天咒罵到晚,如何能改造?今天,我嚷她合一次食,她直喊嗯,氣凶凶的,不高興。下午二時,我起來收草,見天雨意,收草、收曬的糧食,來不及了,到下午三時喊醒了她,她後來說把她驚嚇了一跳,很不高興。

正在打掃院子、收草,工人隊隊長和另外一個人來了,說要曬飼料,打開四大口袋棉仁糧及豆餅曬,一口袋有 150 斤。曬完,4:30 天轉晴,緊張了一陣,全身大汗,氣壓低,室內潮濕不堪,休息半小時。晚飯畢,準備晚上雞食,董震芳一個人去收飼料,一看很困難,又不管我幹什麼,大喊大叫,要我去和她搞。我放不開手,她又大喊,這回和在畜牧隊一樣，我不耐煩，又會吵起來。我合完雞食，喂完雞，去裝飼料，一個人一會兒就裝了一口袋。後來工廠隊來了兩位同志，天不黑，飼料便裝完了。8時半洗腳、洗臉、休息、寫材料。董震芳喚聲不止，在洗臉、洗腳、熱水，對自己的事精神就足了。

這個人，說她從來未與別人吵過，而偏和我吵，我說我誰都和吵，無自知之明這是。這個人，我在大大研究她，究竟是個什麼性情？沒有三天常性情，我和她說的話的確是交淺言深了。

7月26日　星期日　晴　鴨子搬家

早4:30起牀，昨晚睡得早，今早精神較好，第一次一夜間睡了近7小時，早起後寫了一小時材料。5:30開始生爐子，劈劈柴，一連擔了六擔水，裝滿三個缸，擔水能力增強，逐漸地已不覺吃力了。

董震芳5:40起來了，她打掃一半運動場，又慢慢細細地刷了幾塊席子，去煮穀子一鍋。

早飯後，我把運動場的濕草全部清除，換上乾草三筐，紮上涼棚，開始放鴨子出來喝水、游水。正在忙，二廠隊同志來說搬家，我在情緒上感到這裏的條件不壞，小鴨一周來很見長，所以對搬家有些勉強。但既然工廠隊決定搬家，哪有說話的餘地？

數鴨子，裝筐，收拾屋裏屋外，兩車拉走了360只。董震芳把行李隨車帶走，留下亂七八糟的東西，待我慢慢地收拾，等著搬第二批小鴨。小鴨在涼棚下很舒服地休息，我很留戀這一周來辛勤佈置好了的環境，為什麼一過了就總是戀舊，甚至不願遷動呢？

從9時搬到11時半，三車鴨子，一趟零東西。烈日當空，我把空車拉回生物系，備同志們取飯。兩肩雙臂起泡，疼痛不止，忍痛改造，漸漸加強了決心和信心。一見同志們赤背在田裏幹活,為什麼自己這樣怕熱、怕痛呢? 於是背麩子、拉車、抬沙土。中午休息不到一小時,兩時過起來,到生物系去背飼料,然後喂鴨。董震芳怕這種烈日下的勞動,搶著合食、喂鴨子,我跑了三四趟,把"家"搬清了。

抬沙土到 6 時,清理工具,一到重勞動就顯出自己如何無能無用,把一筐沙土從車上抬下來,感到力所不及,男同志搶去幹。

7 時,晚飯,洗洗,收鴨子。9 時到工廠隊開分隊會,佈置工作。重勞動力調去基建,三個女的養鴨,兼顧工廠。我對這個工作很有信心,要保證成養率超過國際水準 92%。544 只鴨,13 天死亡 13 只,6 只是 3 天内死的,應不計算,至今死亡不大,而且很見長,心情愉快。

10:30 散會。

今天午後 2 時起來到生物系去背麩子,是經過思想鬥爭的。董震芳一過來,就怕天熱,搶幹合食工作,可是沒有麩子,她只給鴨子穀子吃,怎麼辦? 我約她到生物系去抬,她不肯去,我只好去背,全背是曬的泡,痛得很。為了鴨子吃好,一定去取。5 時半以後,又去取一趟穀子回來煮。

7 月 27 日　星期一　陰、雨　背麩子

昨夜 4 時,忽然暴雨,忙起搬糧食、趕鴨子,忙了半個小時。天 7 時黑,雨不止,把飼料搬到屋後。董震芳什麼也不管,忙上牀去睡。我看看鴨子,情況很好,鴨房漏雨,但不大。

早 5 時半起,不知為什麼,今天因雨,其他宿舍靜寂得無聲音,我洗漱畢,喊董震芳起來。雨止,我到生物系去借工具打水草,道路泥濘不堪,非常難走,無行人。到生物系見人還未起牀,遍找周建石不到,

拿了一個背筐重回農場，背些園田的老黃瓜，又拿罩簾去打水草。時間至6:30，打回水草後早餐。飯後，切菜、做鴨食。葛祖懷也來同勞動，一個上午幹這個活。我又去生物系背飼料，董震芳在生物系逃避合鴨食，到農場後，又搶著合食，避免出去。

今天勞動本不多，上下午打兩次水草，中午因大雨趕鴨，未休息。喬廠長來鴨場，把近日寫的文字材料及鑒定詳細材料交他，又談了些思想情況。他說我不上進，慢慢也要改造的。的確，我的上進思想是全消逝了。

在生物系，我一天忙不休，董震芳磨蹭，而到□地後，董卻搶活，我反感到無活幹了。一天又雨又晴，無法打掃場地，鴨房潮濕不堪。

6時飯後，7時，時事報告會，至8時散，回來調整鴨間。董震芳又來脾氣了，我不理睬她，她急躁不耐心，鴨子病了，丟下不管，急著調完鴨間上牀，真是當人一樣，背人一樣。我細細研究這個大資產階級家庭出身的小姐的靈魂。

9時，畢事，寫日記。今天除感到黨的關懷，把我調到鴨房外，另外感到工作閒散，有些高興，人多了，不好幹事。

今天路泥濘，上午9時許到生物系去背麩子，路泥濘，背上全是泡，痛難忍。當時，我幾次提及沒有麩子了，要和董震芳去抬，但她不應聲，只好自己去背，向生物系去借23.5斤麩子，背了回來。結果呢，一天就吃完了，鴨子食量大增，飼料緊張。今天我兩次去打草，背上的泡磨破了，腫痛難忍，但這算什麼？勞動改造應該經受這一切。

晚上趕鴨子，又和董震芳弄得不愉快。她說她著急是由於我引起的，這不知是什麼邏輯！可是，我因為對自己要求不嚴格，經常和她計較，這些想來很無味。

7月28日　星期二　晴　抬麩子

昨晚 10 時即睡,因疲勞一夜未醒。4:50 醒來,還想睡,但思想一轉,起來了,先喂鴨子。

昨天 23.5 斤麩子吃光了,只剩半鍋底穀子,早食很緊張,應去畜牧隊取飼料。我、葛祖懷提議和董震芳去抬,她只好應允了,但還有勉強,希望別人能給運來。

放鴨時,又出了糾紛。董震芳不耐煩,一間一間的趕,開了外邊門,結果鴨子全下了外河,著急的結果,反費了一小時時間,求人幫助,才把鴨子趕回來。出發抬飼料時,已 9:10 了。

這是一次困難的工作,抬著筐、麻包,經過水深沒膝的深溝,跋涉了 30 分鐘。一路董震芳在後面,怨天尤人,只是"後面還有人呢",一會兒"哎呀,慢點",弄得人心煩。讓她走前,她又不幹,走後,又怨別人走的快。我跌了兩跤,以竄邊繞遠回來,算完成任務,鴨子飼料可解決一天的。來去走了兩里路,100 分鐘,回來吃早飯已 9 時。休息一會兒,去煮食、喂鴨。11 時出去打水草,董震芳又喊腰痛,她說怕我矮個兒,抬得吃力,真令人費解。為此又爭了幾句,她不高興,幾乎罵人,這個人真是難處。

中午把情況反映給王利隊長,請他和我們談談,公開把意見提出來。

中午酷熱,屋內睡一下,汗濕透涼席。下午 2 時起,洗衣,然後掃圈、曬草、煮食。馬景然來坐,董震芳認為對她有好感,很輕狂地罵街,什麼"我接受人的批評,但有一種人我不能接受……"神氣很得意,又很覺得我是如何嚴重,她們早已不是右派了。又加上馬景然說我和董還不行，改造態度、對組織關係等等。我感到很不服氣，難道董震芳這種在勞動中的兩面性，會在思想上對組織一條心？我不相信。和她相處以來，感到她這個人非常不誠實，專說反話、假話，我很有戒心。

午後，未幹太多活，煮食、曬草、掃圈等等。

晚八時開分隊會，討論怎樣通過勞動結合思想，這在我是始終未明確的問題。分隊長總結，任何勞動都可結合思想，一是必須真正正視自己的問題，二必須嚴格要求自己，三群眾幫助。對我來說，平日任何勞動，都有思想活動，但未把它記錄下來。嚴格要求自己是太不夠了，尤其是天酷熱的這些天。首先要解決對震芳的態度，以後無論她說什麼，我不爭辯，也不提意見。這個人一天情緒變三四變，一會高興，一會兒愁眉苦臉，一會兒幹活起了勁，一會兒不知為什麼大偷其懶，但總的說是不老實，在領導面前幹勁一樣，和我單獨幹時偷大懶，早晨不早起，中午大睡，晚間忙上牀，可是到農場來後，又變了。看著吧，能變到幾時。

我以後試著勞動結合思想，每天要把思想活動記下來。

老潘來，說鴨子不該整天游水。的確是事實，吃得多，游得不長個兒，明天要改變。今天死鴨一隻，又昨天一隻，全是白痴。晚 11 時餵鴨。

12:20，就寢。今天頭昏眼脹，疲倦不堪，但吃得多。房內悶熱，全身汗如淋水，這種生活是艱苦鍛煉中的改造動力。人鴨共住，席棚當宿舍，正是 20 年全民生活提高的回憶材料。到那時，我就不會有這種條件了。

夜 12:30 才睡。

7月29日　星期三　晴　35°-37°

早4:50起,準備去打水草,結果董搶著去了。近未有,似競爭,我說了一句,她又發脾氣,她一連打四五遭。

我準備鴨食、喂鴨、早飯後,修鴨游戲場,準備飯後休息,因室內太熱,不敢放進屋。近來因拉痢死兩隻,不能不注意鴨子的成長,聽取潘師傅意見,設法不使它們整天游水。

今天是入夏以來最熱的天氣,最高氣溫35°-37°,炎熱無比。我有意識地在太陽下勞動,但又必須走動,汗流如注,田裏的同志更老虎。組織上照顧我們,夏天不使下田,再不好好改造真是太無良心了。近來早起晚睡,很好地完成勞動任務,多為國家創造些財富,以贖罪行。計算550只鴨子,為保證死亡率在5%以下,到了三個月後,可賺千餘元。為此,幹得有勁、有希望。如果今後,能讓我長期作個飼養員,我也會感到勞動的愉快。

中午,熱得吃不下飯,同志們很多到池塘來洗澡,直到下午2時才靜下來。喂完鴨子,小鴨也睡下了。天太熱,不能放下河。

今後一定嚴格要求自己,從此不再和董震芳作無謂的爭吵,而且避免談問題。

今天上午,酷熱中,用黍楷把子攢一個小矮牆,以便鴨子在院內休息,這也算是為人民作了一件好事吧。

7月30日　星期四　多雲　陰

早4:50起,昨晚及夜,兩次雷陣雨,鴨房漏得很厲害,睡的牀上邊也漏雨。半夜起來給鴨子搬家,調整睡處,防止鴨子受潮濕,但因昨晚睡得較早,氣候轉涼,所以今早精神好。

5:30至8時,出去打水草,連續5筐。因昨夜大雨,路上很難走,但堅持完成5筐,不低於董震芳昨早晴天打草食。

早飯後,煮食、剁菜、合食。爐子很難點,費時間。

下午,到園田去拾番茄,抱回來剁鴨食、合食,整鴨圈。5:30喂鴨,7時收鴨,今天病死一隻。

夜晚值班,11時喂鴨完畢。

晚間,各隊長讓去看電影,我和董均未去,寫材料。天陰、悶熱,12時休息。

今天小心和董相處,無爭吵,多幹活,少說話。

夜10:30寫完材料,喂鴨,至11時喂完,2時半起來看鴨一次。

7月31日　星期五　多雲　轉晴　熱32°-33°

早5時10分一起喂鴨、合食。昨天36斤麩子、近7斤穀子吃完,早5時餵食,食又光了。合食4桶、洗大席、清掃院子。

早飯後,葛祖懷領導開業務會,確定飼料供應數量及一些工作制度,原則上與董震芳輪流操作。

打草、拾菜、拾劈柴等外勤,餵食、合食、煮食等內勤,輪換。

洗刷席子、清掃院子、曬草、除圈、換草,合作。

每喂鴨5次。漚俎。

5:30　10:30　2:30　6:30　10:30

每人服從工作制度,以後工作就比較少事故了,免得董震芳總是情緒大,總覺得自己活重同時自己又搶幹條件好的活。比如太陽下的活不搶、雨天打草不搶、生爐太熱也從不搶著幹,只天天把住合食、餵食,好天則搶著打草。這個人,在自私自利方面,腦子最快,又最靈,我到事後才分辨出來她的用意。對她的這種勞動態度,我不該和她一般見識,應該以自己多幹些活來感化她,嚴格要求自己。

天太熱,雖有小淋雨,但未下大,中午熱得難睡,躺了一小時,熱得睡不著。2:20餵鴨、放鴨、收草。

下午3時,開大隊會,喬廠長作一個月苦戰的總結報告,肯定成績,指出缺點,明確今後努力方向,其中提到右派評比問題,至5:20散會。

明天是八一建軍節,上午有瓜果會,午間會餐,八一休整一天。

會後,6:30餵鴨。今天飼料控制,吃了麩子20斤、穀子一鍋(得七八斤)、草五筐、合食五桶。

晚8時完了活。明天開始改作息時間:

　　早4:30起牀　　　11:30下工

　　下午3:30起牀　　7:00下工吃飯

　　晚10:30休息　　　中午休息三小時

今晚腹脹,心口痛,頭昏,想寫材料,但又悶熱寫不下去,睡一會,9時許起來寫,至12時睡。

8月1日　星期六　晴、雨

今天大晴,悶熱,傍晚大風雨。

早5時起,馬上出去打水草,一個早上,打了五擔,約6桶。嗯,比背筐多。

早飯後,8:30時,開八一瓜果會,有豐收果實及寫的詩,請解放軍陳連長作抗美援朝報告。他講到1950年冬五方山前無名高地防禦戰,三個戰士在五六天內擊退美帝十餘次進攻,一人壯烈犧牲,一人身傷下火線,他只剩一人,全身是傷,堅持到我軍部隊反攻部隊到來。生動樸實,極富教育意義。11時中休後,換董震芳去參加。

中午近1時豐收會餐,吃的6個大菜,基本上全是農場所出,除了魚是買的以外,雞、菜、豬肉及瓜果會上的瓜果,都是半年來的勞動果食。四體不勤的知識分子居然能生出東西來,這就是黨的下放政策的勝利。

午飯後,公假,很多人回家了。天大熱,我系被決定先休,但又考慮留董震芳一人。她自以為是的,總覺得她一個人就能幹的了一切,百般讓我先走。可是領導上感到留一個人有問題,還是二人全留下了。天悶熱,預兆有大雨,轉陰,狂風大作。6時到生物系吃飯,剛一出門,狂風暴雨襲來,撐不住傘,跌了一大跤,勺子也丟了,飯碗丟在臭泥溝裏。和董振芳同路,她只喊吃驚。我爬起來再走,雨越下越大,全身濕透,走到生物系全身涼透了,吃了中午的剩菜和米湯,雨漸停。這場大雨實在不小,住的鴨房透雨,行李打濕了。這真是一場很好的生活體驗,也表現出了我的體力如何不行,一路上跌了三四個跤了,弄得全身是泥,衣服全濕透,回到席棚換上乾衣服。

董震芳今天應該管合食、餵食,但她只合了夠四次喂的食,就把飼料供應數用光了。晚夜10時的食,我現開麩子合食。這個人,我和她共同勞動中,顯示出她又虛偽,又會巧妙地偷懶,口裏講的和實際做的,完全不一致。例如她今天當領導面擔保一個人留下,我回去休整,可是後來,又搶了松套。如果我真相信她走了,豈不上了當?然而她似乎關懷地幾次催我,走吧,快走吧,幸虧我遲疑未走。

　　幹活盡用現成的，生爐子把劈柴全用光，自己不劈、不拾。和她一說，她就不高興，說有的是。我在太陽下拾了一筐。

　　她晚飯回來，又是叫我休息吧，先睡吧，可是她卻在 8 時就上牀去睡大覺了，夜食還未準備。研究這個女右派，究竟哪些地方比我高明，受領導上垂青，而我卻一直被目為頑固分子呢？那只有她那資產階級教育下的虛假手段，一點兒背後活不幹。今天下午葛祖懷不在，她就大睡午覺，午後無所事事，晚間早上牀睡了。我對她很加小心，她對我態度很蠻橫，我鍛煉著能忍，只許她說我，不許我說她一句，說一句，她一定有回擊！

　　鴨子長得很大，每只平均 6 兩，我們爭取十一向党獻禮，成活率達 95%，經濟核算，可賺錢千餘元。如果能實現，為國家創造點滴的財富，也贖些自己對黨犯下的罪吧！

　　日來漸深約束自己的言行，並考慮如何對待群眾批評幫助的問題。唉，此番評比，無論群眾對我揭發什麼，我都表示歡迎。寫三四批材料，想出的問題，我感到沒有什麼可不交代的，只感到自己的思想很雜亂，思想上的活動很多，但總結出來就是改造信心不足，對自己罪行認識不夠，對很多問題反復很大。如自己在舊社會是否受壓迫，反黨罪行是否那麼大，總是理論上、事實上認罪，具體問題上反復。任書記教育我從具體事實出發，我應重視這個問題，並準備再檢查自己的歷史。

　　夜 10:30 喂鴨，食不夠，現合了整個夜食，現擦菜弄到 11:30 才餵食。我不知道董震芳為什麼剛開完業務會，就不執行自己的責任？我打來的水草放在池子裏，她都懶得去撈來合食。我昨天按規定，飼料準備 5 次食，夜間她喂鴨用的現成的食，而今天應該她合食，都沒有夜食，明早的事兒就更不用說了。我不瞭解她究竟是何居心？今天飼料超支了，明天得注意她如何對待飼料，今夜飼料完全用的瓜菜，因雨水水草不好撈，所以夜食未摻水草。

晚飯前收鴨子時，2:30 喂的食剩不少，全丟在地上，飼料浪費很嚴重。

8月2日　星期日　陰、小雨轉晴，

早 4:50 起，昨夜 10:30 雞食就不夠了，我現擦菜合食。今早起來，又現撈水草、現合食喂雞。昨天應該董震芳合食，應該備好今晨鴨食，不知道她是故意為難還是怎樣，夜間食就沒了。我打來五擔水草，儲在塘裏，她撈也不撈。天大雨後，夜漆黑，我才發現鴨食不夠，董早已上牀大睡，我一個人又擦菜、又合食，一直弄到 11 時。今早又是如此，為什麼這個人一直在領導面前勞動，就馬上變了樣呢？

今天上午，同志們都休整了，農場很靜，整個上午，我一頓趕一頓地在合鴨食。董震芳去打水草，昨晚雨大，路不好走，一早她打了三趟水草，因跑生物系吃飯費去時間。飯後，我挑回許多伙房的剩飯和黃瓜等，挑了兩次。中午悶熱，睡不著，下午煮食，爐子跑風，一鍋食從 3 時半煮到黑天還未煮好。

董又讓我回家，我請示馬方忠後，未走。下午煮鴨食，準備明早鴨食。8 時半，汪逢利隊長來叫我明晨開始休息，後晨回場。我 9 時休息。今天感到特別累，一天馬未停蹄，鴨子食量日增，每餐由 2.5 桶增到 3.5 桶，飼料在超支，青菜及水草已占 80%。將來得好好研究一下飼料，及合食方法問題，每天合食太費時間。

8月3日　星期一　雨、陰轉晴

早4:30廣播聲把我叫醒,不知為什麼這樣疲勞多覺,有時恨自己太沒出息,可是硬是睡不醒。

起牀後,趕回家休整,5時起身,乘15路轉電車到勸業場吃早點,已6:10。近7時到家。陣雨,悶熱,我又燒水洗衣、洗頭、洗澡、大清理。子明7月11、16回來過,不知為什麼,一回家就流起淚來,感到孤單啊!有"天涯何處是知音"之感。評比以來,心情沉重,回來收集歷次和子明相互間的書信及留言,準備交給組織。因為我感到我的交心材料,已寫盡了,組織上不相信,只能交書信,將來日記也交。

11時,洗畢,去取錢,買書物,給鐵華匯生活費。兒子正在做畢業設計,即將走向獨立工作和生活的道路。我急切盼望兒子能耐心幫助我改造,愛人能早日轉變,改造好,也成為幫助我的有力助手。我如同墜入大海中的浮萍,漂忽啊,忽東忽西,忽上忽下。矛盾重重的狀況下,想遊上來,可是不知道為什麼這樣缺乏力量,伸出求援的手無人應,只好回頭找自己的家人了。

下午2時,燒了午飯,吃後休息,又出去買養鴨法,從小白樓到四面鐘跑遍了,書已賣光。真倒楣,為什麼我總是遇到"剛賣完"的事?回來時已晚8時半了,收拾屋子,清清塵土,夜10時吃完飯。

飯後整理東西,洗個澡,寫材料,1點才睡。這次材料將歷史上1942年在湖南保靖八中及44年1至5月長沙岳麓中學的經費問題作了交待,因為這兩段歷史的真相很容易被傳言所誤解,而使我們背一世黑鍋。例如八中的陳受謙就因關係未搞好,而認為魏際昌我們貪污了,長沙的王秉峰也因不明真相而有此傳言。過去屢次想交代,但一想書面證據已丟失,八中的王成、長沙的羅敦厚等失去聯繫,領導上不見得為此事作調查,愛怎樣看就怎樣看吧。今天想來,為了對組織忠誠,敘述實際情況還是必要的,所以一股氣地寫了出來。

1 時後入睡,孤燈、孤人,感情上又有些傷感起來。每次休假,想回這個家,又怕見這個空無一人的家。

8月4日　　　星期二　　　晴轉陰　雨

早 5 時起,整理衣物、包袱,吃了些點心,準備就道清掃一下屋子。6:10 動身,本來時間很早,8:30 前可趕到農場,但汽車司機和過路騎車人爭吵,修車十幾分耽誤了時間。7:30,才到王串場。這段路上的建築,屢有增加,趙沽里東河海工地宿舍處又在蓋磚房子。以後這一帶,可能成為住宅區,現在看見磚平房,都羨慕不止。

王串場到農場,走大路走了一小時。老了,腿腳不迅速,越著急越走不快,到農場已 8:35。吃了兩塊蛋糕,幹活。董震芳早到一刻鐘,在鴨舍內除草,她說昨晨 6 時走的。她曾向我說:"別人休息一天半呀。"讓多休息,我未答言。結果呢,為了表現自己比我晚走早歸,這個人也是表裏不一了。

我接葛祖懷的手去合食,因無雜草了,又去打草,擔回兩桶合食。董震芳又搶著餵食了,她怕太陽下去打草啊! 我向她提,應該服從開會決定,合食、餵食、煮食,最好還是一個人幹,好掌握量。她又高聲大吵,大發脾氣,什麼"誰多幹點有什麼"。說得總好聽,但實質上是搶輕活,避重活。

我合了一大桶食,董震芳一次就餵完了,領導上節省飼料的指示,她一概不聽,雜草不夠,時間不到,就去喂。我打草回來,已 11 時,又幹些雜活。因昨晚睡得太晚,吃得不好,午間頭昏,不想吃飯。12:30,又合好兩桶食睡了。到 2:30 起來,又見董震芳在餵食。我又和她講,分工應遵守,她又很厲害地吵。這個人可謂潑婦!輕活搶先沾手,重活視著不見。

下午,連打三趟草,挑回三擔,滿滿 6 桶,兩桶留明食用。我合好明晨雞食,免得像前天 8 月 1 日清晨無食。董震芳合吃不負責任,午睡覺,結果弄得我夜食和早食都是現合的。幹部休整,領導不在,董震芳馬上就偷工減料,這已是屢驗不爽的了。我對待這個人很感苦惱,她依恃工廠隊領導,欺我太甚,我要漸漸向領導反映她的真相。

下午打水草,又合了食,已 6:30。晚飯後,清理院子、刷洗用具。8時,大隊開會,場長宣佈許多幹部要回檔,調整隊伍,畜牧隊全交給右派幹,王振鳴任隊長。下分雞、豬、羊三組,另為園田,其中 18—20 畝大白菜,分三組,我和董震芳仍養鴨。幹部回檔名單未宣佈,可能調回很多。我很安心,早有長期留農村的思想準備,誰調走誰來,都與我無干,反正無我的事。

9:30 散會,我未參加擇蔬菜,回房備鴨食,準備夜間喂鴨。風雨不小,把食桶搬進房來。董震芳今夜該餵食,看來她又留下去幹眼前活了,只好我喂吧。明天我要從早喂到夜食,看她打多少草吧。

10:30 後,雨越下越大,董震芳回來喂鴨了,我休息,寫日記及材料。

今天,殷忠來信,說□治又犯錯誤,判徒刑 3 年,不知是何罪名。這個年輕女人,真算倒楣,嫁個復員軍人、青年團員,結果變成個刑事犯,看來事物變化多端哪!

8月5日 星期三 陰 多雲

早5時起牀,昨夜睡眠充足,今早起時間稍充足,5:30喂鴨。

上午,查鴨舍、喂鴨、除圈,今天麩子已吃完。全部熟食,連續煮五鍋穀子,從早晨到晚上8時,合食6桶,因糧食少、草菜多,鴨子顯得吃不飽。

中午睡不到一小時,2時即喂鴨。看《中國青年》15期,魏巍寫的《夏日三題》及馬鐵丁的《"人生最大的快樂是什麼"論》。很長時間不學習了,開卷有益,談到"生與死""個人與集體""快樂和慈悲",主要是人生觀的問題,革命者和資產階級個人主義者的不同立場。

偉大的烈士安業民生前說:"革命戰士所以活著,只應該有一個目的,這就是對人民有用。"

人民的優秀兒女徐□惠:"生命之所以可貴,是因為它有高尚的靈魂,能夠用它來為人民造福。"

對比之下呢,我卻要為自己而活著。"平生無大志,只求不受氣",為個人的"不幸"鬱鬱寡歡,失去生命的歡樂,喪失前進的勇氣,如行屍走肉一樣,為活著而活著。對黨和人民犯了罪,不去勇敢認罪,從此把自己改造成為對人民有用的人,反而賴債不還,從此陰暗、悲觀,只求去嘗試做一個依靠別人養活自己的剝削者,多麼可鄙!然而我為什麼不能拋棄一切個人包袱,大踏步地前進呢?沒有別的,個人自私自利,個人面子問題,個人得失等等,包袱重,進取難,加上資產階級人生觀,讀點書,就會照照自己的鏡子,動搖一下自私自利的個人主義,但卻開了包袱看一看,又背上了!沒有勇氣和決心,到火熱的鬥爭中去洗澡,把群眾鬥爭看成是對個人的嚴重教導,因而也就不願意主動地去求請群眾幫助,寧願自己反反復復地苦惱著,鬥爭著!

晚上,和董震芳談起她明天請假回家及她孩子問題,她流露了她的孩子是如何在物質生活極優越的環境下嬌生慣養出來的,我和她聊到 10 時。

10:30 喂鴨,11:45 才完,吃了一大桶,還有些不足,熄燈後也就安靜了,近 12 時休息。

晚王振鳴通知明天準備評比,後天另提名評比。我瞭解的人太少了,不知該再提誰。

讀《中國青年》收益不少,以後應多看書,可惜這些學習的條件太差了,不學習,談不到思想改造,因為提不高認識水準啊。

8 月 6 日　星期四　陰　雨

早 5 時起,今天董震芳 4:30 即回家,我喊醒她,又大睡一天,起狀廣播響,起來準備今日勞動。

喂早鴨。

點爐子煮食,葛祖懷來幫煮食,喂 10 時食。

掃圈除草。

午飯後出去打草,到 11:45 共打四擔,近處草稀,到趙沽里去打。

午飯後休息一小時。1:45 起來喂鴨,因糧食少,水草鴨子不太愛吃了,10 時即未飽,裏裏外外跑著尋食,叫。

"一個真正的戰士必須是生為人民而生,死為人民而死,生而對人民有用,死而對人民有益——這就是我國萬千優秀兒女用鮮血和生命寫下的箴言。"(《中國青年》15,魏巍《夏日三題——生和死》) 中午讀書到此,又照照自己的面孔。

下午一般喂鴨,清理鴨圈,曬草、望草,6:10 喂鴨入圈。

7:30 晚飯,擇野菜,到 9 時一般幹部開會談對□□的體會,中途未讓我們參加。回宿舍後,天涼,關窗。□□天太陰,今晚試驗不喂夜食,到 1 時,聽到□□□反映。

8 月 7 日　星期五　雨轉晴

早 5 時起即喂鴨,供足食。昨夜下雨,今早又大雨,鴨不能出圈,草不能曬。

董震芳早飯時間回來,正趕落雨。飯後,談到個人主義、資產階級生活觀人生觀的根深蒂固。談到我研究對暖水瓶問題,對群眾不滿,同至對立,談到彼此的爭吵,正視自己的本來面目,是地地道道的剝削階級。想起任書記教育我從具體問題出發,用階級分析的方法分析問題。近來我注意不從理論上去認識,而從日常生活中接觸到的具體問題,深入檢查自己。

例如:我這次休假時,寫了交心材料,並收集了我和子明來往書信及留函日記準備交給組織,但東西已拿出來,遲遲不交,為什麼呢? 又是思想拐彎了:①書信不全,組織是否會懷疑我交了問題小的,留了問題大的? 這樣不是不如不交嗎? 先不交書信,等以後見到子明找全了再交吧,又一懷疑。②就是找全了交,組織上仍懷疑我有保留怎麼辦? 算了吧,反正組織不會信任我,對我有了固定看法,交了也沒意思。③日記交給了組織,裏邊有許多錯誤看法,可供組織瞭解,但組織上仍懷疑我日記也不記錄思想怎麼辦? 算了,隨他怎樣看我去吧! 日記書信不交,只交□□,等以後再說。動搖了,休假時下的決心動搖了。

另外,近來聽說幹部已全部回檔,右派全留在農村繼續勞動,我思想又有所活動：一、我看得對吧，我早看出來，右派分子就是改行，從此在農村從事勞動生產，你表現好也一樣，壞也一樣，反正都是長期勞動。對我一點，我早有精神準備。因此誰調走，我思想上不波動，準備長期落戶。好好勞動改造，幹畜牧生產，現在養鴨不是很合適嗎？和董震芳搞好關係，經常談思想，彼此鼓勵監督。以後，決定讀報，多讀些書，如《中國青年》。有勞動、有學習、有休息，這樣地過一回也很好。其他無所求。

中午到生物系去吃餃子，近來伙食大改善，以後的勞動條件、生活條件會逐步改善的。我過去總認為對我來說，只有一再降低的看法是不正確的，生產高一尺，生活高一寸。今後能長期從事生產勞動，結束剝削階級生活，也是一大幸事。存在決定意識，難道生活方式、勞動實踐不能改造思想？會的。從這一點來講，我有信心。從實踐行動上做一個勞動者，難道不能決定從思想意識上變資產階級為勞動階級？能的。我是準備走這一條改造道路的。今後決心以實際行動積極勞動！完成黨所交給我的生產任務，如養鴨之事多支，這是黨對我的信任。近一個月參加養鴨工作事實上教育了我，使我改變過去對黨的顧慮，並解除許多顧慮。如過去勞動中，一貫把看磨房驢子聽嚇的態度，領導分配幹什麼就幹什麼，上工幹活，下工吃飯睡覺。避免考慮問題，避免暴露思想，一心想改造，長期幹農業勞動，不問政治，不接觸人，遠離組織，就準備這樣活下去，怕再犯錯誤。

黨組織一再對我敲起警鐘，告訴我這樣下去是不行的。

8月8日　星期六　晴

早5時起牀，今日晴天，氣候轉涼，著棉襖。

399

早起後,掃院子,清理工具,清潔住室。6時到趙沽里去打草,每擔來往一小時,上午共打5擔。每擔約重四五十斤,擔起來很吃力。但心裏一想,要堅持鍛煉不動搖,一口氣擔到家,為了鴨子吃飯,為了完成黨交給的養鴨任務,應該堅持。

午飯後,喂鴨子菜水,洗洗衣物。2時許午睡一小時。下午掃圈,打些馬舌菜,拾園田洋白菜。黨給我非常輕鬆的勞動,目的是讓我解除對勞動的顧慮,好好改造思想。因此,近些日以來,思想比較活躍,考慮如何自我改造,如何很好的完成黨交給的生產任務,準備十一獻禮,達到鴨子成活率95%以上。我和董震芳研究,下決心,提保證,為社會創造一筆財富,以表贖罪於萬一。

鴨食4次,晚8時喂鴨,取消夜食,將5次飼料集中在4次喂。既節約飼料,又可吃得大飽。實行以來反映不壞,鴨子夜裏也好睡眠。

晚8:30,繼開評比會,畜牧隊丟鵝,人多去趕,會改明天開。王華生同志講話,特別談到黨這次幹部大部回檔後,將生產任務交給右派,這是黨對右派的信任,當然也是考慮,特別提到絕不是長期把右派留在農場勞動了。我想起我在思想上存在的這個問題,是長期來解決的。聽了組織的話,思想上承認這種想法是錯誤的。

8月9日　星期日　晴

早5點起。近些時,早上不能早醒,聽到廣播聲才猛然的起來,開始一天的勞動。

今天一整天餵食、煮食、除圈、清掃院子、刷洗鴨具等。一天馬未停蹄,除吃飯及中午休息一小時外,都在緊張勞動中。近來勞動,好像有了具體目標,那就是盡一切努力把鴨子養得肥大,十一向党獻禮,給祖國創造一筆雖然很小的財富,以贖過去對黨和人民犯下的罪行於萬一。所以每天精心仔細地觀察飼養五百多隻鴨子,主動和董震芳搞好關係,多幹活,絕不在思想和行動上和她計較幹活多少。"俯首甘為孺子牛",決心做一個馴服的人民勤務員,為社會主義服務。

晚7:30勞動結束。晚飯後,8:10餵食,6小桶。到9時,開右派評比會。

右派評鑒定比會,從7月30日開始至今,已一個多月。黨採取多種方式,通過實踐教育改造右派錯誤的思想觀點。從這一系列會上,我受到教育很大,真正受到一次群眾路線的教育和黨對右派政策的教育。党是千方百計地用各種有利方式,對右派進行教育,使其加速改造,為社會主義服務。我一貫抱著資產階級偏見,從蘇聯小說上,從列寧檔上,找所謂根據,歪曲地理解黨對右派的改造政策,以為對右派勞動改造就是使其學習生產技術,長期去從事生產勞動,以養活自己,以避免這些人被清洗後,成為社會負擔。因此,對黨一再說明地對右派改造抱積極態度,改造好還可教育等等,總是不敢輕信,懷疑觀望,認為這是騙人。可是,通過事實教育——一再地開會,鑒定評比,一再地改善改造條件(如對我個人就是如此),一貫地照顧生活和勞動條件,給以足以解決生活的工資,對再犯錯誤的陳劍恒不加重處分等等。這都是為了什麼呢?如果是清洗,就一個通知就完了,何必花費這麼多的人力物力?因此,我認識到過去對黨的看法,完全是抱著狹隘的自私的資產階級個人偏見,用反動觀點看共產主義風相。

評比教育了我,是既嚴肅認真,又不完全否定。在右派堆裏,樹立改造較好的榜樣,通過一再分析討論,選出積極分子,是令人心服口服的。過去,我對評比抱著消極態度,認為誰是積極分子,領導上午已內定,討論不過是形式。我認為積極的,還不過是日常領導上重看的人物。再說,潘世雄、聶國屏等,我對這些人有自己的看法。因此,最初對開會不感興趣,對提意見觀望,不動思考,後來由於以聶國屏樹典型,對他進行了從現象到本質的分析研究,最後老喬同志提出對他的看法,這才深刻的教育了我,對評比會的教育意義和評比積極分子的嚴肅態度有一定認識。從此,也開動腦筋以嚴肅認真、對黨負責的態度,對各積極分子提出一些意見。事實證明,實事求是的態度提意見,嚴肅認真的評比,群眾的看法基本上是統一的,群眾眼睛是明亮的。少數人的偏見是不能在事實面前有地位的。

過去,我誰的話也不聽,誰也不相信,只相信自己,以現象看問題,輕信有些人的傳言。通過評比,清算了這些東西。

11:30 散會,1 時,洗漱後就寢。

8 月 10 日　星期一　晴

早 5 時起,晚 11 時休息,午睡一小時多。

天炎熱,日酷曬。早晨起來後,幫董震芳喂鴨,清理。6 時到 12 時,打草 5 擔,全身汗流如洗。由趙沽里每擔三四十斤的水草擔回來,感到上有暴日曬,全身汗水流,艱苦,要放下扁擔。經過鬥爭,堅持完成規定任務——五擔。抽間歇時間又煮雞食。

下午,疲倦,工作鬆散些,紮撈子,煮食。今天董震芳只除除草、合合食、喂兩次鴨。但我可多幹,完成規定任務。到晚 8:45,共同喂完鴨子,她因感冒早睡了。

今天和近日,勞動中常思通過勞動改造思想這個問題,怎樣能和認罪聯繫起來呢? 忽然想到怎樣看艱苦勞動這個問題,是為艱苦而艱苦,還是三年艱苦,十年幸福? 是通過苦幹進步,改善艱苦的勞動條件和生活條件,還是安於艱苦?過去我一直把勞動改造當作一種懲罰,搞不通為什麼就勞動是光榮的,而何時又把它當作懲罰人的手段?今天懂得了,不通過勞動實踐,不通過艱苦的勞動,便不僅僅輕視勞動,看不起勞動人民,而且也不會有改善勞動條件的要求,技術革命的要求。廣大勞動農民熱愛黨,熱愛社會主義是具體的,現實的。因為他們從經驗認識到,唯有黨的領導,唯有社會主義道路,才能把他們從落後的生產技術中,艱苦的勞動條件下解放出來,實現機械化、電氣化,從"一窮二白"變為富有,從而把祖國建設成為一個具有現代工業,現代農業,現代科學文化的偉大社會主義國家。只有往遠大前途看,心情便明朗;但只要鑽入個人圈子,心情馬上暗淡,悲觀失望,個人的包袱是一個人進步的主要障礙。

今晚,董震芳感冒,早睡。我未去擇蔬菜,照顧她吃菜,休息。

王華生今日通知我二人併入畜牧隊。

8 月 11 日　星期二　晴

早 5 時起,董震芳病,我早起忙於喂鴨、合食、除圈、掃院、補筐,未出去打草。

董震芳早上未起牀,早飯正常吃。9 時起牀,合合食,我早飯吃了,又去拾剩飯,又擇韭菜,又除圈,清掃,上午未煮食。

下午三時前 10 分喂鴨,中午休息一小時,喂完食,升火煮飯。近 4 時,董震芳起來喊鴨子死了 3 只,解剖後知是病。

5 時,到趙沽里打水草。

夜間掃院子,清理到 9 時許。

腹脹難受,閒聊過去的歷史,又談到 33 年前後的歷史,事後感到無味。

12 時休息,看鴨兩次,看鵝兩次,鵝收到室內無地方,只好放在……

8 月 12 日　星期三　晴轉多雲,小雨

早 5 時起,5：30 與董震芳共同喂鴨,除圈掃院子,忙一個早晨。董、我搭小鴨運動場,搞到 7 時許。

早飯後,董震芳搶車出去打草。原來打算二人共同出去打草,請葛祖懷來看鴨,葛祖懷說照像,不能來。董震芳很牢騷,說葛祖懷看鴨子不負責,她是分隊積極分子,而對養鴨這樣不負責等等,我批判了她這種看法,最後,葛祖懷勉強來到鴨廠,仍然是擦黃瓜,擦一會又走了。我開始升火,合食,10 時喂鴨。

12 時過了,董震芳仍未回來,葛讓我去找。近到往馬車場的路上,她打了水草,和往日擔的一樣多,水草稀萍,將來供應很成問題。我和董回來,已午後一時,天忽大雨,一陣忙亂,收草收鴨忙到二時才吃飯,雨也止了。2：30 到 3 時,休息一會兒,3 時起來喂鴨。4 時放鴨下水後,和董一同出去打草,到 6 時許回來,打得馬舌菜一百多斤,三麻包。

歸後,未歇氣,正圈、剁草、合食,一直搞到夜 9 時半,合了明天兩次食。

打草回來後,董震芳說,葛祖懷說你□□養鴨子很富餘。我聽了很有情緒,感到她看問題太片面,這樣結論是不合實際的,對她……

8月13日　星期四　雨

今早5時起,昨夜下雨一整夜,房漏不能眠。1:30起看鴨,鴨圈也漏雨,全開燈,以便鴨站立不受潮濕。晨4時,鴨饑叫,餵食一小桶,5時又喂早食。今日按輪班應該董震芳餵食合食,但因雨不止,她怕雨淋,我在早飯後擦西瓜,冒雨出去合食,董震芳剁馬舌菜。不知為什麼觸犯了董震芳,她大不高興,挑毛病,嫌我把雨衣掛在草堆上面,說"全把草淋濕了"。我一聽口氣不對頭,很有情緒,因催她快些剁草,一句話觸犯了她的尊嚴,由是大爭吵。今天又顯原形,說我合食不對了,離下午三時喂鴨還早。可是今親眼看她掀食桶,發現空了,大甩蓋子,因而我去冒雨合了食。我感到她太蠻不講理了,又怕吃臭,又嫌腥,明明是怕雨淋,偏說橫理,這真是太不講理了。我也不能控制自己,和她大吵一頓。午飯後向王華生反映,要求他開個會勸其遵守制度,不論太陽不論雨,都必須完成分內任務。記得上次夜雨,董震芳合食不備夜10時及早食,早上躺下大睡,弄得我現擦瓜皮,現合食,在蚊蟲肆虐的情況下忙到11時,早起又合一桶食,喂一桶。從此後,我提意見,合食人必須備好第二天早食,餵食人負責從早到夜5次餵食。可是8月3日以後休整回來,改日食4次,至今十天未發現問題,迎了大雨就又出問題了。

我因房漏請示馬芳忠把小鴨搬到大席棚去,董震芳又問:"你問誰了?"不知為什麼這樣凶!

今雨不止,我被褥都濕,搬到席棚去剁菜,並住一夜。董震芳去請示了王東寬,搬到女宿舍去,喂畢晚食就走了。我中午未休息,剁菜5筐,還不足合兩次食數,請求王華生解決這個問題。

今晚伴羊群睡席棚裏,被褥潮濕,全身發熱,一天著棉衣。

8 月 14 日　星期五　雨轉晴

昨夜鴨房大漏,下著不止。早 5 時起喂鴨,董震芳後起合喂。

因我爭今日剁菜,讓董煮食、餵食。董又大發脾氣,說什麼"下雨天剁菜"等等,非常不好聽。

我剁菜一天,上午忙搬鴨子兩次,飼小鴨在工廠較暖。

中午未休息,羊群共宿,剁了一天菜,晚上給董掌燈,她喂鴨,因雨停電,燈不著。

8 月 15 日　星期六　晴

早 5 時起喂鴨,發現圈後有洞一個,可能因雨無燈,點油燈一盞,屋內太暗,有什麼東西來盜了洞。

早飯後馬芳忠拾來中鴨一隻,死,小鴨病死一隻。今天我喂鴨、除圈、曬草、清理院子、煮食,從早 5 時一直忙到晚 9 時半,董震芳只去打草,賈恩第派來剁菜。

韓忠禮及賈恩第來談思想,我因有情緒,談到和董震芳吵架了。董回來聽到又發脾氣。

夜,一個人獨睡鴨房,晚上喂鴨,因今天一晴,鴨子食量大增,吃得很多。

非常不愉快,又想不幹了。感到與董震芳很難相處,影響勞動。

夜 12 時,看鴨一次,食光,休息。

今天情緒不好，韓忠禮、賈恩第來解決，我很任性。

8月16日　星期日　陰雨　下午晴

今日早5:20起，董震芳今早5時來喂鴨，這是破天荒的事。她從來在廣播起牀（5時）後，總要磨蹭好些時期，到5:30以後才喂鴨。

早5:40，出去打菜，本意打水草，可是溝裏水草幾乎絕了，到生物系辣子地裏，一看馬舌菜又多又嫩，於是打了重重的一擔。路很難走，天又下雨。在過去，我對雨天挑擔子，認為是既可怕又不可能的事。空著手還跌跤，怎能挑著五六十斤的擔子走泥塘路？但走著想著，人家天天抬飯的人，不就是冒雨抬飯供給我們吃，走泥塘路嗎？為什麼我過去吃飯不跑路，感不到抬飯人為我服務而有所感激呢？那就是由於未體驗他們抬飯的艱苦。今天我挑著野菜，走著泥塘路，這時就想到每天抬飯人實在辛苦了。這想一點小心翼翼地挑著擔子走，未跌跤，也挑得比過去重，肩和腰累得痛，汗從臉上流下來。一個上午只挑三擔，其餘時間剁菜。

賈思弟被派來剁菜，因為他腳壞了，不能著水。我也剁，我剁到晚飯後9時，一天剁了不滿一缸。

今天勞動，是昨天的換班。董震芳的事，我不管。我也完成了足夠的青飼料，心中很痛快。

和賈思弟勞動，談思想，他能很好地批評人，對我幫助很大。

午後，天放晴，董震芳從早上升火，可是一天只煮了一鍋小米。因此，她打了夜班，10:40還未完事。

8月17日　星期一　晴

早5時起喂鴨,今日馬不停蹄,從早5時忙到夜9時半。喂完鴨子,董震芳早起先洗衣,6時後才哭喪著臉去打草,一個上午只打了兩擔。剁菜無人,眼看鴨食菜緊張,我很著急。11時後,董震芳坐下剁菜,我只好把快刀讓給她,不敢碰她,一碰凶神一樣。

午飯時,王華生通知休整兩天,董震芳飯後先走,20日她回來我再休。哈,她一下精神來了,飯也吃下了,也沒有病了!

韓忠禮、程南生幫助我打兩抬水草,解決了鴨食問題,不必夜間再剁菜了。我6:30數鴨,點鴨數,只有496只,不知為何少了這麼多?明天再點。

我想如果有一位男同志幫助,我一個人滿可把鴨子飼養好,比和董震芳共事痛快得多。

10時,工作畢,洗臉休息。

今天下午工作愉快。

上午來了不速之客四人——梁葆成、趙春芳、鄧蘭、高宗烈,進了院就趕鴨子下水,為了照相。後來場長進來了,我提出,才解了圍,這叫什麼作風?

8月18日　星期二　雨

今天陰雨,整夜不止,今晚後暴雨,由於兩位男同志共同勞動,他們打來草、菜,我在家管刨弄內務,所以工作不感困難。羊、鴨、園田裏共五個人,勞動生活都很愉快。吃飯,有人把飯取來,我最初感到革命大家庭的勞動生活溫暖,他們都是二三十歲的青年,我是老太婆,所以工作上照顧就多,雖然都是右派,但並非無法行動。

中午吃餃子,李離提議買西瓜,我請客午飯後吃西瓜。晚飯後又聚會,生活得很好,只是還欠談思想,互批評。

天連雨,王振鳴從農場擔自來水到畜牧隊去吃,這種為人民服務的精神應該學習。

晚七時許,暴雨欲來,程南生怕房子漏,把行李給我搬到女宿舍。這個小夥子很□□,但很真摯,是個廿多歲的華僑,我來鍛煉著和"遠親"共同生活,怎樣互相關懷的感情,逐步改造吧。

暴雨後,冒雨喂鴨子,10 時許,在漏屋中潮濕的行李上過夜,一天勞累,很快入睡。但因□□潮濕,腰脊椎痛得厲害,可是一忙起來也就忘了。

8 月 19 日　星期三　晴　多雲

早 5:10 起即喂鴨,收拾院子,剁菜、合食。洗圈曬草,中午去生物系吃面去,一天忙到晚 9 時喂鴨,中午睡不著。

夜晚,滿月當空,忽為烏雲所敝,忽然想起"千里共嬋娟"之句,為什麼這麼多感傷?

晚飯 8 時才吃,8:20 喂鴨到 9 時畢。今天感到特別累,明天休假,準備回去寫總結。

看著鴨子見長,勞動得很愉快。

8月20日　星期四　多雲　小雨

早5:10起喂鴨,合食,放鴨游水,天多雲,潮濕,除圈。

近8時董震芳回場,我去園裏摘菜,9時回來,11時到家。見子明8月至今未回,從7月中回來一次,月餘未回,想是大躍進勞動生產忙的原故。

升火,洗衣物。到下午5:30取錢,小白樓買些東西,晚給海波、淑忠回信。

12:30休息,夜雨。

中午自己做飯吃,1時始吃飯。

8月21日　星期五　晴

早6時起,休息後,全身關節痛難忍,疲勞不堪。

早起後,繼續洗衣,到8時開始反省,寫半月來思想匯報。

自右派評比後,受教育很大,因此飼養鴨子情緒高潮,準備十一向党獻禮,並主動和董震芳搞好關係。自己批判自己的個人主義思想和表現,尤其是讀了《中國青年》15期後,魏巍的《夏日三題》特別觸動我的思想痛處。我勸董震芳看這篇文章,及時檢查自己自私自利、根深蒂固的資產階級法權思想,具體表現在暖水瓶問題上。她也檢查了她對待便盆問題的同樣態度,彼此相約加強互相監督,共同加速改造。並寫下決心書,保證搞好養鴨工作和勞動改造。

可是7月13日,天雨,鴨子養□多,因氣管炎死了一隻,情緒又壞了。大雨,合食、打草、剁菜發生困難,因而爭吵,把一切決心和保證都忘光了。無味地爭吵了一下午,互相之間,惡言相出,不讓一句,弄得非常不愉快。我感到董震芳平常人□□面孔完全剝掉了,惡言辱罵,惡心待人,真是使人驚異。由於我約束自己不嚴格,不考慮政治影響,在鴨房裏和她爭吵,事後想來真是醜惡到極點。為什麽會出現這種極低級、極無教養、極無味無聊的行動呢? 其思想根源何在呢? 檢查起來,實質上是對改造不嚴肅,對待"群眾""他人"劃分等級界限,受不了別人尤其是右派分子一碰,不尊重人。

8 月 22 日　星期六　晴

早 4 時即被吵醒,昨夜 12 時才睡,所以今早感到睡眠不足。5 時起,6 時起身回場,子明昨日午後接我信後趕回來一晤。我對他一年多以來改造過程中的進步感到滿意。他批評我,我接受。我無論在勞動改造態度和靠攏組織方面,都大大不如他。我相信他會比我早改造好。

因 7 路車擁擠,等車時間較長,所以到農場時,已 8:10。見董震芳很悠閒地等飼料,賈恩第一個早上只挑了一擔水草。我吃過早飯後,趕緊出去打水草,打野菜,剁菜,一直幹了一天。晚飯後,又出去挑了一擔水草。因天暗,蚊蟲多,不能再打。今天兩個半人(加董的兒子幫忙)打草切菜,結果僅僅供上鴨子吃。董震芳餵食法是一氣大撒,結果浪費很多,食槽外、席子上都是殘食。

晚,搬到女宿舍住,把牀位讓給董震芳的兒子。

8 月 23 日　星期日　晴　晚陣雨

早 5:10 起,即去喂鴨。

董震芳、賈恩第今日輪班打草剁菜,可是董遲遲不出發,弄得 10 時食無菜。9 時看賈恩第打草未歸,董才挑著筐上去打一擔馬舌菜來,現剁現喂。無法不多喂些飼料。

早上,董、賈趕小驢去馱飼料不到 60 斤,為什麼三個勞動力反而供不上鴨子菜草呢? 可見勞動是否使足幹勁關係很大。

今天,我喂鴨、除圈、曬草之外,又剁菜。院子草好久未清除,已積了幾寸厚,除來很費力。

鴨子最大的已長到一斤半,今天偶爾量了兩隻大鴨,長得肥壯,看著十一獻禮時,大鴨可長到 2 斤重。鴨愈長,勞動熱情高漲。雖然辛苦,但用自己的勞動創造了財富,其愉快是難以形容的。但是和董震芳的關係搞不好,卻是使人不愉快的事。在家時,本來檢查了思想,決心回來主動和她道歉,搞好關係,但一見面,看到她的神氣,思想就又變了。算了吧,各不相援,各幹各的事,輪班值內外勤,各不相干的幹下去吧。彼此少接觸,少說話。

和賈恩第共同剁菜,閒聊閒扯得太多。青年人,是有其一定的爽快性,但青年右派卻有其特別嚴重的個人主義。我練習著在右派群眾適應集體生活,學習處人的道理,學習社會經驗,聽人家對我一切言行的反映,正視自己的錯誤和缺點,抑制自己的情緒。

5 時許,天忽陰,有雨意,我入草整圈後,忙到河邊去刷食槽。一個不小心,掉在水裏游不上來,賈恩第下水把我扶上來,全身盡濕,如果只有我一個人,會淹死在水裏。不會游泳的人,真是有淹死的危險。董震芳打菜回來,大喊賈恩第收她的棉被,面對我掉下水去事一笑置之。我想,一個人不顧濕了自己的衣服去救人命,也不是簡單的。如果不是賈恩第,她不見得那樣□怕濕衣服下水去扶我,一定要大喊別人。因為她首先考慮的,是怕濕了自己的棉被和衣服。

狂風大作,雨下了一會就轉過去了,東方出了□□,雷雨停,天放晴。晚飯後,本約賈恩第剁一會兒菜,結果董拉著他去玩牌,只剁了大半桶,我合食、喂鴨到9時過。我對董震芳在勞動中的頑滑偷懶態度感到不滿。自從其他同志走後,她突出的看出偷懶、洩勁,不主動。勞動時間洗衣服、縫帳子,看人來了又忙收起,把她的兒子帶來,心中更加不安了。

8月24日　星期一　晴　多雲　晚雨

早5:10起牀

正日打野菜,剁菜值外班。董震芳喂雞,管內務。今天打草無助手,我一人幹,一人剁,臨時經杜凱幫忙,才勉強供上三次食。馬舌菜不太容易打,菜草已被外來人打絕,很著急,很緊張。董震芳不伸一手,只管她的喂鴨事,很消閒。我感到很生氣,昨天我值內務班,也一樣抽空剁菜。她的這種偷懶的勞動態度,實在令人生氣。可是,我翻來覆去的想,一定要自己多幹,保證供應上鴨食,野菜。所以一直幹到晚7:30,才供上今晚明早鴨食。

上午10:30,出來打菜,遇到三個年輕人大打萍草,上去干涉,把一個人請來見孫成桐隊長,想留下水草,孫隊長不答應。我檢查這件事做得不好,為什麼存在這種壟斷思想呢? 農場左邊的水草為什麼不准外人打呢? 晚飯時談到這個問題,多數人主張不干涉。

晚飯後,雨,冒雨剁完菜。今晚董震芳值班,我回宿舍休息,寫

413

日記。

　　今天反復考慮和董震芳的關係問題,向杜凱流露,打算和她同到鴨房勞動。董震芳去管大雞,或者雞鴨廠合併一個小組。後來一考慮,這樣不是解決問題的辦法,自己的問題應該自己解決,應主動和董震芳搞好關係。為了搞好工作,人家不惜犧牲性命,為什麼自己那樣狹隘,竟不能主動解除小小的意見? 究竟礙於什麼呢? 為什麼不能向別人認錯呢? 為什麼我在認錯方面一貫這樣固執? 這樣不能從大體著想呢? 這在我來說是一個最嚴重的問題。

　　夜晚,和杜凱、鄧蘭回屋說笑話。

8月25日　星期二　晴　多雲

　　早5:10起牀,今天值內班,喂雞,合食。因草菜不□,早食不足。董震芳早起打來菜後,才喂足早食。

　　天多雲,日光不烈,早食在院中喂。7時即下水,我經過這一段觀察,大鴨食後即喜歡洗澡,所以因其習性,改每天三次下水。

　　早飯後,發現圈門板下壓小一斤重鴨子一隻,這可能是小鴨集團在板後乘陰涼,板子倒下軋了。責任事故,造成死亡,感到特別不舒服。

　　今天王華生找打野菜一擔,園田間□又送了小白菜兩筐,所以今天董震芳只打兩挑菜。主要是剁菜,足供至明早食。

　　中午未入睡,2時許即起來除圈,晾草,背爐灰墊圈,和杜豈抬草,即忙到7時才吃晚飯。飯後,趕去合食,8:30才喂晚鴨,到9:30畢事。合食時,按王華生指示開業務會,核算成本,計畫本周工作,估計喂到十一,處理鴨子,可賺一百多元,不會賠本,聊可自慰。從中不包括我們的養人的工資。如計工資,則國家須賠錢多了。可見,我們現在仍是受黨和人民養活,付出的勞動是如何微不足道啊! 沒有工農勞動的養活,我是無以為生的。何況,黨和人民給以很高的待遇,優越的改造條件和勞動條件。今天已然,過去更優厚,回想過去對黨忘恩負義,恩將仇報,犯下反黨罪行,以服從黨的任何召喚,來報答党的寬大和恩情。想到這裏,便不應該有任何不能忍受的艱苦和困難。在此基礎上,我和董震芳的關係,從工作利益出發,主動搞好,從此不在工作上發生摩擦,小心相處。

對待青年右派,今後也一定要採取不計較一言一語的態度,聽任其諷刺話,或者意見,旁敲側擊的批評。處人,真是不易啊,過去太任性,也太一意孤行了。

夜晚,和杜凱閒聊,又臧否人物了,以後會避免。

8月26日　星期三　晴　多雲

早5:30起,董震芳6時還未喂鴨,我到鴨廠後,即開始收拾院子,剁菜,我必須警惕自己,看不上董震芳早起懶洋洋神氣的心理。她喂鴨,放鴨時,又叫嚷最南的鴨房後面又發現一個洞。鴨子一定叫嚷,為什麼她睡在鴨房,會聽不見? 我道念了一句,她馬上回答:"那誰聽見去? 在最後一間。"可見她對鴨子並不經心,不過是口頭上經心罷了。不知這下鴨子又損失多少。

7時,王華生到鴨廠,向他報告上述情況。7時,出去打草打菜,一個上午,打了三挑水草,一挑馬舌菜。又剁了兩筒菜。

中午,工會登記看話劇電影,我為了服從董震芳的意願,放棄看越劇《沉香扇》,今天去看話劇最後一幕。隊長宣佈吃畢午飯即可走,去洗洗澡,休息休息,晚上看話劇。我飯後洗完衣,1:40 時起身,3:40 到家,洗衣做飯後,6:40 出發到下瓦房影院。8 時才開演,賈恩第、范毓棟等跟著,讓我請吃汽水冰棒,方兆焼隨同。我對這種事只腰包有錢從未拒絕過,但事後又感到無聊,是否又會多事,作人家閒話資料?

最後一幕,演解放前一個進步劇團對敵鬥爭出演進步劇的故事,我看其是戲劇。

10:30 散場,到家 11 時過,12 時半睡。明早即回場勞動。

8 月 27 日　星期四　晴朗

早 5 時起,5:30 動身回農場。昨天回來本來想擠時間寫寫思想匯報,可是沒有辦到。時間早得很,用在路上的太多了。

7 時 30 回到農場,因注意一路萍草,回到農場未吃飯,就趕早拉車出來打水草,以免又被外人打去,從 8 時到 10 時,打滿一車,回來喂鴨。因為今天是該我輪班喂鴨,打草是我昨天下午之缺。一個上午,回來喂鴨、剁菜,又除圈,一天緊張的勞動,直到夜晚 9:50 才喂完鴨。晚間喂鴨時點數,為 486 只,又丟了 14 只,本來死亡只有 25 只,而丟失反達到 40 只(逐步),真傷腦筋。

因昨夜只睡了四小時,晚上困乏不堪,連日記也未寫,10 時許即入睡。

8 月 29 日　星期六　陰

昨夜過度疲勞,但午夜看鴨一次,四時半又起看一次,可是今早 5:

30 起牀,仍發現後壁席子被打洞一個,數數第七圈鴨子少三隻,真是奇怪究竟是什麼東西這樣乾乾淨淨的拉走鴨子呢? 如果是黃狼,為什麼沒有跳窗的痕跡,而在下面盜洞? 弄得我心裏非常不愉快。

早起現調食喂鴨,天陰得有雨意,一個人忙得手腳不停,工作還搞不齊,心中急躁。

早九時許,董震芳回來了。忙出去打菜,我忙完早食,又忙剁 10 時菜,無人幫忙,鴨子食量日增,草菜來源大成問題。

下午,設法改變餵食方法,減少調食時間,稀食用盆喂,可減少飼料損失。

晚喂鴨到 8 時,讀報。10 時許,給鴨添最後一次食,休息日來天天兩肩痛,腰麻痛。

今晚,經過幾天的思想鬥爭,為吵架事向董震芳道歉。她也說自己錯誤。但這次道歉認錯,是經過反復的思想鬥爭後,從工作利益出發做的,應該不是回到老路上去,而是在互相客氣,互相諒解,又互相監督的基礎上,搞好勞動合作。千萬忌諱自由主義的閒談,應該時時考慮社會影響。

昨午間,我打了兩車水草回來,中途孫隊長幫助拉到鴨房。他喊賈恩第快來抬車,賈過來了,但嘮叨了許多閒話,什麼"愛在雞房,不愛在鴨房,鴨房老板不讓他閒著等等"。這時杜凱喊他去吃飯,表示關切,於是賈說:"你看雞房老板多照顧,叫我去吃飯"。我對這件事很對杜凱不滿,她過去專門用小恩小惠拉攏人,聯絡人,爭取人,成為右派。而今,仍未改這一套! 雞房活不重,三四個人,鴨房活不輕,只有兩個人。當然雞房廠勞動輕鬆,而杜凱卻天天叫忙、叫重。今天一天對此事心中不痛快。

8月30日　星期日　多雲

早5:30起牀,6時董喂鴨,我趕剁菜供食打掃,調料。近日,改變稀方法後,勞動緊張情況稍有鬆馳,但草菜供應仍緊張。

早飯後,與杜凱、李永祥同到趙沽里的菜地去拾遺菜。他們口喊支援、支援,而結果一天兩個壯勞動力,只幫打菜二擔,我自己挑三擔回來。主要時間剁菜。

回來想到思想匯報問題。我自評比後及黨把我放到鴨廠勞動,又不放在其他小組,我認為這是對我的培養的信任。党不僅過去培養信任我,現在仍是培養信任我,因此我在養鴨勞動中積極主動地一心把鴨養好,準備十一向党獻禮。並通過思想鬥爭,不斷克服困難,保證鴨食供應,只是有時在困難面前急躁,如遇鴨子死亡,或丟失,常發埋怨之言,使人家聽不下去,今後必須警惕,改正。在困難面前要勇敢、沉著,堅定的決心克服困難,千方百計地出去找飼草來源,苦戰九月,迎接十一。保證養鴨有盈餘,不賠錢。

今天工作安排得較好,進行得有秩序。在對待一些過去,關係處得不好的人,要主動的小心繼續使關係不惡化。這一點我做得很差,如對李永祥,總抱著成見,感到他對我也有成見,必須克服。

明天輪到我管內務,今天發現橋頭水草不少,明天建議董去打。

晚讀報,人民日報社論"人民公社萬歲"。

日來學習黨的八屆八中全會決議,繼續掀起轟轟烈烈的增產節約運動,這就直接聯繫到養鴨工作。現在鴨數為484隻,進鴨數為545隻(死6隻,三日內死亡不計),成活率在88%以上。

任書記上午來看一下鴨子,態度和藹可親,又關切。指示要分析一下丟鴨的情況,注意。並說死亡和丟失是一個問題,鴨子愈大,愈要防止丟失。我們把狗拴在後面,注意這幾天的動靜。

8月31日　星期一　晴

早5:30起牀,天晴朗。我管內務喂鴨,董震芳打回一擔,其他全是園田運來的白菜,沒水草。今天工作充充欲欲地解決了。可以徹底起院裏積草,曬鴨圈髒草。

下午,董震芳去開會,參加生物系開學典禮,我留守,忙到7時半才喂完鴨吃飯。

以後農場及生物系直屬的學習及休假制度隨生物系走。董回來談到右派管家禽家畜,死亡過多,丟失等不負責現象。

今天上午,賈恩第拉白菜來,說雜話,弄得不愉快。為飼料問題,杜凱耍手腕,搶飼料。我很明白其中目的了。人,真是要聞其言觀其行,運了幾天飼料,原來卻弄到雞廠去了。我為此生氣,後來一想,何必如此? 有組織管,領導上管,何必跟她爭? 讓她搶吧。

9月1日　星期二　晴

早5:30起牀,今天董震芳內務喂鴨。我管草菜供應。早起即剁菜,供鴨早食,從早晨一直到下午近四時。除早飯及午間休息外,剁了大半天菜,僅供鴨子需用。下午生物系女學生3人來參加勞動。董震芳分配她們除院的積草,近半日來的積糞積草,除我除過外,幾乎未動,今天才見了地基。

下午近四時,出去打草。在瓜地白菜地拔了一擔馬舌菜,又去軍區附近撈了兩擔水草,已到6時。下工協助董震芳整圈內墊草,收鴨。

晚上,讀八屆八中全會決議及周總理報告。9時,王華生告訴我們,從明天起,雞鴨廠合併。王振鳴任組長,董震芳今晚值夜班,明天再從11時起至晨4時。

學習八屆八中全會文件後,思想上準備把養鴨工作躍進一大步,防止繼續死亡和丟失,保證成活率在85%以上。不過工作中最大的困難就是草菜問題,現在浮草天天有人打,去做買賣,馬舌菜軍區每天來幾十口人到處尋打,附近草菜來源漸絕,又加上豬廠、雞廠搶打,下午已在人力收和缺的情況下,這是養鴨工作中的最嚴重困難,如果這個困難能克服,其他問題就不大了。

晚上,學習八屆八中全會周總理的報告中,駁斥國內外反動派,及人民內部右傾機會主義分子,對待大煉鋼鐵、人民公社化運動及市場問題的謬論。使我明確了許多問題,過去,58年大煉鋼鐵認為,我雖然也熱烈地響應黨的號召,在圖書館參加煉鋼,拾廢鐵運動,但僅從教育必須與生產勞動相結合的意義上考慮,並無任何抵觸情緒。但從政治意義和經濟意義上體會黨的意圖卻非常不夠,只體會到煉鋼即煉人,學習了周總理的報告數篇,對此才有一個認識。

對待人民公社化運動,我因不瞭解廣大農民,怎樣在實際生產勞動中大躍進中認為原有的生產合作社範圍太小,而有擴大為人民公社的要求。但在理論上卻是擁護人民公社是走向共產主義的橋樑。因而學習"關於人民公社問題的若干決定"時,卻以市場主義思想來領會共產主義。因而有了踏入共產主義的情緒,從個人得失出發歡迎供給制、五包三包等,但由於自己是右派分子,對能否做一個公社社員,存在得失的憂慮。因而我院成立人民公社時,思想狀況是非常複雜的。

□□憂慮計較系個人得失,怕黨不批准做預備社員等等。

對於市場問題，我過去一直很少接觸和關心，在學校吃食堂，生活用品沒有過奢的要求，沒有感到供應不足，工資絕大多數花在買古□書刊上。58年受處分後，生活簡化，對政府計畫供應沒有抵觸，不接觸人，也聽不到任何反映。讀了周總理報告後，看到反動分子對市場某些商品緊張的誣衊攻擊，感到氣憤。

9月2日　星期三　晴

早5:20起牀。昨夜12時半才睡，因對近日來和雞廠、賈、杜等的關係上發生問題，情緒上很不愉快，難入睡又犯毛病，和董震芳嘮叨。

昨夜，開始夜班，董震芳自報奮勇值夜班，王華生指示從11時到4時值夜。可是我2:20起牀小便時，發現她在牀上蓋著棉被大睡，我下牀她也未醒。4:20時，鴨子忽然驚叫，把我驚醒。我喊董震芳喊了三聲她才起來，說是狗進了鴨房，我看了看表是4:20。因疲倦，我又睡了。到5時，董才去真正執她值班的任務，去雞房看。回來已5時過，天已大亮。5:20我起牀，她又上牀大睡一上午。午飯時，我把這個情況反映給王華生，董震芳對待值夜班，在我與她同管鴨子期間，她向來是借夜班多睡覺的，值班時睡覺，值完班還要睡。今早她從5:30睡到12時，中午休息時，還要睡至下午2:30才起來。同學重去打了一車菜回來，這就是她故意值夜班的秘密。不誠實，說謊話、偷懶，為此常爭吵。如果王華生批評她一定為此惱怒，又找辭爭吵。我對她仍很警惕，在她身上體現著資產階級醜惡本質，言不由衷，偷懶耍滑。改鴨食稀食後，示意是騰出時間來兩人出去打草，可是，她極力逃避出去打草，又怕遠，又怕曬，又怕雨，從來不讓有富餘。工作從省事打算，幾次提出改鴨食三餐要晚上5:30餵完食，說要按大隊時間改餵鴨時間等等。我和她不同意見,她就自行其是,所以很難協作。可是,如果在同學監督或領導面前,她卻又稀有的勤快。同學一走,她就吃飯第一,睡覺第一了。怎樣對待這們的人呢? 我很發愁。

王華生昨天說雞鴨廠合併。看以來怎樣辦吧。

今天食量大減,一個半饅頭卻吃不下了。

晚復談學習八屆八中全會文件的感想、體會。我來發言,對其中許多駁斥的論點我好像從未想過。

9月3日　晴　星期四

早點時許,忽聞鴨子大哄,起來開燈觀看,系來值班人員手電筒驚動了鴨子。

5 時半,董震芳臨時告訴我,她說請假了,讓我喂鴨。我今天不該喂鴨,本想睡到起牀時間再起,這一來,使我毫無準備的起來,又除院內鴨糞,又調食。6:30 才開始喂鴨。早起喂鴨準備工作須半小時,喂到 7:30,輪圈喂完五筒飼料和一大筐水草。李觀元替工,飯前洗了些菜。8 時,同學一人來勞動,李出去一上午,打了一擔菜,我和他同去,10 時前回來,打菜一擔。連昨天董震芳和同學打的一車菜,僅夠兩次食,特別緊張。

午間休息半小時多,起來剁菜。準備 2 時半喂鴨。下午又出去打菜,茄子地摘茄葉。從四時半到 6 時,僅打了一擔加半麻包。6 時後入草,趕著吃罷飯,7 時喂鴨。一直喂到 8 時過。開會復讀文件,我發言談了對大煉鋼鐵、人民公社、市場問題等的一些錯誤觀點。因學習文件不夠,無準備,臨時想,所以發言不全面。

10 時前,討論結束。隊長報告任務,組織及十一前生產任務,幾十

隻鴨子特別飼養,數數,定基數,及一周任務,休假制度等。以後任務
將更加緊張。

9 月 4 日　星期五　晴

今天都出去開會,聽學校黨委副書記張建新同志主要報告,我又
留下值班。真奇怪,其他人每天都有學習時間,我為什麼從早 5 時許
起,到晚 11 時後才睡？整天忙個不停蹄,還鬧個強調困難？難道我每
天早起晚睡,人家不上工我仍在趕活,這些實際行動,不是在克服困
難？無奈董震芳天天喊病,腰痛呀,腿痛呀,不能通力合作。兩個人不
能協力,所以困難就出來了。我一要她出去打草,她先發脾氣,有什麼
辦法？如果有一男性勞動力,擔負起拉料、打草菜、重要基建等工作,
內務勞動我一個人全可以了。而且可以不受牽扯的幹。這種情況領
導不瞭解,總看不到人家一人在幹什麼,只聽董震芳一個人,怎能使人
鼓起幹勁？剃頭的擔子一頭熱是不行的。這幾天董震芳請假,我幹得
就順手,又有勁。

學習時間太缺少了,每天作息:

早 6 時到 7 時許喂鴨,一小時半,(準備工作在內)8 時
到 10 時除圈,調食。

10 時喂鴨,到 11 時剁菜。

下午 2 時許到 3:30 喂鴨。

3:30 到 4:30 二次除圈、調食。

4:00 後,入草,清理曬草,刷食具。

6:00 喂鴨,到 8 時收鴨、完畢。

每天勞動排得緊緊的,無休息時間,午睡只能睡半小時多點兒。晚上如果開會,就一點學習時間沒有了,為什麼雞廠的人,下工後就沒事了呢? 究竟勞動力安排是否合理?

今天按上列次序,幹完一天勞動。晚 8 時完活後即去開會,開到 10 時。回來後,見鴨子破了葦牆,一半的跑到第六間,來人又得攆鴨。看看鴨子情況,已到 11 時,時間過得飛快。今天一天,吃睡的時間,都得趕快吃。其實天天如是。

學習會後,王華生說明完,開會談躍進計畫,王振鳴讓我考慮。11:30 了,本想看看文件,可是困的厲害,腰及關節都痛得慌。

晚點鴨數,484 只,無丟失。

方兆娃人很簡單,今天一天,都是他給我帶飯來,他很單純,又很熱心,很好相處,我感到一般說來男同志比較好相處,不像董震芳那樣又虛假,又懶惰。

9 月 5 日　星期六　晴

早 5:30 起牀,準備喂鴨,天早霞,多雲。因等李觀元拉水草回來喂午食,我自己又趕剁白菜,所以 6:00 過才喂鴨。

生物系同學二人來剁菜,一天僅供三次食,這些青年女學生在勞動中,並未表現主人翁態度,一邊閒談一邊勞動,工作效率很慢。其中只有一位農村姑娘勞動態度較好,也很負責,今天她沒有來。

8 時來以後,和李觀元除圈,到白菜地去拾白菜。10:20 擔回來一擔,開始趕喂鴨,煩名同學接著喂,又趕去拾菜。12:30,拉回一車白菜。今天收穫不小,趙沽里農民種白菜起了蟲,所以丟棄很多菜,運菜地拔的馬舌菜也不少。

中午搶著休息不到一小時，特別累，2時起來喂鴨，下午抬草整圈，喂鴨。至7:30開業務會，雞鴨組同開，定躍進規劃，至10時。

今天勞動順利，又愉快。李觀元勞動態度好，又能協作，很負責，和他同勞動很愉快。他雖然身體不好，但並不強調幹輕活。能合作，所以一天工作雖緊張，可是非常愉快。

晚開雞鴨組業務會，研究躍進計畫。我因未很好考慮，業務又無經驗，只能臨時研究提出。

9月6日　星期日　陰轉多雲

早5:30起，日來有人值夜班，睡得較穩。不必擔心夜間看鴨了。早起準備工作須半小時，到6時20分左右，開始分圈放鴨喂鴨，避免擁擠。日來鴨子食量大增，個小也大見長，李觀元因昨夜值班，上午休息，我一個人，不能離開。同學8時半左右才來上工。她們只能剁菜，我稱了幾隻鴨子，最大體量才達2.3斤（10兩稱），但已開始長羽毛。

病鴨白痢特重，已不吃食，腹脹，服藥不見效，晚7時死去。

整個上午，忙一般內務，沒洗菜。這兩個生物系同學，是天津市人，怕髒怕累，不洗菜，效率也不高，兩人剁一天，還供不上用。幸有些水草供後備。下午，同學1:00來上工，4:30即走。我3:10喂完鴨後，3:30和李觀元出去擔菜，背一麻包菜過獨木橋，拉車駕轅已不感困難。過去看到這種勞動，自己認為是力所不及的，而今已輕而易舉了。這是八九個月鍛煉的收穫，也是党培養的結果，使我由四體不勤變為新生，由怕勞動變為喜愛勞動。

4:50,回到鴨場,兩個同學又關門而去,她們不肯進鴨運動場,皆把食盆裝了飲水,弄得滿地是水。

我忙著入草整圈,5:45開始喂晚食,今天晚食喂得足足的,圈內不再放食。

今天稱鴨後,估計10%左右在二斤以上,80%左右在一斤以上,10%左右不到一斤,最小的才半斤多。

晚8時,開隊會。談到生產小組生產躍進規劃,養豬組談得具體全面,只是有些地方不能落實。雞鴨組未談,臨時會上王振鳴叫我談,我毫無準備,明天必須好好研究。

日來,回來勞動情緒很高,克服困難的信心也較大了。離十一才有25天,要苦戰25天,十一向党獻禮。李觀元很負責,我願和他共同勞動,明早鴨子缺菜,他已洗了兩大筐,想夜戰剁菜,但鴨子太多,我勸他明早再說吧,明晨須起早。

11:15休息,沒有工夫看報,思考其他問題。

9月7日　星期一　雨轉晴

今早4時天下雨,5時即起牀剁菜備鴨食,冒雨剁菜餵食,還沒有一個人起來。6:10即開始喂鴨,雨越下越大,到7時後,雨停。8時後天晴,天涼著棉衣盡濕。

早飯後,剁菜備第二次食,全身關節痛,腰痛難忍,為了大躍進堅持下去,李觀元協助洗菜。除圈很費事,從11時前一直除到12時。

中飯後,擔飼料,備下午食。休息一小時。近來缺覺,特別疲倦。下午2:20餵食。剛開始隊長王華生與高砥來,把水中葦帕拆去,放鴨子下大湖。費好大事才趕回來,院小泥濘影響鴨子休息。

　　晚食 5：50 開始,下水時,鴨子又游入大湖,滿院游。晚食未吃畢,急喊高砥與李觀元加我 3 個人趕鴨入圈一直弄到 6 時過。晚飯後,加食盆補充鴨食。

　　趕鴨時,壓壞鴨子一隻,腿瘸,親手喂了食精神才恢復些。晚飯後,天晴。

　　今晚值夜班,無會。所以從 9 時休息到 10：40 起來值班,晴空萬里,在天。到雞房去觀察圍繞農場轉了幾次,剁了三筒菜。看完了孫定國的"必須正確對待革命的群眾運動"(人民日報 9.1)及周總理"關於調整 1959 年國民經濟計劃主要指標和進一步開展增產節約運動的報告"(天津 8.29),及黨的八屆八中全會"關於開展增產節約運動的決議"(紅旗 17)三個文件。這是第二次學習文件,但領會文件精神還不夠深刻,孫定國的文章對我啟發最大。檢驗每一個人是否革命者,重要的是看他對待革命的群眾運動的立場、態度,對待無產階級專政的態度、立場。我墮落成為右派,是對待党的根本路線——群眾路線採取了懷疑對抗的態度。至今這個問題,還沒有根本解決。一切革命的群眾運動,缺點和錯誤都是難免的,當前要的是從中認識到它的革命的首創精神,它的推動社會前進的作用。缺點和偏差是一個指頭,是支流。我對待群眾的批評也是如此,應該首先看到主流——絕大多數群眾是正確的。如果有打擊報復等情況,也只是極個別的。不應為此對它批評,只看其中的非主要的消極東西。世界上的事物,百分之百純粹是沒有的或者稀有的。今後要警惕自己在情緒上,思想上,□□上,那種看不到群眾力量,看不起群眾,□□主義的資產階級反動立場和觀點。

9月8日　星期二　陰　雨轉晴

昨夜值班一夜未上牀,未在屋中坐,剁了兩小時白菜,巡查四五次,又讀了3個文件,今早5:50,開始喂鴨,天由晴轉陰,升起的太陽被陰雲遮住了。6:30李觀元才來,我喂鴨進行了一半交給他使,我開始休息,一睡睡到10:30,又想睡一會已睡不著。天落著小雨,李觀元在喂第二次鴨,他勞動較負責,也用心、冷靜、不著急。

起來後,和李剁菜,備下午食用。同學們雨天不參加勞動,所以上午無人來。

下午同學在1:30來勞動,我寫躍進規劃,中午來休息,2:20喂鴨。

下雨,院內泥水,鴨糞弄得一塌糊塗,酸臭氣噴鼻子。

晚開會學文件。

鐵華來信,分配到太原機械學院工作,9月9日前往。我很不喜歡他作學校工作,而希望他下工廠。海波來信,接到我的信後將所介紹的家庭情況交給組織,她在爭取入黨,我還沒有勇氣將我和子明墮為右派的消息告訴她,因此,我不願意和她多通信。

10:30,因困去上板休息。

9月9日　晴　星期三

今早醒來,已是朝日升起。6點鐘了,慌忙起牀,頭不梳,牙不刷趕去喂鴨。不知為什麼近幾天來身體這樣疲勞,總是困乏,瞌睡。食盆未洗完,李觀元來了。二人開始今天的勞動,我和他共同勞動一周中,感到很協調。我總感到一般說來,男人比較好處事,工作好做些。李為人比較單純,但身體不好,我處處照顧他早休息。我爭取多幹些活,早起一定工作很愉快。因為他沒有董震芳那麼多的小心眼兒,也好商量辦事。董震芳則是口是心非,又要偷懶,又不落偷懶的名。人家出主意幹活,她怎就不和她商量,躲重活,搶輕活,逃避繁重勞動,神精病一樣,不知什麼時候心不痛快,一句話就惹出了她發脾氣。和她一塊,感到工作不好做,左右都不是。她不負責,事事找省事。可是我幹了,她又生氣,這種人真是不好對付,所以她請假,我感到很順利的勞動,很怕她回來。

喂完早鴨後和李觀元除院內□□□□□。上午,鴨子放到籬笆外邊去休息□□□□□□,很高興。

王振鳴來談任書記說叫□□□□□大湖,要趕出 80 只鴨子到河溝去放牧。我不同意他的作法,說明重點育肥,分別飼養,計畫如果執行,必先□□圈,挑選出 80 大鴨,放牧,下大湖。不一會,魯義同志和其他幾位黨委會的工作同志來視察農場,我正在餵食,魯義同志親切的觀看了各處。

10 時後,王振鳴來修籬笆牆,我和李觀元除圈。他工作認真細緻,刷盆除圈都表現能與人合作,董震芳從來不能接受別人讓她做的事,只能自己為所欲為,挑肥揀瘦,口是心非,虛偽耍滑。自己的東西,自己的利益,別人碰都不能碰,而卻想希望別人照顧她,體貼她,感化她。

午飯後,魯義同志召開右派分子座談會。馮步洲回來代看鴨,5:30 才散會回來。忙著墊圈入草,趕鴨進圈,補充餵食。我和李觀元、王振鳴三人忙個不亦樂乎。吃飯時已近 7 時,飯菜盡冷。

今天魯義同志來農場召開座談會,使我體會到□□□□的改造,企望殷切,對我們進步的關心□□□□□□,幫忙我們樹立改造的信心,我在□□□□□□二年多以來,思想狀況由□複雜□□□□□□□。最後,魯義同志及任安同志作了指示,□□□□□□□飽滿的積極的勇往直前的加速改造。任書記強調,主要要看行動,只有歸隊的願望,沒有積極改造的行動是不現實的,丟失改造的信心也是不現實的。他說,首先是真心低頭認罪,心服口服,然後是徹底改造立場觀點,批判掉一切資產階級反動觀點。魯義同志說,什麼時候委屈情緒沒有了,什麼時候才算修到家了。要鍛煉改造,嚴格要求自己。

晚飯後,許多人都去看電影,有人在玩牌,我因看鴨只好留守。鴨房第一間老鼠很多,經常出來驚動鴨子,我須看到值夜班開始時間再睡。

今後要保持情緒飽滿地勞動,響應黨的增產節約號召,把鴨子看好,養好。要抓緊思想改造,最要緊的是處好群眾關係,經常的進行思想鬥爭。

9 月 10 日　晴　星期四

今天早 5 時過即起來,趕剁菜,準備喂早食,昨天下午無學生勞動,晚食菜即不足。馮步洲替工,大量喂乾飼料。早食後放鴨出院曬太陽。

今天工作最緊張,王振鳴來外圈,我在餵食之餘,清理院子,外加內圈。弄得中午未休息,晚 7 時才結束工作。吃飯,李觀元從生物系給帶來的。

未吃飯,就喊開會。讀報畢,接續昨天開漫談會,讀自己二年來的變化及收穫,一直談到 11 時。我困得發瞌睡。會後,分隊長宣佈分兩班休假二天,我準備借此機會寫這一階段的思想匯報。

自董震芳請假,我勞動得很愉快,三個人同心協力,各盡所能,積極勞動,王振鳴在勞動□□□□有很大創造性,而且能吃苦,下水修□

□□□□有勇氣幹,而他在很涼的傍晚,在□□是值的學習的,李觀元不言語,不□□□□□□面的心中有數。每天幹活有□□□□□□□,我應該向他們學習。我感到□□□□□□合作的把養鴨工作搞好,而且能搞好關係,愉快的工作,愉快的改造思想。

9 月 11 日　星期五　晴

早 5 時即起,昨夜 12:30 才睡,夜間又因鴨子鬧起來兩次,所以根本未休息過來。早起全身發冷,穿棉襪及棉背心,困倦,關節痛。這是交換季節時,我受過內傷的身體的必然現象,必須堅持勞動,克服身體困難。

上午喂鴨、除圈。清理院子後,近 10 時,王振鳴說領導讓把鴨子全放出去,到河溝吃魚和水草。這樣每天幾個人剁菜,太浪費勞動力,因此分隊長王華生、王振鳴和我三個人趕鴨子,費了很大力才趕出去 2/3。放牧到 11:30,叫我回來喂家裏的鴨子,12 時,王振鳴把鴨全部趕回,因此中午鴨子餓極了,一直喂了一小時多,並未節省什麼飼料。可能是河溝裏可吃的東西不多,弄得人鴨緊張,不勝疲勞。今後放牧,應該研究,有準備、有時間的去作。下午二時許喂鴨,5:30 晚食。因馬芳忠,我幾個人□□談一談評比名單及十一可提出鼓勵的□□,我談了我的意見。我對這些人平時□□不夠,關心不夠,所以很難提出全面□□,只能談片面的印象罷了。從 5:00 談到 6:30,因此晚食是李、王二人喂的。

在改造過程中,我最感苦惱的是匯報思想。我認為,如果沒有較充分的反省考慮檢查時間,把一個階段的思想全面檢查一下,是無法匯報的。平日的一點一滴思想活動,如果在緊張勞動之後,疲勞之極的狀況下也很難把它天天記錄下來。點點滴滴必須集成流泉,才會成為思想狀況出現,才會成為思想問題出現。我現在的情況是:每天勞動超過12小時,再加上讀報、開會。一到晚上就筋疲力盡,寫日記,只能記下來今天幹了什麼工作,很難記下來今天想了些什麼。如果說想了些什麼,那就是怎樣使鴨子吃好、睡好、不死亡、不丟失,養大、養肥,向十一獻禮,多賣點錢、贖贖罪。總之,我總認為負責的、踏實的、按步就班的勞動,就是認罪贖罪的具體行動,何必一定要去說今天想了什麼,明天想了什麼? 思的多,做的少,又有什麼用呢? 而且,我有許多資產階級反動觀點,批判起來,也必須通過許多事實教育,理論學習,提高覺悟和認識,才再武器批判。勞動這麼繁忙,報都沒時間看,學理論就更談不到了。例如,我日前看了中國青年15期魏巍寫的"夏日三題",就聯繫到自己在人生觀上,根本上和共產主義人生觀是不相容的。個人主義,自私自利的資產階級人生觀還是我的主導。我認識到自己許許多多反動的資產階級觀點。但認識到了,距離拋棄它,改掉它,還是一個很遠的過程。那麼天天認識,天天批判,又有什麼用呢?只能通過反復的實踐,反復的思想鬥爭才能逐步改造。

比如周前,我由於飼料問題和杜凱鬧意見,事後檢查認識到這是犯錯誤,我主動地在日常接觸中和她消滅這種意見,但我認為這些日常意見,隨時出現,隨時解決,也用不到向組織匯報了。匯報的,應該是那些對待黨的方針路線的態度和認識。而我呢,又不多想這些問題,對待黨的建設社會主義方針路線,及兩條腿走路的方針我沒有抵觸和反對,但改造思想,是否可以多快好省,我卻有懷疑。快了省了思想改造不會鞏固和真實,還是讓它鞏固些,真實些的好。所以我寧願經過較長期的、艱苦的改造過程,而不願去欺騙組織,報長不報短。人人都學過七八年、十年的馬列主義理論,也都有一些分析批判能力,問題是具體行動,我願經過黨的長期考驗,改造自己,不知這種觀點對不對。

　　近來讀報,印度政界某些反動人士,報刊又在掀起二次反華運動,而且印度軍隊,越過習慣國境線侵入我國的西藏地方,支持西藏叛匪。我認為,這是局部問題,不會引起戰爭,光挑撥叫囂,是徒勞的。印度進步人士,印度人民是會接受我國堅持和平系列解決國境線的懸案的,中印關係通過這一矛盾,會解決久懸未解決的問題。這就是辯證法,矛盾發展到尖銳化也就是矛盾將近解決的必然前提。

　　今天寫信2封,子明一封,告休假時間;德學一封,批評她不應該退社。鐵華回信回家後再寫,海波暫不覆信,

　　12時,休息。

9月12日　星期六　晴

　　早5:30起,天晴朗。今天是第一天分別大鴨及中小鴨,分別餵養。早上放出大鴨後,每個長得漂亮體大,最近一周未特別貪長,大鴨子佔50%,特大鴨佔30%,未來551隻中,總共死亡26隻,不及6%。如果不丟失42隻,則成活率是超國際水準的。丟失原因至今不明,究竟是人偷,還是野獸拖走,無從考查。但工作疏忽,不早清點數目以及發現丟失後未採取具體防止辦法,以至二次又丟失16隻。這應該是責任事故。董震芳屢次自己不願數數,說什麼怕造成鴨子緊張。我雖屢次提出,但也未堅持數。以後,對這些問題,應該堅持原則,不去顧慮別人願意不願意,才是對國家財產負責的態度。

　　昨夜,王振鳴值班,今天上午他不休息,8:30出去放鴨,一直堅持一天,僅中午休息到下午3時。這種精神值得學習。

　　近來工作特別愉快,尤其是看著鴨子成長快,群眾關係漸好轉。

我很怕董震芳銷假回來。這種思想當然是不對頭的，怎樣和這樣的人相處，對我應該是一個很好的鍛煉和改造。公修公得婆修婆。以後不該和她計較，在言語上的中傷，及工作上的多少，我看她在勞動上，是很難改變態度的，這次請假就是逃避勞動。

前天魯義同志來，談到林湘逃跑失蹤了，使我很驚異。聽說他表現得不錯，別人常受他幫助，而個人主義竟頑固到如此地步，以至逃跑。是死？還是逃了？竟要放棄這樣蒸蒸日上的偉大祖國？竟不留戀祖國美好的社會主義前途？反正我只要能做個中國人，社會主義公民，我就要活著。看來還會好好的活下去，不只滿足於做個公民，還要努力改造自己做個革命幹部。近來逃避思想消逝了，改造信心增強，工作愉快。這是党教育的結果，也是祖國人民，在黨的總路線，大躍進人民公社會運動中，一日千里的改變祖國面貌的事實教育的結果！回憶從我少年時期記事算起，年年聽到的和接觸到的，是受帝國主義侵略，國土淪喪，人民大眾日日在水深火熱當中，看到愁眉苦臉、衣服襤褸的勞動群眾，看到祖國貧窮落後的狀態，看到帝國主義在國內的囂張及地主資產階級的驕奢淫逸，國民黨反動派、軍閥官僚的禍國殃民，賣國自肥……。當時對待這些事實只有痛恨和不滿，也曾在學生時代憧憬過怎樣改變祖國面貌。但想的是一條行不通的資本主義道路，企業救國或教育救國的道路，或者是一道烏托邦主義，也是一種資產階級思潮。最後，對救國丟失信心，陷於悲觀失望。尤其是1944年，感到個人愛國無力，只獨善其身了。當時，未找到社會主義道路。今天親眼看到祖國日益走上繁榮富強，怎能不喜歡，不興高采烈呢？但是由於個人主義嚴重，對待自己57年犯了政治錯誤，總是不能自拔。感到包袱重，只看到個人，就有時不抬頭看到國家和世界的可喜形勢了。今後必須改變這種思想狀況，徹底改造自己，和廣大人民一道辛勤愉快的參加祖國建設。

印度一小撮反動派又在中印邊界問題上大肆叫囂反華,真是有眼不識泰山。印度目前的重要問題,是在國際關係中跟帝國主義走,還是跟社會主義走。前者是喪失真正的民族獨立和貧窮落後的道路,這是進步的印度人民不允許走的。後者是人民根據國際現實選擇的道路,看來某些印度政界人士,以尼赫赫魯為首的,代表壟斷資產階級、帝國主義的人們,叫囂反共,是在堅持跟帝國主義走。其結果是政府反人民,人民拋棄政府。

下午剁菜時,高砥來談一會兒,我感到很有好處,群眾對一個人是看法明確的。我必須改變那種不信任群眾,怕接近群眾的觀點,才能進步。我希望由此開端。

晚6時即收鴨,飯後,讀報。9時休息到11:40,起來守夜。今天睡過了時間,因太疲乏了。夜空晴,露水濃,蟋蟀鳴,火車聲加雜在一起,自然的歌聲和社會的活動交織在一起,很美。來回巡查,後半夜月光漸下落,顯得黑暗了。黑暗正是天明的前聲。還有兩個多小時就要亮天了。

9 月 13 日　星期日　晴

昨夜值班,至晨5時,天黎明,雞鳴叫。我上牀休息一小時,6時起來喂鴨。雖然頭腦昏昏,但仍能工作,王振鳴6:30來幫助喂鴨。天晴朗,昨夜利用值班時間洗了些白菜,又剁了早食白菜。白菜因天熱發熱朽爛不少。除圈掃圈畢。10:30喂完二次鴨。王振鳴把大鴨趕出去後,我上牀休息。但怕放在大河的三百多隻鴨子出事,睡不著,睡不到一小時。11:30起來將池中及院外鴨子趕入院。因鴨多,未建立信號,收鴨時最費事。11:45王振鳴放鴨回來了,大鴨成群結隊回家來。我近來熱愛養鴨勞動,看著鴨子從一兩多的小雛,長成三斤來重的雪白大鴨,心中愉快,幹勁也就足了,值夜班一樣幹白天活。

中午休息一小時,下午2時又喂鴨,弱小的小鴨近來也見長,變白了。只有兩隻體弱的小鴨恐怕有被淘汰的危險,但也在盡力個別飼料,搶救使之成活。

5時半,正在喂晚鴨,李觀元回來了。今天因要休假,抓緊時間完活較早。6時,正吃晚飯董震芳回來了。一進農場,就放慢腳步,手搕著腰,表示病象。我交待了工作和王振鳴等同路回家。近來鴨子每天吃飼料超過160斤,已達200斤,足食,成長快。

一路上不到王串場,天已漆黑。8:30到勸業場,買了半斤點心,9時到家,升火洗頭,洗澡。不一會子明也回來。

洗衣裳到下午兩點半,才睡覺。因多吃了茶睡不著,翻來覆去。

9月14日　星期一　多雲　晚雨

早6:30起牀,收拾屋子,洗衣,修表,買東西,看報讀文件。不知為什麼一休假,全身關節病,右手指不能曲伸。關節痛,想去看醫生,又一想,堅持吧,看出了毛病怎麼辦呢?

午飯和子明到棗樓食堂提前過中秋,吃了兩元多。中午睡大覺,補償了兩天來缺覺之苦。

下午5時,子明走,大雨,他又回來了。雨越下越大,這場雨對蔬菜病蟲害可能有好處。但下得太大了,想去看"上尉的女兒"也去不成。

夜寫思想匯報,學習文件。

讀周總理"關於調整1959年國民經濟計劃主要指標和進一步開

展增產節約活動"的報告,已是第三次了。

　　過去在歷次學習文件中,我缺乏對自己提出問題的能力和願望。學習了以後,不能深入體會黨的文件精神實質,不能以文件為武器,不能深入檢查自己在情緒上,思想上,活動上,那些東西與黨的文件精神實際相抵觸,因而不能批判這種情緒思想和活動。任其發展下去,犯了大錯。反而認為自己沒有什麼不符合黨的方針路線的情緒思想。這是一種思想懶惰的表現,也是形式上學習了,實際上不能改造自己思想實質的原因所在。回想解放以後,關門學文件,沒有收到改造自己的立場觀點的效果,其原因就是如此。今後,必須改變這種錯誤的教條主義的學習態度。通過學習檢查批判自己的錯誤思想觀點,轉變自己的立場。

9 月 15 日　星期二　陰轉晴

　　早 3:30 子明即起身回農場,6:30 我才起牀,不知為什麼,一休假就感到精神特別疲勞,而回農場卻又因勞動振奮起來,大概是市內空氣太濁還是怎樣?

　　早,天放晴又洗了幾件衣服。8:30 開始寫思想總結補充材料。11:30 出去吃飯,回來接著寫未完成計畫。

　　晚 6 時回到農場。見兩個學生在勞動、剁菜。董震芳在用稀得如水似的食喂鴨,大鴨和中小鴨也混雜了。明早得把挑出來。

　　今晚讀報後無會,我繼續寫完思想總結補充材料。主要的是總結右派評比以來,自己在立場觀點上的一些變化。因時間倉卒,檢查得遠不夠深刻,但思想情況卻是真實的。

　　董震芳借下雨搬了家,我發現行李淋濕,心裏很不愉快。但又一想,何必原責於人? 過去下雨,我主動地把董震芳的行李用雨布蓋上,這次下雨她卻毫不理會。由於我揭發她值夜班睡大覺,她恨透了我,自然會有報復表現,不要在乎這些小事情。鴨已混雜。

9月16日　星期三　晴

早5:40起牀,天晴。洗食盆,準備喂鴨。天早涼穿棉襖還不覺暖。6時過後,董震芳端著便盆起來到河裏來洗,然後又走了。後來才坐下來慢細細地剁菜。

午飯後,我趕弄大鴨出去放牧,王振鳴已把中鴨放入大湖。11時,趕鴨回來,結果籬笆已門大開,中鴨又和大鴨混雜了。幸虧已點紅漆點,否則又要挑選。昨天回來,見已選好的鴨子,多數混到一塊了,今看王振鳴來又挑選一次。放牧回來,忙於喂鴨,12:30才吃飯。飯後,收回中鴨,外面仍剩幾十隻。

午間休息半小時多,將材料結束寫完。2:15開始勞動,喂鴨,翻草。和一位同學出去拉白菜地的馬舌菜。5時許,開始喂晚鴨。因飼料核減,早收鴨入圈,6:30收齊。

晚7:30開生產會,隊長宣讀生產計畫,今日報載毛主席召集各民主黨派負責人座談,特赦刑事犯及確已改造好了的右派摘帽子問題。我上午聽到後,很高興,但又一想,摘帽子是輪不到我的。今晚漫談,我表示決心,不辜負黨的期望,用實際行動加速改造自己,爭取早歸隊,今年不成爭取明年。

董震芳發言,解釋她值夜班睡大覺的事,託病,真是越描越黑。我說到她值夜班睡大覺,已不是一次了。可以說回回如是,這種不老實的態度真是太愚蠢了。

今晚會前我經過女宿舍門口，聽到董震芳在閉燈無光的屋裏，正和鄧蘭誹議人，說什麼：“每個人她都罵到了。”我聽了很生氣，想問問她，怎樣罵的。後來一想，算了吧。專誹議別人的人，只能暴露自己的本質，說別人壞的人，難道能說明自己好嗎？何愚蠢的是，鄧蘭就用拷問口吻，問我為什麼不搬到她們屋去，我一時很抵觸。但又一想這又何必？搬和不搬都是一樣。明天準備搬走，王振鳴今天通知了我，不能再拖了，什麼大不了的事？不過我感到住在鴨房方便些吧，可以隨時看看鴨子，另方面，也因懶於費事。

晚開座談會，後讀毛主席召開各民主黨派座談，特赦□，分隊宣佈工作計畫，我被……

9月17日　星期四　中秋節　雨

早5:30起，見董震芳起來刷洗鴨食具，喂鴨。因我被分配負責120隻大鴨，國慶日要達到平均4斤，所以我要親自動手。早4時過鴨子便餓了，所以我一起來就放出鴨子，準備吃昨晚剩食，不想觸怒了董震芳大嚷，說我把鴨子搞的亂七八糟。

我這次休息回來，看到董震芳搬了家。我的行李在鴨房被雨淋的透濕。夜晚睡在濕被褥上，想董震芳養了十一天病回來，不知哪裏來的氣，面色不對，態度蠻橫。我不知哪裏得罪了她，大概是因我反映她夜班睡大覺，受了批評，因而惱羞成怒。我因此也不能控制自己的感情，感到生氣，感到這個人無法共處。所以向組長提出來必須在工作上嚴格分工，各自分開職責，否則以後糾紛太多。她請假這十幾天，我們勞動得愉快而又有條理，又緊張，又愉快。她一回來，就感到如同上了鐐銬一樣，使人又不愉快又彆扭。我基於昨晚分隊計畫提出的任務,建議組長明確分工。王振鳴大概去談了,她□□明確下來。董震芳更加大怒,聽說在宿舍大哭大鬧。這種人我是不同情的,為什麼這樣囂張?

今天下雨,董震芳賭著氣,和一個同學去打了一車菜草。

鴨子因減食,餓得到處轉,晚上收圈時也很費力的收進來。7時才吃飯,董震芳6時走了。

晚飯後,開會繼續昨天漫談會。會後,王華生專門提出我和董震芳關係問題,指示要把關係搞好,鴨子弄好,問我有信心沒有,我基於這兩天的情況,感到無信心,希望開大隊會各自擺情況解決,請群眾明白真相後,幫助分析。

夜晚暴風雨,休會。我去放狗,看鴨。全身上下淋得透濕。

今日,搬到宿舍住。

9月18日 星期五 陰 雨轉晴

早5:30起喂鴨。昨夜大雨,滿院泥濘,除圈除院內各糞湯,挑了六七擔,才除了積糞湯。從早6時一直幹到11:30.完了活,收拾零器物,挑煤灰墊圈。

中午在鴨房休息,兼照顧鴨子,防止走失。只休息了半小時,發現鴨子向南跑去一群,忙轟鴨進院。

下午,擔飼料,收拾墊草墊圈剁菜。4:50因鴨子餓得鬧,開始餵食。到6時,收鴨,過數,無缺。

晚上,王振鳴告知,明天工作分工照過去的辦法作,又改了現在的辦法。我有些意見,為什麼這樣翻來覆去?董震芳剛剛負責一天青飼料,還有我昨天打的一車菜,就大嚷供不上。那為什麼一定在午飯後休息那麼長？為什麼那麼嚴格保證休息時間而不能保證勞動時間？

晚8時，又開會復讀人民日報社論。

其中讀到右派分子改造的標誌：真正認識錯誤，確實悔改。在言論上和行動上積極擁護黨的領導和社會主義道路，擁護總路線，大躍進，人民公社；在工作和勞動中表現好，就對人民事業有所貢獻。這個改造標誌，可以說是等幹一個黨員的水準，那麼我的現狀，實在差得太遠。但有了具體標誌，就比較好辦了。過去只限於消極認罪，怕再犯錯誤，甚而怕問政治，安於孤立，卻是一種消極對抗，不積極改造的表現。要求自己不嚴格，時常自暴自棄，放縱自己，是今天必須警惕的。從明天起，不要再和其他右派扯些毫無意義、毫無味道的閒話。多學習多想些政治問題，不斷提高自己還有什麼比政治改造更重要的呢？今後，必須切實注意這個問題，不許再馬馬虎虎了。從態度作風到立場觀點，要全面正視，全面改造。放縱是一種自殺的表現，黨對自己的要求是高的，應該看作這是光榮。為什麼總是欲進不前呢？想的多，說的少，談的多，做的少。要多想少說，但不能只停留在願望上。更主要的是"做"。

晚秋天涼，著棉襖尚嫌涼。秋風陣陣，一年容易又秋風。今後要認識，單在勞動上爭取是不行的。必須關心政治，積極地對待政治生活，在理論上、行動上，沉著仔細地考慮什麼是有利於党、有利於社會主義的言行，什麼是不利於黨、不利於社會主義的言行。有利於黨的就說，做；不利於黨的就要進行鬥爭。不論是對自己，還是對周圍的事物，或是對國內國際大事，都要抱著這種態度才能真正前進。真正地跟上時代的要求，才能符合黨的要求，徹底改造。

不斷革命論，就是永遠不滿足於今天的現狀，不斷改造和提高自己。過去停止不前的對待改造，是錯誤的。把改造右派的標誌降低到在一般群眾中，那些問題最嚴重，最落後。革命形勢不斷發展，黨和人民對每個革命者的要求也不斷提高。一天等於廿十年,如果只停留在昨天,那就要為歷史所遺棄。反右以後,不是緊接著又反浪費,反保留,今天又提出來反對右傾機會主義嗎?

今天是九一八,28 年前,當我還是青少年時期國難當頭的時候,不禁在這個日子裏,又回憶起來。對比今朝,回憶往昔,何異天壤之隔。今天的祖國,在共產黨的領導下,不僅站起來了,不允許任何侵略者侵佔一寸國土,而且日進千里的飛躍發展生產,步入繁榮富強。印度擴張主義分子,如果還停留在昨天來看中國□就太不識相了!

9 月 19 日　　星期六　　晴

今天早 5:30 起,鴨廠只留我一個人在家勞動。董震芳出去打草。同學三人助理打菜剁菜,我一個人喂鴨很忙碌。除圈、清理院子積糞,挑料,一天到晚馬不停蹄。工作困難日增,青飼料來源日缺,鴨子食量日增,顯得人力不足,幾個人打了一天菜,僅足一天之需。

勞動中,一面進行思想鬥爭。中午,向董震芳道歉賠禮,說我得罪了她,願受她批評,在這個問題上,我應接受嚴重的經驗教訓。為什麼這樣毫無事故經驗呢?為什麼這樣不現實呢?艱苦的勞動,嚴厲的鬥爭可以受,為什麼不能忍耐幾句辱罵呢?太不唯物了。今後應極力改正這一點。不看見杜凱嗎?平時處人,用言語交心,但在物質上秋毫不損自己;住宿舍,給自己安排好的牀登;勞動中,不早起,也不晚睡,中午也不忘休息。就是有一個本領,會說好聽話,會處人。這是老事故經驗的表現。我非議她這一點,結果自己走笨路,這真是阿 Q 精神,今後必須學習會說別人愛聽的話。喂完晚鴨整 6 時,6:50 休假回家,未吃飯。到家後,過於疲勞,早早休息。

9月20日　星期日　陰　雨轉晴

早6:30起牀,這是休假中只一次睡了一夜整覺。因為實在太疲勞了。關節疼,昨晚和今早洗了些衣服、褥單,收拾屋子。看看報紙,蘇聯赫魯曉夫訪美在多地的演說,是利用資本主義國家的講臺,來和帝國主義進行說理鬥爭,宣傳社會主義的優越性和共產主義美好未來。他發言中,許多教育人的言論哪:

　　……今天,你們還比我們富有,但是明天我就將要和你們同樣富有,後天要比你們更富有。歸根到底,我們是依靠勞動贏得這一切,而不是依靠掠奪他人財富……

多麼大的共產主義氣魄! 使我想到中國党對待資產階級分子的贖買政策,就是本著這一真理的,黨教育工人階級,不要吝惜那些定息,贖買資金,因為確信,明天將比他們富有。而資產階級如不在勞動中改造自己,將日益窮下去,雖然今天他們上億的領取定息,以及還佔有不少浮財。我對待資本□氣他們還太富有,是眼光短淺,而且是一種□□的政策的表現。

黨中央國務院發佈特赦罪犯及摘掉一些確已改好了的右派分子的帽子。說明什麼呢? 說明共產黨確實在改造世界,改造人,而不是消滅人。舊社會監獄把人毀滅掉,新社會把罪犯改造成為有用的人,挽救了多少走向毀滅的人那! 給那些罪行嚴重的漢奸、戰犯,都有改造的機會。由死刑到減刑為無期徒刑,嚴肅的階級鬥爭,偉大的革命人道主義,使我一下子肅清了反右以來一些反動觀點,誤解黨對右派政策,認為有□既是罪人,那就只有毀滅,情況□□,毫無前途可言了,因而不相信黨對右派積極改造的政策實質。今天看到對待偽滿戰犯,國民黨集團的反革命分子,一般刑事犯都是採取積極改造態度,使之成為新人,參加社會主義建設,從而增強我的改造信心。但同時也考慮到,不能只看到一個人的歷史,重要的是看現實,這些改造好了的罪犯被赦以後,參加社會工作或生產建設後,就不能天天糾住歷史辮子予以歧視了。我之所以犯錯誤,就是自視歷史簡單、清白,而對一些黨所重用的當過國民黨官、漢奸的人不服氣,以至不服他們居於領導地位。這一點,今後必須改正,如果一貫的看人,那麼一些認了錯,改了立場的舊社會反動人物已前進了,我還在停止不前。自我欣賞自己歷史清白,那其實是愚蠢透了。下午4時動身回場,6時到達。

1960 年

……反動和革命是矛盾鬥爭的兩種傾向。反動就是逆革命而動。歷史是向前運動的,按照歷史發展的動向,堅決的批判舊制度,創建和發展新制度,把社會推向前進就是革命,造反歷史發展的方向,在新制度產生以前,頑固的維護舊制度,在新制度產生以後破壞新制度企圖恢復舊制度,把社會推向後退,就是反動……

在社會主義革命時期,什麼是劃分革命和反動的標準呢? 現階段中國前進的方向是徹底完成社會主義革命。因此,反對資本主義道路,擁護社會主義的革命事業和建設事業,就是把社會推向前進,就是革命。堅持資本主義道路,敵視和破壞社會主義的革命事業和建設事業,就是把社會拖向後退,就是反動。

怎樣認識兩類性質不同的矛盾?

一、1959 年的認識

1. 不承認自己的問題是敵我矛盾,認為 1955—56 年工商界,經濟戰線上的社會主義革命的勝利,意味著社會主義革命已經完成。不掌握生產資料,又無新創作的,天然的不會是社會主義革命的對象。

2. 我的經濟社會地拉,解放後比解放前大大改善和提高了。生活安定了,工作鞏固穩定了,天然的不會反社會主義,頂多我是有嚴重的思想問題。思想改造是逐步銘記的,社會存在決定社會意識,社會經濟基礎變了,思想意識自然慢慢會變。思想改造不應採取群眾運動的方式來實現,必須通過本人的自覺。

3. 我天然的不會反革命,在反革命會得到國民黨反動派的嘉獎時,不去反革命,在社會主義革命的基本完成的情況下,去反革命,那不是天大的傻瓜? 只有那些被剝奪了資本,剝削生活、權利、威福,以及騎在勞動人民頭上的社會經濟地位的人才會是反革命。党在肅反時觸犯了我,是我難以容忍的,是一定有人別有用心的對我進行政治陷害,否則不會搜查我的書信和日記,也不會在肅反運動中的會上,允許一些群眾對我進行鬥爭。我對肅反不滿是可以理解的,這種情況碰到誰的身上,他都會是不能容忍……

4. 我反對歷史系党的領導,是個人問題,是有事實依據,是長期個人思想,是別人以我為敵,引起我的不滿和反抗,認為歷史系領導是宗派主義,容忍一些人。

5. 我堅持認為資產階級思想和無產階級思想可以長時間內和平共居,不要經過革命的群眾運動來解決,而是隨著資本主義經濟基礎的消滅而逐步消滅。社會主義和美帝國主義,都可以和平共處,屠殺中國人民的日本戰犯都受到優待和獲得釋放,遣送回國。對立場觀點的改造,更必然採取和緩的方式進行了。

6. 站在反動的資產階級立場上錯誤的估計了當時的國際形勢和國內形勢。

匈牙利事變借題發揮。

黨的百花齊放,百家爭鳴的政策。

黨提出的共產黨和各民主黨派長期共存互相監督的政策。我的統而不戰的思想有了發展,認為階級鬥爭的問題緩和了,不是日趨尖銳。反對史達林社會主義越勝利,階級鬥爭越尖銳的論點。

二、整風反右,近兩年來改造後對敵我矛盾的認識

1. 認識到自己的問題是由人民內部矛盾轉變為敵我矛盾的,不接受黨的團結批評教育的改造政策,拒持資產階級立場。

2. 人的本質差別是階級立場和思想方法,我在政治立場上,是堅定的代表資產階級利益,而且堅決抵抗改造的。

3. 社會主義革命和社會主義建設越廣泛深入的發展,改造越深入,越發現自己立場觀點上反社會主義的東西多,而且佔主導地位。組織上,思想上反社會主義的本質,並未根本轉變。

4. 社會主義革命深入發展,在經濟基礎上的社會主義革命取得決定性的勝利後,深入進行組織上,思想上的社會革命的歷史時期,堅持資產階級立場,反抗社會主義改造的社會勢力、政治集團必然成為社會主義革命的敵人。由此可見,右派是客觀存在,因為革命深入了,必然暴露出來了。堅持資產階級立場,在民主革命時期,還可以和國民黨反動派,共產黨保持一種共存或中立狀態。但在社會主義革命深入發展的歷史時期,它就必然成為社會主義革命的敵人。

5. 對自己的罪行,本質上是帝國主義、地主資產階級,國民黨反動派的代理人的認識。

毛主席說,在經濟高潮之後必然出現一個文化高潮。又提出向科學進軍,因為有些資本家翹尾巴,自以為身價百倍,走遍中國也不怕沒工作,何必在天津受宗派排擠和歧視?

4月1日　星期三　晴

早 5:30 起牀。昨夜休息後,今早精神較足,6 點即到小雞房勞動,同學二人昨夜值夜班,6:30 喂雞時,她們去睡覺,叫來另外同學接班。今天杜凱休息,我、何雲香盯班。

今天工作比較熟悉些,對病雞也能及時處理。但各圈交來生病號較多,死亡仍不少,從早晨到晚下班,死了二十隻左右,死亡率不小。今天總共 56 隻,連日夜間死了 3 隻,共 59 隻。這真是大問題,怎樣保證成活率呢? 杜凱從昨天的態度看,對工作還是不負責任,對待病雞不具體的、詳細的交代和研究預防治療辦法,叫其蔓延死亡累累,治療又墨守死法,這算什麼態度? 下午又待在宿舍忙寫值班表,以趕著早回家休假,這算忠誠於黨交給的任務嗎? 我對她這種態度很不滿,但我學習著不念叨,聽黨的話,不要態度,有意見會上提。

今天中午休息片刻,下午的勞動堅持下來,不像昨天那麼疲勞了。下班吃飯後,到合作社去買些雞食具回來,開生活檢查會。

重點是杜凱、方睦卿檢查,針對怎樣對待領導交給的工作任務及自己的改造態度,通過群眾的批評揭發,看出來,群眾多數的看問題還是全面的。杜、方二人的確存在很嚴重的問題,方睦卿的問題表現得最突出。我很驚訝她這個評為上游的改造成員,在實際勞動表現中是這樣抵觸、囂張,對待組織和群眾都是那麼態度惡劣,她是憑什麼得的上游呢? 過去我思想上有顧慮,不願向領導上反映她的情況,怕領導上說我對右派組長抱對立情緒,通過今天大家的批評揭發,我感到我對她的看法還是有根據的。因為時間關係,我未得發言,下次開會我一定抱著知無不言、言無不盡的態度對她提出意見。我想,這樣是對她的改造有好處的。

我檢查起來已在學習上、改造上都存在很多問題，在檢查後，寫思想匯報。

會後到小雞房刷油布，並準備明天工作。

4月2日　星期六　晴

早5:30起，6時上工。我很關心鴨子生蛋，不管誰願不願意，只到鴨房去撿蛋，結果拾8個好蛋，3個踩爛了的鴨蛋。長時期以來，鴨蛋天天有損失，而至今不想辦法解決。我正撿蛋，陳建恒來了，交他收了。回憶去冬空信書本教條認為北京鴨下蛋少，而且集中在夏季，冬春基本上不下蛋。可是這39隻田鴨，從60年3月8日開始，一天下一個蛋，以後按幾何級算增加，聽說最多每天下過19個蛋。如此看來，如果多留下幾十隻鴨子下蛋還是可以增產的，蛋每個要兩角呢。經驗證明，養鴨並不賠本，可以快速育肥。

早上到班後，接何雲香夜班，近7時，杜凱及同學也來了，雞每天死亡率很大，昨天24小時內死了56隻。今天（昨晚5:30到今晚10時又死了50隻，主要是雞白痢，服大蒜及SG都無效。腹脹，流白痢，不吃食，死得很快。這樣下去簡直完不成育雛指標。每天病雞100多，又喂兩種500多中雞及小雞。對病雞照顧不過來，一去做其它事，回來一看病雞總有幾隻死的，真令人苦惱。

今天從早6時上工，中午值午班，夜間又值夜班，一直喂雞到11時，才下工，共17個小時。除取飯小便外，未離雞房。本來畏懼支持不下，可是預先吃了一大杯濃茶，精神很興奮，結果也支持下來了。看來任何事很大程度上是依靠意志和決心，前怕狼後怕虎，是任何事也不能擔當的。

今天許多人休假走了。方睦卿在大雞房點起兩個煤爐子，可是竟然趁星期六到王串場去玩兒了，爐子上煮著白菜快煮成泥了，後來杜凱給換上一壺水，也開得花花翻滾。這種對公家財產不負責的態度真是讓人生氣，難道不封火不怕浪費煤？

領導上叫下星期一交思想匯報，我回憶了一下，我的思想活動都寫在日記上，還是把3月份日記交領導看好了。匯報思想有時記憶不全，這階段的思想狀況，主要是對技術革新無信心，沒有完成領導交下的任務。另外就是病，在很久以前就病了，不過到了3月21日發高燒罷了。因咳嗽全身痛，勞動中情緒很低落，病倒後又發生許多顧慮和胡思亂想。怕真個得了哮喘病或肺氣腫轉為肺炎，那我就會丟失勞動力，那時怎樣活呢？戴著罪人的帽子，老病的環境，怕是很淒慘的。丟失勞動能力，而本身又是個剝削階級，那時可怎麼辦？我最怕得慢性病，又能動，可就是不能工作和勞動了，那時怎麼辦？只好找兒子去養活了吧？所以病中圍繞個人問題，胡思亂想，心不定。又感到病的沒人照顧，因而想念家人。子明雖經領導特許來回跑照顧我，組織看他疲勞的不堪，也會拖垮。黨組織的關懷是周到的，無奈我總想著家裏有親人會比較方便些，因而又想到太原去安家吧，到哈爾濱去有侄兒哥哥在那兒，可以照顧照顧吧等等。甚至思想上出現了掉隊思想和逃跑思想，感到不斷革命的話，我這個病革到死也革不完，到頭來還是個反動派進棺材……這次病中胡思亂想了許多東西，因而沒有很好的利用時間去考慮如何改造，即如何批判自己的反黨罪行，把轟轟烈烈的社會主義建設和技術革新、技術革命的群眾運動遠遠丟到一邊去了。生在屋子裏鼠目寸光的，只考慮鼻子頭上的"我"。一個人不樹立無產階級革命的人生觀，他的生活永遠是低級趣味的。到頭來也就是極端空虛的，而又無味的我，在勞動改造的過程中反復不斷的作著兩個世界觀和人生觀的鬥爭，總感到抱著資產階級人生觀，雖然反動但眼前舒服些。無產階級革命的人生觀則是既艱巨又困難的,必須要一個人百折不撓,勇敢堅定,沉著的,不斷的和前進道路上的困難進行鬥爭,需要經過崎嶇不平的曲折道路。而我呢,則因為浸透了剝削階級好逸惡勞,貪圖安逸,逃避困難和鬥爭的反動人生觀和世界觀,因此表現在生活上,往往是灰心喪志,得過且過,今朝有酒今朝醉,願意使思想麻痹停滯,不願意時時進行劇烈的思想鬥爭,艱苦的改造自己,因而在改造過程中表現不積極,不主動。"車到山前必有路",何必去苦思苦想,所以許多事往往是明日復明日的往下拖延,沒有抓緊去幹。

今天小雞死的數字很大,送到我手死的佔一少半兒,但為數也不小,我回來這幾天4月1日死56隻,4月2日死53隻。這樣下去成活率會成大問題,送到我手的病雞及弱號,很少治好。我每天費很多時間看護病雞,服藥,吃食,但仍不見好。雞白痢死亡大,每天發現死也很多,經常有100多隻病雞。對我的精神負擔也很大,很被動。杜凱又是老樣子,領導上一再明確她要抓病雞,但每天她只在她管的小雞中積極往外抓病雞,只要肛門外掛糞便,或有一點異狀就是雞白痢,往我雞房裏一丟便一切都不管了。我對病雞毫無經驗,照著書本治又不見效,所以情緒上很急躁,又感到無辦法,有些顧慮重重。

夜12:15瞌睡的太厲害了,休息。

4月3日　星期日　晴

今早5:45才起牀,感到頭痛疲勞,休息不夠。近來不知為什麼,體力總不如去年冬天好,去冬在零下七八度的飼料間勞動,室外零下十幾度,但精神卻飽滿,幹活也有勁頭。近半月來總感到全身無力,到小雞房後,室內溫度在二十六七八度,穿單衣還汗流浹背,而一出門,便要穿上棉衣,因為穿上脫下不方便,常常穿單衣到戶外幹一點活,所以有些傷風頭痛,感到精神萎靡,頭腦昏昏,對工作缺乏責任感,有些怕麻煩,怕困難,怕完不成任務,影響自己的改造等等。反正這幾天思想上不對頭的活動不少,思想鬥爭也很劇烈,怎樣克服這種畏難和後退情緒,是目前改造生活中的嚴重問題。我感到前進道路上真是障礙重重,我感到同學下來勞動倒很舒服,不值午班,到時走了不管,還鬧個監督右派改造。這種情緒是不對頭的,這是一種不認自己的罪人身份和不服罪的表現,不站在社會主義立場是很難去真正認罪服罪的。青年人來日方長,為社會主義效勞的機會還很多,而我們這些半老不少的人,過去未為革命有絲毫貢獻,今後餘生應如何多為社會主義貢獻力量,這是一個嚴重問題。為什麼過去看小說,羨慕這個英雄,那個模範,而到自己頭上,要經得起改造的經驗時反而畏難退縮,動搖抵觸了?這就是立場觀點問題,子明在這方面比我有毅力。

昨天杜凱給我排了午班,小夜班,因此,由早6時進雞廠,一直到夜11時。小夜班餵完食,中間除了吃飯一直在勞動,感到中間無休息時間,精神疲乏過度,今天又排我中班,又是從早6時一直幹到晚六時多,不離雞廠。我想,我病後來場時組長王華東親自關懷,說中午休息休息,暫不排你夜班。我感到組織上的關懷和照顧,也感到病剛好,一連工作十二至十六七小時有些吃力,但為什麼杜凱排班時,絲毫未貫徹組織意圖呢?組織上是不說面子話,口頭關懷,而實際強迫你幹重活的,這是我一年多以來以親身體會得出的結論。但為什麼每位右派組長都陰奉陽違的,排我一連幹十六七小時了。我向杜凱提出過意見,說最好值班時間排的不要一連幹十六七個小時,可是她說什麼呢?"我們前兩天就是這樣幹的,排不開呀",等等。可是明明星期六杜凱一個班兒也不值,我卻一連在班兒17小時。由是我感到特別生氣,感到杜凱對人總是口是心非,陰險欺詐,利用組長特權,對我惡意的加害,但其奈我何? 一連幹 17 小時,也未死了人! 我通過這些事實,對杜凱會上的發言,一直採取聞其言,觀其行的態度。對她不敢輕易信任,時時警惕她給我小鞋穿和小道走。

今天晚上開生產和生活檢討會,結合生產勞動進行自我檢查,繼續上星期五的生活會,隊長組長都參加。我在其他人檢查後提出意見,尤其是對方睦卿如實提出意見,我感到對她還是有好處的,這些意見為什麼平時不向組織反映呢? 我感覺反映新人很無聊,而且從小長到老無此習慣,對別人有自己的看法,這是必然的,就像別人對我也有她的看法一樣,何必天天跑領導面前去說長道短? 很無聊,而且從感情上討厭,我從幼年生活中就不向父親說這個,告那個,有看法和意見,自己存在心裏,入社會對人也是如此。我認為對一切人和事,個人有個人的看法,何必以自己的看法去影響別人? 因此也厭惡任何人,以她對我的看法去向別人散佈,我認為這就是拉攏人、打擊人、搞宗派、排斥人。對人有意見,就可以坐下來面對面的爭吵一番,看誰服誰,也許不打不成相識,歷史上的知交,不都是打出來的嗎? 爭吵了,把個人的心裏話看法吵出來了,也就各明瞭肺腑,互相瞭解了。但是這種歷史小說上的經驗,卻在社會實踐中行不通。處在資產階級社會時,互相爭吵,互相傷面子,因此互相結愁,不但打不出知交來,而且結怨越結越深,到時便打擊報復,這就是我的反黨根源之一。

4 月 4 日　星期一　晴

昨夜 12:30 睡,今早 5:45 起牀,天倒長,不到 6 時,便天大亮了。披衣起牀,外面已有人趕車出去幹活兒了。

思想匯報很不好寫,寫起來很多是老問題,再不然就是一些具體問題,尤其是對一些人的關係問題,引起一些思想上的波動和情緒上的不愉快,因此引起對黨的關係,懷疑,不信任。

比如我到小雞房後,思想上是矛盾的一方面,感到這是黨組織對我的照顧和關懷,照顧我的年齡和體力,使我到小雞房來幹比較輕的勞動。可是另一方面我也感到我和杜凱的關係很難處得好,我觀察她近一兩個月來,是在極力克服自己的反動本質,改造掉過去的那種陰險,欺詐,狹隘,猜忌,但我知道這是需要長些時間的改造才可靠,所以在接觸工作和不斷發生不愉快事件。比如,昨天夜裏是她值夜班,她自己規定的夜班職責是看好爐子,看好雞,另外沒有其他工作。可是早上上班後喂完雞發現我管的雞圈內,木箱子後擠死一隻雞,後來我又去較大木箱,又發現一隻擠死的雞。杜凱昨夜移動了木箱,顯然這是她造成的事故,於是我向她說明了擠死兩隻雞的情況。另外是早上發現4個煤爐子中有兩個爐子夜裏未管,火底着過,眼看快滅了,可是我說危險要滅時,杜凱一定說無問題,又加上些生煤,果然壓滅了。另一爐子我接上劈柴,接上煤磚救過來了。我自信我對管理煤爐子還有些經驗和觀察能力,而杜凱又發作本性,一定認為自己沒有錯。午後開碰頭會時,她暗比今天早上的事說,以後接班時要看好,不要事後找後賬。比如爐子一上班兒不看,快8點才看,滅了是誰的責任……如何如何,我真奇怪,歷來夜班管的爐子,沒有上午班要看的,因一上班6:30就喂雞,根本無時間看爐子。而且社會主義社會還要資本主義態度,門口的生意,過門不算?你未管好就是未管好,什麼時候也是責任,即使小雞到什麼時候發現也是夜班事故,還有過時不算之說?這是一種什麼態度?爐子每天經管三次,通三次,添三次煤,夜間管兩次。分明是夜間未管,早上才會滅,否則一爐煤可以着半天,不管也滅不了,我對這件事非常生氣,同學在旁也幫腔,難道右派組長做錯了事也是對的？我今天非常不愉快,感到了是非不明,杜凱態度很壞。

晚間,寫思想匯報形式的日記補充,以便交組織。我每月將日記交組織一次,以代思想匯報。我感到這比單獨寫思想匯報具體詳細。就是組織上看起來麻煩些,以後還是每半月利用休假寫思想匯報一次,在農場是擠不出時間來回憶,抓筆的。

12:30 休息。

4月5日　星期二　清風

早六時起感到疲勞,全身痛,天大亮了才起來。到班就喂雞,昨夜是同學二人值夜班,6:30 就交班走了。

今早餵食後收拾煤爐子,費很多時間,爐渣子塞的太多了,收拾收拾就到9時。

早飯時,杜凱領導開碰頭會,我感到她對生產工作並無任何全盤考慮,所以開會總解決不了問題,不能正確的估計人力,分配工作,總是臨時抓瞎,如碰頭會研究如何分類搞衛生工作,基建工作及日常飼養任務的分配,結果衛生工作未具體談,基建決定同學和她一塊兒搞,我和何雲香管園內飼養,管理日常工作,可是我看她又去和同學搬胡蘿蔔。搞到9時,說要走了,去買種卵,臨時叫我把她屋裏的100多隻病雞管起來,吃菜,餵食,我非常生氣。怎麼工作總是這樣臨時現派？時時要餵食兒,我屋的病雞還要吃菜,擦肛門,哪有時間去管它的,而上午佈置了,人家還可以安排時間,我向她提出意見。結果是吃了菜,餵食兒晚了,也擠掉了刷油布等清潔工作。

十一時過,忽然發現西屋牆上冒煙,趕快用(水)澆並報告場長,場長親自來救火,加上同學七八人,幸未發生火災。扒了牆發現牆腳上點葦把子已烤焦冒煙了,這是責任事故,我應該檢查。

下午幹到 6:30,勉強完工。病雞少吃一次菜,小雞今天共死 56 隻,我圈共 29 隻,死亡數字很高,很成問題。

晚七時聽黨委張書記錄音報告,毛主席關於過渡時期階級鬥爭的理論,共講三個問題,很解決問題。我發現發燒胃酸痛,腳腫痛,勉強支持,有些瞌睡。強支援聽下來,記了筆記,明天要討論。

廠長批評了瞌睡者,我當然算在內,可是不知為什麼怎樣支持也支持不下,頭靠著牀柱,疲勞不堪。會後發現腿腳胖腫得很厲害。

寫事故檢查材料,送場長審,場長叫我轉王組長。給汽車司機張師傅煮蛋,劉隊長吩咐找總務處,找到老矗,他已休息,叫醒他拿蛋,我現去煮。12:30 煮熟,張師傅等不及走,只好收在育雉間等他天亮回來吃。一直弄到下午 1 點才睡,今夜睡覺又不足。

晚上開會時腿腫痛難忍,上牀一看兩腿腫脹,用手一按一個大坑,這不知是什麼病,這次病後感到帶來許多毛病。腿腳腫脹的病已多年不發了,現在又犯。

4 月 6 日　星期三　大風晴

6 時起牀,天大晴朗,但有風。昨夜睡眠不足,特別感到累,喂早食,又升爐子。近 9 時,組長通知我調到新小雞房去,飼養我孵出的小雞,我知道,這是組織上一次又一次的考慮我的身體條件,對我的照顧。我因無經驗,對新孵出的小雞成活率信心不足,既然組織上調動,我只有服從分配去迎接新任務,收拾屋子,修理內務,打草簾子,升爐子,下午又回原地勞動,一天不眨眼,從早六時一直幹到晚 6:30 吃飯。

7 時多開始學習以精神,困吨不堪,學習時間沒有充分掌握。

根據昨天佈置,今天學習主席著"人民内部矛盾" 及劉少奇"馬克思列寧主義在中國的勝利" 及陳伯達"無產階級世界觀和無產階級世界觀的鬥爭"。

10 點後,搞煤,收拾爐子。

4 月 7 日　星期四　晴

早 6 時起,爐子滅了,起來升火,接收小雛雞,滴醋餵食。142 隻雞倒有 25 個病號,5 隻殘廢精神很不好。

我接小雞精神緊張,杜凱等見我工作強了些,又來神氣了。中午王組長等參觀回來,又有新養雞經驗,飼養護圈都需學習新經驗。

室内溫度達 26 度以上,人待在屋裏受不了。

下午碰頭會,果然見我工作強了,又派新任務搬小雞 271 隻過來。接新小雞,又要剁胡蘿蔔,開得晚了,6 時才喂晚雞,晚 10 點喂時不愛吃了。

晚間討論張書記報告的體會,我發了言。

會後喂夜雞,一直搞到 11 時過才結束,3 月 30 日出的雞一塊接過來 271 隻,其中 12 隻是病號,搬完雞已過 5:30,所以晚食 6 時才喂上,夜食雞吃得非常慢。

今天是第一次接新出殼的雛雞,141 之中有二三十隻是癱瘓的病號,我對比去年在外而孵來的雞的情況心中便很有負擔。領導上交給我精心飼養,成活率達到 90% 的任務是否能完成? 下午 5 時碰頭會,王組長說飼料好,又買來菠菜給小雞吃,一切條件都是好的,單看我主觀能動性如何? 如果主觀努力就可以達到 90% 成活率,我想更重要的條件是孵出的雞品質高。而現在呢，基本上是大體重不夠，如果孵化率達 20%，怎能保證成活率 90%？不過我盡最大的努力爭取罷了。

夜間收雞轟雞，1 時睡，2 時及 4 時又起來兩次看雞，替王國俊剁菜，所以感到頭腦昏昏。

晚間韓在生召集評量會，說明定量式計畫的態度是實事求是，節約用量，然後小元件，我對這些生活小節倒是無所謂，少吃點兒，節省點兒，評低點，節約國家用糧定為 25 斤，現用 31 斤，降低 2 斤。

4 月 8 日　星期五　晴

昨夜 1 時才睡，但 2 時及 4 時又兩次起牀看雞，屋子蒸熱難以入睡。5 時天黎明，就醒了，但怕白天幹活沒精神，又勉強假睡到 6 時。聽廣播大掃除的聲音，忙起牀，收拾爐子，倒灰添煤，備 6:30 雞食，請示組長，我可以不參加大掃除，搞本位工作。養雞鴨這個工作看起來是輕體力勞動，但日夜拖人，使人難於休息，精神疲勞，所以我感到不如幹大田園田時生活工作有規律，而且與雞同住要鍛煉自己適合雞所需要的溫度，這真是不簡單。每天在屋內熱得我頭昏眼脹，經常在 25~28 度高溫，如果近處更加怕熱，養雞、吃雞肉真是不容易。

這幾天每天接收新出殼的小雞，要個個吃醋，要分配餵食，要仔細的觀察，又要輕輕的著手治病服藥。所以，我感到負擔很重，夜裏雞擠到一堆，睡覺最怕壓死，所以每夜要起牀看雞，把它們分開，轟醒，這樣經心，昨天晚上開會的二三小時內，還壓死了兩隻。養雞，每天總在精神緊張狀態下，雞死亡威脅人的精神，如果科學發展到能把雞改造的易活，就好了。

中午搶著小睡半小時,恢復一下疲勞,下午又幹到夜2點。

7:15韓在生召集會,報告城市人民公社及大辦民兵師,我沒有聽完,就被喊去開業務會。近些天連看報的時間都沒有,國內外大事不聞不問。我這月未訂報,雞房又無報,集體讀報無形取消,整天疲勞轟炸式的勞動,一會兒喂雞,一會兒給雞吃藥,換墊草,收拾火爐,掃地,清理,刷油布……數不完的瑣碎雜務,比飼養工作點的時間還要多。我想一個人做單一性的勞動,效率總是高的。將來城市成立人民公社了,我很希望能在公社工業中,幹一個工業生產勞動,那樣比較容易熟練和提高勞動生產率,為縫補作業洗澡塘服務,售貨等部門,我都可以做。社會總應按人的體力條件安排她最適合的勞動,養雞業還是適合於年輕的婦女,像我這樣粗手笨腳的,容易出事故。

業務會,場長親自參加。育雛房發現雞大批死亡,我認為這和杜凱的主觀,自以為是分不開。她本不熟悉這項業務,這項業務可以在書本上查來教案,生搬硬套,不內行裝內行,遇到具體問題卻毫無辦法。堅持把屋子堵得嚴嚴的不透風也不透氣,爐子每天烤的灼熱,室溫常達30度左右,而且糞草不除,天天在上面鋪一層新草,糞臭,煤熱,汗臭蒸人雞的肺,營養非常壞,這樣怎能不病不死呢?今天發現雞大批死,臨時束手決策,但平時不考慮新人意見。會末,王組長通知,明天我休息,早上離場,後天早7點前回場。散會已11時,忙回去喂雞,一直未到12時過,又給王國俊剎胡蘿蔔搞到1點。回來添爐子提煤,又弄到2點才睡。子明11時休假,我叫他早起先走,回家生爐子燒水,並給我掛號去診病。近來腳腿腫臉腫得很嚴重,不知是什麼原因。領導既通知休假,我就做明天離場的準備了,計畫喂完早食離場。

2時睡,4時及5時兩次起來看雞,屋子熱得汗流不止,全身汗臭蒸人,真需要洗洗澡了。

考慮到韓先生報告城市人民公社,我是雙手歡迎的,但是我們是否可以作正式社員？假如按字面推，既非人民，恐怕難入社做社員，但是如果那些城市的資本家家屬都可以入社了，而不允許我入社，我也覺得不公平。我們總不是剝削者罷？政治思想上的徹底改造，需要在社會主義生產、生活、教育中長期影響下轉變，我想我的個人主義，凡事不求人，自我奮鬥的意識相當頑固，總感到我未受到過什麼人的關懷，一切依靠自己奮鬥。但是，如果在社會主義性質的人民公社中生活一個長時期，那麼，從社會實踐中就會感到自己一切都離不開集體和組織，自己就會樹立依靠組織，愛集體的思想。如果照舊方式生活下去，自己的生活自己處理，就會感到勞動生產是給社會幹的，而家務勞動是給自己幹的，家務勞動社會化，由社會全面的組織人民經濟生活，久而久之，個人自然就依附社會，依靠社會，離開社會集體寸步難行，從而培養人的組織觀念和社會主義思想，工人階級不是在集體的生產勞動中培養鍛煉出來的嗎？

大辦民兵師，我體會是全民皆兵，增強國防威力，防止帝國主義挑釁及侵略戰爭，因此，在生產勞動和政治教育上，也體現著全民組織起來了。這對於政治上的敵人，當然不能輕易把槍桿子交給他們，以防不拿槍的敵人變成拿槍的敵人。我對於不准右派分子參加民兵是認識的，但是也顧慮從改造和實踐中以實際行動保證，爭取黨和人民的信任，任何時候一旦帝國主義入侵時，我不會把槍桿交給敵人，而保證把槍口對準帝國主義。因為，從我的生活經歷史，我對帝國主義的侵略戰爭，有走死逃亡破家亡身的仇恨，從未對帝國主義存在任何幻想。我認為，在行動上，我可以用自己的經歷來證明。雖然，而當時還沒有認識當時依附國民黨政權，實質上就不會真正抗日，所以我預言在將來的任何可能發生的反抗侵略的正義戰爭中，為前線做我應做的一切，以彌補我在抗日戰爭時期所沒有做的一切。

4月9日　星期六　晴轉多雲

　　早6時起,昨夜2時才睡,中間起來兩次,所以疲勞。開始一天勞動,今天接了4批小雞,很緊張。雞的死亡現象仍嚴重,在前屋育雛間昨今兩天發生雞霍亂,每天死雞一百多,而杜凱到時一樣的睡。子明起早回家了,我本計畫喂完早雞走,但因臨時發生雞病,組長通知我不休了。這雖然是應該的,但感情上有些歉然心態。如昨晚不通知我,子明也不會休假,我已讓他把學習文件,該洗的衣服帶回去了,這樣一來,使他在家裏等我,衣服也不能洗了,服從工作需要當然正確,可是總有許多個人小算盤。

　　一天馬不停蹄,晚7:30,杜凱又來派我去幫何雲香喂雞,叫我把時間錯開,她說她值後半夜,要去睡覺。這真滑稽,明明是一個杜凱,叫我不進前面雞房,以防霍亂傳染,而晚上為了去睡覺,什麼都不顧了。後半夜值班,7:30就睡,為什麼不可以到10:30起來喂雞? 杜凱對於睡覺是分秒必爭,她為什麼不算算,我是天天日夜班,昨晚只睡4小時? 我完活時已12點,杜凱還在大睡,已睡過5小時了。還鬧個值夜班,滑稽之至。

　　從9:30喂雞完活已11:30,在封爐子,弄煤,12點前每天都完不了活。刮大風了,天氣預報說11日大降溫,有嚴重霜凍出現,外面有些雨星星時,太旱了,應該下些雨了。

　　12:30寫完日記,休息。借來的報又看不成了。

　　天大風降溫,後半夜4時,爐子滅了,忙冒著大風出去找劈柴生爐子,一直到5時,才又睡一小時。6時起牀,今晨,同學在義務勞動,搞清潔衛生,喂雞至7時。子明突然回來,違背規矩進屋來給我送東西,我忙告訴他不許進,這是雞場的制度,但是他對這個問題竟然不重視,而違反的雞場防疫制度。

日來小雞病號很多,今天降溫又有風,室內溫度很不平衡,晚間很冷,籠裏的雞群扎堆,已發生幾次壓死的現象。我每夜為此不能安心睡,起來幾次看雞,弄得每天中午和晚上學習或開會時精神疲乏,不能支持。

4月10日　星期日　清風

由於連日發生雞死亡累累,不能制止,每天喂雞治疾病,單個喂病號雞顯得時間緊,活幹不周到。我在思想上極力爭取高成活率,回應黨的"三提高,攻兩頭,技術革新飛上天"的口號。所以每天兢兢業業,起早貪晚的觀察雞群,發現雞病及時治療,無奈各種書本上記載的防治雞病方法均已使盡,可是不見效。雞小痢,嚴重威脅雞的成活率,每天死雞,使我在情緒上不安,思想上急躁,畏難,束手無策。

每晨6時起牀,准備食,收拾屋子、爐子,但衛生工作仍做不周到,貴在提出移風易俗改造世界的精神,大搞衛生運動,我卻從早到晚在雞房裏轉,每日在卅度上下的雞舍內吃睡,勞動,汗水浸透衣衫,室內穿單褂,室外穿棉襖,出出進進,又穿又脫,有時就嫌麻煩,單衣出外,冷風吹得渾身痛。

今天接的雞比較整齊,小雞已大七八百隻。每天分三批喂,每天喂5次,喂一次要一個半小時,所以喂雞就佔據一天時間的大半,再清理室內,換草,墊圈,忙忙碌碌,馬不停蹄。飼養工作真不是容易的,我一個人單幹這一□□,更顯得困難,顧此失彼,業務學習和時事學習都擠掉了,多少天沒有時間看報,睡前只翻翻大標題。

晚 7:15 開全體會，劉隊長佈置三件事，一是評口糧定量，批判那些只顧個人，不顧食糧節約的人，並且在新白報公議，按系有定量屬行節約。二是五一農場舉行展覽會項目討論，每人寫一篇改造的文章，20 日交卷。三是討論生產問題及措施，我從接手養雞，死亡累累，影響情緒，幾乎無心思想其他問題，現實問題是如何制止雞死亡。

10:15 早退喂雞，今晚喂完，有 12:20，無時間寫日記，疲勞得不能學習，入睡時到一點。

<h2 style="text-align:center">4 月 11 日　星期一　晴</h2>

今天雞死亡最多，新雉死 30 多隻，全是病號，大雉也死十幾隻，白痢及將傷死亡原因不明。屋子適於雞時，人就受不了，但雞也仍死亡，究竟是什麼原因，沒有時間學業務，還沒有經驗。

<h2 style="text-align:center">4 月 13 日　星期三</h2>

連日來，雞死亡累累，三天中，小雞死 100 多隻，死得快，半小時內就死掉。我為此情緒不愉快，每天早起晚睡還是養不好，雞完不成指標怎樣辦呢？

今晚未學習，滴新城疫黃，晚飯後一直浪費掉許多時間，杜凱毫無準備，臨時請潘世雄調配注射液，這個人遇事無計畫，只會臨時亂抓，所以在等到近 9 時才開始滴藥。

今晚滴藥，我同意數雞數，雖不準確，但感到大概不差多少，但因一直滴藥到下一點，所以未來得及算死雞賬，估計數字差不多，大概不會被耗子拖走吧？我今天掀開竹狀看一看，未發現什麼死雞屍體，這幾天疑惑，也就不再追究了。

今天死雞特別多，一晝夜合計56隻，這是一周以來死雞的最高記錄。一見雞無精神，不吃食，合眼睛，抓到病雞蒲團裏後，吃菜，喂羊奶也不見效，死雞中解剖開，卵黃未吸收或白痢，一般現象是肝發白，膽脹大，是什麼毛病？我幾次找杜凱給看看，但她一直推脫，拖調，不負責任。領導上在生產會上一再明確，看病她要抓全面，可是她不是無辦法，就是不管，再不然就是吃那個幾種誰都知道的成藥，這誰不會照書本兒做呢？

忙活到一點，睡時一點半。

4月15日　星期五

昨夜又是近一點睡，許多下放幹部都去市裏看電影，而我呢，仍照常一天通到底，近幾天過去疲勞，所以不像剛來的幾天驚困，但夜裏至少要起來一次，看雞，有時起來兩三次，夜間未發現什麼事故，漸漸的有些麻痺了。

昨天死雞59隻，每天出去到田邊埋雞，雖然情緒上原現了"黛玉葬花"之感，每天葬雞幾十隻，弄的養雞人情緒低。領導號召大躍進，我養雞卻死亡多，想想社會主義建設總路線，想想自己改造前途，又出現悲觀情緒了。不能解答的問題，最後歸之於命運，反正我出生就是倒楣蛋兒，一切好事一碰到我也要變成壞事，好像造物者要安排定我盡做壞事！為什麼雛一到我手便這樣死亡累累？問組長問別人，像求仙一樣去求援，但得到的回答是不關心，或單純責備，並沒有任何解決辦法，使其死亡！雞的嚴重死亡一直壓得我喘不過氣來!

今天下午,下決心徹底換草,翻鋪。檢查牀底下有無死雞,一掀竹牀,果然被耗子拉掉了幾十隻,數一數共71隻,有的被吃掉了頭,有的被吃掉了身子。忙去報告王恩東組長,說大禍臨頭,並在精神上準備看臉子、受教訓、挨批評。又細算了死賬,從4月7日至今天,9天當中共死279隻,耗子拉去81隻(只發現71隻屍體),大雞死91隻,合計死掉451隻,這真是驚人的數字,我急得大哭一場。為夫父母,死雞中很多雞都長了翅膀,足見這兩天雞死特別嚴重,病號也加多。

晚間王組長戴著□責的臉色,馬上命令把雞遷到前邊,叫杜凱收點,一直弄到7時才完。

7時過,開生活會。這次我管9天雞,死亡過半,的確是我的責任,造成國家財產不應有的損失。會上聽到王振鳴報今年1~3月份種卵數,孵出的雛數,及今天園內前後。我□□自我檢查,擺事實,明信心,分析批判,徹底悔改,可是事情往住事倍□……

生活會後,韓克生、王恩東都發了言,韓克生的發言中最具有教育意義,他首先提出育雛工作中造成雞子死亡的後果,不僅僅是經濟上的損失,而更難計算的是算政治賬,由於立場改造態度和勞動態度成問題,以至使幼雛大量死亡,這筆政治賬是無法計算的。發言中一直鼓勵大家爭取早日改造好,走向更加需要自己的工作崗位上去。我聽了以後感到自己看問題是多麼偏狹,只看到死了多少隻雞,值多少錢,而看不到政治上的損失。

但是王恩東組長發言說,她在孵化間值夜班時檢查我的工作,我都睡著,不知道她來。她不止一次的說叫我不要睡太晚,可是又當眾批評我夜裏睡覺死,這使我感到受不了,我感到我從孵化出的雛,594隻中報病號125隻,不脹眼,不吃食,3天後死亡累累,所有病號全都死光,比較好的雛,也多感染白痢及消化系統疾死,死亡很快,服藥無效。

每天夜裏 12:30 或下 1 點才睡,只顧上將病雞,對較好的雞照顧反而不夠了,以致被老鼠拖去 81 隻不能及時發現,而且每天夜裏睡的是死,起來一二次看看小雞而已。

4 月 16 日　星期六

今天很多人都休息,我要在今天一天中,幹完我育雛間的一切準備工作。

4 月 19 日　星期二

17 日星期日很多人走了,留下我們要去值班,搞飼料,剁菜,弄了一上午。下午又去新育雛間升爐子,糊牆等等。

18 日上午 9 時許搬雞,1460 隻,卻是半月至一個月的小雞,我⋯⋯

18 日夜班值班時間連續 14 小時,從下午 18:30 直到第 2 天 8 時許便⋯⋯

4 月 21 日　星期四

從 18 日開始,我每隔一天值夜班,一次連續 12 小時,從晚 6 時至第 2 天早 6 時。但事實上,我早 6:30 餵雞,總要幹到八九點鐘才能休息,下午的休息又要忙到 3 時後。所以連日來睡眠不足,每晝夜勞動近 18 小時。今天感到心發慌,頭發昏,吃不下飯,而夜間又幹到 12 點才完活。我真是有些不理解,為什麼我這樣苦幹,工作幹不好,而杜凱等睡覺分秒必爭,當我還在緊張的勞動時,她早去睡覺了,而她反成為領導面前的紅人? 大言不慚的說"起早貪晚不能說明改造好"以賣乖? 對於這個問題我始終搞不懂,因此我對杜凱的關係也始終搞不好。比如 20 日上午,我下了夜班,又喂完雞食,本來應該去休息,可是 8:30 剛剛躺下,王組長通知開會,開到了 10 點,散會後,杜凱又支配我去搞消毒箱,說有人來參觀,我當時真難於忍耐,為什麼她第二人值班時竟分秒必爭的,從晚 7:30 一直睡到夜 12:30,而我值夜班,她就千方百計使我不能休息? 難道對人的關係有比這更惡毒的嗎? 所以我對她警惕性特別大,注意她永遠是把方便留給自己,把困難推給別人,而且做的非常巧,如果讓我舉例,我可以舉出很多實際例子。如我接小雞後,她把髒的無法使的油蠶給我送來,而一定要我自備而又經常洗淨的油布要了去喂小雞。

　　昨晚開會,提出大幹十天,五一獻禮,並介紹趙蘭波同志,新到任提任場長。

　　今晚半夜 1 點才休息,不僅無時間思考問題,而且學習時間全被擠掉了,還談什麼技術革新,科學研究?

4 月 22 日　星期五　晴

　　早 5:15 起牀,又開始一天緊張繁瑣又忙亂的勞動,同學三人協助,8 時喂完雞,天天爭取時間佈置育雛間。但是總是忙亂到晚,連日夜班,白天睡眠不好,所以頭腦昏昏的。我從養雞工作中,和實際困難面前,接觸到一個真理,在困難面前,驚慌失措,手腳忙亂不斷,出事故,工作搞不好,因而情緒緊張低落,動搖,埋怨,結果呢,是影響改造。我從學習毛主席著作中,體會到為何對待矛盾的問題是主動積極的去解決它呢? 還是使矛盾擴大,複雜化,因而不能解決呢? 遇到實際困難時,我往往把對事的困難,轉移到對人關係上的埋怨,因此本來應該協作去共同對待困難的,而結果呢,卻擴大了人和人之間的矛盾,影響和分散了戰勝困難的力量。我在處社會關係中,遇事往往是採取這種錯誤態度,因此,不僅群眾關係不好,工作也做不好。

同學下午去開會,為了節約飼料問題,王組長挑出 100 隻小雞做試驗,12 點了,她們全下班去休息,王組長給了我一大堆,"你要看這100 隻雞,要刷食槽,要中午一個人看全面,我們走了"。我又馬上張慌失措起來,一邊端著飯碗,一邊看雞,一邊清理室內,小雞裏裏外外全是。同學每天叨叨,太亂了,太亂了,怎麼我們昨天不是這樣? 如何如何。責難重重,使我張慌之中,更加上失錯。結果是小雞天天死亡數字不降低,完不成提出的保證任務。在這個又艱巨又複雜的勞動中,我在困難面前,既無勇氣又無辦法,躺倒不起,情緒低落,想些亂七八糟的事情,如城市公社成立了,難道不可以去幹個簡單勞動嗎? 楊思慎不能勞動調回學校了,難道我除了養雞之外,不可幹點兒其他勞動嗎? 總之只認失敗,小雞我養不了,我養雞只能造成損失,發生事故,加重罪過,什麼立功贖罪對我來說已成無底洞。於是悲觀失望,抵觸動搖情緒又來了。

總之,從 4 月初我看病後,接受養雞任務後,一直是表現無辦法,無勇氣,越挨罵越頭腦發熱,越發生問題。組長、同學天天叨叨,批評責罵,我對自己是否還有條件活下去都發生了疑問,難道一個人老而無能了? 就喪失活下去的條件了嗎? 王振鳴等惡言厲色的如斥責奴隸一樣對待我。啊,他的確是年輕力壯,辦法多。杜凱也是惡意的對人。我常常想,對呀,當我被帝國主義趕的貧困疏離時,你們正在天天吃喝玩樂,享受反動父兄剝削來的人民血汗呢,所以你們年輕體壯,體力無殘。我想到我身體内殘,想到精力暮遲,想到舊社會的遭遇……又來這一套不現實,不解決目前問題的胡思亂想了。總之我感覺社會沒有給我過多的培養,因此我無能力以更多的成績來報答社會,我僅能做到,把我的生命中的絕大部分時間放在社會勞動和工作中去,有把一切事都做好的願望,但總結時,總是"事與願違"。

下午 2 點喂雞,臨時抓何雲香幫忙,一直喂到 3:30,同學開完會來接班,我查查雞,有些還未吃飽,因準備夜間 12 小時值班,不得不去休息。如果有辦法使人不吃不睡光幹活,那我是雙手歡迎,現在我已感到吃飯睡覺是一個很大的負擔。

全身汗泥,洗洗擦擦,4 點才休息,白天號聲嘈雜,不能入睡。4:30 勉強睡到 6 點,起來吃飯,接班。

7:30 韓克生召開會,佈置五一前這些人的任務,寫生產總結,在學習的基礎上,總結批判罪材料。我又感到無辦法了,小組座談時,我談了自己的思想活動,並且感到五一前交材料有困難,主要的由於隔天一個 12 小時通宵夜班,而不值夜時也必須 11:30 以後完活交班,所以白天睡覺時間不整齊,不便於思考問題。

4 月 24 日　星期日　晴

昨天上午 7:30 至中午休息,早上餵食完活較早,得到一次充分的睡眠,下午勞動比較清醒。

日來雞死得嚴重,流行性鼻炎,氣喘很快的,不吃食,因而死亡,吃 st 也不見效。由於照顧好雞,及我白天睡覺,對雞的照顧不夠,同學生產熟些,所以死亡事故也不斷發生,我對雞的疾病感到束手無策,對雞的死亡累累感到頭腦發脹，怎麼這樣難養？對完不成黨交給的任務，感到焦急，因而情緒急躁，不愉快。

昨天下午換草，幹到 6:30 未完活，組長忽然通知我休假，我才想起是星期六到了，但領導既已宣佈苦戰 10 天，為什麼要休假？又想到當提出苦戰不忘休息。毛主席指示要有勞有逸，有節奏的勞動，想到這些也就接受領導好意，和子明同休假回家休息，整理並準備寫材料。7:45 完活離場，到家 10 點左右，升火，洗澡，洗頭，又搞到下午 2 點，20 多天，汗流浹背，全身汗臭，洗洗澡舒服一些就算休息了。

今天早 6 時起來，洗些衣服後，準備寫材料，又詳學了幾篇文件。10 時後出去買書，但有關養雞的書只買到兩本小冊子，因時間限制不能到四面鐘去買，時間真是緊的很。

下午又爭取寫了一些材料，4 時休息後又回場了，每次休假總感到比農場還緊張忙碌，不得休息，家務清潔衛生工作也佔用不少時間。

回到農場時是 6:40，到雞房一看，雞死亡情況並未好轉，4 個同學值班兒，王組長親臨領導，但聽說壓死了六十多隻雞，總死亡數超過 100。這使我想到養雞的困難是多，自己不親自動手勞動，總會感到別人無用，無能，把雞弄死了。擠死 14 隻雞，王組長手指眼盯的責罵我一大頓，使我對養雞這一道，簡直喪失信心。可是當王組長親自參加這一攤勞動時，雞死亡的數字並不減少，這是誰的責任？對這種情形，我常常思想上搞不通，因而想到，請求人事處，不願在農場改造下去了，或者想換個工作呀，在困難面前束手無策。

今晚，雞的流行性鼻炎擴大了，多數雞打噴嚏，氣喘，趕緊準備藥，夜間內服，找杜凱等商量結果，吃青霉素看明天服後怎樣。今日同學二人值班，另加二人協助，晚間，我盯一會班。

今天在市裏到銀行取工資之便，經過學校，看看滿是標語口號，向救火的英雄學習。我一直不瞭解，我校同學為什麼救火奮不顧身的事蹟,今天才知道一些詳情,原來是數百同學為救南貨場失火,奮不顧身,事後中毒,現在緊急治療中,學校從黨委到首長,政府從黨中央都來人來信進行慰問,這種為了搶救社會主義財產不惜犧牲自己生命的英雄行為,的確是可歌可泣的共產主義風格感召和黨的教育的結果。這種發生在一剎那的實際動作,如果誰在這一剎那算計一下個人的得失,他就不會做出這種偉大的事情,對比自己,感到英雄的偉人,自己的渺小,但也只能是平平凡凡的渺小人物啊!

晚 8 時,廠長開大會,佈置五一節向党獻禮的三個突擊戰役,使農場面貌大改觀。

夜食喂到 11:30,才交代工作給兩位同學,雞吃青霉素 20 萬單位,交給值班同學半夜餵食。□□多寫點材料,也對我有一定啟發,但疲倦支持不下去了,12:30 休息。

4 月 26 日　星期二　陰　小雨

昨天早 5:10 起牀,上班後發現疾病在擴大,我每天經手埋百八十隻雞,試服過幾種藥都沒有見效,使我精神上負擔很重。今天共埋 118 隻(連昨天死的 36 隻),我去找杜凱研究,可是她對雞病漠不關心,好像她不是農場的人一樣,這可能是由於這批雞現在由我管的原故吧。我到處跑,找王恩東、王振鳴、潘世雄、杜凱,但他們都表示不那麼著急,而且每天同學三人勞動,王組長常常來出主意,有時很早就放雞,很晚才收雞。我是個犯了錯誤的人,下放幹部,組長對生產勞動有絕對支配權,我明明知道小雛雞放的時間長了,尤其是放早收晚了,會著涼感冒,但我有什麼權利參加意見呢?雞病出來了,而且一天天的在嚴重起來,我也只能想辦法吃藥治療,但卻未估計到有感冒傷風,以致害了嚴重的流行性鼻炎,死亡這樣快,這樣多。

小雞死多了,今天在杜凱那屋裏勞動的同學到來大批評我一頓,說我的責任心不強,不負責,對雞病發現得晚,又不採取措施,馮玉範她們那裏也發現這種病,但她們就採取措施,以致沒有死這麼多等等,我認為她說的全正確,只是我在勞動中感到,顧了觀察雞就顧不得餵食、搞清潔、雜務、值夜班等等,顧此失彼。由於月初養初出孵的小雞,偏重照顧將病號,忽視了健康雞的照顧,以致發生鼠拖病死事故。所以現在對將病號就有些忽視,而看重照顧健康雞,結果呢,病雞未及時治療隔離,以至病情擴大,病雞越來越多,使我措手不及。劉□□同學調來勞動,她整天治療病雞、搶救,一面我請示隊長、組長,設法隔離,保存病雞。可是昨晚我值夜班,下午2:30以後不得不去睡覺,工作當然只有交給同學了,到晚上6點過來接班時發現大氣有變化,冷風很緊,氣溫下降,室內溫度達18度左右,趕緊生爐子,同學全都走了。10點餵食時,發現小雞很貪睡,擺上食,一個個轟起來吃,吃得很少,又去紮堆兒睡起來,擠得緊緊的。一個整夜東邊過來,西邊出事,10分鐘之內,就發現壓死小雞,一夜之間壓死、病死小雞達十幾隻,黎明時死雞30隻左右,加上昨天下午已死小雞,早起共死了四十多隻雞。一夜□□戰鬥一樣,轟雞不停,弄得小雞不得休息。天明時,疲勞不堪,所以今早死雞數字大增,受到同學嚴重批評,雞病擴大了,這是個嚴重問題,一個上午又死亡很多。

領導上買來兩副中藥及甘草煮水給雞服,今天整天爐火未斷,不放雞,不斷的餵藥湯及洗鼻子。下午,雞死亡現象減少,但病雞老不見減,上午我休息,擠時間畫了展覽會的雞舍圖。

今晚江玉珠同學值班,我勞動到12時過才回去休息。

4月27日　星期三　晴

早 5:10 起牀,近來精神緊張,連看報的時間都沒有,一回到宿舍眼前就像擺著一堆死雞一樣,心中發愁,感到問題嚴重。一算賬,我從3月底到育雞間正式勞動,4月6日接產出初孵服的雛雞,18日又接養半月以上的小雛雞 1470 隻,可是培養的結果,小幼雛死亡 360 隻,中雞死亡 91 隻,現在大些的雛雞又死了 500 多隻,經我手死雛雞近千隻,這怎麼在五一向党獻禮呢? 一項最主要的任務育雞,三提高,提高成活率,而我沒有做到! 這不是罪上加罪,舊債未清,又加新債嗎? 無論怎樣寫決心,提保證寫材料,而實際生產任務完不成,也還是一切都落空。我想到這裏,心頭沉重,感到別人都有禮可獻,我卻只有債可負,這樣改造下去不會改造好的,因此,我對育雞間發生畏難和逃避情緒,一進雞舍,頭就大起來,心也就慌起來。心煩意亂,定出事故,在給小雞添水時兩腿哆哆嗦嗦,心也發抖,一跤拌倒在土雞圈裏,軋死小雞一隻,另一隻受重傷,結果也死了。我感覺到對育雞已喪失信心。因此對改造又滋長的消極情緒,一種無辦法無可奈何的情緒支配著我,使我心頭越來越沉重,在困難面前成為懦夫和懶漢,思想不斷在鬥爭,向領導反映,畏難退卻呢? 還是進一步克服困難想辦法挽救雛雞疾病死亡呢?

今天我大膽的做了主張,10 時再試了溫度後,放雞在運動場餵食,然後除草到院中暴曬,午後喂雞前,鋪好曬乾的草,引雞入圈餵食,小雞情況良好。5:30 準時喂完食小雞吃得飽飽的,而且精神也好,這可能是服中藥的效應,曬太陽時雞也有好處,但一天不眨眼的看著雞,小雞仍從運動場籬笆縫裏鑽出來好幾次,前後院捉雞。

473

我感到同學來勞動熱情高,負責任,開動腦筋,但是她們喂雞總不及時,放雞又隨意,平時生產勞動支配我幹這,幹那,使我無法負責照顧小雞,王振鳴告訴我出了事還得由我負責,組長也這樣交代。但我感到江玉珠是組長,她每天分配勞動,我只能聽分配工作,被動無法負責也無法統一措施,我感到很苦惱,只能在自己勞動時,儘量遵守喂雞的時間和清潔制度。

晚7:30,開生產碰頭會。王組長交代了五一前三天中的苦戰任務,主要是搞好生產,佈置好展覽會場,建立和遵守制度等。

我連日來室內室外跑,常常穿個襯衫就出來,有些著涼,全身發痛,關節劇痛,兩腿和心發哆嗦。入夜支援不住了,請假未去喂夜食,躺下睡了。半夜昏迷中聽到方兆娃、王振鳴等到宿舍來放東西。

4月28日　星期四　晴

一夜昏睡,黎明,全身劇痛,翻不得身,不得不喊孵雞房值班的何雲香代請假。腰腹脹痛,口發乾,胸口悶脹,這是什麼病呢?

杜凱來看我,把子明叫來,她通過領導請王大夫來診查,腹脹痛不能摸觸,心中急躁,子明去報告趙廠長,廠長關懷叫我回市裏看病,並於11:45時由子明陪伴我回市,到家時已經3點了,到中心醫院去掛號,號已滿,下午不看中西內科,只好等待明早再掛號。

自從到育雛間後以後,首先遇到的困難是我的身體,對於隔天一次12小時夜班,白天在堅持6小時左右的勞動,身體感到日益支持不下去,精力感到日益照顧不過來,對小雞的飼養和全面照顧感到日益困難,因此死雞現象也日益嚴重。

另外是思想上存在的問題,領導上一再交代下放幹部,組長對各組工作有絕對支配權,同學是監督右派勞動,那麼我在育雛工作中,對待生產的態度,也只能是聽組長佈置,叫幹什麼就幹什麼,同學組長經常分配佈置工作,我也一樣聽命。可是當在組長和同學決定下幾次早放雞晚收雞,以致造成小雞傷風感冒,死亡累累,病情擴大的事件後,領導上都有責備我不負責,同學也指責,組長也責怨,我感到這是一個很難解決的問題。一直到我請病假,江玉珠同學還是對育雛間的工作進行佈置、支配,而王振鳴日常都交代我,說同學雖然參加勞動,但最後責任由我負,我感到我對育雛間的工作沒法負責,我的意見也沒法執行,出了事故,除了由我直接造成的以外,我在思想上認為難於負責。當我計算從4月初負責育雛以來,不但為完成黨交給我的育雛任務,而且造成大量幼雛死亡和事故死亡,一件件的責任事故,一樁樁的工作損失,給我很重的負擔和壓力,使我感到這是改造過程中的繼續犯罪和繼續欠債。罪債累累,何日能償還?何日能贖清?因此產生畏罪逃避之想,乾脆對育雛間的工作,採取聽之任之,聽支配,聽佈置的消極態度,組長說怎麼辦就怎麼辦,同學說幹什麼就幹什麼,不提任何意見,不出任何主意。但是新人欲向黨獻厚禮,我卻只有雛雞死亡的龐大數字,怎麼辦呢?思想負擔一天天的沉重起來,身體條件也一天天的壞下去,情緒低落,改造動搖,疾病乘隙侵入。5月28日晨病了,倒下不起身,各種平時極力克服的病痛全部侵襲來了,腰腹劇痛,全身關節痛,兩腿麻木,心慌意亂,精氣神兒洩氣了。

趙廠長聽到後及時叫我回市檢查,並且叫子明陪我回市安置我的飲食起居和治療,我感動的流淚,對黨的關懷感激。及時對自己的勞動痛心,越感到對不起黨的信任,對不起人民財產,喪失改造信心。

下午3時在子明的陪伴下回到家裏,滿屋灰塵,不及打掃,一下躺在牀上,起不來身子。子明代我去掛號,碰巧中心醫院下午不掛號,不得已,等明天再進行診察,先大睡一場,休息一番。為我一個人病又累另一個人陪伴我感到於心不安,一個人如果成了社會的負擔,那麼他就沒有存在下去的條件,想到這裏不免產生了消滅自己的不正確思想。社會主義大建設,人們都在夜以繼日的鼓幹勁,立大志,為社會主義貢獻一切,而我卻都成為無用的行屍走肉,這和我想活下去的意願又是多麼不相符合,去年冬天我感到在嚴寒中苦幹實幹,還能愉快的完成生產任務,而今春4月以來,到育雛間後,卻步步行不通,處處是障礙,對育雛工作已喪失起碼的信心。党為了培養我的信心對屢次發生的事故不加罪責,我固然感激,但我自己卻難以消除重重思想顧慮和思想負擔,看來生產勞動實踐及從中得出生產勞動經驗,從而使生產任務超額完成,使生產大力發展,這的確不是一件簡單的事。必須具有堅強的意志,堅定不移的信心和對社會主義,對党的無限忠誠等條件,才能搞好生產,也才能實現改造。對我來說是如何缺乏這些優良的品質和氣魄呀!經常考慮個人得失,畏懼困難,缺乏高度責任心,見困難就退卻,還談到什麼把方便讓給別人,把困難留給自己?檢查起來,在我的思想行動中還浸透著資產階級個人主義,頑固的對抗社會主義改造。

我一回到空無一人的家裏,就羨慕家庭婦女的生活,等城市人民公社運動在天津市熱火朝天的開展的歷史形勢下,成千上萬的家庭婦女都走出家門參加社會生產勞動時,而我卻去羨慕家庭婦女,追求安安靜靜的生產,這和時代面貌是多麼相違背啊!我無法解答,為什麼20多年以前,堅定不移的走出地主家庭,走向獨立自主的生活道路的那種勇氣,今天消逝的乾乾淨淨了,今天卻懼怕社會上的火熱鬥爭,而嚮往走回小家庭圈子裏來避風雨,甚至胡思亂想想去依附兒子、兄嫂侄子的道路,明知這種想法是可恥的,而且不能走的,但每遇困難,卻抑制不住這種思想活動。走逃兵叛徒,人民的敵人可恥的下場,將是多麼不堪設想!

鬥爭吧,和這些思想進行不調和的鬥爭,聽毛主席的話,"知識分子不能後退,後退是沒有出路的",前進的道路上困難是不可避免的,問題是看怎樣對待困難,是畏難,動搖退卻呢? 還是依靠黨,用勇氣和決心,千方百計的想辦法戰勝困難呢? 兩條道路,兩個結局。

4月30日　星期六　多雲　大風

昨天看了中醫,就近在中心醫院治療,診斷是脾胃虛寒病。開了兩副湯藥,兩副丸藥,回來後昏睡一整天。夜間12點後起來寫日記,想問題準備寫材料,一直寫到3點,又支持不下去,全身關節痛。

晚九時子明又回來了,領導關懷我的病,叫他回來照顧。可是我卻增加負擔,聽說農場夜戰,準備展覽會,我卻躺在家裏有病,心慌意亂,情緒不安,吃了湯藥後,又睡下。

今早5點子明起來回廠把爐子給我準備好,我又睡到7時才醒,腰痛不能翻身,勉強起來到總醫院去看病,總醫院病人多得很,掛號很費時間,所以近10點才看上病。婦科診斷是陰道炎,下星期六還需再次來復查,接著又掛內科,診斷是風濕性關節炎和復性腸胃炎老病。腸胃炎是我的痼疾,今生難以醫治,經常胃脹胃痛,已不視為是病狀了,而風濕性關節炎卻是一年以來新得的病。如果只從今年二月以來幾次診療,看我的全身幾乎無處不病,可謂百病俱全了,為什麼病魔偏偏這樣厚愛於我? 在和疾病做鬥爭中,我不止比別人多了幾許苦痛,在勞動和工作中多了許多困難,想到這裏,往往引起我對自己在舊社會的慘痛經歷的回憶,痛恨。看眼前那些在父母安樂窩中成長起來的公子小姐們,他們心身健康,體力智力健全,精神上未受過挫傷,在我的面前傲氣淩人,只能引起我的鄙視。似問日本帝國主義侵華八年,你們的父兄和你們自己是依持日帝槍桿子屠殺中國人民養活你們的，你們當日的幸福是建築在我們的痛苦流離,朝不保夕的命運中。我對王振明、杜凱,以至何雲香等人,往往有此思想感情。然而共產黨是現實主義者,算過去的老帳,是不允許的。由此我成為右派,兩三年來,也只有慢慢的屈服於歷史的命運,對自己的體力也服氣了,客觀存在是這樣安排的。超出現實的主觀主義的想法,是注定要失敗的,並是人生的不幸,但是有了不治之症或者是客觀條件,不允許治療的病,那也只有經常忍痛堅持著,經常的工作和勞動,我看到報上登著黨和政府對大戰犯杜聿明,在 10 年關押中治好舊社會帶給他的肺病和風濕性關節炎。我想我比他總還罪過輕吧,總還年齡輕吧,難道不能給予條件,治好病嗎? 拖下去,還是徹底治病,在我的思想上是一個經常苦痛的問題,我常回憶沒有病痛的健康人,他們的精神是如何愉快,心情是如何舒暢,生活是如何幸福,所以我經常把自己的痛苦歸結到病上去,而忽視對人生觀世界觀的檢查和批判,這兩個月來自從組織上佈置學習毛主席著作,結合思想批判罪行以來,反復不能解脫的問題是資產階級的人生觀和世界觀的問題,在這方面我還不能處處劃清兩種世界觀。和人生觀的界限,尤其嚴重的是,我還不能下定決心和反動的資產階級世界觀徹底決裂,大踏步向前進樹立無產階級的世界觀,因此在改造的過程中找不到永遠督促自己前進的動力,除了黨組織的促進以外,好像熄了火的機器一樣,沒有內燃機的能動性。難道我就頑固到這般天地?非帶著花崗巖的腦袋去見上帝,不行,我至今還不存心如此,但行動和思想卻總是和願望違背,尤其是一遇到工作失利或受到批評時,就完全丟失信心,甚至企圖逃跑了。

今天看了整整一個上午的病,大夫沒有特效療法,我心中又急又悶又想回場,可是又想在家把兩副湯藥吃完,兼寫點兒材料。

　　不回廠又怕別人說我，逃避五一展覽會了，心中胡思亂想沒主意，後來決定明晨早起回場，可是晚九時子明回來了，說休假兩天，廠裏許多人都休了，展覽已準備好。後來王組長也來了，他說准許我 5 月 2 日和子明一同回場，並問候我的病，這才使我消除一切顧慮，安心在家過五一，安心休息，安心寫材料。這是我最大的苦惱，為什麼一遇事我總是顧忌領導會對我如何了，群眾會如何反映了等等，空耗自己的精力，而事實證明是自己心中庸人自擾，為什麼總是改不掉？這是舊時代遺留下來的精神狀態，很簡單的事，只要聽黨的話，照黨的話去做，就不必想的那麼多，為什麼在這方面我的思想活動顯得那麼複雜，而在真正生產勞動和政治問題上，思想又顯得那麼簡單、懶惰？為什麼這樣難以改造？

　　夜學習一篇毛主席的湖南農民運動考察報告，這已是第 5 遍了，我深入的想對待農村天翻地覆的農民翻身運動，如果我是接觸到了，也必然是站在地主反革命的立場說叫"糟的很"，因為我的社會關係和家庭是地主資產階級，我必然跟著他們的論調喊，像肅反以後，跟著一些被審查的人喊肅反有問題一樣。像認為肅反把自己弄得名譽掃地，無面目為人的思想狀況一樣，去為農民打垮的地主豪紳喊冤，去反對農民的革命鬥爭，階級本性，決定一個人的思想活動，在未經過工農革命鬥爭的鍛煉改造以前，一切出生於地主資產階級家庭，受著資產階級教育教養的人，都必然是存在立場問題，不改造是不能自發的轉變立場的，必須老老實實安心改造，徹底轉變立場。

　　12：30 休息，準備明晨起來大掃除，今天下午 7 級大風吹得對面不見人，滿屋塵土，從春節至今未做大掃除，明天五一必須做一次。

　　想到這裏，我總想家務勞動社會化，但清潔衛生工作是經常要做的，吃飯洗衣可以社會化，清潔工作怎能解決呢？我每次休假回來搞清潔總要費去幾小時，否則生不得也臥不得，人們生活提高，住室多了,衣物多了,清潔工作也比較複雜,如果有大公寓的職工住宅,開水、清潔都有人管,就會好了。我想我可以幹這種勞動,專管清潔職工住宅,掃除室內外供給開水……又想遠了又想斜了,但我近來常常想人民公社化以後,在室內給我開一個適合年齡體力的勞動,會比養雞的效果大吧,我知道這是一種逃避的思想,但卻時時出現,老和病總是我的負擔。

5月1日　星期日　晴

整日在家寫材料,經過幾次整理才寫出了仍不能滿意的系統批判材料,但寫了 18 頁以後,看一看仍然是缺乏系統和重點,我寫材料像我說話一樣寫下去就收不住筆,隨著思想活動跑,缺乏組織力和系統性。

寫累了,又大睡一場,休息一下起來再想,再寫,並在寫的過程中復習文件,補過去學習不夠的課。

在體會文件的過程中,我特別看重關於無產階級專政的學習,並體會毛主席論人民民主專政一文中所說"專政就是獨裁"的解釋,單從概念上看,獨裁是最引人反感的,多少年來,進步人類進行著反獨裁的鬥爭,付出多大的犧牲啊? 在個人經歷中也是反對國民黨一黨獨裁的。但必須把專政獨裁用階級分析的方法,來認識其本質剝削階級的獨裁,在現代政治中是極端反動的,歷史是少數剝削階級壟斷資本,如官僚資本,封建地主對廣大人民的獨裁,是反革命的專政獨裁,而無產階級專政獨裁,專政則是代表大多數人民的利益,在推翻反動政權之後進行對少數剝削者被推翻、被消滅的階級進行獨裁,防止他變樣活動,及破壞新政權的一切反革命活動。因此反對反革命獨裁的鬥爭是正義的,而反對革命的專政,獨裁則是反動的。我受舊史毒太深,很多舊正統觀念束縛著我的思想,對一切變革中的新事物不從大本質,而代以現象或概念上去理解,如對於專政、獨裁、壓迫等等概念。

另外我理解到無產階級專政的範圍是非常廣泛的,因此也是威力無窮的。為了得到革命的徹底勝利,徹底消滅階級,消滅剝削,對於舊的經濟基礎上層建築,舊的生活習慣,習慣勢力,都利用國家機制和社會力量,使用經濟的、組織的、思想教育的、行政的手段進行鬥爭,取得勝利,消滅一切舊東西,建立新的,因此在無產階級專政下,一切資產階級言論,行動和思想,也應該是不合法的,因而就是專政的對象。我過去對無產階級專政的範圍看得太狹隘了。至於思想意識更須逐步改造,不能使用任何強制力量去解決意識形態範疇內的問題。通過學習文件我知道了思想文化上的社會主義革命也是通過階級鬥爭手段來解決其實際也就是這專政的手段,作為一個無產階級敵對的階級來說,必須接受專政一邊倒,顧一頭,轉變階級立場才有出路。所謂出路就是在社會主義制度下,無產階級專政下,社會主義建設中,對人民有用。具體表現就是一切都聽黨的話,按照黨的意圖和要求辦事。

5月2日　星期一　晴

今天整天不出門,上午起寫材料,到下午4點回場,除中午吃飯外未做其他事,但寫了18頁後,檢查一下不合要求,問題不突出,不明確,解決了什麼問題,還存在什麼問題,也不明確。一寫起來,便犯這個毛病,又是前前後後一起提,平時思想活動和系統的思想問題一塊提。這樣人家看材料的人會厭煩的,所以我準備回廠後再整理一遍再交。

6:30 回到廠裏,這幾天因病吃不下飯,晚飯買了,可是吃兩口就發嘔,我只好不吃了。胸腹仍鼓脹,吃藥。

領導同志從廠長到隊長都對我生命非常關懷,殷切的問候。王組長看到我馬上佈置任務,叫我接馮玉範的雞,又叫我多值夜。杜凱聽說因這幾天忙,暈倒病了,今晚回家休養,何雲香今晚休假,雞場只剩我和馮玉範在育雞間,準備迎接困難,克服身體不支情況,苦幹到底,絕不叫苦。

王組長今晚回家,聽說是小孩病了,他 4 月 30 日晚 5 時回家休息,5 月 2 日上午回場,現因孩子病,又請假回去了。育雞間同學不少,雞減少很多,所以白天顯得人多,夜班又顯得人少。

剛回場,倒顯得病未全好似的,喂完夜食十二時便休息了,我請假回 4 天半(加上 5 月 1 日至 2 日),小雞又死了近二百隻,只剩 791 隻了,所以一看顯得雞少了,也容易管了。

5 月 3 日　星期二

早 5:10 起牀,5:40 開始到雞房勞動,今天白天,同學三個人在育雞間,顯得人太多,無事幹,按照現在情況這 700 多隻雞,除我之外,再有一個人協助就可以了,而同學竟分配三個人。

同學組長江玉珠,等於是我的雞場的大組長,平時工作由她分配,我無法主動工作,只能聽分配。今天晚 6:30 忽然告訴我值夜班,叫我馬上回去,睡覺時來接班。天哪,我哪裏睡得著? 看一會兒報,寫一會兒日記,勉強睡了兩三個小時起來值夜,同學馬上全走了。我收拾餵食,末了工作。可是 11 時發現雞圈內擠死小雞 8 隻,看樣子擠死有幾個小時了,已經僵硬,但也只有由我負責,因為是在我值班時發現的。

夜裏兼顧大雞房看雞,刷食槽、水盤,忙到天明剛剛幹完,精神已疲憊不堪,心發慌,頭發昏。

5 月 4 日　星期三　陰轉多雲

值了一個夜班,心中感到空虛,頭發昏,眼發脹,可是江玉珠又叫我一直值班到下午。因同學有事,我感到身體不好,但也只能克服下去,不過感到工作效率低。

下午 2:30 喂完食,3 時許同學三個才來,叫我去休息。我連續勞動了 16 小時(從昨夜 10:30 至今天下午 3 時)多,感到精神疲勞,飯也吃不下,可是睡又睡不著,勉強入睡,6:40 起來吃飯,上班。今夜何須值夜?同學去開會,7:30 喂完食後,我一個人照顧小雞,方睦卿又來叫我去照顧她管的雞。睡眠不足,精神就不足,這大概是合乎科學的規律,我只恨自己不能支持苦戰幾個晝夜,不睡一點覺的本事,一連值夜班就吃不下,心發虛,出現病相,真是太無能了。

計畫遲寫材料,又成泡影,連看報的時間都須去擠睡覺時間,還談什麼學習,思想改造?我近幾日特別為這樣苦熬事的工作方式,擔心,這不是苦戰,而是苦熬,熬夜,又熬白天,疲勞轟炸精神不足,這種工作方式大概不科學,人們隔些日子就要病幾天,連杜凱那樣又胖又忙的人都支撐不了,病了。何況我這老病不堪的內殘廢者?只要有利於社會主義,苦戰苦熬都應該,可是熬的結果是雞養不好,雛育不好,死亡累累,成活率成大問題,我想不如使人充分休息,工作精神足,想辦法多工作,自然容易改進。毛主席叫人有勞有逸有節奏的勞動是有道理的。人的身體是一個有機體,如果不按它的發展規律去對待它,一樣要出毛病的,一部機器還要保養維護,這部自動的機器難道可以不保養,單出了毛病再修理嗎? 所以最近以來,我對於在育雛間勞動,弄得不能休息,又不能學習的情況,感到很苦悶,也很有情緒。隔天一個夜班,甚至連日值夜班的情況,白天又不能充分睡眠,這種情況是不能維持多久,怎樣改變這種情況呢? 我感到我管的育雛間,如經常有兩個人就夠,這麼多的同學,顯得工作很亂,你需要她們幹的事,她們並不肯幹,如看爐子。

5月5日　星期四　陰轉多雲

一連兩個夜班也度過了,而且也支持下來了,但天明時感到全身發燒。昨夜後,雞擠得厲害,主要力量去扒雞,想看看報,寫寫東西也辦不到,早食餵後,7:30 我便交給同學,三人休息去了,一直睡到 12 時起來吃飯,又寫一會兒材料。2 時上班,準備餵食。

本來五一五二在家寫了思想總結,但不滿意,感到太囉嗦,須精簡,計畫回場後利用兩個晚上學習時間,精簡寫成,誰知一回場就日夜班,緊張得要命,根本沒有下班學習時間,只有一後夜四五小時的眠睡時間。如再佔用,則保證不了繼續勞動了,所以交材料耽誤了時間。

5月6日　星期五　多雲

今天從早起 5 時許開始,早午晚班,一直到夜 11:50 才離開雞房。中間下午三到六點零時召開生活檢討會,同學也有人參加,檢查這一段雛雞、大小雞死亡過多的原因,大家又都檢討一頓,有什麼作用呢? 4 月份雞死了 3700 多隻,數字驚人,這樣下去怎麼能完成十一五千隻母雞的指標呢?

王組長在大家檢討後,又發了言,批一頓,這個不負責,那個態度惡劣等等。

喂完食後,又值班到夜 11:50,今天又是連喘氣兒的工夫都沒有了,同學明天要走了,大概在寫思想總結,丟下工作……

5月9日　星期一　晴

5 月 9 日同學全部回校,生產勞動更加緊張,當夜王組長說頭痛不願動,叫何雲香通知我連值夜班.我在全日班之後又連續值大夜班,精神難以支持,打瞌睡,一夜之間又須兼顧方睦卿的雞,所以顯得特別雜亂,看來今後的勞動情況,在雞場就只能這樣連軸轉了,學習看報的時間都擠不出來,每晚睡不足 6 小時,最少只有三四個小時,因此材料一直擠不出時間來寫,精神總在高度緊張。

另外一個原因,是我在世界觀人生觀上存在著嚴重問題,阻礙自己加速改造。毛主席教導我們說,人生觀世界觀的改變是一個根本的概念,在目前我對自己的資產階級世界觀還沒有拋棄的勇氣和決心,有時故意自欺欺人的保存許多與社會主義不相容的東西。

485

5 月 22 日　星期日

近 20 天沒有寫日記,昨天忽然通知我休假,下午 6 時離場回家,20 多天未洗澡,未洗衣,全身汗臭難聞,所以回家的第一件事是大洗,大清掃,滿屋灰塵,又弄到下午 1 點才睡。

這次休假我特別疲勞,我唯一的任務是休息整理之後大睡一下午,中午飯後一直睡到下午 9 點。起來全身痛關節痛,然而又需準備回場了。體弱之人,越休息,越疲勞,不要說看看電影的精神沒有,就是逛逛公園也嫌累,我為此頗悲觀,為過早的失去健康而悲觀,為不能在工作和勞動中爭上游而灰心喪志,因而對那些年輕力壯的青年小伙子的沖天幹勁兒,又羨慕,又嫉妒,嫉妒他們在青年時代就生長在幸福的時代,不要自己為生活,為工作,為前途,奔波忙碌,不要自己去為學習為工作擔心,只要一心聽黨的話,走人類社會進步的道路,那麼他就會對社會做出有益的貢獻,因此今天青年人的精神面貌和我的青年時代,的確是兩個時代,兩個世界,兩種生活。

在我的青少年時期(1920—1948 年)也就是 16 歲以後到 30 歲這個階段,正處在舊中國最黑暗,最混亂,反動統治最殘暴的歷史時期。從家庭到社會接觸的社會關係中充滿哀怨認現失望,頹廢和爾虞我詐,互相欺騙和相害的關係,這種社會現實到我接觸以後給我的精神刺激和影響是異常深刻的。因此,我在社會主義革命深入廣泛的歷史階段,在精神面貌上顯示出和新生活中人和人的關係不能相容,以警惕的眼光看待批評監督、檢查,防範是否會存人對我進行陷害,排擠以及不懷好意的打擊,這種影響一直到今天,在我的思想感悟中,還印著深刻的烙印,這就是剝削階級社會的政治思想影響,對人說的話,總採取懷疑觀望的態度,看看是否言行如一,是否在世界上真正有捨己為人,犧牲個人一切,為廣大人民利益服務的。在我的思想深處,總認為人和人的關係,這和社會的關係,應該是一種等價交換,我為社會勞動,社會應該付給我應得的報酬,因為其為了多酬,因而才多勞。如果我估計自己的勞動力衰弱而不願多得報酬,多爭名譽,那麼社會也就應該允許我少勞,從而少酬。這就是一種按酬付勞的資產階級思想,我認為它是合理的。但是當我想到多少革命先烈忍饑挨餓,直到獻出最寶貴的生命,他們是什麼力量推動的呢? 如果人人都為了得酬而勞,那麼哪裏還有今天的社會呢? 還怎麼能改變國民黨組織的虎狼世界呢? 我的思想陷於矛盾了。

我常想樹立共產主義世界觀,為共產主義而奮鬥到底,這是改造的目標,也是最高尚的風格,但我總感到為他所不能親身享到,親眼看到事物而奮鬥,這總是缺乏動力的,不為切身利益,誰會發揮最大的積極性。

5月25日　星期三　晴

連日來生產勞動仍然很緊張,特別是一早和晚間,所以日記看報,都沒有堅持寫和看。

昨天中午雖然召集全羈押組開現場會,批評亂倒垃圾及糞草,亂埋死雞,楊思慎等倒得一大堆,大家搶了三四車才搶清,中午未得休息。

昨天晚上8時,開全隊會,豬場談計畫,大搞超聲波,目標要半日勞動,完成全日任務。其餘時間學習,文娛,這個目標對我許多思想上的問題,給了事實上的答覆。

　　過去,我總感到這種每天十六七小時的勞動,弄得不能學習,也談不到文娛生活,4月份只休息了一天假,5月份也一樣,弄得頭腦昏昏,本來無暇考慮思想問題,我發愁,這樣下去會使眼光越來越局狹,天天不聞天下事,只是死雞,死雞,可是越精神緊張,雞越死,也越出事故,情緒也就越急躁低落,連續反應對改造不利,現在提出利用超聲波,我雖然對這個概念還一點兒不懂,但對縮短勞動時間卻是無限歡迎和擁護。

　　今天晚上7:30,活還未完,又開會,說中午後耗子拖死雞的現場會展開討論,馮玉範、楊思慎談了,會上韓書記的談話顯得特別能理解別人的心理,更顯示了對我們改造的關懷和期待。而我們那位王組長平時背著手,這看看,那走走,挑挑毛病,叨叨個人,使我非常怕看見她,怕聽見她絮絮叨叨。黨支部書記的講話卻表示了黨的意圖和政策,問題出來了,叨叨不休有什麼用,找出原因,防止以後再發生類似的事故,解除不應有的顧慮和思想問題,這是使人感到多麼親切和溫暖,我漸漸感到通過這樣會,是受到積極教育,而不是消極的批評和責備,當然也要正式檢查自己的問題,嘀嘀咕咕,疑神疑鬼的態度就不應該有了。黨是教人實事求是,不要想得太多,韓書記批評是尖銳的,但他卻使人感到是關心自己親切溫暖。

　　會後,照看收拾一下雞房,又到11:30了,為了擠出一些看報寫日記的時間,只好回宿舍,12:30休息。

5月26日　星期四　晴多雲

　　早5時那起,因昨晚開會,許多工作未做,所以需早起趕活。因今天早上組長派周樹吾來我這裏幹活,把外圈內圍除了,所以顯得時間充裕些。早食後,可以擠時間給病雞進行治療,治療是最費時間的,過去因工作忙每天只能撿最嚴重的幾隻病號,所以治癒的很少。現在有時間治療,一天可以治上三四十隻雞,可以減少死亡了。這月以來,集中精力為消滅和減少雞死亡現象而鬥爭,天天晚上堅持把雞上架,白天注意觀察飲水,餵食,今後要爭取不死一隻雞,並保證成活 450 只雞(現數為 465)。因此必須堅持每天治療鼻炎,使之不加重,不轉為氣管炎。這一階段因雞的死亡不那麼嚴重了,因此在精神上,似乎解放了些,但因運動場太小,天太熱,雞群顯得太擠,所以新的問題又出現了,餵食成為一場戰鬥,雞群大,場地小,雞撲食,弄得塵土滿天,烏煙瘴氣,這對雞的健康是有害的。

晚 7:30 開會,餵完晚食後的許多工作都來不及做。只好一邊吃一邊趕雞入圈,結果還是甩下了許多米飯,只好散會後再幹。

晚會主要是韓書記做目前形勢的報告,並佈置交心運動,提出許多國際大事的看法,我對這些問題很發愁,因為我每天有時間送報也不看,或者看了也只能看大標題。

6月1日　星期三　晴

從五月初病假回來,管育雛工作以來,一天忙的連寫日記的時間都沒有,連日或間日一個夜班,白天又不能充分睡覺,小雞病死的威脅,使人精神緊張。所以一離開雞房回宿舍,就只有吃飯和睡覺的時間,既無精力想問題也無時間學習,所以學習理論和時事都沒有做到,為此有時發急躁,但體力和精力就是支持不下去。不能再縮短睡眠時間,擠時間學習了,又沒有頭懸樑、錐刺股的毅力和決心,所以,近兩個月以來,尤其是近一個月以來,整個時間,忙在育雛事務中,而結果呢,雞死的特別多，不僅完不成黨交給的 5000 隻母雞的任務，而且差得很遠，為什麼杜凱這些人一再出去參觀，育雞的關鍵問題就是找不出來呢？從完成任務的指標來說，我這一段勞動收穫可以說最差最差，下游，落後，因此情緒特別低落，幾次發生逃跑思想，動搖了改造決心和信心，在改造過程中，發生退坡現象。這一周期，從四五月至今未完全結束，這可以說是我在改造過程中的危機，激烈的思想鬥爭，急躁，暴躁，煩躁的情緒，使我這一階段遠離組織，不肯找組織談話，自己悶氣和親近人發脾氣，越來越鼠目寸光，自甘暴棄。

子明在，每次休假時，對我幫助還是不小，他近來不僅情緒正常，而且生活相當樂觀，緊張的勞動，愉快的休息。而我呢，在農場是疲勞轟炸式的勞動，回家又是繁瑣的勞動，又洗，又縫，又補，又打掃住室，清潔，因此思想匯報、批判材料這兩個月也不能及時寫。總之，一切都表現退坡和複雜的思想鬥爭，尤其是病時的思想鬥爭最劇烈，幾次想到學校人事處去請求退職不幹，遠走高飛，離開天津。

在這一階段，我真正感謝黨對我的關懷，等待，安慰，教育，使我感激之餘，不能背信棄義的逃避改造，那樣會成為一個什麼人呢？毫無良心的人，為人人所不恥的人。

我在三月底和四月底病了兩次，確實感到黨組織對我的照顧和關懷，在生產那麼累忙的時候，一定要派子明回家去照看我，並破例的讓他晚走晨回，讓他多休假，我在什麼時候得到過這樣的溫暖呢？從 10 歲失母到現在，有誰這樣無微不至的替我安排過生活呢？因此我離不開黨組織，不能離開領導同志，背信棄義，逃避改造，這是我在改造過程中能堅持改造的動力。

可是另外有一種力量使我感到彆扭不愉快，那就是右派分子中一些人的關係問題，尤其是和杜凱的關係，韓其昌同志在生活上公開提出過，我也認識到，這是黨對我的考驗，希望我嚴格要求自己，主動的和杜凱搞好關係,以社會主義事業為重,以党的利益為重,放棄一切成見、前嫌和杜凱搞好關係,我明白這個道理,但是就是改變不了自己的感情。尤其是從一些具體事實中,從一年多以來和杜凱的實際接觸中,感到杜凱這個人太陰暗,虛假,可敝,感到與相處如芒刺在背,極不舒服,感到她那股傲慢、自私、狹隘陰暗的作風,可憎可鄙,對她的組長職務當做家長制的地盤,毫無民主作風,既無才,也無德,因此對她做組長很不服氣。日常接觸中只要是嚴肅的找研究工作,如研究雞病問題,小雞死亡過多等問題,她從來是漠不關心,推諉搪塞,說什麼我這一攤兒也死得厲害等等。這種只顧小家園,毫無整體觀念的人怎麼配做組長,不懂裝懂,該管的不管,不該管的卻愛管,使人討厭。如讀報學習,她不僅不重視,而且從她本身破壞學習秩序,人家都到她的雞房去讀報,她吃著飯走來走去,一會兒進屋去看看雞,一會兒動動這,動動那,顯得自己很特殊,究竟她怎樣看她的責任?會上一套天官□府,背後一套陰暗自私,又逃避重勞動,又懶,我一見她的面,就發生一種厭惡之感,這種感情怎樣也扭轉不過來。我也知道這種感情,和黨組織的要求是背行的,党叫當組長,為什麼我不服氣?因此我這麼多的意見、感情也不願向組織反映,悶在心裡生悶氣,影響情緒,幾次想找組織談,但又感到很無味,談這些無原則的糾紛問題,空耽誤組織的時間,有什麼用?可是自己又總是搞不通,感到組織上只信任她而對我不信任了,不重用啦等等,抵觸不滿。

　　子明每次休假,都批評我一頓,說我應該首先檢查自己等等,說我應體會黨組織的意圖,有意見向組織反映等等。但當我知道,領導上一再對子明的勞動加以肯定,而只是對我進行批評,思想上也搞不通。杜凱一再的想把我的辛勤勞動,污蔑稱為是搗亂破壞,製造矛盾等等,因此我對她痛恨不已。只可惜她的意圖不能得逞,在共產黨當權時有她活的權利,同時也有我活的權利,有她改造的機會,也有我改造學習

491

的機會,打擊排斥人是不能得逞的,不管她聯合董震芳也好,聯合楊思慎也好,我對之一律予以回擊,我認為對打擊者不以回擊,她下次還會囂張些,這些人吃硬不吃軟,我試過多少次了。

好了,又順著情緒寫了一大堆,發發怨氣,向党交心吧。反正我思想搞不通,四五月間外文系學生在場勞動時,杜凱排夜班,讓我間日一個夜班,他們四個人四天才值一個夜班,而結果往同學身上推,可是同學告訴我是由杜凱排的,而表面上卻好像她很照顧我的身體似的,這種虛假陰暗的人怎樣對付呢?就只有揭發,還擊,讓她痛一痛,少禍害人。我知道我這種對策是和黨的要求□背的,但就是扭轉不了這種感情,昨天我忽然看到杜凱,又借著馮玉範大批死雞被老鼠拉去的事,對我貼出小字報,開展進攻性的批評了,污蔑我往防疫溝裏倒垃圾,又說我睡覺,小雞被老鼠吃了。我看了無明夜火冒千丈,馬上上火了,簡直是歪曲污蔑,還拉出劉隊長來。我早在生活會上說過,5月2日我病假後回場,5月3日掃院子倒垃圾,因為我管的防疫溝,早早的垃圾堆又不見了,所以往溝邊的坑裏倒過一簸箕土,而卻硬說我往溝裏倒,說什麼多少人的勞動挖的溝呀等等……。我真不懂,一個月前的事現在抬出來,是善意的幫助嗎?玉柱睡覺我一個人養著半月的和初出孵的兩批雛雞八百多,一人班,又要集中學習,離開雞房,夜間自然要睡覺,我就是沒聽到老鼠拉雞的聲音,杜凱午間還得睡覺,難道我夜間睡覺也算不負責?黨組織也未要求我晝夜24小時不睡覺呀!你現在四個人看一千多隻幼雛,從來不說人多過,這簡直純粹是舊社會女老板的做法,自己慣於支配別人幹活,又慣於挑別人毛病,總之,我不認為這是一種善意的,幫助別人改造的批評,而是借機打擊。

我感到杜凱愛管閒事,可是又管不好。如5月30日我出去刷食槽,天起風了,杜凱不知那兒的心血來潮,去給我關窗子,結果窗子未關上把雞圈門敞開走了,圈裏的雞滿院子跑,我挑食草回來,花了半小

時趕雞,捉雞,氣得要命,這是幹什麼? 為什麼我一關就把窗子關
上了?

今天早上杜凱起牀後,就到我那兒去要 5 月份雞的死亡數字表,
我告訴到屋裏去看,我還未統計呢。趾高氣昂,仰臉朝天的從屋裏出
來,關門掩住一個雞的小脖子,不睬的去了。我忙開了門,放了雞,否
則又掩死一隻大雞,這些事向組織匯報嗎? 恐怕未必! 例如前兩周有
一次我去杜凱雞房問事,發現一個人坐在裏屋打眠,我叫了幾聲,才答
應,外屋黑著,馮玉範的雞沒人管,原來值小夜班就是這樣值,怎麼未
聽到她在馮玉範大批發現老鼠拉雞後自己檢查過? 只會談別人。從
這一系列事實中我不能轉變對杜凱的看法,感到和她處了一個組是
倒楣。

這些事,她都向領導匯報嗎? 只匯報別人而不檢查自己的人,是
不能使別人信服的。

5 月過去了,我總結一下雞數,共養雞 888 隻,死亡 399 隻,佔
42%,飼養成問題,而且死亡 59 隻,都是夜間擠死、壓死、軋死的。月
末雖然死亡數字銳減,但只有兩天無死雞,這的確大成問題。

另外,現有雞鼻炎病佔大半,多數不健康,一變天病就加重,5 月下
旬每天仍死亡一兩隻,6 月份應該千方百計消滅或減少死亡,徹底消滅
責任事故,並且搬家以後改善飼養管理,保證不出事故,改變我現在這
種精神緊張狀態。

晚間和方睦卿一算計,五千隻母雞的任務差得很遠,上次趙廠長
會上說,毛主席見到生物系一個小球□制的餅乾,說:這是六億五千萬
人民的生活問題。我們養雞應該時時記住毛主席關心人民生活的思
想,時時想到多養雞是關係到改善 6 億人民的生活問題,為此出力,就
是為人民服務,為社會主義服務的具體實踐,應該在個人主義思想糾
纏不清時,多想到毛主席的話,否則就會失去生命的動力源泉,為社會

福利服務,為廣大人民的生活權利勞動,這就是幸福。可是我的剝削階級思想和立場未改造,因而對待勞動的態度和意見,還是不端正的。情緒一來,什麼6億人民呀,毛主席的教導呀,全忘到陰山背後去了。鑽進個人的牛角尖,出不來見不到陽光,鑽來鑽去無出路,才不得不出來見見太陽,唯我主義的世界觀和個人主義的人生觀,改造是不易的。頑強性,自發性很屬害,常常對這些東西不忍割愛。

這次党號召交心,提出提綱性的範圍,我最初是普遍寫自己對這些問題的看法,後來組裏明確只寫反動的或錯誤的,那麼我寫不出太多了。尤其是對國際問題,一則因為沒有堅持看報,二則因為沒有深入思考,所以感到寫不出什麼,今後還要深挖細找。例如對四國首腦會議的看法,我找不出和報紙相反的看法,因為我知道,這件事都是從黨報上得來的,自己提不出別的看法,美國去年在四國外長會議時接受首腦會議是被迫的,必然要拖延或破壞,採取各種手段製造冷戰,製造國際緊張局勢,以便軍火商大發販賣軍火財,壟斷資本家發橫財。我認為我對帝國主義的本質還是有一定認識的,並沒有受艾森豪威爾和平詭計的欺騙,因為和平就意味著帝國主義的滅亡,帝國主義是依靠戰爭發財致富的。美帝國主義自己二十世紀以來發慣了戰爭財,而且一貫使新人替它火中取栗,今後的戰爭,如果美帝硬要挑釁的話,將使他紐約、華盛頓等美國政治、經濟心臟一下就停止跳動,美國大陸不遭戰火的戰爭是不會長久如此的。

我的看法是美帝在二次大戰後,就企圖乘蘇聯戰火之後挑起反華戰爭,在多瑙河航行問題,百里亞斯德問題上,美帝都曾利用過作為他挑起反蘇情緒的國防爭端,但由於蘇聯的和平外交政策,使美帝不能如願以償。此後美帝用滲入的辦法,擴張他的殖民地、軍事基地,以施行實力地位政策。可是帝國主義往往對自己估計過高了,中國革命的勝利,抗美援朝戰爭的勝利是美國"實力"在戰後的一次考驗,現在科學武器的較量又是美國的嚴重考驗,美國實際已不存在的實力地位,漸漸為世界多數人所識破,原子彈、氫彈的壟斷也破了產。於是,美帝改變策略,變冷戰攻勢為和平攻勢,一時一刻沒有忘記進攻社會主義國家。這是由於帝國主義和社會主義是代表著利害互相關□的兩個敵對階級——大資產階級和無產階級的利益的,這是一場你死我活的國際範圍內的階級鬥爭。階級鬥爭的最高形式是武裝鬥爭,其次是經濟鬥爭、政治鬥爭和思想鬥爭。武裝鬥爭對無產階級是犧牲最大的,因此為了階級利益,無產階級儘量不採取武裝鬥爭的形式,但這取決於敵人是否一定武裝反抗。今天的和平鬥爭就是儘量採取不流血的政治思想和經濟戰線上的鬥爭形式,取得最後勝利。赫魯雪夫去年訪美,參加巴黎四國首腦會議預備會的活動就是對敵進行鬥爭的活動,社會主義是不會和帝國主義講調和的,因為他們之間的矛盾是不可調和的。

6月9日　星期二　晴

又是一個星期沒有寫日記了,評比材料也未寫,我總願意利用休假時間寫材料。在農場,每天總要到晚10時才能完活,早午時間都非常零碎,而且起的不能太早,夜間一上牀馬上疲倦的支持不了瞌睡起來,所以總是不能發恨通宵完成寫材料的任務。我對自己的精力不支時常感到苦惱,但也沒法克服,也可能是從思想上不重視,以致沒有動力使自己能精神抖擻的晝夜不眠。從月初搬到新雞圈來,一天勞動很緊張,因此到晚上也特別累,想學習就是支持不下來,近幾天連報也不能詳看了,只靠讀報和廣播新聞時聽到不全面的報紙消息。

6月12日　星期日　陰　小降雨

很長時間內沒有時間寫日記,但每夜還須12時以後才睡。早5點起,所以雖堅持,也挖不出寫日記的時間,這是最使我急躁的事。

昨晚8點許完工離場休息,今天6點動身回場,由於三個星期沒有回家,家中清衛工作,及洗衣洗澡佔去了整個休假時間,其他時間就是吃飯睡覺,由於特別疲勞,所以一進門就睡了一夜,今天中午又睡了兩小時,沒有力氣去看電影,也沒有精神去逛公園,真是幹到體力不支了。

上周星期四、五兩個晚上評比,星期四只評比了兩個人,星期三又分小組,只我們4個人一塊兒評比。評比前黃組長拿我的評比材料和我談了話,主要是教育鼓勵指明出路,我在會上首先檢查自己,我對自己的毛病錯誤缺點卻能認識到,可是不嚴格要求自己,放縱自己,無決心改掉這些錯誤,反動觀點太多了,感到批不勝批,時常就表現無所謂的態度,一種悲觀沒落灰色急躁的情緒就表現出來,每次休假子明對我進行勸導,批評是有很大幫助的,但是阻礙我前進的主要阻力根本是人生觀的問題。一切問題都從個人出發來考慮,那就是一切問題都搞不通,怎樣解決革命的共產主義人生觀的問題,是我改造過程中的關鍵問題,可是一切的社會遺留給我的教育影響,一切反動的觀點,一直纏繞著我,在反反復復的思想鬥爭中,正確的東西總是不能取勝,不能佔有鞏固的陣地。

昨天下午,我和黃組長一塊修鴨圈時,談了一些問題。我感到自己的問題很嚴重,個人主義很頑強,很難改造,因此時常喪失改造的信心,產生急躁情緒,怨天尤人。

比如凡事靠己、不願求人的自我奮鬥情緒。

比如總願意安安靜靜的生活，不願意別人干預自己的生活，總願在勞動之餘能有個個人小天地，自由放縱一番，總願保留一個可以隨隨便便發洩脾氣，自由放縱的個人主義獨立王國。對集體生活，對轟轟烈烈的群眾鬥爭，總感到不習慣，彆扭，這和自己的歷史有關。怎樣適應集體生活，適應社會主義生活，這在我是一個嚴重的改造過程，也是一個艱巨的鬥爭過程，不改造是不能過社會主義這一關的，自己意識到這一點，但就是改不掉。

又比如我的歷史虛無主義思想相當嚴重，我常常想，歷史上多少赫赫一時的人物，在他死去之後被後來的史家所否定或翻案，因一時之雄也，而今安在哉？我于月萍無名小卒，生死存亡，有無貧富變動多麼大呀！

6 月 16 日　　星期四

連日早晨 5 點前起牀，很快的刷牙洗漱，就開始勞動。除吃飯及午睡半小時左右外不休停的幹，但仍不能完成每天所有的應做工作，真使人著急。餵食，每天雞需時 4 小時，兩類鴨子需至少 2 小時（調食洗食具等在內），除內圈需至少 2 小時，洗食槽至少 1 小時。因此掃運動場就只能推掉再擠時間幹，每天忙忙碌碌勉強完成工作。試驗雞鴨，無法加強觀察和處理，被工作推著跑，學習看報都不能做好。

6 月 21 日　　星期二　　多雲轉晴

每天都要比起牀時間早起一個或半個小時開始勞動，而且每晚都要比下工時間延長勞動兩三個小時,一直到夜間才能結束工作,弄的學習無時間,思考問題更談不到。每天最多睡眠 5 小時(11:30 或 12 點睡,4:30 或 5:10 起),中午休息不到一小時,這樣勞動,難道不是客觀存在? 這樣幹還是幹不完,而杜凱等人呢,睡覺第一,重的不拿,輕的不放,三個人養一千多小雞雞,每天扭扭噠噠,走來走去,結果還是個上游。

今天晚上韓書記宣佈平游以下,我對此大搞不通。方睦卿那樣囂張,那樣勞動態度和對人態度,而支部書記為她解說維護,究竟比別人強的什麼東西? 杜凱陰險,陰暗,偷巧懶,而結果上升為上游。看來勞動,原來是無用的,投機取巧,偷懶耍滑,只要到領導跟前去說張三李四就成了。可惜我勞動任務負擔重,壓的無時間跑領導,所以也不作此打算,像今天下午方睦卿那樣,幾乎整個下午在和黃組長聊,我是拼不出時間來的。她的具體生產任務一定要轉嫁給別人,豈非多幹活的人當了她們的犧牲品? 我在思想上始終搞不通這個問題,我觀察那些上游人物都是勞動中取巧,只會匯報別人的人物,原來社會主義不是看人家的具體勞動啊,我過去幹得又如解放後初期一樣,太傻瓜了。

會後我思想上很搞不通,心中不服氣,又做離開此地的想頭,總之我對杜凱、何雲香、方睦卿等人的上游,一個也不服氣。如果把我的勞動任務給她們,我看她們一個也完不成,沒有一個始終堅持起早睡晚去完成任務的。方睦卿接別人兩月以上的雞,一天就擠死過六十多個,從未養過小雞,病雞給別人留下,結果闊個她的雞養得健康,我真不服氣。無產階級專政就是黨組織隨心所欲的要肯定誰,就把壞事也說為好事,原來方睦卿整天叨叨,謾罵別人,也是在貫徹組織意圖啊! 我真不懂這是什麼真理。學習毛主席著作,未見到過這樣解釋,我只認定一項真理,一個人的勞動是不可磨滅的客觀存在,如果把別人辛勤的勞動一筆抹煞,把它說成是什麼態度不好啊,動機不好啊,不是好事啊,而那些整天叨叨別人的人,反而是財富的創造者,這難道是真理嗎? 這樣我看是不會消滅階級的。

　　總之,今晚情緒大不通。

　　聽到豬場潘世雄也是上游,而子明那個一天傻幹的反而在潘的下面。我的估計還是對了,我早說過只要是碰到魏際昌、于月萍身上,明明是幹好事也會說成壞事,在天津師大是不會有我們的前途的,因此客觀條件如此,也很難使我愉快的改造! 看來我不會堅持到底的,換個環境還是必要的,天津和我們沒有歷史關係,竟在此地浪費了 9 年的生命,換來的是什麼? 是病殘。

　　從此少在勞動中多花費生命吧,學習杜凱、方睦卿那樣睡得足足的,吃的肥肥的,遇困難大吵大嚷,向領導要人力,我為什麼要那樣自苦? 一天還累得睏睏的?

尺　牍

于月萍

致劉振鐸、趙永璧信九封

一

振鐸、永璧：

上月來信，早已收到。謝謝你們的關心。

子明的病，經近月來幾次去醫院中醫診療，已大見好轉，血色素上升到 10.8 克，大便"OB"兩次化驗都是陰性，說明上消化道出血已制止。吃飯除每日三次流質（沖雞蛋、乳精，藕粉等）外，中、晚兩餐吃普通飯，已經兩個月，食堂也有所恢復，只是還不能出去多走路，易疲勞，這是衰老現象。完全恢復去冬發病前的體力，已不太容易了。

我一直留在天津，來回保定，擬度過熱天後，下學期回保定。子明可以自理生活，一個人暫在天津生活吧。

近來天津多雨，天也不太熱。我們除上醫院，不常出門。我則每天出去買菜，天津市今年蔬菜供應緊張，五天供給每人一斤到二斤菜，平均一天每人二兩到四兩菜，比北京差遠了。我只好每天出去各處買些糧食菜（收糧票的豆腐乾等）及茄醬等。除豬肉供應尚可經常有外，其他食品，已無處採購，所以營養方面，只能維持普通飯的水平。罐頭尚不缺，足以補充日常不足。天津的供應，比較北京，相差很遠，尤以蔬菜為甚。

前天吉林的德學（子明三弟的女兒）公出到北京，歸途中到天津來看她二伯父的病，聽她說到北京的供應情況，比天津好多了。然而全國不是只有一個北京嗎？即使是一千萬人口，也只佔全國人口的八九十分之一呀,還可能只佔 1%。所以你們住在北京,實在是得天獨厚的。德學談到吉林的供應情況,對北京的條件羨慕不已。

天熱多雨,我們不準備活動了。廖、孫兩大夫為子明的病費心之處,請便中代致感謝意。

你的病醫治得怎樣了? 還天天出去理療嗎? 暑假有什麼活動? 還能和學生一道下去"三同"嗎?

我們住處的西北兩方,現正墊土,大起樓房。據說這一帶將來成為新建住宅區,大起宿舍樓,現在工地機聲喧囂,已不安靜了。工廠也向西發展,大塊農田都在墊土、興建。我們的宿舍樓房因幾次變更管理單住,已成無主狀態,大量外單住人員遷入,已成大雜院,所以每天亂哄哄的。

子明病後,鐵華回太原已將彩霞帶回太原。現只剩我們兩個老人在此,日子很不好打發,很寂寞。只靠些青年朋友幫幫忙,解決日常生活中的困難。

不多說了,此致
敬禮!

月萍

67. 7. 3

子明附候

二

振鐸:

手書奉悉,由於我們圖書館新樓落成,開始搬家。工作非常忙,以至久未去中文系,所以此信收到很晚,現在才回信,請諒。

　　聞令尊及令姑父姑母遠道來京團聚,家人父女暢敘天倫,深為你們高興。我們本應赴京拜會遠客,兼看望你們,但因暑假不能去京,深以為憾。

　　子明自去冬病體加重,一直未能回保工作,經請領導批准,允其留津長期治療。入夏以來,津保一帶天氣酷熱,所以六月中旬,子明已轉太原,一避暑熱,二看望孫子,須秋後才能回來。屆時回津回保,現在尚未肯定。

　　鐵華愛人於74年12月生一男孩,三個孩子,不便遠行,而且我們還未見過孫子的面,所以決定今年暑假去太原一看孫子,二過暑假。我們7月20日放假,即將離保去并,所以不能來京。

　　前年托找北京面票及買掛面事,因鐵華愛人快生孩子,準備產後食用的,現已時過境遷,請你們留著自用吧。謝謝。

　　去年冬初我在保曾收到令尊自哈寄來掛號信一封,因錯寫為"華北大學",信件輾轉近月才到,當時子明在津,我未將信轉交他。因信中所言事,我們碍難尊命,所以也不便作覆,現乘令尊在京,請便中轉達,並致歉意。耑此即候

　　近好! 永璧不另,並候

令尊好!

于月萍

75. 7. 14

三

振鐸、永璧二位同志:

　　振鐸手書於本月18日自保定轉來,拜讀之後,甚感關注。聞永璧

505

受撞傷已經治療痊癒，甚慰。半百之年，以後出入應多加小心為是。

我於去年 12 月初，得知子明患並發性心絞痛病，請假回津，至今未回保，在津護理子明，送醫生治療，效果不大，而且來往醫院，不堪其勞，常使病發頻頻，後改為自己按病尋訪買藥，加強營養，始逐漸好轉，至今已半月未發作。經查藥書，此病為動脈硬化所至，心絞痛發作時，常至迷昏不能起。心胸悶痛，消耗體力嚴重，服特效藥硝酸甘油片，雖解心痛，但不能根治。後經改服專治動脈硬化藥"脈通"，始見療效，現仍每天服用中。因天津天氣月來驟寒，經常颳風，所以子明已月餘不出屋，每飯後在室內散步活動，飲食也漸正常。此間醫院對公費醫療病人，不但不給好藥，而且醫療亦不認真，所以乾脆自己買藥吃還好些。

子明前患胃幽門梗阻及脊椎炎，在津已治療一年，雖未發展，每未見顯著療效，每周注射、理療、吃湯藥，只能保住現狀，使之不惡化而已。目前則以心絞痛為主要矛盾，所以集中力量治心絞痛，幽門梗阻及脊椎炎，如無其他病變，也就暫時維持現狀了。總之，歷史上奔波勞累的歲月中，積勞成疾，至今年老力衰，各種疾病都襲來，只有盡人事，盡力治療而已。

你們在京，有醫德甚高之名醫為友，是一大幸事，現將子明最近中藥處方奉上，如能請教廖、孫二大夫參考，擬一治療動脈硬化性心絞痛常方，則感激不盡矣。以後子明身體如復原，能赴京面謝廖、孫二公，親自請教，則幸甚矣！

去夏我們去太原小住，秋後即返保，不久我留保，子明帶大孫女回津，因乘通車，未在京停留，以至未能與令尊會面，頗以為憾。好在往來方便，後會有期。

我們學校定於 1 月 26 日放假，至今未聞有不放假之說。2 月 11 日開學，我仍擬回保，如果子明病不能痊癒，則考慮申請退休。唯退休後居津、居保，或去太原，至今尚未考慮定奪，所以拖延至今。

振鐸健康欠佳，春節不擬去京打擾。

此致
敬禮！

于月萍書

76. 1. 19

附75年12月10日中藥方一紙，此方已服四劑，頗見效，以未去醫院，未繼續看。近每日服天津中藥廠出品脈通，上月曾在醫院作心電圖，診斷為心臟無異常。總醫院急診印象為並發性心絞痛，血壓高。心電圖報告附上，希用畢寄還。

四

振鐸、永璧：

前函收到，子明自二月底赴醫院門診，按心絞痛服藥後，忽感飲食難進，心胸悶痛，但仍按心絞痛服脈通等藥，至三月初，痛情更重，飲食不進，每日感心中發熱、悶痛，至臥床不起，經同學介紹，中醫開藥方治療，不僅未好轉，反而加重，連續十來日，只喝涼水（橘子水、山楂水、葡萄糖水等），七八日不大便，後服通便藥，拉黑屎，面色轉蒼白，無力，不能起坐。至三月十日，叫鐵華來津，送往醫院急診，驗血壓已至 70/50，血色素 2.5 克，醫生診斷為上消化道出血，造成惡性貧血，日夜輸液，輸血搶救，化驗大小便，驗血，至三月廿五日胃腸造影，始診斷為胃潰瘍面較大，應動手術治療。但因病人血色素僅達 5.1 克，體弱，須回家

507

休養,休養二三個月,始能動手術,於是於三月廿八日出院(在觀察室觀察治療 19 天)。這次又作心電圖、造影,明確心絞痛為誤診,服脈通等擴張血管藥物不利於潰瘍,反造成大量出血。

回家後,雖稍進飲食,但大便又轉為黑色(在醫院時一度大便為黃色,化驗為陰性),只能服三七粉止血,觀察病情變化,如無好轉,仍須去急診。

現在的情況是:醫院內診不收住院,經托人通關節,托到醫院革委會付主任,也難打通內科主事醫生的關節,藉口病房太緊張。西醫治胃潰瘍只能保守療法:服胃舒平,根治只能手術,而外科認為目前情況不能動手術,只能在家養一段再看,看醫生的意見,認為病人年齡太大,胃潰瘍面又大,血庫又無血供應(現在驗血須自己到處去找血,輸血時子明又過敏反應),所以醫生不肯接收他住院手術。

聽說中醫對胃潰瘍有些辦法,我們這裏又無可靠中醫,是否在北京探詢一下廖大夫的意見,能有何成方補血,治療胃潰瘍。不盡匆匆。

此致

敬禮!

于月萍

76. 3. 31

五

振鐸、永璧:

8 月 6 日來信,今天下午收到,知京津兩地地震情況大體相同,我們也是 28 日凌晨從夢中被巨震聲驚醒,樓房搖動,室內書架倒塌,轟隆巨響,我們已意識到是地震,以為逃不脫了。不料震停後,樓房無損,人員無恙。但天津和平、河西等區,災情較重,房倒屋塌,人有傷亡,現市內交通未恢復,居民均動員出來搭棚露宿。

我們於震後,即由天津師院負責組織院內住戶,搭雙人牀露宿,聞近期仍有大震,不准進室住宿。幸蓋以塑料布,日曬雨淋,尚堪忍耐。唯困居此方久未備蚊帳,臨時又買不到,所以蚊蟲肆虐,頗難忍耐。雖買蚊香,也不濟事,頗感苦惱。幸人尚無恙,堪告!

鐵華的通訊處是:太原市 154 號信箱,已有信來,聞太原亦在避震。

我們因在原住院內露宿,來信仍按原居住址組織投遞。唯近來天津市有千餘戶居民遷入我們院內,人口驟增。幸糧食、蔬菜仍在附近供應,肉食則十餘日不知肉味矣。

子明身體尚可支持,唯見消瘦。鄭州老姑處來電,邀我們去她家住,看看過本月 15 日再說吧。如果天涼後仍不解除防震警報,露宿則成問題,彼時擬考慮他往。匆匆此復,即候
近好!

月萍、子明

76. 8. 9

六

振籜、永璧二位賢契:

幾年不通信了。大病、地震、洪水,都還沒有使我們倒下去,差堪告慰。這幾年華主席為首的黨中央,粉碎"四人幫"後,撥亂反正,徹底落實多項無產階級政策,平反舊日冤錯假案,我們也是受惠者,在政治

上翻了身。想你們也是一樣吧？房子落實了沒有？是否還住後達里？這封信只是試探性質，不知你們是否搬了家。我們可能去北京一次，所以先和你們聯繫一下，待見面詳談。

我們學校是外遷單位，天津住房，學校不予解決，動員我們去保定。我們因年歲太大了，不願搬動了，所以仍居原處。你二叔從去年冬開始在津給青年教師進修班教点課，我則在津照顧他，仍未退休。將來行止，尚未決定。餘不一一。

　　即致
敬禮！

于月萍、魏子明
79. 7. 18

七

振籌、永璧二位賢侄：

久未通訊，你們近來可好？前年曾接振籌信，說摔壞了腿，不知現已治好否？念念。

今有一事托你們。我們因寫回憶錄，有些事弄不清。就是："九一八"事變後，原吉林教育廳長王伯康逃到北平，在北平買住宅一所，只記得是在東城，但不記得詳細胡同了。你們是否知道？又1945年"八一五"日本投降後，王伯康曾任吉林某縣縣長，說不清是那一縣了。他何時又回到北平？解放後王伯康一家是北京作何工作？因王伯康和劉哲很熟，永璧可能知道王家的情況。王伯康的一個女兒和我同班同學，後不知去向，不知他們兄弟姐妹有什麼人住北京？住在何處？作何工作？以上請便中給我寫寫寄來。謝謝你們了！

問好！

于月萍

86. 5. 12

魏子明附候

八

振籈、永璧二位賢侄：

　　六月三至五日寫來的信已收到，知道你們修理居室住房，可賀了。以後只要去北京，一定去賀你們的新居。去冬 11 月參加俞平伯學術活動六十周年會，今春三月請社會科學院人員來校為研究生畢業答辯，子明曾攜研究生兩次到北京，到安徽、南京開會，也到北京乘車。但不知你們在落實知識分子政策後，是否已喬遷，又久無音信，再加上老人一個人不便東西城跑，又忘了你們的詳細住址，所以失之交臂了。現在我們已想不起來你住處的走法，只記得進靈境胡同（原來我們住過新建胡同，即吉林聶家的房，在靈境胡同，但有一次到北京去，聶家早已無人，房屋易主，不知去向了）。這幾年各方面的變化都很大，不敢冒然去白跑腿。這次得來信，知地址無變化，房屋又翻修，以後有機會一定專程去看你們。可惜振籈腿傷，不便遠行，否則到保定來住幾天多好。

　　劉彥的女兒，子明見過。劉彥是我們結婚時的牽紗兒童，他的女兒比他當年都大多了，不知現在是工作，還是上學。如果上學，放暑假可來保定玩玩。彩霞已 16 歲，73 年在北京過路時住在你家時

511

才三歲，現已讀高二了，長得比我還高。劉彥的女兒可能比她大吧？請轉告她，我們歡迎她來保定過暑假，兩個小姊妹可以認識認識。我們許多親朋故舊，都關係相隔，幾年也見不到一次面。北京還有不少吉林同鄉，大都不相來往，在這裏是舉目無親，只魏毓賢去年和前年來過兩次。我的兄、侄從東北來北京開會，特到保定看看我們，但也只住一兩天即走。廣州有我的妹妹，也因太遠長年不來往。

現寄上照片兩張，83 年是和鐵華一家五口的合影。85 年的是我們倆，中間是彩霞，權作見面了。

年老了，寫起信來草率得很。有工夫，請永璧把你們的住址詳細介紹一下，從北京站下車坐什麼車次去，我們都不記得，或有變化了。餘不多贅，即致

近好！

于月萍
魏子明
86. 6. 14

九

振鐸、永璧二位賢契：

暑假初去一信，諒已收到。本來計劃暑假到北京去看你們，在你家多住幾天聊聊，可是去一趟唐山和東陵，月底才回來，八月十一日，二叔又去連雲市開會，二十日始回保定，我們廿四日開學上課，又要緊張半年了。本來我們都早超過離退休年齡，可是連續招研究生，不能擺脫，精力衰退，家務繁重，想休閒幾年了。不知今年冬是否有決定，

明年大孫女考大學,如果考上,她住大學,我們打算去天津養老。今冬可能對過去搶佔住房落實政策,在天津給房子。你們去天津住的房子,是"文革"中原單元房被搶佔,把我們趕到那裏去的。住在西湖村的河北大學老教授,都是被趕去的。現在都須落實政策,可拖了六七年,一直未解決。住到天津生活方便一些,休閒幾年,多活幾年。

劉彥的女兒叫什麼名字? 她是否已上大學? 79年你二叔去北京在你家聚會,曾去過劉彥家,一恍又過去六七年了,再見而又不相識了。我們在京津無親故,親屬均在關外或南方,保定更無親故,所以實在親戚,應多聯繫。

前信我問到你們住地的路線,及北京站下車後乘的汽車路,我們都不熟習了。請永璧有時間給畫個路線,公共汽車路數草圖來。

自78年以後對內對外開放以來,許多海外親屬都回國探親,港、臺、澳及美國、歐洲都已開放,不知永璧海外還有什麼親屬,是否回來過? 我妹妹和妹夫,因妹夫是海外華僑,"文革"時因海外關係受衝擊,今春出國去美國紐約繼承父親遺產,至今未歸。她們出國前在廣東煤炭廳任職,可能在美國定居了。兩個孩子也到美國去讀書,將來再打海外關係,我又是衝擊對象,一笑。其他親戚,均在東北,只有鐵華一家,82年調來保定,現在華北電力學院任講師,大女兒彩霞跟著我,平時工作緊張,怕干擾,可退休以後,還會感到寂寞的,身邊有個子孫陪伴,可調節精神生活。

不多談了,希望經常通信,問好!

于月萍

86. 8. 15

致武尚仁信三十六封(附武尚仁、魏彩霞來或覆、致信四封)

一

尚仁:

　　5月初來信,7月中旬才轉到。你寫的地址早成歷史陳跡了,"魏紫銘"其人,在原地址更問不出。所以這封信便走了兩個月。總算收到了,知道彼此均在人間!

　　來信說你在71年以前生活還很平靜,而我們則恰恰相反,71年以前變化極大。直到71年,河北大學(天津師範學院60年改為河大)才定居於保定。我們也經輾轉遷徙之後,在保定待下來。天津的戶口雖未遷來,但家已等於拆了。今春子明因患胃病及增生性脊椎炎,獲准到天津治病,於是我們又兩地單身生活。

　　鐵華仍在太原,結婚後,已生兩女一男,大孫女伴子明在津,老二、老三在并,鐵華愛人是工廠工人,他則仍教書。

　　思明62年曾來天津過國慶,許多遭遇,我們未對他說,境況是彼此彼此,所以一直未給你去信。思明在京地址尚請來函告知,以便聯繫。

　　你的憶萍現在何處?思明不是還有一個弟弟嗎?二十年來,真是天翻地覆,再過廿年,我們就早不在人間了。

　　我們這裏7月20日放假,我將回天津去過暑假。八月中旬開學再回保定來。你回校直接寄"天津市南開區萬德莊西湖村舊河北大學北後院宿舍南樓 101 號"交魏際昌或寫魏子明,不要寫魏紫銘了。這種名字變換的情形,還曾經被人誤會! 老習慣該取消了。

等你徹底地回太原以後,我們再詳談吧。根據我們這裏的情況,落實政策的問題,不是那麼順當的! 須耐心等待,盼你早日回并。

立民侄,早已無印象,不知他在太原做什麼工作,這封信請替他轉交。

匆此即問

近好!

月　萍

75. 7. 13

二

尚仁:

我於本月 10 日因子明病重,回津照料,見寄來糕面及內附手書,至感。

子明係並發性心絞痛,即因胃病及脊椎炎引起。因 68 年內傷,心臟受振落至今並發為不治之症。我請假一周,如病情好轉,始能回保,否則續假留津。

多年來遭遇,雖未詳告,但情況諒你會料到,比你的情況好不了許多,只是戶口仍回天津而已。

現聞新年前回太原,為次子完婚,茲特匯去 40 元微禮,祈代購些許應用物品。因經濟情況不裕,不能多予幫助,心中實為歉仄! 待來日落實政策,能為我恢復工資後,當再予支援!

　　因子明病重,心緒不安,匆此即致
敬禮!
　　保定請勿寄信。有信寄天津,寫子明收(或寫魏際昌收)

月　萍
75. 12. 12

附匯款 40 元

三

尚仁:

　　地震後接來函,知您決定於 10 日後回并,並關懷我們震後安全,甚感。

　　上月 28 日凌晨,我們正在酣睡中突被樓房劇烈搖動驚醒。幸喜我們住的是一樓,雖書架震動倒塌,轟隆巨響。我們曾認為樓房倒塌,以為這次葬樓底了,不料一分多鐘後,震停。我們倆起來收拾書,立書架,廿四史無損,人亦無恙,堪以告慰遠人。天明後,到院中躲避。前後兩座四層樓住房,均已冒雨坐在院中。

　　當日,由院內天津師院進修部負責,將學生宿舍雙人牀抬到院中,組織院內住戶露宿,從此,即不再回住室住宿。日曬雨淋,蚊蟲蒼蠅干擾,食宿均在院中,尚能忍耐。子明病體,亦未加重。

　　聞外出青年人出去巡視歸來談,和平區地震損失最大,河西區也不輕。房倒屋塌,人有傷亡。現全市居民,均已由市委動員遷往室外搭棚露宿。我們大院內,也遷入市民千餘戶。現仍每日遷入中。因此人員雜亂,幸民兵警憲,日夜巡邏,加強無產階級專政,不斷肅清破壞

516

分子,打擊階級敵人的破壞活動。我們尚未遭什麼損失。

鐵華有信來,聞太原也在防震。接來函,知五臺波及也夠大,太原想亦不輕。鐵華來信未談及太原震情。

屢次傳達,十五日內將有較大地震,並傳震中有南移跡象。所以短期內難能解除地震警報。對我們來說,經過抗日戰爭中敵機轟炸考驗的我們,對此次震災,原已視為等閒,惟今已年老力衰,身邊又無子女幫助,頗以為苦。待過本月 15 日,看震情如何,再定行止。有意去太原,因鐵華只有宿舍一間,無住處。子明的妹妹在鄭州來電、信催去鄭州暫避,因考慮到天津的家無人照顧,因之暫不離津。近日入秋後,天已夜涼襲人,長期露宿將吃不消,所以是回宿舍,還是遠行,尚在未定。

兄久居太原,不知住房是否易覓？如果在太原城裏有住處,則我們擬考慮退休去太原,或暫往避難。鐵華住處遠在城外,離車站太遠,交通不便,不願與彼同住。而且他們已三個孩子,二女一男,全家五口,只住一間宿舍,也太擁擠。

我從去冬回津,一直未回保定,每月寄我少數生活費。因保定地區亂,落實政策事擱淺,不知何年澄清,真乃老運不佳。子明則已於去年吃勞保,勉維生活而已。現因退休後去處無定,所以領導雖已答應,至今仍未決定。我不願在天津久居,子明則戀此暫時供應較好,我倆意見尚不一致。保定亦遷住露宿,暫不擬去保定,現在是過一天算一天了。

思明在京情況如何？通訊地址希告知。太原北營煤炭研究所有我一個同父異母妹妹,她們過去曾邀我們去度暑假,也因太遠未去。東北親屬,雖邀去久住,但又考慮出關後離鐵華太遠,所以幾年來定居問題,始終未決定下來。

兄此次回并,能住幾個月,不知落實政策問題,有何進展？保定河大有幾個"文化大革命"中被遣送的人員,均已回來。有的因57年問題,須待成立統戰部才能解決,仍在拖著。有的雖57年犯錯誤,因已處理過,仍歸系單位安排工作,恢復原工資。看來這是全國統一的政策。我的問題,已於76年1月復查結論簽了字,尚滿意。唯因保定地委不辦公,手續未完備,所以拖延復拖延。但已寫在結論上已澄清了的歷史和現實問題總不會再反復了吧? 我的退休問題,也說待結論批准後再議了。

　　寫得太多了,再談,致

敬禮!

月　萍

子明附候

76. 8. 10

四

尚仁:

　　8月29日來函收到,知你近日始回并。

　　天津餘震未停,我們仍在院中住窩棚,唯白天可回樓做飯休息。震情似漸緩和,但近期似難解除。遷往我們宿舍大院中的千餘戶市民,近日已遷走四分之一。有的因上班不便,遷往工作單位,有的房屋損壞不能住,遷往臨建。聞天冷以前,天津市露宿的災戶,均能分別遷入可以過冬的臨建,或可修理的住房。預料我們也不會在外邊露宿太久,所以暫不擬離津了。

　　保定也在防震,聞亦在院中搭窩棚,學生住帳篷,職工住窩棚。我

518

因實際困難,已去函繼續請假,政策未落實前,我就計畫留在天津,拖下去了。反正我已早超過退休年齡,否則津保兩地分居,互相無人照顧,對子明病體,對我老弱身軀均有困難。

　　本擬至并與舊友一見,詳述幾十年來之遭遇。但考慮天津在防震中,無人照看家,而見太原也在防震,震情轉大時難免又再露宿,所以去并想法作罷。

　　幾十年的經歷,難書之於筆,盼能面談,惜無機會。兄在鄉生活如何?是否參加勞動?落實政策事,仍希常加催詢。

　　子明身體,地震後未見惡化,尚能支持。天津供應,近日恢復中。唯年老力衰,身邊無子女,處處困難,所以擬退休後去太原。在這方面,子明和我的意見尚未一致,所以能動就暫在天津拖著吧。

　　鐵華那裏,不必通函了。這小子有許多看法,我們也不必強求。

　　天津近月多雨,我們吃盡屋漏偏逢連夜雨的苦頭,不過也熬過來了。不盡一一,即祝近好。立民夫婦及二弟處代候。

月　萍

子　明

76. 9. 1

五

尚仁:

　　11 月 18 日來函已悉,知關注天津地震後我們的情況,甚感。

　　11 月 15 日夜 10 時,天津突然發生強烈地震,我們已就寢未入睡,一時樓房震動,掛燈搖擺,嘎嘎作聲。感覺比 7 月 28 日地震不小,惟時間甚短,即停。我們忙穿衣,院中躲避,因體弱不勝冬寒,因患感冒多日,函遲作復。

15日地震後,天津公私損失又不小,並屢報今後仍將有更大地震,因此人心慌慌,紛紛偷磚搶料修建臨時住房。我們因一無材料,二無勞力,三無人協助,只好在室內堅挺。我們所住樓房係九層,因修建堅固,據聞可防七級以上地震。今年經兩次強烈地震波及,樓房未見裂損,所以我們暫不擬他往。如實在緊急時,擬去保定暫避,那裏還有一間宿舍,全套行李可用。如無太大震情,即擬在此拖一時期了。

鑒於天津兩次大震後,所有樓房未見有四層樓一落到底,如唐山情況者,所以我們敢在此堅挺。但如震級太大,即不堪設想了。

我們如去太原,定先函告,勿念。但不知兄住處精營西邊街如何走法?離車站多遠?請示知詳細路綫,以備萬一。

二弟及立民侄處,希代致意,崇復即致

敬禮!

此信仍由太原轉。

月　萍

子　明

76. 11. 24

六

尚仁:

惠贈黃米、粘米面及小棗等物已收到。故人千里,不棄舊友,甚以為感。

520

　　粉碎"四人幫"反黨集團後,太原秩序諒當有好轉,落實黨的各項無產階級政策,亦當有進展。兄此次回并,應積極聯繫,促其早日落實為盼。毛主席 1956 年文章《論十大關係》日前發表,應有其現實意義及深遠歷史意義。聆讀之下,深感多年以來,未能貫徹,實由於"四人幫"及其同類之干擾所至,吾輩受害至今,實感憤懣,然亦垂垂老矣。雖願有所貢獻,亦心有餘而力不足。我等老邁,孤居津市,實感"四人幫"毒害社會之深。華主席決心整頓,恐非短期內可以收效。深感社會主義改造之艱難!

　　保定地區武鬥經年,生產及社會秩序深受損害。上月聞已由中央派工作組前往處理,至今仍未上正軌。所以我的落實政策問題,雖又在結論上簽字一年,至今仍未由保定地委批回,以至未能徹底解決。我校類似問題尚有數十人,這真是過去想像不到的事。其根源均由"四人幫"干擾破壞所至。真是禍國殃民的"四人幫"!

　　天津地震警報仍未解決,並預言今冬明春有大震。至月餘以來,津市居民狂熱地修臨建,修磚斳樹,臨建小房佈滿通衢人行道旁,我們住的大院也已家家修小房。我們兩個孤老,家無青壯,仍在樓內堅挺。幸大震至今未降臨,僥倖還活著而已。嚴冬之際不便遠行,我也繼續請假留在天津。近聞保定也地震警報緊張,住樓的下樓擠平房,學生搭臨建。既未放假,也無法安心上課找工作。所以近亦不擬去保定,等待落實政策後,辦理退休。計擬適當時間一定去太原,是久居還是暫居,視情況而定。盼望我們能見面暢談,以吐幾十年來離思。如去太原,即借住兄處,去前當先函告。

　　太原社會情況如有所聞,希兄略告一二,不必太詳。

　　思明在北京有無小孩? 愛人何處工作? 住址何處? 寄來包裹紙上的"自動儀錶廠""自動技術所",何處為子思上班地點? 暇希兄告。

紙短言長,餘不一一。即致

敬禮! 並問力民侄等好。

月　萍

子明附候

76. 12. 30

七

尚仁:

久未通信了,不知你的情況,是在太原還是在五臺。

一年多來,自華主席為首的黨中央,一舉揪出禍國殃民的“四人幫”,為黨除害,為國除害,為民除害,全國上下,欣喜若狂。華主席提出的抓綱治國的決策,正在深揭狠批“四人幫”的偉大政治鬥爭中逐步實施。一年初見成效,三年大見成效的決策,已獲豐碩成果。像我們這種久經滄桑的知識分子,真是引領望治,堅決擁護華主席,擁護黨中央,希望在適當的條件下,以垂老之年,為偉大的社會主義祖國的繁榮昌盛,為在本世紀內實現四個現代化,貢獻微薄。

黨的十一大以來,振奮人心的壯舉,更是鼓舞人心,心情有如第二次解放。調動一切積極因素,化消極因素為積極因素的黨的無產階級政策,給我們帶來新的希望。聽到一些各方面的好消息,我們很受鼓舞,翹首盼望黨的各項無產階級政策的全面落實,正確貫徹。

山西已成立新的革委會,形勢和全國一樣喜人。不知關於你的問題,有無喜信? 我們時時關心著,等待著。

我們依然如前,子明仍在天津養病,病情無發展。我也依然在等待著……盼著 1978 年吧，再等它一年。

思明的事，當有順利變化。有意給他寫信，不知通信地址，不知在你寄東西的包裝紙上寫的"北京自動化儀錶廠"是他的長期地址，還是臨時地址。

1977 年又在盼望中即將過去了，只望盼來個喜人的 1978 年。子明已滿 70 高齡，我已將滿 63 歲，平生不羨官，又無意發財，只希望黨的實事求是、群眾路綫的優良傳統能真正恢復和發展起來，對我們的歷史和表現，給個符合歷史真實的結論，在垂老多病之年，得享受大治之年的雨露陽光，以勵晚年。

紙短言長，書難盡意，企望佳音，以慰故人！

即祝

新年快樂！

月　萍

子　明

77 年 12 月 30 日

78. 1. 5

我們的住址未變：南開區萬德莊西湖村原河北大學南樓 101 號，坐八號汽車至六里屯下來，右轉北行。（如圖）

八

尚仁：

來信後，未及時覆，不知落實問題，近有否進展？

523

　　我雖已於去年 11 月恢復工資,但歷年扣發工資仍遲遲不補發,本來想等補發後多給你寄些去,以作為春節的禮物,現在只好暫匯去微薄,補助你春節中多吃些營養吧。

　　思明春節期間是否回太原? 我們久未長談,必多年滄桑之變! 不知今後尚有會面機會否? 爭取吧!

　　你如去北京看兒子,可就近來津一談,不過須長聯繫。我們今年的改正可能有變化,屆時一定函告你。

　　即致

春節進步!

月　萍

子　明

79. 1. 19

九

思明:

　　你好!

　　久不通信,前月得你爸來信,知他已回學校教課,戶口已遷回太原,可喜! 不知你暑假可回并去探親?

　　我擬去太原一次,到北京後轉乘 135 次京西直快,9:55 自北京發車,在天津早車起身,如果當時不能簽轉,恐誤車次,即須在京停一天。不知你們那裏可以擠住一夜不? 又石橋胡同在東四六條的哪個方向? 請畫個路綫寄來。如果我簽轉及時,則可能不去你處,回來後再去看你。

　　你們現在工作忙不? 研究什麼題目? 暑假能否來津住幾天? 談

談這些年的遭遇，一直未得機會談。

　　匆此即致

敬禮，盼即覆信。

　　　　　　　　　　　　　　　　于月萍

　　　　　　　　　　　　　　　79. 7. 18

十

尚仁：

　　又是很久未通信了。前接來信，知你已回學校教語文課，戶口也已辦回太原，可喜！但不知所言與公安部門有關的歷史問題為何解決，仍在念中，暇希見告。

　　太原學校不知何日放暑假，此間河北大學已於十五日放假。我有意去太原幾天，看看鐵華夫婦及孫子們，並看看你們。但須請你把你住處的路綫告知我，在太原站下車，如何走法？如果我乘北京早車，當晚 8 到 9 點始達太原，是否還有交通工具？如果早晨到太原，則須乘夜車，很不方便，所以我打算乘 135 京西直快 9 點 55 自北京開車，20 點 13 到太原。下車後先到你們那裏過夜，第二天再去迎軒街看鐵華，鐵華來信已於 7 月 9 日公出，八月初才回來，三個孩子在家我很不放心，所以想去看看。

　　天津近日天熱，今天又連雨一天，不知太原氣候如何？

　　思明有暑假否，他是否回去探親，還是你去京看他們？

　　盼覆信

敬禮!

月　萍

79.7.18

十一

尚仁：

　　來信昨晚收到，知您已於今晨到京。今天上午又接思明來信，又知道他決定月底出差太原。行止無定，我們決定月底前不去北京了。

　　昨得鐵華來信，言月底可能到津，在津留一周左右，再回太原。因此我們改變原計劃：下月初與鐵華同去太原小住。這次鐵華是出差經西安、洛陽、南京、上海、濟南調研，歸途中到津的。原來我擬在鐵華出差期間去并，一起回去。但近半月來，天津一直下雨，年紀老了，有些不願輕易活動，所以一直拖延下來。我們住處離車站又遠，來往很不方便，只好改變計畫了。好在下月初仍可赴并相會，相見不遠了。

　　你在京可看看梁寒冰，他在科學院歷史研究所，論歷史可算得老朋友了。但人家是作官的，所以有一段距離。我這個人，平生不做官，也不願侍候官，這也許是個性吧？願意交交老百姓！一笑！

　　專此即致

敬禮。並特致思明夫婦好！

月　萍

子明合上

79.7.24

十二

尚仁：

　　子明此次去北京能見到你，敘廿餘年的別離之情，實在是難得的事。兄到車站佇候三天，足見老朋友盼看相見之殷切。

　　子明去京，經反復醞釀才最後確定下來，所以未能和鐵華同行，父子在北京還未見相遇，也未想到兄等在京等候這麼久。現在，我已買了 17 日早 212 次車票，去北京會晤。昨日已函子明，但未確定日期，不知道他是否能到站接，準備在京停留一日。當日晚與子明一同回津，打算和你去看看梁寒冰，別的不打算相會。

　　這封信如果明天收不到，我下車後即先往東四六條去找你們，如明日收到，即在車站相見。

　　鐵華已托並有信來，這孩子廿年來在山西，頗吃苦頭，一是不會逢迎，二是受我們株連。在娘子關裏，一直教中文，本來在京學的是車工，而不能下廠，改作教工業學校，結婚後又為家庭所累，身體和業務都受影響。本來按政策獨生子可調來身邊，可是由於這一二十年來，我們一直受打擊壓抑，無法按要求，今年始落實政策，但已請托無門，調不來天津。所以到京後，希望找找梁寒冰請他幫忙。聽到你已幾次找到老梁，所以我也決定去北京一行，後天見面再談吧。問好。

月　萍

79. 8. 15 晚

十三

尚仁：

接來信，知已開學上課了。

我 8 月 15 日寄北京的信，是決定我於 17 日去北京的。可是翌日接到子明來信，說他 17 日回津，所以我又臨時決定不去北京了，聽子明說你已於 15 日回并，即使去北京也見不了你了。

我對你的歷史情況不瞭解，不知你 57 年問題改正後，還有什麼問題，所以不好發表意見。但就政策精神講，既已按人民內部矛盾處理，就應按勞計酬，按工作發給工資。既叫你擔負很重的教學任務，工資也應合理調整吧？你是否可上訪有關單位，反映情況？

我們為鐵華調動工作事，幾年無成，組織上打官腔，老朋友不幫忙，咱們又無後門可走，所以奔走請托，也無濟於事。將來我們定居何處，既尚難定，這一點就不如你了，在太原有兒子，在北京也有兒子，可以兩地走走，住住。

以後有機會，一定去太原看你。梁寒冰已經是官氣十足，不願找他了。奔走於他的人太多了，還能認識老同學嗎？我們與王仁忱這個同班同學共事一校，受他照顧得差點家破人亡。如今真相大白，他隱瞞了重大歷史政治問題，混入黨內。他死於 1968 年，而我們呢，一切澄清，推倒一切污蔑不實之辭，白受冤枉了二十餘年。這些事都是令人難以想像和防備的。想不到在新社會裏，竟有此事。可是看看出了"四人幫"，其他問題也就容易理解了。

有書教，有工作，好好度過晚年吧！我們是定居天津，遠離本單位，何處定居，既尚未定。看看 79 年內如何發展吧，也可能將來到太原去。

有什麼困難,來信告知,我當盡力幫忙。

思明如出差來津,請到舍下。

此致

敬禮!

月　萍

子　明

79. 9. 18

十四

尚仁:

廿餘年闊別,得在并相聚,頗以為快!立民夫婦親切招待,請代致謝!

登車後,翌晨抵保,在保留一夜,即返津。因在保受感冒,回津後頗感不適,故遲遲未提筆,請諒。

在并見到你和二弟一家,看到你們兄弟團聚,生活安定,甚慰。落實政策事,既有秦豐川親筆書信證實歷史事實,想不難澄清,還望加緊催促有關部門,根據 78 年 55 號文件精神,改正 57 年問題。

鐵華調津事,不易實現,關鍵在於太原機械學院不易放行,我在并曾到太原機械學院瞭解校容,及鐵華一家五口生活狀況,感到他們在并廿餘年,已習慣太原生活,他的愛人又是山西人,如果真來天津,房子、工作都不見得如太原。而且這裏人地兩生,他們不見得適應得了,所以就不再積極進行了。我們老兩口目前還能工作、活動,這樣也很自由,過一年再看罷。

現有一事相托:立民兄弟在太原久居,人事較熟,請代電話打聽一下:太原機車車輛廠子弟學校有一位叫費玉(?)蓮的女教師,是否在并。如有其人,請她致函保定河北大學中文系馬國良老師聯繫。(名字我記不全費?蓮了,反正是姓費)打聽准了,請來信告知。

子明參加"中國歷史大辭典編纂處"會議,食住在招待所,說十日後始回來,聞梁寒冰也來津主持。等子明回來後,詳細介紹情況,再函告。

我們在天津近卅年(我於48年來津,已卅多年)。少獻殷勤,多做工作,不適應此地傳統,恐怕也不適應當前官場事務,本不想多攬事,可這次歷史大辭典編纂處卻因梁寒冰一再邀請,不好推辭,還不知是禍是福。過去遭到同班同學王仁忱的誣害,吃了二十多年的苦。老梁偏聽偏信王仁忱,今天雖然真相大白,但不能保證是否還有另外一個王仁忱!想來令人憤憤不已!

思明公出是否已回京?回京後如到天津外出,千萬到舍下小敘,這次在太原未見到思明,上月他來天津我又正在保定,真是不巧!

鐵華自來受極左路綫影響,在婚姻問題上單純看出身,結果找個小學畢業又無上進心,只愛吃穿的工人,生了三個孩子,算是一生之累了。見到立民鑽研業務,由工人升為技術人員。利民的二弟也在積極准備考大學,很是羨慕。鐵華雖為大專院校教師,但家務繁重,又無幫手,深為其前途但心!自做自受吧。餘容另敘,即致

敬禮!

月　萍

79. 11. 28

十五

尚仁：

你好！你們學校什麼時候放寒假？假期是在太原過還是到北京思明處過？

我今冬身體不好，老肺氣腫病入冬後一遇天寒受感冒就犯，氣管炎，痰，喘，很不好過，所以不敢出門，非到天暖後不敢多活動，年老力衰，一年不如一年了！

去年在鐵華家住了六天，看到他們每天的生活情況，為老婆孩子所累，影響業務進修和身體健康。但自做自受，我們也無法管，幫不上忙，只能聽其自便了。

落實政策事時在念中，考慮到你的工資仍未恢復，匯上 40 元作為老朋友春節奉送一點營養補助吧，望哂納！

二弟及立民處，請代問候。

老魏的妹妹在鄭州，要邀去他那裏過春節，一連幾年未得實現，今年計畫前往小住，兼遊洛陽、開封，回來時再函告。

此致
敬禮！

月　萍
子　明
80. 2. 6

531

十六

尚仁：

　　春節和元宵節全部過去了，可我們準備遠行的計畫也未能實現，仍然孤老二人蹲在天津過了春節。人來人往，弄得忙忙亂亂，所以一直沒有功夫提筆寫信，想你早已開學上課了吧？思明春節回太原了沒有？

　　80年對我們來說，許多問題須解決，首先是保定新宿舍落成，我們去還是不去？不去就不知道在天津這一間房裏蹲多久。保定可以住一套教授樓，天津的房子落實遙遙無期。其次是鐵華調不動，他們在太原新分了兩間住房，一間廚房，暖氣。到天津來無處住，所以我們考慮他們不如在太原幹下去算了，調了幾年太原死不放人，我們也無辦法。第三，我80年暑假後須上課，子明須接受研究生，研究生在天津上課，而我卻到保定上課。這些矛盾很煩惱人，所以我想退休，子明再幹幾年算了。再看到暑假後定吧。五中全會以後，看看有什麼變化。

　　匆匆草此，即致

敬禮！

月　萍

子　明

80. 3. 13

十七

尚仁：

　　春節後來信已收悉，知你的問題已接近解決，我這裏為你高興，並望早獲佳音。

　　80年暑假後歷史系講課事，本來是為了塞責，因為我在圖書館幹了二十餘年，又給他們講過古代史籍介紹，所以應了這個題目。本無心再長期任課，走一更打一更而已，年老力衰，已無力再去披歷史書，從頭寫講義，不過是東抄抄、西湊湊而已。過幾年就七十歲了，精力也不允許了，雖有壯志，但已無力實現了！

　　由於多年積累的圖書，文化大革命中被抄掠殆盡，去年以來又陸續購買一些，但許多書已買不到，如劉知幾的《史通》，王鳴盛的《十七史商榷》，讓人購買一年多，迄今買不到。不知太原或山西外縣可有路否？便中希代勞問訊一下，若能購到，對我幫助就不小了。

　　前函所談80年待解決的問題，至今一項也無眉目，五月天暖後，可能出去跑跑，或有機會在太原再見。匆此即致
敬禮！

月　萍

80. 4. 9

十八

尚仁,你好!

5月6日函已收到,上海師大歷史系編選的《中國史學史論文集》一、二兩輯我這裏已買到,正在參考中。《廿二史劄記》我這裏也有,只是買不到《十七史商榷》和《史通》。只好在別人的文章中摘《史通》各篇的論述了,因為這部書是對唐以前史書最全面的論述。所以我從去年就托人買,至今無法買到,看來在太原也不易見到了。

我現在正在寫講稿,但是否下學期真正去講,現在還未定。因為我不可能去堅持一學期,而子明一個人在津。而子明則於九月份即接受研究生的培養工作,我們兩個老人身邊無子女,只有互相照顧了。按政策咱們均已過退休年齡,該休息了,所以我也不太積極幹。

你在太原落實政策後,是否還堅持教學?現在學歷史的,人浮於事,大學畢業生分配,多半學非所用。高中學生,根本輕視文科,尤其輕視歷史。大學歷史系教師,誰都可以湊合,所以幹起來無意思,還不如教英文學課。你現在不是在教語文嗎?是否可堅持下去?

暑假可能去太原一次,也可能在五六月份去。80年應解決的問題,至今一個還未解決。看看吧。

再談祝好!

月　萍

子　明

80. 5. 9

十九

尚仁：

六日函收到，知你忙於期考、高考、評卷。

我們這半年主要工作，是寫下學期的講稿，因住處太窄，人來人往，不能安靜，所以成績不大，僅完成廿五史、幾部編年史、及九通等的解題，並寫了幾部大類書的介紹。我不過通過備課，重溫一下久已蕭疏的業務而已。下學期是否開講，現尚不定。通過這一段準備，對這門課頗感興趣，但這僅僅是剛入門。如果真能開講，尚須對這些史書進一步研究，現在只是看看序論、贊，抄抄別人的研究成果而已。

我對歷史專業，在師大學習時並未下功夫，只是後來教十來年中學歷史，寫教學筆記下些功夫。回想起抗日戰爭時期在大後方教書，生活雖清苦，但環境卻安靜，教書這碗飯，沒有人搶。有本事的人，都去做官、經商去了。因此公私立中學，教員奇缺，使得我們這些難民、流浪者，得以有教書機會，不失業，借機讀一點書。解放以後，在大城市裏，情況不同了。學校也成了官場，教師也人浮於事了。這就使教書這個職業，成為爭逐的獵獲物。業務與否，無所謂了。政治運動不斷，以及文化大革命中對知識分子的洗劫，摧殘知識，抄走藏書，使我們長久地荒疏了業務。年近 70 的時候，又重操舊業，重備新課，這事實在是笑話！所以我也不過借此看點書，熟習些人物，重溫歷史而已！你看，從孔夫子，司馬遷，班固，以至劉知幾等人，雖然在他們死後，留下了自己的著作，為後人景仰，但他們生前，幾乎全是受排擠、打擊、受宮刑、殺頭，死於非命！總之，學者鬥不過政客！何況我們又既非學者，又不甘心當政客呢！更只有到處碰壁倒楣的命運了！

　　鐵華在太原，交通實不方便。他到太原機械學院後，正教新課，所以非常緊張。家務負擔又重，簡直是拼命了！調天津的事，因為我們無後門可走，至今無成。太原不放人，我們無辦法，學校又不給出力。看看我們遷保定去以後怎麼辦吧。

　　我們正準備搬保定新宿舍。行李傢俱已打包，等待校車來接，大概本月20日前可以成行。到保定後，收拾房子又要忙一陣，仍未放棄去太原的打算，如去太原，一定先函告你，再談。

敬禮！

　　落實政策事進展如何？

　　你現教歷史使用什麼教材？

月　萍

子　明

80. 7. 15

二十

尚仁：

　　91年元月15日函，21日收到。不想京、保之間，如此郵遞費時！欣聞你到京與兒子同住治病，已見痊癒，可喜、可羨！武果超期不歸，原在意中。他愛人出國探親，也應加緊辦理。我們這裏，據我們所知的出國人員，除領導幹部短期出國參觀，或年齡過老者外，很少回來。只要在國外找到工作，就難回來了。我們樓上，一位教授、系主任、全國政協委員，年50歲左右，公派出國進修半年，超

536

期、延期,至今三年不歸,才停了工資。他不當中國大學教授,卻當
上美國教授助理,因為那裏錢多。他的老婆也是本校,兩個女兒
90年考入南大電腦專業,也正準備出國。這是當前一股風！不知
武果是否也在這股風頭上。不過澳大利亞和美國有些不同。少聞
其詳。

　　立民為二弟長子,人怕老來喪子。請代我慰問二弟,他的子女共
有幾位？幼年喪親,中年喪偶,老年喪子,是人生三大不幸。子女多
了,還可解,但也夠使人難過的了！

　　我和子明,還支撐著,但感一年不如一年。鐵華在向教授進軍,但
已55歲。他80年從山西調到保定華北電院,無舊關係,評職、升級都
不容易。但他也只有拼搏,看樣子,乙肝也不在乎了。90年跑了一趟
四川、兩趟武漢,正搞什麼課題論辯。

　　彩霞2月2日開始考研究生,報了南大外文系碩士生。考上就到
南大去,考不上參加畢業分配,一切都在未定之天。她妹妹彩虹92年
高考,弟弟曉東93年高考,現都在拼搏,不常見面。看看我們這些老
年人,一輩子只能為他人做嫁衣了！無人照顧！

　　你是否長期留京？如回太原,是否到保定住住？如能長期留京,
幫思明看看家,照顧一下孫子也是好事。北京的生活供應,比外地還
是多得多,主要的是為雙職工準備的方便食品多。小孫子現在幾歲
了？思明夫婦每天上班路遠,也是個不方便的地方。孫子上小學沒
有？媳婦是否55歲退休？還是高職？現在雙職家庭,婦女早退休幾
年,生活上還有照顧。否則孩子無人照顧,也是個問題。

　　月萍的視力日漸衰退,不用放大鏡不能看報。所以已與書本絕
緣,保持著別失明。子明還老一天伏案、寫作,雜事多。電視《渴望》吸
引人,每天看到子夜,不知你看了沒有？很多臺都在播《渴望》《圍
城》,成了熱門貨！

春節將到,祝快樂,健康! 即致

敬禮!

月　萍

子　明

91. 1. 23

二十一

尚仁:

　　兩函均已前後收到。知留北京過春節,短期不擬歸并,能幫思明夫婦接送小孫子,亦一快事。

　　前函說立民去世,不勝哀悼,不知立民愛人現任何工作,見時代致悼唁之意。

　　張述祖已於去年冬初從美國回來。從歐洲逛到美洲,得意春風,精神轉好。不料春節過後,忽返天津,他的老伴楊福臨(不知你是否熟習?)患咽喉癌,住院。他看護他老伴,至今來回保定。他在美國的兒子(張迺謙)與河大物理系一個早已不工作的老教授張崇年的女兒張亞寶結婚已近十年,孩子已九歲了,仍在國內天津一個中學教書。這夫婦倆兩地分居已八九年(妻子去美國一年即帶孩子回來了)。不知張迺謙是否已回國。

　　張崇年夫婦住在我們樓上,有時通通消息。

　　武果不知在澳大利亞哪地哪個學校學語言學? 不知明年到期是否肯回國? 愛人兒子,應儘早出去走走。

　　王振華係任天津師院中文系副主任。"文革"後,即退休,與李何

538

林去北京。李何林去世後,她在京有子女相伴,但聽說精神不好。寫來信久無信,兒子不如意,又受些意外的氣,七十多歲,也夠倒楣的(她可能比我大些,我已76歲了)。

　　彩霞南大研究生落榜。本校保送生她不肯就,畢業只好等候分配了。這孩子自視太高,毫無社會經驗,未出家門校門,即念完了大學,好高騖遠。這次考不上南大,過幾年還要再考,但說在職四年後才有報考資格。

　　子明仍能寫作,月萍視力日益衰退,看報已不能離五倍放大鏡了。寫信只待天晴光綫好。精力體力已日益不濟,每天做做飯而已!今春倒春寒,暖冬過去,春寒逼人,屢患感冒,心臟也漸不支,心情時常波動,不如意事,常惹煩惱。一冬未曾提筆寫字。所遲復,祈諒!以後望多通信,即致

　　春安,思明夫婦好!

　　　　　　　　　　　　　　　　　　　月　萍
　　　　　　　　　　　　　　　　　　　子　明
　　　　　　　　　　　　　　　　　　　91.5.5

二十二

尚仁:

　　又很長時間未寫信了,不知你是否仍舊在北京,身體如何?念念!

　　近來心情不好,身體狀況也欠佳,視力日益衰退,用五倍放大鏡看報又很吃力,所以使心煩躁!最近看心電圖,仍為冠心病,心肌缺血,可能這就是原因。但每日服藥如脈通、蘇心片、丹參片等,近又改服活心丸、速效救心丸及藻酸雙酯鈉片(每天只服一種),也感覺不到有什

麼效果,時常胸悶、心煩、心區痛。所以哪裏也不想去,每天做飯買菜,忙忙碌碌就過去了,懶於提筆。

思明工作得意不?有無出國機會?你在北京,替他們照顧一下孫子,我看還是很好的。解解煩!

前次來函說武果明年回國,他說學語言學的,不知回國後有何打算?是到北京語言學院還是到外省?大概不會再回西安了吧?那裏業務已無施展之地。如肯屈就到河北大學來,我們這裏外文系正缺語言學教師,那樣離北京近,離太原也不遠。保定中等城市,空氣好,水好,青菜水果豐富,雖不能比北京,但生活供應不錯。圖書館藏書也夠用。我們歡迎他們夫婦,如有意,可先告知我們。我想這樣,你也會常來的。這是一種願望!

何時回并,定要在保定下車盤桓幾日,張述祖老伴患食道癌在天津治療,張看護她已回天津半年多了。我們都是老病殘年了,不知哪天去見馬克思! 此祝健康!

月 萍
子 明
91. 8. 9

二十三

尚仁:

剛往太原發了賀年片,又得你從北京來信。知你已在侄兒陪同下,在京與子孫團聚了。不知陪你赴京的這位侄兒,是否是九年與你和立民同住時見過面的那一位?

心律不齊症,須注意將息,是否可以練練氣功?我們這裏有一位心臟病患者,手術埋藏起搏器,才保持生命。可二年前她練了氣功,功效顯著,前後判若兩人。

我的冠心病是心肌缺氧,時感心悶、心煩、躁、頭暈。服丹參片,也不太注意。入冬,怕犯氣喘。忌煙後,尚未再犯。子明糖尿病服消渴丸維持,飲食忌食甜食。尿糖也時高時低,不願打胰島素,自己認為感覺良好,今年尚能去湖南、天津、石家莊開過三次會。平時愛找事,保定詩會經常給人改詩稿等。遠地也不斷學術交往,閒不住。

彩霞今年畢業後,已留在外文系搞教學。但不願幹,一心嚮往到大城市考研究生,出國。可是學習又不勤奮,經常出去給人搞翻譯,教外文,家務很少出力。所以我就倒楣了,一老一小,費心費力。年近80,還得裏裏外外一把手,彩霞跑跑腿而已。

馮來儀的兩個兒子,實在使她操心,又擺脫不了。若不是子明到武漢開會,聽她住同樓的人說情況(同為民盟),我也不太瞭解。我們又愛莫能助!

張鴻壽也一直來通信。去年才聽人說,我在師大時的同屆好友范秀英(教育系)與她的老伴黃國璋教授,同在"文革"中慘死(甘肅師大)!她的兒子,遍地詢問不知下落。我們當年的體育主任袁敍禮,也在"文革"中受害。看來我們活過來,還得知足呢。

我到年老,子孫不肖,諸多煩惱。晚年病痛,不太用心。馮來儀說"生活簡直是一種殘忍"!對我來說,也有同感!自己解勸自己而已!

張述祖的老伴患食道癌症,他早於去冬就回天津住。這裏只有他的兒子、媳婦,孫子也轉天津了。我們不太來往,如通信,可寄"天津市和平區馬場道126號河北大學留守處"轉他。他住天津市高開區體院北,不詳樓號。溫宗祺也住那裏,高7樓。

盼武果明年回來,並問思明夫婦新年好!

餘不一一。即祝

近好，新年快樂！

于月萍

魏子明

91. 12. 14

二十四

尚仁：

1 月 22 日手書及思明、姚珍附言已收到，並已於元旦前收到思明賀年片，致謝。並致賀春節快樂！

提起"文革"中知識分子所受慘害，至今思之，仍感毛骨悚然。那種狂熱、野蠻、殘害、非人道的大暴露，那種反對"人性論"，而只剩下獸性的表演，思索二三十年，仍不得其解根基來源！而今而後，是否仍能重演？

我從 1938 年春開始，即從事教書生活，至 1988 年退休，整整當了 50 年窮教員，出發點是為養活自己及家庭而已。但國難當頭，顛沛流離，奔波於大江南北。圖書衣物，屢經散失，從未想到著書立說。解放以後調到大學來，為教學需要，編了兩部講義，一部是《中國古代通史》，52—58 年教學發給學生；另一即這部是《中國古代圖書簡史》，80—85 年教學用，均是打印本。58 年至 79 年，受不公正對待，在圖書館幹了 20 年，所以能教中國書史這門新課。這種講義，除教課外，一般知識分子，不讀這種圖書目錄書。不如"大千世界"一類奇聞招來讀者。而且我退休後，這門課已無人教，所以只能束之高閣。你這樣關心我這本未見社會的冊子，還找到孫琇，我諒他也不敢承當。出版社要賺錢，書店怕賣不出,不敢預訂。誰敢做賠錢生意? 只好算了吧,謝謝你的好意了!

我們班的同學,多已做鬼。女同學多半命運多舛。想不到馮來儀受兒女之制,老伴早死,如此不幸! 我們是大難不死,多見識幾年世界吧。如今已是掙扎著活下去! 你的兒女兄弟都好,是一大幸事!

來信說的王瑞書女士,我已注意為其物色合適對象。但不知她有子女幾人? 均在何處? 在保有無住房? 保定市盛行婚姻介紹所,這裏有六十多歲還再婚的,但均與子女不和而分居。這種情況是否等到七八十歲,仍是孤獨?

保定保姆不好用,年輕的用不住,老而退休的都為兒女當保姆了。我們比鄰一位94歲老人,老伴腿骨折,臥牀三年未起,子女均在外地,一個孫女90年就業,也顧不了祖父母了。他家去年半年中用了四個保姆,都是不歡而散,使我望而生畏。那些當保姆的,西裝、燙髮,髒活煩活一概不能幹。現在彩霞在身邊,還湊合著過。一旦她再走了,也只好用保姆了。耑此即候

春節快樂,思明、姚珍夫婦同此不另。

月　萍

子　明

92. 2. 1

二十五

尚仁:

你好! 2月21日手書已收到。前兩天王瑞書也已蒞舍會面。既瞭解容貌,也談了一點生活情況。據她不太坦率談話的結果,經我分析後是這樣:王女士似和她的丈夫在同一單位的宿舍居住。①她只有

543

一個獨單（即一居室）住房，另一二居室住房已由她夫方佔住。②她離婚的子女是否是她親生不詳，只知她有一子一女，好像關係也不好。③她如再婚，她的單位還不許外單位人進住，也就是說她如改嫁，她必須放棄那間宿舍住進男家。④她身高一米五多點，我身高一米五九，她只高到我的耳下。⑤她堅持要身旁無子女的。

如此情況，我給她考慮的人，都是與子女同居的。有一個成年兒子未婚，有一個女兒、女婿、外孫均同居。人家考慮年事已高，身旁不能無子女，都不合她的意，眼前難覓相當人選了。她說在北京我也可以，如此盡可托她的姐姐姐夫在京尋覓了。（因為我提到前年有一位熟人，在北京離休，六十餘歲喪妻，曾托我外甥女來保小住時，在保代覓續弦人選，我代為托人介紹未成功，她才如此說的。）

幫不上這個忙，很對不起，認識個熟人也好。王女士在保定老人大學學習書畫，子明曾任老人大學院長。我也在那教過歷史，離退休後，體力不支均辭退了。

春節後身體不好。牙病發作，天天跑醫院治牙，前幾天才補上，不知能用到何時。氣喘、胸悶、胃脹一起發作，又加尿頻、腎虛，真是疾病纏身。但又不是臥牀不起，深感老來生活之艱難。鐵華再有三年即退休，兩個孩子明年考大學。爭取教授無望（他們是水力電力部，即現能源部，聘高級職稱，已於 87 年當了副教授）。因部聘要求有專著（即相當專業的專門著作）、論文及先進工作者頭銜等條件，他已無望達到這個要求。他媳婦又於 92 年 9 月 50 歲即退休，工資打折扣，獎金全無，才考慮到供兩個大學生非易事，何況還不一定考上正經大學。所以情緒不佳，很少來我們這裏。大孫女雖從十歲起（3—6 歲也由我們看養）即由我們供養，91 年畢業又留校教書。但她不安心在保定河大教書，一心嚮往大城市和外國，可是除學點外文外，又無其他專業，也擾得我們心緒不寧。馮來儀受兒子困擾，受盡艱辛，真覺得生子女無用，可你的思明卻不同。

　　北京協和醫院不知有無熟人？去醫病有何手續？暇時請代詢。

　　馮來儀不知有信沒有？是否真遭不幸？念念！

　　張述祖的愛人在天津腫瘤醫院治病，食道癌已控制住，實非易事。可這是非一般人所能辦理的。他原來未遭過磨難（解放後反右、文革都無損失），原來又是財主，現又有兒子在美國賺美元。聽說天津醫院大夫，以及上上下下，手術、住院要送大額"紅包"，一次千元以上都不算多，而且上上下下，裏裏外外，均非"錢"莫辦，人人如此說，不知多大真實性，令人歎止！

　　糖尿病新藥，這裏未注意，子明現仍服"消渴丸"維持，注射胰島素一日三次嫌麻煩，服"達美康"又頭暈，有反應。尿糖經常在3-4個加號，食甜食就是(-)號，但他難徹底禁絕，感覺良好為准。老了，不以為意了。祝
全家近好！

　　　　　　　　　　　　　　　　　　　月　萍

　　　　　　　　　　　　　　　　　　　子　明

　　　　　　　　　　　　　　　　　　　92.3.13

　　我經常服活心丸、三九胃泰、速效救心丸、消喘醫等。

二十六

尚仁：

　　飛馳念間，忽接手書，稍釋懸念。知回并跌跤傷足，現已返京。料

當愈痊了,為祝。

92 年一年,過得特別勞累。五六月間,子明因瀉肚發燒住院,兼治糖尿病,我也陪牀稍事檢查、治療。但雖住院月餘,而多數時間,是"走讀",不知北京有此現象否。輸液、治療後,醫院允許回家住宿,翌日早上,再返病房。如此雖可兼顧家務,但每日返往,卻特別疲勞,這只能有醫院離我們宿舍僅一裏路距離的條件下才能辦到。然而,我們學校教職工,經常用這種"住院"法來"專診"。醫院省事,病人也天天回家。我 55 年在天津住院手術時,醫院護理條件非常好,家人一周只准探視一次,還限兩個小時內,根本不許陪牀。怎麼現在醫院護士成群,根本不管病人,必須家人陪牀,使病房裏亂亂糟糟,人來人往?聽說北京醫院的護理工作有所改善,可不知住院還要家屬陪牀不?

進入 7 月,鐵華的二女兒高考,我在美國的小妹的兒子又帶對象回國來探親。他們一個月中,先到香港住舅家,又到廣州經理私房(有人代看),到南京看我四弟的兒子(在南京動力專科學校搞電教),然後赴京,轉保專門來看看姨娘。我們老了,無力陪他們遠出,幸有彩霞陪他們遊保定景點,看看白洋澱,然後回北京轉香港飛美國。雖未陪遊,但又感不勝其勞!

彩霞二妹彩虹,高考不夠分數綫,可她又不想再考了,於是跑工廠、找工作,直到 9 月,河大經濟系自費生降 50 分,她只降 39 分即夠綫,可是不照顧第三代,全額須交 4000 元,所以又轉報電力學費自費生,到九月末才入學。因係鐵華子女,每年只交千餘元,弄得一家白操此心!今年河北招自費生一兩千,分入河北工學院和河北大學。交 1 萬元以上,降 70 分也可錄取。新生入學時,一時間個體戶、暴發戶來來往往,只要收他們的子弟,交幾萬都不搖頭,使我們這些窮教書的,真是相形見黜,自歎不如了。真要叫我們擔負個自費生,每年一個人的全部工資都不夠!

　　明年鐵華的老三高考，還有七八個月，現正拼搏！現在的青年人都不願考師範，不願教書，不知將來教育怎麼辦！

　　十月份十四大開後，學習文件緊張，一個社會主義市場經濟和關貿總協定，就令人不易理解了。保定偏僻，連四章卅八條的關貿總協定文件都買不到！市場經濟刺激得學校辦公司熱，第二職業熱，我們實感一切跟不上了！看電視，北京某校大學教授賣餡餅，聽說天津教師下了班就出去擺攤！不知你在北京住，親見親聞如何？當教師的不備課，不提高，能勝任為人師的職責嗎？我們本應不操這份心了，但看到了就會思索、理解一番！不理解的事太多了！

　　馮來儀無恙，聞之甚喜。王振華原在天津當中文系副主任時，我正任師院教務處主任。反右以後，她托病幾年不上班，以後運動連年，她是打人者，我們是被打者，遂差天地。“四人幫”粉碎後，人們的本來面目都暴了光，於是也都是凡夫俗子了！不過，當年李何林扒上了周海嬰，在“四人幫”扶持下去了北京，因和“四條漢子”作對，被周揚等給了一鞭子。李何林死後，聽說王振華精神失常。我們活了七八十歲，看到的人和事，真真假假，令人目眩！我現在也想多活幾年，多看看，多長點見識，豈有他哉？

　　彩霞被學校保送到北京對外關稅貿易大學學習，已於 9 月份入學，為期一年。回來在河大經濟學院教涉外經濟課。因為她外交畢業，又是黨員，當青年教師培養。可她不願教書，一心想到三資企業、涉外機構去當差，因教師工資太低了！

　　子明今年三個請柬，都未赴會。高齡人最好少出門，我現在長了白內障，對面不見人五官。今天見了面的人，明天便看不清了，對面人家打招呼，我還得走近仔細認認是誰，真是老來癡了！彩霞走後，天天家務後又感疲憊！看看報，聽聽新聞，已覺力不從心！

　　彩霞學校在北京東北角，思明那裏白天無人，等約定時間叫她去探看你們。小孫子上小學還是中學? 出門千萬多看腳下,防跌跤!

寫得太多了,新年快到即候

新年全家快樂!

月　萍

子　明

92. 12. 6

二十七

尚仁:

接到你春節後來信,已快兩個月了,但一直未提筆回信。這一是去冬今春,病毒感冒一直清洗著老病纏身的肌體,終日食無味,懶於活動,心情煩躁,久不願提筆。又加冬日暖氣不暖,氣溫只有 11-13 度,終日萎縮室內,開電爐取暖兼燒點簡單食飯而已,實感"老年難度"。但時至三月,春暖草綠,又感渡過了一年,來年又有盼了! 也許 93 年又可闖過去了,才又萌發了生機。但求今春氣候,不再冷暖無常,夏秋的日子比較好過點!

彩霞寒假回來三周,忙忙碌碌,轉眼又返京上學。她在經貿大學選了四門課,又報了"托福",學習強化英語,準備 5 月 8 日考托福,作出國的夢想。可學校送她進修,是回來教新成立的河北大學經濟學院的涉外經濟專業的課。她畢業留校時,與學校訂了"五年合同"。合同不滿不許考研究生,不許出國,不許外調。這是大學因教師隊伍(尤其是外文系)太不穩定,年年流失而定的歪辦法。所以她攻讀"托福"也就是花錢買個自我試驗而已。你看年輕人一腳踩著三隻船,這山看著

548

那山高,多麼無專業思想！這是由於當教師這個職業,又窮又無地位,太受官和商的衝擊了。年輕人從不考慮奉養老人。鐵華則相反,為了兩個孩子入大學,至今不買彩電、冰箱、洗衣機等。穿著二十年前的衣服,省吃儉用,一心供兒女上大學。小虹是上了自費生了,今年曉東高考,還不知如何。以前想望清華大學、天津大學,現在只求考上華北電院、河北大學了。高考不正之風氾濫,聽說外縣高考改用現代化手段作弊,又有暴發戶子女錢多,教師的子女,就得望洋興歎了！還有三四個月,高考就開場,又是煩心操心的事！

鐵華的妻子92年50歲已退休,每月多賺七八十元又上班了,以至家務緊張,很少來我們這裏。年節生日來看看而已,我們也不願多要求了。所以你能在北京長住,思明夫婦還是安分工作,這就很不容易了。思明"文革"受害,與我們一樣,都是兩代人受害,只能想開了。我們這代人,與苦難的舊中國同命運,又在解放後"極左"思潮中受害。如今人人大顯身手之年,我們已衰老無力了！想不通也得自解了！唯一目的,只求多活幾年,多看看世界而已！只是我們對自己的病,馬馬虎虎,不願上醫院,在校內醫院對付著,頭痛醫頭腳痛醫腳而已,得過且過！

彩霞的學校,不許外人進宿舍找學生。去年鐵華去看他,還是在外碰著她去食堂打飯,說了幾句話。她結業後,一定去看一下北京的故舊。她學校的地址是:北京對外經濟貿易大學,宿舍三號樓521室,電話4225522-2468。方便時打個電話就可以了。

草草書此,已提筆忘字了,即候
平安,思明夫婦同此,願看看你們全家的照片。

月　萍
子　明
93.3.17

二十八

尚仁：

4月19日函,4月27日晚始收到。老病殘年,彼此一樣。人到老年,多愛回首往事,但我在反思一生時,則是恨多於悔。

對鐵華,實在獎譽過度了。這孩子自十三四歲便離開父母住校。5歲時即開始和我們流亡南方,乞食各地,幼年失學。解放時,不到14歲,離家住校(我們52年才在天津有了家)。受極左思潮影響,殃及自身。59年畢業於北京工業學院,已由積極分子降為"崽子",發配山西。"文革"中,幾乎被打死,至使性情乖戾,不通人情,哪裏談得上"出類拔萃"？與思明相比,實在是此一時彼一時罷了！思明清華大學畢業,留任北京,"帝鄉"之地,人人欣羨,想不到"文革"遭害,影響至今。人生三分德才,七分機遇,"趕上這一撥了",就算遇上機遇了,趕不上,也就完了。鐵華雖然生了三個孩子,只能在保定中學念書,普通大學報考,去年老二未達標,只上個自費生,今年老三又希望不大。全國重點大學,竟不敢問津,志大才疏,不考個大學,就業無門,實必出此罷了。

思明孩子小,可到21世紀入大學,想那時,我們這一輩均已作古,國家經濟教育情況,可能比現在好多了。又在"帝鄉"人人仰望之地,條件優越。事情就得這樣對比,就好了！我們現在,比過去逃亡四方,"文革"抄家,住"牛棚""掃地出門",實在又是天壤之別。老來只圖個"安定"而已！

張述祖的愛人楊復林,春節後在天津去世。他在保定有一個兒子,夫婦、岳母住述祖的房子。述祖在津,另有住房。留美的兒子已取得"綠卡",入美國籍了,母喪回來幾天。另一女兒在東北,不是鞍山就是大連。聽說述祖到東北他女兒處去了,他計畫將來到美國去養老,他法文不錯,有資本。對比王述祖,我們不更是無地自容了嗎? 但是,各有千秋。我們活得踏實,有所不為,有所不取,不與不正之風同流!

　　你打算來保,我們非常歡迎,但是,八十高齡的老人,如無人陪伴上下火車,實令人擔心。是否選擇思明有假的時候,父子同來? 思明曾在天津來家住過,那時還是春風得意,我們已遭難了。多年不見思明,真想見見他,五一、五二連放兩天假,能來嗎? 可千萬別一個人上火車,以防萬一!

　　此致
敬禮!
彩霞五八在京考"托福",五一不回來。

月　萍
子　明
1993. 4. 28

二十九

尚仁:

　　來函已悉,知已決定由彩霞陪同於十四、五日來保,我們竭誠歡迎你的到來,真是難得呀! 可惜思明不能回來。

　　80歲老人看故友,不要搞俗套了,不要買什麼東西,見面敘敘就是最珍貴的。以我們的消費水準,保定的供應還是充足的。你來看看我們校門外這條大學街的車水馬龍情況吧。今日的大學,和五十年前北

京的最高學府已無法比擬。大學辦公司,學生成商品！我們的觀點實在跟不上了。餘容面敘,即致

安好！

月　萍
子　明
93. 5. 7

三十

尚仁：

你和思明 5 月 18 日的來信早已收到。只因我連續接待幾批遠人,美國的妹妹、妹丈與女兒又於 6 月 12 日至 14 日轉來保定看我,所以勞累不堪。子明又於 6 月 9 日在校內澡堂洗。(寫至此,停筆,並接到你的來信及全家和彩霞的照顧。)

情況既已由彩霞傳達,即不多贅。

自 14 日上午,送走我從美國回來的妹妹一家三口,當日晚子明即由老幹部處辦理住院。彩霞陪牀一夜。15 日回京,我即每天白日到醫院陪牀,由一位青年教師陪夜。三夜後,即從 6 月 18 日起,我即一人連軸轉,日夜待在醫院,幸而醫院離家步行不到 20 分鐘,我每早五點半出來買牛奶,回家燒開,再帶回醫院,其他時間食住在醫院,夜間托人看家。醫院伙食尚可,早晚小米粥,中午米飯、花卷、包子、餃子等。食堂送飯到病房,事先選好飯菜,省去我在家買菜燒飯之勞,反正是一樣！

鐵華在忙於搞畢業班設計,曉東七月七至九日高考,彩虹忙於準備期考,他們 7 月 14 日才放假。鐵華來醫院看看而已！媳婦九二年

已退休,但繼續看自行車,日夜倒班,來看過兩次,子孫如此而已。你看表面現象兒孫不少,一子三孫子孫女,但實際上除了負擔之外,一切全靠學校學生同事幫忙。

子明在醫院第一周昏睡、少食,服藥、輸液、餵飯、喂水均靠我侍候,基本吃流質。第二周,頭眼疼痛減輕些,但仍言頭昏頭痛,不能下牀。醫生說,作了CT,腦內無出血、積水,無腦震盪、病灶。上周五上午,又作了腦電圖、腦血流圖,從心理上解除了摔壞腦子的顧慮!近三天來,可以穿衣下牀,扶牀走動了,但仍離不開人,但病情好轉。基本原因是糖尿病加重,入院四五天後,才重點注射胰島素,日三次。輸液打針治眼、及頭痛。尿糖已由+++減至目前的±或−號。只是體弱不能出屋,說加餐飲慢慢恢復。

因家中日夜無人,托的人夜10時才來家住宿,翌晨即回宿舍,所以外地電話無人接,彩霞也無一字信來,不知她什麼時候回來,聽她同學說接她信,7月10日左右回來,請你接到此信後,托思明在班上給她掛個電話,回來時,如果東西太多帶不了,請她寄存在你和思明家中,以後再去取。最好趕個星期日回來,搭個熟人做伴,不要叫她那個男朋友從邢臺到北京去接!就說是我托你傳話!謝謝你了!(此信如見到她,可給她看看此段。)

我曾說,我此生回首六十多年來的生活,恨多於悔,總之是悔恨交加,大概你可以理解!有機會見面希望詳談此生的遭遇!

每天亂亂糟糟,人來人往,今早雨後天晴,趁子明輸液前寫完此段,請勿遠念!即致
近安,思明夫婦不另。

月　萍

93. 6. 30 早

附武尚仁來信

信收到,得知子明兄住院後,你繁忙情況,所幸子明兄作了詳細的檢查後,排除了腦出血、腦震盪等疑慮,精神得到輕鬆,實屬不幸中之大幸!唯望你行走時注意足下。我去年在室內滑倒,其實就是不慎所致。現在高考已考過,學校也放假,兒孫有時間替你分勞了。子明兄病情,想也日趨痊癒。不過,辦一次住院手續也不容易,只要需要,治療一段時間為好。

囑告彩霞的話,轉到,請她9號考完後來家,但是數次給她電話,都遇不在,她說在一位老師那裏有正事,之後她沒再來電話。但今天已經13號,不知她是否已回保定?記不清是戰國時說的一句話(記得是在《資治通鑒》上讀到的):"行莫大於無過,事莫大於無悔,事至無悔即止矣。"無悔已屬不易,而悔恨正常連在一起。古今人的遺恨實在太多了,晚年憶舊反思也好,同知心人回味一下我們在這個時代辛酸苦辣是可以的,悔恨交加則不。

附魏彩霞覆武尚仁信

武爺爺、叔叔、嬸嬸:

你們好!

我是7月11日上午乘97次離開北京的。當時的情況是九日下午考完最後一門,十日上午忙著辦結業、退宿和離校手續,下午到一個老師家辭別。給叔叔的單位打了幾次電話。均是電腦接話,請留言,一想可能是周六下午不是工作時間。由於當時有奶奶的電話,急著回家,所以是買了站臺票上車。有兩個同學送我,一些書暫時委托給一個老師。這次接到您的來信,知道那幾天打了許多個電話給我,心感不安,覺得由於回保定後的疏忽,讓您一家人擔心了。

我爺爺已於 17 日出院。奶奶不幸於九日扭了腳,紅腫不能走路。我在醫院和家裏兩頭跑了幾天。現在已經好多了,但還是很疼,一拐一拐的。我想要安裝一個熱水器給他們,省得再去澡堂子擠。

不知您家中的熱水器裝得怎麼樣了? 武爺爺說這月底回太原。暑日旅行,要注意身體。

在北京的這段時間,您一家人給了我很多關懷和照顧,帶給我快樂和美好的回憶,我深深地感謝你們,還有小文琦。日後去北京機會還有很多,我會再去看望。

最後代爺爺奶奶表達問候之意,祝一家人美滿,幸福長在。

彩　霞

7. 21

附魏彩霞致武思明信

叔叔、嬸嬸:

您好! 很遺憾沒能在保定看到您,後來聽父親說起您在我離京後又繼續費心在北京幫我聯繫工作,心中十分感謝。由於一些原因,暫時不能離開保定赴京,請您諒解。現在我在學校裏一面上課,一面利用充分的時間補充英語技能,力求精益求精,以備日後之需。

在京一年,頗多感想,也收穫到書本以外的很多知識。請您一家人不必惦念。我們定會珍惜青春年華和大好的時機,在條件成熟之時一試身手。在京期間,您和嬸嬸給予我的幫助和激勵,我全都銘記在心。

現在和爺爺、奶奶已經緩解了緊張的關係。他仍年事已高,風燭殘年,實在不忍離他而去。而外面的世界之大,誘惑之多,又時時震顫在心,總感到不得兼顧,又不肯舍此就彼,到頭來也只能帶著一些遺憾負荊前行。

已過中秋,寒冬在即,還望您一家人多加保重身體,健康,快樂,美滿。武爺爺從太原返京,請代我問好。衷心希望過不了多久就又能在北京見到您。

彩霞敬上
10.8

三十一

尚仁:

你好,今年夏末,思明來保旅遊,兩次來舍小敘,未盡招待之誼,深以為歉!嗣又寄來在保家中合影,並有親切書信。思明是我們此生唯一的世交,父子兩代,如此親如家人相處,實屬難得。你老年有這樣一個好兒子,也益足珍貴了!

回想解放前,我們於30年代即流亡南方,流離半個中國,故交離散,無三年以上之新交。而今多已作鬼。解放後運動連年,尊卑親屬,為了避禍,不僅斷絕來往,切以相噬為自己撈取政治資本。同齡人相害,下一代人從兒時即結怨。"四人幫"倒臺後,雖平反落實政策,但誣陷加害者,結怨已深,實難建立什麼感情了。彼此同運,諒有同感。所以我說我此生恨多於悔。至今不能理解,歷次運動尤其是"文革"中,為什麼突然出現那麼多平時還算友好,突然不惜喪盡人性和天良的人,誣陷加害於人,瘋狂殘忍到喪失人性? 如今我似乎已不便再提過去了。但想到落實政策,平反以後,雖已入了黨,可是已耄耋之年,無能為了! 建國剛剛 44 年,而我們的最佳年齡被葬送到養豬、種菜、養雞等等無效勞動中去,浪費掉了 22 年生命。此種情感,只有向你這樣同命運的老朋友傾訴! 眼看那些當年害人的人,如今在當官、斂財,從未見到他們有過歉愧之感! 所以,雖然活著,心中總感不快!

　　九三年對我們說是個倒霉年,夏至因摔跤,陪子明住院,入秋又摔跤傷腿。入冬後,驟然降溫,體力不支,暖氣至 11 月 15 日開放,因承包、偷煤,室內溫度未超過 14℃,陰面房只 10 攝氏度左右,每日晚起早睡,懶於提筆。所以三四個月來,未坐在桌前寫信了。請向思明道歉吧!

　　另外,彩霞已自己到宿舍去住,忙於考研究生,考 GRE,從十月起即不見面。鐵華的三個孩子,都已上了大學,自己又弄到教授高職,幾個月都不登門。這種情況,思明來保時即已知道一些,但可能不知其詳。所以你能在兒子、媳婦家生活,實在不易呀! 令人羨慕。

　　我們二人,生活自理,已感困難,所以擬找養老院或老人公寓以度晚年。天津已聯繫過,不過二人每月房錢 1000 元,年萬餘元,伙食自理,不知北京有此出路否?

　　開春大暖後,也許會好一些。但還須度過一個多月的寒冬,發發牢騷,給老朋友增加些煩惱! 替我分分憂吧,本來是千里不捎憂,說說知心話,吐吐怨氣而已。

　　我家的那間單間小屋,已堵上門,和東邊三間打通,這是彩霞出去單住的最大原因。十幾年來,她在這間小屋裏單獨活動,男女雜沓,無法管理,使我傷了多少腦筋! 可如今開放了,性也開放,生活講自由、享受,我們的距離太遠了。

太原有個傅山博物館,不知你熟習不? 其中有否熟人? 希見告!

新年快到了,最後給你們拜個年吧,祝全家新年快樂!

于月萍

93. 12. 20

三十二

尚仁:

接思明所復賀卡說你因心腦不佳,不能回信,很是掛念。及接來信後,才放下心來。聞及武果全家去澳,很為你欣慰。兩個兒子都有作為,思明並能奉養老父,實為羨慕。聞報載澳大利亞甚重視漢語教學,不僅大學設漢語專業,中小學都開設漢語課,武果夫婦大有發展前途。你的一孫已 16 歲,已在國內受完初中教育,出國後,繼讀高中大學,既不會忘記祖國語言文學,還可進修外語,前途寬廣。前些年看報載,澳對中國留學生和移民,似采關門主義,不知今後有否可能改變。澳大利亞地廣人稀,大有移民潛力,不知為何不開門?

關於太原傅山博物館,記得 73 年,我和子明去太原時,好像去參觀過,似乎還由你陪同,規模還是不小的,那時"四人幫"還未打倒。子明 80 年在開封大學給研究生答辯,認識一位原山西大學教授姚奠中,從此互為研究生答辯,有來往。姚還是上屆全國政協委員,來保定時過目過子明的古版書。九二年冬,他寫信介紹一位謝啟源先生,同他的侄兒於 92 年 12 月 2 日黃昏來我家,並贈《傅山全書》一

部、"傅山博物館顧問聘書"一本,攜姚奠中親筆信求子明所藏傅山
硃筆親批明版《唐詩紀事》一部共 21 本(係子明 50 年代購於天津),
並說回去後,要藏傅山博物館並複印一份相贈。子明因姚奠中早有
求此書藏傅山博物館之請,礙於情面,允以此書贈傅山博物館。謝
啟源 12 月 2 來第一次,丟下兩千元,並拿走 21 冊此書。第二天又來
一次,又丟下 1000 元。第三天上午第三次來,又丟下 1000 元,共丟下
4000 元。並滿口應承回去後,複印補編《傅山全書》並將有關書法寄
來。可去後一年多,卻杳無音信。九三年春,一位鑒賞文物的歷史
系教授,問及此書,說可價值 6 萬元以上。傅山一片藥方即值 200
元,並問及此書(他過去看過)。我們答以如上情況,他說要打官司,
要回來。

　　以上是詳細過程,現擬托你在太原的熟人問一問,此書是否已
交傅山博物館? 這是一部海內孤本,若公家收到,也該給個收據,登
登山西日報。我懷疑是落入私人手中,高價倒賣。如此,我將投函
山西日報、山西省委、教委舉報此事。如由傅山博物館收藏,也該給
我們一紙收據,屬於有獎捐贈。子明已於 88 年《河北大學學報》上撰
文登載此書傅山親筆批的內容,每冊書前都有"魏際昌"的圖章,無法
抵賴。

　　以上囉囉嗦嗦,就是托你問傅山博物館是否已收到"魏際昌收藏
傅山親筆硃批明版《唐詩紀事》"? 不須你親自去,寫封信,托托你的
熟人就可以了。你既身體不佳,不煩親自奔走。你在太原的侄兒輩不
少,輾轉托人走走傅山博物館,我想是可以瞭解到的。根據我上述詳
情,到博物館要求索閱這部書,即可瞭解到了。

　　如今人心險惡,什麼人都可碰到,書生氣是要吃大虧的。

　　今冬已過一半,不久即立春。若冬春能熬過去,天暖後,困難會少
一些。如今子明還不出門,我每天出去走一兩趟買菜、取報,已感疲

勞。雇用保姆,已托人打聽,我們的宿舍單間門已堵死,雇請人住所困難,所以有住老人公寓、養老院的想法。天津已問過了,每月二人房金1000元,食堂用飯,自理生活,餘不一一。請你分三次看完吧,我是一次寫完的。

春節大安!

月　萍

子　明

94. 1. 11

附武尚仁來信

月萍、子明兄:

11日手書敬悉。多年失記,傅山館在太原何處,竟苦思不得。忽然想起是在晉祠。原有熟人亦已故去。侄輩除立民已去,餘均不通此行,怕他們探詢不到個結果。

太原師範有一位教語文的溫老師,雖無深交,但比較是談得來的。她先生是晉祠園林管理處的頭頭。我先寫信給她,說有位研究傅山的專家朋友托我查詢傅館是否藏有一部傅山親筆朱批的《唐詩紀事》,書上每本開頭有收藏家魏際昌的印章。請她在方便時代為查詢一下,或轉請她先生老郭代詢見復。如果得不到回復,再托別人。不過現在正值放假,又接著過春節,可能要等待一些時間。

此事真令人生氣,但還是不可過度生氣,保重身體為第一。我們經受的不平太多,失去的也太多,這點,固屬可貴,但比起來又算什麼呢? 盡力腦筋,不傷腦筋,怎樣?

你們想到老人公寓的心情我是理解的,我也想到過。但我們的社會還沒有發展到那一步,一千元房租還得生活自理,哪有這麼多的錢? 你們有的是房,把一千元用在生活上,是不是比什麼公寓也好得多? 還是設身處地地好好想一想。人生難得盡如意,但除去不如意,剩下的還是如意的多。古人父子不責善,未言母子。如果母子間可以責善,弟不瞭解情況,以常理推度,建議月萍同鐵華好好談談,看他有什麼意見和想法。二位就他一個,他有完全的責任與權利,我們的時代已到收束期,家庭的中心已在讓位給他們,理應重視他們的意見,二位說是不是呢? 兒孫的婚事,長輩只能把話說到,意見不能一致時,最終還是讓他們自主的好,也只有如此。何況還有鐵華兩人的意見。我們老一輩的話不被他們認同,但願他們的選擇是正確的,他們將來的生活是幸福的。小霞的事還是宜緩解開,不僵持下去為好。她出去另住給您倆感情上的傷害我是理解的。我看原先那個單間可不必封死,裏面多開一個門不就啟閉自如嗎? 以上這些只能對老友說的話,不知對不對。心腦眼力不友及停筆再敘,春節將臨,祝新春如意!

弟尚仁上

1994. 1. 16

給溫的信今日亦可發出。

17 日晨

三十三

尚仁:

　　來書已悉,勞你費心了!

　　查我前函所提謝啟源(即以 4000 元取走子明藏書者),係"中國
山西傅山書法研究會副會長",該會地址為"太原市勁松路 17 號(碑
林公園)"。他給子明帶來的《傅山全書》,係山西人民出版社出版,
題為"三晉文化叢書之一",編委中無謝啟源其人。我認為,他拿去
的 21 冊傅山親批明版《唐詩紀事》,或者交"傅山書法研究會"? 此
人頭銜除上述副會長外,尚有"山西省青年書法家協會副主席""中
國書法函授大學山西總分校副校長""山西青年聯合會常委",並且
到美國去展覽過傅山書法作品。我們原料此人不該騙取珍貴文物
歸私囊,但從 92 年 12 月 2 日至 4 日來三次,攜書物去後,卻如泥牛
入海,不復行複印此書資料以補《傅山全書》之不足,給我們寄來之
諾言,一去無音信,也無對 21 冊古書之收條,或任何報導,實不合
情理。

　　現在社會上騙子不少,我們打算向《山西日報》詢問此事,不知你
以為可否? 補足該書實價已不可設想,不過揭揭騙子,打擊其高價倒
賣之事而已。所以須先探明這部古書的下落,才能下手。在你精力許
可時,求太原熟人,順便探詢一下。

　　你已年過八旬,還能於 3 月再回太原? 請注意身體!

　　鐵華的問題,非一言能盡,以後再談吧。問春節快樂,順候思明
夫婦。

月　萍

子　明

94. 1. 24

三十四

尚仁：

　　春節前來信已收到。勸我向山西日報寫信須慎重，謝謝你的好意。

　　姚奠中身為大學教授，又是上屆全國政協委員，由他寫信介紹來的謝啟源，又是身份不低的人。92 年 12 月 2 日之事，一年多後仍無下文，自食其言。九三年秋，子明寫信給姚奠中說明這件事，而他回信反噬，說當日錢物各自交清，"你們是共產黨員，不能食言而肥"。子明去信說四千元未動，願錢物兩還。接姚回信後，始知此事一定是個人私吞，轉手倒賣了。他可能現尚未脫手。此物專家鑒定是上 10 萬，至少可賣幾萬元。因是海內孤本，世界只此一份，於是我們才給姚某寫信。接他回信後，才想公於山西日報。太原既有傅山博物館，又有傅山碑林。又有姚某所介紹的謝某當副會長的傅山書法研究會。如這些公有場所都無傅山這部親批善本書，就肯定是他們私吞了。別人勸我們上告法院，我們考慮年老路遠，無力打官司，所以才委托你在太原熟人代為詢查。如為私人私吞轉手高價倒賣，我定要向山西日報及山西省委寫東西揭發此事。

　　過了春節，並未以此事為意。年老了，錢也無大用。但這種騙局令人難忍，且等你托人打聽後再說罷！

　　春節前三九天天氣不冷，一到春天反而轉寒，雪後一直嚴寒。近日已過驚蟄，反而氣溫不回升，令老病之身感到難耐。早上 9 時始起，一天總覺疲勞不堪。春節鐵華他們一家來吃三四天，彩霞回來十天，主要是做飯，吃罷飯即去。開學後，又不見了。我倆這樣也慣了，對於人多,反而厭煩,這也是多年養成的習慣。

托熟人詢問的事,不必著急,等你精神好時再辦。這件事實覺咽不下這口氣! 熟人,竟為此騙局?

至此止筆,近來眼力轉衰退,提筆即錯,此信寫了三四天才完!

武果到澳後不知有信來否? 念念

祝

春安!

月　萍
子　明
94. 3. 9

北京郊區五六十歲的老太太,不知肯否出來傭工? 這裏保姆不好找。

三十五

尚仁:

剛給你發了信回來,又得你的來信。知三弟來京團聚,為你高興。這件事提醒我,應當看新頒佈的文物保護法,這部書既是善本又是孤本,應當屬於國家級文物,我想,無問題。姚、謝二人是企圖據為私有,待價出賣或有償給國家,他們都會得大利的。但這須等我們下世以後。上次去信,我已說九三年晚秋子明給姚某去信提到謝某去後無信,此是國家文物,我們原款未動,願買回原物。姚回信罵子明:"不可食言而肥,已錢物交易完了。"這就道出了他們認為這書已私下交易完畢，不可反悔。另外，他們拿走書不寫收據，我們留下錢也不打收條。我們無從追查，所以我說寫信山西日報詢問下落，揭發此事。可謝啟源音信全無，姚、謝二人一個寫信介紹（姚），一個隻帶他的侄子來又送禮（汾酒、《傅山全書》一部。來三趟，天天帶水果，又有"傅山書法研究會顧問"聘書一份給子明）。由於姚某92秋就專程去臨汾會子明，談這部書的事，因子明病未去。姚轉向子明的研究生方勇說明要書的事。子明是個書呆子，就想無條件贈予。因傅山係山西名人，他的硃筆親批明版《唐詩紀事》應歸山西收藏。可謝某92年12月2日黃昏來保，三次來，共丟下四千元，並說了許多奉承的話。我說，這部書的複印本不出版，《傅山全書》就不算"全書"。他答應回去後出版《傅山全書補編》，並將傅山碑林的碑帖寄來……總之說了許多好話，可去後就無音信，才引起我們懷疑。子明於93年秋寫了信。

我記得傅山博物館離五一廣場不遠，73年夏天，子明和我去太原，你還陪我們去參觀過。不知是不是我記錯了？三弟一言提醒，國家級文物不許私人倒賣，如此是否函詢山西省文物單位，何處藏收國家級文物？還是我們把此事報告給河北省文物局？此事我主張追，子明不堅持。

三弟已否退休？他打算在成都養老還是回太原？是否仍在成都大學經濟學院。

身體不好，最好勿遠行。二弟不是仍住太原嗎？他可代你辦些了吧。

我從去冬氣喘，心臟悶氣，左肺尖處痛，不願去醫院，拿點西藥吃吃而已（如心血康、止喘定等）。另常服胃藥，可胃病年久不見效。無食欲，不想吃飯，一天常三兩糧食也吃不下。服三九胃泰，不太見效。心、胃、肺全有病，盼天暖後會好些。勿此，祝好！

月　萍

94. 3. 11

不必再勞人打聽了，要辦就是向報社或文物單位揭發。

三十六

尚仁：

信早收到，拖延遲復為憾。

來條子明代釋，但不曉出處，似為一傳記。因眼力不濟，不便翻遍史傳。近來春寒反復，氣溫常上下差十幾度，感到不勝應付。冬裝脫了又穿、穿上又脫，近日才較穩定。老人實難適應，所以益感不適。

山西事，因懶於費心，一直未辦。姚、謝二人鑽我們書生氣的空子，巧言令色，找個大便宜。但國家文物，既不准私人倒賣，諒他們也無法大價出手，會等我們死後，捐出去撈一把。昨天又有一位歷史系教授來，鼓吹我們和他們打官司，可惜我們無此精力和興趣了！等天暖後精神好些再說罷，但也無心"打官司"玩，如此教授所言。此教授係官僚後代，又是袁世凱的孫女婿，家中藏很多文物，均為國家級銅器。他多年來深知子明解放後在京、津、西安等地收買一些銅錢、瓷器、古書等，可多數已於"文革"中被抄丟失。此人常來詢問下落，在我們，已認為是"舊時王謝堂前燕，飛入尋常百姓家"的在"肅反""反右"運動中那些藏家出手的殘餘之物了，所以未加重視。以至叫山西姚、謝二人撿了便宜。咱們頭腦中，實缺少商人細胞。

　　三弟當了律師，這個專業目前很火紅，尤其是經濟法方面。離休以後，仍可開事務所。不知他有幾位兒女？都獨立了吧？等我有興趣打官司時，一定請他幫忙。

　　我這裏很孤寂，子孫"堅壁清野"，無一人說實話。鐵華患乙肝多年，脾氣反常。他三個子女均各幹各的，一個也受不了。可不如你一個思明了。停筆，祝

　　安！

　　　　　　　　　　　　　　　　　　　　　　　月　萍

　　　　　　　　　　　　　　　　　　　　　　　子　明

　　　　　　　　　　　　　　　　　　　　　　94. 4. 24

致梁靖、顧輝信一封（附梁靖來信一封）

梁靖、麗輝二位老鄰居：

久不見面，時深想念，近梁興來保，知令尊作古，不勝哀悼！多年來，受"文革"災害，我們原馬場道 234 號十號樓二居二單元房被搶佔，強迫遷至原河北大學北後院學生宿舍樓 101 號住房，與你們令尊令堂一家三代為鄰十餘年。後河北省與全國同步，落實政策，在天津南開區分予我們單元房三間（體院北一間一單元，濱水里雙氣一間），同時保定市河北大學也分我們雙教授一單元四居室，而戶口仍在天津。而西湖村原一大間住房，仍委託你們全家為照管，97 年以來，所有公有住房，均由住戶出資購買，我們也將保定住房買下，並於 99 年初發給了房產證。同時我們也將落實政策，分給的天津體院北住房追回了，河北大學另行分配。所以現有原西湖村一間住房，仍佔有。因考慮我們年齡已高，雖戶口仍在六里臺西湖村，但住房可以自己住，或處理。現因你們父母雖遷體院北落實政策房，但因子孫三代，均已工作，住室狹小，所以我願將原西湖村河大北後院住房一間以貳萬元為代價，賣予你們，以頂體院北落實政策房三間。是否同意，請來電話或來信，此致敬禮！

于月萍

魏際昌

1999 年 1 月

附梁靖來信一封

魏奶奶：

您好！您的來信今天才由鄰居交到我的手上。因改革住戶的信件投遞員已不往裏送了，而由中醫學院收發室代收，可又不直接通知住戶，所以一直拖延至今，請見諒。魏爺爺和李鼎芳、王冠三位元老人相繼去世的消息，是我三弟梁鎮到我這小坐告訴我的。我聽了挺難受。魏爺爺一輩子潔身自好，為黨的統戰工作，為河北大學的教學都做了大量工作，做出了很大的貢獻。他老人家去世大家覺得十分惋惜。彩霞姐妹不在您老身邊，您老一定感到孤獨，好在保定熟人多，您老有時間多看看，多走走，並注意鍛煉身體，預祝您老健康長壽。

關於您委託我們照看房子一事，我們接到您的來信挺高興。俗話說，遠親不如近鄰，況且我父親與魏大爺和您老也算做世交吧，您有什麼事，儘管吩咐，千萬不要客氣。您委託的事，您儘管放心，我們一定會盡心盡力的。不過我事先聲明一點，我們只負責代管，這裏有什麼情況我隨時和您聯繫。

天津中醫藥郵編 300193

家庭電話 022 — 27487897

梁興家庭電話 002 — 26397478

如打長途還請檢查天津區號，請代問彩霞二姐妹好。

此致(核實)

敬禮！祝身體健康精神愉快！

梁靖、宋麗輝

99. 10. 3 敬上

親友來信

梁建樓來信二封

一

于老師：

　　很長時間未通信,不知貴體如何?

　　今寄去我縣修志訓練班資料彙編一冊,內有我一篇文案,請您閱後指教。

　　我想聘請您為井陘縣志學術顧問,不知您意下如何? 請速來信。

　　代問魏老師好!

　　致

敬禮!

您的學生梁建樓

82. 1. 18

　　(您的職稱是否定了,來信告知)

二

于老師：

　　前些日子給您寄去一本《井陘縣修志訓練班資料彙編》,不知收到否? 同時還裝信函在內。信中提到,聘您當我們編寫井陘縣志的顧問,讓您及時給我回寄,可是,至今未接到您的來信。

　　于老師,是否您近來身體不佳,還是未收到學生的書信,我心裏一直不安,請您接信後早日告給學生。

　　別不多稟

　　致

敬禮!

　　　　　　　　　　　　　　您的學生:梁建樓致上

孫興民來信一封

于老師:您好!

　　前幾日在天門給您去過一信,不知收到否? 我們在天門開的"竟陵派文學討論會"已經在前天(9日)結束,當天便乘車到達荊州。十日上午在荊州參觀了荊州博物館,中午又去看了紀南城遺址,下午發車往公安,傍晚到達。今日上午在公安賓館召開"公安派文學討論會",會期三天,在十三日結束,十四日上午由公安派車送我們去武漢,我們已預訂了十五日38次武昌一保定的車票,15日晚八點五十發車,十六日中午十一點十分到達。如果票拿到手,即發電報給您,請您按電報所示日期、車次聯係車來接站(可讓東城隨車來接站)。

　　以上是行程大致情況,我們到武漢後,魏先生講,準備去中南民族學院去看望一下馮來儀老師。和我們一起開會的民族學院的曾慶金副教授講到武漢時由他帶我和魏先生去馮老師那兒。另外,魏先生講還要去看望一下柳青。魏先生的小本子上記的柳青的地址是"武漢藝術研究所",住址是"武漢話劇院宿舍",在我們到達武漢時,我曾在湖北大學招待所打了兩個小時的電話來察找這兩個地址,結果一無所獲,我又察看了"武漢電話簿",電話簿上根本沒有這兩個位址,只有一個武漢話劇院,打電話聯繫了一下,回答說沒有這個人。由此看來,在武漢找個人是相當困難的,在地址不詳,往往沒有聯繫的情況下尤其是這樣。至於我們到達武漢市能否看望得著柳青,只有到時再聯繫一下看看了。

　　魏先生身體挺好,精神亦佳,請放心勿念。

　　順此

祝好!

學生孫興民
87.5.11夜草

道芹來信二封

　　有的認為是解開了的,也未必科學,您說是嗎? 我不知您的貴體現在如何? 是瘦點了呢,還是有胖點? 千萬別再胖了,這對您心臟是威脅,魏老高壽在這一點上負擔沒有,您說是嗎?

　　天津房價猛漲,萬宇村地點不好,人家都不願意去的地方,現在一個獨單就賣三萬多元,我想起魏老那位研究生,有兩間一個偏單的,這一回就值幾萬了。您體北那兩套,沒有二十萬左右是不行的。我想我們幹了一輩子也是兩袖清風,天天東堵西補,哪有那麼多錢買房,按房改要求就連我們現住的房子都要賣給我們,你若不買別人就買了,你就請出。我院這次集資建房國家給 120 萬,自己單位集 120 萬,每個要房者如夠他規定的條件先交 6500 元,再討論具體情況,若沒有房要一間交 7000 元(6500 元就夠了),有一間變兩間交 11000 元,有兩間變三間的交 15000 元,給 1/3 房產權。大家反映很大,連住房層次都要依交款規定,這樣就能卡一些沒錢的人,這樣也好省得每次分房都要鬧得不可收拾,我們這次共蓋 4000 平方米,還沒動工先交錢,明年能蓋上就不錯,這些事讓人頭疼,當然一切都會好的,"麵包都會有的"。

　　別不多稟。□信寄十一月外銅糧票陸拾斤,請收

　　祝

二老安康,諸事如意!

道芹

92. 10. 29

二

于老、魏老：

　　您們好！

　　我很想來保定看望您二老，但一直瞎忙，我爭取元旦前後來。因為我姐姐從廣州來治療，她一走我把手頭工作安排一下即來您處。來前，我和鄒淑文老師通了話，看她是否回來。

　　天津您們需要什麼，想吃天津的什麼東西？天氣冷，帶去也壞不了。我去時坐火車去，不然我盲目買，您們還不一定願意吃，所以請您幫忙告訴我。我的通訊位址308161，天津河東區衛國道134號翠阜新村4號樓三門101號，千萬別給我寄賀年信，那將折殺我了。我先給二老祝賀新年吧，祝二老新年快樂，祝魏老早日康復，祝您永遠像以前那樣神氣，精神十足。從電話裏我聽到您現在有點信心不足，您不要以為年事已高什麼都不行了，現在條件無論哪方面都比幾十年前強多了，過去人活古來稀，現在是人活百歲不稀奇，只是思想上不要太傳統了，想開了，幹不了的活不幹，找一個長工照看，想吃什麼吃什麼，想睡就睡，無拘無束，自在地生活會長壽的，空氣要新鮮。一是要有信心，我就佩服，您過去那種不服輸的勁頭，天天那麼精神，誰都羨慕，本來人活著就靠精氣神，我真的希望您能打起精神來面對生活。家裏暖氣熱嗎？別不多稟，祝您

　　健康常在！

道芹

98.12.4 晨

柳青、戴真來信一封

于月萍同志:

尊敬的老大姐!

六月初我和戴真同到成都的妹妹家住了一個多月,今天回漢後,才知道我們最崇敬的魏老去世的消息。我萬分悲痛,我僅以這遲到的哀悼之情,向老大姐問候! 並以最真摯的懷念之情向已離世的魏際昌教授三鞠躬! 安息吧! 我最崇敬的老師! 忘年之交的老友!!!

我在 1983 年設計演出《九歌》時認識了幾位楚學專家,其中魏老對我幫助最大,我多次書信中向他老人家請教,他都非常耐煩地回函講解。他在武漢觀看了《九歌》的演出後,曾發表了肯定《九歌》舞美設計的評論,當時他以為設計者是個男性。楚學專家的認可與肯定,對我這個晚輩,實在是最大的鼓舞。在一次座談會後,領導向魏老介紹這是設計者柳青,他笑了起來,"呵! 我以為柳青是個男同志!"以後在書信中經常以此為笑談! 魏老是著名的學者,德高望重的專家! 他卻沒有一點學者的架子,這一點對我這個晚輩拙才者,印象最深!

他的《桐城古文學派小史》專著,最初曾邀我為他畫插圖。我趁去北京出差的機會,曾到保定您的家中去洽談此事。您二老熱情地接待我,並陪我到保定公園遊玩、吃飯。我離開保定時,是您二老親自送我到火車站,這一切一切都使我久久感到不安,二老的盛情使我終生難忘。回漢後,我經常向我的老伴和女兒們談及此事,我告訴他們,我結識了二位河北大學的教授,這是我非常珍惜的忘年交。《桐城》專著我畫的插圖雖然未採用,但保定之行,二老的盛情卻永遠留在我的腦海中！

　　九十年代後，我在研究所的撰稿任務繁重，離休後我和老伴的健康狀況不佳。又有女兒們的瑣事纏身，所以對二老疏於問候，只是春節時以賀卡問候。知道魏老的耳朵不靈了，又不便於打電話問候，但心中還是經常記掛著高齡的二老。現在想起來，我又後悔不及了，本來我有去保定探望魏老的設想，但現在已悔之晚矣！您已是高齡人了，望您多多保重，永永遠遠地祝福您！

柳青、戴真敬上

1999. 7. 12

□□來信一封

月萍同志：

首先要向你道歉！我上信竟漏投進一頁,使你摸不著頭腦,抱歉！現在此補述吧！

你的研究生10月間來漢參觀實習,並順道探我。十分歡迎。今接信知是由你親自領來,更使我喜出望外,我們真可暢敘一番了。我對目錄學確沒很多研究,到時我們一齊研究便是。

你前信□□論文似側重對王重民目錄學研究探討,我看這題目就不錯。王的成就很大,我讀過他的《中國善本書提要》及一些文章,很受啟發。不知你的研究生□□到北大還是至武大國□□系實習?

有關於我的情況:我的職稱是副教授,我們只有南方民族史研究生的學位授予權,沒有中國古代史的學位授予權。我一直是任中國古代史先秦兩漢的通史課及歷史文選。隨後改任畢業班的原始社會史選修課,擔任南方民族史研究生的專題課而已。

我前信提到教授級的退休情況,是說我校,因職稱評定未最後公佈故未辦,是指因有些該退休的教師申請高職稱(不占編制的)的尚待正式批下來才退,故大家(全體)都未辦,不是指我一個人。我是82年評為副教授的,去年本可申請晉升教授的,但我沒有申請了,故此次評職稱不關我的事。不存在等待結束才能應聘問題。不過你信問及我是否有中國古代史的學位授予權,是不是你們要求要有此權的副教授才能參加研究生畢業論文答辯? 若是則我恐難應命了。我們這裡並無此規定。武大、華中師大也有邀請我們的副教授前往參加他們的答辯會議,但並無提出這種要求。請見告。

　　總之,不論怎樣,我還是希望能在武漢和你相敘。也歡迎你的研究生來漢參觀。

　　即此

致候!